# 遠水孤雲

## 說客蘇秦

吳禮權 著

臺灣商務印書館

# 推薦

《說客蘇秦》，是吳禮權教授以歷史記載為依據而創作的一部長篇歷史小說。作者用他修辭學家的生花妙筆寫兩千多年前說客蘇秦妙語生花的遊說故事。流暢的文筆，栩栩如生的人物對話，讓人猶如重回歷史的現場，看到諸侯各國馳騁於沙場的金戈鐵馬，窺見說客謀士策劃於密室的陰謀陽謀。

——日本京都立命館大學教授　中文楚雄

寫小說，就是講故事。講故事，就是敘事。但是，故事如何講，敘事採何種方式，則自有優劣高下之別。吳禮權教授是修辭學家，也是中國古典小說研究家，對於如何切事近人進行敘事，自然有自己獨到的心得。他的這部歷史小說《說客蘇秦》，敘事採用「對話敘事」與「心理敘事」有機結合的方式，在波瀾壯闊的歷史背景下展開其故事。其舒緩自然的敘事風格，恰似清泉出山，汩汩而流，讀之讓人在山窮水盡處看到柳暗花明，在刀光劍影中時見優雅閒適，在腥風血雨裡邂逅男歡女愛。小說情節安排張弛有度，篇章結構明針暗線，敘事語言朗暢而清麗，人物對話清壯而古雅。

——北京師範大學文學院教授、博導、中國東方文學研究會會長　王向遠博士吳禮權筆下的蘇秦既是歷史的蘇秦，也是小說的蘇秦。蘇秦既是歷史人物，也是小說主角，因此《遠水孤雲：說客蘇秦》兼具學術性，以及小說的趣味；吳禮權以他的文史學術背景，詮釋同時亦創造了多情而有智慧的蘇秦形象。《遠水孤雲：說客蘇秦》超越了歷史和小說的界線，跨過古典和現代，文言和白話，給讀者全新的閱讀視角。

——臺灣元智大學教授、馬來西亞華裔著名作家　鐘怡雯博士

吳禮權教授本是修辭學家，他的這部「試水之作」《遠水孤雲：說客蘇秦》是一部歷史小說，在歷史記載的基礎上進行文學再創造，踵事增華，再現了戰國時代兼相六國的說客蘇秦的生動形象。小說的語言，特別是人物對話的語言，常折衷於文言與白話之間，既有簡潔古樸之雅韻，又明白曉暢，猶如行雲流水；作者對蘇秦作為「說客」的語言的敘述，多濃墨重彩，情、景、理交融，讓人真切感受到縱橫家的縱橫捭闔、雄辯滔滔。

——北京大學中文系教授、博導　孫玉文博士

當代中國文壇，說起歷史小說創作，海峽兩岸都會一致推崇臺灣作家高陽。高陽寫歷史小說，向來以扎實嚴謹見長，恪守《三國演義》「七實三虛」的創作原則。因此，他的作品常給人一種沉甸甸的歷史感。

據說，高陽寫歷史小說時，常拿尺子在地圖上量來量去。無獨有偶，海峽彼岸的吳禮權教授寫歷史小說也有此癖好。據其「夫子自道」，他在日本寫歷史小說《遠水孤雲：說客蘇秦》與《冷月飄風：策士張儀》時，對戰國史已有十年的研究，並做了一百多萬字的歷史人物資料長編和《戰國

策》史料的編年考據。寫作過程中，常常對照《中國歷史地圖集》設計人物行進路線，並按比例尺計算人物行走里程。

吳教授乃大陸著名高等學府復旦大學的年輕才俊，三十多歲即成為復旦大學歷史上最年輕的文科教授，學術研究斐然有成。他寫歷史小說重視「歷史的真實」，講究「事出有據」。他的歷史小說總讓人有一種身臨其境的「現場感」，乃與其學術背景有關。

吳教授曾經受邀來臺北東吳大學中國文學系客座，我們有將近四個月的友誼相處，深知他有重視史實的考據癖，故其筆下的人和事都是歷史的人與事，歷史感特別強；吳教授自謂有講究語言文字的「職業病」，故其筆下的人物都各有其「聲口」，各顯其情性；其敘事語言，常折衷於文言與白話之間，既有簡樸古雅之韻，又有行雲流水之致。

高陽創作的歷史小說非常多，其中尤以寫晚清人物的系列作品最為讀者所津津樂道。曾有評論家評論說：「晚清歷史，頭緒紛繁，變幻莫測，高陽卻能從容駕禦。在一張一弛的故事敘述過程中，晚清的歷史面貌自然地顯現出來。讀者在急欲了解故事的進一步發展的閱讀渴望中，不知不覺也熟悉了那一段史實。」讀吳教授的歷史小說，也有這種感覺。戰國時代動盪不定的時局，紛擾混亂的人事，在他的《遠水孤雲：說客蘇秦》和《冷月飄風：策士張儀》等系列歷史小說作品中都呈現得井然有序，一個個亂世英雄形象紙上躍然。

如果將吳教授的創作理念和語言風格與高陽作個比較，我們發現二人有許多驚人的相似之處。因此，說吳教授是大陸的高陽，也未嘗不可。

——臺灣東吳大學中文系原主任、人文學院教授　許清雲博士

# 目次

# 卷首語

戰國時代，是列國紛爭、天下大亂、生靈涂炭的時代，也是一個英雄輩出的時代。雄才大略、目光如炬的秦孝公，銳意改革、手腕鐵血的公孫鞅，胡服騎射、開疆拓土的趙武靈王，足智多謀、百戰不殆的孫臏，為國理財、革新內政、富國強兵的魏相李悝、韓相申不害等傑出的政治家、軍事家，都是在這一特定歷史時期崛起的「人傑」。

戰國時代，是政治家、軍事家馳騁縱橫的時代，也是中國思想史上「百花齊放」、「百家爭鳴」的黃金時代，墨家的墨翟、道家的莊周、儒家的孟軻、法家的韓非、名家的惠施等諸子百家的代表人物，就是在這個風雲激蕩歲月中湧現的「人瑞」。

戰國時代，是政治家任情揮灑、軍事家用武有地的時代，更是中國歷史上「書生意氣，揮斥方遒」的時代，是無數讀書人「朝為田舍郎，暮登天子堂」的時代。掛六國相印、爵封武安君的蘇秦，兼相秦魏、操控天下的張儀，爵封秦國大良造、歷任魏將韓相的公孫衍，左右秦楚二國、八面玲瓏游走的陳軫等無數遊士，則更可謂是這一時代的「人精」。

在這個充滿無限魅力的時代，有一個充滿無限魅力的人物，千古以降褒貶不一，卻又讓人回味無窮。

這個人是誰？相信稍有一點中國歷史常識的人，都會不假思索地脫口而出道：「蘇秦。」

沒錯！正是蘇秦。

蘇秦，何許人也？

其實，他並不是什麼了不起的人物。論身世，他原本只是洛陽「窮巷窟門，桑戶卷樞」之中一個衣食無著的書生而已。早年師事鬼谷子，習學「陰陽」、「縱橫」之術，學成後往秦都遊說秦惠王。結果，「書十上而說不行，黑貂之裘弊，黃金百斤盡，資用乏絕」，「羸縢履蹻，負書擔橐，形容枯槁，面目黧黑」，大困而歸。「歸至家，妻不下紝，嫂不為炊，父母不與言」，遂困而發憤，折節讀書，終至上通天文，下知地理，嫻於「縱橫」，精於「陰陽」。然後，再度出山，歷經無數艱難，百折不撓，終於憑三寸不爛之舌，說服山東六國之王，遂成「合縱」大計，官拜六國之相，爵封武安君。又自任「縱約長」，折衝樽俎，穿梭斡旋於山東六國之間，終使本來爾虞我詐、戰伐不斷的山東六國諸侯和睦相處，使強力崛起的強秦停止了東擴的步伐，不敢窺函谷關十五年。由此，天下太平，寰宇澄清。

為此，《戰國策・秦策一》評說道：「蘇秦相於趙而關不通。當此之時，天下之大，萬民之眾，王侯之威，謀臣之權皆欲決蘇秦之策。不費斗糧，未煩一兵，未戰一士，未絕一弦，未折一矢，諸侯相親，賢於兄弟。夫賢人在，而天下服；一人用，而天下從。」

那麼，蘇秦何以能崛起於陋巷，成長於磨難，干青雲而直上，終至以區區一書生，玩轉一個時代，叱吒而風雲變色，鼓舌而城池易主呢？

讀了這部歷史小說《遠水孤雲：說客蘇秦》，相信讀者諸君一定會有啟發。

人說：歷史是現實的鏡子。

今日的世界，何嘗不似當日中國的戰國時代？二〇〇五年，日本、德國、印度、巴西四國集團在聯合國「爭常」的外交動作，何嘗不似當年中國戰國時代「合縱」、「連橫」的謀略？美、英在伊拉克的武力征服，何嘗不似中國戰國時代強秦之所為？折衝樽俎、穿梭於世界的基辛格們，何嘗不似中國戰國時代的蘇秦、張儀？

杜甫有句名言：「百無一用是書生。」讀了這部歷史小說《遠水孤雲：說客蘇秦》，相信讀者諸君從此一定信心百倍：「誰說書生百無一用？世界就在我們手中！」

吳禮權

二〇〇六年一月初稿　於日本京都

二〇〇九年六月五稿　於臺灣臺北

# 主要人物表

**蘇　秦**　周都洛陽人，曾師事鬼谷子，習學「陰陽」、「縱橫」之術，力主「合縱」。後遊說六國之王成功，為「縱約長」，掛六國相印，爵封武安君，獨力維持天下安寧多年。後「縱約」被破，乃至燕國為相。因與燕太后私通，怕事發禍至，乃自請至齊國為燕王行「用間」之計。至齊，深得齊湣王信任，權傾朝野，終為齊人嫉忌而被刺殺。臨死前，遺一計，讓齊王為他擒得真兇而殺之。

**張　儀**　魏國張城人，與蘇秦同師鬼谷子習學「陰陽」、「縱橫」之術，力主「連橫」。後遊說秦惠王成功，先為秦國之相，為秦國的崛起立下不世之功。後又兼相魏國，再為楚國之相。晚年遭秦國權臣排擠，用計脫身，到魏國為相，死於魏相任上。

**犀　首**　即公孫衍，魏國陰晉人，早年為魏王之將，官至犀首，故世人以此名之。後離魏至秦，遊說秦惠王而得寵。曾率秦師屢伐魏國，打得魏國喪師失地，一蹶不振。因功官拜秦國大良造，爵位與當年為秦國變法的商鞅相侔。後為入秦為相的張儀奪寵，轉而至魏，為魏王之將。先用計聯合齊國名將田盼伐破趙國，破了蘇秦的六國「合縱」之盟，接著策劃了「五國相王」，後來又策動山東「五國伐秦」的戰爭，一直打進函谷關，讓秦惠王膽戰心寒。後來，又任韓國之相，與張儀等鬥智鬥勇，為戰國時代叱吒風雲的一代梟雄。

**陳　軫**　秦國人，原為秦惠王之臣。張儀入秦為相後，遭排擠而出走至楚，為楚懷王之臣，穿梭秦、楚之間，既為秦，又為楚，是戰國時代有名的「雙面人」。其足智多謀，善於遊說，與蘇秦、張儀、公孫衍相侔，是戰國時代縱橫一時的著名策士與說客。

**商　鞅**　姓公孫，名鞅。其祖本姓姬。衛國諸庶孽公子。少年時代好「刑名」之學，早年投奔魏國之相公叔痤門下，為中庶子。公叔痤死前舉薦他為魏國之相，魏惠王不聽。後聞秦孝公所頒求賢令，往秦遊說，得秦孝公信任，為秦國變法革新。為秦相十餘年，爵封大良造。後又因伐魏有奇功，秦孝公裂土封之於於、商之地，號為「商君」。後秦孝公卒，秦惠王繼位，被秦惠王記恨變法時罪及於他與其師傅的舊事，遂潛逃至魏。但不為魏王所納，反被遣返至秦。萬般無奈之下，乃鋌而走險，舉於、商之徒眾反於秦。最後，兵敗被擒，終為秦惠王施以五馬分屍的極刑。

**惠　施**　宋國人，戰國時代名家的代表人物，曾為魏惠王之相。

**申不害**　鄭國人，戰國時代法家的代表人物之一，曾任韓昭侯之相十五年，終使韓國國治兵強。

**張　丑**　齊宣王之臣，亦為靖郭君田嬰謀士，有名的說客。

**靖郭君**　即齊威王之少子田嬰，齊宣王之弟。

**孟嘗君**　即田文，靖郭君田嬰之子，為戰國時代有名的「四公子」之一。

**魏　處**　靖郭君田嬰的謀士，有名的遊士。

**淳于髡**　齊國名士，戰國時代有名的說客，曾一日向齊威王薦舉七士。

**張　登**　中山國謀士，屢挫齊湣王君臣。

**子　華**　名章，楚威王之臣，官居莫敖，位列三公。

**景　監**　秦孝公寵臣，商鞅入秦遊說秦孝公得寵，走的就是景監的門路。

**周顯王**　即姬扁，周天子，戰國時代周王朝名義上的「天下共王」，西元前三六八年——西元前三二一年時在位。

**魏惠王**　周顯王時期魏國之君，在位時憑藉李悝變法後魏國異常強大的國力，不斷興兵攻打諸侯各國，意欲滅韓並趙，再謀一統天下的大計。還曾舉行「逢澤之會」，以朝周天子為名，號令諸侯。後因好戰而不知進止，兩敗於齊國後，又被強力崛起的秦國乘虛而入，屢戰屢敗，國力從此一蹶不振。最後迫於強秦不斷攻伐的壓力，東遷魏都於大梁，遂為世人稱之為梁惠王。

**魏襄王**　魏惠王之子。

**秦孝公**　周顯王時期秦國之君，曾下求賢令，任衛人公孫鞅變法改革，遂使秦國由弱變強，由此逐漸奠定了秦國在戰國諸侯中的霸主地位。

**秦惠王**　秦孝公之子，曾先後任用公孫衍、張儀等客卿，使秦國國力益強，遂稱霸天下。

**楚威王**　周顯王時期楚國之君，曾率師攻伐齊國徐州，大敗齊師。

**楚懷王**　楚威王之子，曾為張儀所騙，與秦、齊交戰，致使楚師大挫，且痛失漢中之地。後又不聽忠臣之言，入秦而被扣留，客死於秦中。

**齊威王**　周顯王時期齊國之君。

**齊宣王**　齊威王之子。

**齊湣王**　齊宣王之子。

**趙肅侯**　周顯王時期趙國之君，蘇秦「合縱」之策的主要支持者，也是「合縱」軸心國的中堅力量。即位初期，為其弟趙國之相奉陽君架空。親政後，支持蘇秦「合縱」大計，終使趙國在諸侯國中地位大大提升。

**趙武靈王**　趙肅侯之子，執政十九年時曾頒佈「胡服騎射」令，實行軍事改革，終使趙國軍事實力大幅提升，趙國也由此開疆拓土，蔚然而成天下強國。

**韓昭侯**　周顯王時期韓國之君，曾任申不害為相，使韓國國力漸盛。

**韓宣惠王**　韓昭侯之子。

**燕文公**　周顯王時期燕國之君，首起支持蘇秦「合縱」之策，是蘇秦遊說成功的第一個諸侯王。

**燕易王**　燕文公之子。

**燕王噲**　燕易王之子。

**魯景公**　周顯王時期魯國之君。

**田　需**　魏襄王之相，曾與魏將公孫衍爭權。

**申　縛**　齊宣王大將。

**昭　陽**　楚懷王大將，官至上柱國，爵拜上執珪。

**藍諸君**　即司馬憙，中山國之相。

**昭　魚**　楚懷王令尹（即楚國之相）。

**龐　涓**　魏惠王時魏國大將，與孫臏同事鬼谷子習學兵法。後兩敗於孫臏、田忌，戰敗自殺。

**孫　臏**　齊國人，孫武後裔。曾與龐涓同學兵法，才能為龐涓所忌。龐涓為魏將後，被誆騙至魏後處以臏刑（即削去膝蓋骨）。後潛歸齊國，為齊將田忌賞識，視為坐上賓。齊魏交戰時，兩次為齊國軍師，配合主將田忌，分別以「圍魏救趙」與「減灶誘敵」之計，大敗龐涓率領的魏國之師於桂陵、馬陵，迫使龐涓戰敗自殺。著有《孫臏兵法》傳世。

**田　忌**　齊國名將，曾在「桂陵之戰」、「馬陵之戰」中兩敗魏師。後因功高而為齊相鄒忌所忌，遭排擠而出走於楚，被楚王封之於江南。

**燕太后**　燕文公之后，燕易王之母，私慕蘇秦之才而與之私通。

**燕　後**　燕易王之后，秦惠王之女。

**鄭　袖**　楚懷王美人。

**秦　三**　蘇秦僕從，隨蘇秦周遊列國，頗為忠心，史上未及名姓，臨時所起。

**游　滑**　蘇秦僕從，隨蘇秦遊說六國時，曾於苦寒之時要離蘇秦於易水之上，後蘇秦成功後羞愧而去。史上未有名姓，臨時所起。

**青　青**　韓國之都歌妓，虛構人物。

**楚　楚**　楚國之都歌妓，虛構人物。

**香　香**　蘇秦之妻，名字臨時所起。

**趙德官**　趙國儀仗官，虛構人物。

**田楚** 齊國之臣，指使刺殺蘇秦的主謀，名字臨時所起。

**趙鋏** 刺殺蘇秦的刺客，虛構人物。

**魏孟** 蘇秦謀士，虛構人物。

# 第一章　大困而歸

## 1　馬陵道上

西風瑟瑟，一陣緊似一陣。黃葉飄飄，一片，一片，又一片，落地無聲。

周顯王二十八年（西元前三四一年）九月十五。太陽剛剛懶洋洋地爬出地平線，疲軟的朝暉下，一望無垠的原野上，一高一矮的兩個人影遠遠出現在地平線的盡頭。

「嘎，嘎，嘎。」

突然，空曠的原野上空傳來幾聲大雁淒厲的叫聲。

「少爺，您看，大雁！三隻。」跟在高個子身後的矮個子突然興奮起來，一手扶著肩上的扁擔，一手指著掠過頭頂的大雁說道。

「是失群的雁兒。」高個子抬頭望了一眼，不假思索地答道。

「大雁是往南飛，少爺，那俺們順著雁飛的方向朝左一直走，也就到洛陽了，是吧。」

「是。昨天我們問的那個老丈不是說過了嗎？往西過了一個山口，就進韓國境內了。到了韓國，自然也就到家了。快點吧，不然，俺們連回家過年也趕不上了。」

說著，高個子情不自禁地加快了腳步。矮個子只好挑著擔子，一路小跑。

「少爺，山！」走了約一個時辰，矮個子又突然興奮地叫起來。

「望見山，跑死馬。早著呢！」

「噢！」矮個子又低頭加快了腳步。

日當中天之時，二人終於真切地看到了那座山。

「少爺，這下真到了！」

少爺「嗯」了一聲，繼續往前緊趕。

趕了一陣，終於接近山口了。突然，高個子停住了腳步，矮個子也驚呆了。

距離山口約有三百步之處，看上去原本應該是一片開闊的平疇沃野，竟然全是新起的累累新墳，遠遠望去，宛如一只只饅頭似的，無邊無際。

「少爺，您看，那邊，是狼，還是狗？」

高個子還未從驚駭中清醒過來，順著矮個子手指的方向，已然望見了百步之外幾十條似狼又像狗的動物，或拚命地刨著新墳，或三三兩兩地爭搶著什麼，狂吠之聲響徹空曠的原野，回盪在深秋的山谷之間。

「少爺，是不是野狗在刨新墳，啃新屍啊？」

「別說了，快過山口。」高個子說著，自己先小跑著奔向了山口。

矮個子一見，一邊挑著擔子緊跑慢趕地追著高個子，一邊喊著：

「少爺，等等俺，俺怕！」

高個子聞聲，雖然慢下了腳步，但還是低著頭往前趕。

走著，走著，二人早已進入了山口。隨著入山越來越深，山道也變得越來越狹窄。兩邊懸崖壁立，草木遮天蔽日。此時雖是日中時分，人行山道之中，卻如黃昏時刻。更兼秋風瑟瑟之中，無數的枯木老枝，聳立在狹道之旁，活似一具具死而不倒的乾屍，看了不禁令人毛骨悚然。

「少爺，您看，兩邊咋都是死人、死馬，還有車輛呢？是不是這裡打過仗了？」矮個子雖一邊喊著「怕」，卻又一邊不住地看著山道兩旁不盡的殘屍、死馬、斷槍、破車，追問高個子緣由。

「快走，什麼也別看，什麼也別問！」高個子一邊說著，一邊又小步跑了起來。

矮個子挑著擔子，又累又怕，但此時也沒有辦法，只得一邊揮袖拭去額頭不斷冒出的冷汗，一邊加快了腳步，低頭緊緊咬住高個子的腳步往前趕。

走了約半個時辰，原來一直是陡峭往上的山道突然變得平緩起來。接著，又是一段地勢往下延伸的緩坡。

走過了緩坡，山道突然變得寬闊起來，地勢也顯得較為平坦。頓時，二人都覺得腳步輕鬆了不少。

輕鬆之餘，矮個子的眼睛又不聽話地左顧右盼起來。看著，看著，他突然大叫起來：

「少爺，您看那裡有一棵大樹，怎麼通體雪白呢？」

原本一直低頭緊走的高個子，聽矮個子這樣喊了一聲，立即應聲抬起頭來，順著矮個子手指的方向，看到了前方約百步之遙的道旁，確有一棵參天大樹高高聳立著，而且是通體雪白。

高個子似乎一時忘了剛才的恐懼，不覺好奇起來，忙搶步向前，直奔那棵大樹。到了樹下，他這才看清了一切：這是一棵千年古松，胸徑足夠二人合抱，枝幹虬曲蒼勁，冠蓋如雲。

由上而下打量了一番這棵古松後，高個子漸漸看出了它通體雪白的原因，原來它是被人剝了皮。不過，並非全剝，而是只剝了朝向路道一面的樹皮，朝向山坡一面的樹皮還是完好如舊。

高個子不禁納悶起來，情不自禁間，便由下而上，一遍又一遍地察看起這古松被剝得光光而白淨的半面。

看著，看著，他終於看出來了，原來在這白淨的半面樹幹上，在大約高過人頭的部位，隱隱約約現出六個大字的墨跡。瞇著眼，思忖了一會，他終於還是認出了這六個字。於是，不禁倒吸了口涼氣道：

「原來如此！」

「少爺，怎麼回事？這樹為什麼通體雪白呀？」這時已經挑著擔子趕上來的矮個子，聽到高個子的自言自語，遂又忍不住問了起來。

「沒什麼，快走，我們就要出山口了。」

矮個子不知就裡，但一聽說就要出山口了，不覺精神抖擻起來，連忙追著高個子又往前趕去。

上坡，下坡，又走了約一個半時辰，二人終於走出了山口。

出了山口，二人不禁大大地鬆了一口氣。可是，當他們舉目一望山口這邊的一片荒野時，不禁再次驚呆了：又是一片一望無際的累累如饅頭似的新墳，又是無數野狗刨墳掘屍、爭咬撕打、狂吠不止的景象。

高個子不忍地閉上眼睛，然後，搖了搖頭，自言自語地感歎道：

「真是一人功成，十萬白骨呀！」

「少爺，這到底是怎麼回事？這裡是不是剛剛打過仗的戰場呀？」矮個子見此，再次問起了上午的話題。

「沒錯，這就是前兩個月剛剛結束的齊、魏馬陵之戰的戰場，俺們今天過的這個山口，就是馬陵隘道。」

「少爺既然知道這是個剛剛打過仗的戰場，為什麼還要從這裡經過呢？俺三魂都嚇掉了兩魂半了。」矮個子這時再也忍不住地埋怨起來。

「俺也不知道，是剛才在那棵剝皮的古松下才看出了頭緒。」

「昨天您向他問道的那個老丈，難道沒有告訴您？」

「他要是跟俺明說了，俺還有膽子從這死人堆裡過嗎？」高個子好像也有委屈地反駁道。

「噢，是這樣。」

「好了，怕也怕了，死人堆裡過也過了，俺們還是快點趕路吧，再過一兩個時辰，太陽都快落山了。再不抓緊時間，前不著村，後不著店，今晚俺們在這荒山野外，還不要被這些野狗當活屍吃了？」

矮個子一聽，連忙說道：

「少爺說的是，那就快走吧。」

## 2　驚魂甫定

「少爺，您看，前面好像就是一個村莊了。」

走了約一個時辰，終於望見了不遠處的一個村莊，矮個子不覺興奮起來，高興地報告著。

「唉，俺們終於走出了死人窠，又進了人間。」高個子如釋重負地答道。

高個子話音未落，矮個子突然一屁股坐在近前的一條小溪邊，道：

「少爺，俺腿都快累斷了，天黑還早，就坐下歇歇吧。」

高個子一聽，頓然也感到腿酸痛得不行，遂一邊就地坐下，一邊答道：「那就歇會吧。」

「少爺，吃口吧。」矮個子見此，順手從懷中掏出一個大餅，遞給了高個子，道：「都快一天了，俺們水米還沒進一口呢，都是被嚇的，不餓，也不累，這會才想起來了。」

「你也吃半個吧。」高個子接過矮個子的大餅，掰了半個回遞給矮個子。

二人吃了餅，又在近前的小溪中捧起幾口水喝了，頓時便精神抖擻起來。

「少爺，您剛才在山道不肯跟俺說，現在總可以說了吧。」

「說什麼？」高個子裝著不解的反問道。

「就是馬陵之戰啊。剛才出山口時，您不是說過，那個死人谷就是馬陵隘道戰場嗎？」

「你都看見了，俺還說什麼？難道你還沒怕夠啊？」

「好在現在過來了，俺也不怕了。少爺，您說，那一山道的死人死馬，還有兩個山口外的新墳，這一仗究竟死了多少人啊？」

「十萬。」高個子不假思索的回答道。

「少爺，您剛才過山道時，難道還有心去數過？」

「齊、魏馬陵之戰，魏國十萬大軍全軍覆滅在馬陵隘道，天下誰人不知？」

「少爺，我跟您一路不離，怎麼我沒聽人說起過呢？」矮個子困惑了。

「那天，齊國大將田忌，軍師孫臏得勝回到齊都，臨淄萬人空巷，全城男女老少都湧到街上看熱鬧，唯獨你那天鬧肚子，躺在旅店裡哼哼。」

「噢，怪不得了。」矮個子終於恍然大悟，順手在近前撿起一個薄石片，往面前的小溪裡打了一個漂亮的水飄。

高個子仰頭望天，眉頭深鎖，若有所思。

「那麼，齊、魏兩國怎麼會打起來的呢？」沉靜了片刻，矮個子又問了起來。

「魏國想吞了韓國，韓國弱小，不能抵敵。於是，派人往齊國求救。」

「齊國出於正義，主持公道，就出兵幫助韓國打魏國了，是吧。」矮個子得意地推測道。

高個子不屑地一笑，道：

「哪像你想得那麼簡單。齊國出兵幫助韓國，那也是有自己的小九九的。」

「什麼小九九？」矮個子追根究柢起來了。

「你看噢，」高個子說著，順手在近前撿起一塊薄石片，又用腳掃了一下眼前的地面，在地上邊畫邊解釋道：「這是大魏，它西邊與大秦毗鄰，北面與林胡、樓煩接壤，東北則與趙國交界。往東，就是大齊了。南面是韓國與楚國。你看，這韓國雖然是在大魏的南面，卻一整個地被包在魏國的中間，就像俺們周都洛陽包在韓國中間一樣。」

矮個子看了高個子在地上畫的地形圖，終於明白了各國的地理位置。但是，他不明白，這個地理位置與魏國要吞併韓國有什麼關係。於是，他又問道：

「您剛才也說了，俺周都洛陽也被包在韓國國中，怎麼韓國不把周王殺了，把洛陽給吞了呢？」

「那情況不同，周王是天子，雖然現在事實上管不了天下諸侯，但名義還是天下共主。韓國如果要滅周，殺周王，那會激起天下共憤，是自取滅亡。再說了，韓國是個小國，弱國，也沒那個野心。相反，留著周都在自己國中，還可以挾借周天子之威，自重於天下各個諸侯國呢。而魏國，情況就不一樣了。魏國在李悝變法成功後，早已經是天下強國，其實力可謂天下獨步。就是現在的大秦，早些年也被大魏打得招架不住，魏國的河西之地，就是魏國憑藉其天下獨霸的氣勢從秦國手裡硬奪得來的。」

矮個子聽得目瞪口呆，以前從未聽人說起過這些，看來自己的主人確是個上知天文、下知地理的大才，不然，他怎麼敢到處遊說各國之王呢？

「少爺，您還沒說魏國為什麼要吞併韓國的原因呢。」

「魏國這些年迫於秦國的崛起，自己勢力又有所衰退，所以越來越對秦國有危機感。正因為如此，魏王也就越來越想吞了韓國，讓魏國東西之地連成一片，那樣跟秦國較量，也就可以東西互動，進退有餘了。現在韓國夾在中間，等於將魏國攔腰切斷。一旦魏、秦交戰，魏國要想調動東部本土兵力援助它西部的河東、河西之地，只有借道韓國一途。韓國即使肯借，等到借道外交辦完，魏國將東部兵力調動到西部，秦國大軍早就打完就跑了。」

「是這個理。少爺真是看得透！」矮個子情不自禁地讚歎道。「那麼，這次齊國出兵幫助韓國，究竟打的是什麼主意呢？」

「齊王明白，如果魏國吞併韓國成功，那麼實力一定倍增，向西既可以威脅秦國，向東進兵，同樣也可以威脅齊國。因此，為了自己的利益，齊王當然要出兵助韓。如此一來，既可以厚結韓國之心，削弱魏國的實力，又在天下各國面前樹立了主持公道、正義的良好形象，齊王何樂而不為呢？」

「是這個理，少爺說的是。結果，齊國大兵一出，魏國軍隊就全軍覆滅了。那麼，魏國軍隊怎麼就這樣不行呢？」

「不能這樣說，魏兵向來剽悍善戰的，只是因為魏王用將不當，才有此結局。」

「魏王用的是什麼人？」矮個子更來勁了。

「就是那個死於馬陵隘道古松之下的龐涓。」

「龐涓？龐涓是什麼人？俺咋沒聽人說過呢？」

高個子不禁搖頭一笑，然後淡淡地說道：「他是俺大師兄。」

「少爺跟他同過學？」

「那倒沒有，俺到鬼谷先生門下求學時，他早就與孫臏學成下山了。再說，他們學的都是兵法，俺學的是『縱橫術』。也就是說，他們是尚武的，俺是崇文的。他們重武略，俺重文韜。」

「噢，明白了，走的不是一個道兒。」

「龐涓是魏國人，下山後，回到魏國做了大將軍。而孫臏是齊國人，回到齊國後卻未得齊王重任，只是一介平民。龐涓雖然高官得做，駿馬任騎，權傾朝野，顯赫一時，但他心裡總是不安。」

「做人都做到這個地步了，還有什麼不安的呢？」矮個子不解地問。

「因為龐涓覺得孫臏雖跟自己師出同門，但才智遠在他之上。據說，孫臏的祖上就是世人皆知的大兵法家孫武。」

「龐涓是認為龍生龍，鳳生鳳，老鼠的孩子會打洞，是吧。」矮個子自作聰明地說。

高個子不禁啞然失笑，繼續說道：

「為了消除日後的心腹之患，龐涓就設計把孫臏騙到魏國來，然後瞞著魏王，暗中用私刑，砍斷了孫臏的兩條腿。這樣，還怕不保險，又在孫臏的臉上刺字，也就是墨刑，讓他不能見人。」

「這也太殘忍了吧！不要說還是同門師兄弟，就是一般關係，也不能這樣做啊！」矮個子終於憤怒了。

「可是，人算不如天算。萬萬沒想到，有一次齊王派使臣到魏國，孫臏不知用了什麼辦法，求見到齊王使臣，將自己的情況說了。齊王使臣既同情孫臏的悲慘遭遇，同時也覺得他確是個人才，遂暗中用車將孫臏載回齊國。」

「結果，齊王就重任他了，是吧？」矮個子又迫不及待地問了起來。

「那倒沒有。據齊國人說，孫臏回到齊國後，齊國大將田忌發現他是奇才，於是就把他養在自己府上，並視為座上賓，尊重有加。當時，齊國王室時興賽馬賭博，田忌也參加，但總是輸多贏少。一次，齊王也參加了進來。孫臏見此，就給田忌出了個主意，讓他儘管下大賭注，並保證讓他三局兩贏。」

「結果，怎麼樣？」矮個子又耐不住了。

「賽馬開始後，田忌就依孫臏之計，先讓自己的下等馬跟齊王及諸公子的上等馬比賽。結果，一輸。第二回合，孫臏讓田忌放出自己的上等馬與齊王及諸公子的中等馬比賽，結果，贏了。第三回合，再讓田忌放出中等馬與齊王及諸公子的下等馬比試，結果自然也是贏了。最終，田忌得了齊王所下的賭注千金。事後，齊王納悶，就找田忌問原因。田忌於是將孫臏教計之事和盤托出，齊王大驚。立即召孫臏來問兵法，推崇備至，立即封之為軍師。」

矮個子聽呆了，張著嘴巴直喘氣。

高個子續又說道：

「後來，也就是距今十四年前，魏王派龐涓為將，傾起大兵圍攻趙國之首邯鄲。趙國雖也算強國，但時間一長，終究敵不過大魏，邯鄲危在旦夕。趙王沒辦法，只得往東求救於近鄰大國齊國。齊王權衡了利弊之後，最終力排眾議，決定出兵幫助趙國。調兵遣將時，齊王首先想到的就是孫臏。但孫臏堅決辭謝，認為自己是個刑餘之人，也就是說是個身體有殘障的人，不適合臨陣為將。其實，他是想把主將讓給田忌，以報田忌知遇之恩。於是，齊王改任田忌為將，以孫臏為軍師，居於輜車之中，為田忌謀劃用兵之計。」

「噢，這孫臏人品不錯，能知恩圖報！」

「做人本來就應該這樣啊！」

「結果，怎麼樣？」矮個子又急了。

「齊兵出發後，田忌準備兵臨趙國之都邯鄲城下，與趙國之師內外配合，擊退魏國圍城之師，以解邯鄲之難。孫臏認為不妥，主張引兵直奔魏國之都大梁。田忌從諫如流，欣然從之。於是，就改弦易轍，引兵直奔大梁。結果，龐涓聞之大驚，急解邯鄲之圍，引魏國之兵回救大梁。孫臏算好龐涓回師的路線，事先在桂陵隘道埋伏了重兵。待到龐涓兵至，齊國十萬大軍一齊偷襲，一舉將龐涓所率八萬魏師覆滅於桂陵，並活捉了主將龐涓。這就是孫臏創造的、天下人皆知的『圍魏救趙』之計。」

「後來呢？」

「桂陵之戰後，魏國雖然硬撐死拚，傾其全國之力，最終攻破了趙都邯鄲，但從此國力大衰，一蹶不振，只得與齊國修好。齊王考慮到齊、魏近鄰的關係，將龐涓也放回了魏國。可是，龐涓一直心有不服。休養生息了十四年後，今年六月他又慫恿魏王對韓國用兵，企圖一鼓滅韓，然後再圖齊國。沒想到，齊王又派田忌為將，孫臏為師，再次出兵十萬。俺在臨淄聽齊國人說，這次孫臏出兵後，又是直奔魏都大梁，而不是前往救韓。龐涓聞之，立即棄韓而回救大梁，並率軍死死咬住齊國之師，窮追不捨。孫臏見此，遂用『減灶誘敵』之計，引誘龐涓上鉤。」

「什麼是『減灶誘敵』之計？」矮個子又不明白了。

「孫臏見龐涓窮追不捨，於是就將計就計，假裝怯懦，第一天讓齊兵設十萬灶，第二天減為五萬灶，第三天再減為三萬灶。齊兵行軍打仗是一人一灶的。龐涓追了三天，不禁心中大喜，認為齊師膽怯，三天功夫十萬之師就逃了七萬。於是，放鬆了警惕，更加肆無忌憚地長驅直追齊兵了。結果，又上了孫臏的圈套。孫臏料定龐涓報仇心切，不會善罷甘休的。於是，事先就在魏、韓交界之處的戰略要塞馬陵隘道佈置了重兵。孫臏算定，龐涓的追兵肯定會在天黑之前進入馬陵隘道的。為了激怒龐涓，他特意命人在馬陵隘道的低谷之處，將一株千里古松的樹皮剝光，用墨在白淨的樹皮上寫了『龐涓死於此樹下』六個大字。」

「噢，就是我們今天在谷底看到的那株剝了皮的古松吧。少爺，您今天看過，上面有字嗎？」

「當然有，俺一看，這才明白俺們今天走的確是馬陵隘道，也由此相信了齊國人所說的一切。所以俺叫你快走，並騙你說馬上就要出谷口了。」

「結果，龐涓死了嗎？」矮個子直搗中心地問道。

「龐涓進了谷口，黑暗中望見那株古松的白皮，覺得奇怪，立即令人鑽火來照。結果，還未等他念完上面的六個字，埋伏在山道兩旁的齊師萬箭齊發，十萬魏師擁擠在狹窄的山道上，頓時亂作一團，人馬自相踩踏，死傷無數。這時，又聽山道入口與出口遠遠傳來齊軍喊殺之聲。龐涓估計齊國軍隊已經封鎖了兩端的谷口了，自己插翅也飛不了。想想十四年前被俘受辱的往事，說了一句：『遂成豎子之名！』拔劍自刎於樹下，真的應了孫臏樹上寫的那句話。」

「孫臏真的神機妙算，果然才智超過龐涓啊！」矮個子情不自禁地讚歎起來。

「龐涓死了，剩下的魏國士兵更是群龍無首，就像是無頭的蒼蠅，在狹窄的山道裡來往亂竄。而埋伏兩旁的齊師又乘機放火，山口兩端的齊師又由兩頭往裡衝殺。最後，魏國的十萬之師都葬送在了這馬陵隘道上，連齊太子申也被齊師虜回了。」

「唉，可憐了這十萬魏國士兵，他們的屍首現在有的還在山道上，有的雖已入土，卻被野狗刨出來撕吃，他們也是人生父母養的，怎麼就這麼悲慘呢？」矮個子這時已不再好奇地問東問西了，而是大為感傷地低下了頭。

高個子講完，似乎心情很沉重。很久，很久，他望著近前奔流不息的溪水，呆呆地，默然無語。

「少爺上知天文，下知地理，足智多謀，見多識廣，天下大勢，瞭若指掌，又是鬼谷先生的弟子，怎麼那些狗王們都沒長眼睛，不識貨，不重用少爺呢？如果他們重用少爺，或許少爺看透這一切，也能阻止啊！」沉默良久，矮個子突然又為自己的主人鳴起不平來。

高個子一聽矮個子這話，原本毫無表情的臉上瞬間現出無限的沮喪。撿起近前的一塊石頭，狠勁地投入近前的溪水裡，慢慢地從地上爬起，拍拍屁股上的灰，指指快要西沉的太陽，對矮個子說道：

「都是你，喊著要休息，只顧說話，這一坐，把早功坐成了晚功，太陽都快下山了。再不快起來過溪借宿去，今晚俺們真的要餵狼了。」

## 3　近鄉情更怯

「少爺，望見洛陽城了，俺們今天晚上就要到家了！」

殘陽如血，寒風凜冽。周顯王二十八年臘月二十二，在太陽快要落山之時，矮個子指著前方隱約出現的城郭，欣喜地對高個子報告著。

「噢，快走吧。」高個子淡淡地說。

行行重行行，從春走到秋，從秋走到冬，從齊都臨淄到魏國馬陵隘道，從馬陵隘道再到周都洛陽城下，歷時一年，行程數千里。此時，高個子望著近在眼前的故鄉洛陽，反倒眉頭深鎖，絲毫不見有什麼「千里歸故鄉」的欣喜之情。

緊趕慢趕，走了約半個時辰，幾乎是在太陽冉冉西沉的同時，高個子與矮個子二人搶步趨前，終於到達城門口。但是，就差了三步，洛陽城門已重重地關上了。

「唉，真是背運！今天還得在外野一夜。」矮個子幾乎是絕望了。

高個子倒是平靜，沉默片刻，慢慢地吐出兩個字：「也好。」

「也好？為什麼？少爺不想回家？」矮個子感到奇怪。

高個子無語。

「那今天晚上怎麼辦？就在城門前站一夜？」矮個子又問道。

「還有什麼辦法？就近借宿去啊！」

「噢。」矮個子一邊無奈地答應一聲，一邊挑起擔子走在了前頭。

走了一頓飯的功夫，二人踏著石頭，一蹦二跳地過了一個小溪後，就到了距離城門最近的一個村莊。

暮色之中，二人打量了一下，但見村莊不大，也就是五六戶人家的模樣，幾座東倒西歪的茅屋，破笠遮窗，草席為門。

「少爺，這麼破敗貧寒的人家，肯不肯借宿給俺們呢？」矮個子犯難地問道。

「也是。但天都黑了，還有什麼辦法呢？」高個子一臉無奈。

「少爺，俺們不妨向村裡人家問一聲，看附近還有沒有高門大戶的人家？眼前這樣的人家，就是肯借宿，也沒處留呀。」

「也是。」

「少爺，那您看著擔子，別動地方，俺就向跟前這一戶人家問一聲吧。」說著，矮個子就放下擔子，向十步之遙的一戶茅屋走去。

掀起門上的草席，矮個子探身向屋裡問了一聲：

「請問家中有人嗎？」

「什麼人呀？」一個頭髮花白、衣不蔽體的老人應聲而出。

「老丈，俺們主僕二人今天差一步沒進得了城，天黑了，想借宿一夜，不知莊上哪一家寬敞點，能行個方便？」

「哦，聽口音，客人好像就是這洛陽人吧。俺們這莊上啊，只五戶人家，都是窮人。客人不妨多走幾步，從這往右拐過一個小土包，也就幾百步，就有一個大戶人家。」

「謝謝老伯指點。」矮個子一邊說著，一邊向老伯作了一揖。

謝過老伯，矮個子重又挑起擔子，領著高個子，向右轉過小土包，果然看見了一個古木環抱的大戶人家。

借著暮色，主僕二人略略打量了這戶人家，果然如剛才的那個老伯所說，房子雖然有些破舊，但高大的圍牆尚在，當年的豪門氣度依稀可以追憶。

「當，當，當。」矮個子抓起圍牆大門上的一隻銅門環，重重地連叩了三下。

可是，沒人應聲。

「請問府上有人嗎？」矮個子急了，一邊再次重重地叩打銅門環，一邊高聲向牆裡喊道。

過了好一會，隨著「吱呀」一聲，大門終於開了一條縫。只見一個髮白如雪的老丈探出頭來，驚訝地看著門外兩位衣裳襤褸的陌生人，不解地問道：

「天都這麼晚了，請問二位是……？」

未及老人問出後半句，高個子早已趨前打躬作揖道：

「在下是洛陽之士，今天差一步沒進得城去，天晚無處投宿，今冒昧來到府前，還望老丈行個方便，容留我們主僕一夜，明天早早告辭進城。」

「噢，客人是洛陽之士？」老丈似乎不敢相信眼前這個外表如同一個叫花子的陌生人竟然是個讀書人。

矮個子見老人似乎不相信自己主人是讀書人的身份，怕他不肯借宿，於是連忙插話道：

「俺家少爺確是洛陽之士，還是鬼谷先生的弟子呢。」

「提這幹嘛？」高個子連忙岔斷矮個子的話。

「既是洛陽之士，老夫或許也會有所耳聞。請問客人尊姓大名？」老人聞聽矮個子說到眼前的這個叫花子還是鬼谷先生的弟子，大概是來了興趣。

「在下是無名小輩，就是報上賤名，想必老丈也一定不會知道的。」高個子推託道。

老丈一聽這話，也就不好再追問了。於是重又瞇起眼睛，借著昏黃的光線，再次打量眼前這一高一矮的兩個陌生之人。

看了片刻，也許是因為那僕人說到「鬼谷先生」，也許是見高個子言動舉止文質彬彬、謙恭有禮，確有些讀書人的本色，遂默默地點了一點頭。

高個子一見，連忙拉過身後的矮個子，說道：

「一點禮節也不懂，還不快過來給老丈見禮。」

矮個子連忙放下肩上的擔子，上前施禮。

老人沒在意他的施禮，倒是先偷眼看到了他擔子裡挑的書簡了。於是，他終於確信了眼前這個自稱「洛陽之士」的客人所言不虛，遂爽快地說道：

「既是讀書之人，不嫌寒舍簡陋，不妨請進，權且將就一宿吧。」

「謝老丈留宿大恩！」主僕二人一聽，不禁喜出望外，忙不迭地異口同聲道謝著。

於是，老人洞開大門，讓進二人，然後關門，落門。

一夜無話。

第二天，也就是周顯王二十八年的臘月二十三，洛陽人過小年的這一天。高個子與矮個子早早起來，千恩萬謝別過老丈，便直奔洛陽城下，今天他們要早早地進城了。

不一會，主僕二人就到了城門之下。

此時，洛陽城那兩扇漆黑的大門還烏洞洞地閉著。城門下，悄無一人。天是寒的，地是凍的，北風呼呼，吹耳而過，令人眼酸、耳脹、臉刺痛。

「少爺，俺們找個避風的地方躲一躲吧。」矮個子縮頭縮腦，兩手籠在袖子裡，雙腳跺地，渾身發抖，牙齒打顫地說道。

「噢。」高個子從沉思中清醒過來，邊說邊隨矮個子曲身蹲到了城門洞下。

等了約半個時辰，天還是霧濛濛的，太陽始終不肯從地平線後露出她溫暖的臉兒。遠處的山巒，近處的村莊，在靄靄的晨霧中只現出朦朧的輪廓。而近前的洛陽城，也彷彿海市蜃樓一般虛幻飄渺，不在現實裡，而在夢境中。

「腿好麻，還冷，不如站起來活動一下吧。」蹲了一會，矮個子一邊說，一邊自己先站了起來。

接著，高個子也站了起來。

「噯，少爺，您看，那裡好像有很多人來了，也是進城的吧。」矮個子興奮起來。

果然，越來越近，走到跟前，發現約有幾十人，而且後面還連續不斷。不大一會，城門口已經聚集了數百人。

「唉，怎麼現在還不開門，今天是過年，不是平時，這班老爺不知俺們小民的苦，俺們還指望早點賣了東西，買點年貨，回去好張羅年夜飯呢。」人群中終於有人耐不住了，開始抱怨起來。

「你急，他們不急啊，這寒冬臘月，那些老爺們還在暖被窩裡做著美夢呢。」有人回應著。

等啊等，又等了好大一會功夫，大家都眼巴巴地盯著的那兩扇高大的黑色城門，就是不肯打開。於是，大家只好唉聲歎氣。許多人冷得不行了，就開始放下擔子，或揉手跺腳，或擊石取火，撿來旁邊的枯葉點燃取暖，希望驅趕點寒氣。

漸漸地，跺腳聲，由小到大，匯成了一片，仿佛是千軍萬馬奔騰之聲，迴響在空曠的城外郊野；而一小撮一小撮的篝火，隨風閃躍跳動，在晨曦冬霧中，遠遠望去，則像是荒墓野墳間的點點鬼火。

「少爺，您看這一點一點的火，遠遠看去像不像鬼火啊？」

矮個子冷不丁的一句話，讓正在低頭若有所思的高個子情不自禁地抬起頭來，似看非看地望了一眼那一小撮一小撮的火星子，突然喃喃自語道：

「是啊，現在應該是千軍萬馬化成點點鬼火，正在中原大地到處遊蕩的時候，鬼也要回家啊！」

雖然聲音很小，但矮個子還是聽到了，覺得莫名其妙，不知所云。遂問道：

「少爺說什麼啊？」

「沒說什麼。」高個子繼續低著頭，跺著腳。

沉默了一會，矮個子又開口了：

「今天回去，俺們可以看見小少爺了。少爺在外三年，算來現在小少爺應該是四歲了吧，一定會說會笑，會叫爹了。」

「他哪裡會叫俺爹？認得出認不出俺還是回事呢。俺離家時，他一歲還不到，他能記得什麼呀？」高個子沒精打采地說道。

「少奶奶今天見了少爺，一定高興壞了。」矮個子又換了個話題。

高個子沒吱聲。半晌，卻另起話頭道：

「俺娘身體一直不好，又喜歡瞎操心，俺三年在外，杳無音信，她不知要急白多少頭髮。」

「兒是娘的心頭肉，天下哪個做娘的不是這樣呢？老話說，兒行千里娘牽掛，少爺長年在外，老太太怎能不時時惦記著呢？」

高個子聽了矮個子的這番話，沒有吱聲，但好像抬袖在臉上輕拭了一下。大概是矮個子的話觸動了他的心思。

又是一番沉默之後，矮個子突然又說道：

「不過，老爺身體倒是一直健朗，性格也開朗。再說，家裡還有能幹的大少奶奶，老太太身體一定沒問題的。」

「唉，我那嫂子呀……」高個子說了半句，突然收住了。

正在此時，突然聽到「吱呀」一聲，人群立即湧動起來，原來是城門終於開了。

「少爺，城門開了，快進城吧。」矮個子催促道。

可是，直到城門口所有的人都進去了，高個子還是沒動地方，呆呆地立在那裡。

矮個子催了幾次，也就不催了，默默地陪著他，一言不發。此時此刻，他完全理解主人的心情：三年來，主人異國他鄉的漂泊求售而不遇，無數個失意後不眠夜晚的長吁短歎，這次囊空如洗地從齊國走到洛陽，一路上三餐不濟和行同乞丐的經歷，這一切自己都清清楚楚。而今，就要進城了，就要踏進家門了，這怎能不讓潦倒落魄的主人百感交加，近鄉情怯呢？

# 第二章　折節讀書

## 1　人情冷暖

沉默，猶豫，徘徊。

不知過了多久，太陽終於露出了地平線，晨曦初照，霧靄散盡。最終，主僕二人還是遲疑地邁開了步子，進了洛陽城。

「瞅，來了兩個要飯的，過年了還要飯？」

正當主僕二人，一前一後，目不斜視，低頭緊走之時，突然一群孩子大喊大叫起來。高個子情不自禁地抬起頭來，下意識地瞪了那群孩子一眼。

孩子們一窩蜂地跑開了，但叫喊得更歡，更響了：

「瞅，兩個要飯的，過年了還進城，還兇巴巴的。」

聽到娃兒們大喊大叫，蘇二娘沒聽清叫什麼，以為發生了什麼大事，便連忙探頭出來張望。開始沒看清，待走近了，她看著看著，覺著奇怪了，這兩人的樣子怎麼好眼熟呢？

好奇心驅使她主動迎了上去，一步，兩步，三步，越來越近了，她終於看得真切了。可是，她仍然不敢相信。揉了揉眼睛，她想再走幾步細瞧瞧。

沒想到，她剛立定腳步準備細瞧時，突然那個背著行囊，走在前邊的高高大大的叫花子先開了口：

「二娘。」

這一叫不打緊，可把蘇二娘嚇了一大跳，一下子就醒悟過來了：

「這不是大娘家的蘇秦嗎？秦兒，你出門三年，怎麼連一點消息也沒有呀？咋變成這樣了呢？」

是啊，咋變成這樣了呢？蘇秦被二娘一問，一時語塞，真的不知如何回答。想當初，自己從師父鬼谷先生那裡學成，由齊國回周都洛陽，曾經是何等的風華？三年前，在親朋好友的資助下，自己裘馬揚揚，衣著光鮮，挾百金，攜書童，風流倜儻，意氣奮發，在爹娘、哥嫂、妻兒、兄弟和二娘、三娘等蘇氏家族期許的目光下揚鞭出發，東遊六國，志得意滿地預期著三年說得六國諸侯，「合縱」成功，高官得做，駿馬任騎，衣錦還鄉，那時的豪情又何止萬丈？唉，當初想得太簡單了！

蘇二娘見蘇秦沉默不語，馬上醒悟自己問得唐突了。於是，馬上情急轉舵，轉向蘇秦身後的矮個子道：

「秦三，老爺讓你跟著少爺，就是讓你多照顧少爺，怎麼把少爺弄成這樣了呢？」

秦三一聽這話，張嘴想說什麼，卻什麼也說不出來。

蘇二娘突然一跺腳，如夢初醒似地對圍攏在身邊的幾個孩子說：

「快！快！快！快去告訴蘇大爹，就說蘇秦叔叔回來了。」

孩子們一聽，立即散開，連蹦帶跳地往蘇家奔去。一路跑，一路高聲喊道：

「蘇秦叔叔回來嘍！蘇秦叔叔回來嘍！」

左鄰右舍一聽說蘇秦回來了，連忙都跑出屋外，或探出頭來張望。不大一會兒，蘇家門前早已聚起了上百號鄉鄰，大家都是來瞧風光的。三年前，蘇秦裘馬揚揚，衣著光鮮，風流倜儻，意氣奮發，志在必得的豪情，還有那挾百金，攜書童，在眾人期許的目光下驅馬揚鞭，呼嘯而去的沖天意氣，大家至今都還記憶猶新。現在三年了，該是大成功了，該是衣錦還鄉了吧。

帶著迎接周王那樣的敬畏之情，帶著爭睹成功者偉儀丰采的急切之心，眾鄉鄰屏息等待了約一頓飯的功夫，終於遠遠走來了一高一矮的兩個人。近了，近了，一百步，五十步，二十步，十步。終於，大家看著蘇家二少爺和他的僕從走近了蘇家的大門。

大家不看則已，一看頓時傻了眼。眼前的蘇家公子，哪有他們想像的裘馬揚揚、前呼後擁的排場，就是跟三年前年少意氣奮發的模樣相比，也是不可同日而語。只見他滿臉塵垢，頭髮蓬鬆，就像個亂雞窩似的。面容憔悴，臉臘黃臘黃的。上身雖然還是穿著早先那件裘皮大袍，但卻破敝不堪。原來雪白的裘皮袍，現在卻成了黃一塊，黑一塊，這裡掉了一塊毛，那裡裂了一個縫，上面還沾滿了塵土與草屑，活像一個在泥濘草地打過滾的癩皮狗。再看下身，也早已不是當初舉步優雅的官人裙袍，而是販夫走卒長途跋涉所穿的那種裙裳。足下所穿，則是草鞋，已非當年出門時所穿的那種士之木屐。自己背著行囊，秦三跟在後面擔著書簡。二人拖著疲憊的步履，一步三搖，有氣無力，大有奄奄一息的樣子。如果不是還背著行囊和後面挑著的書簡，這二人的模樣與乞丐叫花子沒什麼兩樣。

鄉鄰們明顯是失望了，有的人不住地搖頭，有的人則長吁短歎，更有不少人已經忍不住低聲議論開了。

「唉，蘇大爹真是糊塗，他當初讓兒子學什麼不好，非要不遠千里，讓兒子大老遠地跑到齊國，拜什麼叫『鬼谷子』的怪人為師，學什麼『縱橫術』。現在好了，搭了那麼多錢糧，兒子就這下場，不文不武，倒是成了一個不折不扣的叫花子了，唉！」一個頭髮花白的老漢一邊歎息，一邊低頭往家去了。

「蘇大爹這也是在做買賣，如果兒子真的成功了，封賞拜相了，那他傾家蕩產，也能給蘇家翻個本，使蘇家重續當年世代為官的榮光，也值呀！」一個中年漢子不同意老者的話。

「想憑耍嘴皮子，上嘴皮和下嘴皮一搭，就想說得天子王侯高興，立馬封賞拜相？嗨，世上哪有那麼好的事？」一個中年漢子不屑地說，神情中頗有幸災樂禍的味道。

……

正在大家這樣熱烈地低聲議論之時，蘇氏一家老小也都聞聲跑了出來。

蘇大爹、蘇大娘步出大門，看見門前黑壓壓的眾鄉鄰，手搭涼棚，四處張望，卻沒發現兒子蘇秦的影子。

「哥哥呢？在哪？」蘇秦的幾個弟弟們踮起腳尖也沒看見哥哥蘇秦，不免急切地問道。

「叔叔回來了，人在哪啊？」蘇秦兄弟的兒子們也出來找蘇秦了。

蘇秦的妻子香香站在公婆背後，雖不聲不響，卻是眼睛一刻也不停地在人群中搜尋著丈夫的身影。

「蘇家大官人回來了啦，人在哪呢？可讓嫂子日夜巴望了三年啊！」蘇秦嫂子一個腳在門裡，一個腳在門外，聲音就傳出來了，那誇張的聲音好像要讓整個洛陽城裡的人都聽見。

蘇秦大哥與幾個弟弟，則分開擁擠而喧嚣的人群，正在尋找著蘇秦。

眾鄉鄰見蘇家人那副急切的樣子，連忙退到一旁。好大一會功夫，他們終於找到了縮在人群一角的兄弟蘇秦。

蘇秦看到兄弟們，就像受了驚似的，立即低下了頭。兄弟們突然發現蘇秦變成這副模樣，幾乎都不敢相信自己的眼睛，一時張口結舌，愣在那裡，半天回不過神來。

隨著眾鄉鄰慢慢散開，蘇秦主僕便清楚而突兀地出現在蘇氏全家人眼前。全家老少本是帶著歡天喜地的心情迎出來，急切地想一睹他衣錦還鄉的丰采，分享他成功的喜悅，沒想到他卻是這副模樣回來。這如何不讓全家上下頓時像寒冬臘月喝下了一碗冰水，心裡涼透了，寒透了。再看圍觀的眾鄉鄰那神色各異的眼光，那交頭接耳，竊竊私語的情形，更覺顏面丟盡，恨不得尋個地縫鑽進去才好。

沉默了一會，蘇秦的嫂子最先回過神來，竟然當著眾鄉鄰的面，怒不可遏地對著公爹、婆婆埋怨道：

「家裡日子本來就過得緊巴巴，還要東借西貸，花了那麼多金子，去讓他東齊求學，還要周遊列國。好了，現在大官人回家了，蘇家好有面子了吧！」

說著，一扭屁股，氣哼哼地踢門而進。

蘇大爹、蘇大娘一時語塞，一時愣在了門檻之外。

蘇秦妻子香香聽著嫂子的話，看著丈夫落魄的樣子，哭著轉身而去，重回機房，一邊哭泣，一邊劈劈叭叭地織布。淚水濕了衣襟，也濕了織機上的根根紗線。

而此時的門外，圍觀的鄉鄰散去了一撥，又來了一撥，人數越來越多。

「喲，什麼事這麼熱鬧呀？」正在蘇家人無比尷尬之時，蘇家隔鄰的衛老婆子出來了。她耳朵背，大家也沒人回答她的話，因為說了，她也聽不見。

大家都知道，蘇家與衛家關係不好。蘇家是世代書香門第，祖上幾代都做著周王的大官，只是現在家道中落了。衛家則就是個世代的市井市儈人家，殺豬、打鐵，剃頭、種地，樣樣都來，雖然家中個個目不識丁，日子過得卻好過蘇家，三天兩頭，都能狗肉飄香，饞得鄰居們的娃兒直喊爹叫娘：「我要吃肉，我要吃肉！」由此引得多少苦寒人家夫妻爭吵，娃兒挨打。如今，衛老婆子出來看見蘇家公子這副模樣，那還不幸禍樂禍，說些冷嘲熱諷的難聽話？於是，衛老婆子一出來，大家不自覺地就給她讓開了一條道。

衛老婆子耳朵不好使，但眼睛好使。她擠過人群，走近蘇秦身邊，瞅了一眼，就認出了他。於是，立即拉長聲調說道：

「喲，這不是蘇家二少爺嗎？封賞拜相了吧，也不讓俺們鄉里鄉親的沾沾光？」

蘇秦一聽，頭低得更低了，那尷尬之情，大有想尋個地縫鑽進去，或是找面牆一頭撞死。

秦三一聽，則怒不可遏，情不自禁地握緊了拳頭。可是，舉起後，又無奈地縮了回去。

衛老婆子見此，掃了一眼圍觀的眾鄰，又不自覺地高聲說道：

「念書有什麼用？還不如我們老老實實地耕地耙田，販貨叫賣，出力出汗，還能混它個肚子不餓，身子不寒。不念書，也不用花費那麼多冤枉錢糧，供那些個搖頭晃腦的先生，多冤！唉，偷雞不成蝕把米啊！」

蘇大爹再也聽不下去了，黑著臉，咬了咬嘴唇，轉身也回去了。

可能是因為衛老婆子話說得太過刻薄，也可能是大家都看不慣衛家那種有錢傲人的市儈嘴臉，最後終於有人出於義憤，站出來說話了：

「怎麼這樣說話呢？念書做不了官，也能識文斷字，多懂些『天地君親』的道理，好歹也能比我們睜眼瞎要強多了。」

說話人大概知道，說出這話，衛老婆子雖然聽不見，但可以打打圓場，為蘇家開脫開脫尷尬。

「說的是，說的是！」眾鄉鄰一聽，連連附和道。

蘇大娘見此，頓時抓住了機會，連忙走到蘇秦身邊，拍拍兒子衣上的塵土，瞇著老眼，無限深情地拉著兒子的手，左看右看，然後好像是對著兒子，更好像是對著眾鄉鄰，大聲地說道：

「從小念書，沒有吃過苦，受過寒。吃點苦，受點寒，不是壞事。老話說：『好鐵要鍛打』，人不摔不打，也不成人。吃得苦中苦，方為人上人。兒哇，別灰心！衣裳破了，可以再補；金錢沒了，可以再聚。男子漢，大丈夫，可不能沒了志氣！兒哇，走，跟娘回家過年。回頭娘給你好好拾掇拾掇，可不又是一個儀表堂堂的美男兒！」

一番話，說得蘇秦淚如雨下。

眾鄉鄰一見，頓時一哄而散。

## 2 革故鼎新

「三子，怎麼還杵在那裡不動呢？進屋這麼久了，咋還不侍候少爺洗澡更衣？」蘇大娘在前院後屋張羅了好一會，回到堂屋，發現秦三與蘇秦還蓬頭垢面地站在那裡發呆，不免有些生氣了。

秦三正想分辯，這時趙媽走過來了。蘇大娘一見，又沒好氣地對趙媽說道：

「趙媽，你也這麼大歲數了，怎麼也不懂事？少爺進屋這麼久了，你咋不招呼他洗澡更衣呢？」

「太太，剛才俺在後院收拾柴禾……」趙媽覺得委屈，她是蘇家的老傭人，已經五十三了。

蘇大娘一聽，覺得不好意思，連忙語氣緩和地說：

「趙媽，你去灶房看看，大少奶奶的熱水燒好了沒有？俺去二少奶奶房裡給少爺拿件換洗的衣裳。」

蘇大娘推開二兒媳的房門，沒人。聽到機房有織布聲，又到機房。結果，門關著，久敲不應。

「太太，大少奶奶不在灶房，鍋裡也沒有熱水。」

蘇大娘只好又轉身回到堂屋，這時趙媽也回來了，稟報說：

蘇大娘一聽，心裡明白了是什麼回事，但當著蘇秦的面，強忍著沒有發作，只是平靜地說：

「趙媽，那你去燒水，俺到大少爺房裡給二少爺找幾件換洗的衣裳吧。」

趙媽答應著剛要離去，蘇大娘又叫住了她：

「是，太太。」

「趙媽，順便再給二少爺弄碗麵吃，他肯定也餓了。」

「噢。」趙媽答應一聲，低頭去了。

「三子，你陪少爺到西屋歇會兒吧，準備一下澡盆，待會趙媽熱水燒好了，你侍候少爺洗個澡，自己也洗一下，換身衣裳。俺現在就給你們找衣裳去。」交代了秦三幾句後，蘇大娘就往東屋去了。找好了兒子和秦三的衣裳，蘇大娘又去了灶間，看趙媽燒水燒得怎麼樣了。

「太太，時間不早了，今晚的年夜飯也要準備了。大少奶奶不知哪去了，怎麼辦？」趙媽一邊往灶膛裡添柴禾，一邊問道。

蘇大娘一聽，這才想起今天是小年夜，還有年夜飯的事。按照常規，平時的飯食，自己都是不插手的，至於像準備年夜飯這樣的大事，更是從不過問的了。因為有她那個能幹的大兒媳，一切都妥了。可是，今天則不然，大兒媳見蘇秦落魂而歸，早就嫌棄地躲開了，連年夜飯的事也撒手不管了。

想到大兒媳的勢利，想到兒子蘇秦的尷尬，蘇大娘只好忍氣吞聲，決定今日就不去叫大兒媳了，免得自討沒趣。於是，便裝著漫不經心的樣子，順口說道：

「趙媽，今天的年夜飯，你給俺做幫手，俺想自己準備，好多年沒下廚了，也想再試試。」

「那好哇，今天大家可有口福了，老奴也多少年沒跟太太學手藝了。」趙媽裝著欣喜雀躍的樣子。

於是，蘇大娘與趙媽一邊燒水讓蘇秦與秦三沐浴更衣，一邊手忙腳亂地準備著年夜飯。

蘇秦沐浴更衣已畢，先走到東房，想去看看爹，跟他說點什麼。但是站在門口，見爹正坐在席上，倚著小几獨自悶悶地喝著渾黃的燒刀子劣酒，他終於消失了最後一點勇氣。看著爹的樣子，他怎會不理解爹此時的心情呢？爹此時心裡有多麼失望，也是可以想見的。想當初，爹也有不讓自己與幾個兄弟再讀書的想法，不想兒子們也像他一樣一事無成。甚至曾經想過，是否跟緊鄰的衛家一樣，讓他們兄弟幾個學做一個地道的莊稼漢，或做做小生意。可是，爹思想上似乎有些矛盾，對蘇家一蹶不振地繼續衰落下去似乎心有不甘。所以，儘管他嘴上反對他們兄弟幾個讀書為士，但是，八年前，當自己提出要遠赴齊國，跟鬼谷先生學習「干謁王侯」的「縱橫術」時，爹仍然還是答應了。為此，讓本不寬裕的一個大家庭，日子益發過得緊巴巴。家裡一向由嫂嫂當家，她本來就是個嘴巴不饒人的角色，爹讓自己遠赴齊國求學，她自然心有不平，經常說些難聽的話，讓爹尷尬，也是不用猜測就可以知道的。人家都說「知子莫若父」，其實作父親的苦心，為子的何嘗不能更深切地了解呢？爹此時不理自己，自己怎麼可能不理解呢？爹這是恨自己不能成大器，也為蘇家至今不能中興而感到沮傷啊！

深情地望了一眼獨自悶悶不樂的爹，蘇秦悄悄地離開了。當他不知不覺間走到自己的房前時，竟然發現房門洞開，妻子香香卻不見人影。轉到後院時，卻聽見機房內有劈劈叭叭的織布聲。聽著這雜亂而不同於往常的織布聲，他知道妻子香香是在怨恨自己，躲著自己。

想到此，蘇秦不禁心裡涼了半截。今日自己鎩羽而歸，哥哥、弟弟避之唯恐不及，他可以理解；嫂嫂躲得不見蹤影而不給做飯，他也可以坦然。因為嫂嫂是個婦人，自古有幾個婦人不是勢利的？這更有幾個嫂嫂跟小叔子的關係能夠融洽？因此，對嫂嫂勢利小人的態度，他現在完全能夠理解。這三年在外，他已經飽嘗了人世間的諸多世態炎涼，這已經不算什麼了。但是，自己與香香畢竟是夫妻啊！今日自己落魂而歸，她不僅沒有對自己說一句安慰或鼓勵的話，而且躲進了織布房，根本不理自己。這，就不能不讓他萬念俱灰了。雖然俗話說：「夫妻本為同命鳥，大難臨頭各自飛」，但現在還沒有遭遇大難，只是「干謁王侯」的仕途不順而已。天下哪有樣樣順利的？再說，做官是那麼容易的事嗎？如果做官做大事都那麼容易，可以一蹴而就，那麼大家就不會那麼羨慕做官人了，不會見了大官人自覺矮三分，心裡又羨又怕，骨頭都先軟了三分了。

傷感鬱悶中，不知不覺間，蘇秦信步走到了後院。繞著院子低頭走了一會，突然發現有什麼異樣，抬頭一望，原來昏暗的天幕變得一片明亮，高遠的蒼穹上繁星點點，一閃一閃，仿佛是沖他調皮地眨眼。

「吃年夜飯嘍！」

時至戌時，隨著趙媽的一聲喊叫，在清冷的星光下，在搖搖欲滅的燈影裡，伴著前街大戶人家舉杯邀盞的喧嘩聲，和著後巷貧寒人家孩童的嬉鬧聲，蘇家的小年夜飯也宣告開始了。

三個食案並置而成的年夜飯桌上，擺了十幾樣菜蔬，有葷有素，不算豐盛，但也不算簡單了。

蘇大爹、蘇大娘東向坐，蘇秦兄弟四人南向坐，妯娌四人及孩子們西向坐，趙媽與秦三是僕人，敬陪末席，北向坐。

「今年的小年夜，俺們蘇家人總算聚齊，能夠吃個團圓飯了。」坐定後，蘇大娘裝著欣喜的樣子首先開場道。

按常規，這年夜飯桌上，一向都是由蘇大爹首先舉杯說話的，因為他是一家之主。可是，今年情況不同，看著老頭子黑著臉，看著全家人抑鬱、尷尬的神情，蘇大娘想挑個頭，好營造個歡樂喜慶的氣氛。沒想到，話出口半天，沒人接岔。趙媽幾次張嘴，想借著誇蘇大娘的手藝，打個圓場，但抬眼望望蘇大爹，看看蘇家老小，又幾次把話咽了回去。因為她知道她只是個僕人，蘇家人讓她上桌吃飯，已是莫大的抬舉了，這年夜飯的席上，豈有她說話的份？

又沉默了片刻，蘇大爹突然拿起面前的酒盞，大家都頓時一起抬眼看他，以為他要舉盞說話了。沒想到，他只自顧自地喝了一口。然後，拿起筷子，夾起面前碟子裡的幾根蕨菜，悶悶地嚼著。

全家老小一看，連忙低下頭，也照著樣子，悶聲不響地喝起自己盞中的酒。一時間，飯桌上，除了碗筷相擊與嚼啜之聲，再無其它任何聲響，更無談笑喧嘩之聲。就連虎兒和蘇秦哥嫂兄弟的幾個孩子們，今天也一反常態，不言不語，不叫不鬧。

沉悶，沉悶，沉悶得讓人要發瘋了。

「這是咋弄的？怎麼都不說話呢？」蘇大娘這時實在沉不住氣了。

可是，仍然沒有人說話。

「來，虎兒，你給大家敬杯酒吧。」

蘇大娘見還是調動不起大家情緒，於是就想到叫孫子虎兒來逗弄大家，希望以孩子的天真可愛打動大家，從而營造出一點過年的氣氛。

虎兒於是遵從奶奶之命，抬起小手，拿起了酒盞，先抬頭看了看奶奶，然後又看了看爺爺、爹娘以及叔伯、嬸娘們，一雙烏黑的大眼睛的溜溜地轉動了一番後，見大人們都不言不語，仍在低頭吃飯，遂又失望地放下了酒盞，重新低下頭來，吃起了自己碗裡的飯。

「今天都吃啞巴藥了？這叫什麼過年啊？」這下，蘇大娘再也沉不住氣了，把碗一擱，聲音略有哽咽地說道。

「唉咳，」蘇大爹一看形勢不對，於是先乾咳一聲，然後抬眼掃視了一下兒子與兒媳們，最後，把目光盯在了蘇秦身上，說道：

「我們周人的習俗，自古以來都是重視治產業、力工商，逐其蠅頭小利，以此為謀生持家之務。而今你們兄弟倒好，都不屑於此，捨本逐末，專擅口舌之長，而今困窘至此，豈非咎由自取？」

蘇大爹的這句話，雖然表面看起來顯得沒頭沒腦，但此時此刻，飯桌上的任何人都是心知肚明其用意所在的。當然，蘇秦更是心如明鏡，知道爹說的不是真心話。如果他自己果真這樣想，那麼當初他就不可能讓自己去師事鬼谷先生了。爹今日之所以這樣說，其實，是想以此堵住大家的嘴。他作為一家之主，批評了自己，其他人特別是自己那個閒話很多的嫂嫂，也就不便再說什麼了。這樣，可以平息一下大家的怨怒之氣，緩和一下過年的氣氛。

想到此，蘇秦連忙接住爹的話，道：

「爹教訓的是！兒今知錯了。」

蘇秦父子這默契的一訓一悔之後，蘇大娘見此，立即乘機打圓場道：

「不是有人說過，什麼往者，什麼來者的。」

蘇秦的大哥連忙接口道：

「是『往者不可諫，來者猶可追。』」

「是，是，是，就是這句話。過去的事就過去了，別說它了。今天是小年夜，革故鼎新，新年新氣象。」

蘇秦一聽，心想，娘可真會說話，一語雙關，此情此景，真是找不出比娘這話更能打破今日尷尬的話了。

「革故鼎新，新年新氣象，娘說的是！」

蘇秦的幾個兄弟一聽，立即連忙附和道。蘇秦的嫂嫂與妻子、弟媳們，還有秦三、趙媽，也都連忙以蘇大娘所說的「革故鼎新，新年新氣象」九個字，作為年夜飯上的吉利話兒說了起來。

於是，飯桌上的的沉悶終於打破了。

大人們開始說話了，孩子們也就開始喧鬧起來了，過年的氣息漸漸又找回來了。畢竟孩子們的天真可愛，是能讓人忘記一切煩惱的。不然，人們怎麼會說孩子是維繫家庭穩定的壓艙之石呢？

## 3 青燈苦讀

冷月初上，朔風呼嘯，寒枝瑟瑟，洛陽城萬籟俱寂，唯餘金柝報更之聲。

此時，蘇家大院中，東房、西房、南房，早已鼾聲四起。唯有北房，還有一盞奄奄一息的松明之光搖搖晃晃。

若明若暗的燈影下，蘇秦木然地坐著。旁邊的席上，則睡著他的妻子香香。雖然連日來長途跋涉，困頓不堪，但今天回家的一幕幕情景，卻使他困意頓消，一點睡意也沒有。

看著背對著自己，側身而臥的香香，蘇秦不禁且愧且憐。晚飯前，對香香不理自己，對自己一句安慰之言也沒有，他感到不理解，甚至有恨怨之意。可是，等到吃完年夜飯，完全冷靜下來後，這才覺得自己對香香的愧疚太多了。是啊，畢竟是自己無用，對不起香香，不僅使她空自相思、懸望、期待、苦等了三年，而且如今自己的失敗，還會增加她在這個大家庭中的壓力。嫂嫂那張嘴，今後不知還會說出些什麼，香香不知還要遭遇多少的難堪。設身處地想想，香香沒有心情來理解自己，那也是人之常情。

這樣一想，蘇秦覺得真的是對不起香香，遂情不自禁地抬起手來，在香香後背輕輕撫摸了一下。但香香沒有反應，蘇秦輕輕地歎了一口氣。

呆呆地坐了約一頓飯功夫，蘇秦終於起身離席，端起旁邊燈架上奄奄一息的松明，悄悄地帶上房門，出去了。

遮掩著松明，他轉到了臥房隔壁的一間小屋，那是他以前讀書的書房。

書房還是老樣子，周遭四壁都堆得滿滿當當。看著架上那一排排密密麻麻的書簡，他愈發感到無限地感傷。想想自己多少年來，青燈孤影，苦心攻讀聖賢之作，可謂是上知天文，下知地理；識天機，斷陰陽。自以為讀破萬卷書，能參透人世間的一切奇謀玄機，所以三年前才信心滿滿地拜別爹娘，忍拋妻兒，出發遊說山東六國之王。沒想到，三年中，不僅沒說得齊、楚、魏、韓、趙、燕六個大國之王，就連中山、魯、宋之類的小小諸侯也沒有人賞識於他。唉，可惜了自己的滿腹才華！可憐了天下蒼生！今後不知還有多少個「桂陵之戰」、「馬陵之戰」，不知還有多少剛剛由爹娘、爺爺、奶奶拉扯大的兒郎，又要無辜地把剛長成的年輕生命葬身在戰場？養大一個男兒要花二十年，要毀滅他，只需戰場上的一瞬間。如果山東六國之王聽從自己「合縱」之策，那麼魏、韓二國就不會自相殘殺，齊國也不會出兵干預。如此，哪會有馬陵道上自己親眼目睹到的殘骸枯骨，以及山口兩端那一望無際的累累新墳呢？

唉，現在都這樣了，還想這些幹什麼？身無分文，心憂天下，真是可笑！可笑！還是從此放下書簡，打掉幻想，拿起鋤耙，務本業商，也好掙些錢糧，上養爹娘，下撫妻兒吧。

想著想著，他恨不得把架上的書簡都推倒，統統燒光，都是這些書簡誤了自己。可是，還沒等他伸手去推書架，卻已情不自禁地把手伸到了架上。無意間，翻檢到了師父鬼谷先生所著的《鬼谷子》。開篋而視，得《揣意》、《摩情》二章。於是，伏而讀之。

古之善用天下者，必量天下之權，而揣諸侯之情。量權不審，不知強弱輕重之稱；揣情不審，不知隱匿變化之動靜。

何謂量權？曰：度於大小，謀於眾寡；稱貨財有無之數，料人民多少、饒乏，有餘不足幾何？辨地形之險易，孰利孰害？謀慮孰長孰短？揆君臣之親疏，孰賢孰不肖？與賓客之智慧，孰多孰少？觀天時之禍福，孰吉孰凶？諸侯之交，孰用孰不用？百姓之心，孰安孰危？孰好孰憎？反側孰辨？能知此者，是謂量權。

揣情者，必以其甚喜之時，往而極其欲也；其有欲也，不能隱其情。必以其甚懼之時，往而極其惡也；其有惡者，不能隱其情。情欲必出其變。感動而不知其變者，乃且錯其人勿與語，而更問其所親，知其所安。夫情變於內者，形見於外，故常必以其見者而知其隱者，此所以謂測深探情。

故計國事者，則當審權量；說人主，則當審揣情；謀慮情欲，必出於此。乃可貴，乃可賤；乃可重，乃可輕；乃可利，乃可害；乃可成，乃可敗；其數一也。

故雖有先王之道，聖智之謀，非揣情隱匿，無可索之。此謀之大本也，而說之法也。

……

讀《揣篇第七》未完，蘇秦揮手在額頭上猛擊了一掌，喟然長歎道：

「先生說得多麼明白啊：『雖有先王之道，聖智之謀，非揣情隱匿，無可索之。此謀之大本也，而說之法也。』我以前怎麼就沒明白過來呢？至於如何揣摩人主之情，從而說之，先生也說得明明白白：『揣情者，必以其甚喜之時，往而極其欲也；其有欲也，不能隱其情。必以其甚懼之時，往而極其惡也；其有惡者，不能隱其情。情欲必出其變。感動而不知其變者，乃且錯其人勿與語，而更問其所親，知其所安。夫情變於內者，形見於外，故常必以其見者而知其隱者，此所以謂測深探情。』我以前怎麼就熟視而無睹呢？」

對照師父書中所說，想想自己前此遊說諸侯時，只知侃侃而談，而不知先揣人主之情，再察其顏色變化，從而有的放矢進行遊說的愚蠢做法，蘇秦愈益痛悔自己以前讀書不求甚解。

痛悔之後，再急展《摩篇第八》而讀之：

摩者，揣之術也。內符者，揣之主也。用之有道，其道必隱。微摩之以其索欲，測而探之，內符必應；其索應也，必有為之。故微而去之，是謂塞窌匿端，隱貌逃情，而人不知，故能成其事而無患。

摩之在此，符之在彼，從而用之，事無不可。古之善摩者，如操鉤而臨深淵，餌而投之，必得魚焉。故曰：主事日成，而人不知；主兵日勝，而人不畏也。聖人謀之於陰，故曰神；成之於陽，故曰明，所謂主事日成者，積德也，而民安之，不知其所以利。積善也，而民道之，不知其所以然；而天下比之神明也。主兵日勝者，常戰於不爭國不費，而民不知所以服，不知所以畏，而天下比之神明。

其摩者，有以平，有以正；有以喜，有以怒；有以名，有以行；有以廉，有以信；有以利，有以卑。平者，靜也。正者，宜也。喜者，悅也。怒者，動也。名者，發也。行者，成也。廉者，潔也。信者，期也。利者，求也。卑者，諂也。故聖人所以獨用者，眾人皆有之；然無成功者，其用之非也。故謀莫難於周密，說莫難於悉聽，事莫難於必成；此三者唯聖人然後能任之。故謀必欲周密；必擇其所與通者說也，故曰：或結而無隙也。夫事成必合於數，故曰：道、數與時相偶者也。說者聽，必合於情；故曰：情合者聽。故物歸類；抱薪趨火，燥者先燃；平地注水，濕者先濡；此物類相應，於事誓猶是也。此言內符之應外摩也如是，故曰：摩之以其類，焉有不相應者；乃摩之以其欲，焉有不聽者。故曰：獨行之道。夫幾者不晚，成而不拘，久而化成。

讀著讀著，他突然眼睛為之一亮，好像茅塞頓開，心胸豁然開朗起來，不禁喟然而歎：「先生之道，何其宏大！先生之說，何其深刻！『摩之在此，符之在彼，從而用之，事無不可』、『謀莫難於周密，說莫難於悉聽，事莫難於必成』、『摩之以其欲，焉有不聽者』，摩之精蘊，不盡在此嗎？揣意，摩情；摩情，揣意，這不正是遊說人主的關鍵所在嗎？不『揣意』，何以說人主？不『摩情』，何以動君王之心？為士既已屈首受書，而不能以此取尊榮，雖多何益？今有先生《揣》、《摩》二章，說諸侯，取尊榮，當遊刃有餘矣！」

感歎一番，尋思一番之後，蘇秦又突然想到，說人主而取尊榮，有師父鬼谷先生的《揣》、《摩》

二篇夠了，那麼若為卿相，何以治國平天下呢？

於是，又夜檢書簡，陳篋數十，翻出太公《陰符》之經，連夜伏讀，讀至第七篇：

柔能制剛，弱能制強。柔者，德也；剛者，賊也；弱者，仁之助也；強者，怨之歸也。故曰：有德之君，以所樂樂人；無德之君，以所樂樂身。樂人者，其樂長；樂身者，不久而亡。舍近謀遠者，勞而無功；舍遠謀近者，逸而有終。逸政多忠臣，勞政多亂人。故曰：務廣地者荒，務廣得者強。有其有者安，貪人有者殘。殘滅之政，雖成必敗。當斷不斷，反受其亂。

越讀越興奮，越讀越覺奧妙無窮，直讀到疲憊已極，天快大亮時，才伏案沉沉睡去。等到醒來，早已日至中天，午飯時間都過了。

就這樣，日復一日，月復一月，寒暑不易，夜以繼日，連續六個月，直讀到《揣》、《摩》、《陰符》三經的簡冊韋編三絕。

可是，六個月之後，蘇秦覺得有些讀不下去了，懈怠情緒不時有之。特別是晚上，常常不自覺地就睡過去了。等到醒來，早已日上三竿，時光的步伐又邁了一步。

七月十五，天氣酷熱難耐，一絲風也沒有。狹小的書房內因為都是書簡，北窗開得又高，屋內就如蒸籠一般。蘇秦雖然汗流浹背，心煩氣躁，實在有些堅持不住了；但是，一想到香香每天鬱鬱寡歡的樣子，一想到嫂嫂每天的閒言碎語與白眼，一想到每天要吃上一口嗟來之食時的痛苦心情，一想到爹為了再次支持自己苦讀所承受的心理壓力，他不得不強打精神，一遍又一遍地研讀。可是，晚飯過後不久，當他剛讀了兩遍《陰符》經後，睡意在習習涼風的誘惑之下，再也無法克制了。於是，不知不覺中，一覺就睡到了日上三竿。之後的幾天，他雖然多次在內心責備自己不爭氣，但這種情況還是時有發生。

八月初一，晚飯後蘇秦回到臥房換一件衣裳，突然在小條几上看見了妻子香香納鞋底用的錐子，於是靈機一動，就順手袖了出去，帶到了書房。

這天晚上，夜半天涼之時，睡意又襲來了。蘇秦拿起錐子在大腿上輕刺了一下，立即又振作了起來。如此反復幾次，最後一次竟完全不管用了。一咬牙，一狠心，他用錐子狠狠地刺了一下大腿根。結果，血流如注，濕了衣褲，流及腳跟。不久，他就什麼也不知道了。

直到第二天早上，他才知道，幸虧昨晚秦三半夜起來小解，順便到書房看他時及時發現，並幫他止了血，不然早就沒命了。

光陰似箭，日月如梭。

周顯王二十九年（西元前三四〇年）臘月二十三，又是一個新年到了。

「少爺，該出來吃年夜飯了。」又是一個星光燦爛的夜晚，秦三來到蘇秦的書房，催他出去吃飯。

「噢，又過年了？」蘇秦似乎有點不相信自己的耳朵。

「是，快去吃飯吧。讀書讀得連日子也記不得了。看少爺這次讀得這樣癡迷，再出山……」

未及秦三說完，蘇秦已輕輕地推開攤在書案上的簡冊，「霍」的一聲從席上躍起，一邊伸展開四肢，抖動了幾下，一邊望著窗外，像是對著秦三，又像是對著滿天繁星，自言自語地說道：

「想俺蘇秦，寒窗苦讀，十載有餘，上知天文，下知地理，通兵法，知陰陽，豈有久說人主，而不能得其金玉錦繡，取其卿相高爵之理？而今，俺以太公《陰符》，兼以師父《揣》、《摩》二章，說當世諸侯，足矣！」

# 第三章　行行重行行

## 1　榜樣的力量

邙山蒼蒼，洛水泱泱。

周顯王三十年（西元前三三九年），正月初五。風是寒的，呼呼地吹著；地是凍的，堅硬堅硬。冰棱猶如珠簾，掛在家家戶戶的屋簷之下。洛陽城內，俏無聲息；洛陽城外，少見人跡。

時近正午，風住了，太陽也出來了，雖然顯得懶洋洋，沒有多少暖氣，可給人的感覺好多了。與往常一樣，到吃午飯的時間，秦三又推開了蘇秦的書房門。蘇秦頭都沒抬，就知道一定又是秦三，是來叫他出去吃飯的。

「我知道了。」蘇秦一邊順口說著，一邊仍眼盯在書簡之上。

可是，秦三並沒有像往常那樣，立即退出書房，而是原地不動。

蘇秦覺得奇怪，遂抬起頭來，問道：

「還有什麼別的事嗎？」

「少爺，小人剛剛聽到一個消息，不知少爺有沒有興趣？」

「什麼消息？不妨說來一聽。」專心苦讀一年，從未耳聞過窗外之事的蘇秦，一聽秦三說到有消息，立即來了精神。

「小人今天上街，看見酒肆裡聚了很多人，就去湊熱鬧。」

「酒肆裡的熱鬧有什麼好湊的？」蘇秦不屑地說。

「小人看見人多，出於好奇，才會湊上去的。」

「那是什麼熱鬧呢？」蘇秦舒展了一下酸麻的四肢，漫不經心地隨口說道。

「有一個從秦國來的人，書生模樣，正跟大家講著一個非常了不起的人的故事。」

「什麼了不起的人？」

「也是一個遊士出身。」

「哦？也是一個遊士？怎麼樣？」蘇秦一聽秦三說的這個了不起的人也是遊士，情不自禁地坐正了身姿，興味盎然地追問起來。

「他原本是衛國的一位公子。」

「叫什麼名字？」蘇秦覺得自己周遊列國，眼界不算狹小，如果那遊士真是個人物，自己肯定有所耳聞。

「叫公孫鞅。聽說他當初在衛國混不下去，就跑到了魏國，投奔了當時的魏相公叔痤。」

蘇秦一聽魏國之相公叔痤的名字，立即默默地點點頭，因為他知道公叔痤是位賢相。

秦三見蘇秦點頭，立即來了精神，於是接著道：

「公孫鞅到魏國不久，公孫痤就發現他是個奇才。於是，就想找個機會向魏王舉薦他。可是，偏偏不巧，總是一直沒找到機會。後來，公叔痤病重，魏王探病時問他身後什麼人可以繼任魏國之相。公叔痤就順勢舉薦了公孫鞅，並要魏王舉國聽計於公孫鞅。」

「結果怎麼樣？」

「結果，魏王沒有聽從。就在公叔痤病故後不久，公孫鞅聽說秦孝公張榜求賢，就偷偷跑到了秦國。」

「跑到秦國，又怎麼樣？」蘇秦更加心急了。

「聽說遊說了幾次秦王，就被秦孝公信任，做了客卿，在秦國推行新法。後來，改革獲得大成功，秦孝公不僅任命他為秦國之相，在秦國做了十年一人之下、萬人之上的高官，而且去年又被秦孝公封了個大良造，據說是十六級爵位，從來沒人得到過。」

「哦？」

蘇秦聽到此，不禁又驚歎又感慨。驚歎的是，公孫鞅竟有如此的能耐，真是天外有天，人外有人啊！感慨的是，自己周遊列國，雖然早先也曾耳聞過公孫鞅在秦國變法的事，但對其詳情卻不甚了了，更沒想到他變法如此成功，而今還被封了爵。看來，自己還是孤陋寡聞，視野不夠開闊，眼光也不夠。遊說諸侯，自己怎麼就從來沒想到西邊的大秦之王呢？

秦三看看主人的神色，已然知道他此時的心理了。於是，說得更有勁了：

「公孫鞅爵封大良造後，親任秦將，率軍伐魏。結果，計賺魏公子卬，大破魏軍，迫使魏國向秦國獻出河西之地，魏國從此衰落。魏惠王無奈，只得捨棄西都安邑，東遷到了東部的大梁。公孫鞅也因此蓋世之功，又被秦孝公封之於於、商十五邑，號為商君。」

蘇秦不聽則已，一聽立即眼睛放光，久久地盯著秦三，好半天，連嘴巴都合不上。沒想到自己閉門苦讀一年，這世上就發生了如此翻天覆地的變化。

沉思，感歎。

良久，蘇秦突然幡然醒悟，自言自語道：

「『良禽擇木而棲，賢臣擇主而事』，前賢言之是也！山東六國之主，實乃燕雀之輩，不足恃也。西秦之王，才是高飛的鴻鵠，是我蘇秦真正可以托身之主！去年大困而歸，妻不以我為夫，嫂不以我為叔，父母不以我為子，這不都是山東六國諸侯不用我之罪嗎？」

蘇秦一邊嘴裡喃喃有詞，一邊拉起秦三就往外跑。

秦三不解，問道：

「少爺，您要幹嘛？」

「找俺爹去啊。」

「找老爺幹嘛？」秦三更不解了。

「讓俺爹給籌錢，俺要到秦國去遊說秦王。」

「少爺，您看家裡都這樣了，老爺能籌得出錢嗎？」

秦三的這句話，猶如嚴冬裡一盆兜頭潑下的冰水，一下子讓蘇秦寒徹骨髓，頓時消除了先前的興奮勁，清醒地回到了現實中。

但是，經過幾天的苦思冥想與感情的深刻矛盾之後，蘇秦最終還是打定了主意，為了自己的前程，為了蘇家的榮光，為了要在鄉鄰面前找回丟掉的自尊，自己還得作最後的一搏。不過，這一次他決定放棄以前捏合山東六國而西抗強秦的「合縱」之策，而轉為推行扶強秦、弱六國的「連橫」

之計。

實現了人生理念的重大轉變後，正月初九，蘇秦硬著頭皮，一步三停地進了爹的東屋。

此時，蘇大爹正坐在席上，倚著小几案在翻看一冊書簡。

「爹。」蘇秦猶豫了好半天，才輕輕叫了一聲。

「嗯？不讀書，跑這來幹嘛？」蘇大爹正在凝神讀簡，猛聽蘇秦叫了一聲，立即驚訝地抬起頭來。

「爹，俺想……」

蘇大爹見兒子吞吞吐吐，半天也說不出個卜文，不由得火上心頭：

「你想什麼？說啊！你這個樣子，還像個男子漢嗎？如何做得了一番大事業！」

蘇秦見爹這樣說，立即壯起了膽子道：

「爹，兒是怕說出來讓您為難？」

「什麼事？你不跟爹說，還能跟誰說？」

「爹說的是。俺想，這麼多年了，爹一直讓兒讀書，目的也是想讓兒有朝一日能夠出人頭地，得個一官半職，也好復興俺蘇氏家族，也好讓爹娘臉上有光。都怪兒以前讀書不求甚解，結果在外多年，一事無成，不僅花光了家裡的錢，讓全家人為俺過苦日子，還讓爹娘在鄉鄰面前臉上無光。」

「你知道這些就好。」

「兒今又苦讀了一年，覺得比以前明白了很多。既然已經是文不文，武不武了，不如爹您讓兒再試一次吧。」

「你是說還要出去遊說諸侯？」

「是。」

「爹讓你再讀一年書，心裡也有這個意思。只是……」

未等蘇大爹說完，蘇秦已經知道他爹的意思了，連忙道：

「兒知道，家裡現在困難，哥嫂都對爹有意見。」

「是啊。」蘇大爹說著，就低下了頭，顯得非常無奈。

好半天，父子相對無語，房裡靜得連二人鼻息之聲都可聽見。

「爹，還是算了吧。」又過了好一會，蘇秦輕輕地說道。然後，躬了一下身子，轉身準備邁步出門。

「慢！」

雖然只有一個字，聲音很輕，仿佛是從牙縫中迸出，但蘇秦聽得出來，這一個字說得果決。頓時，蘇秦感到神情為之一振，那只剛剛舉起還未邁過門檻的左腳頓時懸在了半空，來不及落地，就旋了一個輕快的弧線，一個急轉身，驚訝地望著他爹道：

「爹，您……」

未及蘇秦問出口，蘇大爹已經說道：

「俗話說：『捨不得孩子套不著狼』。這樣吧，爹再給你一次機會。過兩天，爹就把祖傳的幾件老東西變賣了，再給你湊上一年的費用。這一次，你可要好自為之了！爹在人面前已經沒臉好丟了。」

蘇秦一聽，眼睛一酸，眼淚頓時奪眶而出。腿一軟，「撲通」一聲跪在了席上。

## 2　腸斷洛陽

周顯王三十年正月十五，風和日麗，正是一連多天淒風苦雨、大雪霏霏後難得的一個好天氣。這天一大早，蘇秦就在親友的資助下，在爹娘的支持下，在鄉鄰們懷疑的目光下，在妻兒難捨的情懷中，毅然決然地走上了西行大秦的程途。

「秦兒，停一下。」蘇秦出門沒走幾步，蘇大娘就叫住了他。

「娘，您還有什麼話要交代嗎？」昨天晚上她已經跟他說到了半夜。

蘇大娘張了張嘴巴，半天也沒說出什麼。仰頭望了望高大的兒子，然後轉到他背後，輕輕地替他扯了幾扯衣裳。在外人看來，她似乎是要為兒子扯平衣裳，其實衣裳一點沒皺。

「娘，您身體不好，兒走後，您別為兒多操心！俺都這麼大了，出門在外也不是頭一次了。」

蘇大娘默默地點點頭。

深情地凝視著滿頭白髮的老娘良久，蘇秦又抬眼望了望遠遠立於門階之上的老父親，瞥了一眼躲在門檻之內的哥嫂及弟弟、弟媳們，還有倚門而立的妻子香香和偎在香香懷裡的兒子虎虎，掃了一眼夾道相送的眾鄉鄰們，然後突然放開娘的手，掉頭低首往前緊走了幾步。

「秦兒，停一下，袖子。」

蘇秦走了沒幾步，蘇大娘又一路小跑地追了上來，扯了扯他的袖子。

蘇秦看看袖子，沒發現有什麼不妥。看看娘，他知道娘此時的心情。

「秦三，游滑，快點走吧。」

強忍著眼淚，蘇秦再次別過臉去，一邊快步緊走，一邊招呼隨行的秦三、游滑快點跟上。

秦三就是上次伴同蘇秦出行，東遊山東六國三年的書僮。而游滑則是蘇大爹剛給找來的新僕從，是個流落洛陽市井的孤兒。大概是因為窮人的孩子早當家，加之從小在市井混跡，為人非常精明。幫傭打雜，走南闖北，引車賣漿，無所不幹。樣子雖然不起眼，猴瘦乾癟，可為人卻非常練達世故，善於隨機應變，見風轉舵，稱得上是個「見人說人話，見鬼說鬼話」的角色。所以，大家都叫他「油滑」。蘇秦這次出行，蘇大爹之所以要找游滑作隨從，一來是想壯壯兒子的行色，二來是想借助游滑老江湖的處世經驗，幫助兒子處理遠出在外可能遭遇到的困難。雖然游滑為人油滑些，但畢竟是鄉里鄉鄰，大家都是看著他長大的，為人本質上不壞，所以還是可以託付的。

低頭往前緊走了約略五百步，蘇秦又情不自禁地回頭張望了一眼，只見圍觀的鄉鄰早已散得差不多了。但是，影影綽綽中，似乎還能看見娘在寒風中飄動的滿頭白髮，看見爹倚門而望的佝僂著的身軀，腦海中不時掠過娘癡癡遠眺的神情，掠過爹那雙期待、期許的目光。

此時此刻，他真想狂奔過去，再回頭看一眼慈祥的娘，望一眼無言默默卻在心底對他寄予無限希望的爹，想對他老人家說一句「爹，兒不會讓您失望」之類的安慰話。他更想再回過身來，抱抱他那已經五歲的兒子，親親他的小臉蛋。還有，就是對香香說句體貼的話，感謝她對自己無限的柔情與託付終身的信賴……

可是，他不能這樣，因為他是男兒漢！是男兒漢，就應該要有一副鐵石心腸，要有一副義無反顧的男兒漢氣度。即使沒有，也要裝出來，那樣才能讓他的爹娘與妻兒相信他是一個能做成大事的男兒漢！

「這一次，無論多苦多難，也不能空手而歸了，一定要博得個衣錦還鄉，也不辜負了爹娘的養育之恩，也不白負了香香的殷切期望，也不要讓嫂嫂再把我蘇秦看成是個窩囊漢，更不要讓衛老婆子那等市儈小人再對我蘇家說四道三。」

一邊低頭走，一邊在心裡這樣想。不一會，主僕三人就到了洛陽城門口，要出城了。

「少爺，出城後怎麼走？」秦三突然問道。

「啊？這麼快？」被秦三問了一句，蘇秦這才驚訝地抬起頭來。一看，果然洛陽城門近在咫尺了。

「少爺，您知道往秦國怎麼走嗎？」游滑也問了一句。

「秦國怎麼走，俺也沒去過，只知道是往西。」說著，蘇秦茫茫然地看看了洛陽城門，不知不覺間停下了匆匆的腳步。

站在城門口，三人不知是要進還是要退。良久，游滑開口道：

「俺們還是先出城，再一路走一路問人吧。俗話說『路在嘴邊』，俺們還怕到不了大秦？」

「也是。」秦三附和道。

可是，望著洛陽城門，蘇秦既沒有回應二僕的話，也沒挪動一步。

於是，三人一時都僵在了城門口，相對無語。

約略沉思了一盅酒的功夫，蘇秦突然對秦三和游滑說道：

「回去！」

「回去？」秦三和游滑不約而同地睜大了眼睛，都不敢相信自己的耳朵。

蘇秦見他們一臉驚愕，忙說：

「不是回家，不妨先在洛陽城裡，就近遊說遊說俺們的周王。」

秦三一聽，連忙一跺腳，一拍大腿，欣喜若狂地高聲說道：

「有理，俺們咋就沒想到呢？何必捨近求遠，牆裡開花牆外香呢？要是俺周王信任俺少爺，在俺這洛陽城裡保保俺周王，不也一樣嗎？在家門口做官也風光啦，跑到幾千里幾萬里，就是做了王侯將相，又怎麼樣呢？俺家老爺、太太們也看不見啊！」

蘇秦一聽，不禁在心裡笑翻，秦三這是楚人「沐猴而冠」的想法。算啦，不跟他講，說了他也不明白。

其實，蘇秦突然想到就近先遊說周顯王，一來是希望能夠得些資助，周王現在地盤雖然僅局限於這洛陽城內，但畢竟他是天下共主，瘦死的駱駝比馬大啊。二來是想能夠借助遊說周王成功而撈些政治資本，自己從來沒有遊說成功的經歷，也未曾得到任何諸侯王的賞識，如何能夠向秦王證明自己的價值呢？如果說得周王信任，借著為周王遊說天下諸侯作招幌，以天下共主的周王特使的名頭出遊諸侯各國，那情形就完全不同了。這世道，你沒有名份，誰當你是回事啊？

洛陽城並不大，這樣想著，走著，不一會也就到了周王的王宮前。

「游滑，俺爹說你會辦事，你上去跟門禁官交涉一下，求他們通報一下周王，就說有洛陽之士蘇秦，是齊人鬼谷先生的弟子，想求見周王。」

游滑沒有文化，不懂什麼「鬼谷先生」，但知道蘇秦說的意思就是求周王看門的官爺給通報一聲。於是，立即應聲答道：

「好！少爺這麼看得起小人，小人就去試試看。不過，少爺，求人得有點意思啊！」

蘇秦一聽，先是一愣，繼而想到：爹說過，游滑懂世故，會辦事，大概知道找人辦事「有點意思」就是世故吧。於是，蘇秦就從袍袖中掏出一點碎金給了游滑。

游滑接金在手，立即趨步升階，一步三級地走到了周王的宮門前。先是笑容可掬地跟那看門的官爺寒暄了兩句，然後袍袖一擺，麻利而不露痕跡地遞上了「意思」。宮禁官立即喜笑顏開，道：

「這位爺，有什麼事要小人效勞嗎？」

「也沒什麼大事，就是麻煩大人給周王通報一聲，求周王見俺家少爺一面。」

「敢問你家少爺尊姓大名，什麼身份？」

「俺家少爺姓蘇名秦，就是這洛陽之士，可是個出過遠門，見過大世面的。」

「噢？那你等著，俺這就進去找管事的通報周王。」

蘇秦一看，心想：哎，游滑還真行！以前遊說山東六國之王，秦三就不會這一套，怪不得連許多諸侯王的面都見不上，怎麼遊說他啊？果然，這世道，有錢能使鬼推磨！自己以前壓根兒就不懂這些世故，怪不得三年要大困而歸。是啊，不能怨天尤人啦，自己不懂世故也是原因。

不大一會兒，正當蘇秦這樣自我反省，覺得游滑通關有功時，從宮中施施然走出了兩個峨冠博帶的人，一胖一瘦。

蘇秦一看就知道，這二人是有些官身的。於是，情不自禁地挺了挺胸脯，正了正衣冠，又擺出滿臉的笑容，等著這二位官爺來做前導，帶他進宮去謁見周王。

沒想到的是，二位官爺見了蘇秦，卻並未笑臉相迎，而是擺足了得意傲人、不可一世的官爺架式。

蘇秦一見，雖然心涼了半截，但為了能夠求見周王，只得強裝笑臉，作出一副畢恭畢敬的樣子，垂手低頭而立。

「你就是洛陽之士蘇秦？」胖官爺劈頭這一句，那種居高臨下的口氣差點讓蘇秦以為他就是周王了。

「鄙人正是洛陽乘軒里人蘇秦。」儘管心裡非常受不了，但蘇秦還是忍耐著，並陪著一臉燦爛的笑容。

「先生大名，周王早有耳聞。」瘦官爺似乎比較客氣。

蘇秦一聽，不禁大喜，心想：這麼說來，見周王，得到賞識的機率就很大了。早知如此，俺何必三年東遊六國，結果搞得大困而歸呢？想到這，心中更是後悔不迭，當初怎麼不從家門口的周王開始說起呢？如果三年前是從周王說起，說不定早就高官得做，裘馬揚揚，現在正以周天子的特使身份巡遊天下，發號施令，萬眾折腰了呢！

正當蘇秦如此做著美夢之時，突然，胖官爺又開了口：

「先生宏論高策，天下皆知。然而，周王所處，僅成周彈丸之地。若以成周彈丸之地，踐行先生之策，恐猶耄耋老人之攀邙山，怕是無以為望。望先生還是以高妙之策，去說有宏願大望的諸侯吧。」

蘇秦一聽，腦袋立即「嗡」的一聲，差點當場昏厥過去。這狗官不是在當面嘲笑自己嗎？他這不是繞著彎子說自己的遊說謀策大而無當嗎？

當著秦三、游滑兩個僕人的面，又是在家門口，就這樣被人奚落、嘲笑，蘇秦此時覺得這比前年遊說山東六國大困而歸時自尊心所受到的損傷還要大。

然而，就在他感到無地自容，為在家門口丟人現眼而羞憤難當之際，又聽到那個剛才說話還算客氣的瘦官爺在一轉身的當兒，對胖官爺說道：

「俺早就聽說他好發激切慷慨之論，以求聳動人君。他的所謂『高策』、『妙說』，從來都是些浮辭虛說，不切當世之務。他遊說山東六國諸侯三年，從沒有一個人買過他的賬。去年大困而歸，全城人誰不笑掉大牙？而今想用浮辭蒙俺周王，哼，連門兒也沒得！」

這話雖說得聲音很低，但秦三、游滑都聽得非常真切。而在蘇秦聽來，則如同耳邊滾過一陣炸雷，立時氣得渾身如同篩糠。

秦三偷眼看了蘇秦一眼，見他臉色鐵青，立即安慰道：

「少爺，您別跟這幫小人一般見識。」

「秦三說的是。老話說的好：『陰溝裡行不了大船。』少爺好比是一條大船，這周王早就是個不濟事的主了，他那小朝廷啊，撐死了說，也就是個小陰溝而已，哪裡跑得了少爺這條大船呢？」游滑不失時機地幫襯著打圓場道。

秦三見游滑這樣說，遂又補上一句道：

「這種王八蛋，在這樣鳥大個城中，做個傀儡王的小官，也這等趾高氣揚，呸！」

聽著二僕的一唱一和，蘇秦雖然心存感激，卻又感到無比的尷尬。好半天，他站在原地一動也沒動，也沒有一句話。

秦三、游滑看著臉色鐵青、沉默不語的主人，一時沒了主意，只得面面相覷。

過了好久，蘇秦終於平靜了下來，果決地催促秦三和游滑道：

「快走快走，出城，西去！俺們還是走得遠遠的吧。」

「少爺說的是，人家都說『遠香近臭』，……」秦三不假思索地接口道。

「什麼哪？叫『牆裡開花牆外香』。」游滑嫌秦三說得難聽，立即打斷他的話，糾正道。

「秦三說的也沒錯，確實是『遠香近臭』。看來，這話還真的一點不假！在家門口，人家都知道你底細，即使你有再大的本事，可是人家都是看著你光屁股長大的，怎麼能把你當回事呢？」

聽著蘇秦這番好像是通達，但更像是憤激的話，游滑立即接口道：

「都怪小人沒見識，當初要是勸少爺一句，也不會帶少爺受氣了，還白費了少爺有限的盤纏。」

「不怪你！不說了，俺們還是快點趕路吧。」蘇秦寬厚地說道。

於是，三人加快了腳步，徑直往城門而去。約一頓飯的時間，就出了洛陽城。

可是，邁出洛陽城門不到百步，蘇秦卻又突然停住了腳步。

「少爺，怎麼又不走了？」秦三不解地問道。

游滑望了一眼蘇秦，然後用肘碰了碰秦三。

蘇秦好像沒有聽見，也沒有看見。待了約半頓飯的時間，突然回過頭去，望了一眼周王城那兩扇高大的城門，又環視了一眼周邊起伏的山巒。然後，慢慢地背轉身去，抬起手臂，好像是用袍袖拭了一下眼睛。

## 3　夜宿姜家莊

正月十五過後的中原大地，仍是天寒地凍，霜濃路滑。

蘇秦主僕三人，肩行囊，擔書簡，晝行夜宿，起早摸晚，希望趕在開春之後，在春暖花開之日，到達秦國都城咸陽。

行行重行行，非止一日。二月中旬，主僕三人終於到達韓國與魏國邊境的澠池。在澠池，主僕三人找了家旅店安頓下來。稍事休息了一下，游滑和秦三就出去向人打聽西行的路線了。

「打聽得怎麼樣？」二僕一回到旅店，蘇秦就迫不急待地問道。

「少爺，大致路線和方向知道了，不過……」

「不過什麼，快說啊！」見游滑吞吐其辭，蘇秦連忙催促道。

「不過這西行的路途，恐怕並非俺們想像的那麼簡單。」

「怎麼說？」蘇秦又急切地催促道。

「俺們向很多人打聽了，路線說的都不一樣，但都說路途非常遙遠，少爺計畫在開春之後趕到咸陽，恐怕很難。如果能在初夏到達，也就非常不錯了。」

「是啊，少爺，這往大秦去的行程俺們還是頭一遭，路上少不了要走一些冤枉路的。」秦三也從旁提醒道。

沉吟片刻，蘇秦默默地點點頭。

見此，游滑又說道：

「少爺，既然行程並不像俺們想像的那麼樂觀，是否要檢點一下盤纏，好好合計合計，安排一下路上的開銷呢？」

蘇秦一聽，覺得游滑這話非常在理。於是，就開始清點盤纏。

看蘇秦清點完，停了片刻，游滑怯生生地問道：

「少爺，俺們這一路到底已經花了多少錢？」

「將近全部盤纏的十分之一吧。」

游滑一聽，差不多要跳起來了，瞪大眼睛望了蘇秦半天，然後才平靜下來，幽幽地說道：

「少爺，從洛陽到澠池，也只是五六百里的地啊！」

「是啊，真是不算不知道，一算嚇一跳。」蘇秦知道游滑話中的意思，他是抱怨自己不會算賬，亂花錢。於是，不好意思的說道。

蘇秦這樣一說，游滑倒覺得不好意思了。停了片刻，又忍不住地說道：

「少爺，小人還有一句話，不知當講不當講？」

「但說無妨。」

見蘇秦口氣誠懇，游滑遂鼓起勇氣，率直地說道：

「少爺，小人雖走南闖北地跟人做過點小生意，但只在韓、魏二國之間跑過幾趟。至於秦都咸陽，小人以前甚至都沒聽說過，這路到底該怎麼走，小人心裡實在沒有底。如果只在韓、魏二國之間穿梭，小人可以說是輕車熟路，基本上不會走彎路。既然不會走冤枉路，也就不會多花一個半個冤枉錢。但這往大秦的路途，小人就不敢誇口了。雖說『路在嘴邊』，但有時也會免不了要走些冤枉路，當然也就免不了要花冤枉錢的。再說，少爺這干謁秦王的事是件大生意，如果有什麼需要，總還得用點錢打點吧。所以，小人覺得，少爺這點錢如果不精打細算，恐怕到秦國之都咸陽是有困難的。」

蘇秦一聽，覺得游滑說得非常在理。於是，就誠懇地問道：

「你跑過生意，走南闖北，也算是個老江湖了。依你看，有何節儉之道，量入為出，以達咸陽？」

游滑見問，忙說：

「節儉之道有是有，只是恐怕少爺……」

蘇秦見游滑欲言又止，知道他有顧忌，遂鼓勵道：

「你我主僕之間，這千萬里之途，本就是要患難與共、同舟共濟的，自當知無不言，言無不盡才是，不必那麼多的顧忌，有話直說吧！」

游滑一聽蘇秦這般坦誠，且平易近人，遂放開膽子道：

「俺們此次西行，雖有千萬里之遙，若逢城不入，夜不宿店，則所費必少。有這些盤纏，要到咸陽，也是綽綽有餘的！」

蘇秦與秦三一聽，都覺得奇怪。

未及蘇秦開口，秦三已經迫不及待地問道：

「逢城不入，可以。夜不宿店，莫非……」

游滑明白秦三的意思，也明白蘇秦心裡想問而沒問出的意思，遂連忙解釋道：

「俺所說的『逢城不入』，不是說什麼城都不進，而是儘量少進城，只在要辦事，或是要補充乾糧，或是要打聽路線時，才進城。少進城，就少花錢，也省時間啊。」

蘇秦與秦三一聽，都點點頭。

游滑又接著說：

「俺說的『夜不宿店』，不是說要少爺露宿街頭，或露棲野外，而是說俺們以後不要在城裡住店了，晚上到城郊向老鄉說些好話，在老鄉家借住一晚，第二天就走路，不就省了住店的錢嗎？要是遇上好些的人家，說不定還能賞口飯吃，不更好？俺以前跟人跑過生意，常常這樣。只是……」

游滑說到此，又吞吐起來。

蘇秦忙問：

「只是什麼？你說！這一路都要靠你，你走南闖北，見多識廣，經驗也多。」

游滑見蘇秦這樣說，似乎很是尊重自己。於是，就直言道：

「只是怕少爺低不下頭，磨不開面子，說不了下氣的話，受不了俺們下人們的苦。」

蘇秦一聽，心想，自己早就經過這些了，前年遊說六國大困而歸時，路上分文皆無，和叫花子有什麼兩樣？但這事只有秦三和自己知道，當時回來後，在爹娘和妻子面前，自己也是絕口不提的，說出來好丟人！今天對游滑，當然更不便說了。

想到此，蘇秦便裝著若無其事的樣子，籠統模糊地回答道：

「以前也遇到過一些困難，也熬過來了。還是根據你的經驗，怎麼安排，你決定吧。反正，我們也只有這點錢，當然是儘量省著點花。」

主僕商議已定，從此路上的一切，包括衣、食、住、行以及路線的選擇，都由游滑安排了。

根據游滑的安排，主僕三人在澠池越過韓國邊境進入魏國後，繼續沿河（古代黃河稱「河」）之南岸一直往西直行。日出而行，日落而息。曉行夜宿，非止一日。三月初九，主僕三人終於到達魏國臨河要津陝。

在這近一個月的行程中，由於游滑善於打聽，路線安排合理，所以路走得相當順當，沒多費時間，也沒費多餘的腳力。行程中，每到日暮黃昏之時，都賴游滑出面交涉，借住老鄉之家。儘管有時也不順利，但好歹最終都沒花錢，也沒露宿曠野街頭，總能湊合著熬過一晚。有時，時候晚了，老鄉們都睡了，不便夜敲月下門，只好就著老鄉的門廊或是簷下，找把麥秸乾草一墊，裹緊外面的大氅，蓋件隨帶的棉袍，主僕三人靠在一起，也就對付著熬過了一晚。雖然艱苦點，但這樣日復一日，除了三人每天簡單的三餐費用外，節省的開支數目卻是相當可觀。這樣，蘇秦的心也定了不少，心中著實感激游滑能幹。

陝是個戰略要津，也是個繁華的大都會。按照游滑的安排，至陝後，蘇秦主僕照例還是進了城，找了家小飯鋪，簡簡單單地吃了頓飽飯，以作生活改善。接下來，就由游滑在城裡找一些走南闖北的生意人，打探向秦國去的路線方向。

打聽的結果，得知往秦都咸陽有兩條道可以選擇。一是北線方案，在陝北上，渡河，然後向西直行，到魏，然後由魏向西南走，再渡河而西，至魏、秦對抗的戰略要津陰晉。再由陰晉往西走，在魏國河西長城的南端，過武成，繞道華山北麓，就進入秦國境內了。而且往西直行，要不了多少天，就能到達秦都咸陽的。二是南線方案，不過河，由陝繼續往西再向南，到達魏國河南的另一戰略要津曲沃，再往西南行至秦國所據之雄關——函谷關。過關後，再繞道楚所據有的漢中，經過於商，往西北行，到藍田，就可以到咸陽了。

游滑沒文化，根本聽不懂這些路線方案及地名。蘇秦與秦三雖聽得懂，但也記不住，於是就邊問邊記，把兩條路線方案及地名刻在了一個小木簡上，以備沿路行進之用。

有了路線圖，主僕三人又為到底選擇哪個方案犯愁了。蘇秦傾向於走南線，因為他心中早就有個念頭，想從函谷關走一遭。自己要遊說秦王，其中必然要說到函谷關。自己如果親自過了函谷關，對於函谷關之險要，有個切身的感受，屆時說起來就能言之鑿鑿，讓秦王覺得自己確是讀過萬卷書，行過萬里路的，不是那種只在書簡中過活的書呆子。但是，秦三特別是游滑都覺得走南線不如走北線。走北線，往西直行，雖要穿越不少關隘和華山等山區，路途有些艱難，但路線直，不繞彎，可以節省時間，實際上也就是節省了開支，可以早些到咸陽，見到大買主秦王。南線不僅要過秦國所據的關隘函谷關，還要通過楚國地界，再繞往西北方向的藍田，才能望到咸陽。雖然路途平坦些，但路繞了很多。走的時間越長，每天三頓飯的開支也就很大了。蘇秦覺得他們的建議很實際，最後還是決定走北線。因為他知道，快快到咸陽，見了秦王，那才是一切的一切，關鍵的關鍵。

選定入秦路線後，主僕三人再在城裡補充了些乾糧，就出城找老鄉借宿去了。

走出城門，秦三回頭望了一眼高大的城門，情不自禁地感慨道：

「唉，真是一文錢難倒英雄漢啊！要是有錢，何必進了城還要出城住到鄉下呢？還得讓少爺委曲求全，求告他人，才能寄住他人簷下。」

「不能這樣說！」游滑立即反駁道：「英雄也有落難的時候。不是有句俗話，怎麼說來著？」

「是『吃得苦中苦，方為人上人』吧。」秦三不無得意地補充道。

「是，是，是這兩句話。少爺今天吃苦遭罪，日後肯定能出人頭地，做大官，騎高馬，前呼後擁，光宗耀祖。」

聽著二僕這番話，蘇秦沒說什麼，但在心底更加堅定了一種信念，那就是無論多麼艱難，此次都一定要遊說成功，這種屈辱的日子再也不能過下去了。

出了城，走了好一陣子，在紅日西沉的薄暮時分，主僕三人才好不容易地望見了一座村落。

走近村落，他們發現，這個村落並不大，看看房舍，數了數，也才七八戶人家。村落周邊是一片大樹林。此時雖是初春時節，但卻仍是一片枯藤老樹的冬日景象，看不出一絲春的氣息。一棵棵枯樹枯枝上，成群的老鴉，「呱，呱」地叫著，盤旋著飛過他們的頭頂，然後又箭一般地飛棲上另一棵高大的枯樹之枝。

看著這情景，蘇秦心中覺得好不淒涼！

主僕三人進村後，先繞著村子轉了一遭，最後決定去敲一個房舍較為寬大的人家之門。

來到門前，蘇秦仔細打量了一下這戶人家，雖然由房舍表面上看去，已經明顯現出了門庭敗落的跡象；但從規模上看，知道這戶人家原來應該是一個家況較好的大戶人家。

於是，蘇秦就讓游滑上前去敲門。

敲了好一會，門才「吱呀」一聲開了。

門開處，眼前出現的是一位白髮蒼蒼的老漢。

蘇秦連忙恭身施禮，然後再抬起頭來，仔細端詳眼前的這位老者。只見他白髮銀鬚，雖然佝僂著腰，臉上佈滿皺紋，顯得非常憔悴蒼老；但是，從模樣看，他不像是一個地道的犁田打耙的莊稼漢，似乎是個通文墨的老人。

蘇秦打量老者的同時，老者也以驚奇的眼光，打量著眼前這三位日暮臨門的不速之客。

蘇秦一邊打量老人，一邊尋思著如何開口借宿。正在猶豫不決之時，老者倒是先開了口：

「三位何以日暮而至寒門？」

蘇秦正欲開口回答，游滑早已接口道：

「老伯，我們主僕三人，因連日旅途勞頓，走得疲乏，今天走得慢了些，沒趕上閉城之前進城。沒有辦法，可能也是機緣湊巧，正好來到老伯門下，還望老伯能夠行個方便，明天我們早早就會出發。」

蘇秦不禁在心裡感佩游滑，真會說話，又求了人，還保留了我們的面子。現在在人屋簷下，還說是機緣湊巧。唉，他確實比我還會說話，如果他有文化，識文斷字，肯定他遊說君王比我成功。

正在蘇秦心中如此著想，老伯說話了：

「既然如此，三位客人就進來吧。誰會背著房子出門行路呢？出門人誰不會遇到些難處？」

蘇秦一聽，忙向老伯打恭作揖，謝個不了。秦三和游滑一聽，則連忙將行囊和書簡擔子搬了進去。

進門後，老伯帶著蘇秦主僕三人徑直走到院中的一個小屋。只見裡面有一個土炕，被褥簡簡單單。

蘇秦一看，心想，這就夠了，對付一晚不成問題，能夠碰到今天這樣，已經是很久都沒有了。

老伯指了指炕，對蘇秦說：

「今晚就委屈三位將就一夜吧。」

說著，老伯就走開了。

過了一會，老伯又轉過身來，回到了小屋。此時，蘇秦主僕正在展褥掃炕。老伯見此，連忙退身而出。但前腳剛抬起，就聽三個客人在說話。

「少爺，肚子餓了吧。要不要去問老伯討點熱水，泡點乾糧吃一口啊？」

「這麼晚了，打攪老伯多不好意思，看老伯的樣子，恐怕年紀不少了。」

「我們又不是沒餓過肚子，今天能有這樣好的住宿條件已經非常難得了，別再打攪老伯了。少爺，您看咱們還是就此歇下吧，睡著了也就不覺餓了。明天咱們早點起來，向老伯討口水，就著水吃幾口乾糧，也就對付了。現在，如果去討水什麼的，會讓人覺得是不是還想求飯？」

「說的是。」是少爺的聲音。

老伯聽到此，不禁心裡一酸。立即轉過身來，探頭向小屋裡說道：

「三位客人可能還沒吃飯吧，既然沒進城，自然也就無處吃飯了。」

老伯冷不丁的一句話，把蘇秦主僕嚇了一跳。但回過神來，又讓他們驚喜萬分。愣了一下，還是游滑反應快，立即接上老伯的話，順水推舟地說道：

「老伯猜的對，如果老伯肯賞口熱水，那我們就感激不盡了。只是這樣，太讓我們過意不去了。」

「老話說：『在家千日好，出門一時難』。誰都會有出門為難之時。」老伯寬厚而平淡地說。

「謝謝老伯體貼之恩！」蘇秦主僕三人幾乎是異口同聲地說道。

「三位請跟我來。」

說著，老伯在前，領著蘇秦主僕三人走過破敗的小院，踏著滿地的腐葉與浮塵，來到了另一間小屋。

「灶裡還有幾個餺餺，還有餘溫，三位湊合吃一口吧。」老伯一邊說，一邊揭開了鍋蓋。

沒等蘇秦開口言謝，秦三、游滑已經異口同聲地連聲答道：

「那太謝謝老伯了！太謝謝了！」

說著，沒等老伯動手，游滑已經從鍋裡拿出了那幾只餘溫尚存的餺餺。主僕三人也顧不得笑話，也沒有多餘的客氣謙讓，就著灶臺，站著就把幾個餺餺吃了。

老伯看著三人狼吞虎嚥的樣子，情不自禁地點了點頭。大概他覺得他猜對了，這三位是餓了。

看他們吃完，老伯又指著灶臺上的一個破瓦罐說：

「灶上瓦罐裡有水，要渴，就隨便喝幾口冷水吧，家裡現在沒人給你們燒熱水，他們都早早睡下了。這天好像比往年冷得多，有點奇怪，不知今年又要出什麼事啊！」

聽了老伯這沒頭沒腦的後一句，又見他滿臉憂慮的樣子，蘇秦猜想老人肯定有什麼心思，家裡肯定有什麼事情。想到老伯允諾留宿，又賞水賞飯，自己連老伯姓名都不知道，蘇秦不禁又感激又慚愧。於是，情不自禁地脫口而出道：

「相擾真是太多了！還未請教老人家高姓大名？」

老伯見蘇秦見問，也就接口打開了話匣子：

「老身敝姓姜，從齊移魏，已是第三代了。」

蘇秦忙接口道：

「如此說來，那老人家可是太公的嫡傳後裔啊，失敬！失敬！」

老伯聽到蘇秦誇他是姜太公姜子牙的後裔，並沒像蘇秦預期的那樣來了精神，也沒有因此而跟他一起追憶太公姜子牙輔周滅商，建立周朝王業的往事，更沒有跟他討論太公《陰符》兵法之類的興趣。恰恰相反，聽到蘇秦提到他的祖上，老伯反而喟然長歎道：

「那個話不必說了。現在我們姜家想過個兒孫繞膝、平平安安的太平日子也難了！」

蘇秦見他這樣說，肯定他有家族的苦難。於是，情不自禁地又問了一句：

「老人家怎麼說這個話？」

「唉，後生啊，你不知道老夫的苦啊！」

蘇秦一聽，立即後悔起來，剛才不該追根究柢地問他原因。正自反省時，老伯又說話了：

「十四年前，齊、魏桂陵之戰，魏國大敗，齊國殺了我們魏國八萬兒郎，那其中就有我的第二個兒子啊！他剛剛二十歲，成親不久，還沒見到他的兒子，我的次孫，就被徵發上了戰場，結果死在了桂陵啊。」

蘇秦一聽，心情一下沉重起來。於是，更後悔剛才不該跟老伯攀談，更不該追問老伯家族的情況。

「唉，活蹦亂跳的一個兒子就這樣死在了戰場！老伴差點哭瞎了眼。未曾料到的是，失去兒子之後，十四年間，我們又好不容易地拉扯大了長孫，也才剛剛二十歲，前年又被徵發上了戰場，又是跟齊國打仗，還是那個龐涓與孫臏鬥兵法，結果我的長孫和十萬魏國兒郎都被孫臏活活燒死在馬陵隘道，連屍首也辨不出……」

說著，老伯不禁老淚縱橫。

蘇秦一見，頓然慌了手腳，心裡更加不安。如果今晚不到老伯家借宿，如果剛才不與老伯攀談，老伯也不會勾起這麼多悲傷。唉，該死！

不過，就在後悔自責的同時，蘇秦也徹底明白了老伯剛才不願談姜家的光榮和太公兵法的原因。都是因為太公兵法，才有龐涓與孫臏的鬥法，才屈死了魏國幾十萬無辜的兒郎。當年與秦三一同過馬陵隘道所見的情景，此時此刻仿佛還在眼前一般。

就在老伯神傷、蘇秦後悔的當口，善於察顏觀色的游滑知趣地岔開話題道：

「少爺，今晚真是太打攪老伯了，不僅留了宿，還擾了老伯的一頓飯，真是非常感謝！天色也不早了，老伯年紀大，也要早點休息了，千萬別再傷心！如果傷了身體，我們心裡就更是不安了！少爺，我們就讓老伯早點安歇吧。」

老伯見游滑如此說，也感覺到了自己的失態，不該讓陌生的過客也跟著自己傷心。於是，強打精神，說道：

「三位明天一早還要趕路，快快休息吧。老夫失陪了。」

說著，老伯手擎搖搖欲熄的松明子，就獨自進院裡的左廂房去了。

目送著老伯顫巍巍的身影進了前廂房後，蘇秦主僕重又回到他們今晚借宿的那間小屋，迅速脫衣解裳上炕，希望早早入睡，明天還得抓緊時間往西趕。

可是，上了炕，蘇秦卻怎麼也睡不著，老伯的話彷彿還在耳旁。於是，一會兒想著天下百姓的苦難，一會兒又想到遠在洛陽的爹娘，還有蘇家的榮光、自己的前程，心裡是無限的矛盾。就這樣，經過一夜輾轉反側，到了雞叫三遍，天快亮時，他才迷迷糊糊地睡著了。

「少爺，天亮了，快起來趕路吧。」秦三不知道主人才剛剛合上眼不久，一見天亮，就趕緊跳了起來，一邊推，一邊喊。

迷迷糊糊中，蘇秦只好起來，穿衣著裳。然後，再三再四地謝過姜老伯，又與二僕一起繼續上路了。今天他們將由陝渡河而北，晚上要到河北借宿了。

## 4　秦川風，遊子淚

周顯王三十年三月十二，天上飄著些微雲，太陽暖暖的照著；地上凍土化解殆盡，和風習習，吹面不寒，春天的腳步已然來臨。

這天，蘇秦主僕三人正急急行進在魏國河北地界。因為天氣好，主僕的心情也好，三人一路走，一路說著些閒話，腳步輕盈，走到日中時分，也還不怎麼覺著累。

說著，走著，游滑偶然抬頭往前看了看，好像遠遠有很多人朝這邊湧過來。游滑以為是軍隊，嚇得大叫道：

「少爺，您看，前方是些什麼人，怎麼成群結隊，那麼多，是不是……」

蘇秦連忙抬起頭，手搭涼棚，極目遠眺。望了一會，也不知所以。

正在三人遲疑猶豫之際，那群人已經快到眼前了。

約略兩百步遠，蘇秦終於看清楚了，原來是一群肩挑背扛的鄉人。

那麼，他們為什麼這樣成群結隊呢？蘇秦不禁疑竇叢生，遂對游滑道：

「游滑，你上前問問看，他們這些人是幹什麼去的？為什麼這樣急急惶惶，成群結隊？」

游滑遵命，急忙迎上前去，向最先走近身旁的一位年長的老人躬身施了一禮，問道：

「老伯，你們這是往哪啊？為什麼這樣急急忙忙？是不是出了什麼事？」

老人見問，又看到蘇秦三人是外鄉人的樣子，於是喟然長歎道：

「又要打仗啦！」

「跟誰打仗？」蘇秦這時也湊了上來，一聽說要打仗，立即插上嘴來，急切地問道。

「還有誰？還不是秦國？」

「秦國？」

見蘇秦不解地樣子，老人遂又一邊搖頭歎氣，一邊悲憤地說道：

「去年，秦國伐魏，大敗俺大魏軍隊，割了俺大魏的河西之地。現在秦國又得寸進尺，又以河西為跳板，傾發大兵向魏國打來了。」

「已經打到哪啦？」游滑急切地插斷老人的話，問道。

「聽說現在正在攻打俺大魏的岸門呢？」

「岸門在哪啊？」游滑又問道。

「岸門可是俺大魏的要塞啊，就在俺大魏西北與秦接壤的邊境之上。」

「哦。」游滑明白了。

「想當初，俺大魏在李悝為相時，那是什麼景象？那時，李相為俺大魏進行變法，國富民強，俺大魏可是天下第一霸啊。」

蘇秦知道這些，點點頭，表示贊同。

老人見蘇秦對他的話產生了共鳴，遂更加感慨地說道：

「沒想到，李相過後，魏王錯任了龐涓為將，四面出擊，與天下諸侯為敵，結果一敗於桂陵，二敗於馬陵，三敗於公孫鞅，而且丟失了俺大魏苦心經營多年的河西之地。如果不丟了河西之地，俺大魏有河西之地為屏障，而今秦國也不可能以河西之地作為跳板，更不敢直接渡河而東，攻伐俺大魏的西北要塞岸門。唉，這些年來，俺大魏接二連三落敗，人亡城陷，已是江河日下了。現而今，俺大魏的老百姓實在對俺魏王沒有了信心。現在秦國軍隊打來，俺們這些百姓除了逃，還能怎麼樣呢？眼下河北的魏國百姓，是人人不寧，家家不安，真是惶惶不可終日，不知道明天自己還能不能見到太陽呢？」

說到這裡，老人差不多要熱淚盈眶了。但是，看看都已經走遠了的逃難的人群，老人只得匆匆揮別蘇秦主僕，往前追趕他的家人同族去了。

望著老人遠去的背影，蘇秦不禁黯然神傷。秦、魏開戰，雖然他不會像魏國百姓那樣關心戰爭的結果，但二國開戰，這往西的行動就要受阻，行程就要遲延。也不知這仗要打到何時？如果打個沒完沒了，戰個難分高下，拖個三年五載，這西進入秦說秦王的計畫，豈不是又要泡湯？想到此，蘇秦真是急火攻心，惶惶不安，因為自己的盤纏消耗不了這麼長時間。

還好，魏國實在已經不是以前的魏國，早已沒有蘇秦想像的那麼堅強與強大。秦國很快就奪得了魏國河東的第一個戰略要地岸門，接著班師回還了。秦孝公對於魏國的策略是蠶食，不是虎吞，因為秦國目前還沒有那麼強大。

秦、魏戰事結束，魏國河北之地的百姓生活又恢復了平靜，蘇秦主僕三人也可以重新登途出發了。因為在魏國河北之地耽誤了近三個月，急趕慢趕，他們到達魏國西部大城魏時，已是八月初一，正是初秋時分。

這一年是周顯王三十年，氣候有些反常，雖然已是初秋，但卻酷熱難當。蘇秦主僕三人實在沒法，只得起早摸晚趕路，中午時分或下午實在太熱，也就只好找個地方歇涼。

八月初三，蘇秦主僕抵魏後，照例是先進城休整一下。在城裡，他們先備了些後面旅程要吃的乾糧，然後找了家小飯館，主僕三人稍稍吃了一頓好些的飯菜，算是自己給自己犒勞一下。因為天氣大熱，吃得主僕三人大汗淋漓。游滑與秦三索性脫掉單衫，光著膀子。蘇秦畢竟是讀書人，不好意思像他們一樣。店主人見蘇秦如此斯文樣子，就忙遞過一把蒲扇。

於是，蘇秦一邊搖扇，一邊吃麵，一面看著秦三、游滑二人呼啦呼啦地扒拉著麵條，顯得特別帶勁、暢快，心裡是既高興，又覺得不是滋味。他們跟自己這一路，不但苦吃了不少，就是飯也不是每頓都能保證的，常常是饑一頓飽一頓，很少能吃到什麼像樣的飯菜。如果日後自己真的成功，應該好好報答秦三和游滑二人，起碼讓他們吃飽穿暖，過上一個像樣的日子，也不枉他們跟隨自己這一場。

吃好飯，付了賬。主僕三人又去找老江湖的生意人打探，進一步了解繼續西行入秦的詳細線路。

不一會，就打聽得確切，下一大站的目標是河套南下東折之處的要津都城——封陵。

據知情者說，封陵曾是魏國進據秦國河西的戰略要塞，魏國以前之所以能據有河西之地，就是以封陵為跳板，逐漸向西擴張的。因為魏國在李悝變法後，一度曾是天下第一強國，所以恃強逞勇，魏國才強佔了本屬秦國的河西之地，並在河西修築了長城以作與秦長期相持的屏障。只是後來與齊國交了兩次手，大敗而傷了元氣。去年，被秦相公孫鞅用計賺了公子卬，魏國再次慘敗。加之，齊、趙此時又趁火打劫，從東北方向進攻魏國，甚至要威脅到魏國東部最重要的城池，諸如大梁、濟陽、濮陽等。魏王沒辦法，只得割河西之地與秦，與秦和好，由此嚇阻了齊、趙，並由西部都城安邑遷都東部重鎮大梁，實現了國家戰略重心的轉移。

了解了詳細情況，也知道河西之地如今已易主，蘇秦心裡明白，如今從封陵向西渡河，進入河西，也就算進入秦國了。

打探好路線，主僕三人依然出城借宿鄉民之家，明天開始又要出發，目標是封陵。

冒著初秋殘暑，蘇秦主僕走走歇歇，到了九月中旬，三人終於到達封陵，向西渡河而進入了河西的秦國地界。

渡河進入河西之地後，主僕三人遇到了新的困難，這就是語言問題，河西與河東語言幾乎不通。儘管河西之地曾一度為魏國地盤，但河西之民並不會因為河西之地的歸屬而改變了他們世世代代所說的語言。

除了語言上出現了困難，進入河西地界後的蘇秦主僕，接下來又遇到了地理上的難題。在他們西進咸陽的途中，首先出現的就是橫亙於他們面前的華山。因為游滑也沒有到過河西，對於河西的山川形勢與風土人情並不了解，加上語言上幾乎不通，所以他們只知一直往西就到咸陽。但一直往西，並不是可以就能讓他們直行向西，眼下他們必須繞過華山才能往西到達咸陽。那麼，怎麼繞法呢？是往北繞，還是往南繞呢？上次在魏國陝城向人打聽入秦路線時，曾有人說過，在封陵渡河後，往北繞過華山，再往西。但過河到河西地區後，游滑問了幾個當地鄉民，或者說不知道，或者說往南繞，有的人根本聽不懂他們的洛陽話，他也聽不懂他們的河西話。這可難壞了游滑，附近又沒有大城鎮，找不到走南闖北熟悉路線的生意人可以詳細打探。

於是，他們就憑感覺，先從南面繞著華山往西。結果走了幾天，路上遇到一個行路人，一打聽，說應該往北繞，從原來魏國與秦交界的長城南端繞過去，那裡有官道，秦國出兵向東，常從此道。謝過行路人，游滑心想，應該還是在魏國陝城問過的生意人說得對。要是自己相信了他的話，也就不會跑了這麼多天的冤枉路了。九月中旬的天氣，除了早晚還比較涼外，中午、下午有時還是相當熱。既帶累大家辛苦，又多費了時間和開支，因為多走一天，就要多吃一天的飯。

蘇秦與秦三並沒有埋怨游滑，如果沒有游滑，他們更不知要多走多少冤枉路，多花多少冤枉錢呢！

聽從過路人的話，三人堅定了信心，確定肯定往北繞不會錯後，就向北圍著華山繞啊繞，行啊行，終於繞過華山，到達原來是魏國河西與秦接鄰的城池武成。

到達武成時，已經是十一月中旬了，天氣也已經冷起來了，時令已屆初冬。雖然從魏國河東的封陵到秦國的武成直線距離不長，但由於語言不通，又有華山阻擋，要繞道，真如老話所說：「望見山，跑死馬」。馬尚且要跑死，何況他們是人，而且是在外行走了近一年的人了。

由武成再往西，下一個目標是鄭縣。從武成到鄭縣距離不遠，也只有幾百里地，但是由於路線不熟悉，語言不通，三人又走了不少彎路。到鄭縣時，已經是十二月底了。

「少爺，今天是臘月二十八了，咱們怎麼打算？」站在鄭縣城門口，游滑提醒蘇秦道。

「是啊，少爺，要過年了，還往秦都咸陽趕嗎？」

蘇秦聽二僕這樣一問，一時沒了主意。是啊，今天都臘月二十八了，如果不在鄭縣城內過年而繼續趕路，那也不現實。不說咸陽還遙遙不知在何方，就是近在咫尺，可以立馬趕到了，此時過年時光，要去遊說秦王，似乎也不可能，秦王也要過年啊。

想到此，再看看二僕期待的目光，蘇秦終於下定了決心，道：

「咱們不走了，先在這住幾天再說吧。」

秦三馬上問道：「那麼，是進城住店，還是出城借宿呢？」

「這還用說，當然只好進城住店了。你想想，大過年的，誰家願意陌生人在他家過年？」

「游滑說的對，這次住店的錢就不能省了，也省不了，就進城找家合適的旅店吧。」

「少爺說的是。」秦三一邊隨聲附和著，一邊挑起了擔子準備進城。

「不過，少爺，住店咱們還得合計一下，儘量找一家最便宜的，能省就省啊，不就是睡個覺嘛。」

「說得對。」蘇秦點點頭，立即應和著游滑的建議。

打定了主意，主僕三人就在鄭縣城內一家一家客棧挨個問過去，不斷地討價還價，最後好歹找到了一家報價最低的。雖然條件相當差，但主僕三人覺得，能有個庇雨擋風的地方安歇，已經是非常好了。

安頓停當，主僕三人在城裡隨意走走，一來放鬆放鬆，二來了解一下秦國的民俗民情。

轉眼就到了臘月三十。這天一大早，蘇秦剛睜開眼睛，游滑就趨前問道：

「少爺，今天是年三十了，今晚就是大年夜，您看咱們……」

蘇秦一聽，馬上明白他的意思，但沒有直接回答，而是沉默了一會，以問代答道：

「你看，這年怎麼過？」

游滑看著主人信任的目光，又看看秦三期待的表情，撓了撓頭皮，吞吞吐吐，卻又像是定見在胸地說道：

「可不可以找店家借個灶間，咱們買點菜，自己拾掇一下，也就有了一頓年夜飯了啊！」

「這也是個辦法。」蘇秦讚賞地點點頭。

見此，游滑連忙說：

「少爺，那小人這就去找店家了。」

說著，拉著秦三一溜煙去了。

不一會，二僕回來了。秦三一進屋就興高采烈地報告道：

「少爺，店家答應了，都是游滑能說會道。」

蘇秦滿意地點點頭，不禁多看了游滑幾眼，意有贊許之意。

秦三見此，又接口說道：

「少爺，灶間借好了，時間也不早了，那麼小人們就要上街……」

蘇秦一聽，立即明白過來，這是提醒他給錢買菜呢。於是，連忙從棉袍袋裡掏錢，摸索了半天，摸出一把秦國圓形方孔錢，這是前些時候兌換的，就剩這些了，今天一起從衣袋裡搜索出來。從蘇秦手上接過錢，二僕又一溜煙出去了。

大約烙二十張大餅的功夫，秦三與游滑拿著買好的年貨歡天喜地地回來了。說年貨，其實也只不過是一點羊肉，一把蕨菜，幾個白蘿蔔，外加一小瓦罐酒。

當一輪殘陽慢慢隱落在西山之坳，呼嘯的寒風在幕色的掩護下顯得越發的肆無忌憚。不久，便見滿天繁星佈滿高遠的蒼穹。蒼白清冷的星光下，旅店房後的一棵脫盡枝葉的楊樹，仿佛一具乾屍突兀於窗前。

就在蘇秦站在窗前觸景生情，無限感傷之時，由游滑主理、秦三幫忙準備的年夜飯，已在店家的灶間準備停當了。

「少爺，吃年夜飯嘍！」

秦三與游滑一邊喊著，一邊麻利地擺放好几案，端上剛剛做好的三個菜：一碗燒羊肉，一碗蕨菜，一碗燒蘿蔔。

正席坐定後，游滑首先恭恭敬敬地跪直了身子，對著蘇秦舉起了酒盞，道：

「能與少爺同席過年，這是小人以前做夢都不敢想的事。今天有此機會，實在是小人修來的福份！少爺，小人先敬您一盞，祝少爺新年過後順利到達秦都咸陽，說得秦王，封賞拜相。」

「嘿嘿，到那時，俺們過年也就不止是這三個菜嘍。」秦三得意地說道，仿佛主人已經封了侯，拜了相。

蘇秦端起酒盞，望著游滑、秦三，張嘴囁嚅了半天，想說點什麼，卻又沒說出隻字半句。最後，「嘿，嘿」苦笑了兩聲，一仰脖子，將一盞酒先喝了下去。

秦三、游滑見此，便就不再說話了，只是隨著主人一盞又一盞地悶頭喝著那罐渾黃的高粱釀燒刀子。

沒到一頓飯的時辰，主僕三人都趴下了，伏在小几案上呼呼大睡起來。而桌上的那三碗菜，才吃了一半，羊肉湯早就結成了肉凍。

也不知過了多久，突然一陣刺骨的寒風帶著呼嘯之聲從破敗的窗戶中吹進，吹得几案上那枝本就搖搖欲滅的松明幾近熄滅，吹得睡夢中的蘇秦渾身一激靈。

驚醒過來的蘇秦，揉揉惺忪的睡眼，借著几案上那枝奄奄一息的松明微光，他看到了二僕正伏在几案邊呼呼大睡，又看到几案上的三盞殘酒與三盤剩菜。當又一陣寒風透窗而入時，他下意識地緊了緊身上的棉袍。與此同時，他也馬上意識到，秦三、游滑再這樣睡下去，肯定是要生病的。如果二僕都病倒，那麼自己就更是上天無路，入地無門了。

想到此，他立即借著松明黯淡的光線，迅速將几案與几案上的酒菜移開，展開被褥，將秦三與游滑和衣安頓到被窩裡。然後，自己也脫了外面的棉袍，睡了下去。

秦三與游滑移睡到被窩中，舒服多了，睡得也更香了。

聽著二僕此起彼伏的鼾聲，蘇秦頓然睡意全無。躺在被窩裡，仰望著黑乎乎的屋頂，他先是想到了秦三與游滑的身世，後又想到了自己的前世今生。思來想去，他突然覺得自己比秦三、游滑還要可憐。他們雖是僕人，還是孤兒，可眼下他們吃得下，睡得著，飄泊在外過年，也並沒看出他們有什麼感傷。大概因為他們本就是無家可歸的人，在秦國過年，或是在洛陽過年，事實上沒有什麼兩樣，反正都是沒有家。從來就沒有享受過家的溫暖與天倫之樂，也就沒有失去的惆悵。此時此刻，即便他們是沒有喝醉，相信也能睡得鼾聲如雷的。而自己呢，情況就完全不一樣了。自己不僅有室有家，而且上有爹娘，下有妻兒，還有四個哥嫂兄弟。本來，自己也可以與大家一樣，在洛陽與妻兒廝守，在家侍侯爹娘，做個人人誇獎的孝子賢孫，妻子愛敬的丈夫，兒子親昵的爸爸。可是，他不能！為了士之尊嚴，為了中興衰落的蘇氏家族，更為了實現自己大丈夫「取卿相尊榮」的個人理想，他不得不長年累月在外求學、遊說，飄泊、流浪。即便是過年，也不得不像孤魂野鬼一般在外遊蕩，唉！

望著窗外秦國淡淡而冷冷的月，聽著秦川呼嘯的狂風吹得旅店破敗見光的屋瓦「嘩嘩」作響，想著在洛陽的爹娘、香香、虎兒，還有哥嫂兄弟們，蘇秦不禁潸然淚下。

# 第四章　「連橫」說秦王

## 1　咸陽驚變

冬去了，春走了，夏來了。

八百里秦川一望無垠，到處草長鶯飛，鬱鬱蔥蔥，一派欣欣向榮的景象。

周顯王三十一年（西元前三三八年）的六月初一，天藍地碧，和風拂面。一大早，蘇秦主僕就到達了渭水南岸的渡口。今天，他們要北渡渭水，直抵此行的終點——秦都咸陽。

「少爺，今天渡過這渭水，俺們就到咸陽了吧。」站在渡口，望著河心處若隱若現的小船，秦三難掩欣喜之情，情不自禁地脫口問道。

蘇秦點點頭，但仍目不轉睛地望著河心那條似葉如萍的小舟。

「這船怎麼這麼慢？要什麼時候才能划過來啊？」游滑有些沉不住氣了，恨不得插翅立馬飛過渭水去，一步就跨到咸陽。

大約烙十二張大餅的功夫，那只小船終於近岸了，並在渡口靠住。

主僕三人上了船，船家拿起長長的竹篙往岸邊的一塊大石上一頂，小船就迅速離岸，搖搖晃晃地向北岸駛去了。

船行約半個時辰，靠在了渭水北岸的渡口。

「好了，這下總算到咸陽了！」秦三一邊跳下船來，一邊歡快地感歎道。

「是啊，這一路，俺們千山萬水的，不知費了多少周折，現在總算要進咸陽了。」游滑則不勝感慨。

時近中午，主僕三人已然望見了咸陽城高大的城門了。不一會，就到了城門口，三人高高興興地進了城。

「這城好大！比俺周王的洛陽城氣派多了！」

看著咸陽城中高大的屋宇和嚴整寬廣的街道，游滑不禁脫口而出。

「那當然，不然，俺家少爺何以要捨近求遠，跑得這麼遠呢？」秦三不無得意地說。

聽著二僕喜悅的對話，蘇秦也心有欣欣然，情不自禁地長長舒了一口氣。但輕鬆感一閃而過後，他又陷入了憂思之中。因為他知道，現在還不是高興的時候，而今的當務之急是先晉見秦孝公。只有見到了秦孝公這個大主顧，並遊說得他高興了，自己才能改變命運，並實現自己的理想。

想到此，他立即叫住二僕道：

「秦三、游滑！」

二人一邊走，一邊指指畫畫，正看得高興，談得起勁呢。猛然聽到主人的叫聲，立馬停住，同聲回答道：

「少爺，啥事？」

「今天咱們不忙看咸陽，以後有的是時間。現在還是抓緊時間，早早趕到秦王宮晉見秦王才是。」

「少爺說的是。」秦三連聲附和道。

「可是，秦王宮在哪啊？」游滑提出了問題。

突然被游滑這樣一問，蘇秦不禁愣了一下。

沉默片刻，秦三看看蘇秦，怯生生地說道：

「少爺，現在俺們剛到咸陽，連秦王宮在哪都不知道，如何就去見秦王呢？況且，今天天色已經不早了，即使能夠找到秦王宮，恐怕早過了秦王在朝理政的時間了吧。」

秦三以前陪蘇秦求見過六國諸侯王，有些經驗，所以他敢這樣說。

蘇秦一聽，默默地點了一下頭。

游滑見主人點頭認可秦三的話，遂又補充道：

「再說了，俺們初來乍到，秦國的情況也不熟悉，如果就這樣冒冒然去見秦王，恐怕效果也不是太好吧。俗話說『磨刀不耽誤砍柴的功』，少爺，您看俺們是不是還是慢著點，暫且找個旅店住下，先了解一下秦國的風俗人情，打探一下秦王的消息，作好充分準備，然後擇良辰吉日去朝見秦王，一舉說得秦王，豈不更好？」

蘇秦覺得游滑這番話倒是說得入情入理，遂重重地點點頭，終於改口道：

「那俺們今天就不忙去見秦王，先找個旅店住下吧。」

游滑一聽，遂又連忙問了一個問題：

「這一回，要找什麼樣的店家？」

蘇秦聽游滑語調中特意強調「這一回」，知道他的意思是，既已到達咸陽，是否可以住得像樣點。可是，幾乎不加思量，蘇秦便脫口而出道：

「還是老規矩，要最便宜的。」

因為他心中沒底，這秦王到底說得了說不了？說得了，一切好辦。萬一說不了，還得另找主顧，起碼還得回家，這盤纏還得算著花。

游滑一聽，心想，嗨，這一路，他倒跟我學得很好，也知道算賬了。於是，連聲說：

「是，是，是，少爺說的是。多省些錢，心裡不慌。」

於是，主僕三人專門在咸陽城內最小的巷子裡找一些最不起眼的小旅店，最後總算找到一家認為是最便宜的旅店，是個夫妻老婆店，只有三間客房，其實就是將自己住的房子讓出一間而已。

蘇秦暗自盤算了一下，懷裡的盤纏結餘，按照這個房價，吃住個一年，也足夠了。於是，心裡更是感激游滑。如果不是游滑的主意，一路上逢城必出，借住鄉家，哪有今天這麼多的盤纏節餘？算完了賬，蘇秦心裡不慌了。

第二天一大早，蘇秦就叫來游滑，給了他一些秦幣，吩咐他上街買一張山羊皮，要除毛，剪切得方方正正。游滑不明白主人為什麼要買山羊皮，還要除毛，剪切方正。正欲要問，蘇秦道：

「你去買來，俺自有用處。」

然後，又叫來了秦三，吩咐道：

「你去打探一下秦王宮殿在城裡什麼地方？」

「是，少爺。」說著，秦三便一溜煙出去了。因為這個他在行，以前陪蘇秦遊說山東六國諸侯時，常常跑王宮，知道王宮是什麼樣。

二僕走後，蘇秦開始思考，明天該如何遊說秦王。雖然遊說是自己的特長，自己也從不怯場，即使是毫無準備，也能臨時發揮，滔滔不絕，說得頭頭是道。但是，前次三年遊說山東六國之王慘敗的教訓，讓他對這次遊說秦王產生了信心危機。矛盾痛苦中，他重又翻檢出師父《揣意》、《摩情》二章細讀。讀著讀著，他開始理出了頭緒，並結合這一路所聞所見、所思所想，形成了幾種說辭方案。只等明天晉見秦王時，再臨場發揮，見機說話了。

日中時分，二僕相繼回來。秦三向蘇秦詳細報告了秦王宮的方位與基本情況，游滑則交給了蘇秦一張光潔的羊皮，除毛，剪切方正。

蘇秦接皮在手，左瞧瞧，右看看，仿佛是在欣賞一件寶貝似的。

游滑看著蘇秦那專注的神情，不明白主人要這張羊皮到底有什麼用？

正當游滑感到不解，想要開口問個究竟時，蘇秦突然吩咐道：

「游滑，你去向老闆討點松油墨，再借個衣刷。」

「要油墨和衣刷幹啥？」游滑更加不解了。

「你去借來就是了。」

「是，少爺！」說著，游滑一溜煙去了。

不一會，兩樣都借來了。

蘇秦又對二人吩咐道：

「明天我們要晉見秦王，你們去準備一下，把我的衣服刷刷平整，收拾乾淨。今晚早點安歇，明日早起梳洗。你們也一樣，都要乾淨整齊一些。」

游滑一聽，這才明白主人要借衣刷的原因。而秦三呢？聽了這話，則有另外一番想法。主人這是要擺派、擺譜吧。是啊，這個世道，不都是狗眼看人低，狗咬穿破衣嗎？要是衣裳不光鮮點，連走在路上，都沒人正眼看你。更不要說是去見大王，恐怕連王宮的門口也不讓你站一站的。想當年，自己陪主人遊說六國諸侯不成，裘敝金盡。後來，退而求其次，轉說魯、衛、宋、中山等小國之君，卻因為衣裳破舊，結果還沒等開口請求門禁官通報，就被人硬叉出來。

就在二僕為明日衣裝作準備的當兒，蘇秦則在那張山羊皮上，用樹枝醮著松油之墨畫成了一幅圖。

游滑一見，頓時又明白了主人借油墨的緣故。遂好奇地問道：

「少爺，您這是畫的什麼啊？」

「秦國山川形勢圖。」蘇秦得意地說。

「少爺真是博學啊！」秦三情不自禁地讚揚道。

「好啦，不說這些了，今天俺們早點吃晚飯，早點上炕安歇吧，明早要早起呢。」

「是，少爺。」

二僕答應一聲，各自準備去了。

一夜無話。第二天一大早，蘇秦主僕就起炕了。老闆娘端來九隻饃饃，主僕三人各吃了三隻，又就著瓦罐裡的涼水，喝了幾口。

整衣正冠已畢，主僕三人就出發了。秦三走在頭裡帶路，游滑殿後。蘇秦居中，挺直了腰板，昂首闊步。蘇秦本來就長得英俊，身高八尺，天庭飽滿，眉毛上揚，鼻梁高挺，眼眸明亮靈動，嘴闊面方，天生就是一副大官貴人相，今日稍稍這樣一拾掇，顯得比平日不知要精神瀟灑多少倍。

秦三和游滑看了主人這樣，不知不覺間也受了感染，頓然也精神起來，心情也顯得開朗許多。想想一路行來，都是裝孫子，對人低眉順眼，求爺爺告奶奶，目的就是為了省幾個錢。而今，少爺就要說秦王了，說得好，立馬就封賞授相，我們不也就跟著闊起來了嗎？哼！到時俺也當一回爺，也要闊一把！

主僕三人一路走，一路想著各自的心思，不知不覺間就到了秦王宮殿旁。

蘇秦想，這次入秦遊說秦王，自己要先擺出應有的身架，請托門禁官通報突破常規，不送禮，要擺譜，要讓門禁官知道站在眼前的不是凡夫俗子，而是「天下第一士」——洛陽蘇秦蘇季子。

想到這，他忙叫過秦三，耳語吩咐了一番。然後，讓秦三上去跟門禁官交涉。

之所以不讓游滑前去交涉，因為游滑沒文化，與市井小民打交道，可以玩得轉，但與官府人士打交道，恐怕就不適應了。而秦三則不同，他從小在自己家長大，長期跟隨自己，也識些文，也斷得字，多少能夠說些咬文嚼字的官話。

於是，秦三就遵囑登階拾級而上，前去王宮正門前與門禁官交涉：

「官爺，小人主人蘇秦，是成周洛陽之士，齊人鬼谷先生弟子，久聞秦王高義，今想求見秦王，還望勞動官爺大駕，向秦王稟報一聲。」

說完向門禁官深深一揖。

沒想到，門禁官毫不猶豫地回答道：

「大王今日不見客，請轉告你家主人蘇先生，假以時日吧。」

秦三一聽，頓然傻了眼。因為前次他隨蘇秦遊說山東六國之王，遇到門禁官不肯通報，那就一點辦法也沒了。呆立了好一會，秦三還是硬著頭皮下了臺階，向蘇秦如實稟報了情況。

蘇秦一聽，心裡頓然涼了半截。心想，是不是今天自己又判斷決策失誤了？是不是因為今天沒有向門禁官送禮？是不是因為今天要擺譜，沒有自己親自出馬請求門禁官通報秦王，有失禮節？想想自己向親友告貸那麼多錢，一路吃盡千辛萬苦，冒寒風，沖酷暑，越千山，涉萬水，好不容易來到咸陽，第一次求見秦王就吃了閉門羹，這如何是好？自己的理想，蘇家的希望，都在此一舉啊，怎麼可以就此作罷？

想到此，他橫下心來，提起長袍，「蹬，蹬，蹬」，再也顧不得擺譜了，快步走向門禁官，未曾開言，就向他深揖一禮，道：

「官爺，在下乃成周洛陽人氏，齊人鬼谷先生弟子蘇秦，習學『縱橫』術多年，今聞得秦王高義滿天下，故不辭千山萬水，不避寒風苦雨，歷二載方才到達大國之都，欲以平生所學報效秦王，祈望官爺不辭辛勞，為在下稟報一聲大王！」

一邊這樣說著，一邊將一錠小碎金從袍袖中不露痕跡地送上。這一動作非常的漂亮，連他自己都吃驚今天怎麼這麼麻利，沒有士之清高，簡直做得比游滑還要從容自然。但他心裡明白，這大概是情急之下，才有如此精彩的臨場發揮吧，因為這次求見秦王對自己干係實在太大，可以說，這一輩子的榮辱成敗都繫於此次遊說秦王了。

不知是因為蘇秦的態度誠懇感動了那個門禁官，還是應了那句「有錢能使鬼推磨」的老話，門禁官頓然對蘇秦客氣有加，忙湊近蘇秦耳旁說了一句話：

「先生，實不相瞞，大王今天真的不能見您。因為大王已經病了很久，這消息先生千萬不要再傳，那樣就為難了小人，還要連累小人老少全家。」

蘇秦再次向門禁官深深一揖：

「官爺之恩，真是感激不盡！官爺之言，小人謹記在心！下回還要有求官爺相幫呢！」

門禁官會意地點點頭。

蘇秦於是轉身就準備離開，但剛走了幾步，忽然又轉回身去，向門禁官又是一揖，道：

「官爺，不知秦王何時病癒，小人再來求見為好？」

「這，……這可不好說。這樣吧，先生不妨每月月底派隨從來此探詢一趟。如果有消息，卑職自然奉告。」

蘇秦默默地點點頭，轉身拾級而下，一句話也沒說，就帶著秦三和游滑回到旅店下處。

秦三以為自己說話不妥當壞了主人的事，心裡直打冷顫。游滑不知底細，但見主人一言不發，知道事情不妙，也就不敢多話。

為了等待秦孝公病癒可以求見，蘇秦按照門禁官的叮囑，每月月底親自到秦王宮探詢一趟。可是，連續三個月去探詢的結果，得到的都是同樣的回答：

「大王不能見客。」

到了這個時候，蘇秦心裡開始打鼓了：這孝公的病恐怕有些不妙，萬一孝公沒了，俺這一趟可苦也！

「少爺，何時才能見到秦王啊？」

在咸陽等了三個月，秦王的影子還沒見著。游滑、秦三不知就裡，蘇秦又不跟他們說明，他們終於沉不住氣了。於是，他們時不時地就要向蘇秦問起這句話。

蘇秦雖然心裡比他們更著急，但是，他知道，國君的生死病恙，乃是一國的最高機密。自己得知秦孝公病重的消息，是因為那錠金子的賄賂。秦三、游滑雖是自己的僕從，但也難保他們能夠守口如瓶。萬一他們不小心，露出了半字口風，那後果就不堪設想了。自己與那位門禁官的約定，不光事涉士之誠信問題，還有政治干係與生命之憂，不是鬧著玩的事情。

對於二僕的問題，蘇秦雖然可以緘默不答，表面上也還沉得住氣，但是他的內心裡卻是比誰都要著急。這孝公的病何時好，固然是個問題；能不能好，則更是一個大大的疑問？如果有個意外，那怎麼辦呢？每當想到這一點，他就不免心慌意亂，坐立不安。然而，著急，不安，又有何用呢？無奈中，他常常也只能在心裡勸解自己：「既來之，則安之。再等下月月底去探消息吧。」

可是，沒等到下月月底到來，突然有一個驚人的消息從天而降：

「秦孝公殯天了。」

蘇秦一聽這消息，頓然心涼了半截。因為他明白，孝公這樣的君王，是不會輕易能遇上的。君臣遇合是一種機緣，但更重要的是在於君王。如果衛人公孫鞅不遇上秦孝公，他想推行新法，實行新政，也是無由致之，更不要說他有相秦十年，並被封為商君這樣的無尚榮光。這次自己之所以決定改變以前既定的「合縱」主張，轉而入秦說秦王，也就是看重了秦孝公任用人才的雅量與眼光。

而今，孝公沒了，誰知道新秦王是個什麼樣？再說孝公一死，這國君的喪事辦起來，也不是一天兩天的事，新王真正臨朝視事，恐怕也不是立時三刻的事。還有一層，新秦王對於遊士是不是那麼重視，在臨朝視事之初就予以安排接見？想到這些，蘇秦更是心神不定，憂慮深深。

果然不出所料，秦孝公的喪事辦起來真是繁瑣冗長。

「少爺，怎麼新秦王現在還不見客呢？」離秦孝公過世已經一月有餘了，游滑有些耐不住了。

「是啊，少爺，這老秦王的喪事現在也該辦好了吧。」秦三也附和著問道。

沉默了一會，蘇秦裝著若無其事地樣子，說道：

「再等等，這國王的喪事不同於俺們百姓。再說，俺們不辭千里萬里，來都來了，路都走了近兩年時間，到咸陽也已經等了近四個月，難道還不能再等它個十天半月？老話說的好：『頭都磕了，還在乎再作一個揖？』」

「少爺這話也說得在理。」秦三立即應和道。

游滑只得附和著點點頭。

安靜地等了三天後，突然又傳來了一個驚人的消息：

「商君反了！」

蘇秦初一聽，怎麼也不敢相信。這怎麼可能呢？秦孝公待公孫鞅不薄啊！他以一個區區衛國的諸庶孽公子，在魏國混跡，如果不是跑得快，不僅官沒得做，差點小命也要搭上。可是，一入秦，他就憑三寸不爛之舌，遊說了秦孝公三次，就得到了重任，而且還位極人臣，做了十年秦國之相。他雖然為秦國主持變法有功，但要不是秦孝公每到關鍵時刻都予以堅決支持，恐怕他也成就不了變法大功，推行不了他的所謂新政。秦國雖因他變法而強大，但秦孝公對他也算是酬報甚厚了。不僅爵封他為大良造，後來還封了他於、商之地，號為商君，這等於是與他裂土而治了。這樣雅量與賢明的君王，天下哪裡可以找到？而今，孝公剛死，屍骨未寒，他公孫鞅怎麼就反了呢？

雖然在心裡嘀咕了半天，但蘇秦又不能完全否認這消息的可靠性。於是，只得吩咐秦三、游滑道：

「你們上街去打聽打聽，商君是不是真的反了？如果真的反了，那又是為什麼而起？不過，你們二人記住，上街時只許聽，不許亂說話，秦國刑律苛嚴，不比他國。」

「是，少爺。」

秦三、游滑答應了一聲，就一溜煙似地出門了。

不到一個時辰，二人就興沖沖地回來了。

蘇秦一見他們回來得這樣快，立即問道：

「你們到底有沒有打聽到什麼消息？」

「少爺，打聽到了。」游滑興奮地回答道。

「各種消息都有，而且各人有各人的說法。」秦三也急忙插了進來。

「商君真的反了？」蘇秦又急切地問道。

「真的。」秦三、游滑幾乎異口同聲地回答道。

「那麼，又是為的什麼呢？」其實，蘇秦最關心的就是這個問題。

「商君的消息雖多，說法雖然不同，但商君謀反的原因，好像大家的說法都是一致的。」秦三肯定地說。

「那麼，到底是什麼原因呢？」

「就是因為商君以前得罪過現在的秦王。」游滑回答道。

「商君怎麼會得罪現在的秦王呢？」

游滑一撇嘴道：「唉，還不是因為商君變法惹的禍。」

「據說，商君開始推行新法時，新秦王做太子，首先犯法，商君秉公執法，追究了太子的責任。雖然對太子網開了一面，沒有直接治罪於他，但是卻治了他的師傅。」秦三補充道。

未及秦三說完，游滑又插了進來道：

「這不，昔日的太子如今做了秦王，他能不算商君的舊賬？」

蘇秦立即反問道：

「商君不是對他網開了一面嗎？又沒有直接治罪於他，他為什麼還要如此絕情呢？為什麼還要翻陳年老賬呢？」

「據說是因為新秦王的師傅公子虔之徒記恨商君，在新秦王面前誣陷商君謀反。於是，新秦王找到了藉口，公報私仇，立即發吏逮捕商君。」

「結果怎麼樣？」秦三話音未落，蘇秦就急切地問道。

游滑馬上回答道：

「嗨，商君做了十年一人之下、萬人之上的相爺，又封了個什麼商君的爵位，威風慣了，你想想看，他肯讓秦吏逮捕，老老實實地做階下囚？所以，他就三十六計，走為上策了。」

「結果呢？」蘇秦窮追不捨道。

秦三接上來道：

「結果，商君就逃到了函谷關下。」

「出關了沒有？」蘇秦不禁為商君捏了一把汗。

「商君逃到函谷關時，已經天黑。於是，就想在關前的客店住宿一夜。沒想到，店主不讓商君住宿。」

「為什麼？難道店主已經認出了商君，或是已經接到了新秦王的通輯令了？」

「那倒不是。」游滑答道。

「那麼，又是為什麼呢？」

「因為店主不知道眼前的客人就是秦國一人之下、萬人之上的商君，所以他一定要商君根據商君之法的規定，亮出身份證明。商君當然亮不出，也不能亮。」

蘇秦點點頭，頓了頓，又問道：

「商君之法是怎麼說的？」

游滑說不出，秦三倒能說得上：

「據說商君之法中有這樣一個條文：『客宿之人，非驗明其身者，則連坐之。』商君一聽，這才想起自己立法的弊病，竟然害了自己。於是，只得長歎一聲，出門去了。」

「後來呢？」蘇秦很為商君擔憂。

「後來，好不容易逃到了魏國。本想可以得到魏國的庇護，沒想到，魏王正記著他大前年欺騙公子卬，大破魏師的老賬，記著他迫使魏國割讓了多少年苦心經營的河西之地的深仇大恨。」

「那麼魏王有沒有殺商君？」蘇秦更替商君著急了。

游滑搶著答道：

「殺倒是沒殺，就是不肯給商君庇護，而且還將他強行送回秦國。」

「送回秦國，與親自殺了，不是一樣嗎？魏王看來是要借刀殺人，不願親自動手，以免背上一個殺士的惡名吧。」

蘇秦話音剛落，秦三又接上道：

「少爺說得是，好多人也是這樣分析的。」

「商君遣返回秦後，現在怎麼樣了？」蘇秦又急切地問道。

「商君被遣返回秦，徘徊不敢進。他知道，如果入咸陽，性命必不保。想來想去，最後決定還是逃回自己的封邑於、商。可是，新秦王並不就此作罷，仍然要逮捕他。無計可施，最後商君只得鋌而走險，舉商邑徒眾，反了。」

秦三說到此，蘇秦立即插話道：

「如此說來，商君真的是反了。」

「不過，那是被逼無奈，是逼上了謀反之路。」

蘇秦點點頭，道：

「這倒是。那後來又怎麼樣了？」

「商君起兵後，採取先發制人的策略，舉兵攻打秦國渭水之南的重鎮鄭。但是，這一下，卻給了新秦王更大的把柄。於是，新秦王傾起大兵，將商邑徒眾團團圍定。商邑之眾本就不是什麼正規軍隊，哪裡是秦王大軍的敵手，結果全被殺於鄭之黽池。」

「那麼，商君本人呢？」

游滑立即插上來道：

「商君被活捉了，被押回了咸陽。」

蘇秦聽到這裡，終於明白了，不禁在心裡感歎起來：

「看來並不是商君寡情薄義，而是新秦王心胸狹窄，商君是被逼而反。唉，這樣的秦王，肯定不是個賢明之君，遠非秦孝公之屬。」

感歎了一番後，蘇秦不得不在內心深處考慮起這樣的一個問題：

「既然新秦王是這樣的一個主子，那麼自己還要不要遊說他呢？還要不要輔佐他，實現『連橫』之策，幫秦國一統天下呢？」

正在心問口，口問心，猶豫不定之時。秦三又報告說：

「聽說，臘月二十八秦王要車裂商君。」

蘇秦不聽也罷，一聽渾身就像篩糠。車裂？那就是極刑五馬分屍啊！太慘，太慘！

想著，想著，他不禁閉上了眼睛，搖搖頭，不敢再往下想。

## 2 兔死狐悲

周顯王三十一年臘月二十八，天陰沉著，風尖嘯著，霜凝大地，滴水成冰。

辰時剛到，咸陽城西的一片曠野之地，早已聚起了數萬之眾。

就在這片曠野之地的中心，有一個新壘起的土臺。其上，一個衣冠古怪的中年男子居中端坐，面無表情，好像是個木頭人。但是，近看細看，從他那副盛氣淩人、不可一世的架勢，大家都能猜出他是誰。因為在他端坐的台下，左右兩邊整齊地分列著一班峨冠博帶的官員。而在土臺的前後左右，圍繞那個臺上之人與百官周圍的，則是大批盔甲鮮明的秦國武士。

「少爺，您看，那臺上之人！」

秦三與游滑左右夾護著蘇秦，從人群後面艱難地擠到了人群的前面，看到那個土臺上高高在上的人，不禁好奇，低聲提醒著主人注意。

「別說話，這是刑場，那臺上的人就是新秦王。」蘇秦也是壓低了聲音，但口氣卻很嚴厲。

秦三、游滑一聽，嚇得伸了伸舌頭，再也不敢吱聲了。

過了好一會，從旁邊擠過一個老漢，舉首望了望那土臺上的新秦王，又看看了他周圍環列的文武百官，然後放眼朝更遠些的地方望了望，突然指著土臺正前方約三百步的地方，低低地對旁邊的人說道：

「你們看，那裡是不是有五匹馬？」

「好像是。」周圍的人都睜大了眼睛，或用衣袖拭了拭眼角，極目遠眺後，異口同聲地答道。

「你們再看，那五匹馬中間，好像懸著一個人。」一個年輕人說道。

於是，人們再次睜大了眼睛，極目遠望起來。不知不覺間，許多人都一邊觀望，一邊向前挪動著腳步。漸漸地，被前擁後推的人們裹挾著，蘇秦主僕也身不由己地向那五匹馬的地方靠近了許多。

這邊的人向前湧，那邊的人見了，也大著膽子向前湧。不一會兒，圍觀的人群就將那五匹馬圍在了周徑為百步的一個圓周之中。

「少爺，您看，那五匹馬中間真的是懸著一個人呢！」游滑輕聲地對蘇秦說道。

蘇秦被游滑這樣一提醒，果然看得真真切切了。是的，是有一個人，這個人肯定不是別人，就是自己心目中的榜樣商君。本來，他是不忍心來看自己的楷模商君有這等淒慘的結局的。只是因為仰慕他已久，早就想一睹其手采，所以，今天這才決定要赴刑場。不過，他今天不是來看熱鬧的，而是要親自為商君送行，因為他從心底敬佩商君是一條好漢！

為了更清楚地看到那五匹馬中間懸著的商君，許多人又大著膽子往前湧。大約離那五匹馬只有五十步遠了，無數的武士執劍操戈，前來阻擋。於是，和大家一樣，蘇秦主僕只得就此停住了腳步。

不過，在這個距離上，蘇秦已經看到了他想看，卻又不忍心看到的一切：商君的兩手、兩腳和頭頸分別被套上了繩索，五根繩索分別繫到分列五個方向的五輛馬車之上，商君整個人體就被五根繩索拉抬懸起在半空之中。可以想像，只要新秦王一聲令下，五輛馬車上的馭手一揚鞭，五輛馬車向五個方向一起跑開，一瞬間，商君的身體就會被撕成碎片的。

商君被五條繩索拉懸於半空似乎已經有好一會了，可是新秦王還端坐在那土臺之上，沒言語，也沒下達行刑之令，五輛馬車也始終原地一動不動，五輛馬車上的馭手似乎顯得異常緊張。

刑場上雖是人山人海，卻像死一般地寂靜。不僅沒人言語，就連鼻息之聲也似乎難以聞見。寂靜，寂靜，寂靜得讓人快要發瘋了。

蘇秦此時心裡像被打翻了的五味瓶，翻江倒海般難受，他不得不緊緊閉上眼睛，他怕看見五馬一動的瞬間慘象。

而此時被拉懸於半空的商君，並沒有像一般犯人臨刑時那樣的大喊大叫「冤枉」。只見他素面朝天，頭髮散亂，被靜靜地懸在半空中，眼睛緊閉，似乎在想著什麼，也許他是在回憶自己入秦前後的往事今生吧。

是啊，在這個時刻，有如此下場，如何能叫他不在心底生發出無限的感歎？

蘇秦如此想著，先前所聞有關商君半生事蹟的斷片，至此也聯成了一體，彷彿就像出現於眼前一般。

商君，姓公孫，其祖本姓姬，名鞅，是衛國諸庶孽公子。少年時代，好刑名之學。後來，見在衛國沒有發展前途，就跑到了魏國，師事魏相公叔痤，為中庶子。沒過多久，公孫痤就發現他是天下奇才，而非庸庸之輩。於是，就想著找個機會向魏惠王進薦。可是不巧，正當公叔痤有了一個進薦的機會時，卻突然病重起來。

魏惠王非常倚重公叔痤，一聽公孫痤病重，立即親往公孫痤府中問病探視。言談中，魏惠王不無憂慮地對公孫痤道：

「賢相病重如此，如有不可諱，寡人為之奈何？魏國社稷為之奈何？」

公孫痤見魏惠王如此說，立即抓住機會，馬上接口道：

「大王，不必憂慮！臣舍下有一人，乃衛公子公孫鞅。雖然年少，卻是天下奇才，希望大王親之任之，舉國而聽之。」

沒想到，魏惠王聽了，卻半天默然不語。

見此，公孫痤心裡已然明白，大概魏惠王以為自己是病糊塗了，將國家大事視同兒戲，這才叫他舉國而聽從一個年少無名之輩。

君臣又敘了一會，魏惠王要告辭回宮。公孫痤道：

「大王，且慢！」

於是，摒退左右人等，密對魏惠王道：

「大王若不能聽臣之言，舉國而聽之於公孫鞅；那麼，就請大王立殺公孫鞅，切不可令其出境！」

魏惠王一聽，立即非常爽快地答道：

「謹遵賢相之命。」

魏惠王剛剛離去，公叔痤又急召公孫鞅至病榻之前，誠懇地說道：

「今日魏王問老夫身後，何人可為魏國之相。老夫就鄭重其事地向魏王推薦了先生，希望他對先生親之任之，舉國而聽之。不曾想，魏王嘿然不語，似有不許之意。老夫以為，魏王為君，你我為臣，遂先君後臣，進言於魏王：『大王必不用公孫鞅，必當殺之，不可使其出境。』沒想到，魏王卻慨然應允。現在，魏王剛剛離去，先生可速速離開魏國，遲則必為所擒，而有殺身之禍。」

公孫鞅一聽，不僅一點不緊張，反而輕鬆地一笑，道：

「魏王不能用您之計，而任臣為魏國之相；您何以如此確信，他一定會聽您之言而殺臣呢？」

結果，公孫鞅執意留下，等待時機。

卻說魏惠王回到宮中，對左右親近人等道：

「公叔痤已經病入膏肓，甚是可哀！」

過了一會，又道：

「今日公叔痤向寡人推薦衛人公孫鞅，希望寡人任他為魏相，並要寡人親之任之，舉國而聽之，豈不荒謬？唉，看來公叔痤是病得糊塗，也許將不久於世了。」

果然如魏惠王所言，三天後，公叔痤就離開了人世。

公叔痤死後，魏惠王當然沒有聽從於公叔痤病榻前的建言，而任公孫鞅為魏國之相；但也沒聽從於公叔痤的另一個建言，就是將公孫鞅捕殺。

卻說周顯王八年（西元前三六一年），秦獻公病卒，秦孝公即位。公孫鞅聽說孝公即位伊始，即布恩惠，振孤寡，招戰士，明功賞，並且頒佈招賢納士之令，意欲振興秦國。其求賢令曰：

昔我繆公，自歧雍之間，修德行武，東平晉亂，以河為界；西霸戎狄，廣地千里，天子致伯，諸侯畢賀，為後世開業，光美于吾祖。不幸中遭厲、躁、簡公、出子之不寧，國家內憂，無暇東顧。魏乃攻奪我先君河西之地，諸侯卑秦，醜莫大焉！獻公即位，發奮有為，鎮撫邊境，徙治櫟陽，且欲東伐于魏，以覆我河西之故地，修繆公之政令。寡人思念先君之心意，常痛心疾首，憂患不已。今頒令以昭告於天下：賓客、群臣，有能出奇計強秦者，寡人必高其爵，尊其官，裂土與之共治。

公孫鞅得知秦孝公求賢令的內容，立即動身西行，晝夜兼程，三月而至秦都咸陽。

到咸陽後，為了得到秦孝公的信任，能夠迅速說得秦孝公，公孫鞅百計打聽各種消息，得知孝公之臣中，以景監最為得寵。於是，傾其囊橐之所有，厚賄景監，以求見於孝公。

孝公因景監之薦，立即召見了公孫鞅。然而，公孫鞅說得慷慨激昂，陳策甚多，孝公卻昏昏欲睡。

召見一結束，孝公立即召來景監，大加訓斥道：

「卿所薦之客是何等妄人？何以能擔我振興之大任？」

景監被罵得一肚子氣，回來立即叫過公孫鞅，也大大痛斥了他一番。

公孫鞅被罵得莫名其妙，一臉茫然。

臨了，景監突然問道：

「先生今日何以說大王？」

公孫鞅連忙回答道：

「在下以古帝君之道說大王。察大王之意，好像其志不在此，所以沒開悟。」

景監一聽，覺得這也沒有什麼不對啊。為此，他也頗感困惑，也就不再斥責公孫鞅了。

過了五天，正當公孫鞅與景監都很失望，以為孝公從此再也不會召見他們了，卻突然接到孝公傳令，要景監領公孫鞅再來晉見。

公孫鞅意外地又得了一個機會，自然非常珍惜，於是更加賣力地向孝公推銷自己的主張。可是，說了半天，孝公還是一點感覺也沒有，整個晉見過程中，既沒有一句話，也沒有什麼表情。

公孫鞅離去，孝公再次召來景監大加訓斥。

景監好不委曲，回來後也如法炮製，召來公孫鞅大加斥責了一番。

為此，公孫鞅既感到非常無奈，又覺得實在是愧對景監。但左思右想，最終他還是硬著頭皮，再次求告景監道：

「今日小人以『王道』說大王，又不中其意。望大人勉為其難，再稟大王。若能再給小人一次機會，小人定能說服大王。」

景監見公孫鞅央求得誠懇，甚至在自己面前稱起了「小人」，心也軟了。心想，事不過三，也許公孫鞅第三次真能說得孝公，那也不好說。

鼓足了勇氣，景監再次硬著頭皮去求告孝公，請求孝公再給公孫鞅一次機會。

孝公雖然對公孫鞅的兩次遊說都不滿意，但他覺得公孫鞅確實是個人才，所以在第一次不滿之後，仍然主動要公孫鞅二次來見。現在，景監又來求情，他也就順水推舟，決定再給公孫鞅一次機會，也算是給景監一個面子。

經過兩次失敗的教訓，公孫鞅這次依稀已經揣測到秦孝公喜歡什麼了。於是，按照事先想好的方案巧為周說。雖然這次秦孝公仍然沒有表示讚賞之意，但卻與第一次昏昏欲睡，第二次不耐煩的情形大不相同。至少從表情上看，這次他是聽得相當入神的。

公孫鞅剛剛離去，孝公立召景監進見。一見面，孝公就欣喜地說：

「卿所薦之客，其志頗與寡人相合。」

景監大為高興，回去又召公孫鞅，問道：

「今日先生何以說大王？察大王之色，頗有讚賞之情。」

公孫鞅一聽，不禁大喜，心裡也就有數了。遂回答景監道：

「小人今日以『霸道』說大王。察大王之色，似有欲用之意。若賴大人之力而再謁大王，小人必能說大王而從之。」

景監見公孫鞅如此有信心，過了幾天，再次為之通稟孝公。孝公允請，再召公孫鞅而見之。已經完全摸清了孝公的底細與愛好，這次公孫鞅就專以戰伐「霸道」而說之，結果大合孝公胃口。孝公不僅聽得入迷，而且還幾次不自覺地移席向前，幾乎是促膝而談了。

如此一連五日，樂而不疲。景監大為驚奇，於是對公孫鞅更是刮目相看了。

一天，公孫鞅又到宮中與孝公傾談了一日，傍晚才回。這時，景監實在憋不住了，就好奇地問公孫鞅道：

「先生何以令大王著迷如此，結其歡心如此？」

公孫鞅見問，遂神祕地一笑道：

「開始，小人以帝王之道說大王，而且將其比之於五帝、三王。大王意有不耐，說五帝三王之事遙不可及，急不能待。況且賢君明主，皆各及其身而名顯於天下，豈能默默無聞數十載，乃至百年才成帝王之業？由此，小人真正明白了大王的心願。於是，改以強國之術而說之，大王欣欣然而有喜色。可是……」

景監見公孫鞅突然來了個語意轉折，不知何故，遂急忙催促道：

「可是什麼？但說無妨。」

「可是這樣一來，大王就無法德比殷、周之王，青史留名了。」

景監一聽，大笑道：

「德比殷、周之王何益？青史留名又能如何？現如今，對大秦而言，強國才是根本。」

公孫鞅一聽，終於明白了，原來秦國君臣都是以強國為急務，並不在乎行王道仁德而求流芳百世。

跟景監長談後，公孫鞅從側面印證了自己對秦孝公之意的推測。於是，打定主意，決定先順應秦孝公之意，以實施強國之術為先。

為此，三天後，公孫鞅再次求見孝公。

「先生今日來見，何以教寡人？」公孫鞅一進殿，行禮未畢，秦孝公就開門見山地問道。

公孫鞅見孝公如此直截了當，遂也省了一大堆客套，接口就道：

「臣知大王夙有宏願。」

「先生何以知之？」

「大王乃當世明君，天下雄主，何人不知？」

這兩句在公孫鞅來說是脫口而出，而在孝公聽來，則認為有阿諛之嫌。

「先生言過其實了！」頓了頓，孝公又說道：「先生既然說寡人夙有宏願，不妨說來聽聽。」

公孫鞅不假思索，接口就道：

「振興大秦，席捲天下，包舉宇內，建萬世之功，此大王之宏願也！」

秦孝公莞爾一笑，沒作回應。

公孫鞅見此，知道這話已經說到了孝公的心坎裡，遂繼續說道：

「大王欲建萬世之功，何以致之？」

「先生以為……」因為公孫鞅話說到了要害上，孝公遂不再矜持，情不自禁間真情流露，遂急切地問道。

「欲建萬世之功，必先富國強兵。」公孫鞅望了望孝公，語氣堅定地說。

「何以富國強兵？」公孫鞅話音未落，孝公已急切地接口問道。

「革新國政，變法圖強。」公孫鞅不假思索，卻語氣堅定地回答道。

「革新國政，變法圖強。」孝公在心裡反覆念叨著這八個字，一時陷入了沉思。良久，他默默地點了點頭，然後語氣堅定地說道：

「先生之言是也！寡人任先生為客卿，變法革新之事悉委之於先生，如何？」

公孫鞅一聽，怎麼也不敢相信，秦孝公竟如此信任自己，不僅當場任自己為客卿，還全權讓自己著手秦國的變法革新之事，這樣的國君，自古以來何曾有過？

激動，感動，感恩，被信任的溫暖頓時傳遍了全身。良久，公孫鞅舉袖拭了拭眼角的淚水，再次倒身再拜：

「謝大王！臣肝腦塗地，也無以報大王之恩於萬一！」

第二天，秦孝公召集群臣，宣佈變法革新的決定。

話音剛落，朝堂之上就已是嗡嗡聲一片，不少人正在交頭接耳。

公孫鞅見此，知道一場新舊觀念之爭即將拉開序幕。略一沉吟，他決定先發制人，借孝公的王牌先壓一壓將要抬頭的反對派勢力。

「蒙大王信任，委臣以大任。然而，變易先王之法，茲事體大，臣恐為天下人所非議，為權臣所……」

孝公一聽，立即明白公孫鞅的弦外之音，未等他將「不容」二字說出，就語氣堅定地說：

「有寡人在，先生何懼之有？」

公孫鞅見孝公話說到了這個份上，心裡這才有了底。但是，疑慮仍存。頓了頓，他仰頭望了望孝公，鼓足了勇氣，敞開心扉，坦然陳情道：

「疑行無名，疑事無功。有高人之行者，必不見容於眾；有獨知卓見者，必見斥於人。愚昧無知者，事毀功敗，尚不明其故；聖智過人者，禍患未至，則洞悉先機。成大事，立大業，不可謀之於民，此所謂『民不可與慮始』也；建大功，富國家，民可坐享其成，此所謂『民可與樂成』也。古往今來，有至德者，則不和同於俗；成大功者，則不謀之於眾。故聖人救時弊、治國家，其所為，若可以強國，則必不效法先朝舊事；其所為，若可以利民，則必不因循古時之禮。」

公孫鞅言猶未了，秦孝公便拍案叫好道：

「善哉！賢卿之言誠為不刊之論。」

不料，孝公的話音未落，卻有秦國大臣甘龍提出異議，反駁公孫鞅之論道：

「臣以為不然！聖人治國，不易民而教；智者為政，不變法而治。因民而教，不勞而功成；循法而治，吏習而民安。」

公孫鞅見有孝公支持，遂也不甘示弱，立即予以駁斥道：

「甘龍之言，實為世俗之論！常人安於現狀，學者拘泥成規。若以此等之人居官守法，未嘗不可。若論立法治國，則不足論也。三代不同禮而王，五伯不同法而霸。智者立法，愚者守之；賢者制禮，不肖者拘之。」

公孫鞅這番激烈之論，立即遭到秦國另一個大臣杜摯的反對。杜摯是秦國重臣，他當然不會把公孫鞅這個客卿放在眼裡，言詞激烈且霸道地說：

「利不過百，不宜變法；功不過十，不宜易器。先王之法，守之何罪？前代舊禮，遵之何過？」

公孫鞅因為秦孝公已經表過態，因此也並不畏懼杜摯那種氣勢洶洶地樣子，遂立即針鋒相對地反駁道：

「治天下，並非只有一種模式；理國政，不一定非要效法古代不可。商湯、周武沒有因循古法，不也稱王於天下？夏桀、殷紂沒有改革舊禮，不也照樣亡國殞身？由此可見，主張變法改革的，並非一定就錯，理應受到誹謗；因循舊禮古法的，也並非都對，就應該值得稱讚」

秦孝公又讚賞道：

「善哉！」

後來，雖然仍然有不少爭議，但是由於秦孝公鐵定了心，最終還是力排眾議，堅持由公孫鞅主持變法，並且任之為左庶長。

公孫鞅得到秦孝公的有力支持，又有了左庶長的官爵，遂定出了變法的律令：

凡秦國之民，五家為保，十保相連。一家有罪，則九家糾舉；若匿而不舉，則十家連坐。知奸而不告者，則腰斬；告奸一人，晉爵一級，其功同於斬敵首；匿奸者，誅殺其身，抄沒其家，與降敵之罪同論。民有二男以上，不分門別戶者，則一人出兩課之賦稅。殺敵有軍功者，則各授其上爵；私相鬥毆者，各以其輕重而受刑罰。勉力農耕，致粟帛多者，則復其身為平民；務工商之末業及怠於事而貧者，則收錄其妻、子於官，為奴為婢。宗室無軍功者，則除其籍，不得其爵秩。明定尊卑、爵秩之等級，各以其等次而定田宅、妻妾衣服之等級，不得僭越、侈逾。有功者顯榮，無功者雖富亦無所顯貴。

律令既定，但公孫鞅卻遲遲未予頒佈，他怕不能取信於民，不能達到令行禁止的效果。如果這樣，變法必然不能成功。

尋思良久，公孫鞅終於想到了一條妙計。第二天，他令人在咸陽城的南門，豎起一根三丈高的大木，並出令昭告秦民道：

「凡秦民有勇力者，移此木至北門，賞十金。」

然而，告示貼出後，一天下來，竟然沒有一人問津。

公孫鞅尋思，大概秦國之民都覺得奇怪，認為天下不可能有這樣的好事吧。

於是，第二天他再出令：

「凡移此木至北門者，賞五十金。」

時至正午，終於有一個身材高大的秦民過來，看了看告示，徘徊許久後，將信將疑地將那根大木扛起，搬移到了北門。

公孫鞅當即對眾踐行諾言，予以五十金。以此諭示秦國之民：令出無欺，令出必行。

很快，移木得金之事就在秦國之民中傳開了，民眾皆以為公孫鞅言而有信。公孫鞅見此，遂適時頒佈了變法新令。

然而，就在新法剛剛推行滿一年的時候，麻煩來了。先是有數千咸陽民眾群聚街頭，議論新法的諸多不便，而且群情洶洶，一時鬧得秦都人心浮動。接著，又是太子觸犯新法。公孫鞅這時開始犯難了，如果要懲罰那數千議論新法的秦民，一時還比較難，因為古人云：「法不責眾。」如果不予以懲罰，新法必然推行不下去。至於太子犯法，那就更加令他撓頭難辦了。因為太子是秦國儲君，不可施刑。但是，轉而一想，自古以來，法之不行，皆因自上而犯之。如果太子犯法而不予以追究，上行下效，那麼這新法就無法再推行下去了。

想了很久，矛盾了很久。最後，公孫鞅還是覺得，太子觸犯新法之事不能繞過，不僅要追究，而且還要將此事放大，做個殺一儆百的例子。這樣，才可能遏制住這股知法犯法的逆流，將新法推行下去。也只有將新法推行下去，秦國才能夠實現富國強兵的目標，自己才能由此在秦國王廷立定腳跟，取得成功，立下不世之勳業。

下定了決心，公孫鞅遂將太子的兩個師傅都予以重懲，課太子之傅公子虔以重刑，加太子之師公孫賈以黥刑。

果然，這一舉動一下子就迅速震懾了秦國上下。第二天，秦都咸陽就太平了，而且從此再也沒有人膽敢觸犯新法了。

新法推行了一年後，取得了明顯的效果。這時，又有一些當初群聚街頭議論新法不便的秦民，跑到了公孫鞅官署，向公孫鞅陳情，說當初他們不明白新法的好處，開始時覺得有很多不便。但現在他們知道了新法的好處，表示衷心擁護。

看到這些秦國之民對新法態度的轉變，公孫鞅雖然由衷地感到高興，但是，覺得這些「亂化之民」議論新法的行為不可縱容，必須嚴懲不貸。於是，立即虎起臉來，厲聲喝道：

「新法便與不便，豈容爾等之人議論？」

於是，當場頒令，將當初所有群聚街頭，議論新法的秦都之民一網打盡，統統將其遠遷於荒遠的邊城。

這之後，不僅沒有人敢於觸犯新法，就是議論，也是不敢的了。

新法在秦國順利推行了十年之後，秦國境內出現了道不拾遺、山無盜賊、家給人足的局面，民心大悅。同時，新法的實行也改變了秦國積久難除的不良民風，原來尚武好鬥的秦民，在新法的威懾下，變得怯於私鬥而勇於殺敵了，鄉邑治安大為改觀。由此，秦國呈現出一派民富國強的繁榮局面。

周顯王十七年（西元前三五二年），秦孝公執政已滿十年。

秦孝公覺得，經過十年的變法圖強，秦國已經足夠強大了。於是，先封公孫鞅為大良造，是秦國的十六級爵位。接著，再任他為主將，命其率師東伐強魏，以收復秦國河西之地。結果，公孫鞅不負秦孝公厚望，打得魏國喪師失地，打得魏惠王頓足長歎，深悔當初沒有聽從公叔痤之言，或留下他為魏國之相，或是殺了他。

周顯王二十九年（西元前三四〇年），秦國在公孫鞅的主政下，又經過了十二年的進一步變法，實力更強。這時，秦孝公信心更足了。於是，再令公孫鞅出馬，率兵伐魏。魏惠王不敢大意，乃命公子卬率魏師迎戰。結果，公孫鞅用計，以會盟為名，暗伏甲士，賺得公子卬到場後擒拿了他。然後乘機進軍，大敗魏師。魏惠王無奈，只得將河西之地割讓給秦國，並將魏都從西部的安邑遠遷到東部的大梁。

公孫鞅因為出奇兵而為秦國奪回了河西之地，實現了秦獻公與秦孝公兩代秦國之君幾十年來為之不懈奮鬥的目標，遂被秦孝公封之於、商十五邑，號為商君。

然而公孫鞅為秦變法十八年，為秦相十年，也多有得罪於秦國宗室貴戚的，結下了不少仇恨的梁子。而今，秦孝公剛剛病故，屍骨未寒，昔日的太子、今日的秦惠王，王位尚未坐暖，就對公孫鞅下手了。

……

「少爺，行刑好像要開始了。」

突然被秦三推了一把，正沉浸於對公孫鞅往事回憶之中的蘇秦，突然驚醒。放眼一望，原來悄無聲息的人群開始騷動起來。

正當蘇秦引頸而望之時，只見從新秦王端坐的土臺前跑出了一匹馬。緊接著，五輛馬車上的馭手一齊舉起鞭子。

蘇秦和大家一樣，趕緊捂住了眼睛，但耳邊只聽一聲鞭兒響，瞬間就是「吱」一聲，一切結束了。

等到蘇秦和大家一起睜開眼睛，刑場一片狼藉，商君已成五個碎塊被拋在了刑場。蘇秦不忍，再一次捂住了自己的眼睛。

就在這時，也就在蘇秦的近旁，有一位老漢一邊躲在人群中飲泣，一邊低低地說道：

「商君死得冤啊！商君怎麼會謀反？都是逼得沒轍啊！」

「商君行新法，也都是為了俺大秦的國富兵強啊！如果沒有商君變法，哪來俺大秦今日的氣象？哪來俺們百姓今日的豐衣足食啊？」另一位老漢立即附和道。

正當許多人都這樣交頭接耳地低聲議論之時，突見一位武士快步從那土臺下跑到刑場中間，聲色俱厲地高聲喊道：

「大王有令：若有如公孫鞅之輩，企圖謀反者，同此：車裂，滅門！」

那聲音響若洪鐘，更像寒冬裡的悶雷，嚇得圍觀的秦民個個噤若寒蟬。是不是議論秦王暴政也是謀反？於是，大家再也不敢吱聲，默默地散開，慢慢地離開了刑場。

蘇秦再一次不忍地回看了一眼商君被撕成碎塊的屍首，不禁淚流滿面。回到旅店下處，一連幾天，他都呆呆地躺在被窩裡，不聲不響。

秦三和游滑以為主人是受了驚嚇，都在後悔當初不該告訴主人商君車裂的消息，不該陪他到刑場看商君被五馬分屍的慘象。他們都明白，商君原來也是一個遊說之士，跟自己的主人是一樣。而今，商君被秦王五馬分屍，肯定嚇著了主人，使他產生了聯想。

## 3 功名夢斷說秦王

恐懼，傷感，矛盾，感歎。

百感交集中，蘇秦主僕糊里糊塗地度過了周顯王三十一年的新年。

咸陽的新正之月，正是飛雪凝霜、淒風苦雨之時。龜縮於透風見光的小旅店中，蘇秦主僕常常猶如身在冰窖。到了晚上更是手足凍僵，整夜整夜不能成眠。不過，寒冷也使蘇秦漸漸從極度的思想矛盾和感情掙扎中冷靜下來。左思右想，他最終打定了主意，不管新秦王如何殘忍，也不管自己今後是什麼下場，這次既已來到了咸陽，無論如何都要前去遊說新秦王。現如今，除此，也別無他途了。不遊說秦王，自己的前途何在？自己的理想何以實現？就算是最壞的結局，落得個商君的下場，也算是轟轟烈烈地幹了一場大事業，不失為一個頂天立地的大丈夫。而且，從此青史可以留名，蘇家可以榮光。

橫下了一條心，也就沒有什麼顧忌了。正月十五過後，蘇秦跑了秦王宮五次，最終從當初那個受過他金錠的門禁官嘴裡探得了消息，新秦王已經正式改元。二月初，楚、韓、趙、蜀四國都要派使節來賀。這之後，新秦王估計便可見客了。

得到了確切消息，蘇秦回客棧後又著手準備，遊說新秦王的說辭在心裡不知演練了多少遍。

功夫不負苦心人，來咸陽半年多，前後跑了不知多少趟秦王宮，二月初七，蘇秦終於得到答覆，二月初八可以晉見新秦王。

二月初八，當一輪紅日剛剛露出地平線之時，蘇秦主僕已經漱洗完畢，並修飾拾掇乾淨。辰時剛到，主僕三人就精神抖擻地向秦王宮進發了。

約略一個時辰，就到了秦王宮。因為有那個門禁官幫忙，很快就順利通報進去。不一會，宮裡傳出話來：

「傳洛陽之士蘇秦進宮晉見！」

蘇秦一聽，按捺不住激動之情，提起長袍，「噔，噔，噔」，一步三階，迅速躍上了秦王宮之前那個陡直的九十九級臺階。然後，隨著宮人的引導，進入了日思夜想的秦王大殿，見到了他要遊說的秦惠王。

雖然先前在刑場上他已經遠遠看見過這個新秦王，但由於距離遙遠，根本無法看得真切。這一次，新秦王就在數尺之遙，他終於清楚地一睹了他的威儀。

賓主彼此禮節性的寒暄過後，便各就各位。

略略安頓了情緒，蘇秦再拜表敬之後，便開口上題了：

「臣乃洛陽之士，姓蘇名秦，曾師事齊人鬼谷先生，習學『縱橫』之術。聞得秦王高義滿天下，求賢若渴，故不揣固陋，不遠千里相投。」

秦惠王略略朝下看了看，沒有言語。

蘇秦見此，遂又接口道：

「不曾想，臣至咸陽之時，恰逢先王染恙，不能見客。臣為先王之恙而憂，寢食俱廢，日夜不安。未久，又聞先王溘然長逝噩耗，更是痛徹肝腸！」

說著，便揮袖以作拭淚之狀，意欲以情動人，感動秦惠王。

沒想到，秦惠王仍是默然無語。

沉思片刻，蘇秦突然意識到，此話似乎不妥，可能會引起新秦王的誤解，以為自己不是真心投奔他，而是沖著先王秦孝公而來。遂立即作欣欣然之狀，話鋒一轉道：

「而今大王榮登大位，大秦又有了一代英主，臣與秦國萬民一樣，不勝欣慰之至！」

蘇秦自以為這幾句話說得媚而不諂、不卑不亢，新秦王聽了一定高興。於是，抬眼偷窺了一下近在咫尺、卻又高高在上的秦惠王。沒想到，秦惠王的臉上全然不見有半點欣然之色。

這一下，蘇秦開始感到有些緊張了，他沒想到這個新秦王是這樣城府莫測。

沉靜了一會，穩了穩神，蘇秦突然抬眼望了一下一本正經、故作深沉的秦惠王，臉上掠過一絲不被察覺的笑意，然後從容不迫地伸手從懷中掏出一個卷狀物，慢慢地展開後，再高高地舉過頭頂。

再看秦惠王，原本毫無表情的臉上，頓然生動起來：嘴角略略抽動了一下，兩眼放出好奇的光芒，突然開口說話了：

「先生所持何物？」

「一張山羊皮。」蘇秦明知秦惠王感興趣的不是山羊皮，而是羊皮上所繪的圖，故意答非所問。

「寡人是問羊皮上所繪何物？」

蘇秦一聽這話，不禁心中竊喜。果然，研究了一年的「揣摩術」沒有白費心思，這次看來是要發揮一些效果了。想想前次遊說山東六國，之所以三年未有一點收穫，都是因為不懂遊說對象——山東六國君王的心理。而今經過失敗的教訓，痛定思痛，終於悟出了遊說的根本原則，那就是首先要揣摩透君王的心理，然後有的放矢，把話說到要遊說的君王的心坎上，讓他高興地接受，這樣才能成功。師父鬼谷先生的《揣情》、《摩意》二章，真是博大精深，精闢無比啊！恨只恨，自己以前卻沒有好好領會，以此三年遊說，勞而無功。而今，自己已經掌握了遊說的原則，這不，自己的這張秦國山川形勢圖一亮出，秦王就被吸引了，看來今天的遊說，有戲！

想到此，蘇秦臉上再次掠過一絲不被覺察的微笑。然後，恰到好處地接住秦惠王的提問，答道：

「此乃秦國山川形勢圖。」

「哦，秦國山川形勢圖？」秦惠王眼都直了。

蘇秦知道秦惠王想看他手中的圖，可是他並不想將圖遞上去，他還要拿這圖說事呢。故意停頓了片刻，蘇秦又高高舉起了那張圖，一邊手指上面的方位，一邊從容不迫地講開了：

「大王之國，西有巴、蜀、漢中，北有胡、貉、代、馬，南有巫山、黔中，東有肴山、函谷關。如此天然形勝，天下諸侯何能及之？」

「此話怎講？」秦惠王一聽蘇秦這幾句概括的話，覺得頗具戰略眼光，遂情不自禁地脫口而出。

一見秦惠王提問，蘇秦心定了。他知道，這個開場白對頭了。秦惠王既然有了興趣，那就好辦！遂立即接口分析道：

「巴、蜀、漢中，山林廣茂，沃野千里，資源物產取之不盡，用之不竭，秦國可以就便取之；胡、貉、代、馬，乃戎狄之地，有廣袤的土地，有驃悍的戰馬，秦國可以伐而得之。」

秦惠王點點頭。

「巫山、黔中，乃天下之險，於秦而言，尤為關鍵。」

「何以見得？」秦惠王又急切地問道。

「巫山，乃秦國君臨巴、蜀之要塞；黔中，是秦國扼守楚國之咽喉。君臨巴、蜀要塞，則巴、蜀盡在秦國掌握之中；扼住楚國咽喉，秦國東進擴張，則無後顧之憂。」

秦惠王聽了這幾句，雖然不動聲色，但從表情上可以看出，甚有讚賞之意。

蘇秦見此，遂又繼續說了下去：

「據肴山之險，扼函谷之塞，天下地利，盡在秦矣。」

秦惠王聽了這兩句，心中不禁為之一動，遂又脫口而出道：

「請道其詳。」

「肴山之高，可謂峻極霄漢；函谷之險，可謂舉世無雙。」

說著，蘇秦又特別將手指到圖中肴山以西、潼關以東的函谷關，道：

「函谷關，扼居肴山、潼關諸山之間，絕壁千仞，有路如槽，深險如函，故有函谷之稱。大王之國有函谷雄關，勝似天賜雄兵百萬。」

說到此，蘇秦故意停頓了一下，看了看秦惠王。見他又故作深沉，不肯接話，於是只好自問自答道：

「何以言之？大王英明神武，想必一定清楚，函谷關之險，堪稱天下獨步，只要一人守住隘口，縱有千軍萬馬，也休想逾越半步，可謂攻之不可得，守之不可破。若說它是秦國的鐵壁雄關，那絕對不是虛言。」

這一下，秦惠王終於情不自禁地點了點頭。

蘇秦見此，遂再接再厲，繼續發揮道：

「大王之國，田肥美，民殷富，戰車萬乘，雄兵百萬，沃野千里，國庫積蓄豐厚，地形又有戰略上的優勢，此所謂『天府之國』也！」

秦惠王沒吱聲，只是朝下多看了蘇秦幾眼，神情中頗有不以為然的意思。

蘇秦一見，頓時愣了一下。心想，秦惠王會不會認為自己這是在有意吹拍，心裡產生了反感？

略略猶豫了一下，蘇秦再次抬頭望了一眼秦惠王。然後，以不容置疑的口吻說道：

「臣以為，以大王之賢，軍民之眾，車騎之善，兵法之用，併吞諸侯，一統天下，為天下之帝，易於反掌！」

「噢，先生何以如此厚望於寡人？」未及蘇秦說完，秦惠王突然懷疑地反問了一句。

「因為臣對大王有信心，對秦國有信心！今臣有一二陋策，希望上達大王，願大王垂聽。」

「先生莫非要獻『連橫』之策，要寡人發動戰爭？」

蘇秦見秦惠王這樣一語破的，直搗中心，遂順水推舟地承認道：

「大王果然天縱聰明，所見極是！臣以為……」

蘇秦正要順勢展開自己的觀點時，秦惠王卻突然打斷了他的話，說道：

「先生既是鬼谷先生弟子，自當博古通今。前賢有言：『毛羽不豐滿者，不可以高飛；文章不成者，不可以誅罰；道德不厚者，不可以使民；政教不順者，不可以煩大臣。』」

這個古訓蘇秦當然聽說過，此時此刻被秦惠王稱引，其中的弦外之音，他更是心知肚明。秦惠王這是在借引古訓訴說自己的難處，他不是不想發動戰爭，併吞天下，做天下之王，只是現在秦國的國力還不及此。還有一層，他新即王位，在國內立足未穩。如果剛剛臨朝視政就大規模發動對外戰爭，將士不肯效命，戰爭失敗，他的王位也許就要不保，秦國的根本也會動搖。

蘇秦理解到這一層，覺得秦惠王說得也在理。於是，一時語塞，愣在了那裡，不知所措。

就在此時，突然又聽秦惠王說道：

「先生自周至秦，不避千萬里路途之遙，不辭風霜雨雪之苦，不嫌秦國偏僻閉塞，不嫌寡人資質愚鈍，苦口婆心，諄諄教誨於寡人。對此，寡人銘心刻骨，感動莫名。只是先生所教導的，還要給寡人一些時間，今後若有機會，一定遵命踐行。」

這話雖然說得非常客氣，也非常動聽，但推託、婉拒之意非常明顯。蘇秦一聽，便知其意。心想，如果自己遊說到此打住，不再進行下去，那麼這趟千萬里之行，豈不就是白費勁了？自己的理想與目標，豈不就成了水中之月、鏡中之花？

想到此，他覺得不行，不能就此甘休。停頓片刻，眉頭一皺，計上心來。於是，改用激將法，說道：

「大王不能察納雅言，聽臣之策，這早在臣的意料之中。」

秦惠王一聽，先是一愣，然後立即反問道：

「先生此言何意？」

蘇秦一聽，知道已經扳回了繼續遊說的機會。於是，立即抓住機會，重抖精神，更加慷慨激昂地陳言道：

「恕小臣斗膽，莫非大王欲以仁義而收天下之心，不戰而屈人之兵？」

「若能及此，豈不更好？」秦惠王反問道。

「當然，這是上上之策。不過，大王不妨回顧一下歷史，自古及今，有不戰而征服天下的前例否？」

秦惠王沒有回答，他當然知道自古及今就沒有這等好事。但是，在他的心裡，似乎主意早就打定，不聽遊士說客之言。因為公孫鞅的緣故，他從心裡討厭遊說之士專擅口舌之利而取尊榮之想。

這次雖然接見了蘇秦，那是因為自己剛剛即位，不想給天下人留下秦王不重視人才，秦國拒絕客卿的壞印象。任用客卿，外材秦用，這是秦國長久以來的傳統，也是秦國的既定國策，往後還是要廣泛吸納天下各國英才為秦所用。只是現在還不是時候，所以這次對不起，不用你。

當然，蘇秦也是知道秦惠王此時的心理的，他對師父《揣意》、《摩情》二章揣摩了一年，能猜不透秦惠王的心理？只是大家心照不宣。所以，不容秦惠王裝傻，他又繼續說了下去：

「想當初，神農伐補遂，黃帝伐蚩尤，堯伐驩兜，舜伐三苗，禹伐共工，湯伐有夏，文王伐崇，武王伐紂，哪一個不是以武臨之，最終而成就了大業？」

「那都是遠古的事了。」秦惠王見蘇秦不肯甘休，不耐煩了。

蘇秦知道他的意思，但是，既然說開了，不如索性說下去，說不定還有轉機。於是，又順著秦惠王的話，繼續說道：

「這些事情雖然久遠了點，但歷史就是歷史。這一點，想必大王也是知道的。如果大王覺得遠古之事不值為憑，那麼我們不妨再看看近世之事。齊桓公九合諸侯，一匡天下，這是當今天下人人皆知的往事，也是諸侯各國君王至今還津津樂道的蓋世功業。不知大王想過沒過，齊桓公能夠建立這等霸業，靠的又是什麼呢？難道還不是武力戰伐？由此可見，自古及今，從來就沒有過不戰而為天下之霸的事情。」

秦惠王無語以對。

蘇秦心想，看來事實還是有說服力的，只要自己說得有道理，不信你秦惠王聽不進。於是，在略略停頓了一下之後，便以不容置疑的堅定口吻，進一步申述發揮前言道：

「大王一定知道，往古之時，天下諸侯之使，也是整日車馬穿梭，往來不息的。結果，又怎麼樣呢？不都是些樽前發盡千般願，背後霍霍磨刀槍的騙人把戲嗎？那時的各國之君，也是時常會盟，並約誓『天下為一』的。結果，又怎麼樣呢？最終不還是盟約在簡，誓猶在耳，便在背後下手了？」

秦惠王沒有吱聲。

蘇秦抬眼看了他一眼，繼續道：

「而就在諸侯各國各懷其志，你『約縱』，我『連橫』，刀槍不入庫，戰馬不卸鞍，時時刻刻都想著攻城掠地，併吞他國，要做天下之霸的時候，天下遊士又乘勢而出。他們或高馬軒車，或峨冠博帶，長年周遊於列國之間，搖脣鼓舌，挑撥人主，唯恐天下不亂；而各國的那些尚武好鬥之徒呢，則又立功求戰心切，從中推波助瀾。由此，諸侯迷惑，天下越發紛亂不止。」

聽到這裡，秦惠王突然撇了撇嘴。

蘇秦見此，心想，秦惠王肯定是把自己與古代的遊說之士視為同類，心裡不屑。其實錯了，自己提到古代的遊說之士，是別有目的的。於是，不管秦惠王的態度，繼續申述道：

「而當時的各國內政呢，則是弊端叢生。法律雖然嚴密完備，但是社會秩序依然混亂。人心不古，民多偽態；政令繁雜，百姓無所適從；為官者上下相怨，為民者百無聊賴。國內民不聊生，人民怨聲載道，而諸侯各國之君不但不體恤民眾疾苦，反而輕啟戰端，窮兵黷武。由此，天下不斷陷入戰亂之中。當此之時，雖有使臣穿梭斡旋，但戰攻並不因此而停息；雖有遊士折衝樽俎，巧舌如簧，妙語生花，但說得舌弊耳聾，天下並不因此而太平大治；諸侯各國，雖然不斷地屠馬結盟，行義約信，可是天下並不相親。由此，天下重又陷入惡性循環之中，各國之君重又廢文任武，厚養死士，綴甲厲兵，準備再於戰場之上決一雌雄。」

說到此，蘇秦故意停頓了一下，看了看秦惠王是何表情。雖見他仍然不言不語，但從神態可知，知道他還是在專注地聽著。於是，便又一鼓而下道：

「那麼，諸侯各國為什麼要改弦更張，廢文任武呢？原因很簡單，因為安坐就能獲利，不戰就能廣地，縱使是古代的五帝、三王、五伯，縱使是古代最賢明的君王，也是常懷此想，而終究不能成功的。於是，別無他法，只得以戰續之，以武臨之。若遇敵於平原曠野，則擺開陣勢，兵來將擋；若狹路相逢於山道關隘，則短兵相接，拚個你死我活，然後可建大功。因此，臣以為，只有兵勝於外，才能義強於內；只有君威立於上，才能民眾服於下。當今之世，要想一統天下，臣服萬邦，舍武力，別無他途！可是，當今的一些後繼君主，忽視戰伐王霸之道，抱守仁義舊教，惑於腐儒之辭。由此看來，大王不能聽臣之策，理之必然。」

蘇秦最後一句話尚未落音，一直默然無語的秦惠王突然怫然作色，道：

「先生可以休矣！」

說著，一拂袖，走了。

# 第五章 衡陽雁去無留意

## 1 含恨離咸陽

「少爺，別走得太快，小心腳下！」

周顯王三十二年（西元前三三七年）二月初九，北風凜冽，滴水成冰。一大早，蘇秦主僕就辭別店家，匆匆出城。

蘇秦走在前面，低頭緊走。游滑與秦三擔著行囊與書簡，一路小跑地跟在後面。走了一段，秦三跟不上了，又看見地上都是冰霜，便高聲提醒了主人一句。

一路上，除了寒風掠過枯木寒枝不時發出的淒厲之聲，以及地上冰霜被踩出的吱嘎作響之聲，沒有見到任何行人。

日中時分，主僕三人終於趕到了渭水渡口。今天他們要南渡渭水，快快離開咸陽，離開這秦國地界，遠離這使他們曾經有過無數憧憬與幻想的傷心之地。

渡渭水時，等了很久才有船來。渡口因船來船往，船夫撐篙濺起的水花在渡口結成了薄冰。上船時，蘇秦因心不在焉，腳下打滑，摔了個仰八叉。幸虧秦三、游滑攙扶得快，不然就要滾到渭水中，凍成冰人。

過了渭水，也就離了咸陽。上岸時，秦三、游滑情不自禁地回頭望了望咸陽，似乎要說什麼。但是，見到蘇秦決絕的面容，只好把話咽下，他們理解主人此時此刻的心情。

也許是因為原路返回而路況熟悉，也許是因為蘇秦想早點離開秦國這傷心地的心情在起作用，反正回程的路走得異常的快速。

二月底，到達秦國渭水南岸的大城杜縣。

四月初，到達杜縣東北的秦國另一重鎮──戲。

五月初，到達戲城東邊的重鎮──鄭縣。

五月十八，主僕三人便逶迤著進入了秦國東部重鎮武成。

「少爺，到了武成，往東就是河西地界了。」游滑這樣提醒著。

「少爺，往東，俺們怎麼走？是回洛陽，還是……」秦三問到一半，又打住了。

這個問題，從離開咸陽的那一刻，就一直是蘇秦在苦苦思索的問題。現在被秦三提出來，蘇秦雖然是有思想準備的，但卻不知如何回答，因為他還沒主意。

「俺們今天先在城裡住一夜，明天再說吧。」沉默良久，蘇秦這才模糊其辭地回答道。

輾轉反側了一夜，經過痛苦的思考，第二天早上起來，蘇秦最終拿定了主意：

「秦三，游滑，今天俺們就出城，往東北，去燕國。」

「啊，到燕國？」秦三曾經隨蘇秦去過燕國，知道路途有多遙遠。

「是，往燕國。」蘇秦語氣堅定地說。

「少爺，那燕國怎麼走啊？小人從未去過，連在什麼方位也沒聽人說過。」游滑問道。

「方位就在東北方，俺只知道渡河往東，穿過魏國、韓國，再往北，穿過趙國，再往東北，就到燕國了。」

游滑完全沒有地理概念，蘇秦這樣一說，他更糊塗了。於是，又問道：

「那具體怎麼走呢？」

「噢，這倒是。這樣吧，你跟秦三上街去向熟悉情況的人打聽打聽看。」

游滑應答了一聲，就與秦三一起出了客棧，到街上問人去了。

約有一個時辰，二僕回來了。

「少爺，打聽了好多人，都說不上來。不過，大家都說，從武成往北，到臨晉，然後往東北渡河，進入魏國河東地界，再問問人，就行了。」秦三很有把握地報告著。

「那好，俺們這就出發吧。」蘇秦道。

於是，主僕三人又逶迤著從武成出發了。

經過一個多月的艱難行程，六月底，三人終於到了臨晉。

到了臨晉，一問人，這才知道，這臨晉曾是魏國河西重鎮，大前年才因為商君大敗魏師，魏國被迫獻給了強秦，現在已經是秦國的地盤了。

在臨晉略作停留，向人打聽了渡河進入魏國的路線，主僕繼續趕路。七月底，越過秦國所據河西之地，向東北渡河，進入了魏國境內的蒲阪。

在蒲阪，主僕三人找了家小食店吃飯。其間，蘇秦不經意地與店主交談了幾句，感歎說：

「看這蒲阪，好像規模還是挺大的，怎麼市面這樣蕭條啊？」

店主一聽這話，先是好一陣唉聲歎氣，然後則唏噓感歎地打開了話匣子：

「客人有所不知，這蒲阪啊，早先可是魏國的一個大城，繁華得很哪！那時，魏國都城還在安邑，這蒲阪就是魏都安邑城的第三重屏障。它西面是臨河天險，既是魏國河東的第一戰略要塞，也是魏國支撐河西的戰略要津與大後方。」

「噢，原來如此。」蘇秦一聽，覺得非常慚愧。心想，這些都不知道，怎麼遊說各國諸侯王。看來，這一路要好好長些見識，多問多了解各國的情況。

就在蘇秦低頭沉思之際，店主又繼續說道：

「蒲阪在河東，隔河便是河西的重鎮臨晉。臨晉之西，還有一條魏國軍隊修築的長城，它緊鄰秦國，是專門防禦秦國軍隊，保護魏國河西之地的。而今，魏國河西之地被秦強佔，蒲阪早已成為魏、秦之爭的最前線了。」

「噢，怪不得蒲阪市面這麼蕭條。」蘇秦彷彿如夢初醒。

「河西之地獻出之後，魏王覺得安邑不安全，隨時都會遭到渡河而東的秦國軍隊偷襲，於是就將魏都遷到了東部的大梁。魏王這一走，安邑就沒落了。客官，你想，安邑都沒落了，蒲阪能不跟著凋敝嗎？」

「蒲阪離安邑還有多遠？」

蘇秦上次到過魏都安邑，遊說過魏惠王。但他不知道這蒲阪離安邑還有多遠，這次他還想去看看安邑，看它凋敝蕭條到了什麼程度。屆時遊說魏惠王，也好拿安邑的今昔對比說事。於是，他便急切地岔斷店主的話問道。

「不遠，魏王之所以將魏都東遷，原因就在這裡。河西之地丟失後，安邑之西，第一道屏障是蒲阪，第二道屏障只有令孤了。而且令孤離安邑太近，蒲孤若失，秦國軍隊到了令孤，魏都安邑就要不保。所以，魏王獻出河西之地後，主動將魏都東遷至大梁，免得秦國軍隊打進來，他天天提心吊膽過日子。」

蘇秦接口道：

「大梁是魏國的重鎮，也是魏國的戰略大後方，中間還隔了一個韓國，從地理上看，確實比較安全。」

店主淒然一笑道：

「他安全是安全了，俺老百姓就沒人管了。而今世人都不叫他魏惠王，而叫他為梁惠王了。」

「魏王本來也是一個有大志的人，並不是一個軟弱無能的君王，只是因為錯任了龐涓為將，一敗於桂陵，再敗於馬陵，徹底喪了魏國的元氣。到了三敗於公孫鞅之後，魏國真正是江河日下，頹勢已經不可逆轉了。唉，此一時，彼一時，他也是沒有辦法啊！」

店主聽了蘇秦這番議論，一時無語。沒想到眼前的這位客人這樣了解魏國的情況，還能這樣地理解魏惠王。

吃完飯，告別了店主，主僕三人就急急出了城。

站在蒲阪城外，西望原為魏國的河西之地，蘇秦不禁為魏帝國的迅速衰退而無限感歎。

由蒲阪往東北，晝行夜宿，起早摸黑，八月底，主僕三人到達了令孤。然後繼續往東北方前行，九月底抵達魏國舊都安邑。

一入安邑，望著早先繁華的安邑街市如今凋敝冷落的景象，蘇秦不禁無限感傷。想當初，他來此遊說魏惠王，魏國是多麼強大，魏惠王見到自己是多少的趾高氣揚。而今，他丟了河西之地，又遷都大梁，躲到韓國背後去偏安了。原來錦繡一般的魏都安邑，才過了幾年，就王走城敝，再也沒了昔日的熱鬧繁華。撫今追昔，不能不讓他為之感傷。如果魏國沒有敗得如此一塌糊塗，魏國國力不是衰退得太快，那麼魏國今天應該是強於秦國的大國，最起碼也與秦國旗鼓相當。他今天入秦失意之後，再入安邑，就可以考慮再遊說遊說魏惠王，如果能夠說得下，輔佐魏惠王，不僅能實現自己的人生理想，還能借魏之力以報秦都受辱之仇。

突然一陣秋風吹過，微微的寒意讓一時陷入沉思的蘇秦清醒過來，心有所悟：既然魏惠王已經成了一個不濟事的梁惠王，那麼何必還要寄望於他？不如再去遊說趙王。趙國雖然不算很強大的國家，但這些年國力沒有受到什麼損傷，還算較有實力。

想到此，蘇秦終於打定了主意。於是，回頭果斷地對二僕道：

「秦三，游滑，出城！俺們繼續北上，先往趙國之都邯鄲。」

「少爺，真的要往趙都邯鄲？」秦三不解的問，因為三年前他陪主人到邯鄲遊說過趙王，結果卻一無所獲。

「是。」蘇秦肯定地說。

秦三望了望主人，不好說什麼，遂與游滑一起，挑起擔子隨蘇秦出了安邑城。

起早貪黑，歷時一個月，十月底，主僕三人到達安邑東北的魏國重鎮曲沃。繼續前行，十一月中旬，北越洚水和澮水，十二初到達韓國的大城皮牢。

皮牢是韓國西部重鎮，加之離魏、秦之境都不遠，南來北往的商賈都彙聚於此。因此入城後便覺熙熙攘攘，熱鬧非凡。蘇秦主僕入城稍作休整後，就開始向南來北往的商賈打聽到趙國都城邯鄲的最近路線。雖然上次也遊說過趙王，但上次不是從韓國直接往趙。

還是大都市好，打探消息特別容易。在皮牢，蘇秦主僕不僅打聽到往趙都邯鄲的詳細路線，而且還在此聽到了從遠在韓國東部的韓都鄭傳來的最新消息：韓國名相申不害去世了。

蘇秦一聽，不禁一番感歎。上次自己到韓國遊說韓王，還是申不害為相。也可能是因為他太能幹，韓王覺得有申不害為相，也就不必再聽他蘇秦多話強聒。當時自己心裡確有些遷怒於他，但如今申不害死了，韓國人民還如此懷念他，說明他確是一位難得的賢相。剛才所聽到的許多有關申不害為相執政的故事，此刻又回蕩在耳畔。是啊，畢竟是申不害為相執政期間才使韓國由弱變強，韓國的民眾懷念他也是自然、應當！

正當蘇秦沉浸於對申不害往昔之事的回憶之中而不能自拔時，秦三突然說道：

「申不害過世了，少爺是否可以去說說韓王？」

蘇秦一聽，馬上明白他的意思：現在申不害沒了，正是一個好機會。因為三年前秦三陪自己遊說過韓王，知道當時遊說韓王不成，事實上是與申不害為相的影響有關的。

低頭沉默了一會，蘇秦覺得秦三這想法倒也有些道理。既然申不害不在了，自己與他相比，當時即使算是猴子，現在也應該是算是山中之虎了。於是，默默地點了點頭。

見此，秦三立即催促道：

「少爺，那麼俺們快點動身往韓國吧，晚了也許會被別人搶了先。」

可是，點過頭後，好久蘇秦卻沒有挪步。秦三不解，只好呆呆地看著他。

過了約烙一張餅的功夫，蘇秦突然說道：

「還是繼續北進，按既定路線，去趙國之都邯鄲。」

二僕雖然不解，但蘇秦自己清楚，他這樣決定也是為著長遠之計。因為現今想要「合縱」成功，實現自己的理想，就得在山東六國之中找到一個可以堪為「合縱」之盟的軸心國。現在往說韓國之主，雖然一時可能成功，但卻不能保證長久的富貴榮華。相比之下，還是從長計議，先物色一個既有足夠國力，又有明主的諸侯國，說服了其君王，自己的「合縱」之策才有賴以實施的基礎。然後，再以此為輻輳的支點，最終實現「合縱」以抗秦的局面，在兩強均勢相持中實現天下的安寧。這樣，一來可保自己長久的富貴榮華，二來也能客觀上為天下百姓爭取多一點安定的日子。現而今，想來想去，權衡再三，也只有趙國還算符合條件。

正是基於這種考慮，所以蘇秦才最終放棄了往韓都的打算，決定繼續去趙都邯鄲。不過，這樣決定的理由他沒有向秦三和游滑說明。當然，他也不必向他們說明，畢竟他們只是他的僕人，不是他的幕僚。

主意已定，主僕三人遂又繼續按既定的路線往趙國邯鄲進發了。十二月中旬，向東北越過少水。然後，再往北。到達韓、魏東部邊境之城長子時，已經是周顯王三十三年（西元前三三六年）的正月初二了。

「少爺，接下來，俺們該怎麼辦？」站在長子城門口，欲進未進之時，游滑話外有話地問道。

蘇秦一聽，立即明白其意。沉吟了一會，說道：

「你們都隨我在外顛沛流離了一年多，平日辛苦不說，就是連過年過節也沒吃過一頓像樣的飯菜，真是對不住你們！本來，這大過年的，俺們理應進城住幾天，好好吃頓飯，休整一下。可是，眼下……」

看著主人說不下去的尷尬，秦三知趣地接口說道：

「少爺，俺們知道，現在身上的盤纏越來越少了，不得不省著點用。」

「少爺，那就趕快進城補充點乾糧，然後馬上出城，繼續趕路吧。到了趙都邯鄲，不就好辦了？」游滑見此，也湊趣地說道。

沉默了一會，蘇秦感激地看了看二僕，不無感慨而又無奈地說道：

「要是有錢，俺們就可以在這城裡住下來，哪裡需要像現在這樣，大過年的還在外顛沛流離呢？俗話說：『一個錢難倒英雄漢』。眼下，俺們也只好勒緊腰帶，抓緊時間趕路了。」

秦三、游滑立即說道：「少爺說的是。」

行行重行行，又走了半個月。正月十五，日落時分，主僕三人才到達韓、魏東北邊境的屯留。

「少爺，天快黑了，城門也快關了，俺們還要進城嗎？」站在城門口，游滑提醒道。

看著疲憊不堪的二僕，蘇秦心裡實在有些不忍了。猶豫了一會，說道：

「今晚俺們就在城裡住一夜吧，好好吃頓飯，權當休整放鬆，古人還說：『文武之道，一張一弛』呢。」

秦三、游滑一聽，頓時欣欣然而有喜色。

## 2　濁酒一杯家萬里

離開屯留城，主僕三人又繼續日夜兼程。

路途中，偶然聽到一個消息：鄒人孟軻剛剛到大梁遊說過梁惠王，結果鎩羽而歸。

「唉，看來這個魏惠王真的不可指望了！還好當初打消了去大梁的念頭，否則，結果肯定如孟軻一樣。」

蘇秦一邊在心裡這樣慶幸著，一邊催動二僕加快了步伐。

二月初，三人向東北越過了潞水、漳水。接著，再往東北方向，繞道趙國防禦魏國的南部長城的西北端，於四月底進入了趙國的武安。

由武安折向西南，又走了近半個月，主僕三人這才到達了趙國都城邯鄲。

入城的這一天，是周顯王三十三年五月十三的傍晚。其時，一輪紅日正慢慢沉入牛首山背後，晚風習習吹起，挾帶著一股初夏溫濕的氣息。

邯鄲，對於蘇秦來說，已經不是陌生之地了。上次遊說山東六國，他就曾來此遊說過趙王。那次遊說的是趙肅侯，雖然沒有說動他，但邯鄲和趙王的情況已經基本了解。因此，此次東征邯鄲，他似乎信心要比前一次大。

在邯鄲盤桓了數日，並作了充分準備，蘇秦擇定五月十八去遊說趙王。因為他曾聽人說過，很多地方都有一種習俗，喜歡擇雙日特別是每月的十八辦理婚嫁喜事。民間甚至還有這樣一句順口溜：「十八日子好，多少大姑變大嫂。」想必邯鄲城裡的風俗也不會例外吧。既然十八是婚嫁的好日子，那麼自己求售趙王，不也形同自嫁嗎？這個日子應該也是遊說趙王的好日子吧。

打定主意後，十八日一大早，蘇秦就與二僕早早起來。漱洗收拾一番後，三人便離開了客棧，急急往趙王宮而去，他希望早點趕到趙王宮，求見趙肅侯。

可是，到了趙王宮，請託門禁官通報趙肅侯予以接見時，門禁官眼都沒眨一下，就徑直回答道：

「趙王不見遠客。」

這一下，蘇秦急了，立即追問道：

「何故不見遠客？」

「這是三個月前趙相傳下的旨意。」門禁官答得毫不含糊。

「趙相的旨意？那麼，趙王呢？」蘇秦更感到不解了。

「相爺說的，也就是趙王說的。」門禁官有些不耐煩了。

蘇秦一聽，心中好生納悶：難道趙肅侯病了，還是沒了？或是趙國現在是由趙相攝政？

「那麼，趙王呢？」蘇秦又硬著頭皮問道。

「不必再問了！」門禁官明擺著是在下逐客令了。

蘇秦雖然心有不甘，但也無可奈何，只得帶著二僕很不情願地離開了趙王宮，沮喪地回到客棧。

店家見三人都悶悶不樂的樣子，不知發生了什麼事，遂關切地對蘇秦問道：

「客官，碰到什麼為難事嗎？」

蘇秦聽店家關切的口吻，又見他誠懇忠厚的樣子，遂將求見趙王而不遂的經過說了一遍，並將心中的困惑也一併傾吐出來：

「恕在下冒昧，不知這趙相到底是……」

未等蘇秦說完，店家就接口打開了話匣子：

「唉，客官，你是有所不知啊。這趙相不是別人，他是趙王的親弟弟成，趙王封他為奉陽君，並任他為趙相。」

「噢！」蘇秦這下明白了，怪不得這趙相這麼牛氣十足。

「沒想到，奉陽君做了趙相後，獨攬朝政，專橫霸道，欺壓百姓，無所不為。趙王不僅拿他沒辦法，而且還早已經被他架空了。而今的趙王啊，說得難聽點，就是一個會說話的木頭人罷了！」

店家說完，不禁長歎一聲。

蘇秦一聽，也在心底長歎一聲。有這樣的趙相，他哪裡還能容得下別人，他連哥哥趙肅侯都要架空，還能讓遠客遊士染指趙國朝政？

想想自己這一趟，從洛陽到咸陽，不遠萬里，歷經無數苦難，懷著無限希望，想遊說秦王「連橫」，結果卻以受辱收場；從咸陽到邯鄲，想遊說趙王「合縱」，又不得其門而入。難道這一趟又是白跑了？難道自己就這樣回家去見爹娘，去見妻兒？

蘇秦越想越煩，越想越感到萬念俱灰，精神差不多到了崩潰的邊緣。

「少爺，開開門，您沒事吧。」

傍晚時分，看著主人閉門一日不出，秦三有些不放心了。於是，一邊敲門，一邊關切地問道。

聽到敲門聲，蘇秦這才從發愣、消沉中驚醒過來。抬頭朝外一看，天都黑了。遂一骨碌從席上爬起來，走過去順手打開了房門。

「有什麼事嗎？」看著秦三、游滑二僕齊刷刷地立在房門外，蘇秦雖心知其意，卻故作鎮定地問道。

「少爺一天不吃不喝，也不開門，小人們不放心。」秦三道。

「有什麼不放心？」蘇秦裝著若無其事的樣子，反問道。

「少爺……」游滑望望蘇秦，剛要開口卻又把話咽了回去。

蘇秦見他欲言又止的樣子，遂催促道：

「有話但說無妨。」

「少爺，俺們的盤纏也所剩不多了吧。如果不想辦法，不但這店沒法再住下去，今後就是一日三餐的粗蔬淡飯也要成問題了。」

蘇秦一聽這話，心情更加沮喪。但想一想，游滑所說的都是即將擺在面前的現實，不得不面對。俗話說「一個錢難倒英雄漢」，而今自己什麼諸侯王也沒有說下，自然還算不得是什麼英雄好漢。眼下不是當什麼英雄好漢的問題，而是要解決溫飽生存的基本問題。如果這個問題都沒法解決，那麼自己這個自信滿滿、自許自負的「天下第一士」，恐怕就要成為露宿街頭的流浪漢，餓死道路的異鄉鬼了。

想到此，再看看站在面前正為生計發愁的二僕，蘇秦一時不知說什麼好。主僕相互對視了很久，一時都呆在了那裡。

「駕，駕！」

正在此時，一輛華麗的馬車如同一陣疾風似地從客棧門前飄然而過。

望著薄暮中漸漸遠去的馬車，想著坐在馬車上的那位主人春風得意的樣子，想著那駕車的車伕揚鞭催馬、不可一世的傲人之態，看著邯鄲城繁華的街市，想著自己眼下上天無路、入地無門的艱難處境，蘇秦不禁悲從衷來，一屁股就坐在了客棧門口的地上。

「少爺，別坐這裡，您是有身份的人。」秦三提醒道。

「是啊，少爺，還是回房裡坐吧。」

可是，回到房裡，蘇秦更是悲不自勝。情不自禁間，隨手抓起了座前几案上的一個瓦罐，一仰脖子，就「咕咚」、「咕咚」喝下了兩大口，那是昨天剛買的廉價的燒刀子。

「少爺，別喝那麼多，這酒不好，容易醉人。」秦三一邊勸著，一邊上前去奪蘇秦手中的那個瓦罐。

「是啊，酒會傷人，別喝那麼多。俺們今後還指望著少爺呢。」

蘇秦一聽游滑說要指望著自己，眼淚「嘩」的一下就出來了。

「你們先出去，讓俺靜一靜。」蘇秦覺得在僕人面前流淚有失身份，便連忙對秦三、游滑揮了揮手。

二僕出去後，蘇秦又捧起那只瓦罐，一口接一口地喝了起來。可是，喝著，喝著，眼淚就像斷了線的珠子，濕了袍袖，也濕了坐前的席子。

本來是想借酒澆愁的，想著喝醉了就不會那麼憂愁了。沒想到，一罐燒刀子快喝盡了，頭腦卻越發的清醒，對嚴峻的現實認識得也越發深刻。想著即將到來的衣食無著的生存危機，想著可能客死他鄉的結局，想著遠在千萬里之遙的故鄉洛陽，想著爹臨行前那殷切期許的目光，想著娘那滿頭的白髮，想著妻子香香那憂鬱而深情的眼神……

想著，想著，他益發地悲傷起來，手中捧著的那個空空如也的瓦罐突然掉到了几案上，發出「砰」的一聲，摔得個粉碎。

「少爺，怎麼了？」聽到響聲，一直守候在門口的秦三連忙推門而入。

看到秦三突然闖進來，蘇秦頓然清醒了幾分。看看秦三，又望了望門外，用袖子拭了幾拭淚水，問道：

「游滑呢？」

「出去了。」

「到哪去了？天都快黑了。」

「恐怕就在附近吧，不會走太遠。」

「噢，好！」

秦三一聽，立即明白，少爺這樣說，大概是慶幸游滑沒看見他現在的失態吧。

「少爺，何必作賤自己的身體呢？實在沒辦法，俺們就回洛陽吧，還能餓死不成？」秦三一邊撿拾著那摔碎的瓦罐碎片，一邊這樣寬慰著主人。

「洛陽千里迢迢，而今，俺們還拿什麼回洛陽呢？」

「現在不是夏天嗎？俺們把冬衣給賣了，還不能湊些盤資回洛陽？」

「賣冬衣？」蘇秦一聽，先是一愣，後則一拍大腿道：「有了，秦三，你去把俺的棉袍拿來。」

「少爺，現在就真的去賣棉袍啊？」

「不賣，不賣，怎麼能賣掉俺的棉袍呢？俺們今後的生計都還要指靠著它呢。」

秦三一聽，頓然如墜五里霧中，半天也摸不著頭腦了。心想，你這件棉袍能這麼值錢？不至於吧。

就在秦三還在發愣之時，蘇秦又開口道：

「你快去拿啊，再去問店家借把剪刀來。」

秦三一聽，更不明白了，難道要把棉袍拆了賣棉絮不成？於是，就問道：

「少爺，要剪刀幹什麼？」

「你別問，借來就是了。」

秦三只好遵命先找來了蘇秦的棉袍，後又借來了剪刀。

蘇秦接刀在手，又對秦三道：

「把門關了。」

秦三不解地關上了客房的門。

就著窗前最後的一點光線，蘇秦麻利地拆開了棉袍的腋下。接著，就從裡面拿出了一支金簪。

秦三一看，這才一切都明白過來了。

「明天一早，你就跟游滑把它拿到街上賣了吧。」蘇秦拿著金簪在手，一邊深情地端詳著，一邊這樣跟秦三交代著。

「這……，好吧，少爺。」秦三遲疑而感傷地答道。

一夜無話。

第二天一早，蘇秦就將秦三與游滑叫到跟前，鄭重地說道：

「你我主僕一場，自洛陽出發，漂泊在外已一年有餘，吃盡了辛苦，受盡了風霜。也多虧了游滑精打細算，我們的這點盤纏才能勉強支撐了一年有餘。而今，不瞞你們說，俺們快要身無分文了。不要說繼續前行的盤纏沒有著落，恐怕連一日三餐也要不濟了。」

「那怎麼辦？」游滑未及蘇秦說完，就急切而驚慌地問道。

「真是應了那句老話：『天無絕人之路』。今天就在俺一籌莫展之時，秦三提醒俺把棉袍冬衣賣了，換些盤纏回洛陽，我這才突然想到了俺娘藏在俺棉袍中的一點首飾。」

說著，蘇秦就舉起了手中的金簪。

游滑一見，不禁眼睛一亮，興奮地追問道：

「少爺，怎麼從來沒聽您說過啊？」

「這只金簪，是俺娘的陪嫁之物，也是俺娘母家的傳家之寶。俺娘本來是想在她百年之後，把它傳給蘇家的兒媳婦。但左想右想，就這麼一隻金簪，不知到底該傳給哪位兒媳才好。她怕處理不好，還會鬧出兒媳之間不和，全家不寧。所以，俺娘考慮再三，就在俺臨行前的晚上偷偷把這只金簪縫入了俺的棉袍中。不過，俺娘再三交代過，不到萬不得已，不能將它拿出來變賣。所以，俺一路上從來就沒想過要將它拿出來變賣。如果不是秦三說到變賣棉袍，俺差點就忘了這金簪的事。」

「噢，原來如此。」游滑這才恍然大悟。

「現在，俺們已到了山窮水盡的地步，不得不出此下策，將它變賣應急了。」

蘇秦一邊這樣說著，一邊眼睛緊盯著手上的金簪，好像是跟那金簪在說話。

秦三看著主人那種不捨的神情，不禁黯然神傷。而游滑呢，則一直盯著蘇秦手中的那只金簪，目不轉睛。

「游滑，你是做過生意的人，會做買賣。現在你就帶秦三一起到街上把這只金簪給賣了吧。」

游滑立即答道：

「少爺，您放心！俺一定會賣個好價錢的。」

說完，游滑就上前去拿金簪，可是蘇秦卻握著金簪遲遲不交給他。

「少爺，時間不早了。」沉默良久，秦三提醒道。

「噢。」蘇秦這才醒悟過來，連忙將金簪遞給游滑。

游滑接簪在手，剛要與秦三轉身準備離去時，又聽蘇秦叮嚀道：

「千萬小心，放好，別弄丟了，它可是俺娘的傳家之寶啊！務必要賣個好價錢，往後俺們主僕就靠這點東西過活了。」

「知道了，少爺。」

游滑與秦三一邊齊聲應諾，一邊小心翼翼地捧著金簪出門了。

日中時分，二人終於回來了。可是，金簪沒賣出。一連三天，結果都一樣。

第四天，蘇秦有點急了，就問游滑道：

「你們是不是要價太高了？」

「少爺，小人認為這個金簪不是尋常之物，不能賤賣，要兌換得價值相當。做生意要有耐心，多花點時間無妨。」

蘇秦覺得有道理，點點頭，以後也就不再催促了。

到了第七天，金簪終於賣掉了。除了換回一大堆趙國錢帛，還有三塊天下通用的小碎金。

「少爺，有了這些錢，俺們回洛陽就綽綽有餘了。」游滑一邊整理著錢帛，一邊說道。

「回洛陽？」蘇秦一愣。

「不回洛陽，那麼還往哪呢？要是這些錢再花光，少爺還有金簪變賣嗎？」

被游滑這麼一反問，蘇秦竟無言以對，只是呆呆地看著游滑。

過了好一會，秦三理解到了主人的心思，便試探著對蘇秦說道：

「少爺，您想想看，還有什麼諸侯王可以遊說？如果現在就這樣回洛陽，恐怕……」

秦三沒說完，蘇秦已經默默地點了點頭。

至此，游滑已然了解了主人的心思。但仍忍不住地追問道：

「那麼，現在該往哪呢？」

「讓俺想想，明天再作決定吧。」蘇秦平靜地說道。

又是一個不眠之夜。

第二天，蘇秦終於拿定了主意，還是按照離開秦國時所定的計畫，往燕國，去遊說燕文侯。燕文侯上次雖沒有遊說成功，但當時他對自己的態度還是比較客氣的。也許是當時自己遊說的方法不對頭，如果能夠說得巧妙些，說不定那時就成功了。若此，今天也不至於還是如此落魄，整天急急如漏網之魚，惶惶如喪家之犬，貧困潦倒，一事無成，還帶累爹娘操心，妻兒受累，嫂嫂白眼，鄰居嘲笑。

# 3 風蕭蕭兮易水寒

周顯王三十三年五月二十二，一大早，蘇秦主僕就急急出了邯鄲城。晝行夜宿，非止一日。

六月中旬，到達巨鹿。六月底，向西繞過巨鹿澤，到達趙國與中山國南部接鄰的最北部大城鎮柏人。

七月初，主僕越過趙國與中山國的邊境；中旬，向北進入中山國的南部重鎮鄗。

八月初，三人終於渡河而東。

送走了炎夏，又迎來了涼秋。九月中旬，主僕到達中山國東南重鎮扶柳。然後，出中山國，再入趙國境內，向東北行進。

十月初，北國的天氣開始由涼轉冷了。但是，為了趕路，蘇秦主僕還是起早貪黑。到達趙國東北與齊國接鄰的重鎮觀津之後，三人繼續北行。於十月中旬，渡河而北，到達趙國最北部的重鎮武遂。十月底，終於越過趙、燕邊境，進入了燕國。

到燕國南部大城武垣後，主僕三人進城，略略作了休整，並補充了一些路上要吃的乾糧，又向江湖中人打聽了向燕都薊的最便捷路線。然後，繼續北進。

十一月底，到達燕國中部重鎮高陽。然後，又向西北而行，渡河北上，沿燕長城往西北，繞過燕長城的西北端，準備北渡易水。

可是，當主僕三人逶迤著到達易水南岸渡口最近的一個小鎮時，時令已是周顯王三十四年（西元前三三五年）的正月十五，正是北國最為酷寒的時節。

正月十六一大早，當蘇秦還在夢鄉時，就聽早起的游滑叫了一聲：

「啊呀，下大雪了！」

秦三一聽，一骨碌從被窩裡坐起，揉了揉惺忪的雙眼，對著已被游滑推開的窗戶，往外瞥了一下，沒來得及穿衣著裳，就奔到蘇秦炕邊，推了推主人道：

「少爺，下大雪了。」

蘇秦睡夢中驚醒過來，不知所以，連忙問道：

「怎麼啦？」

「少爺，下大雪了。」秦三又重複了一遍。

「啊？下大雪了？」

說著，蘇秦連忙睜眼看向窗外，果然，天空中正飄起了鵝毛般的大雪。

望著窗外的漫天大雪，蘇秦不禁在心中連連叫苦，這下，該怎麼辦呢？今天是繼續渡易水北上，還是留宿於此，以等雪霽天晴再走？如果不走，滯留於此，雖然可以暫避風雪嚴寒，但是一來要耽誤往北遊說燕王的時間，二來要多費開支，路上多一天，就要多一天的食宿之費。

想到囊橐又將傾盡，食宿的生存危機就要來臨，蘇秦不禁一時呆坐在了被窩裡。

過了好一會，還是秦三提醒道：

「少爺，趕緊穿衣起來吧，這樣會受涼的。」

游滑一聽，連忙奔到炕尾，將蘇秦的衣裳拿了過來。

起炕後，主僕三人仍舊如往常一樣，向店主討了一些熱水，吃了點乾糧，就算打發了一頓早餐。

吃完後，游滑問道：

「少爺，雪這麼大，俺們今天還走不走？」

蘇秦沒有立即回應游滑的問題，而是慢慢踱到了店門口。

望著越下越緊的漫天大雪，聽著這北國寒風的陣陣呼嘯淒厲之聲，呆了一會，蘇秦突然回轉身來，對著有畏難之情的二僕，決然毅然地說道：

「走！」

說著，便帶頭出了門，一頭紮進了風雪之中。秦三、游滑一見，心中雖有畏難之意，但也只得擔行李，負書簡，隨後跟上。

走著走著，風越刮越緊了，雪也越下越大了，狂風舞著雪花，直攪得天地一片白茫茫。還沒走到一個時辰，遠處的山巒，近外的城郭與村舍人家，早已淹沒在無邊無際的飛雪之中。甚至百步之內，已是不辨牛馬。

此時此刻，白茫茫一片的天地中，什麼也見不到。通往易水渡口唯一的一條道上，只有蘇秦主僕三人像三個小黑點一樣在風雪中慢慢地移動著。

又過了約一個時辰，憑藉著通往渡口道上的三三兩兩的枯木寒枝作路標，三人終於艱難地跋涉前行到了易水渡口。

可是，到了渡口一看，不僅不見渡船，而且連一個人影也沒有。渡口邊，只有一棵高大的榆樹，枯乾禿枝，獨立于風雪交加的易水之濱。瑟瑟顫抖的枯乾禿枝之上，蹲踞著三隻一聲不響、正縮著脖子發呆的烏鴉，大概它們是冷得連跳躍與啼叫的力氣也沒有了。

站在易水渡口，主僕三人一會兒望望冰凍不流的易水，看看易水北岸有沒有渡船過來；一會兒極目遠眺莽莽雪原，看看南岸有沒有人向渡口走來。

可是，等了約一個時辰，就是什麼也不見。此時此刻，空曠的雪原，荒古的渡口，只有寒風一陣緊一陣地刮來，吹得渡口的那棵大榆樹的枯枝禿幹嘩嘩作響；只有紛飛的大雪越下越歡，直下得白茫漲宇，八表同昏。

伴隨著呼嘯的寒風，時大時小的雪花，早已塞滿了主僕三人的脖領裡、鼻孔裡、牙縫裡。而淒厲的寒風，則更是無孔不入，不僅鑽進三人的脖項，也鑽進他們的袖口，直冷得三人渾身直顫。

蘇秦大概因為穿的是皮袍，感覺還好。秦三和游滑，特別是游滑，衣裳單薄了不少。他只是穿了件在洛陽時冬天穿的老棉襖，哪裡抵擋得了極北之國刺骨的寒風。一股股寒風吹來，不僅臉上感覺像被刀子割了一般，而且身上也凍得冰涼冰涼。

看看早過了日中時分，還沒見有來渡河的人影，身上寒，腹中空，游滑實在忍受不了，囁嚅著跟蘇秦開口道：

「少爺，俺實在受不了這北邊的風，您還是匀些盤纏給俺，讓俺自個兒回洛陽吧。俺不想沾少爺的光，將來享福發達，吃香喝辣了。」

蘇秦一聽，既傷感，又無奈，只得好言慰藉道：

「眼下俺們確實困難，但咬咬牙，總能度過的。老話說：『天無絕人之路』，相信俺們總有辦法。鹹魚還有翻身的一天，俺們難道就沒有出人頭地的一天？」

秦三也趁機勸說道：

「游哥，你冷，俺把身上的衣裳脫下一件給你吧。俺常聽少爺說：『吃得苦中苦，方為人上人。』少爺從小嬌生慣養，照理說，他比俺們更受不了出外的辛苦。可是，少爺為了自己的理想，為了蘇家的榮光，他能吃的苦，俺們窮人家的娃兒還吃不了？」

游滑見秦三這麼說，還要脫下自己單薄的衣裳給自己，早已經不好意思了，哪裡好意思再接受秦三那點可憐的薄衣單裳呢？

蘇秦看看情勢不對，這樣等下去，也不是事兒，不能燕王沒說得，自己主僕三人都凍死在易水河邊了。

想到此，蘇秦對游滑、秦三招招手，說道：

「俺們走吧。先沿河找一戶農家，暫時避避嚴寒，順便打聽一下如何過河？」

游滑一聽，頓然臉有欣然之色。

雪地裡找啊找，主僕三人沿易水南岸大約走了近一個時辰，才找到了離易水最近的一戶農家。敲開門後，老鄉望著三位陌生的客人，還操著異國口音，好生不解，大過年的，這麼冷的天，還在外趕路？

蘇秦見老人驚異的眼光，心知其意，遂連忙解釋道：

「老伯，我們是從成周洛陽來的，今天想北渡易水，要到燕都薊。可是，我們剛才在易水渡口等了一個時辰，既不見一個來往的人影，也不見一條渡船。這北國實在是太冷，凍得不行了，所以我們就找到老伯家，想避避寒。」

「哦，還是周王王城根下的客人呢。」

「是。」主僕三人連連點點頭道。

「洛陽離這遠哪！客人恐怕還不知道吧，如今這易水之上早就沒有渡船了。」

游滑一聽，連忙插嘴問道：

「沒有渡船，怎麼過河呢？」

「客人有所不知，這易水一到臘月就會結上厚厚的一層冰。而一結冰，渡船就無法通航了。」

「那麼，一到臘月，易水兩岸的人就不過河了？」秦三此時也連忙插上來問道。

老伯呵呵一笑，道：

「過河是要過河的，只是不必借助渡船，而是直接從冰面上趟過去就行了。」

「哦？原來如此！」蘇秦主僕不禁異口同聲道。

至此，他們終於恍然大悟了。

老伯點點頭，續又說道：

「不過，從冰面上趟過去，也不是那麼簡單。因為冰面有厚薄，從冰面上渡河要選擇河段。背陽的河段往往風大水寒，河面冰層結得厚，從這樣的河段涉河，比較安全。而向陽地段的河面，水溫較高，河面冰層較淺。如果不了解情況，貪圖河面狹窄，心急早點渡過河去，結果可能就會走到河中心而掉入冰窟之中，那結果就不堪設想了。」

老人一邊這樣說著，一邊伸手示意蘇秦主僕進了屋。

進了屋，蘇秦主僕才知道屋裡真是暖和啊，尤其是游滑，感受最深。

坐定後，蘇秦除了向老伯道謝不已，又問老伯道：

「既然能從冰面直接過河，那麼今天我們怎麼不見一個人來渡河呢？」

老伯一聽，又是呵呵一笑。接著，從容對蘇秦解釋道：

「客人有所不知，我們這北國冬天苦寒，加上沒有什麼農活要幹，大家沒事，都在家裡貓冬呢。再說，現在還是正月裡，大過年的，不是萬不得已，誰沒事要渡易水啊？」

聽到這裡，蘇秦終於一切都明白了。於是，連忙說道：

「謝謝老伯指教！只是我們還不知道到底從哪個河段過易水比較安全，不知老伯能不能……」

未及蘇秦把話說完，老伯連忙接口道：

「今天時候不早了，不妨暫在寒舍將就一夜，明天一早，河水一夜北風吹，河面冰層更堅固，老夫帶三位遠客過河吧。」

蘇秦主僕一聽，滿心歡喜。今晚有得住，明天還有老伯帶路過河，那就放心了。

# 第六章　「合縱」說燕趙

## 1　春去春又來

渡過了易水，蘇秦主僕又經過近四個月的艱難跋涉，繞過燕長城西北端的重鎮武陽，再過涿城，終於在周顯王三十四年四月十二到達了燕國之都薊。

四月的燕都，已是初春氣息，治水河旁垂柳依依，新芽初發，嫩綠中帶點淺黃，恰如剛破殼而出的小鴨的毛羽。遠郊近野，芳草淒淒，無名小花鋪滿燕薊平原。

北國初春的陽光暖暖地照著，吹面不寒的風兒有一陣沒一陣地迎面拂來，不時撩起蘇秦額前那綹長髮，讓他臉癢癢，心也癢癢。春天到了，燕都也到了。萬物復甦，春回大地，自己這次也該破繭而出了吧。

脫下笨重的棉襖冬裝，秦三、游滑也一身輕鬆，邊走邊新奇地張望，北國的燕都別有一番景象。此時，他們都在心中想著，主人這次應該春風得意，說得燕王了吧。屆時，自己也好跟著富貴，吃香喝辣，不枉白白跟他一場，枉自這麼多年在外東遊西蕩，吃盡了人世間的辛苦，看盡了人世間的世態炎涼！

踏著春的步伐，帶著滿懷的期望，蘇秦主僕進了燕都，並在薊城找店住下。

第二天，蘇秦就攜秦三、游滑到燕王宮，求見燕文公。

可是，門禁官告訴他：

「燕王已經很久不見客了，先生還是請回吧。」

蘇秦曾經見過燕文公，他還是蠻溫和友善的一個諸侯王。可能是現在垂垂老矣，老了就有病吧。是啊，他已經在位二十七年了，是老了啊！

蘇秦猜到燕王可能是老而有病才拒見客人，那麼就不必再問門禁官究竟了。於是，他示意游滑。游滑明白，馬上不露痕跡地給門禁官送了點「意思」。

門禁官露出了一絲笑意，蘇秦見機，忙問了一句：

「官爺，燕王何時才能見客？」

「小人也不清楚，先生有空的話，常來打聽打聽吧。」

蘇秦明白，這就套上關係了，下次來打聽消息就有辦法了。

既如此，那也急不得，還是既來之，則安之吧。現在已經無處可去了，不等燕王接見遊說，還有什麼辦法呢？

於是，蘇秦與二僕只得耐心在薊住下。幸虧有娘的首飾變賣的錢，算算賬，簡單的主僕生活也能維持個一年有餘吧。

等啊等，從四月等到十月，從春等到夏，從夏等到冬，花兒開了又謝，謝了又開，燕王他老人家怎麼還不快快好起來呢？蘇秦此時心裡有些急了，心想：萬一燕文公也像秦孝公一樣一病不起，那麼再等新燕王即位，辦好喪事，然後再得以求見遊說，那要等到什麼時候？再說，如果時間拖得太長，俺的這點盤纏也頂不住這日復一日的乾耗啊！

為此，蘇秦越想越煩躁，越想越心焦。

一天，他在煩悶中走出客棧，信步來到一家酒肆。只見酒肆的一角聚了好多人，情不自禁問他也湊了過去。只見一幫酒客正圍著一個書生模樣的人在問東問西，那書生則有問必答。

聽了一會，蘇秦一頭霧水，不明就裡。於是，就擠到前面向那書生問了一聲：

「這位先生，您剛才說秦國跟韓國怎麼哪？可否詳細說說？」

那書生打量了一下蘇秦，見也是書生模樣，同類相惜，遂客氣地重複說了一遍：

「秦國已經攻拔了韓國要塞宜陽，梁惠王二度入齊，緊急與齊宣王相會。」

「那麼秦國為什麼要突然攻打韓國呢？」

蘇秦不解，遂立即這樣追問道。因為他前年遊說秦惠王時，秦惠王曾明確跟他說「毛羽未成，不可以高飛；文理未明，不可以並兼」。難道秦國現在羽翼豐滿，內政也「文理分明」了？

那書生見蘇秦如此追根究柢，倒也興趣盎然，說道：

「那還不是因為見韓國有機可乘？」

「是不是因為韓相申不害死去的緣故？」蘇秦這次沒到韓國，不清楚韓國的內政情況，只在路途中聽說過韓國名相申不害前年過世了。於是，就再次追問道。

「先生真是敏銳，正是這個原因。申不害為相多年，韓國政通人和，秦國從來沒有打過它的主意。但是，前年申不害去世後，韓國的政局就開始混亂，內耗也日益增多。秦王正是瞅準了這個時機，精心策劃與準備了一年後，終於在今年九月傾起大軍，出函谷關，越商、於之地，東擊韓國之宜陽。」

「那麼，秦國出兵為什麼目標是宜陽呢？」蘇秦雖然也略知宜陽的戰略地位，但他想聽聽這位書生的見解，也好開闊一下視野。

那書生見問，更是說得來勁了：

「這宜陽哪，可是韓國西南戰略重鎮！它不僅是韓國西南防禦強秦的咽喉，也是西周小朝廷河南、東周小朝廷鞏的門戶和屏障。」

蘇秦不禁暗自點頭，不得不承認這書生的眼界。

正在此時，突然有一人插話道：

「那秦國無故攻打韓國，就沒有別國出來主持正義？」

那書生一聽，不禁哈哈一笑，道：

「這個世道，還不都是弱肉強食，誰會主持公道？周天子雖是天下共主，卻也沒有主持天下公義啊！秦軍攻打宜陽時，東周與西周小朝廷雖出於脣亡齒寒的利益考量而出兵助韓，但畢竟兵微將寡，結果不出一月，宜陽就被秦軍攻拔。就在韓國上下慌作一團，東周與西周之君嚇得如同篩糠之時，洛陽城裡的周天子，不僅不敢為韓國主持正義，譴責強秦的不義，反而在秦軍攻佔宜陽後，向強秦討好，派特使向秦惠王致送王號。由此，秦惠王便名正言順地當起了大王。」

聽到這裡，大家都不禁深深地歎了一口氣：「這是什麼世道？」

沉靜了一會，蘇秦又向書生問道：

「先生，您剛才說梁惠王二度入齊，緊急與齊宣王相會，這又是怎麼回事？」

「哦，是這樣。秦國大軍急攻韓國宜陽，按理說，魏、韓山水相鄰，韓國遇到危難，魏國應該出手相助。可是，由於韓、魏的歷史宿冤，魏國不可能出兵相助。再者，魏國早已沒落，不是以前的天下第一霸了。見到秦國大軍出關，梁惠王首先想到的是魏國即將面臨的危險。所以，當秦、韓二軍還在宜陽苦戰時，梁惠王就祕密前往齊國甄地，緊急拜會齊宣王。其意是向秦國宣示，魏、齊聯盟成形，秦國別想再打魏國主意了。其實，梁惠王入齊，這已不是第一次了，去年他就到齊國平阿相會過齊宣王，這次只是新形勢下鞏固魏、齊邦交的一個姿態，形式大於實質。」

聽到這裡，蘇秦不得不在心裡佩服眼前的這位書生，他對天下大勢的把握，對諸侯各國情況的了解，都不在自己之下。

頓了頓，蘇秦又問道：

「魏、齊不是冤家嗎？再說，以梁惠王的自負，他怎麼會拉得下面子到齊國去拜見齊宣王呢？」

「呵呵，這位先生有所不知，現在的魏國已經不是以前的魏國了，梁惠王也已經不是當初的那個魏惠王了。想當初，魏惠王年輕氣盛，憑恃天下第一強國的霸氣，出兵圍困趙國之都邯鄲，企圖一舉滅趙，再謀天下。結果，主意打錯。齊國應趙國之請，出兵相助。齊威王派田忌為主將，孫臏為軍師，以『圍魏救趙』之計，在桂陵大敗魏師八萬，活捉魏將龐涓。」

聽到這裡，大家都點點頭，因為這段歷史大家都清楚。

見大家似乎都有興趣，那書生便接著說了下去：

「要說這個魏惠王啦，也真是個有性格的人，要強，不服輸。桂陵之役大敗後，第二年他又傾舉國之力攻打邯鄲。雖然最終攻克了邯鄲，但魏國也從此大傷了元氣。第三年，齊、宋、衛眾諸侯國又聯合起來攻打魏國，圍住魏國的襄陵死死不放，使魏終感力不從心。後來幸得調動了韓國軍隊，總算打敗了齊、宋、衛三國聯軍，並迫使齊國向魏求和。第四年，又迫使趙國在漳水之上與之結盟，然後才歸還了趙國之都邯鄲。表面上看，魏國接二連三地取得了勝利，但經過這些年的長期征戰，已經深深地傷及了國力的根本。」

說到此，那書生頓了頓，呷了一口酒，然後又慢條斯理地說了開去：

「就在魏國四處樹敵、南征北戰，國力不斷損傷、頹勢逐漸顯現的同時，它的西鄰秦國已經悄然崛起。秦孝公任用公孫鞅所進行的政治革新與變法非常成功，秦國逐漸國富民殷，兵強馬壯。等到魏惠王醒悟過來，強大的秦國已經成了魏國的心腹大患。為此，他只得從長計議，在齊、宋、衛三國聯軍攻打襄陵戰事十分吃緊的關頭，抽調大將魏錯在河西之地緊鄰秦國邊境修建長城，築塞於固陽。因為早在魏國開始攻打趙國之都邯鄲之時，秦孝公就曾派大軍乘機偷襲過魏國河西要塞元里，斬魏師之首七千，再取魏國河西另一要塞少梁。不過，魏惠王在加強對西鄰秦國的著意防範之外，仍然沒有忘記要征服山東各國諸侯的想法。就在桂陵之役十二年之後，魏惠王認為魏國已然緩過氣來，企圖一舉滅韓，使魏國東西之地連成一片。大家都知道，魏國西部之地與東部本土之間夾隔著一個韓國，東西連動確實不便。所以，魏惠王有滅韓的想法，從國家戰略的角度看，那也是可以理解的。」

「結果怎麼樣？」突然有人迫不及待地問道：

「為了一舉滅韓，魏惠王傾起大兵，從東北、西南與北面三個方向同時進攻。韓國自知不敵魏國，只得再次求救於東方大國齊國。剛剛即立不久的齊宣王聽從田忌之諫，先答應了韓國的要求，以堅其抗戰之心，但並沒有馬上出兵。等到韓、魏雙方打得精疲力竭時，第二年才派派田忌、田盼為將，以孫臏為師，出兵援韓。魏惠王見齊國此次又是派田忌為主將，孫臏為軍師，自然不敢馬虎。於是，特遣太子申和龐涓為將，率十萬大軍前來迎戰。結果，這次又中了孫臏的『減灶誘敵』之策，將魏國十萬大軍引至馬陵隘道，並一舉殲滅之。並擒得太子申，殺了魏將龐涓。馬陵之戰之後，魏國又受到秦、齊、趙三國從西、北、東三面的夾攻，魏惠王雖傾其全境之兵拚死抵抗，還曾一度向西反攻強秦，結果還是力不從心，又失敗了。正在魏國大傷元氣之時，第二年秦孝公見有機可乘，起任公孫鞅為大良造，率兵攻打魏國河西之地，結果魏公子卬受騙，魏師大敗。魏惠王迫於無奈，乃割河西之地獻秦，棄西部舊都安邑而遷都至東部大後方大梁。魏惠王現在被人稱為梁惠王，就是跟這遷都大梁有關。」

那書生說的這些，蘇秦基本都了解。於是，趁他喝酒停頓之機，蘇秦連忙把話題扳到了自己所關心的問題上：

「先生，那梁惠王入齊與齊宣王相會的結果又如何呢？」

「梁惠王入齊與齊宣王相會，那也是形勢所迫。因為接二連三地遭到強秦的偷襲，魏國河西乃至河東的大片領土都被秦國不斷蠶食。面對咄咄逼人的西鄰，梁惠王無計可施。思前想後，一向性格倔強的他，最終不得不為了魏國的生存大局，主動捐棄前嫌，與東方大國齊國修好，並忍辱負重，於去年十月主動入齊，會齊宣王於齊國的平阿之南。而秦國呢？因見魏、齊兩大國修好結盟，遂不敢再與魏輕啟戰端。今年梁惠王第二次入齊，那也是形勢所使然。秦國無故攻打韓國的要塞宜陽，不能不讓梁惠王心憂甚深，大有兔死狐悲，惶惶不可終日之感。這才有了梁惠王的第二次入齊，其意是鞏固聯盟，制約強秦。」

聽到此，蘇秦不禁從心底深深感歎，真是天外有天，人外有人。眼前這位書生，其識見，其口才，都不在自己之下。如果他來燕國也是遊說燕王的，說不定自己並不是他的競爭對手。

想到此，蘇秦對於遊說燕文公的事更有了一種緊迫感。回到客棧後，他不再消沉，不再感到煩悶。結合自己這麼長時間來的所思所想，以及今天那位書生所講的時事變化，特別是從梁惠王去年、今年兩度入齊與齊宣王相會結盟、固盟的最新動向加以分析，他隱約看到了這樣一個天下新格局：這就是山東六國以齊國為軸心的「合縱」形勢，在魏國國力衰退、秦國強力崛起的過程中自然形成了。如果自己充分利用這一趨勢，有效予以推動，那麼自己多少年夢寐以求，想實現的「合縱」局面就能最終成功，自己的富貴榮華也就在其中了。如果最終能形成以山東六國集團為一方，以關西強秦結合山東一些小國，為另一方的兩大軍事集團的格局，那麼就能形成天下勢均力敵的平衡局面。兩強對恃，互相制約，不僅能夠實現天下冷戰局面下的社會安寧，也能保證自己的富貴與地位永固。

為了能早日見到燕文公，也為了此次遊說能夠成功，蘇秦除了三天兩頭地跑燕王宮打探消息，也每天抽空跑一些比較熱鬧的酒樓酒館，以及南來北往商旅麇集的客棧，以此了解天下大勢，及時掌握諸侯各國的情況與動態。幾個月下來，他在這些地方確實獲得了許多有價值的消息。經過分析，他對天下局勢也有了一個比先前更為清晰的認識。

可是，令人心焦的是，一切都準備好了，卻總等不到燕文公病癒接見的消息。

就這樣，等啊等，等啊等，從春等到夏，從夏等到秋，從秋等到冬，再送冬迎來春。到周顯王三十五年（西元前三三四年）四月十二，蘇秦已經在燕都薊整整等了一年。

## 2 娓娓說燕王

看著治水河畔的柳葉，由鵝黃變為濃綠；看著燕薊平原草長鶯飛，花開花謝；感受著北國由春到夏氣溫的明顯變化，蘇秦不免開始焦躁起來：

「這燕侯到底什麼時候能夠病癒相見啊？」

情急之下，他開始一日兩次帶著秦三、游滑往燕王宮跑，並不厭其煩地求託門禁官，門禁官也為此而非常感動。

一連跑了十多天，到第十三天的時候，終於皇天不負苦心人，終於時來運轉，久病初癒的燕文公終於從宮中傳出話來：

「傳洛陽之士蘇秦進宮來見。」

當門禁官高聲傳出燕文公的這句話時，蘇秦不禁激動得熱淚盈眶。他將永遠不會忘記這一天。

這一天，是周顯王三十五年五月十八。

拭乾激動的淚水，穩了穩神，又整了整衣冠，蘇秦便快步隨門禁官入殿拜見燕文公去了。

入得宮來，遙見高高在上的燕文公，蘇秦遠遠就倒身下拜。

燕文公見此，連忙客氣地說道：

「先生近前說話吧。」

「謝大王！」

說著，蘇秦就小步急趨至燕文公座前。情不自禁間，他舉頭望了一眼近前的燕文公，發現他比前幾年見面時要老了很多。但從氣色上看，還算好，精神上也沒有靡萎不振的樣子。

「聽說先生在燕都等候一年有餘，寡人久病不癒，不能及時召見，真是失禮之至！」

蘇秦見燕文公態度如此謙和，說話如此溫文有禮，對比前此求見秦王時的遭遇，不禁大為感動。於是，連忙起身再拜，激動地說道：

「臣不過一介遊士，多等幾日何足掛齒。所幸大王康復健朗，臣為燕國萬民喜，為天下蒼生喜。」

燕文公聽了蘇秦這番話，雖心知是套話，但還是很高興。頓了頓，說道：

「寡人久病，對天下形勢知之甚少。先生千里迢迢而來，又遍歷諸侯各國，可否為寡人講講天下大勢，以教寡人？」

蘇秦一聽，不禁大喜過望。沒想到，今日燕文公不僅對自己如此禮遇，而且還主動要自己為他講講天下大勢，這可是千載難逢的遊說機會啊，看來今天的遊說是有希望的了。

想到此，蘇秦不禁精神為之一振，原先緊張的情緒也緩和了不少，說起話來舌頭也顯得利索多了。

洋洋灑灑講了一通近年來的所見所聞與天下大勢後，蘇秦見燕文公興致還是蠻高，於是就想將話題適時轉入自己要遊說的正題上。

正這麼想著，燕文公突然問道：

「今天下群雄並起，諸侯紛爭不已，燕是小國，先生以為寡人當何以自處？」

蘇秦一聽，不禁喜出望外，立即接住燕文公的話岔，單刀直入地說道：

「大王不必妄自菲薄，自滅燕國志氣。臣以為，作為一個諸侯國，燕國自有獨到的優勢，別國不可比。」

燕文公一聽這話，不禁精神一振，連忙接口道：

「噢？有何優勢？先生不妨說說看。」

「燕之東，有朝鮮、遼東；燕之北，有林胡、樓煩；燕之西，有雲中、九原；燕之南，有呼沱、易水。此乃燕國地利之便，想必大王了然於胸。」

燕文公點點頭，表示贊同。

蘇秦偷眼一看，心中竊喜，遂提高聲調道：

「若論國力，燕國之地，廣不及齊、楚；燕國之兵，強不及秦、魏；燕國之富，不敵楚、越。但是，燕國之地，接長續短，方圓亦有二千餘里，此不為小國；燕國之兵，帶甲數十萬，戰車七百乘，駿騎六千匹，此不為弱師。燕國之粟，據臣所聞，國庫所積，足可支度十年。敢問大王，倉廩之實有如此者，天下諸侯能有幾？」

燕文公一聽，面有得色，微微點點頭。

蘇秦見此，突然話鋒一轉，提了一個問題：

「燕為小國，何以積富如此，粟支十年？」

「寡人未曾想過，先生以為……」燕文公接口問道。

蘇秦見問，精神倍受鼓舞，立即接了下去：

「燕之南，有碣石、雁門之饒；燕之北，有棗、粟之利。燕國之民縱使不事田作，仰天吃飯，有棗、粟之食，也不至有凍餒之患，此所謂『天府』也！」

「哦！」經蘇秦這麼一分析，燕文公恍然大悟。頓時，便眉開眼笑起來。

見此，蘇秦知道，剛才的一番恭維話已經說到了燕文公的心坎裡。畢竟他是位國君，又是個老人，怎麼可能不喜歡聽順耳的好話呢？

見時機差不多了，蘇秦突然話鋒一轉，道：

「安樂無事，不見覆軍殺將之憂，天下諸侯皆無，唯燕有之，不知大王了解其中的原因否？」

燕文公愣了一下，然後望著蘇秦，道：

「寡人未曾思考過，先生以為原因何在？」

蘇秦見燕文公相問，知道他有興趣了。於是，繼續動情地說：

「燕國之所以安全無虞，不犯寇遭兵，臣以為，主要是因為南面有趙國作屏障。」

燕文公立即反問道：

「何以言之？」

「大王可曾記得，歷史上，秦、趙二國共發生過五次戰爭，結果是秦二勝而趙三勝。秦、趙相攻，兩敗俱傷；而大王之國遠在東北邊陲，既有趙為屏障，又有山水之隔，所以大王能以全燕制其後，這就是燕國之所以屢不犯難的原因。」

燕文公點點頭，表示認同。

「秦是天下強國，伐魏，伐趙，而唯獨不敢伐燕，何故？」

「先生以為呢？」燕文公不答而問道。

「別無他因，燕國不與秦國為鄰。秦若攻燕，須逾雲中、九原，過代、上谷。秦師遠地行道數千里，縱使伐得燕國城池，也會得而不能守。所以，秦不能為害於燕，其理已明。」蘇秦語氣肯定地說。

燕文公一聽，連連點頭。

「然而，」蘇秦突然話鋒一轉道：「趙若攻燕，則情況完全不同。趙王發號施令，不至十日，數十萬之眾，就可兵臨燕之東垣。渡呼沱，涉易水，不要四五日，趙師就可抵達燕國之都。因此，可以這樣說：『秦之攻燕，戰於千里之外；趙之攻燕，戰於百里之內。』今大王不憂百里之患，而患千里之外，臣以為這是謀慮不周。為燕國計，為大王計，臣以為，大王不如與趙『合縱』為親，天下為一。如此，則燕必能長治久安，而無纖毫之患。」

聽到此，燕文公終於聽出了蘇秦話中的弦外之音，遂一語道破其機關道：

「先生的意思是說，寡人前些年讓燕太子與秦惠王之女聯姻，跟秦國結好的政策失當？」

「臣不是這個意思，也不敢對大王的決策說三道四。不過，臣認為，無論如何，燕國都沒有必要與秦進行『連橫』。燕國遠離秦國，秦國武力再強，也威脅不到燕國。即使秦國真的攻打燕國，攻城掠地，中間隔著趙、魏、中山和樓煩、林胡諸國，秦國也無法實施對燕地的有效佔領和防守。因此，燕國不必懼怕秦國而得罪於近在咫尺的鄰居大國趙。燕國應該考慮現實的生存之道，與趙『合縱』為親，而不與秦『連橫』。」

燕文公頓了頓，然後點點頭，道：

「先生言之在理！不過，先生也知道，寡人國小，西迫於秦、魏，南近於齊、趙。因此，寡人常懷左顧有虎、右顧有狼之慮，至今未有至當之策。今蒙主君不棄，不遠萬里而至燕，耳提面命，教誨於寡人，這實在是寡人之幸，燕國萬民之福！主君若決心『合縱』以安天下，寡人敬以敝國以相從。」

聽燕文公說出這番話，蘇秦知道此次遊說成功了，燕文公已經同意了與趙國實行「合縱」。至於燕文公先稱自己「先生」，後又改稱「主君」，這說明自己在燕文公心中的地位已經確立了。成功了，終於成功了！這麼多年的辛苦奔波，總算沒有白費，蒼天不負苦心人啊！

正當蘇秦在心裡這樣為自己慶幸著的時候，又聽燕文公說道：

「若蒙不棄，寡人今授主君燕相名份，委為燕國特使，往邯鄲以說趙王，『合縱』以安天下蒼生，不知意下如何？」

蘇秦一聽，簡直不敢相信自己的耳朵，甚至懷疑這是不是在做夢。但仔細端詳燕文公那和藹誠懇的樣子，再使勁地用左手掐了一下右手，這才相信是事實。遂連忙倒身伏地，叩首致謝道：

「謝大王深恩！臣定當肝腦塗地，以效死於大王！」

## 3　華屋下，抵掌侃侃說趙王

周顯王三十五年五月十九日，蘇秦奉燕文公之命，起程前往趙國之都邯鄲。

車出燕都薊城，坐在高馬軒車之上的蘇秦，望著由十餘駕馬車組成的車隊，以及鞍前馬後的幾十名燕國衛士，撫今追昔，不禁在心底生發出無限的感歎：

從趙都到燕都，從燕薊往邯鄲，只是行進方向有逆反之別，但其境遇之異，則又何止在天壤之間？

上一次，從趙都邯鄲往燕都薊，他還是一介遊士，不名一文，偕二僕，背行囊，擔書簡，破衣爛裳，跌跌撞撞。冒酷暑，沖嚴寒，逢山過山，遇水涉水。嚴冬的易水之上，還差點凍餒而亡。多少次，為了節省囊中不多的盤纏，進城不敢住店，卻要出城借宿鄉郊民家。每天日出而行，日落而息，但也只能走上幾十里。行行重行行，一日復一日，從夏走到秋，從秋走到冬，從冬又走到春，從春又走到夏，從周顯王三十三年五月，一直走到周顯王三十四年四月，將近一年，才從趙都邯鄲輾轉到了燕都薊。

而這一次，走出燕都薊，他已不再是四處遊說求售、生計無著的落魄遊士了，而是堂堂燕國之相、赫赫燕王特使。打的是燕王的旗號，行的是燕國官方的儀仗，隨從不再是秦三、游滑兩個私僕，而是燕國的一批官役。前有騎士開道，後有甲士護衛，真可謂是車轔轔，馬蕭蕭，前呼後擁，威儀堂堂的侯王排場。

「籲！」

周顯王三十五年七月十三，日中時分，隨著車伕的一聲吆喝，一輛豪華的馬車在一座巍峨的宮殿之前戛然停下。

「怎麼啦？」一直坐在車中閉目養神的主人突然被驚醒。

「蘇相，趙王宮到了。」車下的侍衛答道。

「哦？已經到邯鄲了？這麼快？」

「蘇相，不算快，我們已經走了近兩個月。如果不是人多車多，排場大，應酬多，從燕都到趙都是要不了這麼長時間的。」看著蘇秦將信將疑的神情，侍衛連忙解釋道。

「現在是什麼時辰了？」

侍衛抬頭看了看頭頂上的一輪驕陽，回答道：

「現在日正中天，大約是午時。」

「那好，去通報趙王，就說燕國之相、燕王特使蘇秦奉命晉見。」

畢竟是身份不同了，不大一會功夫，趙王宮的門禁官就已經跑裡跑外地通報完畢，並傳出了趙肅侯的旨意：

「恭迎燕王特使蘇秦晉見！」

在趙王宮使的導引下，蘇秦登階升堂，穿廊入室，很快就被延請到了趙王的華屋大殿之前。舉步邁過大殿門檻時，蘇秦已遠遠望見趙肅侯正盛裝相待，正襟危坐於王位之上。蘇秦見此，連忙小步疾趨，以示尊禮。趙肅侯一見，也連忙從王位上緩緩站起，垂手而立，以禮答禮。

「臣蘇秦奉燕王之命，特來上國拜見大王。」在離趙肅侯還有十步之距時，蘇秦就一邊躬身施禮，一邊彬彬有禮地寒暄道。

「先生不遠千里辱臨寡人小國，寡人不勝榮幸之至！」趙肅侯聽蘇秦說得客氣，也客氣地答禮如儀。

行禮、答禮已畢，二人分庭抗禮坐定後，蘇秦情不自禁地抬眼看了趙肅侯一眼。只見他鼻直口方，二目炯炯，發黑如漆。頭上戴著束髮金簪，身上穿著夏布長衫。看年齡約在三十左右，眉宇間透著一股逼人的英氣。看樣子，頗有一代豪主明君的氣象，完全不像是以前傳說中那個被趙相奉陽君所挾持、所架空的傀儡。也許是因為而今奉陽君已經歸天，他已經親政的緣故吧。看他今天這個樣子，大有「疇昔之羊子為政，今日之事我為政」的真正君王氣象。

蘇秦看在眼裡，喜在心上。不管是什麼原因，反正趙肅侯現在能夠真正自己當家了，這就好。只要能說服他，這「合縱」的事就有希望了。

想到此，蘇秦連忙接住趙肅侯的客套語，順勢而下，投桃報李地恭維道：

「趙是天下大國、強國，大王是當今的明主、賢君。天下卿相人臣，乃至布衣之士，哪一個不仰慕大王的高義？哪一個不想盡忠效力於大王之前？只是以前因為奉陽君妒賢忌能，大王又不得親任政事，以致內外賓客見疏，遊談之士無親，天下賢士雖有萬全之計，百妙之策，也不能盡忠於大王之前。而今，奉陽君遁歸道山，大王親任政事，又與士民相親，由此臣才得以有了一拜大王尊顏的機會，才敢不遠千里而至邯鄲，獻其愚誠，效其愚忠。」

趙肅侯一聽，知道蘇秦這是在恭維自己，貶斥奉陽君。雖然心知這是蘇秦的外交語言，但仍然心甚悅之。因為這些年他實在被奉陽君完全架空，心甚氣悶。如今，聽了蘇秦的一番話，他感到這些年的氣悶都一掃而光，心裡輕鬆了不少。於是，情不自禁地點點頭，說道：

「先生有此一番真情，實在讓寡人感動莫名，不知所云。只是寡人生性愚鈍，年少資淺，治國缺乏經驗，還望先生明以教我。」

蘇秦見趙肅侯如此坦率真誠，主動問計，不禁心中竊喜，遂立即單刀直入地上了題：

「臣以為，當今之世，為趙國計，大王不如安民無事，清靜無為。」

「先生莫非是要寡人踐行楚國先賢老聃李耳的主張，實行『無為而治』？」

蘇秦見趙肅侯反應如此靈敏，不禁喜動於衷，遂立即答道：

「正是此意！臣以為，老聃『無為而治』的主張，其高妙之處與精髓所在，就是不多事擾民，讓人民安適自謀。大王想想看，這些年來，趙國與魏國等諸侯國多次交戰，奉陽君又專權好事，趙國黎庶不安，百業凋敝，國力式微，這是不是擾民多事的結果？」

趙肅侯無言。沉默了一會，點點頭。

「大王不愧為明主！」蘇秦見趙肅侯點頭，便不失時機地讚揚了一句。

趙肅侯心知蘇秦這樣說，是在恭維自己，但仍然比較舒心。遂又問道：

「依先生看，寡人應該如何『無為而治』，才能振興趙國呢？」

蘇秦見趙肅侯問到根本上，不禁深受鼓舞，遂乘機進一步申述其意道：

「臣以為，趙國如今的當務之急是『安民』。而安民之本，則在於擇交。擇交而善，則民安；擇交不善，則民終身不得安。」

「何以言之？」蘇秦突然由「安民」又轉到「擇交」，趙肅侯有些不解，於是立即接口問道。

蘇秦淡然一笑，從容解釋道：

「大王，而今天下風起雲湧，群雄並起，閉國自求其安，可能嗎？」

趙肅侯搖搖頭。

「既然不可能，那麼作為一國之君，要想安民安國，是不是必須講究外交策略？」

趙肅侯點點頭。

「正因如此，所以臣才說『安民之本，在於擇交』。」

「『安民之本，在於擇交』，唔，有道理！」趙肅侯一邊低頭思考，一邊自言自語似地低聲念叨著。

蘇秦一見，心中又是一喜，知道趙肅侯已經動心了。於是，索性停下不說了，等著趙肅侯來提問。

沉默了一會，果然趙肅侯真的提問了：

「以先生之見，如何擇交，民方得終身而安呢？」

趙肅侯的提問，極大地鼓舞了蘇秦遊說的信心。因為他知道，遊說君王，最怕的是冷場，他給你一個一言不發，任你說得天花亂墜，也是白搭。遊說君王，是要闡明自己的主張，需要在辯論中層層深入，把道理說清說透，才能使君王真正明白自己主張的精髓與深義所在。俗話說「理不辯不明」，再說，被遊說的君王一言不發，遊說的人在心理上就已經洩氣了一半，積極性受到了損傷。你不開口，你不表態，我怎麼知道你是什麼態度，這遊說如何還能繼續下去。

想到此，蘇秦立即接住趙肅侯的提問，予以闡發道：

「大王之國，位處天下中樞。既有地利之便，又有物產之饒。趙國作為一個諸侯大國，不患民不富，不患國不強；所患者，唯擇交不慎、不善。請恕外臣冒昧斗膽，先言外患。」

「先生請明言。」趙肅侯目光炯炯，但不失真摯、溫情地予以鼓勵道。

「趙之北，有燕、中山；趙之西，有魏、樓煩；趙之東，有大齊；趙之南，有魏、韓。燕、中山，都是小國，不足為慮；至於魏國，那是昔日的天下之霸。在它最強盛的時候，曾西攻秦國，而取河西；北伐趙國，而圍邯鄲；南舉大兵，而欲吞韓。然而，東向而與齊國爭戰，則一敗於桂陵，再敗於馬陵。由此，民大困，國大乏，威霸不再。之後，齊、宋、衛三國伐魏於東，秦起大兵於河西，戰元里，取少梁。等到秦王以公孫鞅為將，欺魏太子卬而敗魏師，魏之為國，已是師弱民貧，岌岌而危了。魏王無奈，乃獻河西之地於秦王，揮淚別安邑，東遷魏都於大梁。今之魏，非昔之魏，從今而後，大王不必再顧慮魏師攻伐邯鄲。樓煩，乃屬戎、狄胡邦；韓國，則被包納於魏國之中，不與趙毗鄰接壤。此二國皆不能成為趙國之患，其勢已明。」

趙肅侯聽了蘇秦這番分析，不禁肅然起敬，遂將身子坐得端端正正。

蘇秦見此，遂繼續分析道：

「今之天下，有二霸，有五強。五強，楚、趙、魏、燕、韓；二霸，西有秦，東有齊。」

「那麼，依先生之見，趙國何以自處，方能安然無恙？」趙肅侯急切地問道。

蘇秦見趙肅侯問到了關鍵處，這也正是他要遊說的重點所在。於是，順勢闡發道：

「以今日天下情勢論之，趙若以齊、秦為敵，以一國而敵二強，那麼民必不得安；聯秦而攻齊，無異於為虎作倀，民亦不得安；倚齊而攻秦，猶挾狼威而攻虎，民亦不得安。臣以為，謀人之主，伐人之國，口出惡言，絕人之交，望大王慎之，不可率性而為！」

「先生的意思，莫非是教寡人在秦、齊二虎之間巧妙周旋？」

「大王說得對，臣的意思正在此。其實，大王不僅要與秦、齊二霸周旋，還得審時度勢，爭取楚、魏、韓、燕四強的力量，以謀取趙國的最大利益。」

趙肅侯聽到此，不禁在心內感歎道：他可真夠圓滑的！但轉而一想，又覺得蘇秦是對的。是啊，在當今這個群雄並起的時代，如果不圓滑，趙如何自處於二霸多強之中而求生存呢？畢竟治國安邦是要以國家利益為一切考量的，至於天下公義、人間公理，那也只能置之一旁了。

想到此，趙肅侯重重地點了點頭。頓了頓，說道：

「先生之言，實乃金玉之論，寡人明白了！」

蘇秦抬眼望了望趙肅侯，見他正專注地看著自己，知道他已經被自己的遊說折服了。於是，不失時機地接著說道：

「臣還有一些心裡話，不知大王願意垂聽否？」

「先生高論，寡人當然要洗耳恭聽！」

看著趙肅侯急切的神情，蘇秦故意停下不說，只是用眼睛向趙肅侯左右的人瞅來瞅去。

趙肅侯一見，立即明白，遂連忙對左右人等揮了揮手。

「先生現在不必再有顧忌了，有話但說無妨。」摒退了左右，趙肅侯又催促道。

蘇秦點點頭，然後不急不徐地說道：

「臣以為，大王若想振興趙國，實現富國強兵的目標，並保證趙國的長治久安，當以魏惠王為鑒，切不可四處樹敵，特別是不要與山東諸侯為敵。魏惠王當初若不攻打趙國，不多次發動吞併韓國的戰爭，何來一敗於桂陵，二敗於馬陵？當初他若是實行與山東諸侯『合縱』為親的策略，秦國何以能夠迅速崛起？魏國何至於被秦國蠶食其河西之地？」

趙肅侯點點頭。

蘇秦繼續道：

「俗話說：『覆水難收。』如今魏惠王後悔莫及，但亦於事無補了。魏國要想恢復當初的天下強國地位，恐怕亦非易事。前些年，魏國受秦國的一再攻擊，喪師失地。魏惠王迫於形勢，只得降尊紆貴，連續兩次主動入齊，與齊王相會，其意是要與齊『合縱』，以遏制秦國的東侵。齊王雖然也有心要做山東諸侯『合縱』的盟主，但齊國的地理位置不在天下的中樞，再加齊國歷來與南方大國楚矛盾重重，跟魏國則有生死仇恨。因此，齊國想要統領山東諸侯各國，做『合縱』聯盟的軸心，承擔起聯合抗秦的重任，恐怕不易。」

「那麼，依先生看，山東諸侯何國堪當『合縱』盟主？」趙肅侯突然岔斷蘇秦的話，急切地問道。

蘇秦抬眼望了望趙肅侯，然後以不用置疑的口吻說道：

「唯有趙國可擔此大任，唯有大王可以主持山東『合縱』大計！」

「趙國？寡人？」趙肅侯不禁吃驚地睜大了眼睛。

「是趙國！是大王！」蘇秦再次肯定地說。

「先生莫非在說笑？」

「大王是何人，臣蘇秦是何人？豈敢在大王面前說笑？」

趙肅侯見蘇秦說得認真，遂接口說道：

「先生既然不是說笑，那麼請道其詳。」

「大王，您想想看，趙國與齊國沒有仇恨，而且因為魏國圍攻邯鄲，齊國還出兵幫助過趙國。因此，趙國與齊國的關係比較好處。再說楚國和韓國，因為都與趙國不交鄰接壤，從未有過利害衝突，關係自然容易處好。魏國呢，雖然以前圍攻過邯鄲，但那是它的不對，趙國沒有對不起魏國的地方。現在魏國已經衰落，趙國不計前嫌，跟魏國的關係自然容易修復。至於燕國，本是個小國，從未與趙國有過太大的矛盾。況且，燕王贊成山東諸侯各國『合縱』為親，並且派臣出使趙國，目的就是希望以趙國為『合縱』軸心，要大王為『合縱』大計的主持人，以保山東諸侯各國長治久安。」

趙肅侯聽到這裡，這才點點頭，相信蘇秦說的都是認真的。

蘇秦見此，知道火候到了，遂立即接著說道：

「若大王有為天下行義之願，有保山東各國長治久安之心，允燕王之請，聽微臣之計，出為『合縱』盟主，則燕必致旃裘狗馬之地，齊必致魚鹽之海，楚必致橘柚之園，韓、魏、中山皆可使致湯沐之奉。屆時，大王貴戚父兄，皆可受地封賞。」

趙肅侯一聽，竟有這等好事！立即喜逐顏開。

蘇秦一見，心中竊喜：趙肅侯這條大魚終於上鉤了。於是，一鼓作氣，更加煽情地說道：

「割地納土，這是五伯之所以刀兵相見，覆軍擒將，不惜涂炭生靈而孜孜以求的；封賞貴戚，這是商湯、周武之所以干戈迭起、放殺並用，不顧聲名得失而一心相爭的。」

趙肅侯心想，這兩句說的是事實。想當初，齊桓公、晉文公、秦穆公、宋襄公、楚莊王這五霸（伯），之所以合諸侯，行攻伐，覆人軍，擒人將，不都是為了割得他國之地，得其效納之實嗎？商湯、周武以臣伐君，大動干戈，不就是為了奪得天下，分封貴戚嗎？

想到此，趙肅侯點了點頭。

蘇秦又繼續說了下去：

「今大王垂衣拱手之間，而名利兼而有之，何樂而不為？反之，大王若眼光向西，與秦國結盟，那麼強秦必起併吞韓、魏之意；大王若注目於東，與齊國交好，那麼齊必有謀弱楚、魏之心。魏國弱，迫於秦威，則必割河外之地；韓國弱，懾於秦勢，則必獻宜陽等關塞。宜陽等關塞不保，則魏國上郡之地亦不保；魏國河外之地被割，天下有變，則山東諸侯西向伐秦之道不通。楚國弱，天下有難，則山東諸侯無援。此等情勢，大王不可不深察之！」

趙肅侯一聽，不禁默然。是啊，蘇秦確實說得深刻，一針見血，而且是慮之極深，才有此論。

「秦國兵下軹道，那麼魏國南陽就要為之震動；秦師劫韓包周，那麼趙國就會不戰而自萎弱；秦師東進，據衛取淇，那麼齊國社稷就會危在旦夕。齊國社稷不保，齊王必入函谷關而向秦稱臣。齊國若臣服於秦，那麼山東必為秦國所霸。秦國霸有山東，那麼必然會兵鋒直指趙國。秦師涉河逾漳，據番吾，則兵必戰於邯鄲之下。此等情勢，正是臣為大王所日夜深憂者！」

趙肅侯一聽，不禁為之大汗淋漓。蘇秦說的是，確實不是嚇唬自己，魏國的衰弱不正是因為強秦割其河西之地後的結果嗎？

蘇秦見趙肅侯正在拭汗，知道一半是因為七月酷暑，一半則是因為自己剛才所分析的趙之大患。於是，故意頓了頓，等趙肅侯鎮靜了，又接著說道：

「當今之世，山東諸侯各國，無論地利之便，抑或國力之盛，皆無過於趙國。」

趙肅侯一聽這話，立即問道：

「此話怎講？」

蘇秦見問，立即接口道：

「大王之國，方圓二千里，帶甲雄兵數十萬，戰車千乘，驃騎萬匹，粟支十年；西有恒山，南有河、漳，東有清河，北有燕國。燕本弱國，不僅不足為患，而且可為趙國的北部屏障。今天下之大，諸侯之強，秦國所真正視為心腹之患者，也只有趙國。」

趙肅侯一聽蘇秦說到趙有如此優勢，頓然信心百倍，情不自禁間頻頻頷首。

蘇秦見此，突然話鋒一轉道：

「大王亦知，秦乃天下強國，亦是虎狼之邦。以秦之強，何以獨畏於趙國，而不敢舉兵興師，東向而伐？」

「先生以為何故？」趙肅侯迫不及待地問道。

「原因很簡單，秦國軍隊如果東進伐趙，其結果可能是，前鋒剛與趙師相接，後方就被韓、魏偷襲了。這就是俗話所說的『螳臂捕蟬，黃雀在後』。」

趙肅侯點點頭，認同蘇秦的說法。因為事實亦然，趙國的地理位置擺在那裡。秦、趙之間，遠隔千里，中間隔著魏、韓二國。如果秦國越魏、韓而伐趙，必有被魏、韓襲之於後的憂慮。趙國之所以不必懼於強秦，實因趙之南有魏、韓二國為屏障。

蘇秦見趙肅侯點頭，遂又說道：

「而秦攻韓、魏，則情況完全不同。韓、魏二國，由於地理上沒有高山大川作屏障，秦國可以不時地出奇兵，用奇謀，偷襲韓、魏城池，速戰速決。如此，秦國便可積年累月地蠶食二國之地，迫之國都而後止。韓、魏二國力不能支，必入函谷關而稱臣。一旦韓、魏臣服於秦，秦、趙之間無韓、魏之隔，則秦禍必延及於趙。這就是臣之所以憂心如焚，日夜為大王之國的危機憂慮不已的原因所在！」

趙肅侯一聽，又急了，不禁伸長了脖子，急忙問道：

「如此，寡人該怎麼辦？」

蘇秦見趙肅侯真的緊張了，向自己問策，便又不慌不忙地說了下去：

「臣聽說，堯帝最初的地盤不過三百畝，而舜帝則是一個無咫尺之地的窮漢。禹的情況也一樣，據說開始也就是百人之聚而已。可是，最終堯、舜、禹都貴為天子，稱帝天下。商湯伐夏桀、周武滅紂王，起初也是兵少將寡，卒不過三千人，車不過三百乘，最後卻都成就大業，稱帝稱王。」

趙肅侯知道這些典故，也知道蘇秦說這些的用意是在鼓勵他，讓他不要自卑。於是，便堅定地點點頭。

蘇秦見此，又提一問道：

「不知大王想過沒有，堯、舜、禹為什麼能夠由小而大？商湯、周武為什麼能夠由弱而強？」

「寡人未曾想過這個問題，請先生明教！」

蘇秦見趙肅侯這樣說，遂順水而下道：

「臣以為，別無他因，只不過是『得其道』而已。」

趙肅侯點點頭，蘇秦續又說了下去：

「自古以來，明主之所以為明主，賢君之所以為賢君，就在於他能外料敵國之強弱，內度兵卒之眾寡，以及士之賢與不肖，不待兩軍相敵，而勝敗存亡之機，早已了然於胸。哪裡還用得著眾人、庸人對軍國大事多嘴多舌，而糊裡糊塗決斷呢？」

趙肅侯聽懂了，蘇秦這是在說：作為一國之主，應該要有主見、預見，決不可惑於庸人之言，而糊裡糊塗地亂作決策。自己以前寵信奉陽君，以致內政不修，朝綱混亂，自己也被奉陽君架空，犯的不正是這種錯誤嗎？

想到此，趙肅侯不禁慚愧地低下了頭。

蘇秦並沒有想那麼多，因為他說上述這番話，並沒有要影射趙肅侯惑於奉陽君的意思，他只是想闡明要做一個賢君明主的條件而已。因此，他沒有覺察到趙肅侯心理上的細微變化。

就在趙肅侯一低頭的當口，蘇秦已經不慌不忙地從懷裡拿出了一幅畫於一張山羊皮上的天下山川形勢圖，並高高舉過頭頂，道：

「大王，請看這幅天下諸侯爭霸圖。」

趙肅侯見蘇秦拿出一幅圖，眼睛不禁為之一亮。

其實，這幅天下諸侯爭霸圖並不是什麼新鮮玩意，也就是蘇秦上次遊說秦惠王時準備的那幅，只是這次臨行前把它加以了重繪而已，這就變成了這幅展示在趙肅侯眼前的天下諸侯爭霸圖。

蘇秦見趙肅侯那放光的眼神，不禁心中竊喜。心想，看來這幅地圖真是效果奇妙，任你是哪國之王，都要為之彈眼落睛。於是，他便一邊指圖，一邊洋洋灑灑，繼續說了一大番宏論與主張：

「臣認真察考了一下天下地圖，發現山東六國諸侯之地，在面積上要超過秦國五倍。至於國力與軍力，臣料想山東六國的力量總和，應該是十倍於秦。因此，臣以為，若六國同心合力，相親相助，西面而攻秦，那麼秦國必然為六國所破；反之，六國離心離德，各自為政，最終必為強秦各個擊破。一旦為強秦所破，六國之主也就只能繫頸縛身，西入函谷關，向秦王叩頭稱臣了。大王應當知道，『破敵之國』與『國被敵破』，『為人之臣』與『以人為臣』，那情形是不可同日而語的。」

趙肅侯無語，但蘇秦相信他能知道這兩者的區別。所以，不等趙肅侯表態，他又說了下去：

「今山東六國之臣，力主與強秦『連橫』者大有人在。為什麼？無非是想割山東諸侯之地，以與強秦媾和罷了。那麼，與強秦媾和，又有什麼好處呢？」

說到此，蘇秦停了下來，抬眼望了望趙肅侯，見其眼露急切之情，遂又接著說道：

「好處是有的，不過那只是『橫人』的好處，並不是國家、人民的好處。『橫人』如果慫恿君王與強秦媾和成功，那麼他們就可貪得一時之苟安，大可高臺榭，美宮室，聽竽瑟之音，察五味之和，過著前有軒轅、後有長庭、美人巧笑、君臣交歡、其樂融融的太平日子了。可是，在這太平日子背後所蘊含的危機，又有幾人想過呢？一旦強秦綴甲礪兵已定，百萬雄師壓境，那麼山東各國之王還能寄希望於『橫人』分諸侯之患，擔諸侯之憂嗎？不可能！臣以為，凡主張與秦媾和的『橫人』，他們日夜所務求的，其實只是以強秦之威恐赫山東諸侯，以求割地而換苟安罷了。這一點，希望大王深察之，熟慮之！」

蘇秦明白，趙國位處山東六國諸侯之核心，戰略地位非常重要，無論主張東西「連橫」者，還是主張南北「合縱」者，都必須拉攏趙國。秦若連趙、燕，則東西「連橫」成；趙、魏、韓、楚合，則南北「合縱」成。蘇秦自已曾以「連橫」之策入秦遊說過秦惠王，自然心中有數。雖然秦惠王當時沒有採納他的建議，但事實上秦國早在秦孝公時就已經在實行「連橫」了，它在攻伐魏國時，就曾多次聯合趙、燕等國。蘇秦更明白，秦國的「連橫」之策，要害就是「遠交近攻」，今天聯合張三打李四，明天又聯合李四打張三，後天則聯合王五打趙六，如此利用山東六國之間的矛盾，便可實施其「各個擊破」的策略，從而最終實現席捲天下、包舉宇內、併吞八荒之野心。蘇秦是跟鬼谷先生專習「縱橫術」的，自己雖力主「合縱」之計，但也深知「連橫」之策的厲害。所以，他特別怕「橫人」破他正在努力組織的「合縱」之局，於是這裡就特別向趙肅侯指明了「連橫」之弊，以堅趙肅侯「合縱」之心。

趙肅侯當然不會明白蘇秦的用意，更不會洞悉蘇秦心裡的小九九。他只是覺得蘇秦說得特別在理，所以聽得非常專注。

望了望趙肅侯，蘇秦又繼續說道：

「臣聽說有這樣一句古訓：『明主用人不疑，讒言不入於耳，流言之跡為之絕，朋黨之門為之塞。』古往今來的歷史證明，也只有那些有『用人不疑』、『疑人不用』雅量的明主，才能不為讒言所惑，不為結黨營私的小人所蔽。也只有這樣，他才能真正聽到臣下們『尊其主、廣其地、強其兵』的卓見，才能真正吸引一批能效其誠、獻其忠的有識之士相佐，他才可能成為一個真正的明主賢君。」

趙肅侯一聽這話，覺得非常在理，於是連連點頭。

蘇秦一見，深受鼓舞，遂又續加發揮道：

「臣還聽說有這樣一句古訓：『知無不言，言無不盡，乃為臣盡忠之道也。』今臣奉燕王之命，有幸親見大王，自當盡為臣之本份，知無不言，言無不盡。今為大王計，為趙國計，臣以為大王不如合韓、魏、齊、楚、燕五國為『縱』親，以抗強秦。令天下之將相，相會於洹水之上，交互質子於諸侯，屠白馬，起盟誓，共結盟約：『秦攻楚，齊、魏各出銳師以助之，韓絕糧道，趙涉河、漳，燕守恆山以北。秦攻韓、魏，則楚絕其後，齊出銳師以佐之，趙涉河、漳，燕守雲中。秦攻齊，則楚襲其後，韓守成皋，魏塞午道，趙涉河、漳、博關，燕出銳師以佐之。秦攻燕，則趙守恆山，楚兵屯於武關，齊師涉於渤海，韓、魏出銳師以佐之。秦攻趙，則韓駐軍於宜陽，楚紮營於武關，魏師出於河外，齊師涉於渤海，燕出銳師以佐之。諸侯有先背約者，五國共伐之。』如果六國果能『合縱』相親，堅守盟約，那麼強秦之師必不敢出函谷關以害山東諸國。如此，則趙國的王霸之業就成了！」

至此，趙肅侯算是徹底聽懂了蘇秦的意思，同時也打心眼裡認為蘇秦的「合縱」之策確實已經籌畫得非常周密了，算得上是深謀遠慮，就現今的天下情勢而論，確實是非常可行的。

想到此，趙肅侯終於毫不猶豫，且明確無誤地答覆道：

「寡人生性愚魯，加之涖國親政時日不多，因此至今未曾聞得社稷之長計。今上客有意存天下，安諸侯，寡人敬以敝國以相從。」

# 第七章　「合縱」說韓魏

## 1　風波乍起

周顯王三十五年七月二十一，當盛夏的驕陽還隱伏於地平線以下，北國的早晨還吹著習習涼風，成天無休無止鳴叫的蟬兒還在樹間歇嗓之時，剛剛官拜趙相、爵封武安君的蘇秦，便告別趙肅侯，以趙王特使之名，挾黃金千鎰，白璧百雙、錦繡千純，驅高馬軒車百乘，前往魏、韓、齊、楚遊說四國之王，開始了組建以趙國為軸心國的山東六國「合縱」之盟的艱巨使命。

卯時剛過，辰時剛至，蘇秦一行就已出了邯鄲城。

此時，一輪驕陽已經高高升起，涼爽的晨風也已停息了。行不多久，隨行車隊的衛士及侍從都走得有些出汗了。但是，坐在高馬軒車之中的蘇秦還感受不到。

望著浩浩蕩蕩的車隊，看著鞍前馬後隨行的大批衛士及侍從，蘇秦不禁再一次撫今追昔，在心中生發出無限的感歎：

蘇秦還是他這個蘇秦，當初攜僮帶僕，沖酷暑，冒嚴寒，不避風霜，不避雨雪，長年東西巔簸，南北流離，行羊腸小徑，趟泥濘之路，越山野之徑，逢城不住，遇村借宿，惶惶如喪家之犬，急急如漏網之魚，受盡了諸侯王貴的冷淡，看盡了人世間的世態炎涼。如今他頭頂君侯之冠，身著寬袍大衫，威儀萬方，穩穩當當地坐在軒昂高車之上。他真的不敢想像，以前到底是什麼力量，支撐著他渡過了那麼多年艱辛的人生難關？

聽著車隊人歡馬嘶之聲，看著沿途圍觀民眾的指指點點，蘇秦又禁不住想起今年五月間，他初次說得燕文公，作為燕侯特使前往趙都邯鄲遊說趙王的情景：

那時，他第一次有了身份，作為燕王特使，擁有了自己的車仗，是十餘輛車，幾十匹馬，既有官方的隨從前導於前，又有私僕秦三、游滑驅使於後。第一次，他感受到作為一個士的尊嚴；第一次，他體會到一個官身的尊榮之感。

那時那刻，他感覺是那樣的美妙，心裡是那樣的滿足！他不斷在心裡為自己慶幸：俺蘇秦也有這樣的一天，也不枉為士一場，也不負了爹娘，從此可以向妻兒作個明白的交代，可以在嫂嫂面前挺起腰梁，更可以給衛老婆子之類的市儈一個響亮的耳光：俺蘇秦的書沒有白念，你們是黎民，俺是官！

想著過去，看著眼前，蘇秦不禁再次感慨萬千：

從燕都薊到趙都邯鄲，不到三個月，就因為說得了大國之君趙肅侯，自己的人生命運又有了新的一番景象。如今，自己不僅是堂堂大國趙國之相，還爵封了武安君，真正是位極人臣，處一人之下、千萬人之上。今天出行的身份，雖然還是一國之君的特使，但今日不是作為小國、弱國燕侯的特使，而是大國、強國趙王的特使。正因為如此，今日的出使儀仗規格也與前次大不一樣了。前次，從燕都到趙都，是十幾輛馬車，幾十鎰黃金，十幾匹絲帛，還有幾十個官差。現在，從趙都往魏、韓二國，則是軒車百輛，高馬數百，黃金千鎰，白璧百雙，錦繡千純。前有帶甲之兵開道，後有戴冑之卒護衛。真正是前呼後擁，浩浩蕩蕩，是君王的排場！

「唉，看來，大國與小國，就是不一樣。」想到此，蘇秦不禁從心底發出由衷的感歎。

晝行夜宿，非止一日。

八月十一，打著趙國儀仗的蘇秦一行，浩浩蕩蕩地抵達了魏國境內的朝歌。

「武安君，前面就是朝歌，是稍事休息，還是繼續往前進發？」儀衛長趙德官上前請示道。

「離魏都大梁還有多遠？」蘇秦不答反問了一句。

「大約還有三天的路程吧。」

「那麼，今天就不要急著趕了。天氣太熱，就讓大家先進城休息一日吧。」

「武安君真是體恤俺們下人！」儀衛長得體地答道。

可是，進了朝歌城，未等蘇秦寬衣安歇片刻，儀衛長趙德官就急急從外面進來，報告道：

「武安君，小人剛剛聽人說到一個重要消息。」

「什麼重要消息？」

「梁惠王駕崩了。」

「什麼時候？」

「就是八月初。」

「我們從邯鄲出發時怎麼一點也不知道呢？」蘇秦覺得奇怪。

「這也沒幾天的事啊，當然不可能傳得那麼快的。」

蘇秦點點頭。

「聽說現在執事的是梁惠王的兒子，稱為魏襄王。」

「噢，新君都即位了？」蘇秦又感到意外了。

「聽說魏襄王剛剛即位，父王的喪期還沒結束，就到齊國去了。」

「到齊國幹什麼？」蘇秦更是不解了。

「聽說是與韓昭侯一道，到齊國徐州朝見齊宣王去的。」

蘇秦一聽，臉色陡變。潛意識中，他感到山東六國的情勢又要變化了。

「武安君，魏襄王剛剛即位，為什麼就急著入齊朝見齊宣王呢？」趙德官見蘇秦陷入深思，遂輕聲問了一句。

蘇秦看了看趙德官，沉默了一會，然後悠悠地說道：

「這大概是為了向齊王表達一種姿態吧。」

「什麼姿態？」

「就是告訴齊王，魏國國君雖然更迭交替了，但魏、齊友好關係不會因此而改變，前此既定的外交路線仍將延續下去。說到底，就是為了鞏固其父梁惠王兩次入齊朝見齊王建立起來的齊、魏聯盟關係。」

「噢，原來如此！」

「還有另一層意思。」

「還有另一層意思？這政治可真是複雜啊！」趙德官不禁驚奇地看著蘇秦。

「是。這另一層意思呢，就是借此向國內外宣示：他新魏王的政權是得到了天下強國齊國支持的。這樣一來，不僅魏國國內的政局可以就此得到穩定，而且西邊的強秦也不敢趁梁惠王離世之機東窺魏國了。他這一步棋下得好啊，大有敲山震虎之效！」

「武安君真是高瞻遠矚，洞察秋毫！」

蘇秦沒理會趙德官的恭維，又自顧自地沉思起來。

過了好久，趙德官又問道：

「武安君，新魏王去了齊國，那俺們現在去魏都，要等他到何時？」

蘇秦點點頭，沒吱聲。不過，在沉默中，他實際上已經作出了決定：改變計畫，先說韓王，等到說得韓王，自己手裡又多了新籌碼。屆時，再回過頭來遊說魏襄王，即使他真是一個厲害的主兒，一看趙、燕、韓都同意了「合縱」的計畫，那時他也就自然會順應時代潮流，加入自己所組織的「合縱」聯盟了。

想到此，蘇秦看了一眼站在那裡發呆的趙德官，說道：

「明天我們就離開朝歌。」

「這麼急著趕往大梁嗎？」

「不去大梁。」

「不去大梁？那往哪？」趙德官不解地問道。

「先往韓國之都鄭。」

「怎麼往韓國之都了呢？」

「你去準備吧。」蘇秦說著，揮了揮手。

「噢。」趙德官雖然還想問，但又不敢，只得胡亂地答應了一聲，告辭而去。

第二天，浩蕩的車隊突然改變了行進方向，由朝歌向西南而去。先經過魏國境內的汲、卷二城，接著繞道魏國與韓國接壤的南部長城西北端，進入韓國恒雍。然後再直下衍、管、華陽，最後再折向西南。

周顯王三十五年九月初五，天高雲淡，金風送爽，丹桂飄香。日中時分，趙王特使蘇秦的車隊浩浩蕩蕩地進了韓國之都鄭城。

「武安君，韓都到了。是先下榻驛館，還是……」趙德官怯怯地請示道。

「直接去韓王宮吧。」

「不知韓昭侯從齊國回來沒有？」

「噢，也是。那就先下榻驛館，再派人往韓王宮走一趟吧。」

入住驛館停當，趙德官親自帶著三名趙國的儀衛，輕車快馬，不到一頓飯的時辰，就趕到了韓昭侯的宮門之前。

「在下是趙王特使的儀衛長趙德官，現趙國之相、武安君蘇秦已奉趙王之命到達貴國之都，敢問官爺，不知韓王從齊國回來沒有？如果回來了，煩請官爺通報一聲，就說趙王特使武安君要來晉見。」

「既是趙王的官差，在下不妨實話相告。大王雖然回來了，但現在卻不能見客。」

「為什麼？」趙德官立即追問道，他以為是韓昭侯故意擺架子。

「官爺有所不知，這次『徐州相王』，雖然是大喜事，卻也讓俺韓王勞頓過度。一回來，大王就感到身體不適，現正臥床休養呢。」

「噢，原來如此！那麼，什麼叫『徐州相王』呢？」

「噢，這個啊，就是魏、韓二國之君到齊國徐州朝見齊宣王，並尊他為王。齊宣王也承認魏、韓二國之君的王號，這就叫『徐州相王』。也就是以相互承認各自王號為前提，組成齊、魏、韓三國聯盟。」

「噢，是這樣。那麼，韓王什麼時候能見我們趙王特使武安君呢？」趙德官又回到主題上。

「這個，在下也很難說得定。」

「為什麼？勞累了，休息幾天不就恢復了嗎？」趙德官仍然不放鬆。

「官爺有所不知，自從我們相爺申不害大人過世之後，韓國的政局變得越來越混亂。而秦國呢，又趁火打劫，去年還攻拔了我們的宜陽。今年夏天，韓國又出現了前所未有的大旱災，很多地方顆粒無收。但因去年跟秦國打了一仗，國庫早已空虛，大王無力開倉放糧，賑濟災民。結果，韓國出現了歷史上少有的餓莩遍地的慘象。官爺，您想想看，這些事擱誰頭上，誰能受得了？精神上能不受打擊嗎？再加上我們大王又是個年老體衰的老人，這一病哪，恐怕就不會恢復得像年輕人那樣快了。」

趙德官一聽，不禁默默地點點頭，知道再堅持也沒用了。於是，只得回到驛館，將情況一五一十地向蘇秦說了一遍。

蘇秦聽完，沒有作聲，只是無奈地搖搖頭，歎氣。

## 2 小巷一夜杏花開

俗話說：「有事時光易逝，無事時光難捱。」

在韓都鄭城等待了三天，蘇秦就覺得好像是過了三年。閑著無事，不僅感到無聊，有時還莫名其妙地心裡發慌。

九月初九，豔陽高照，不冷不熱，天氣出奇的好。可是，悶在驛館裡的蘇秦卻心情鬱悶，不停地在房內轉圈，就像是一隻被堵在屋內想飛而又飛不出去的蒼蠅。

正在此時，游滑突然推門進來。蘇秦一驚，立即停住了腳步，有口無心地問道：

「有什麼事嗎？」

「少爺，俺閑著發慌，想跟秦三出去走走。」

「出去走走？」蘇秦瞪大眼睛看著游滑。

「是啊，天氣這麼好，所以小人就想……」

游滑話還沒說完，蘇秦就情不自禁地朝窗外望了一眼，然後默默地點了點頭。

「謝謝少爺！」游滑以為蘇秦同意了，遂一溜煙似地轉身出門了。

看著游滑遠去的背影，蘇秦望了一眼窗外，又在房內轉起圈來了。

轉了幾圈，突然秦三又來了。

「你回來幹什麼？游滑不是說你們要一道出去走走嗎？」

「小人是有些不放心少爺。」

「有什麼不放心的？」蘇秦問道。

「小人看少爺這幾天老是食不甘味，坐不安席，大概是因為韓王病重，不能晉見而著急吧。俗話說：『病來如山倒，病去如抽絲。』少爺，依小人看，您要等韓王病癒晉見，得有耐心，可千萬別急壞了身子！」

蘇秦一聽秦三這番話，不禁感激地看了他一眼。然後，深深地點了一下頭。

秦三見此，遂又說道：

「少爺，您老悶坐在房內也不是個事，萬一憋出病來，那可怎麼辦？天氣這麼好，少爺不如跟俺們一道出去走走，散散心也好的。」

沉默了片刻，蘇秦終於開口道：

「也好。」

脫掉峨冠博帶的官服，換上一套便服之後，蘇秦便在秦三、游滑兩個私僕的伴同下，沐浴著秋日和煦的陽光，走到了韓都鄭城的市街之上。

可是，沒走一會，蘇秦就覺得索然無味。因為他遊說過天下各國，也走過天下各國所有的都城，什麼樣的巍峨宮殿也見過，什麼樣繁華的市街也逛過，鄭城雖然是天下有名的歡娛之都，也有自己的風格，但也不過爾爾。

「少爺，您看，那些小巷倒是與俺們洛陽不同。」正當蘇秦提不起精神之時，突然游滑指著一條小巷說道。

蘇秦順著游滑手指的方向一看，果然有一條別致的小巷，恰與鄭城東西走向的正街成垂直方向。於是，主僕三人就漫步走了過去。

待到走近，這才發現，這條小巷最寬的地方也僅容一駕馬車而過，特別狹窄的地段，則只能二三人並行而過而已。在小巷的兩旁，都是些相連相傍的一戶戶人家，家家都敞著門，小孩子三三兩兩游嬉於小巷之中，一派靜謐、悠閒的市井景象。

又往前走了一段，突然發現街道變得越來越寬了，人也突然越來越多了。蘇秦想，大概這是個比較繁華的小巷吧。

正這樣想著，漸漸就進入了小巷的中心地帶。果然不出蘇秦所料，這確是一條繁華的街巷。向路人一打聽，才知這是鄭城最繁華的歡娛之區，名叫杏花巷。此時正是高秋之時，當然沒有杏花了，不過，兩旁人家的門前確實都是種有杏花樹的。可以想像得出，如果是春天，滿巷杏花，那又是一種什麼樣的美景啊！如果是一夜春風春雨，滿巷杏花飄落，那又是一種什麼樣的景象呢？

想著想著，蘇秦不禁都要陶醉了，心裡不禁一喜：原來還有這樣的地方，自己雖然以前來過鄭城，但卻一點也不知道。不過，仔細一想，也不怪，上次來遊說韓王碰了一鼻子灰，哪有心思逛鄭城。但這次不同了，得好好逛逛，反正現在有的是時間，也有金錢。

於是，蘇秦來了興致，開始仔細觀察這個名叫杏花巷的小街。只見兩旁的屋宇與剛才所走過的那段小巷有所不同，明顯要嚴整得多，屋舍也顯得優雅漂亮，家家門前都懸著一個招幌，或是「酒」，或是「面」之類。有的門前還掛著造型非常小巧、精緻的風燈，蘇秦看了更覺賞心悅目。

再往前，蘇秦又發現有一家，它的屋宇比左鄰右舍更顯嚴整，整個屋舍向街道後面縮進約二十餘步，房前還有一個小小門樓與隔牆。從街道到進門的二十餘步距離，形成了一個小小的甬道，甬道兩旁有對稱排列的兩排石燈。門前雖沒有「酒」、「面」之類的招幌，但卻有一排紅色的風燈，迎著秋風悠悠地晃蕩。門兩旁又各有一把張開的巨大的紅色油布傘。一看，就知道這是一家非常高級的歡娛之所。果然，當蘇秦駐足觀看之時，就聽裡面傳出陣陣琴瑟之聲。

蘇秦頓時心中大喜，心想，有此好去處，何愁多少時間不能打發。情不自禁間，他就邁開步伐要往裡去。但是，才走三步，他突然停下來，覺得不妥。因為今天帶了秦三、游滑，帶他們進去不好，不帶也不好。這樣的去處，如果自己要進去，最好還是一個人悄悄地來去，比較方便，也比較穩妥，因為自己現在不是一般人，而是身兼燕、趙二國之相，又爵封趙國武安君，目前正在奉命組織山東六國的「合縱」大計，自己的身份是千萬不能暴露的。再說，這種事，秦三、游滑這些僕人知道也多有不便。

想到此，他立即帶著秦三、游滑快速地離開了這一家門前。但是，他心裡已經牢牢記下了這一家的方位與門前標識，打算明天悄悄地一人來探察一番，看有什麼消遣。

又遊逛了一番，蘇秦帶著秦三、游滑在小巷中找了一家門面較大的小酒店，進去坐下，點了幾個韓國的風味小菜，要了一壺酒，又各來了一碗韓國麵。大概是今天心情好，同時又懸想著剛才所見的那個歡娛之家的種種景象，想像著明天的歡樂時光，這一頓飯，蘇秦覺得吃得非常有味，感覺上這十幾年來在外東闖西蕩，所吃過的所有各地飯菜都比不上今天的可口有味。至於秦三、游滑，今天出來逛了這麼幽靜的小巷，還吃了這麼有風味的韓國飯菜，自然覺得非常的滿意。加上還有一點酒下肚，早就眉飛色舞，手舞足蹈了。

九月初十，一大早，蘇秦就急急起床漱洗，還是青衣小帽的便裝打扮，但是收拾得比較乾淨，講究。在驛館用過早餐後，蘇秦咐咐秦三、游滑道：

「今日你們可以自己出去逛逛街市，但不可生事惹非，早早回還。」

說著又給了他們一些零錢，由他們自由支配。秦三比較忠厚，心裡還不放心主人，總是心心念念在主人身上。而游滑呢，因為早就被拘禁得慌，加上他是從小在市井中混跡的人，一向喜歡在市井熱鬧的地方遊蕩。所以，一聽蘇秦今天放自己與秦三自己去玩，樂得一蹦三跳。二話不說，接了錢，拉著秦三就往外跑。秦三還念念不捨地回頭看看蘇秦，想說什麼。蘇秦見此，忙對秦三揮揮手，秦三也就釋然地去了。至於從邯鄲隨來的一大幫趙王所派的儀衛，則自有儀衛長趙德官管束，不必管他們。

估摸著秦三、游滑二僕已經走遠，蘇秦也就自己出門了。他怕秦三、游滑撞見，於是繞小道，左拐右拐，只一頓飯的功夫，就找到了昨天來過的杏花巷。

由於今天來得比較早，當他到達這條小巷時，人還不是太多。他也無心多看小巷中的其他人家，直奔昨天看到的那家門前張著兩把紅色油布傘，甬道上有兩排石燈的店家。昨天因為隔得遠，看得不夠真切，今天走近一看，原來這個院落叫做「醉春院」，招牌並不顯眼，是寫在一塊不大的白木板上，就掛於門額之上。

蘇秦見到這個名字，心中便明白了七分，這名字確切啊，不知今天自己能不能醉一回。

進了正門，再走過一段不長的園中青石板小道，大約也就有二十步吧，就到正廳的玄關。此時早有一個年約四十開外的婦人，打扮得妖妖嬈嬈的，正跪立於玄關的地板之上，大概是專門迎候客人的吧。

蘇秦從來都沒有來過這種地方，覺得非常新鮮。站在玄關口，看著那妖妖嬈嬈、花枝招展的中年婦人，倒是顯得手足無措了，一時愣在了那裡。

那婦人一見蘇秦這身打扮，以為是一般的客人，大概是頭回到這種地方，所以才不知所措。於是，她指了指蘇秦的腳下，道：

「客官請脫換布履，換上木屐。」

蘇秦這才清醒過來，忙脫下布履，著襪走上木地板，然後換上木屐，進了前堂。

接著，在那婦人的引導下，蘇秦來到了後面的一間小室。

剛坐定，就有一個婷婷嬝嬝的年輕女子前來捧上一盞迎客酒。蘇秦定眼打量，只見這女子約略十八九歲光景，長了一個鵝蛋臉，皮膚皙皙白，粉嫩異常，好像一戳就能出水似的。再看她的兩彎眉毛，也與眾不同，不是那種濃密烏黑的樣子，而是非常淡而細，就像一根細細的線一樣，所以看上去就顯得異常的清秀。明眸皓齒，櫻桃小嘴。個頭高挑，走路的樣子也好看。著木屐，微舉細步，在合體的衣裙映襯下，出胯扭腰之時別顯婀娜之態。

蘇秦從來就沒見過這麼明豔動人的女子，他心中一直視為美人標準的條件，好像在眼前這位女子身上都體現了。因此，當那女子跪於席前，出素手斟酒捧酒之際，他近距離接近，更是不禁砰然心動，情不自禁間便有些失態，直勾勾地看著她轉不動眼珠。而那女子似乎先天就生就一副低眉順眼的羞澀模樣，這時又發覺蘇秦似乎不同尋常的眼光，於是，把頭低得更深了，白皙的臉上頓然泛起羞切的桃紅之色。蘇秦一見，更是情不可遏。

正在此時，進來一個中年婦人，雖然年近半百的樣子，但風韻之好，也讓蘇秦為之吃驚。只見她進來之後，未言先笑，接著斂衽一拜，然後跪下為蘇秦再斟上一杯酒，動作非常優雅。

蘇秦畢竟是見過世面的人，雖然這種場所是第一次來，但看人的眼光還是非常準確的，他知道這大概就是老闆娘了。於是，就非常自然地在老闆娘捧酒的當兒，從袍袖中摸出一錠金子，並有一純白帛，及時地捧上。

這一下，老闆娘對蘇秦的態度更加殷勤了。她大概已然知道，眼前這位穿戴平常的客人其實並不平常。而蘇秦也正是要達到這個預期的效果，因為他不便表明身份，也不便穿峨冠博帶的官人袍服到這種地方來。但是，世上的人都是以貌取人，以衣取人的，因此他不得不以出手的大方來暗示這個老闆娘，不要拿低檔的姑娘來敷衍自己。

收過蘇秦的金和帛，老闆娘不僅笑得更燦爛了，而且話也多了。她指著站在旁邊，就是剛才給蘇秦捧酒的姑娘說道：

「她叫青青，是俺小店的頭牌姑娘，酒藝好，琴藝更好，要不，等會讓青青給客官獻上一曲？」

蘇秦終於知道，眼前這位自己看不夠的姑娘叫青青，是此店的頭牌美女，不禁心裡癢癢。情不自禁間，他又偷眼看了一下青青。

老闆娘是風月場中人，閱人無數，那是何等的精明。剛才進門時，她由蘇秦的眼神就窺破了這一切，所以剛才她才特意那麼大誇青青。看著青青低頭不好意思的樣子，又看著蘇秦那種欲看又止的不自然神情，老闆娘又說道：

「青青，還不快快帶客官看看後園景致，老身去給客官去溫一壺最好的酒。」

說完，老闆娘又向蘇秦深深一揖，慢慢地立身倒退而出，到了門口，又是一揖到底。

青青看老闆娘走了，更加侷促。愣了一會，大概想起老闆娘的話，遂連忙起身道：

「客官，隨妾至後園一觀吧。」

蘇秦遂離席起身，隨青青出室，向後園而去。一路走去，隨眼一瞥，蘇秦發現後堂有不少客室，皆各不相屬，就像自己剛才所處之室一般，大約也都是六張席子的大小。只是此時其他室內都還無人，偌大的一個醉春院，此時恐怕只有自己一個客人。

曲曲彎彎，走不多久，青青就引著蘇秦到了後院。蘇秦不看則已，一看大為吃驚，沒想到這個醉春院外面不起眼，裡面卻是別有洞天啊！怪不得老闆娘主動提出要青青領自己觀賞後園。

進了園，蘇秦放眼一望，真是好大的一座園林，一眼都望不到邊。雖然現在是秋天，不少名花異卉早就凋零，但滿園蔥綠之色卻也不失生機勃勃的情趣。蓊蓊鬱鬱的林木之間，還有一二小橋橫於潺潺而流的小渠之上，頗是玲瓏可愛，也別有一番情趣。林間小徑幽幽，時有一二小鳥啾啾鳴於樹梢之上，更襯得園中清雅之極。秋日的陽光不緊不慢地照著，暖洋洋的，更讓人有一種神仙的感覺。

蘇秦隨青青曲曲彎彎，走過了一段竹林，突然看到前面似乎火紅一片。走近一看，原來是一大片楓樹林，此時正是楓葉透紅之時，高出於林的楓葉差不多是全紅了，雜於其間的，則半黃半紅，低藏於下的矮小些的，則還是青枝綠葉。紅、黃、青三色相映，更有一種五彩繽紛之感。

蘇秦徜徉於其中，不禁深深地陶醉了。加之，又有美人青青相伴，他早已忘記了時光，大有流連忘返之感。最後，還是在青青的多次提醒下，這才結束了後園之遊。

回到剛才的那間雅室時，老闆娘早已經將各色小菜擺放停當，酒也溫好了。除此，室內現又擺放了一張琴。原來全開的窗戶，現在竹簾半掩，半明半暗，別有一種溫柔的情調。

蘇秦剛剛坐定，老闆娘就親自動手，輕捋香袖，素手執壺，先為蘇秦斟上了一盞酒，然後跪舉過頭頂，請蘇秦就飲。蘇秦接盞在手，未飲已是心醉了。

接著，老闆娘再對蘇秦深深一揖，然後對青青，也是對蘇秦說：

「客官，今日小園一遊，感覺如何？」

「美極了！」

老闆娘嫣然一笑，道：

「是小園之景美，還是青青美？」

蘇秦偷眼看了一下青青，毫不猶豫地說道：

「人景俱美。」

老闆娘咯咯一笑，又道：

「如此，那就請客官好好享用吧。」

她指著几案上的酒菜，卻眼看著青青。

蘇秦會意地一笑，青青則羞澀地低下了頭。

接著，老闆娘又對蘇秦深深一揖，起身倒退而出。

老闆娘走後，就是青青侍候蘇秦了。她先給蘇秦滿斟一盞酒，也是舉素手，高擎過頭頂，請蘇秦滿飲。接著，她便襝衽坐到琴前，輕舒香袖，十指輕拂琴弦，慢啟朱唇，低吟淺唱了一曲：

爰采唐矣？沬之鄉矣。云誰之思？美孟強矣。期我乎桑中，要我乎上宮，送我乎淇之上矣。
爰采麥矣？沬之北矣。云誰之思？美孟弋矣。期我乎桑中，要我乎上宮，送我乎淇之上矣。
爰采葑矣？沬之東矣。云誰之思？美孟庸矣。期我乎桑中，要我乎上宮，送我乎淇之上矣。

一曲未了，蘇秦早已陶醉，不住聲地贊道：

「妙！妙！妙！」

青青被贊得不好意思，遂含羞近前，又給蘇秦跪斟了滿滿一盞。蘇秦接盞在手，一飲而盡，並順勢在青青素手上撫了一把。青青如被熱湯燙了一下，立即縮回纖纖玉手，再次回到琴邊，再撫琴弦，又唱了一曲：

彼澤之陂，有蒲與荷。有美一人，傷如之何？寤寐無為，涕泗滂沱。
彼澤之陂，有蒲與蘭。有美一人，碩大且卷。寤寐無為，中心悁悁。
彼澤之陂，有蒲菡萏。有美一人，碩大且儼。寤寐無為，輾轉伏枕。

這一曲，青青唱得非常低回纏綿，蘇秦不禁深受感染。這一次，他沒有贊妙稱好，只是深情地看著青青，久久無言。

青青照例一曲終了，又上來為蘇秦斟酒。

蘇秦接盞在手，又是一飲而盡。青青正欲再斟，蘇秦一擺手，把青青手上的壺拿過來，滿斟一杯，跪直了身子，雙手舉起，請青青滿飲。青青大感吃驚，連忙推盞不敢應接。

蘇秦見此，遂起身坐至琴前，亦為青青撫上一曲：

北風其涼，雨雪其雱。惠而好我，攜手同行。其虛其邪？既亟只且！
北風其喈，雨雪其霏。惠而好我，攜手同歸。其虛其邪？既亟只且！
莫赤匪狐，莫黑匪烏。惠而好我，攜手同車。其虛其邪？既亟只且！

蘇秦雖然沒有青青的歌喉那麼婉轉清揚，但也唱得深情深沉，青青不禁感動得泣涕漣漣。因為從來沒有一個客人如此尊重她這個藝伎身份的女人，從來都是她為客人撫琴慢唱，以博客人歡心，哪有客人深情撫琴而博自己歡心的事？

感於蘇秦的誠意，青青將剛才蘇秦親手滿斟的一盞酒一飲而盡。一盞酒下肚，青青態度自然多了，不再那麼老是順著眼，低著頭了，偶爾也會抬起頭看上蘇秦一眼。

蘇秦見此，遂又給她斟上一盞，自己也斟滿一盞。不自覺間，二人竟然忘情對飲了起來。喝著喝著，二人話都多了起來。情不自禁間，蘇秦竟酒後吐真言，道出了自己的身份。這讓青青更是大吃一驚，忙不迭地向蘇秦磕頭拜揖，連說「失敬」「冒犯」。蘇秦則對青青撫慰有加，大有憐香惜玉之意。於是，青青也將自己的身世向蘇秦說出：

「妾本洛陽人士，五歲隨爹娘流落至韓都鄭城，爹娘沒有生計，也養不活俺，遂將俺賣在了此院，從小做牛做馬，幫忙打雜，至今已經一十四載。自十二歲上，老闆娘又調教俺撫琴弄弦，低歌淺唱，日逐陪客人玩耍作樂。」

蘇秦見青青原來還是自己的同鄉，於是更是愛憐有加，心中早已深深地愛上了眼前的這個小同鄉，大有他鄉遇故知的感覺。

越談越投機，青青也漸漸心情放鬆，情緒也不那麼緊張了，對蘇秦則是又敬佩，又愛慕。慢慢地，二人四目相對，早已有情了。

又飲了一會，蘇秦故意裝著醉倒的模樣，假意伏在几案之上。青青心裡也明白，只當真情。連忙去叫「媽媽」。

老闆娘「媽媽」跑來一看，連忙叫青青道：

「快快扶到樓上安歇。」

說著，她自己已先將蘇秦架起。青青見此，忙過來相攙。於是，母女二人架起蘇秦就往樓上之室而去。此時，還沒有其他的什麼客人，因為現在還不是吃花酒的常規時間。

蘇秦本就沒醉，他這是裝醉裝糊塗。快到樓上小室時，他從袖口掏出一個金錠，捏了一下老闆娘的手，就塞在了她的手心裡。老闆娘此時心裡方才明白一切，遂也裝瘋賣傻，接下金子，把蘇秦往樓上小室裡一放，對著青青道：

「你就一直侍候在此，其它事不要管。」

說著，就從外面把房門反鎖上了。

蘇秦一聽老闆娘對青青說的那句話，又見她把青青與自己都反鎖在一起，心裡不禁大喜。心想，還是俗話說得好：「有錢能使鬼推磨。」青青反正不是她的親生女兒，她只認金子不認人，管你什麼人，管你青青願意不願意。

不過，她今天倒是失算了。今天是青青與蘇秦二人合謀算計她了，她被蒙在鼓裡了。她哪裡知道，青青與蘇秦今天倒是一對兩廂情願的鴛鴦，謀計的就是要雙棲雙宿。

門既鎖上，現在這個小室就是青青與蘇秦二人的天地了。這時，蘇秦與青青都恢復了常態。蘇秦深情地看著青青，越看越覺得相見恨晚。青青雖不像蘇秦那樣直勾勾地直視蘇秦，卻也不時於低首順眼間脈脈含情偷看幾眼。

至此，蘇秦心裡終於明白了青青的心理，遂假借酒興，一把將青青攬入懷中。青青故作嬌羞之狀，急忙躲避。蘇秦見此，越發情不可遏，乃假借酒力而替青青除衫解裙盡淨。青青此時雖仍裝出推脫羞澀的樣子，但也半推半就，成其了好事。

一番激情過後，二人都放鬆多了。蘇秦不再激動，青青也不再羞澀。二人相擁撫挲，自然地相互觀賞起來。

蘇秦看青青，皮膚嫩白如凝脂，柔滑似蝤蠐。酥胸高聳，俏眼微開，玉臂舒張，粉背橫拖。摟在懷裡，柳腰頻轉，別有無限情趣。再回想一下與妻子香香行事之時的情狀，僵硬如死屍，情趣全無。兩相對比，愈覺青青嫵媚可愛。

而青青看蘇秦，身健體壯，相貌堂堂，天生是一副大官人的模樣，眉宇間既不失大丈夫的軒昂之氣，又不失美男子溫情脈脈的柔情。心想，睡在這樣的男人懷裡，真是不枉做了女人一場，就是死在他的懷裡也是心無半點遺憾。

二人你看我覺得嫵媚，我看你覺得偉岸，遂愈發的情不可遏。於是，你貪我愛，相互極意奉承。蘇秦盡力，青青盡意，配合極其默契。不覺間，早已春風三度。最後，二人俱感力疲，盡興而罷。

從此，蘇秦日日來醉春院與青青幽會，撫琴低唱，滿斟淺飲，真是說不出的歡樂，道不盡的深情。

## 3 痛切說韓王

世上最長又最短的，是時間；最重要而又最不為人留意的，是時間；最讓人難捱，難以打發的，是時間；最易稍縱即逝，讓人珍惜的，也是時間。

就在蘇秦在醉春院裡與青青日日纏綿，快樂無限地歡度良辰樂宵之時，時光早已飛逝如電，轉眼間就是兩個月時間被打發了。

十一月初九，天陰沉沉的，時至辰時，太陽還沒見蹤影。料峭的寒風，呼嘯著吹過驛館的屋頂，也吹遍了韓都鄭城的大街小巷；逼人的寒氣，襲上人們的臉龐，也襲入人們的衣袖脖項之中，讓人真真切切地知道：嚴冬來了。

因為惦記著青青，蘇秦還是不顧寒風，一大早就起來了。漱洗已畢，就準備出門了。

正在此時，突見儀衛長趙德官匆匆而來。

「有什麼事嗎？」蘇秦不禁吃驚地問道，因為這些日子趙德官一直無事不來打擾。

「武安君，韓王昨天晚上駕崩了。」

「啊？真的？」

「真的，一大早宮中就傳出了消息。」趙德官肯定地說道。

蘇秦愣了一下，然後吩咐道：

「快備車駕，往韓王宮。」

「武安君現在要進宮？」趙德官不解地問。

「當然，韓王駕崩，我是趙王特使，豈能不前往弔唁？這是基本的禮儀。」

「武安君說的是。」

趙德官答應一聲，便去準備車駕了。

日當中天之時，蘇秦從韓王宮弔唁出來。在回驛館的途中，突然遠遠看到有一座類似於門樓的建築物，高高聳立於前方東西走向的大街之上。蘇秦覺得奇怪，遂手指那個建築物，回頭問隨行的趙德官道：

「你看，那是什麼？好像是門樓，但怎麼會造在城中主街道上呢？」

「噢，武安君，您沒聽說啊？那就是韓王去年下令建造的高門，而今還沒落成呢。」

蘇秦一聽，心中頓感慚愧，這兩個多月來，自己沉溺於與青青的情愛中，連韓國這樣重要的事也沒耳聞。

正在蘇秦低頭慚愧之際，趙德官又接著說道：

「去年韓王下令起造這個高門時，楚國大夫屈宜臼正出使到魏國，聽到這個消息，他就對梁惠王說了一句話。」

「什麼話？」

「屈宜臼說：『昭侯不得過此門。』」

「噢？」蘇秦不禁為自己的孤陋寡聞而紅了臉。

趙德官沒有發覺蘇秦的這種心理變化，繼續說道：

「梁惠王問其緣由，據說，屈宜臼回答說：『昭侯修此門，不得其時。我所謂的時，不是時日的時，而是說一個人有利與不利的時。當初韓國有利強盛的時候，昭侯不築造高門。去年秦師攻拔韓國宜陽，今年韓國又全國大旱，昭侯不在此時撫恤人民，急人民之所急，反而窮奢浪費，這就是古人所說的「時絀舉贏」。』他的意思是說，昭侯不該在非常不利的時機做了一個非常不當的舉措。」

蘇秦見趙德官知道得這麼多，說得如此言之鑿鑿，更是慚愧得無地自容了。

回到驛館後，蘇秦決定從此不再去醉春院了，應該好好搜集一下諸侯各國的消息，了解天下輿情，以便為即將對韓國新君的遊說作準備。

周顯王三十五年十二月初九，也就是昭侯殯天後的一個月，韓國太子辦完了韓昭侯的喪事，正式宣佈繼承韓國王位，號稱韓宣惠王。

蘇秦聽到消息，頓然感到歡欣鼓舞起來。既然韓國新君即位執政了，那麼自己也就可以晉見並遊說他了。

正當蘇秦這樣想著的時候，日中時分，儀衛長趙德官突然推門而入，道：

「武安君，快快準備。新韓王已派使節來接您進宮晉見了，車駕已等在了門前。」

「啊？這麼快？新韓王不是今天剛剛宣佈即位的嗎？」

蘇秦儘管有點不相信趙德官的話，但是，探頭對驛館門口看了一眼，見到兩駕豪華的官家馬車確實停在了那裡後，他也就不得不信了。於是，立即在趙德官的幫助下，束髮正冠，換衣整裝。

收拾停當，峨冠博帶、氣宇軒昂的趙國之相、武安君蘇秦，便在韓王使節與趙國儀衛的簇擁下，驅使著浩浩蕩蕩的車隊，往韓王宮進發了。

不到半個時辰，車隊便到了韓王宮。在韓國宮使的導引下，很快蘇秦就到了韓王的大殿，見到了剛剛即位執政的韓國新君韓宣惠王。

「武安君，得罪，得罪！讓您在鄭城等了兩個多月。」當蘇秦小步疾趨，距離韓宣惠王還有二十餘步之遙時，韓宣惠王早已從王位上起立，並謙恭有禮地先開口了。

「大王，言重了！蘇秦只是一個外臣，多等幾日，何足道哉？」蘇秦一邊繼續加快了腳步迎了上去，一邊連忙回應道。

鞠躬拜揖，噓寒問暖地相互問候一番之後，賓主剛剛坐定，韓宣惠王就先開口道：

「寡人之國，地僻人稀，近年來又屢遭不利之事。先是賢相申不害過世，後是強秦趁火打劫，攻拔我宜陽要塞。接著又遭百年不遇的旱季，民生凋敝，國力大衰。先王憂患成疾，一病不起兩月有餘。上月初八夜裡，溘然長逝。」

蘇秦見韓宣惠王說到這裡，一臉的憂傷。遂連忙安慰道：

「國家亦如人，總會有順利與不利之時。好在這些都過去了，而今大王擔起韓國大任，相信韓國定有一番新氣象，韓國的振興也是指日可待的。」

「不過，韓國畢竟是個小國，寡人又是剛剛即位執政，沒有治國經驗，如何振興韓國，寡人計不知何出？」

蘇秦見韓宣惠王這樣說，立即捕捉到了遊說上題的時機。遂立即接口道：

「大王不必妄自菲薄，韓國雖小，其實在天下諸侯國中實力並不算弱。」

韓宣惠王聽了，立即誠懇地說道：

「武安君是人中之傑，士中之龍，周遊列國，見多識廣，對天下情勢洞若觀火，對各諸侯國的強弱與內政利弊瞭若指掌。今日武安君既然不遠千里，奉趙王之命，辱臨寡人之國，何不當面指教寡人一二？」

「大王抬舉了！其實，臣也只是個孤陋寡聞的人。若說對天下情勢洞若觀火，那是萬萬不敢當的。不過，對韓國的情況，臣自信還是知道一二的。」

「武安君不必謙遜，敬請明言。」

蘇秦見韓宣惠王這樣說，遂就直接上題了：

「請讓臣先說韓國地利。韓之北，有鞏、成皋之固；韓之西，有宜陽、商阪之塞；韓之東，有宛、穰、洧水；韓之南，有陘山。以此觀之：韓之山川，不可謂不險；韓之城池，不可謂不固。」

韓宣惠王點點頭，瘦削發黃的臉上開始充血紅潤起來。

蘇秦繼續道：

「韓國之地，接長續短，方圓也有九百餘里。就國土面積而言，不能說大，也不能說小。至於軍事實力方面，韓國在天下諸侯之中，尤其不可小覷。」

韓宣惠王一聽這話，立時坐直了身子，精神振作，容光煥發，接口問道：

「此話怎講？」

「大王不會不知道，韓國有帶甲持戟之士數十萬，天下強弓勁弩亦盡產之於韓。比方說，谿子、少府、時力、距黍，都是天下聞名的勁弩，其射程都在六百步之外。韓國有此利器，已是先聲奪人了。再加上韓國士卒向來勇武，平日操練又異常努力，舉足踏弩，彎弓而射，日操夜練，從不中止。遠矢之的，可括蔽洞胸；近矢之的，則鏑貫其心。韓國的弓弩天下聞名，韓國的劍戟則更是舉世無雙。比方說，產於冥山的棠谿、墨陽、合膊、鄧師、宛馮、龍淵、太阿，都是海內名劍，陸上可斷牛馬，水上可截鵠雁；臨陣當敵，揮而斬之，則若削泥斷樵。還有韓國士卒所穿戴的甲冑，如鞮鍪、鐵臂、革抉、籣芮，不僅一應俱全，而且件件精良。因此，以韓國士卒之勇，披堅甲，蹠勁弩，帶利劍，以一當百，自然是不在話下的。」

韓宣惠王一聽，不禁拈鬚而笑。心想，說得對啊，先賢早就說過：「工欲善其事，必先利其器。」雖說戰爭中武器不是決定一切的唯一因素，但刀利戈銳，甲堅冑固，則無疑是非常重要的。看來，寡人不必為國小兵寡而自卑。

蘇秦見說得韓宣惠王拈鬚而笑，知道說動了他的心。於是，突然話鋒一轉道：

「不過，臣最近聽到有一種說法。」

「什麼說法？」韓宣惠追問道。

「說韓國因為被秦國攻拔了宜陽，準備屈從秦國的淫威，要與秦國『連橫』。」

韓宣惠王一聽，立即紅了臉，道：

「武安君的消息，是從何而來？」

「也許都是諸侯國間的謠傳，臣也並不相信。臣以為，以韓國士卒之勇，以大王之賢，韓國是不會真與強秦『連橫』的，」

「為什麼不會呢？難道這於韓國的國家利益有什麼不利嗎？」韓宣惠王反問道。

「當然不利。大王，您想想看，如果要與強秦『連橫』，以秦國與韓國的實力對比，折節低眉，稱東藩，築帝宮，受冠帶，春秋納貢，交臂而服，俯首稱臣的，恐怕不是秦國，而是韓國吧。」

韓宣惠王默然了。

蘇秦見此，遂接著說道：

「以堂堂一個韓國，以大王的天縱英明與賢能，臣相信，大王斷不會做出這種使社稷蒙羞、使韓國列祖列宗蒙羞、讓天下人恥笑的決策的！」

韓宣惠王一聽，有些坐不住了，臉紅一陣，白一陣。

蘇秦知道這番話的後果，他這些年潛心研習師父的《揣意》、《摩情》二章，可以說對君王之心理早已經摸透了。他相信，韓宣惠王雖然年少軟弱，但他畢竟是人，而且好歹還是個一國之君，自尊心總是有的。只要讓韓宣惠王覺得與秦國「連橫」有辱韓國與他自己的尊嚴，那麼勢必就會激起他的憤怒。而只要他一憤怒，這「合縱」的事就有譜了。

想到此，蘇秦也不管韓宣惠王有什麼表情，繼續說道：

「再說了，大王即使能夠放得下自尊，摧眉折腰，屈尊事秦，也未必就能保證韓國的長治久安。相反，情況可能會更糟。」

「為什麼？」韓宣惠王終於沉不住氣了。

「大王，您也知道，秦國是個什麼樣的國家，那是虎狼之邦啊！秦王的貪得無厭，天下誰人不知。韓國如果答應與秦『連橫』，那麼韓國必然受制於秦，秦王必然要起覬覦韓國宜陽、成皐之心。如果這樣，今年大王向秦王獻效了宜陽、成皐，明年他若又要大王割讓其它之地，怎麼辦？就算大王真的心甘情願，長此以往，韓國又有多少地可以割讓？秦王的貪欲何時才能得到滿足呢？」

韓宣惠王看看蘇秦，默然無語。

蘇秦繼續道：

「如果大王不繼續割讓效獻，那麼最終必然是前功盡棄，韓國的滅頂之禍旋踵即至。臣以為，韓國之地是有限的，而強秦之欲是無限的。以有限之地而應無限之求，這豈不是求怨結禍之源嗎？如果這樣，韓國即使不與強秦有一兵一卒之戰，實際上已經是地削國敝了。」

韓宣惠王一聽，覺得蘇秦的話雖說得尖銳而不中聽，自己的面子上有些下不來，但確實是一針見血，說得中其肯綮，深刻警策啊！於是，情不自禁地點了點頭。

蘇秦見此，心想，有效果，繼續，不要半途而廢了！於是，又續而說之道：

「臣聽說有這樣一句俗諺：『寧為雞口，不為牛後。』這話雖然粗糙了點，但話糙理不糙。如果大王與強秦『連橫』，那韓國也就無異於不戰而交臂臣服於秦，這與甘於『牛後』何異？以大王之賢，挾強韓之兵，而有『牛後』之名，臣深為大王羞之。」

畢竟韓宣惠王年輕氣盛，血氣方剛，好衝動。蘇秦知道這個，所以他才引粗鄙之諺激怒他，喚起他作為一國之王的強烈自尊，從而決然毅然地聽從他「合縱」的計謀。

果然一切都在蘇秦的掌握之中，不出所料，韓宣惠王終於上了蘇秦的套。只見他勃然作色，攘臂瞋目，按劍仰天歎息道：

「寡人雖不肖，必不能臣服於秦。」

蘇秦見火候到了，遂直奔主題道：

「臣以為，為了韓國的長治久安，為了韓國數百萬黎民百姓的安危，大王不如允趙王之請，合山東六國而為『縱』親，天下一家，共拒強秦。如此，韓國安，天下安，百姓安，天下諸侯皆得安。今臣奉趙王之命，效愚計、奉明約於大王之前，希望大王深思之，熟慮之。」

聽到此，韓宣惠王終於明白了，遂爽快地答道：

「今趙王不棄寡人之國，武安君不辭遙遙千里路途之苦，以趙王之教，庭詔於寡人，韓國何其幸哉！寡人何其幸哉！寡人意已決，敬奉社稷以相從！」

## 4　深情說魏王

說服韓宣惠王加入了「合縱」聯盟，蘇秦緊接著的一個計畫便是遊說魏王。但是，自梁惠王過世後，魏國的時局至今仍不明朗。為了等待合適的時機，蘇秦只得在韓都鄭城又盤桓了一段時間。

周顯王三十六年（西元前三三三年）的二月十五，卯時未過，辰時未到，一輪紅日已從遠處的地平線噴薄而出。霎時，絢麗的朝霞佈滿天空，發出耀眼的光芒，韓都鄭城也頓時沐浴在一片燦爛的淺紅之中。

就在此時，蘇秦帶著對韓都的依依不捨之情，帶著「合縱」之盟又成功推進一步的喜悅，在浩浩蕩蕩的車仗儀衛的護衛下，緩緩馳出了鄭城。

坐在高馬軒車之上，不時拂拭著額前被微微春風吹亂的一綹頭髮，望著洧水兩岸柳枝上吐出的點點嫩綠的新芽，蘇秦敏感地意識到，春天的步履近了，又是一元復始，春回大地的時候了。感受著勃發的春天氣息，想著即將開始的魏國之行，蘇秦心中充滿了希望，心裡好像有一隻小兔在躍動、衝撞。

行行重行行，四月底，蘇秦浩浩蕩蕩的車隊抵達了魏國境內的焦城。

入城安頓未穩，儀衛長又來報告消息了：

「武安君，小人剛剛獲得一個重要消息。」

「什麼消息？快說！」蘇秦現在一聽有消息，就非常敏感。

「剛才驛館裡有人說，就在上個月，秦惠王起用魏國陰晉人公孫衍為大良造，率大軍渡河而東，攻拔了魏國要塞雕陰，並重挫了魏國之師。」

「噢？真有這事？」

「驛館裡的人說的，好像不會假。」

蘇秦沉吟不語。過了一會，他突然面露欣然之色，自言自語道：

「真是天助我也！」

這話雖然說得極輕極微，可是趙德官還是聽見了。於是，連忙問道：

「武安君為什麼這樣說？讓魏國人聽了，肯定不高興。」

蘇秦淡然一笑，順手關了房門，輕聲說道：

「虧你還是個儀衛長，這點道理也不明白！現在趙王要我組織以趙國為軸心的『合縱』之盟，要魏國加入進來。魏國是個什麼國家，當初還圍攻過我們的國都邯鄲，攻下邯鄲後，雖然最終歸還了，卻迫使我們趙王盟於漳水之上。如今，你要魏王尊趙王為盟主，他能放下身段嗎？」

「這倒是。」趙德官恍然大悟道。

「而今，梁惠王屍骨未寒，魏襄王初立，秦國就趁火打劫，對魏國如此重擊，你想這魏襄王是什麼感受？趙王要組織『合縱』之盟，其意就在聯合包括魏國在內的山東六國共同抗秦。但這個意圖，放在平時，恐怕魏襄王不易理解，要說服他加入以趙國為軸心的『合縱』之盟，恐怕更非易事。現在情況不同了，魏國新敗於秦國，在這個時候我們以『合縱』的意圖去遊說魏襄王，相信他不僅能夠聽得進去，而且會加深對魏國入盟『合縱』陣營意義的認識，了解魏國國家安全與『合縱』之計的關係。」

聽到這裡，趙德官不禁嘆服道：

「武安君看問題就是與眾不同，總有一種高屋建瓴之感！」

在焦城住了一宿，蘇秦就命車隊急急出發了。他要抓住最好的機會，去遊說魏襄王。

五月十五，日中時分，蘇秦的車隊在繞過魏國的逢澤之後，終於抵達了魏都大梁。

「武安君，您看！那是什麼人的車隊，那麼招搖？」剛剛進入大梁城，就見數十輛馬車迎面而來。趙德官連忙順手一指，向蘇秦報告道。

蘇秦抬頭看了一眼，漫不經心地答道：

「肯定是魏王使節的車隊，大概是要出使哪個諸侯國的。」

就在二人一問一答之間，那個車隊已經到了眼前，並且前面的一駕馬車就停在了蘇秦的車旁。

蘇秦覺得奇怪，心想，難道這車隊是沖著自己來的？

正在這樣想著的時候，那駕馬車上早已跳下了一個官差模樣的人，走到近前，鞠躬行禮後，開口說道：

「小人奉魏王之命，前來迎候武安君，本想出城二十里郊迎，沒想到武安君這麼快就進了城，真是失禮之至！」

趙德官一聽，不禁大吃一驚，道：

「魏王怎麼連武安君的行程都知道得如此清楚？」

蘇秦看著趙德官那副吃驚的樣子，淡淡一笑。因為看到魏王的車隊來迎，他心裡早就明白了，肯定自己遊說韓宣惠王的事已有耳目報到了魏襄王的耳中。不過，這也沒什麼奇怪的，自己作為燕、趙之相，又是趙國的武安君和趙王的特使，在韓國之都待了那麼長時間，豈能不透一點風聲？

想到此，蘇秦客氣有加地對魏王來使道：

「感謝魏王深情厚意！既然如此，那就煩請尊使前面引路吧。」

於是，兩個車隊匯為一隊，幾十駕馬車，上百匹高馬，幾百名儀衛，前呼後擁著蘇秦，浩浩蕩蕩地向魏王宮而去。

不到半個時辰，就到了魏王宮。魏王的宮使早已迎候在宮門之外，等著導引趙王特使去晉見魏襄王。

下車，升階，登堂，入室，大約花了一頓飯的時間，蘇秦便與魏襄王見面了。

行禮如儀，寒暄如儀。然後，賓主坐定。

蘇秦抬頭望了一眼魏襄王，見他年紀約在四十上下，雖然頭髮有些花白了，但精神還比較好，沒有未老先衰的跡象。

就在蘇秦打量魏襄王之際，魏襄王也已經將蘇秦打量了一番。見蘇秦舉止文雅，儀表不俗，氣宇軒昂，遂先在心裡有了好印象。

略略沉吟了一下，魏襄王便以主人身份先開了口：

「武安君不辭千萬里路途艱辛，辱臨寡人偏僻小國，魏國何等之幸！寡人何等之幸！」

「大王過謙了！魏國自來就是天下大國、強國，何來偏僻小國之說？」蘇秦立即客氣地答道。

魏襄王一聽這話，先歎了一口氣，然後緩緩地說道：

「此一時，彼一時！如今強秦崛起於魏國之西，先是奪了我河西之地，迫我父王東遷魏都於大梁。之後，又不斷傾起大兵，越河而東，蠶食我河東本土。上個月，強秦還派兵攻佔了我戰略要塞雕陰，殺死我將士無數。」

蘇秦見魏襄王說得悲觀，遂連忙接口道：

「大王何必介懷於區區雕陰一役！常言道：『勝敗乃兵家常事。』魏國的實力，天下人皆知；大王的賢能，天下人也皆知。只要大王內政、外交決策得當，憑魏國得天獨厚的優勢，何愁魏國不能振興？」

「武安君真的以為今天的魏國，還有什麼得天獨厚的優勢嗎？」

「當然有！先從地理上看，大王之國，南有鴻溝、陳、汝南，更兼許、郾、昆陽、召陵、舞陽、新都、新郪，東有淮、潁、沂、黃、煮棗、海鹽、無胥，西有長城之界，北有河外、卷、衍、酸棗，地之南北東西，接長續短，方圓亦有千里。」

魏襄王一聽，心想，對啊，雖然這些年來不斷遭秦、齊之敗，河西之地也被秦國強割，然而正如俗話所說，「瘦死的駱駝比馬大」，現在魏國國力雖衰，但地盤並不小，仍是一個疆域廣袤的大國啊！

蘇秦如此一數他的家底，他不禁欣慰地點點頭，似乎有了信心。

蘇秦見此，續又說道：

「魏國之地雖廣，但是沒有什麼不毛之地，也沒有什麼荒野無人之所。即使是一些名字偏僻、不為人知的地方，也是田舍廬廡相望，雞犬之聲相聞。到處是田肥地熟，想找一片刈草放牧的荒蕪之地也不容易。至於魏國人丁興旺，人民之眾，那是天下有名的；還有一點，也是天下諸侯沒有不知道的，這就是魏國戰車之多，駿馬之眾，日夜行而不絕，輷輷殷殷，若有驚天動地之勢。」

魏襄王覺得，蘇秦這話也不假，魏國地雖大，但人亦眾，沒有蠻荒與未曾開發的廢棄不熟之地。人多丁旺，則兵足；地廣田熟，則糧足。不同於北方胡、夷、戎、狄之國，地廣人稀，地雖大，國不強。

於是，魏襄王又贊同地點點頭。

蘇秦繼續道：

「再從國力與軍力來看，臣以為，大王之國都不在楚國之下。只是有一點，希望大王吸取以往的教訓。」

「哪一點？」魏襄王急切地問道。

「魏處山東，與燕、趙、齊、楚、韓五國本為一體，合則同興，分則同亡。若是同室操戈，只會自求衰弱。」

魏襄王一聽，就知道蘇秦所指的是其父梁惠王當初在山東諸侯國間到處樹敵的事。於是，望了一眼蘇秦，沒有言語。

蘇秦心知其意，接著說道：

「而今強秦崛起，已是不爭的事實。魏國的國勢今非昔比，也是不爭的事實。至於秦對魏的覬覦之心，更是天下人人皆知。因此，要復興魏國往日的輝煌，或說維持魏國的國運，大王除了要處理好內政，更要在外交上決策得當。」

魏襄王覺得蘇秦的這一分析非常在理，遂立即誠懇地問道：

「寡人執事未久，又不曾聞聽過什麼治國安邦的長策，不知武安君有何高明之策，以教於寡人？」

蘇秦一聽這話，覺得上題的好機會到了，遂接口就道：

「高明之策不敢說，但臣有一句忠言，倒是想開誠佈公地上達大王。」

「武安君請直言。」

「臣聽說，最近不斷有一些別有用心之徒，操『連橫』之說，日夜強聒於大王耳畔，慫恿大王與虎狼之秦為盟，助紂為虐，以侵天下。臣以為，這無異於玩火。有句老話，叫做：『玩火者必自焚。』希望大王深思之，熟慮之！」

魏襄王一聽，默然無語，既不承認，也不否認。

蘇秦見此，遂接著道：

「如果大王果真聽從『橫人』之謀，與強秦『連橫』結盟，以侵天下；那麼結果怎麼樣，不知大王想過沒有？」

魏襄王見蘇秦話問得生硬，遂反問道：

「武安君以為呢？」

「臣不敢想像！大王，您想想看，一旦魏國助強秦侵害天下諸侯到了一定程度，強秦的勢力勢必更加強大。到那時，如果強秦背棄前盟，再掉過頭來對付魏國，那麼，結果會怎麼樣呢？」

魏襄王默然無語。

蘇秦繼續道：

「臣以為，真的到了那一天，山東諸侯見到助紂為虐的魏國也有自食苦果的一天，他們只會坐觀強秦吞併魏國，而決不會援手相救的。而現在勸說大王與秦國結盟的『橫人』呢，相信他們也是絕不會顧恤魏國的禍福災殃的。因此，臣一直認為，挾強秦之勢，以內劫其主，求一己之利，其罪之大，無過於此。魏，乃天下之強國；王，乃天下之賢主。若是與強秦『連橫』，則勢必要對強秦摧眉折腰，屈節稱臣，稱東籓，築帝宮，受冠帶，春秋納貢於秦王。如此，大王不以之為恥嗎？」

魏襄王覺得蘇秦這番話雖是力斥主張「連橫」之人，但其分析，並非門戶之見，亦無政見相異之偏私。從長遠戰略上看，魏國與秦國「連橫」結盟，無異於是飲鴆止渴，確實是非常不明智的決策。然而，魏國不像其他諸侯國，遠離強秦，而是就在秦之毗鄰。而今魏國河西之地又失，秦師朝夕之間便可渡河而東，攻城掠地。如果完全不考慮「橫人」的「連橫」之計，那麼魏國就有近憂啊！

想到此，他便反問了蘇秦一句：

「可是，武安君也知道，今日之魏，已非昔日之魏。秦據河西，魏居河東。秦師朝發河西，則夕至河東，寡人如果拒絕與秦『連橫』，那麼強秦之師打過河東，寡人又該如何呢？」

蘇秦一聽，這下終於明白了。原來，魏襄王不是不知道聽計於「連橫」者之弊，而是實出於懼秦之心，認為今天的魏國已經不是強國了，根本就不是秦國的對手。看來，需要鼓勵一下魏襄王，讓他對魏國有信心。

於是，蘇秦就對症下藥地申述道：

「臣聽說：當初的越王句踐，兵敗國亡，屈身而事吳王，臥薪嚐膽，十年生息，十年備戰，最終以戰敝散卒三千，而擒吳王夫差於幹遂；武王伐紂王時，開始也是勢單力薄，兵少將寡，僅驅卒三千，革車三百，以與暴紂相抗。結果，不還是得道多助，終斬暴紂於牧野嗎？以此觀之，勝負之數，豈可僅以士卒眾寡而論？縱觀古今，明主賢君若能怒其心，奮其威，則天下何敵不克？」

魏襄王一聽，心想，有理！曾記得魯國先賢曹劌說過一句名言：「戰者，勇氣也。」跟剛才蘇秦所說「若能怒其心，奮其威，則天下何敵不克」意思一樣。曹劌當初不正是憑其驚人的勇氣，以弱小之魯戰勝強齊大國於長勺嗎？

想到此，魏襄王信心上來了。於是，急切地說：

「先生請道其詳，以教寡人！」

蘇秦見此，知道火候差不多了，於是又加了一把火，道：

「臣聽說，大王有披堅執銳之士二十萬，蒼頭勇士二十萬，奮擊死士二十萬，另外還有廝徒雜役十萬；戰車超過六百乘，驃騎多於五千匹。以此觀之，大王若與句踐、武王相比，不知要勝過多少倍了！」

魏襄王聽到這，信心陡起，遂連連點頭。

蘇秦見此，遂繼續發揮道：

「魏國既然有如此的優勢，那麼，大王為什麼要視而不見，卻要妄自菲薄呢？臣以為，大王若要振興魏國，就一定不能聽從『橫人』之計，更不可脅劫於群臣之說，為求一日之苟安，而去折節屈尊，臣事於秦王。如果大王不能明白這個道理，那麼魏國想要振興，甚至是維持今日的現狀，也是不可企求的！」

魏襄王看了看慷慨激昂的蘇秦，沒有說話。

蘇秦說到關鍵處，也就不再看魏襄王的表情了，遂自顧自地又說了下去：

「為什麼這麼說呢？其實，道理非常簡單。如果大王答應與秦『連橫』，那麼就得折節事秦，就得向強秦割地獻效。這樣一來，豈不是兵未用而國已虧嗎？」

魏襄王覺得這話沒錯，遂點點頭。

蘇秦見此，遂更有信心地說道：

「臣以為，山東各國之臣，凡建言國主與秦『連橫』者，皆為奸人，不是忠臣！作為人臣，不想著為其主開疆拓土，卻整天想著割其主之地，以求結歡娛強秦；作為人臣，不想著為其主治國平天下分憂擔責，卻挖空心思要偷取一時苟安，而不顧其後果；作為人臣，不想著助其主開源節流，理財富民，卻腦筋歪用，一心想著要破公家之財而中飽私囊；作為人臣，不想著怎麼向其主進獻強兵保國之策，而是吃裡扒外，外挾強秦之勢，割其主之地，以資強敵。大王，您想想看，這種人臣，到底是何居心？」

這一番話一出，魏襄王殿上之臣，個個噤若寒蟬，大家連大氣也不敢出一聲。

其實，這是蘇秦的一個策略，是一種心理戰，因為任何人都怕被戴上奸臣與賣國賊的大帽子。此時，即使魏襄王之臣中真有主張與秦「連橫」者，被蘇秦先戴上這樣一頂大帽子，即使他真有什麼不同意見，也不敢開口了。

蘇秦看看魏襄王，再掃視一眼殿上的魏國其他大臣，然後，引經據典，得出了下面的結論：

「臣記得《周書》有言：『綿綿不絕，蔓蔓奈何？豪氂不伐，將用斧柯。』青青小草，本是微不足道，可是如果不早日剪除，等它變得蔓蔓其盛、綿綿不絕的時候，就是動用斧子，也是難以根除了。治國為政，道理也是一樣。如果前慮不定，那麼其後就必有大患，屆時要想挽回，恐怕也就無能為力了。大王若真能聽臣之策，允趙王之請，合山東諸侯而為『縱』親，同心合力，六國一意，則必無強秦之患，並可永保山東諸侯各國長治久安、魏國江山社稷無纖毫之患。今臣奉趙王之命，不遠千里而來，效愚計，奉明約，目的就是要聽大王之命！」

這番話給足了魏襄王面子，也更加堅定了他「合縱」入盟的決心。

果然，魏襄王被說服了。蘇秦話音剛落，他便語氣堅定地當廷宣示道：

「寡人不肖，從未對江山社稷之事想得那麼久遠。今日有幸聆聽武安君如此一番教誨，真是如同醍醐灌頂，茅塞頓開。又蒙武安君以趙王之命教之，更是感激不盡。若武安君真有『合縱』而安天下之志，則寡人敬以敝國以相從。」

## 5　故國青山月明中

成功地說服了魏襄王，讓蘇秦終於鬆了一口氣。

周顯王三十六年五月十五的夜晚，魏都大梁的天空清澈湛藍，月明星稀，清風習習。蘇秦徜徉在驛館的花園中，望著一輪銀盤般皎潔的明月，沐著初夏涼爽的晚風，蘇秦的心情有著說不出的舒暢。因為他比誰都清楚，說服魏襄王遠比說服燕文公、韓宣惠王要重要得多。至於說服的難度，不僅不是說服燕文公、韓宣惠王的難度可比，甚至比說服趙肅侯的難度都要大。其中的原因非常簡單：魏國緊鄰強秦而居，入盟了「合縱」陣營，就等於公開與秦國撕破了臉皮，向秦國提出了挑戰。這對魏襄王和魏國來說，自然都是一個非常大的壓力。因此，在此之前，他對說服魏襄王是信心不足的。而今，魏襄王終於被說服了，這也就意味著「合縱」大計即將全面成功，至少可以說他的計畫已經到了一個重要的轉捩點，意義自然非同尋常。

邊走邊想，不知不覺間，蘇秦已經在園中繞行了幾十圈，戌時已過。

「少爺，時辰不早了，該回去休息了。」一直跟在身後的秦三提醒道。

「噢！」蘇秦一邊有口無心地答應著，一邊繼續繞園走著。突然間，他抬頭凝神望了一眼天空，發現今夜的月亮大圓又大。

「秦三，今天是什麼日子？」

「少爺，你不記得啊，今天是五月十五啊！」

「噢，十五。」蘇秦默默地點點頭，然後癡癡地仰望著那輪又圓又大的月亮。

好久好久，秦三見蘇秦一直望著月亮而默然無語，心知主人大概是見月而起思鄉之情了，遂輕聲問道：

「少爺是不是想家了？」

蘇秦沒有吱聲，繼續望著月亮。

秦三理解此時主人的心，也就不再說話，默默地站在一旁陪著。

大約有一頓飯的功夫，蘇秦終於低下頭來，旋即又繞園走了起來。

又走了好一會，秦三終於忍不住了，小心翼翼地提醒道：

「少爺，時辰真的不早了……」

「噢。」蘇秦終於停下了腳步，抬頭又望了一眼那輪又大又圓的月亮，這才慢慢地踱回了驛館。

可是，睡下了很久，卻怎麼也睡不著。輾轉反側之中，不僅睡意全無，而且意識越發的活躍，一會兒想到十年前三山之上，隨師父鬼谷先生苦讀三年的歲月；一會兒又憶起東游六國，失意而歸的途中，與秦三一同過馬陵隘道所見的斷屍殘骸與累累新墳；一會兒又浮現出當年蓬頭垢面回到洛陽時，鄉鄰們的的議論與眼光，還有嫂子的白眼、妻子的冷淡、爹的沉默、娘的尷尬；一會兒又想起三年前折節讀書，青燈孤影的景象，以及鐵錐刺股而險些丟了小命的驚險一幕；一會兒商君被五馬分屍，自己咸陽獻策卻遭遇秦惠王冷淡的往事又浮上腦海；一會兒易水渡口冰封河面，漫天飛雪，主僕三人險些凍餒而死的情景又歷歷在目；……

無數的往事連翩而至，讓蘇秦越想心裡越感慨，越想時間越難捱。

翻來覆去，三個時辰過去了，還是睡意全無。實在難捱極了，蘇秦終於下定了決心，如其這樣難受地捱在床上，不如索性起來。於是，便在黑暗中披衣而起，摸索著走到靠西的那扇窗前，一伸手推開了那扇小小的木窗。剎那間，月光如流水般地泄了房內一地。

仰望窗外，月亮已經漸漸西沉，在淡淡的晨曦中越發顯得又圓又大。凝神觀照中，蘇秦的思緒飛回到了十年前洛陽的那個不眠之夜。

「香香，怎麼還沒睡著？」

新婚三個月，這樣折騰大半夜還不能入眠的事，夫妻倆還都是第一趟。

「你說俺，你自己不也是一樣？咋一夜翻來覆去呢？」

「明天就要離開你，俺心裡有些捨不下。」

「捨不下，那為啥還要走呢？」

「俺這不都是為了出人頭地，為了俺蘇家榮光嗎？」

「你就知道自己出人頭地，知道你們蘇家光宗耀祖，那你想過俺嗎？」說著，香香一扭身，把面背了過去。

他知道妻子大概是生氣了，遂連忙從身後抱住她，溫存地說道：

「俺怎麼沒想到你呢？俺出人頭地了，如果僥倖封賞拜相，那你不就是貴夫人了？你說，俺這不是為了你嗎？」

香香沒有吱聲，翻了幾個身，卻和衣爬了起來，並順手推開了西窗。頓時，房內一片明亮，原來是外面的月光像水銀泄地一樣灑滿了一室。

見妻子從睡席上起身，他也跟著起來，並從身後溫柔地抱住她的細腰，一同倚窗望月。

二人溫存了一會，突然香香說話了：

「你看，今晚的月亮多圓多亮！」

「因為今天是十五。」

「月圓了，人卻……」

見妻子語帶感傷而哽咽著說不下去，他連忙安慰道：

「俺會快去快回，如果順利，俺把你接出去，也讓你看看外面的世界，讓你享受一下做貴夫人的榮耀。」

「不知俺有沒有那個福份。」

「別說傻話了，怎麼沒有？俗話說『夫貴妻榮』嘛！」

香香默然。良久，突然指著漸漸西沉的月亮說道：

「以後你在外頭，晚上看到月圓，會不會想到俺？」

「你是俺的心頭肉，無論走到天涯海角，你都永遠在俺心中。」

香香聽了這句話，好像有點感動，轉過身來緊緊地抱住了他。

他也有些激動，突然一下將香香抱起……

佇立西窗，蘇秦一邊望著月亮慢慢西沉，一邊想著十年前與妻子香香月夜倚窗的往事，不禁感慨萬千，心裡默默念叨著：

現在，邙山之巔的月兒也該西沉了吧。香香，今夜你是否也和你夫君一樣，望著窗外的明月，遙想著夫君於萬水千山之間呢？香香，是否每到月圓之夜，你都是這樣久久地凝望遠山之上的明月，把自己的夫君深深地念想呢？被外人嘲笑，被嫂嫂閒話後，香香，你是否萌發過錯嫁了郎君的悔意？夜深人靜後，香香，你是否曾經有過悔教夫君覓封賞的念頭？如果有，那麼，香香，夫君我今天可以問心無愧地告訴你：你沒有看錯郎君，你沒有白白思念與期待，你的夫君現在終於成功了，他已經是一個堂堂正正的士，威儀萬方的趙國武安君，是一個威風不減君王的官身了！

念叨完妻子香香，情不自禁間，蘇秦又想到了爹娘。也許爹娘現在還在夢鄉，他們並不知道他們的兒子此時正在異國他鄉倚窗西望，思念著他們，而且很想親口自豪地告訴他們：「爹、娘，你們的兒子沒有讓你們失望，你們的兒子今天又成功地說服了魏王，兒的人生志望與理想——「合縱」安天下的目標就要實現了。兒不是一個不切實際的空想家，而是一個恭行實踐的實幹家。從今而後，蘇家人再也不會被別人嘲笑了，因為你們的兒子再也不是以前那個到處受人白眼、遭人嘲笑的遊士了，而是大國、強國的趙國武安君，是一人之下，萬人之上的官身。爹，您老現在大可以告慰俺蘇家的列祖列宗：蘇家振興了！」

除了思念妻子，想念爹娘，蘇秦也深深地念著他的獨子虎兒。兒子都十歲了，但父子之間卻因聚少離多，很少有交流的機會，以致彼此之間印象都很模糊。此時此刻，他覺得虧欠兒子太多，他很想親口問問兒子：「虎兒，當你看到別人父子相親時，你是否在心裡恨過爹？會不會認為爹是個無情的人，只知為了自己的理想，整年整月在外奔波，甚至幾年不回家，絲毫沒有一點舐犢之情？如果你這樣想，那就錯了。其實，爹也是個有血有肉、有情有感的人，爹實際上是深愛著你的，很想天天與你廝守在一起，享受天倫之樂。每當爹看到別人的孩子，爹就會想到你，想聽聽你的哭，聽聽你的笑，看看你拖著鼻涕，撒潑打滾的胡鬧。爹還想跟你玩騎馬，讓你騎在爹的脖子上……」

好久，好久，突然一陣涼風襲來，讓倚窗西望的蘇秦不禁打了個冷顫，這才幡然醒悟，月兒已經不見了，天快亮了，新的一天又開始了。

# 第八章　折衝樽俎，六國博弈

## 1　運籌帷幄裡

周顯王三十六年五月十六，一夜無眠的蘇秦，一大早就起來了。因為昨夜他已經作出了決定，今天要起程向東，迅速趕往齊國都城臨淄遊說齊王，趁熱打鐵，最終將「合縱」聯盟組織起來。

然而，就在蘇秦正要驅車出發之時，突然趙國使臣急急來到，說有重要情況向武安君通報。

原來，就在蘇秦從韓國都城鄭趕往魏國都城大梁的路上，山東強國齊舉兵北攻燕國的權。燕文公知道國小，終究是敵不過齊國大兵的。於是，連忙派出兩路人馬，快馬加鞭，一路向西求救於秦，因為秦惠王剛剛把女兒嫁給了自己的兒子，不至於見親家之國燕有難而不救的。另一路，是往南求救於趙肅侯。雖然燕、趙現在還沒有訂立盟約，但蘇秦說趙後，趙王已經允諾「合縱」，這個情況蘇秦早就派人回去向燕文公作了稟報。因此，燕文公判斷，現在燕國向趙求救，從道義上來說，趙王大概不會袖手旁觀的吧。

卻說秦惠王接到燕文公使臣急如星火的求救消息，馬上派魏冉為使臣，披星戴月，飛馬到趙都邯鄲，請求趙王能夠出兵相助自己的親家燕文公。秦惠王之所以作出這一決策，是基於兩個考慮，一是秦國距離燕國太遠，中間隔著魏、韓、趙以及北邊的林胡、樓煩和中山等國，秦國即使得到魏、韓等國的借道許可而出兵援燕，恐怕也是遠水救不了近火，等到秦兵真的趕到，戰爭可能早已結束，自己的女兒恐怕也早被齊王虜去享受了。第二個考慮是，秦國曾多次與趙國「連橫」攻打過當初的天下第一霸魏國，兩國還多少延續了一些「連橫」關係。

可是，秦惠王沒有想到的是，曾經被自己冷淡的蘇秦，已在去年八月說服了趙肅侯，答應與燕國「合縱」。因此，秦使魏冉到趙求見，遊說趙肅侯相助燕國反擊齊國，趙肅侯就感到左右為難。左難是，秦國是強國，得罪不得，燕國又是秦的親家，再說趙、燕已成了蘇秦「合縱」的成員國，燕有難，趙不相助，既得罪了強秦，又對燕失了道義。右難是，齊國是山東大國、強國，又在自己近旁。助燕擊齊，無疑是惹火上身。作為一國之王，他必須把自己國家的利益放在第一。所以，趙肅侯想來想去，好多天都沒有明確回覆秦使魏冉。

恰在趙肅侯猶豫之際，齊國的探子早已獲悉秦使至趙、慫恿趙王出兵助燕的情報。齊宣王一聽，覺得情況不妙，如果秦國與趙國摻和進來，那麼齊國是吃不消的。左思右想，齊宣王無奈，只得請田嬰處理這一緊急情況。

田嬰和齊宣王同是齊威王之子，宣王是長子，田嬰是幼子。齊威王在世時，田嬰最得威王之寵，而且威王也予其很大的權力，加上他又有自己的一幫人馬，文武能人如雲，全都聚於他的門下，真可謂是權傾朝野。齊威王過世，齊宣王即位執政後，田嬰還擺當年的威風，不怎麼買齊宣王這個哥哥的賬，因此宣王心裡就非常忌恨田嬰。可是，現在國家處於危急關頭，齊宣王不得不求助於他這個能幹的弟弟田嬰。

田嬰果然了得，他接到宣王的任務，立即召來他的謀士魏處，讓他迅速趕往趙國之都邯鄲，與秦使魏冉展開一場外交博弈。

魏處受命，到達趙都邯鄲後，不是先去求見趙王，而是找到趙王的大臣李兌，遊說道：

「如今齊、燕交兵，鏖戰正酣。趙國如果發兵助燕，那麼齊國必急。齊國急，必然割地與燕國媾和。而一旦齊、燕和合，則必然合兵一處，並力而與趙國相戰。如此一來，趙國助燕，最終又有何利可圖呢？」

李兌一聽，覺得也有道理，但沒有表態。

魏處見李兌不為所動，遂說之以利道：

「在下聽說過這樣一句古訓：『智者千慮，必有一失；愚者千慮，必有一得。』在下雖然愚魯，不過，在下思慮再三，覺得有句忠言，不妨進獻給大人，以為參考。」

「什麼忠言？」李兌至此終於脫口而問道。

「在下以為，齊、燕交戰，為趙國計，大人不如諫說趙王，不妨應燕國之求，應秦王之求，發兵馳援燕國。不過，趙國可以兵出而不戰。如此，則於趙利莫大焉。」

「兵出而不戰？」李兌不禁又脫口而問道。

魏處見李兌明顯是心有所動，遂趁熱打鐵地申述其說道：

「趙國援兵既出，那麼秦王必歡，燕王亦喜。然而，趙國兵出而不戰，齊師不知究竟，必然疑而不進。齊師不進，則燕師戰備必然鬆弛。而燕師戰備一鬆弛，那麼齊國之師就會覺得有機可乘，必然再與燕國之師交戰。如此一來，齊、燕之戰，便會難捨難分，曠日持久了。」

「難捨難分，曠日持久，那又怎麼樣？」李兌突然插了一句道。

魏處一聽，呵呵一笑道：

「如果齊、燕之戰曠日持久，那麼，趙國就會有利可圖了。」

「此話怎講？」李兌急切地問道。

魏處一聽，覺得這一下真的是到火候了，於是一鼓而下道：

「如果齊、燕二國打得曠日持久，必然兩敗俱傷。齊國雖然強大，但時間一長，即使最後能夠戰勝燕國，也要因此而弄得國敝兵疲。當此之時，如果趙國之師乘機而起，不費吹灰之力，便可輕取燕國的唐和曲逆。反之，如果齊國最終不能戰勝燕國，那麼齊國的命運就要懸之於趙了。因此，齊、燕相攻，而趙國按兵不動，坐而觀之，必能一舉而使齊、燕二國俱困。如此，燕、齊之勝負皆運之於趙國之股掌，趙王何樂而不為呢？」

李兌沉吟良久，覺得魏處之計，雖然對於燕國來說是有些不講道義，但於趙國來說，卻是最上算的策略。但他卻不動聲色，對魏處之見不置可否，沒有明確表態。

可是，還沒等魏處出門，李兌就立即向趙肅侯轉達了魏處之策。趙肅侯一聽，果然是好計，就採納了。他也管不了那麼多了，反正此計確實對趙國是最有利嘛！

卻說蘇秦獲悉齊、燕正在交戰的消息後，立即修書二封，一封給趙肅侯，陳述燕、趙「合縱」大義；一封給燕文公，讓他不必驚慌，並設了一計，讓他如何應對。

可是，由於趙國聽從了魏處之計，採取了兵出而不戰、坐山觀虎鬥的方針，結果，燕國的權之戰再度失利。

這時，燕文公就真的急了，不知如何是好。就在他一籌莫展之際，蘇秦從魏都大梁派使者送來的緊急書信到了。燕文公拆閱後方知，蘇秦一邊修書給自己，要自己揚言以燕地合於齊國相威脅，逼趙王出兵助燕；一邊又同時修書給趙王，申述了趙、燕「合縱」的宗旨。燕文公看完書信，也就心定多了。

就在燕文公剛剛放下蘇秦書信的同時，噲子突然來見。他是燕文公的長孫，太子的長子。

燕文公見噲子不宣而至，覺得奇怪，正想問他所來何為時，噲子卻沒有跟爺爺問候見禮，就貿然地開了口：

「爺爺，權之役，燕師再戰而不勝，趙國兵出而不戰，其意是在坐收燕、齊兩疲之利。孫兒現在倒有一策，相信定能讓趙國出兵救燕。」

「哦？什麼妙策，不妨說來聽聽。」

「爺爺，趙國不是兵出而不戰嗎？我們何不揚言說要割地與齊國媾和呢？」

燕文公一聽，不禁喜出望外。沒想到，長孫噲子如此小小年紀，竟有如此的謀略，如蘇秦剛才書信中所呈之策不謀而合。於是，便進一步考問他道：

「割地與齊國媾和，那麼，對我們燕國又有什麼好處呢？」

「割地求和，並不是我們的本意，只是為了恐嚇趙王罷了。一旦我們放出與齊國媾和的風聲，趙王一定會猜想，是不是我們要與齊國合兵一處來對付趙國。這樣一來，為求自保，趙王還能不趕快出兵救燕嗎？」

「何以見得？」燕文公又故意進一步考問道。

「爺爺，您想，如果燕國與齊國真的媾和結盟，燕國有齊國為倚靠，那麼從實力對比來看，則是燕國為重，趙國為輕。而今趙國縱使不救我們，往後也會卑躬而臣服於我們燕國的。」

燕文公聽完，不禁拈鬚而笑，心想，燕國有此年少有為的儲君，自己還何憂之有呢？

於是，燕文公就依蘇秦與長孫噲子之策而行，故意讓人放出燕欲以地合於齊的風聲。結果，趙王果然懼怕這一招，加上剛剛又接到蘇秦申述「合縱」宗旨的書信，想想此時再不出兵助燕，就有點說不過去了。於是，趙肅侯就傳令出兵救燕。

可是，沒等趙兵與齊兵接戰，齊師已經開始撤退了。

## 2 張丑說魯公

卻說燕文公一聽趙國出兵，齊師撤退的消息，以為齊國果真怕了趙國。由此，他更堅信蘇秦要自己以趙國為軸心進行「合縱」抗秦的策略是正確的了，因為趙國果然厲害無比。

其實，燕文公想錯了，事實根本不是這麼回事，而是別有玄機。

原來，六月底，正當齊宣王大軍再次攻打燕之權，大敗燕師，並欲乘勝追擊，進軍燕都薊時，楚威王六月中旬就已派出的大軍，此時已悄悄地逼近了齊國的戰略重鎮徐州。這真應了一句老話：「螳螂捕蟬，黃雀在後。」

齊宣王得到楚國大軍向齊國徐州逼來的消息，遂立即下令從燕國抽回大軍，並派大將申縛為將，回護徐州，迎擊楚師。

楚威王此次出兵向齊，既非乘齊、燕二國交戰而趁火打劫，亦非無緣無故，而是有著其深刻淵源的。

早在大前年，即周顯王三十三年，魏惠王因為在東西二霸齊、秦的夾擊下不斷慘敗，在國力大衰的情況下，為了生存和保持實力，以圖日後東山再起，採納了魏相惠施的建議：「以魏合於齊、楚以按兵。」惠施認為，魏國之所以國力衰退到今天這個地步，都是因為齊、秦二國的緣故。齊一敗魏於桂陵，二敗魏於馬陵。秦則以商鞅為將，敗魏公子卬而割走了魏國的河西之地，從此魏國才兵敗地削，一蹶不振。對於當時魏國朝野上下出現的兩種意見，一是合秦、韓以攻齊、楚，二是合齊、楚以擊秦、韓。惠施覺得，這兩種意見都不可行。於是，建議魏惠王「不如變服折節而朝齊」。齊、楚都是大國，魏合齊，則齊更強，對楚形成了威脅。如此，則必然激怒楚王。楚王怒，則必起兵伐齊。這樣，可以讓齊、楚兩個身邊的強國互相消耗，也可以報齊國兩敗魏國之仇。

魏惠王覺得惠施之計有一箭雙雕之妙，於是同意。接著，惠施就通過自己與齊國之相田嬰的特殊關係，說服齊宣王採納了魏、齊合盟的策略。這樣，就有了魏惠王於大前年和前年（周顯王三十三年、三十四年）兩次偕同韓國及其它一些小國之君入齊朝見齊宣王，分別會於齊境之平阿、甄的事件。兩次朝齊，魏、韓兩國之君都是戴著布冠，折節變服而朝齊王的。去年（即周顯王三十五年）魏惠王卒，其子魏襄王即位執政。有鑒於前年秦拔韓國宜陽的教訓，同時表明魏國新的政權仍將延續先王魏惠王「合於齊」的政策，魏襄王又帶同年老的韓昭侯入齊，與齊宣王會於徐州，再次表明魏、韓等國尊齊為王的外交政策。不過，這次齊宣王也給了魏襄王一個面子，承認魏襄王的王號仍然有效，這就是去年在諸侯國中鬧得人人皆知的「徐州相王」事件。

本來，楚威王對魏惠王這幾年來向齊宣王投懷送抱的行為就大為不滿，對齊宣王以山東獨霸之態出現的嘴臉更是看不慣，心想，你齊宣王在山東稱老大，你把我楚威王放哪？這樣，以「徐州相王」為導火索，齊、楚兩王就鉚上勁了，兩隻老虎就互相防範並算計著對方了。

正好今年（周顯王三十六年）五月中旬，齊宣王派大兵攻打燕國的權，秦、趙、燕、齊還為此進行了一場激烈的外交博弈。楚威王見此，再也坐不住了，這下該對齊國動手了。於是，趁齊、燕交戰正酣之時，就悄悄地進行了備戰，同時還通過外交上的攻防戰，拉攏了魯國加入自己攻齊的陣營。

正如老話所說：「世上沒有不透風的牆。」更何況齊宣王要爭霸，他早就把他的探子派到了秦、魏、韓、燕、趙、楚等六國，甚至魯、宋、越、中山等小國，也佈置了他的諜報網。

齊宣王獲知，楚威王正利用齊、燕在權之前線鏖戰之機，要伴同魯國一起對齊用兵，深以為憂，不知如何是好。因為他知道，僅一個楚國，在正常情況下就足以讓齊國吃不消，更何況現在齊國的大軍都在燕國境內的前線作戰，齊國後院空虛。如果楚威王真的拉上魯國，從齊國的南部邊境全面發起進攻，那麼齊國肯定要被打得落花流水的。

正在為難犯愁之際，大臣張丑向齊宣王請命道：

「大王不必憂患，臣請求出使魯國，讓魯國保持中立就可以了。」

齊宣王一聽，可高興了！感到張丑真是一個「食君之祿，擔君之憂」的好臣子。於是，就派出了張丑至魯活動魯君，希望魯國不要攙和到齊、楚之爭中。

就在張丑披星戴月，急如星火地從齊都臨淄飛馬疾馳，趕往魯國都城曲阜之時，楚威王和魯景公的軍隊已經出發，正急急向北，往齊國重鎮徐州推進。

好在從齊都臨淄到魯都曲阜的路程並不太遠，張丑沒有幾日就到了魯國，見到了魯國之君景公。

魯景公知張丑所來為何，於是劈頭就問道：

「齊王怕魯了吧？」

張丑一聽，心想，這老傢伙口氣不小，俺堂堂大齊國，還怕你屁股大個的魯國，真是自不量力。想到此，他就不卑不亢地回了一句：

「非臣所知。」

魯景公一聽，心裡不禁好笑，既然不知道你的國君的心理，你來找寡人幹什麼？於是就沒好氣地問道：

「不知？先生所來何為？」

張丑見問，心想，我剛才只是調調他的胃口，沒想到他沒耐心，好，那就不玩了，上題吧。於是，接口道：

「臣來吊足下。」

魯景公一聽，更來氣了。心想，寡人又沒死，魯國又沒遭天災人禍，你來吊慰什麼？這人怎麼這麼說話？要不是看在你是大國齊的使臣份上，寡人早就喝令人把你這個老東西叉出去了。

強壓住怒火，魯景公質問道：

「你吊寡人什麼？」

張丑見魯景公動氣了，立即調整策略，語調平緩、態度誠懇地說道：

「臣以為，作為魯國之君，您的這次決策並不明智！齊、楚交戰，您不助勝者，而助不勝者，這是為什麼呢？」

魯景公一聽，不禁火冒三丈。心想，你張丑只是區區一個齊國使臣，竟敢直言不諱地批評我一國之君的決策錯了，認為寡人應該與勝利者齊宣王聯合，不應該與不能取勝的楚威王聯合。這軍隊才剛剛開出去不久，還沒打呢，你怎麼就那麼有把握地說齊國必勝，楚國必敗，說寡人聯合楚國的決策錯誤了？

想到此，魯景公沒好氣地厲聲反問道：

「齊、楚之戰，你以為誰勝誰負？」

張丑一見魯景公的態度與語氣，知道他真的生氣了。又聽他拿齊、楚交戰的最終結果來反問自己，知道麻煩了。這楚國是個大國、強國，並不在齊國之下，況且齊國軍隊現在還在燕國作戰呢，齊國最終能不能戰勝楚國，誰能說得準呢？

魯景公見張丑愣在了那裡，半天說不出話來，頓然得意地冷笑了一聲。

張丑突然靈機一動，立即回了魯景公一句道：

「鬼也不知。」

魯景公一聽，立即反脣相譏道：

「鬼也不知，先生何以吊寡人？」

說完，魯景公看看張丑，又面露得意之色。

張丑看在眼裡，急在心裡。沉吟了一會，他突然微微一笑。

「你笑什麼？」這回輪到魯景公急了。

張丑先抬眼看了看魯景公，然後從容不迫地說道：

「齊、楚二國，勢均力敵，天下人人皆知，哪裡用得著魯國摻和其間呢？既然如此，足下何不坐觀壁上，靜視齊、楚相爭，然後見機而作，助其勝者，擊其不勝者？如此，對魯國來說，既無毫末之損，又有全眾全勝之功。從國家利益考慮，足下何樂而不為呢？」

魯景公一聽，心想，這老東西不糊塗啊！他這一招雖然太損陰德，但從國家利益來考慮，不失為最佳方案。老話說：「人不為己，天誅地滅。」難道楚國現在拉攏魯國不是為自己嗎？若自己助他滅亡了齊國，說不定，下一個目標就輪到寡人之國了。

魯景公雖然這樣想著，內心深處也非常贊許張丑的這個計謀，但他表面上卻不動聲色。

張丑抬眼看了看魯景公那故作深沉的樣子，心思不禁好笑。遂繼續誘之以利道：

「齊、楚相攻，猶如二虎相鬥，最終必然是兩敗俱傷。若楚國戰而勝之，楚國良將悍卒也會折損大半。如此，則楚之殘兵剩勇就不足以抵禦其他諸侯之師了；若齊國戰而勝之，情況亦然。這一層，以足下之賢明，不會看不到吧？」

魯景公看了看張丑，沒有回答。

張丑繼續說道：

「如果足下已經看到了這一層，那麼何不審時度勢，按兵不動，以魯國之眾靜待其變，暗伺其機呢？待到齊、楚之師俱疲，足下再傾起魯國之眾，聯合勝者，攻於不勝者，那不是財不費、民不勞，而輕獲大功嗎？如此，不僅魯國可以從中獲利多多，而且齊、楚相爭的勝者一方也會對魯國、對足下感激不盡的。這種一石二鳥、一舉兩得的好事，足下難道不願意為之嗎？」

聽到此，魯景公心裡已經拿定了主意。不過，為了挫挫張丑的銳氣，他還是默然不語。

張丑見此，不禁有些急了。遂再緩和了一下語氣，以一種語重心長的口氣說道：

「足下是當今明君，處事極周，這是天下人人皆知的。足人剛才不是問臣齊、楚之爭誰勝誰負的問題嗎？說老實話，臣心中沒底，想必足下也沒有把握吧。既然如此，足下何必急著投靠，替楚國當冤大頭呢？齊、楚相爭，齊勝、楚勝都有可能，齊敗、楚敗也都有可能。如果現在魯國幫助楚國攻齊，萬一楚國不勝，足下怎麼辦？足下就不怕齊國記恨，掉轉頭來把魯國給滅了？就算魯國聯合楚國最終真的勝了齊國，難道楚國能把齊國滅了嗎？不可能吧。既然不可能，那麼魯國還得與齊國為鄰。難道楚國勝了以後，足下就把魯國搬走不成？既然如此，足下何不以鄰為善，而一定要與鄰為壑呢？足下，您想想，是不是這個道理？臣以為，為魯國長遠國運計，為足下的聲名計，足下現在最好還是保持中立，先看看形勢再說。即使出現第三種情況，即齊、楚兩國打了個平手，那足下也是兩邊不得罪，兩邊都能討好，從而獲取魯國最大的國家利益。恕臣說句一針見血的話，國家之間，哪有什麼永遠的朋友，有的只是自己的最大利益。」

張丑說到這裡，魯景公終於憋不住了，遂脫口而出道：

「好，寡人敬受命。」

接著，他立即當著張丑之面，傳令魯國之師迅速撤回。

## 3 公孫衍之謀

魯景公聽計於齊臣張丑的遊說，撤回了魯國軍隊，齊宣王獲悉後大為高興，而楚威王聞知則氣得跳腳，大罵魯景公混蛋。

然而，事情的發展卻應了楚國先賢老聃的那句名言：「禍兮，福之所倚；福兮，禍之所伏。」齊宣王因為張丑遊說魯景公成功而得意，他的大將申縛在徐州前線聽到魯國軍隊臨陣撤退，更是歡欣鼓舞；以為這下楚國的士氣肯定大受挫折了，於是便產生了麻痹輕敵思想。可是，萬萬想不到的是，楚威王竟然一怒之下，親率大軍上了前線，楚國將士為之士氣倍增。結果，十萬楚軍一鼓作氣，在齊國境內將齊將申縛所率的十萬齊師打得落花流水，潰不成軍。

周顯王三十六年七月初，徐州之役大敗的消息傳到齊都臨淄，齊宣王一聽，當場氣得昏蹶過去。這也難怪，因為這些年來，齊國還從未被別的諸侯國打敗過，倒是齊國經常打敗別國，如魏國這個當初的天下第一霸，就是因為被齊國一敗於桂陵，二敗於馬陵後才衰落的。如今，堂堂齊國反而被楚國打上門來，而且還在自己家裡被楚師打得慘敗，這如何能讓齊宣王這個驕傲的人想得通呢？

「快，快，快，快把申縛那個混蛋給我找來，問問他是怎麼帶兵的？把齊國的家當都敗盡了，把寡人的臉面也丟盡了。」齊宣王醒來後，眼睛睜開一半，就對左右傳令道。

「勝敗乃兵家常事，大王，可別氣壞了貴體！那樣，俺齊國復興的希望就沒了。」一個老宮使連忙安慰道。

「快召集文武大臣上殿，寡人要商討對魏用兵之事。」

「啊？大王，怎麼要對魏用兵啊？」左右宮使不禁異口同聲地問道。

見到大家吃驚而質疑的口氣，齊宣王更氣了，厲聲說道：

「怎麼？不對嗎？想當初，他魏國被秦國打得喪師失地，國家岌岌可危，他魏惠王無計可施，主動折節變服，入齊尊寡人為王。寡人看在他態度謙恭的份上，也就同意了齊、魏建立同盟關係。

這樣，他魏惠王因有了寡人和齊國這座靠山，這才有力地阻遏了秦國東侵的步伐。去年魏襄王即位伊始，也主動到徐州朝見寡人。寡人見他態度誠懇，樣子可憐，也對他客氣有加，還意外地承認了他的王號。而今盟約在冊，誓言在耳，他卻見楚國打到齊國境內而不出援兵參戰，而是作壁上觀，真是豈有此理？」

左右見齊宣王如此說，只得連忙分頭傳令。有的去找大將申縛，有的去召集文武大臣。約有一個時辰之後，宮使們紛紛回來，齊國的文武大臣也都魚貫而進，麇集於齊王大殿。但是，申縛卻傳不到了，因為他早在徐州之役失敗後，就引劍自刎了。

齊宣王一聽說申縛已經自殺，原先的怒氣頓然消了一半。於是，對著召集來的文武群臣說道：「這次齊、楚之戰，人家是打到了我們徐州，我們也算是天時、地利、人和三者佔全了。結果，卻被人打得大敗。這當然與申縛用兵不當有關。而今，申縛已畏罪自殺，寡人也就無法再追究他的責任了。不過，死人可以饒過，但活人不能姑息。」

群臣一聽，不禁大驚，不知齊宣王到底要追究誰的責任。因為要說責任，那麼大家都是有份的，古話說：「食君之祿，擔君之憂。」領兵之責雖在申縛一人，但決策、謀劃之事，文武之臣應該都是人人有責的。

正在大家人人自危，心中不安之時，齊宣王又說道：

「這活人不是別人，就是魏襄王。」

群臣一聽，心裡懸著的一塊石頭落地了，但疑問也上來了。不過，大家都不敢問。沉默了一會，齊相田嬰說話了：

「大王，這齊、楚之戰怎麼責任追究到了魏國之君的頭上了呢？」

「你還好意思說！這齊、魏結盟，當初不還是你牽的線嗎？既然齊、魏結盟，那麼楚與齊交戰，魏國作為齊國盟友，自然應該主動出兵相助了。可是，齊、楚在徐州鏖戰時，他魏襄王卻坐觀壁上，按兵不動，完全置齊國的安危於不顧，置齊、魏盟友道義於不顧。你說說看，這齊、楚之戰的失敗，他魏襄王沒有責任？」

一席話，把靖郭君田嬰說得啞口無言。

其實，魏襄王到底有沒有責任，不僅齊宣王不知內情，就是養士三千、神通廣大的靖郭君田嬰也是不甚了了的，甚至是被齊宣王認為是應該追究責任的魏襄王本人，也是身在局中，而不自知的。

事實的真相是這樣的：

周顯王三十六年五月底，就在楚軍還未從楚境出發時，魏襄王就已經獲知了齊、楚即將一戰的情報。為此，魏襄王考慮目前還得借力於齊國以遏制強秦東進的現實，決定一旦齊、楚開戰，魏國就派兵援齊。為了做得主動、漂亮，魏襄王還將重臣董慶送到齊國為人質，以表示魏、齊聯盟堅決痛擊楚國的決心和姿態。

可是，沒想到，就在此時，秦國大良造公孫衍突然來到大梁。因為公孫衍不僅是秦國重臣，而且他也是魏國陰晉人，魏襄王當然要接見他，畢竟是魏國人，總有鄉誼鄉情的嘛。

見了魏襄王，在閒談之中，公孫衍似乎是漫不經心地問了魏襄王一句道：

「齊、楚即將開戰，大王打算怎麼辦？」

「寡人還能怎麼辦？如果真打起來，寡人也只能出兵助齊了。」魏襄王不假思索地說道。

公孫衍聽了，故意裝著吃驚地樣子，問道：

「大王為什麼要出兵助齊呢？難道大王忘了桂陵之役、馬陵之役齊國對魏國的傷害？」

「當然沒有忘記，只是魏、齊現在是聯盟關係，從道義上有援齊的責任。」

公孫衍淡淡一笑，然後幽幽地說道：

「話是這麼說，但是不必這麼做。大王何不陽盟於齊，而陰結於楚呢？」

「這樣做行嗎？會有什麼結果？」魏襄王急切地問道。

公孫衍見魏襄王上套了，遂連忙接口道：

「當然行！不但行，而且對魏國的國家利益來說，那是最大的。大王，您想想看，齊、楚相爭，魏國明裡說支持齊國，暗中又許諾楚國。這樣一來，齊、楚二國都會產生一種錯覺，以為魏國是站在自己一邊，是自己的忠實盟友。這樣，齊、楚二國一旦打起來，那就必然會無所顧忌，堅心而戰。」

魏襄王垂首沉思了片刻，然後默默地點了點頭。

公孫衍見此，繼續說道：

「大王應當知道，這齊、楚二國都是大國、強國，就好比是兩隻老虎。而二虎相爭，其結果必然是兩敗俱傷。如果相爭的結局是齊國取勝，那麼大王不妨出動魏師以支援齊軍為名，趁楚師困敝之時，直取楚國方城之外；如果楚國取勝，那麼大王就發魏兵以佐楚國之師為幌，大舉擊齊，以報昔日齊國虜殺魏太子申之仇，一雪魏國桂陵、馬陵二役慘敗之恥。」

魏襄王本來就對齊國兩敗魏國，並擒殺太子申的舊恨耿耿於懷，只是因為強秦壓迫太甚，為了生存，魏國才不得已結盟於齊。而今強楚來與強齊較量，倒是一個可以乘機利用而復興魏國的好機會。再說公孫衍是魏國人，鄉里鄉親，誰不會對故國有感情呢？今天他在閒談中向自己提出這個建議，倒是一個非常好的計謀，對魏國來說確可收一箭雙雕之效。

故作沉吟之後，魏襄王也裝著漫不經心地樣子，說道：

「先生之謀甚妙，寡人知道了。」

公孫衍一聽，知道魏襄王已經接受了自己的建議。於是，一絲不為人察覺的微笑迅速閃過他那陰鷙的眼角。因為他此次大梁之行的目的，就是要挑動齊、楚二強互相殘殺，從而一舉削弱齊、楚二國，為秦國日後對齊、楚二國用兵，從而各個擊破奠定基礎。

魏襄王哪裡會想得到這些，他玩心眼兒哪裡玩得過公孫衍？公孫衍是何許人也？他可是秦國的大良造，那可是個一人之下，千萬人之上的位置啊！如果他不是個特別厲害的角色，秦惠王會起任他這個魏國人做大良造？

公孫衍告辭而去後，魏襄王就在大殿中走來走去，苦苦考慮著如何實施公孫衍提出的建議。但是，尋思了半日，還是拿不定主意。於是，他令人找來了魏相惠施。

惠施是世人公認的足智多謀之輩，也是在魏國深受歡迎的賢相。他聽了魏襄王大致說了一下公孫衍之計的內容，也認為此計可行，從客觀效果上來說，確實符合魏國的國家利益。

得到了惠施的認可後，魏襄王就心中有底了。三天後，他想出了一條自以為高明的妙計，並且把公孫衍與惠施同時叫來，當面吩咐他們二人道：

「公孫先生給寡人出了一個妙計，但是能否實施成功，寡人還心裡沒底。這些天，寡人想到了一個笨辦法，決定讓二位替寡人分別出使一趟齊、楚二國，在齊、楚還未開戰之前先去探探虛實。」

「大王，怎麼個探法？」公孫衍非常積極地問道。

「寡人想借公孫先生之力，替寡人出使一趟齊國。讓惠相出使一趟楚國。」

「大王，臣出使齊國合適嗎？」公孫衍立即問道。

「先生是魏國人，現在雖是秦王之臣，但受寡人之托，作為魏國之使出使一趟齊國，有何不可？」

「大王這樣說，倒也是言正名順。」公孫衍欣然道。

「這樣吧，為了測試齊、楚對魏國的友好程度和倚重程度，寡人給二位相等數量、相等規格的車駕儀衛，看齊、楚二國哪一國對魏國使節更禮遇？」

「大王之計甚妙！」公孫衍連忙恭維道。

「那麼，二位明日就出發吧。」魏襄王一錘定音道。

告別魏襄王，回到相府之後，惠施想到今日殿上公孫衍積極的態度與魏襄王對公孫衍器重有加的傾向，不免在心裡犯起了嘀咕：看魏襄王如此重視公孫衍這個外臣，他會不會有用公孫衍取代自己的意思呢？如果這樣，那麼自己的魏相之位就沒了。

心裡有了這個小疙瘩，惠施就開始思考策略，看如何才能贏取這次出使楚國的外交使命。尋思了片刻，他突然靈機一動，有主意了。於是，連忙找來心腹僕從，交代道：

「明天我就要奉魏王之命出使楚國了，同時出使的還有秦王之臣公孫衍，他是代表魏王出使齊國的。魏王跟我們約定，說給我們二人相同數量的車駕、相同規格的儀仗，以測試齊、楚二國對魏國使臣的重視程度，了解二國對魏國友好的程度。我想，魏王可能還有別的目的。這樣吧，今天時候還早，你先悄悄出城，輕車快馬，先行一步。到了楚國之都，想辦法故意放出風聲，就說魏王派公孫衍出使齊國，派惠施出使楚國，給二人的出使規格一樣，就看哪國更重視魏王之使，從而確定魏國究竟應該與哪國結盟。只要這個風聲傳到楚王耳中，你就是大功告成了。」

周顯王三十六年（西元前三三三年）六月初五，惠施的心腹到達了楚都，順利地將消息傳播了出去。六月初十，當惠施打著魏王特使的儀仗，離楚都還有三十里時，楚威王就親自迎到了楚都郢之郊。

惠施一見，心裡的一塊石頭落地了。心想，這一下，自己在魏國的地位誰也撼不動了。因為楚威王郊迎他三十里，這在各國的外交史上是罕見的，這不僅是對魏王的尊重，也是對他惠施本人獨特的禮遇。很明顯，這對鞏固自己在魏國的地位無疑是非常重要的。

想到此，惠施不禁暗自得意。

而楚威王呢，則更為自己能降尊紆貴，屈尊郊迎惠施三十里而打好了算盤。因此，他心裡的那個得意，又比惠施高了一個層次。因為他知道，惠施是個有影響的魏國之相，在魏國權傾朝野，有左右魏國朝政和魏襄王外交決策的能力。而今自己郊迎他三十里，給足了他面子，他豈能不受寵若驚，感激涕零？只要他有感激之心，那麼還怕他沒機會回報自己？別的不說，只要他在即將開始的楚、齊之爭中，讓魏襄王站在楚國一方，與楚國結盟，而不是與齊國結盟，那就是幫了楚國大忙了。

結果，楚威王的目的達到了。在六月下旬開始的齊、楚徐州之戰中，由於齊將申縛的輕敵，更由於魏國按兵不動，沒有在緊要關頭支援齊軍，這才使楚師在齊國之境打敗了不可一世的齊軍。

## 4　董慶之危

齊宣王哪裡知道這麼多複雜的背景？因此，在罵完靖郭君田嬰之後，他就決定開始備戰，十月就要對魏國用兵。因為他始終認為，這次徐州之役的失利，都是因為魏襄王背叛了盟約所致。

卻說靖郭君田嬰被其兄齊宣王當廷臭罵了一頓後，回到府中，感到非常鬱悶、氣悶。想當初，在其父齊威王時代，他不僅是權傾朝野的實權人物，甚至其威望名聲不在其父威王之下，滿朝文武、齊國上下，誰不敬重他、畏懼他？而今，卻被其兄宣王在朝廷之上當著那麼多大臣臭罵，這叫他以後在齊國還有什麼威望，他這個齊國之相還怎麼做下去？

越想越氣，越想心裡越窩火。突然，他想到了魏國的人質董慶。於是，立即傳令董慶來見。

「靖郭君找臣有何吩咐？」董慶來到相府，一見田嬰就彬彬有禮地問道。

「你是魏王送來的人質，事到如今，我也只得宰了你，才能解我之恨。」田嬰咬牙切齒地說道。

「靖郭君何出此言？」董慶不解地問。

「你是真不明白，還是假裝糊塗？」田嬰更是氣憤了。

「臣真的不明白，請靖郭君明言。」

「我問你，齊、魏是不是結過盟約？齊、楚徐州之戰之前，你被魏王送來臨淄，是不是作為齊、魏合兵一處共擊楚師的人質？」田嬰看著董慶故作無辜的樣子，開始怒不可遏了。

「是。」董慶看到田嬰生氣了，也就不再裝糊塗了，他怕真的激怒了田嬰。

「我再問你，齊國之師與楚師在徐州鏖戰時，魏國之師在哪裡？這不是背棄盟約，置信義、道義於不顧，見死不救嗎？」

董慶一聽，自知理虧，只得低頭默然。

正在此時，有僕從報告說：

「靖郭君，有要客來訪。」

田嬰恨恨地看了一眼董慶，說道：

「先讓你多活幾天，過幾天我再跟算賬。」

董慶一聽，如釋重負，連忙躬身而退。

回到客舍後，董慶一面密遣心腹僕從星夜馳奔大梁，報告魏襄王有關齊宣王震怒要發兵擊魏以及靖郭君要殺自己的消息；一面夜訪齊國大臣盱夷，請求他出面斡旋，不然自己的這條老命就要不保了。

董慶想起要找盱夷，並不是因為他與自己有什麼特別的交情，而是因為他是齊國有識見的老臣。除此，更有一層重要的緣由是，盱夷向來為靖郭君所敬重。

盱夷聽了董慶的說明與請托後，他覺得這事無論於公於私，自己都應該過問。否則，既對不起董慶的赤誠信任，更對不起齊國，對不起齊宣王，對不起靖郭君。因為這事直接關係到齊國的國家形象，也攸關齊國的國家利益。

打定主意後，盱夷第二天就專門至靖國君府上造訪。見到田嬰後，因為關係非比尋常，盱夷也就沒有太多的客套，立即平心靜氣、開門見山地對田嬰說道：

「聽說靖郭君要殺魏國人質董慶，老臣私下認為，這似乎有些不妥。自古以來，就有『兩國交戰，不斬來使』的規矩。而今，齊、魏還是盟國關係，要是真的殺了盟國的人質，那麼，作為一個大國，齊國今後何以取信於天下諸侯呢？」

田嬰聽了盱夷這番語氣平緩得如同拉家常的話，看了看盱夷，沒有說話。沉默了一會後，才略略地點了點頭。

盱夷見此，續又說道：

「楚國攻齊，大敗我師，而終不敢深入我境，為什麼呢？不正是因為齊國有魏國這個盟邦之故嗎？臣以為，楚王不敢揮師深入我境，實際上怕的不是齊國，而是懼怕齊國的盟國魏偷襲截擊於其後。靖郭君，是不是這個理？」

田嬰沒回答，但是輕輕地點了點頭。

盱夷又繼續說道：

「齊、楚交戰，魏國作為齊國的盟國，坐視不援，確是不義之舉。但是，今日靖郭君若是以怨報怨，殺了董慶以洩憤，那麼魏王必然震怒。魏王震怒，要是失去理智，斷絕與齊國的同盟關係，改投楚王的懷抱，結成魏、楚聯盟對付齊國，那結果怎麼樣？」

田嬰雖然心裡認可盱夷的說法，但卻恨意難平地反問盱夷道：

「對魏王的背信棄義，難道我們就這樣姑息忍讓了不成？」

盱夷平靜地回答道：

「古人有句話，叫做：『小不忍，則亂大謀。』魏國雖然對我不義，但眼下齊國新敗於楚，還得從大局出發，維持齊、魏聯盟關係。這樣，起碼給天下諸侯有這樣一個印象：齊國還有魏國這個盟友。那麼，其他諸侯也不敢趁齊國新敗之機對齊國有所圖謀。」

「這話倒也不是沒有道理。」至此，田嬰終於明確地肯定了旰夷的說法。

旰夷遂又接著說道：

「因此，臣以為，既然事已至此，我們索性對魏國寬大為懷，厚遇魏王人質董慶，以結魏王之心，從而讓楚王生疑，以為齊、魏之盟牢不可破。這樣，豈不是對楚國有一種強大的震懾作用嗎？」

「有理！」田嬰終於明確了態度。

田嬰被旰夷說服了，思想也通了。可是，卻沒有人能夠讓齊宣王想通。他這些天一邊在生悶氣，一邊不斷地催促著齊國軍隊繕甲兵、備糧草，準備十月底就對魏國用兵，要好好教訓一下魏襄王這個不守誠信的傢伙。

卻說魏襄王聽了董慶從臨淄派出的心腹送回的消息，急得如熱鍋上的螞蟻。後來，還是魏相惠施給出了個主意，讓他厚賄齊國之相、靖郭君田嬰以出面斡旋。因為當初魏國在最困難的時候，能與齊國結成聯盟關係，就是自己通過田嬰的關係。

周顯王三十六年七月中旬，魏襄王派出的密使帶著魏襄王的玉璧、寶馬，悄然來到了齊都臨淄。找到董慶後，魏襄王密使就將魏襄王的意思作了傳達，並將帶來的寶璧二雙、文飾裝扮過的駿馬八匹交給了董慶，要他轉交靖郭君田嬰，請他從中斡旋，務必阻止齊王對魏用兵。

董慶一聽，立即搖頭道：

「這個主意不行！」

魏王密使道：

「惠相說，也只有靖郭君能辦成此事。當初的齊、魏結盟，就是他與靖郭君促成的。」

「此一時也，彼一時也。而今，齊王正責怪靖郭君呢。靖郭君要殺我，也是因為齊王追究他當初牽線與魏結盟的事。」

「那麼，怎麼辦？」魏王密使急切地問道。

「找人是要找人斡旋的，不過不能找靖郭君。現在能找的人，也是最有可能願意受魏王厚禮，並能辦成此事的人，就是淳于髡了。」

「淳于髡？他能比靖郭君的能耐還大嗎？」

「這個，你就有所不知了。淳于髡可是齊國的名士，也是天下數一數二的名嘴，齊國兩代君王都對他尊重有加。」

「哦？」魏王密使不禁瞪大了眼。

「聽齊國人說，早年在齊威王執政時代，他曾經一天向齊威王引見、推薦了七個士人。」

「那也太多了吧，齊威王能接納嗎？」

董慶淡淡一笑道：

「你覺得多，當時的許多齊國大臣更覺得多。為此，他們還跟淳于髡爭風吃醋，甚至在齊威王面前誹謗他。」

「那麼齊威王呢？」魏王密使興味盎然起來。

「齊威王當然不聽那些中傷誹謗之言，不過他也覺得淳于髡一日薦七士有些過份。於是，就專門找他談了一次話。」

「怎麼說？」

「齊威王礙於淳于髡的面子，話說得比較婉轉。他先引了一句古語：『千里而一士，是比肩而立；百世而一聖，若接踵而至。』然後反問道：『先生一日向寡人薦七士，這士是不是太多了一點呢？』」

「齊威王這話確實有道理。那淳于髡沒話說了吧？」魏王特使又問道。

「嗨！他要是沒話說，還叫淳于髡嗎？齊威王也以為問住了他，可是他張嘴就來，回答道：『臣以為不然！鳥同翼者而聚飛，獸同足者而俱行，這是自然之理。如果我們想搜求桔梗於沮澤之畔，恐怕一輩子也找不到一根的；相反，如果我們求桔梗於黍、梁父之陰，則車載不盡。』」

「這個比喻倒是蠻有道理。」魏王密使不禁非常讚賞地插話道。

「還有更妙的呢！接下來，他又說了一句更有說服力，也更為自負的話，讓齊威王頓時啞口無言。」

「什麼話？」魏王密使更有興趣了。

「他也學齊威王，先引了一句『物以類聚，人以群分』的古語，然後就題發揮道：『河中聚魚，林中棲鳥，什麼樣的人就有什麼樣的朋友。大王如果不嫌臣過於自負，臣可以這樣說：淳于髡，就是今日集聚天下賢士的淵藪。大王若不想求賢則已，若有此心，只要找到我淳于髡，那就像是挹水於河，拾薪於山。想要網羅什麼樣的賢士，都是易於反掌。今後若有機會，臣還會不斷向大王薦舉天下賢士，豈止是七士而已？』」

「噢？看來這淳于髡確實不是等閑之輩！既然如此，那先生就去找淳于髡幫我們遊說齊宣王吧。」

董慶連忙推託道：

「這不行，我不能出面。我是魏王放在齊國的人質，行動不自由。如果讓人看見我找淳于髡，那淳于髡肯定遊說不了齊宣王。」

「那麼，怎麼辦？」魏王密使著急地問道。

「我可以指點你怎麼找到淳于髡，怎樣送禮給他，怎麼拜託他，但我不能出面。一切都由你悄悄地進行，行事越隱密，淳于髡越便於幫我們說話。」

## 5 利益與道義：淳于諫齊王

周顯王三十六年七月十六，一個陰雨綿綿的日子。在董慶的指教下，魏襄王密使悄悄地找到了淳于髡的府上。

獻上魏襄王所送的白璧二雙、金鞍寶飾駿馬八匹後，密使便直截了當地請托道：

「聽說齊王因徐州之戰失利，而歸咎於我們魏王。如今還準備興師伐魏，魏王惴惴不安，日夜為魏國黎民百姓的安危而憂心。魏王苦思冥想，實在無計可施，遂想到了先生。事實上，放眼今日之天下，能解魏國眼前之患的賢士，恐怕也只有先生一人了。今敝邑小國有寶璧二雙，文馬二駟，魏王特讓臣奉獻於先生，還望先生不嫌禮輕情薄，允請笑納。」

說完這番話，魏王密使甚至不敢抬眼看淳于髡一眼，唯恐他嚴辭拒絕。因為這禮實在是太重了，要承擔的干係也太大了。

沒想到的是，沉吟片刻後，淳于髡竟然爽朗地開口道：

「這事我知道了，魏王的心意我也領了。先生可以速速離去，回報魏王去吧。」

魏王密使一聽，不禁大喜過望，足足有烙一張餅的功夫，他抬頭看著淳于髡都說不出合適的話。

正如老話所說，「收人之禮，消人之災」。

果然，淳于髡是個講信義、重然諾的天下聞人。魏王密使走後，他就冒雨備車，進宮找齊宣王遊說去了。

午後的小雨仍是淅淅瀝瀝地下個沒完沒了，此時，齊宣王正在大殿上百無聊賴地繞著圈子。

突然，有宮使報告說：

「淳于髡先生晉見。」

「哦？」齊宣王精神一振，道：「快請他上殿。」

淳于髡上殿後，疾步小跑了幾步，然後在距齊宣王約有十步之處立住，莊重嚴肅地行起晉見大禮。

「天雨路滑，先生還來看望寡人，真讓寡人感動莫名。」齊宣王笑吟吟地說道。

淳于髡馬上接口道：

「這七月裡下這種綿綿細雨，不多見啊！想必大王正為這綿綿細雨著急吧。如果它下個沒完沒了，恐怕大王的大事就要被耽擱了。」

「什麼大事？」齊宣王明知故問道。

「大王不是在備糧草、繕甲兵，要在十月底對魏國用兵嗎？」

「這事先生也知道了，真是『閉門家中坐，能知天下事』啊！」

淳于髡淡淡一笑，道：

「這麼大的事，臨淄誰人不知，恐怕連天下人都知道了。」

「那麼，先生以為這次對魏國用兵怎麼樣？」

淳于髡一聽，不禁心中大喜。沒想到，齊宣王這麼快就把話題主動切換到了自己想要遊說的主題。於是，立即抓住機會，回答道：

「大王如果要問老臣這個問題，老臣倒是有一句坦率的忠言想上達尊聽。」

「先生有什麼高論，就請直說吧。」

「老臣以為，此時對魏用兵萬萬不可！」

「為何不可？」齊宣王反問道。

「大王不會不知道，楚國是齊國的仇敵，魏國則是齊國的盟邦。齊伐魏，盟邦相殘，豈不是仇者快，親者痛嗎？因此，老臣以為，大王若興師伐魏，那絕非明智之舉。」

齊宣王一聽，沒有說話，卻冷笑了一聲。

淳于髡繼續說道：

「除此之外，還有一層，大王也是應該想到的。如果齊國興兵大舉伐魏，那麼楚國必然會趁火打劫，承我之敝而偷襲於後。如果這樣，那麼齊國既要擔殺伐盟友的醜名，又要擔齊國江山社稷傾危的風險。因此，從大局著眼，老臣以為大王伐魏之策不可取！」

淳于髡原以為這個道理已經講得非常清楚了，沒想到齊宣王卻反問道：

「先生的道理講得雖然沒錯，但是，魏國叛盟爽約，寡人就可以這樣聽之任之，姑息而養之？」

淳于髡一聽，心想，是啊，這話也對。是魏襄王不對，不是齊宣王有錯。但是，他心裡有數，今天來見齊宣王，不是來附和他的意見的，而是要替魏襄王勸阻齊宣王伐魏。

沉吟了一會，淳于髡突然微微一笑。

「你笑什麼？」齊宣王立即問道。

「大王，我是突然想起兒時聽老人說到的一個故事。」淳于髡從容地回答道。

「什麼故事那麼有趣？說來讓寡人也聽聽。」

「從前，有一種犬，叫韓子盧，是天下聞名的疾犬，跑得飛快無比。又有一種狡兔，叫東郭逡，其狡詐多變與奔跑之快，也是世上罕有的。有一日，韓子盧偶然遭遇東郭逡，於是犬性大發，立即死死咬住東郭逡窮追不捨。最後，在環山三匝，騰山五遭之後，犬、兔都精疲力竭。一個倦極於前，一個疲廢於後，不久都因力竭而各死其處。正在這時，來了一個田父，看到死於眼前的一犬一兔，不禁大喜過望，遂撿拾而歸，一家老小大快朵頤了一餐。」

淳于髡說到此，停下來看了看齊宣王，見他沒有反應過來。於是，只得接下去，繼續說道：

「今大王要興師伐魏，想必魏王也不會坐而待斃的，必然會傾全國之力拚死抵拒。這樣一來，齊、魏二國的一伐一拒，就不會在短期內結束。而兩國之戰相持時間一久，勢必都會勞頓其兵、困弊其國的。屆時，如果強秦、大楚趁火打劫，承齊、魏二國之敝，那麼結果齊、魏二國就會像韓子盧和東郭逡這對犬兔一樣，力竭而亡，而秦、楚二國就會像那個田父一樣，無勞倦之苦，而能獨擅其功。」

聽到這裡，齊宣王終於茅塞頓開，豁然開朗起來。原來，淳于髡講故事可不是跟自己扯淡閒話，他是打比方給自己聽啊！確實，他的比方打得好啊！

於是，他口服心服了，爽快地說道：

「寡人不敏，幸得先生耳提面命，不然定會鑄成大錯的。」

說完，齊宣王又傳令宮使道：

「傳寡人之命，不要再忙著備戰了，先讓將士們休養生息一段時間吧。」

淳于髡一聽，這下算是徹底放下了心。既然齊宣王決定不再討伐魏國了，那麼齊國百姓也就免了戰爭之累，齊國將士也就沒了生死之憂。至於對魏王，對魏國百姓，在心裡也都是可以有個交代的。自己這次之所以爽快地答應魏王密使的請求，幫助遊說齊宣王，其實並不是要貪魏襄王的厚禮，而是基於齊國的國家利益。息事寧人，止戈講和，從客觀上來說，是於齊、於魏都是雙贏的結局。

這樣想著，淳于髡覺得心裡非常坦蕩。

可是，淳于髡心裡坦蕩沒有用，齊國的其他大臣可不是都這樣看。

就在淳于髡遊說齊宣王後的三天，就有人探得了他收受魏襄王玉璧、寶馬的消息，並迅速報告了齊宣王。

齊宣王一聽，頓時氣得拍桌子打案，吹鬍子瞪眼，吼叫著說：

「寡人多少年來如此重任於他，對他言聽計從，尊重有加。沒想到，他卻做著寡人的高官，食著寡人的厚祿，不為寡人分憂，不思報效國家，卻貪圖魏王的寶璧駿馬，幹著吃裡扒外的卑鄙勾當，太過份了！真是該死！」

越想越氣，在大殿上轉了幾個圈後，齊宣王終於狠下一條心，傳令道：

「拘傳淳于髡。」

大約半個時辰，淳于髡就被拘押著來到了齊王大殿。

「你知罪嗎？」一見淳于髡，齊宣王劈頭問道。

「老臣不知何罪之有？」淳于髡從容不迫，神色坦然地答道。

齊宣王一見他那副沒事人的樣子，心裡就怪了，怎麼他不知道事情的嚴重性？或者說他壓根兒就沒收受過魏王的璧馬？難道是別人有意誹謗他、陷害他？如果是這樣，那就冤枉了這個有識見的老臣了。

想到此，齊宣王努力地控制著自己的情緒，儘量使態度平和下來。然後，以一種非常客氣的口氣問道：

「有人說，先生前些天來此諫說寡人之前，收受過魏王的玉璧、寶馬，真有這事嗎？」

淳于髡一聽，終於明白了一切。不過，他早就料到會有這一天。自己收受魏王璧、馬之禮那麼重，要想瞞住世上所有人，那是不可能的。俗話說：『世上沒有不透風的牆』。任何事，只要做了，遲早都是要透風見光的。只是收受魏王璧馬之事，他倒是不怕透風見光的。因為他心裡無私，不存在貪圖財物而出賣國家利益的問題。

想到此，淳于髡非常坦然，毫不猶豫地爽聲回答道：

「確有其事。」

這個回答實在是讓齊宣王大出意外，心理上毫無準備。一時間，他都反應不過來了。

過了一會，齊宣王終於從震驚中清醒過來，聲色俱厲地質問道：

「既然如此，那你前些天向寡人所獻之策，又作何解釋呢？」

淳于髡一聽，就知道齊宣王憤怒了。而且從齊宣王的話中，他也聽出了齊宣王的話中之話，這就是懷疑他當初勸諫伐魏的動機不是基於齊國的利益，而是為了魏國。看來，誤會大了，得跟齊宣王解釋清楚了。

想到此，淳于髡穩了穩神，然後平靜如水地說道：

「大王，對魏用兵之事，老臣確實認為是於齊不利，所以當初才勸止，這與老臣收受魏王璧、馬之事毫無關係。」

齊宣王一聽，立即駁斥道：

「怎麼沒有關係？」

「大王，您想想看，如果當初您不聽老臣之諫，執意要興兵伐魏；如果老臣不肯收受魏王璧、馬而為魏國說情，即使魏王因此遣人刺殺老臣，其結果不都是一樣嗎？」

「怎麼會一樣呢？」齊宣王又厲聲反駁道。

淳于髡並不慌張，仍不緊不慢地說道：

「臣以為，無論如何，伐魏都是無益於大王，也於齊國無補的。相反，如果大王確實認識到伐魏是弊多益少，就算魏王封臣高官厚爵，於大王又有何損，於齊國又有何害呢？」

齊宣王也不是個糊塗人，一聽這話，就明白了淳于髡的意思。心想，淳于髡這話雖然說得比較繞，但確實是這個理。反正是不能伐魏，魏王的璧、馬為什麼不收？不收白不收，收了也是白收。好歹淳于髡是自己的臣子，收了魏王之禮，也是肥了齊國，何樂而不為？

想到此，宣王的怒氣消了不少，臉繃得也不那麼緊了。

淳于髡見此，續而說道：

「大王不伐魏，齊國沒有無故殺伐盟邦之誹，魏國也免了國破家亡之危，齊、魏兩國百姓都能安居樂業，免遭兵火戰亂之災。如此，老臣有璧、馬之寶，於大王又有何礙呢？」

宣王一聽，覺得有理，遂連忙對左右道：

「恭送淳于先生回府。」

# 第九章 「合縱」說齊王

## 1 循循善誘說齊王

隨著齊、楚徐州之戰的結束，隨著一觸即發的齊、魏之戰的成功化解，從五月初到七月中旬，一直動盪不安、險象環生的山東六國終於暫歸平靜。

因為風雲突變，從而中斷了原定計畫的蘇秦，至此已在魏都大梁滯留了近兩個月的時間。不過，原定計畫雖被打亂了，但是這兩個月來，通過從各種管道獲得的情報分析，蘇秦冷眼旁觀山東六國的紛紛擾擾，倒是真真切切地看清了當今的天下時局，敏銳地感覺到：遊說齊、楚二國之君的時機到了。特別是遊說齊宣王，眼下可謂是最好不過的時機。因為齊國新敗於楚，又接連經歷了齊、燕「權之戰」，齊、楚「徐州之役」兩場大的戰爭，國力已經消耗了差不多。這個時候去遊說齊宣王，他應該聽得進去了。而只要齊宣王被說服了，那麼山東六國的「合縱」大計差不多也就定局了。

想到此，蘇秦決定立即動身，前去遊說齊宣王。

周顯王三十六年七月十八，蘇秦繼續以趙王特使和趙國武安君的身份，帶著他陣容龐大的使節車隊，匆匆離開魏都大梁，向齊都臨淄疾駛而去。

一路馬不停蹄，遇山繞道，遇水渡河，八月初五，蘇秦一行終於到達齊都臨淄。

臨淄，對於蘇秦來說並不陌生，此時坐在高馬軒車之上的武安君蘇秦，望著臨淄鱗次櫛比的商肆，看著熙熙攘攘的人流，聽著販夫走卒引車賣漿的叫賣之聲，情不自禁地想起了十幾年前的往事：那時，他攜秦三到此遊說齊威王，結果被齊威王好一番奚落與冷落，最後只得灰溜溜，傷心沮喪地告別臨淄而去。而今，眼前的臨淄，還是那個十幾年前的臨淄，街市繁華也還是一如從前，但他這個蘇秦，已非昔日之蘇秦，他不再是當年那個落魄求售而屢屢不得的窮書生，而是大國趙國的武安君，是趙王的特命全權使節。當年是為個人前程而干謁王侯，而今他是為山東各國的安寧，為趙王組織「合縱」大計而奔波。

想到這，蘇秦的心緒就像南傍臨淄城滔滔流逝的淄水，怎麼也不能平靜下來。

正當他還沉浸於往事今景，感慨唏噓不能自已之時，突然車伕「籲」的一聲將馬車停下了。

「武安君，到了。」

儀衛長趙德官首先跳下馬車，向蘇秦報告著。

「到了？到什麼地方了？」

「是齊國王宮啊！」

「哦！」

蘇秦這時才從回憶感慨中醒悟過來。

「武安君，現在是正午時分，要通報齊王晉見嗎？」趙德官又問道。

「好！」

因為是趙王的特使，齊王的門禁官不敢怠慢。不到一頓飯的時間，就從齊王宮中傳出了齊宣王的旨意：

「傳趙王特使武安君蘇秦晉見。」

伴隨著這一聲傳喚，早已走上來二位宮使近前引導了。攀上一百九十九級石階，再穿過筆直、悠長的過廊，就看到了齊王的大殿。

當蘇秦邁步跨過齊王大殿的門檻之時，齊宣王早已彈冠整裝，正襟危坐在了王位之上。

「久聞大王賢能之名，今日得以親瞻威儀，蘇秦何其幸哉！」在距離齊宣王還有十步之遙時，蘇秦便開始一邊寒暄，一邊躬身施禮。

齊宣王見此，也不好怠慢，連忙從王位上起身，作出相迎之狀，並答禮如儀。

這時，宮使送來一個布團，放在距齊宣王坐席約有五步之處。

「武安君請！」齊宣王指了指那個擺好的布團道。

於是，雙方再次施禮，然後各自落坐，擺出分庭抗禮之勢。

蘇秦抬起頭，略略偷窺了一眼齊宣王。發現他約略有四十上下的年紀，雖然臉色有些憔悴，精神有些不振，但看儀態，仍不失有大國之君的威嚴。尤其是那個鼻子，高而直，還略帶鉤曲。眼睛不大，倒也炯炯有神，但眼神總有些飄忽不定。

蘇秦一看，便知這是個比較陰鷙的角色。於是，心裡就有些發怵，對今日能否遊說成功有點信心不足了。

正當蘇秦心神不定之時，齊宣王以主人的姿態開口了，語氣中不乏謙恭之意：

「寡人之國新敗於楚，趙王不棄寡人，武安君不辭千里路遙，蒞臨寡人僻遠小國，想必是有所賜教於寡人吧。」

蘇秦見齊宣王先開了口，又主動說到齊國新敗於楚國之事，還說「賜教於寡人」的話，心想，這不是遊說齊宣王極好的機會與話頭嗎？於是，馬上接口道：

「齊國乃天下大國，亦是天下強國，大王何必介懷於區區徐州之戰？」

齊宣王點點頭，大概是這話說到了他的心坎裡，給了他不少安慰。

蘇秦見此，遂又說道：

「勝敗乃兵家常事，自古而今，天下何曾有百戰百勝的將軍？」

齊宣王一聽這話更覺稱意，遂不住地點頭。

蘇秦心知其意，乃進一步推闡其意道：

「臣以為，失敗並不可怕！可怕的是，失敗了，卻不知其因。若能敗而尋其因，困而悟其失，則必能轉敗而為勝。」

齊宣王一聽，覺得非常有理。於是，迫不及待地問道：

「以武安君之見，寡人之敗，究竟原因何在？」

蘇秦見齊宣王已然上鉤，便不失時機地接口道：

「山東六國，本是兄弟之邦。兄弟，即手足也。手足相殘，豈能不自傷其體？」

齊宣王一聽，知道蘇秦這話是在批評自己。於是，心裡就有些不快了，眼光開始飄忽，不看蘇秦。

蘇秦一見齊宣王這個表情，就知道他心裡在想什麼，遂對症下藥道：

「大王也許不能認可臣的手足之喻。其實，不僅是大王一時難以認可，恐怕山東各國之君都很難認可。也許在他們的內心深處，從來就有一種錯覺，即認為山東六國互為矛盾不可調和的競爭者，彼強則我必弱，我強則彼必弱；彼此之間只有利益之爭，而沒有合作雙贏的可能。正因為大家都這麼想，所以山東六國之間才會爾虞我詐，征伐不斷，不得安定。」

說到此，蘇秦再次抬眼看了一下齊宣王，見他已然專注地看著自己，好像還聽得很認真。於是，便進一步設喻啟發道：

「臣以為，山東六國的關係，形象點說，就是脣與齒的關係。六國興亡榮衰，乃是一體，相互依存。前人曾有『脣亡齒寒』之論，相信大王肯定有所耳聞。」

齊宣王沒有回應，蘇秦繼續道：

「想當初，晉侯欲借道於虞國而伐虢國。虞、虢二國山水相鄰，且都是小國。虞侯懼怕晉侯，又以為晉侯伐虢，與虞國利益無涉，遂答應借道於晉。虞國之臣宮之奇則不以為然，乃諫虞侯道：『虢國，猶如虞國之表；虢國若亡，則虞國必隨其後，不能獨存。』且引『輔車相依，脣亡齒寒』的俗諺，以喻虞、虢生死依存的關係。然虞侯不明其理，最終還是借道於晉侯。結果，大王也知道，晉侯借道於虞滅了虢國，班師途中又順便滅了虞國。」

聽蘇秦講完這個故事，齊宣王微微地點了點頭。不過，他不明白蘇秦跟他提起這個典故的用意何在。因為在他看來，這個典故是諸如虞、虢這樣的小國應該記取的教訓，而像他治下的齊國，那是天下大國，是與南方的楚國、西方的秦國鼎足而三的大國，不存在虞國那種情況。因此，點頭之後，他還是不解地看著蘇秦。

蘇秦見此，知道齊宣王最終還是沒有明白自己提起「脣亡齒寒」典故的用意。於是，不得不進一步點明主旨，把話說得更加直接明白：

「大王之國，東瀕渤海，北有燕國，西有中山、趙、韓、魏，南有楚、越。從地理形勢上看，如果說齊國是齒，那麼，趙、韓、魏、楚、燕、越、中山諸國就像是包護齊國之脣。今天下諸侯之強，無過於秦。大王也知道，秦乃虎狼之國，素有併吞宇內、席捲天下之心。因此，秦實乃天下之公敵。而今，大王之國北與燕戰於權，南與楚戰於徐州，而且往昔屢屢結怨於魏。如此這般作為，不是脣齒相殘，又是什麼呢？」

齊宣王一聽，蘇秦這個「脣齒」之喻，從地理位置上說清了山東六國之間的依存關係，非常有見解，有眼光。於是，情不自禁間便跪直了身子，顯出肅然起敬之態。

蘇秦善於察顏觀色，一看齊宣王專注的表情和延頸而聽的姿態，知道他已然明白了自己「脣齒」新論的深刻性所在。於是，續加分析道：

「山東六國若不明此理，不知反省，仍然脣齒相殘，長此以往，必將弄得各國民生凋敝，師弱民貧。如此，強秦則就有了可乘之機。」

齊宣王雖然仍然沒有答話，但卻深深地點了點頭。

蘇秦見此，覺得可以直接上題了，便及時將話題切入到「合縱」之策的遊說上：

「山東六國脣齒相殘有年，強秦又時以詭計從中挑之。今日合魏以攻韓，明日聯趙以伐魏，長此以往，六國必為強秦各個擊破，分而滅之。」

齊宣王覺得蘇秦這個分析透徹、深刻，遂頻頻點頭。

蘇秦見此，乃直搗中心道：

「而今，山東六國都心存私念，想借強秦之力，彼此相殘，以求割地於鄰國。這種作為，雖然能夠貪得一時之利，但是實質上是一種惑於眼前利益的短視行為，無異於慢性自殺。」

齊宣王一聽，心裡馬上明白，蘇秦這是明裡泛泛批評山東諸國，實則是專有所指，即影射齊國在徐州之戰失利後意欲聯秦制楚之策，批評齊國不應該再想著在山東諸國之間相互爭戰。同時，他也知道，蘇秦批評自己的目的，其意是在推售其「合縱」之策，幫趙王組織並實施「合縱」之計。

蘇秦見齊宣王雖然不接腔，但還是非常專注地在聽著，遂又說道：

「山東六國如果不反躬自省，改弦易轍，最終必為強秦一一擊破，亡國喪邦之日指日可待。」

蘇秦這話，表面上雖然仍在泛說六國，實則是專指齊國。更確切地說，是在說齊宣王本人。

齊宣王並不糊塗，一聽就明白了。於是，便直截了當地問蘇秦道：

「既然如此，那麼，像寡人之國，又當如何自處於諸侯之間呢？」

蘇秦見齊宣王問得如此直接、明白，知道可以正式上題了，是到了闡明自己「合縱」主張的火候了。但是，抬眼望了一下齊宣王，他又吞下了即將衝口而出的上題語，決定先緩一緩，不要急於一語上題，不妨對症下藥，針對齊宣王的弱點，先從齊國的實力說起，先吹拍一番齊國與他這個好大喜功的君王。

想到此，蘇秦便從容不迫地說道：

「齊國作為一個諸侯國，南有太山，東有琅邪，西有清河，北有渤海。從地理上看，稱之為『四塞之國』，那絕對是當之無愧的。」

齊宣王覺得蘇秦這幾句說得好，將齊國戰略形勝概括得簡潔明瞭，可謂是對齊國知之甚深。遂不禁深深地點點頭，拈鬚而笑。

蘇秦見齊宣王被戴了高帽子後的得意形色，自己也不禁激動起來，為自己的吹拍之功而自豪。於是，繼續吹拍道：

「齊國之地，方圓二千里，帶甲雄兵數十萬，粟穀之多積如丘山。齊國三軍，精良可稱天下無敵。五都重鎮之兵，招之即來，揮之即去，動則如飛箭，戰則如雷電，散則如風雨。齊國縱有戰事，入侵之敵也未曾有越過太山，涉過清河，渡過渤海的。」

齊宣王聽到此，不僅深深感佩蘇秦對齊國國情的瞭若指掌，亦為自己國家的強大以及所佔據的天然戰略形勝而自豪。這可是他治下的齊國得以傲視群雄的本錢啊。想到此，他不禁會心地笑了。

蘇秦一看，知道自己對齊宣王的心理把握得很準，把話說到了他的心坎上了。看來，齊宣王確是個好聽順耳之言的國君。

想到此，蘇秦決定，那就投其所好吧，繼續吹吹他，拍拍他。於是，又吹上了：

「臨淄作為齊國之都，其恢宏闊大的氣勢，堪稱天下翹楚。臨淄之民，計有七萬餘戶，人口之眾，諸侯各國沒有可以望其項背的。臣曾私下估度了一下，臨淄之民，即以下戶言之，以平均一戶三男丁計算，就是三七二十一萬。天下若有事，齊國要徵調兵卒，大王完全不必求之於遠縣，僅臨淄一城，兵卒就有二十一萬了。」

齊宣王一聽，更高興了。心想：是啊，人口多可是一大資本啊！齊國地大，只有人口多，才能地盡其用，創造出更多的財富。人多，創造的財富多，國家才會有更多的賦稅，國力才能強大啊！

還有，也只有人多，寡人的兵源才有保證，在群雄相搏中，齊國才有可能取勝，始終立於不敗之地。蘇秦特意提到寡人之國人口之眾，這是有獨特眼光的。看來，這個蘇秦不簡單！寡人得好好聽聽他下面還有什麼高見。

蘇秦見齊宣王興高采烈的表情，知道拍到了地方。於是，繼續煽情地吹拍道：

「至於臨淄的富實，更是天下人人皆知。臨淄之民，喜好吹竽、鼓瑟，擅長擊筑、彈琴，熱衷鬥雞、走犬，迷戀六博、蹹鞠，天下何人不曉？臨淄之途，車轂擊，人摩肩，連衽成帷，舉袂成幕，揮汗成雨，世人有目共睹；臨淄之市，家家敦而富，人人志高揚，這也是盡人皆知的。」

齊宣王見蘇秦如此盛讚齊都之富庶繁華，自然高興，心想，蘇秦作為外人對此都看得如此真切，這不都是因為俺領導有方，才有如此的氣象嗎？

蘇秦見齊宣王已被自己吹得有些飄飄然了，於是突然話鋒一轉，道：

「以大王之賢，齊國之強，天下何人能夠匹敵？然而，最近臣卻聽說，齊國之臣中主張與秦『連橫』者大有人在。大王應該知道，齊與秦『連橫』，那麼就意味著齊要尊秦為盟主。以今日之大齊，自甘於人下，屈尊下氣，西面而事秦，臣深為大王羞之。」

齊宣王一聽這話，一下子猶如從九天跌入了九地，自尊心受到了極大的打擊，臉上的笑容頓然消失，臉刷的一下就通紅通紅。

畢竟他是大國之主，自來心氣高傲，一向都是聽慣了順耳頌拍之言，哪裡聽得到這種逆耳之言？雖然臉上有些掛不住，但他明白蘇秦說的是事實，說得在理，況且說這種逆耳之言的蘇秦不是他的臣下，而是大國趙國的武安君，是趙王的特使，他即使生氣也不便於發作的。於是，只好隱忍著一言不發。

蘇秦當然知道齊宣王此時的心理，他是有意先將齊宣王捧到天上，然後再摔下來的，目的就是要造成齊宣王的心理落差，讓他從心理上受到極大的刺激，從而激發他的自尊心，打消與秦國「連橫」、尊秦國為龍頭的念頭，實行與趙、魏、燕、韓、楚等山東五國的「合縱」之策。這是蘇秦遊說的激將策略，果然使齊宣王上了套。

蘇秦看看齊宣王的臉色，知道火候到了，於是一鼓作氣地說道：

「韓、魏畏秦，乃形勢使之然，其情可鑒；齊國畏秦，於情不合，於理不通！」

齊宣王一聽，心想：怪了，怎麼韓、魏畏秦就可以原諒，而齊國畏秦就不應該呢？為什麼要對寡人之國採用雙重標準呢？寡人倒想聽聽理由了。

於是，他又跪直了身子，用體態暗示了蘇秦：寡人想聽聽你的理由。

蘇秦一看就明白，故意略作停頓。然後，不緊不慢地說道：

「韓、魏二國之所以畏秦，那是因為與強秦接界毗鄰的緣故。大王也知道，秦與韓、魏相爭，出師對壘，不至十日，勝敗存亡便可見分曉。韓、魏與秦國相敵，即使僥倖能勝，也會兵將半折，四境不能守；韓、魏若是戰而不勝，那麼亡國滅種之日必至。這就是韓、魏二國之所以歷來重視與秦作戰，而不肯輕為秦臣之故，因為沒有退路，不是你死，就是我亡。」

齊宣王點點頭，覺得蘇秦這種分析非常中肯，是這個理兒。

蘇秦見此，續又說道：

「如果強秦攻齊，那麼情況就完全不同了。秦若東向而伐齊，首先須要越過韓、魏之地。而越韓、魏之地，遠與齊國交戰，則秦必有腹背受敵之虞。而且從地利上看，秦國要東伐齊國，也有諸多不利。除了要越韓、魏之地外，秦國要真正與齊國交戰，還得先過衛國的陽晉之道，次經齊國的亢父之隘。此二道，都是天下的險隘，車不得方軌，馬不得並行，百人守險，雖千人而不能過。秦師即使能夠深入齊境，也必如狼顧，唯恐韓、魏偷襲其後。因此，秦國對於齊國，只能恫疑威嚇，虛示壯勇而已，雖高躍張勢，終則不敢東進。因此，臣以為，秦不能害於齊，其勢昭然已揭。」

齊宣王聽了蘇秦這番分析，打心底感佩，真是透徹、精闢！於是，情不自禁地頻頻點頭。

蘇秦知道從心裡折服了齊宣王，於是直接點題了：

「對於強秦無奈我何的情勢，視而不見，習而不察，而一味妄自菲薄，畏首畏尾，一心想著苟且偷安，不惜讓國君折節屈尊，臣事於他人，這都是大王群臣失計之過！」

齊宣王臉色終於恢復了正常，心也放下了。因為蘇秦這一句說得好，它並不是直接指責他計短慮淺，而是說他的群臣計短誤國。古話說：「食君之祿，擔君之憂。」如果說這些年來不斷與山東諸國同室操戈，傷害了山東諸國，也削弱了自己的實力，那並不他的過錯，而是齊國群臣沒有遠見，沒有盡到為臣之職。

「大王也知道，昔日的魏國，曾是天下之霸，不可謂不強。然而，魏惠王計短慮淺，昧於天下大勢，惑於目下之利，不遠憂強秦崛起於河西，反而恃強逞勇於山東。先是圖謀趙都邯鄲，意欲併吞趙國，再謀齊、韓。結果，趙國危急，趙王求告於齊王，齊師一出，大敗魏師於桂陵。」

齊宣王一聽蘇秦說到齊、魏桂陵大戰，頓然喜形於色，興奮異常。因為齊師大敗天下強敵魏國的桂陵大戰，那是二十多年前他爹威王手上的事兒，他至今還記得清清楚楚呢。

蘇秦述及齊、魏桂陵大戰，其意並不是為齊宣王之父齊威王歌功頌德，討齊宣王的歡心，而是另有目的，他是要講歷史的教訓：

「桂陵之戰，魏師敗績，魏國元氣大傷。然而，魏惠王不自省其過，痛定思痛，十四年後，南梁發難，再啟戰端，意欲併吞韓國之地，再霸天下。韓國戰事急，韓王求救於大王，齊師再出，再敗魏師，殺龐涓，擒太子，十萬魏師盡覆於馬陵之隘。魏國元氣，至此盡傷，魏之為國，猶若西下之夕陽。」

齊宣王一聽蘇秦說到「馬陵之戰」，更是喜笑顏開了。因為那就是在他自己手上的事，而且就是八九年前的事兒。這一役，終使魏國這個天下獨霸從此一蹶不振。加上秦國乘其國力淪喪之機，不斷向魏發起進攻，昔日雄霸不可一世的魏國，而今已是地削兵微，徹底失去了再度雄起的機會，早已淪為二流國家了。不僅如此，魏國現在的生存問題都有了危機，所以這幾年，魏惠王和魏襄王都不得不主動入齊，變服折節向他稱臣。如今的國際政治版圖與軍事格局的巨大變化，這都是因為他的功勞啊！想到此，齊宣王不禁面有得色。

蘇秦見此，知道齊宣王這是在沉浸於「桂陵之戰」與「馬陵之戰」齊國兩敗魏國的勝利喜悅之中呢。於是，突然向齊宣王提出了一個問題：

「魏之為國，何以盛極而衰，由強而弱？」

「武安君以為呢？」齊宣王終於接話了。

蘇秦一聽，非常高興，立即回答道：

「實因魏惠王昧於天下情勢，計短慮淺。假設當初魏惠王計長慮遠，早與山東五國『合縱』相親，不與趙、韓、齊諸國干戈相向，自傷元氣，那麼強秦崛起之勢必能有效得以遏制。而強秦崛起未成，則魏國的霸主之位，恐怕至今還是無以撼動的。」

齊宣王覺得蘇秦的這個分析有理，遂情不自禁地點點頭，表示贊同。

「那麼今日天下情勢，又是如何呢？」

沒等齊宣王來得及思索一下，蘇秦自己就自問自答道：

「今日天下，以肴山為界，東、西之分，其勢已明。西面，秦國自為一方；東面，六國共為一方。六國『合縱』，相親而為一體，則山東一方為攻勢，強秦一方居守勢，天下可致太平；反之，六國離心離德，則必中強秦『連橫』之計，兵戈相向，自相殘殺。若此，則強秦必能轉守為攻，山東六國終必為其各個擊破。憶往昔，魏國伐趙、伐韓，不僅不得人心，而且自傷元氣，已是前車之鑒；現而今，齊師伐燕於權，楚軍攻齊於徐州，同室操戈，自傷其體，豈不危哉？」

齊宣王心裡明白，蘇秦這是在批評自己，因為齊伐燕，齊、楚戰徐州，齊國都是主角。

「今趙王審時度勢，力主山東六國『合縱』為親，結為一體，以西抗於強秦。燕王、韓王、魏王欣然以國相從，山東六國『合縱』之勢已然成形。」蘇秦終於點題了。

其實，齊宣王心裡早就明白，蘇秦此行目的就是為了說服齊國加入以趙國為軸心的「合縱」集團的。可是，聽到蘇秦批評自己竟然那樣直言不諱，他心中頗為不悅。於是，便故意一言不發。

蘇秦見此，心中已經明白，遂略作停頓，抬眼以堅定的眼神望了一下齊宣王，然後提高聲調，續而說道：

「齊國，是天下大國，也是天下強國，更是山東六國的中流砥柱；大王，是天下賢君，也是當世明主，自然比臣更明白這樣一個道理：齊與趙、魏、韓、燕、楚『合縱』為親，則山東六國一體結成。如此，山東六國則無憂強秦，天下可致太平，百姓可免涂炭；從今而後，大王之國再無臣事強秦之名，而有強國大邦之實。今臣尊趙王之命，奉明約，效愚誠，敬達趙王之請於大王，望大王留意之，熟計之。」

齊宣王聽到蘇秦這番話，心裡終於舒坦了。心想，既然蘇秦已經明白無誤地向自己傳達了趙王請求齊國入盟山東六國「合縱」集團的意思，那麼自己應該是到了表態並作出決定的時候了。再說，蘇秦所說山東六國「合縱」相親的道理也是對的，不然最後大家都要被秦國玩完，齊國自然也不會例外。還有一點，現在的齊國已非昔日兩敗當時天下之霸——魏國的齊國了。齊國現在也沒有田忌、孫臏這樣的將帥了，齊國剛剛被楚國敗於徐州，也說明了齊國現在並不是天下無敵的。對付楚國尚不行，應付秦國恐怕更是力不從心了。既然六國已有四國入盟「合縱」集團，看來齊國入盟也是勢在必行了。

想到此，齊宣王終於明確地回答道：

「寡人不敏，僻處荒遠海隅之地，獨守窮道東境之國，從未聆聽過先生如此這般高策宏論。今先生以趙王之教庭詔於寡人，寡人願敬奉社稷以相從。」

## 2　燕文公之死

遊說齊宣王成功，蘇秦感到無比的興奮，更有一種從未有過的成就感。因為齊國才是真正的大國，齊宣王才是真正的天下雄主，那與前此被說服的燕文公、趙肅侯，還有魏襄王、韓宣惠王，那完全不是一個等級的。

因為他非常清楚，齊國不僅是山東六國中的強國，更是一個地理位置優越的大國，完全沒有韓、魏那樣為強秦壓迫甚急的感受。因此，要想說服齊國入盟不是一件容易的事。況且，齊宣王又是一個非常高傲自負的主子，是塊難啃的硬骨頭。可是，為了實現「合縱」之策，就一定要說服齊國入盟。沒有齊國的入盟，「合縱」組織的力量就不夠強大，就不足以遏制強秦。如此，「合縱」而安山東的目標就不能實現，自己要想永保個人的榮華富貴，那也就無從談起了。

強抑著無比的欣喜與興奮，蘇秦從容告別了齊宣王，出了齊王宮，就急急催促儀衛長趙德官道：

「快快備馬起駕，往南去楚國之都！」

趙德官不解地問道：

「武安君，怎麼這麼急？」

「上車，我跟你細說。」

「這合適嗎？小人豈敢與武安君同車！」趙德官望著蘇秦，受寵若驚地說道。

「別那麼多客套了！」

於是，趙德官只好一邊招呼儀衛車隊起動，一邊扶著蘇秦一道登上了武安君的專車。

「武安君，齊王同意入盟了沒有？」一上車，趙德官就急切地問道。

「齊王已經答應了。」

「噢？那麼武安君現在急著去楚國之都，是要打鐵趁熱吧。」

「正是此意！」

「楚國路途遙遙，也不急著一日兩日，今天時候不早了，現在出城，要是前不著店，後不挨村，那這大隊人馬如何食宿啊？」趙德官怯怯地問道。

蘇秦一聽，覺得也對，遂改口道：

「那今夜就先在臨淄住一宿吧，明天一早就出發！」

「好！」

趙德官答應一聲後，連忙探頭向前面的車伕吩咐道：

「往驛館就宿。」

車伕答應一聲，甩了個響鞭，浩蕩的車隊便隨著他的頭駕往齊國驛館逶迤而去。

「武安君，這齊王都同意入盟了，想必楚王也會同意吧。」過了片刻，趙德官見蘇秦心思重重的樣子，又打破沉寂道。

「難說啊！這就是我急著要往楚都趕的原因。」

「山東五國都入盟了，難道楚王胳膊扭得過大腿嗎？」

「現在的問題是，我們在拉楚國，秦國也在拉楚國啊！如果楚國被秦國所拉籠，加入了秦國的『連橫』集團，那我們趙王的『合縱』之盟就要破局。」

「為什麼？」趙德官不解地問。

「當今的諸侯各國，能夠佶伉相向的，能夠稱得上是棋逢對手的，實際上只有秦、齊、楚三雄。若秦、楚『連橫』，則必演變成秦、楚二雄對齊一雄的局面，齊剛為楚所敗，那麼齊國勢必會因懼怕楚、秦聯合而退出我們的『合縱』集團。而一旦齊國退出，燕、韓、趙、魏四國勢必也會因懼怕秦、楚聯盟而作鳥獸散。這樣，我們趙王的『合縱』大計不就化為泡影了嗎？」

「噢，我明白了。武安君是怕秦國搶在我們前頭把楚拉了去。」

「嗯。」蘇秦答應了一聲，又陷入了沉思之中。

一夜無話。

第二天一大早，齊都臨淄城門剛開不久，蘇秦便催動人馬出發了。

可是，出城不到三十里，遠遠望見一騎迎面飛奔而來。儀衛長趙德官不知何事，蘇秦當然也不知那人為何跑得那麼慌張。

沒到咽下一口飯的時間，那騎快馬已經到了近前，而且就在蘇秦的專車前停下了。蘇秦不禁一驚。

「我是新燕王特使，奉命傳報蘇相。」那人翻身下馬，立足未穩，就對車上探頭而視的蘇秦說道。

蘇秦一聽「新燕王」三個字，心情一驚，遂脫口而出道：

「燕國發生什麼事了？」

「老燕王殯天了。」

蘇秦一聽，猶如五雷轟頂，腦袋「嗡」的一下，天旋地轉，一下子就什麼也不知道了。

「武安君，您怎麼啦？」趙德官一邊拍打著蘇秦的後背，一邊急切地呼喚著。

過了好一會，蘇秦才慢慢地醒過來，對著呆立在車下的新燕王特使問道：

「老燕王是什麼時候殯天的？」

「就在一月之前。」

蘇秦一聽，又陷入了沉思。

「蘇相，新燕王新立，希望您回燕都一趟，協助處理國政。」跟著蘇秦一起沉默了好一會，新燕王特使說道。

趙德官一聽，立即反問蘇秦道：

「武安君，那麼趙王的『合縱』大計怎麼辦？」

蘇秦一聽，看看趙德官，又看看新燕王報喪的特使，一時內心無比矛盾：

從感情上說，燕文公過世，新燕王初立，自己回去到燕文公墳頭磕個頭，給新燕王籌畫一下國政，這於情於理，都是應當的。想當初，如果沒有燕文公老人家的首起支持，如果沒有他老人家任自己為燕國之相和燕國特使，並資助金寶絲帛，自己如何能夠到得了趙國，趙王又怎麼能看重自己？自己又何來趙國之相與武安君的身份？說不定，自己現在仍是一個流浪漢，四處漂泊，甚至凍餒死於荒野呢。俗話說得好：「喝水不忘掘井人。」黔首布衣，販夫走卒，尚知飲水思源，自己是知書達理的讀書人，又自認是以天下為己任的士，現在兼領燕、趙二國之相，還是趙國一個堂堂正正的武安君，怎麼能夠忘恩忘本呢？自己能有今天，不都是源於燕文公他老人家嗎？燕文公他老人家之於自己，那真可謂是恩比天高，情比海深啊！

但是，從理智上看，自己又不能這樣做。因為眼下「合縱」大計正處於關鍵時刻，如果不抓住機會，說服楚王，完成「合縱」大計的最後一環，萬一被秦國搶了先，這「合縱」大計不就功敗垂成，前功盡棄了嗎？如果這樣，那就既對不起傾心支持自己的恩主趙肅侯，也對不起死去的燕文公了！要知道，這「合縱」大計燕文公可是首起支持者啊！如果就這樣半途而廢，他老人家九泉之下有知，會怎麼想呢？還有更現實的一層，如果不能完成「合縱」大計，那麼自己在趙國如何能夠站得住腳跟？如何永保高官厚爵與富貴榮華呢？

唉，要是燕文公他老人家能夠再堅持一下，等自己把楚王說下來，完成「合縱」大計，那不就兩全了嗎？如此，自己不就上可以對得起燕文公和趙肅侯的知遇之恩，下可以對得起爹娘妻兒和自己了嗎？

越想心裡越亂，亂得就如一團糾結不清的麻。

沉思了好久，看著趙德官焦急的眼光，聽著數百人馬等著自己的喧囂之聲，望著儀仗車隊飄揚翻飛的趙國旗幟，蘇秦終於下定了決心：暫時克制自己的感情，繼續執行既定計畫，迅速前往楚國，遊說楚王，完成「合縱」之策的最後一環，然後再回燕國告慰燕文公的在天之靈。

「趙德官，命令車駕繼續南進。」囁嚅了半天，蘇秦終於憋出了這樣一句。

「車馬起動，往南去楚國之都。」趙德官興奮地傳達著蘇秦的命令。

正當蘇秦的車馬就要起動之時，新燕王的特使突然問了一句：

「蘇相，那麼小人如何回去稟報新燕王呢？」

蘇秦一聽，頓時一愣。猶豫了片刻，他立即想到了這樣一個現實問題：如果自己現在就這樣走了，那以後如何再回燕國，如何向新燕王交代？雖然遊說楚王重要，但是燕國本身不僅是這「合縱」之盟的一員，而且還是首起支持者。還有一層，這新燕王還是秦惠王的女婿。如果得罪了新燕王，他退出「合縱」陣營，轉與秦國「連橫」，那麼即使楚王同意了加入「合縱」之盟，那自己的「合縱」之策還能不能最終成功，也是一個問題。

想到此，蘇秦連忙讓趙德官止住了車馬。然後，讓他上了自己的車，商量了半日。最後決定：車駕儀衛先隨儀衛長趙德官回邯鄲休整，蘇秦自己帶兩位官差和秦三、游滑二位私僕，輕車簡從，隨新燕王特使回燕都奔喪，處理一下燕國國政。然後迅速返回趙都邯鄲，向趙王稟報後再往楚都遊說楚王。

再三交代、叮囑好趙德官之後，蘇秦換成輕便車馬，告別趙德官等儀衛一行，晝夜兼程，迅即往北而去。

## 3　燕都奔喪

行行重行行，每日黎明即起，日暮方息，快馬加鞭，還嫌馬兒跑得慢。周顯王三十六年九月二十九，蘇秦一行六人緊趕慢趕，才在日中時分望見了久別的燕都薊城。

快接近城門時，蘇秦回頭問了新燕王的特使一句：

「你知道老燕王葬在何處？」

「知道，就在城外不遠。」

「既然就在城外不遠，那我們別忙著進城，你帶我去老燕王墓前，我想先祭拜祭拜他老人家，然後再進城晉見新燕王。」

「蘇相想得周到。那麼，蘇相就跟小人走吧。」特使說著，便調轉了馬頭。

約一個時辰後，特使引著蘇秦來到了一個小山坡前。山不高，但滿山都是郁鬱鬱蔥蔥的林木，環境清幽靜謐。蘇秦吩咐兩位隨行的趙國官差和秦三、游滑二僕在山腳前駐車繫馬等候，自己則隨新燕王特使沿著一條筆直的林間小道，攀上幾十級石階，來到了一片約有幾十畝大的園子。

「蘇相，這就是歷代燕國之君的陵園。那個新墓，就是老燕王的陵寢了。」

新燕王的特使一邊說著，一邊順手給蘇秦指點著。

蘇秦一見那座隆起的新墳，和墳前新樹起的一座高大的墓碑，三步兩步便搶到了近前，「噗通」一聲，倒身便拜。

看著燕文公的墓碑，蘇秦彷佛看見了燕文公那蒼老而親切和藹的面容，眼前立即浮現出他老人家前後兩次接見自己的情景，由此聯想到自己的前世今生，不禁悲從衷來，淚如泉湧。

哭拜了約一個時辰，新燕王特使近前提醒道：

「蘇相，時候不早了，咱們快進城吧，還要晉見新燕王呢。」

蘇秦突然醒悟，自己因為感念燕文公知遇恩澤之情深切，回來後沒有先去拜見燕國新君燕易王，而是直接到了燕文公的墓前祭拜，這可是犯了官場大忌啊！

想到此，蘇秦忙隨燕易王特使離開燕文公墓前，急急驅車進城，前往燕王宮，拜見新君燕易王。

約一個半時辰後，當殘陽在山，紅霞滿天之時，蘇秦這才隨燕易王特使急急趕到了燕王宮。未及通報，特使就帶著蘇秦直接入宮了。

此時燕易王一身孝服在身，悲傷之情還流露於眉宇之間。蘇秦首先向燕易王恭恭敬敬地表達了哀悼慰問之意，接著又大大頌揚了一番燕文公的功德，同時也在燕易王面前情真意切地感念了一番燕文公對自己的知遇之恩。並順帶向燕易王說明了自己因為感念燕文公恩情心切，已經先到燕文公陵前拜祭過了。

燕易王聽了，覺得蘇秦真是一個有情有義的人，也是一個非常明白事理與規矩的人，因此，情不自禁地就對蘇秦表露出親切有加的情緒，不僅賜座進水，還與蘇秦促膝長談起來。

蘇秦於是就將這些年來，受燕文公之托出使趙、韓、魏、齊，遊說四國之君加入「合縱」之盟的情況一一仔細向燕易王作了稟報。燕易王聽到蘇秦說到齊國已經答應入盟「合縱」集團的消息後，感到特別高興。因為燕國南鄰齊國，齊宣王一直野心勃勃，今年兩次攻打燕之權，父王文公之死在很大程度上就是因為燕、齊交戰，燕國危急，他老人家日夜憂心，派人四出求救，並在外交上與秦、趙、齊進行博弈，操勞過度，心力交瘁，才會這樣快地離開了人世啊。如今，齊國同意入盟「合縱」集團，那麼燕與齊就都是同一戰壕的戰友了，是手足兄弟了，燕國南境最強大的邊患就可以解除了。

想到這，他真是高興！同時，也不得不佩服蘇秦的遊說功夫，於是情不自禁地脫口誇獎道：

「先生『合縱』之計，可謂功在當代，利澤千秋！從今而後，山東諸國可保相安無事，天下黎民都將免於涂炭也！」

蘇秦聽了燕易王的誇獎，不僅非常高興，同時也從心底感佩燕易王的賢明，他能看到「合縱」之計的深遠意義，這不容易啊！

由此，蘇秦與新主燕易王感情日深。君臣常常促膝長談，有時甚至徹夜長談，談天下大勢，談燕國的未來，規劃燕國的發展大計。越談越傾心，越談越覺得其樂融融，君臣感情與日俱增，以致蘇秦計畫中的離燕往楚日程一拖再拖。

然而，周顯王三十六年十月二十九，意想不到的事情發生了。這一天，從辰時到未時，相繼有十四快騎接連飛奔進入燕都薊城。

「稟大王，齊軍佔我武垣。」

「稟大王，齊軍奪我陽城。」

「稟大王，齊軍侵我曲逆。」

……

燕國南部邊境十城相繼被齊軍奪佔的急報還沒報完，燕易王早已昏厥過去。

當蘇秦從燕王的宮使那裡獲悉齊國軍隊突然於十月二十七、二十八兩天之內以迅雷不及掩耳之勢攻奪了燕國南部十座城池的消息，以及燕易王聞報昏厥過去的奏報時，他也差點當場昏厥過去。因為這太出乎他的意料了，他無論如何也想像不出會有這樣的事情。開始他還不相信，因為他剛剛遊說過齊宣王，齊宣王親口答應「敬以敝國以相從」，同意入盟山東六國「合縱」集團。他是一個大國之君，怎麼可能如此出爾反爾，言而無信呢？再說了，燕國現在還是處於國喪期間，再怎麼不講信義的國君，也不至於如此趁人之危，冒天下之大不韙啊！

想到此，蘇秦急忙親赴燕王宮，想一探究竟。

就當蘇秦正要出門之時，燕王的宮使已經來傳他了：

「蘇相，大王傳您宮中相見。」

「大王怎麼樣了？我正要去探視他呢。」蘇秦真誠地說道。

「大王現在已經醒過來了，正等著您說話呢。」

蘇秦一聽這話，不禁呆住了，不知該如何面對燕易王？

「蘇相，快走吧，大王正等得著急呢。」好久，見蘇秦呆立不動，宮使不得不催促了。

約半個時辰後，蘇秦懵懵懂懂地隨宮使進了燕王大殿。遠遠的，他就看見了燕易王陰沉著臉，氣哼哼的樣子。

儘管心裡慌亂不已，但蘇秦仍然控制著情緒，保持著平靜的態度。然而，就在他走到燕易王跟前，要行君臣大禮之時，燕易王已經氣呼呼地開口了：

「往日先生貧困落魄，潦倒至燕，先王傾情相待先生，拜先生為燕相，委先生為燕使，資先生以金帛，車駕儀仗鮮明而見趙王，約六國以為『縱』。歷數年，先王已逝，先生回稟寡人『合縱』將成，齊王也允諾『敬以社稷以相從』。而今言猶在耳，齊國就趁我國喪未除之際，襲奪我南境十城。而今，燕國與寡人都因為先生之故，而為天下笑；先王九泉之下，也要為此而蒙羞。請問先生，您現在還有什麼話要跟寡人說呢？」

蘇秦囁嚅了半天，也沒有說出一個字。

燕易王見此，以為是蘇秦心虛，前此向自己稟報的不是事實，而是虛報其功。於是故意將了一軍道：

「先生前此既有能耐，說得齊王『敬以社稷以相從』；而今，不知先生能否為寡人向齊王討回被奪十城？」

蘇秦一聽燕易王這樣說，便知道話裡的意思了，如果不是自己在吹牛，真有一舌敵萬師的本事，那麼能夠說得齊宣王加入六國「合縱」之盟，也就應當能說得齊宣王歸還燕國被侵奪的南境十城。

如果討不回這十城，那麼就證明他蘇秦以前所說的一切都是假話，是欺世盜名的大話。

想著燕易王如此不信任自己，說出這等絕情的話來，蘇秦不免心灰意冷，同時一股「士可殺，不可辱」的骨氣噴然而出，一咬牙，直視燕易王，堅定地說道：

「既然大王這樣說，那麼臣請求再往齊國一趟，一定為大王討回被奪的十城。」

說完了這句賭氣的話，蘇秦感到有一種從未有過的痛快。可是，未等踏出燕王大殿的門檻，他就有些後悔了。因為他明白，既然齊宣王能夠在允諾入盟「合縱」集團之後不到三個月，就能背信棄義地做出奪燕十城的事情來，那麼自己再到齊國以「合縱」盟約來說服他，以「信義」二字來要他吐出已經吃進的燕國十城，這豈不是要從虎口裡拔牙嗎？

## 4 一舌敵萬師，為燕取十城

垂頭喪氣地走出了燕王大殿後，蘇秦帶著兩位趙國官差和秦二、游滑兩個隨從，坐著兩駕馬車，又原路趕往齊國之都臨淄。

從臨淄到薊，和從薊往臨淄，不僅是行進的方向有改變，而且季節也不同了，景色也大有改變，蘇秦的心情更是大異。

從臨淄到薊，他是為燕文公奔喪。時當八月深秋，萬物凋零，秋風蕭瑟，想起燕文公的恩德，想到自己潦倒落魄的前半生，想到自己「合縱」大計行將成功之際，燕文公老人家卻溘然長逝，不能親見他的「合縱」之計成功後天下太平的景象，他的心情如遠山近野之色一樣灰暗，他的眼淚如秋風中飄舞的落葉一樣嘩嘩直下。儘管馬不停蹄，車輪飛轉，晝夜兼程，但是想到燕文公，他還是嫌馬兒跑得不歡，車輪轉得太慢。他想早點回到薊，去祭拜自己的知遇恩人燕文公。他還想稟告燕文公有關「合縱」計畫的進展情況，以告慰他老人家的在天之靈。

從薊往臨淄，他是為燕易王去向齊宣王討還被侵奪的南境十城。此時正當十月初冬，北國之燕已是大雪紛飛，到處都是冰天雪地，大地一片白茫茫。此時，他的心如冰一樣冷，因為燕易王懷疑自己對燕的忠心，懷疑他是否真的已經說服了趙、韓、魏、齊四國之主入盟「合縱」集團，世上還有什麼比不能被人信任更令人心冷的呢？還有，齊宣王作為一個堂堂大國之主，明明信誓旦旦地跟自己說過：「敬以社稷以相從」，卻在自己走後不到三個月，而且還在燕國國喪期間，就背信棄義地悍然對「合縱」盟國燕國發動了突然襲擊，奪佔燕之南境十城。一個有威望的齊國之君，竟然做出這種不仁不義的事來，怎麼不讓他心冷？

坐在車中，望著車外白茫茫的一片大地，沒有邊，沒有際，他覺得自己此行遊說齊宣王歸還燕國被侵十城的目標，正像這白茫茫的大地，望不到邊際。雖然天凍地滑，馬車已經跑得比回薊時慢得多了，但他還是覺得太快，因為他一直還想不出一個見了齊宣王時如何有效說服他的方法。

周顯王三十六年十二月十五，歷經一個半月，蘇秦終於到達齊都臨淄。

儘管同樣的路程，從薊往臨淄比上次從臨淄回薊多花了半個多月的時間，但這一個半月的漫漫旅途，蘇秦終於在冥思苦想中想到了一個辦法，他相信，他不僅可以說服齊宣王歸還燕國被侵奪的十城，還能讓齊國再次回歸到六國「合縱」的陣營。

由於熟門熟路，下得車來，在門禁官的導引下，蘇秦徑直登堂入室，很快又見到了齊宣王。齊宣王見蘇秦又來了，知道他所來為何，更知道他將要說什麼。頓時顯得忸怩不安，神態極不自然。

蘇秦一見，便知此時齊宣王的心理，他大概是怕自己要質問他為何背信棄義，為何同室操戈，為何趁人之危？

但是，蘇秦卻沒有，而是先恭敬有加地向齊宣王跪行君臣大禮，然後滿面春風地說道：

「臣今日一進臨淄，就聽人說大王最近有一件大喜事？」

「武安君聽說了什麼？」齊宣王故意裝糊塗。

「臣聽說大王新得燕國南境十城。」

齊宣王一聽，心想，壞了，他還是提起了這事。要是他拿前次自己的盟約來質問自己，那自己還真的是理屈辭窮，無言可以相對的。

「齊本是泱泱大國，而今大王又開疆拓土，新得燕之十城，真是可喜可賀！」正當齊宣王心中惴惴之時，蘇秦突然說道。

齊宣王一聽這話，先是錯愕地看了看蘇秦，然後默默地點了點頭。心想，他還算是給自己面子，也算得是個識時務的人。如果他真敢拿什麼信義跟寡人說理，那就大家臉上都不好看了。寡人既然已經做出來了，你又能拿寡人怎麼樣，拿齊國怎麼樣？要知道，這個世界從來都是信奉霸道的。什麼仁義，什麼道德，什麼誠信，能夠比拳頭大，能夠比刀劍管用？國家之間，從來就是只講實力不講是非的，有實力就有理，是也是是，非也是是，沒有什麼可講的。這個道理，寡人比誰都明白。

「唉！」

正當齊宣王一掃原先的尷尬神情，一臉燦爛時，蘇秦突然仰天長歎了一聲。

齊宣王還沒反應過來，連忙問道：

「武安君所歎何為？」

蘇秦見齊宣王已然上鉤了，先看了他一眼，然後語帶悲愴地接口說道：

「臣歎齊國滅頂之禍已臨，而大王尚不察知，故有此歎！」

齊宣王一聽，頓時勃然大怒，按劍而起，逼向蘇秦道：

「武安君何以一會兒慶賀寡人，一會兒又為寡人而歎？」

蘇秦見齊宣王咄咄逼人之態，並不害怕。相反，他從齊宣王的這一失態行為，已然看出了他的外強中乾。於是，心裡更是鎮定，有意擺出一副氣定神閑的樣子，從容不迫，不緊不慢地接著說道：

「一個人餓得奄奄一息，行將斃命，可就是不肯吞食烏喙，為什麼？」

齊宣王一聽蘇秦突然問了這樣一個問題，覺得莫名其妙。但情不自禁間，卻停下了逼往蘇秦的腳步。

蘇秦見此，以為齊宣王不知道自己所說的「烏喙」是什麼，遂問道：

「大王知道烏喙嗎？」

「寡人怎麼不知道烏喙呢？不就是一種叫『烏頭』，又叫『天雄』的植物嗎？」

「那麼大王見過嗎？」蘇秦為了調動齊宣王的興趣，故意引導地問道。

果然，齊宣王來勁了：

「寡人小時候每到秋天，就常隨人到野外觀賞。因為它的花瓣形狀非常奇特，是呈盔狀的。開出的花是青紫的，也極好看。還有，它的葉輪也有特色，呈五角形，三片全裂，側裂片又兩裂，各裂片再分裂，有粗鋸齒。」

看到齊宣王說得津津有味、興高采烈地樣子，蘇秦連忙恭維地說道：

「臣萬萬沒想到，大王不僅雄才大略，而且還如此博聞強記，興趣廣泛，真是天下少見的英主！」

聽到蘇秦這樣一恭維，齊宣王情不自禁地又退回到自己的座位上，並且顯得神情慈祥多了。

蘇秦見此，覺得火候差不多了。遂又回到先前的話題，說道：

「大王既然對烏喙如此了解，那麼，自然知道人們不食烏喙的原因了。」

「寡人當然知道。烏喙只是一種可觀可賞的植物，看著賞心悅目，但卻萬萬吃不得。特別是它那碩大的側根，稱為『附子』，是毒性極大的。如果有人不知而誤食了，立時三刻就會嗚呼哀哉的。」

齊宣王鑿鑿有據地說道。

「原來大王了解得這麼深？根據大王的說法，臣倒是悟到了一個道理。」

「什麼道理？」齊宣王問道。

「就是說，人饑餓之極也不肯吞食烏喙，乃是因為吞食了烏喙，雖可苟且果腹，但實際上是與死同患的。」

「對，正是這個理，一點沒錯！」齊宣王立即贊同道。

蘇秦立即順勢說道：

「大王，那麼齊國奪佔燕國十城，是不是有點餓而食烏喙的意味呢？」

齊宣王一聽，心裡一沉，心想，怎麼他又繞回來了？但是，他還是沉住了氣，以問代答道：

「這和烏喙有什麼關係？」

蘇秦立即接口道：

「怎麼沒有關係？燕國雖然弱小，但是，當今的燕王卻是強秦之王的少婿。大王得罪了燕王，不就等於得罪了秦王。得罪了強秦，其後果與吞食烏喙有什麼兩樣？」

齊宣王一聽這話，頓時一激靈，心裡馬上打起鼓來：寡人怎麼把這碼事給忘了呢？前幾年，確是有人專門向寡人稟報過，秦惠王以其愛女遠嫁燕文公之太子。而今這燕太子就是燕易王，秦惠王就是這燕易王的老丈人了。唉，失誤！失誤！寡人在決定突襲燕國南境十城時，怎麼就把秦、燕這一層翁婿關係給忘了呢？唉，這下可捅了馬蜂窩了。寡人之齊雖強雖大，但終究不是強秦之敵手。

想到此，齊宣王不免面露緊張之色。

齊宣王的這一神色之變，早被擅長察顏觀色，長於分析他人心理的蘇秦看得一清二楚。這是他在路上一個半月苦思冥想出來的說服策略，他就是要拿強秦來壓齊宣王。因為他知道，也只有拿秦、燕的翁婿關係和秦國的強大武力，才有可能鎮得住這個天不怕地不怕，敢於冒天下之大不韙，公然背約棄信，且不講任何道義，在燕國國喪期間對弱小的盟國悍然偷襲，一口吞下燕國南部十城的傢伙。

見到自己路上定下的說服策略已然奏效，蘇秦遂不等齊宣王有喘息的機會，又繼續恐嚇道：

「而今，大王貪戀燕國十城，而與強秦結下深仇，得與失，孰多孰少？利與害，孰大孰小？還望大王三思！」

齊宣王雖然默然無語，但是蘇秦心裡明白，自己話說到這個份上，相信齊宣王一定會慎重考慮，並權衡利弊的。兩害相權取其輕，兩利相權取其大，這是做國君治國的不二法寶，他齊宣王作為大國之君，豈能不懂？

想到此，蘇秦又抬頭鄭重地看了齊宣王一眼，然後窮寇緊追地說道：

「而今，齊國與強秦結下仇恨，秦王勢必會高舉匡義之大旗，廣招天下之精兵，以燕國之師為雁行先鋒，強秦大兵控壓於其後，糾合其他諸侯之兵一起東進，與齊一決雌雄。大王之國雖強雖大，但在秦、燕等天下之師的共伐之下，恐怕也是危如累卵的。如此，大王奪燕十城而招來的滅頂之禍，與人饑而吞食烏喙的情況又有什麼兩樣呢？」

蘇秦把話說到底了，也說得明白、清楚，沒有絲毫的含糊與婉約。這下，齊宣王更加緊張了，情不自禁地脫口而出道：

「事已至此，武安君以為該怎麼辦才好呢？」

蘇秦一聽，知道齊宣王已經徹底向自己屈服了。心想，既然他肯問計於自己，豈能放過這個絕佳的機會？遂立即裝出熱心、真誠的樣子，連忙為他出謀劃策道：

「大王，臣聽說古人有這樣一句話：『聖人之治事，善轉禍而為福，因敗而為功。』昔日齊桓公曾有辜負婦人的惡名，後來卻益發的受到天下諸侯的尊崇；而晉國的韓厥呢，雖秉公執法得罪了恩公趙盾，但最後卻二人相得，交情愈固。這是歷史上非常有名的善於『轉禍而為福、因敗而為功』的典範，想必大王也是知道的。」

齊宣王一聽，不住地點頭稱是。因為蘇秦上面所說的兩個典故，齊宣王都非常熟悉。

桓公負婦人的典故，說的是春秋霸主齊桓公的事，那可是齊宣王的祖先啊！齊宣王的這個先祖桓公，是個有名的酒徒色鬼，飲酒窮樂，食味方丈，好色無別。不僅宮中設七市，有女閭七百，淫樂無度，而且還常常披頭散髮為婦人駕車，日游於鬧市，國人議論紛紛，批評之聲不絕於街巷阡陌。周惠王二十年（齊桓公二十九年，即西元前六五七年），桓公與夫人蔡姬戲於船中。蔡姬素習水性，搖盪其舟以逗桓公。桓公懼怕，連連制止。可是，蔡姬一時興起，就是搖而不止。出得船來，桓公大怒，就將蔡姬逐回娘家。蔡姬歸蔡，蔡侯大怒，立即賭氣將蔡姬另嫁他國之主。為此，桓公衝冠一怒，就於次年春（西元前六五六年）率諸侯之兵，共伐蔡國。蔡國是個小國，哪是齊桓公的對手。齊桓公大兵一到，蔡師一觸即潰。於是，桓公又乘機伐楚，大敗之。桓公因婦人之累而興發的戰爭，最終卻成就了他九合諸侯，一匡天下的霸業巨功。

韓厥開罪趙盾之典，說的也是春秋時代的往事。晉靈公初年，趙盾為執政。靈公六年（西元前六一五年），西鄰強秦起兵犯晉，攻佔晉之羈馬，情勢非常危急。趙盾立即緊急組織動員晉國的軍事力量，準備出師反擊。但出師前，趙盾卻找不到一個合適的掌軍大夫——司馬，這可難壞了他。因為他知道，此次與強秦一仗非同小可，它直接關係到晉國的生死存亡。因為秦國緊鄰晉國，秦國日益坐大，秦、晉矛盾又日益加深，秦、晉較量乃至決戰勢不可免。此次秦國犯境，其勢咄咄逼人，是向晉國發出的強烈挑戰。因此，即將開始的這一仗，晉國只能贏不能輸。但秦、晉勢均力敵，晉國要贏秦國又談何容易？因此，趙盾心裡非常明白，為了保證此役取勝，物色到一個合適的掌軍大夫，才是最為關鍵的。於是，趙盾就在朝中諸官中反復察考，最後他向晉靈公鄭重推薦了韓厥為司馬，執掌晉國的軍政大權。但是，推薦韓厥後，趙盾還是放心不下，他怕看錯了人，會造成對國家的致命傷害。如果自己推薦的司馬人選錯了人，不僅會直接影響到即將開始的秦、晉之戰的結果，還會對今後晉國與秦國的實力對比的改變產生深遠的影響。這可是關係到晉國生死存亡的大事。為此，趙盾坐立不安，心甚憂之。考慮再三，趙盾決定臨陣再考察一下韓厥。於是，在晉軍出師前，趙盾有意派人乘著自己的車駕干犯軍列。沒想到，韓厥毫不猶豫地將干犯軍列者執而殺之。於是眾人都議論道：「韓厥必無善終！執政早上提拔他為司馬，他晚上就拿執政的車駕開刀，這樣的人，誰能容得下？」大家都以為，這下執政趙盾一定會罷免了韓厥的司馬之職。沒想到，趙盾宣召韓厥而禮遇有加，並勸慰道：「我聽說前人說過這樣一句話：『事君者，比而不黨。』講『忠信』而行『義』，這就是『比』；為私利而舉人，這就是『黨』。軍事上的事神聖不可干犯，但是犯了之後要能坦蕩不隱，這才叫『義』。我舉薦你於晉君，怕的是你不能勝任其職。如果我所舉之人不能勝任其職，那就是結黨營私了。而天下之害，則無過於此。事君而結黨，我何以執政？正因為有此考慮，所以我才故意設計考察你。希望你好自為之，自求多福！如果你真有才能，那麼將來監帥晉國，也是非你莫屬了。」然後，趙盾又遍告諸大夫道：「諸位可以祝賀我了！我舉薦韓厥，總算沒有看錯人。現在，我終於可以肯定地說，今後我將免於罪了。」結果，韓厥不負趙盾的殷切期許，與秦師戰於河曲，一戰而勝，秦師敗績而西遁。

蘇秦見齊宣王點頭，知道齊宣王知道自己上面所舉的兩個典故，並明白其寓意。於是，就直接點明主旨了：

「而今為齊國江山社稷考慮，臣以為，大王不如主動歸還燕國十城，並遣使往咸陽，向秦王卑辭謝罪。那麼，秦王一定會覺得很有面子，認為齊國歸還燕國十城都是因為他的緣故。這樣一來，秦王一定會感念大王、感念齊國，這不正是前人所說的『棄強仇而得石交』嗎？而燕王無故而複得十城，也會感恩於齊國、戴德於大王，這豈不是前人所說的『捐前嫌而立厚交』嗎？」

齊宣王聽了，頻頻點頭。

蘇秦於是續又發揮道：

「秦、燕之王皆感恩戴德於大王，則燕、秦今後必臣事於齊。如此，大王若要號令天下，何人敢於不從？」

蘇秦這兩句，給齊宣王戴了一個「天下共主」的大帽子，使好大喜功的齊宣王大為高興，不禁拈鬚而笑，頻頻點頭。

蘇秦已經跟這個齊宣王交手了三次，早已經摸透了他的心理。於是，決定索性再吹拍他幾句，反正吹拍是自己的強項，又不費什麼成本。遂續又說道：

「大王以虛辭附秦，而以十城取天下，這可算得上是霸王之大業啊！」

齊宣王聽到此，情不自禁地拍案叫道：

「好！」

於是，立即頒令歸還燕國十城。

至此，蘇秦終於完成使命，為燕易王討回了被襲奪的南境十城。於是，辭別齊宣王，登車起駕而出臨淄城。

可是，剛出臨淄城門，就見後面煙塵滾滾，蘇秦不知發生了什麼事。還未容他細想，一隊隊車馬已然到達他的眼前。

蘇秦只得叫停車駕，想看個究竟。這時，從中央一輛軒昂高車上走下了齊宣王。這可讓蘇秦大吃一驚，怎麼齊宣王會親自追出城門？這下，既讓他驚奇不已，也使他更加糊塗了。

不等蘇秦明白過來，齊宣王已經讓人送上了黃金千斤。

接著，齊宣王又於道途之上向蘇秦頷首拜揖，口稱：

「若蒙武安君不棄，寡人願與武安君結為兄弟。」

此言一出，更讓蘇秦驚愕不已。蘇秦連說：

「豈敢！豈敢！大王是何人，蘇秦又是何人？」

但蘇秦轉思一想，覺得齊宣王又是送金，又是要結兄弟，如此作派，肯定是有事要求自己。於是，就對齊宣王道：

「大王有何見教，敬請吩咐，臣願肝腦塗地，以效犬馬之勞。」

果然不出蘇秦所料，齊宣王確實是有求托於蘇秦的：

「寡人不敏，一時為臣下之言所蠱惑，有開罪於秦王與燕王的地方，煩請武安君代為周全。」

蘇秦一聽，心裡不禁失笑，這齊宣王也真是有意思，想當初偷襲燕國十城時，怎麼就沒想到秦王的厲害呢？今天被俺一嚇，就嚇成這個樣子，看來這齊宣王真是個不折不扣的外強中乾的傢伙。

這下，蘇秦對齊宣王的底細與心理就更吃透了。

儘管此時蘇秦心裡已經有些鄙視齊宣王了，但表面仍裝得非常恭敬，連忙接口說：

「承蒙大王不棄，臣定當竭盡心力，敬請大王寬懷！不過，臣還有一言，敬請大王留意。」

齊宣王一聽，連忙問道：

「武安君有何高論，敬請賜教！」

蘇秦於是不緊不慢地說道：

「強秦固然不可輕忽，近鄰則更不宜結怨。臣以為，山東六國相親，才是齊國長治久安之長策。」

齊宣王一聽便明白了，蘇秦這是在委婉地提醒自己，不要再背棄前此的「合縱」之約，做出在六國之間相互殘殺的事了。但是，蘇秦的話說得婉轉，給足了自己面子。於是，忙不迭地應道：

「武安君金玉之言，寡人自當銘刻在心。」

於是，賓主各作依依不捨狀，分道揚鑣而去。

# 第十章　楚山楚水一萬重

## 1　邯鄲述職

道別了齊宣王，蘇秦又攜二位官差及秦三、游滑二僕上路了。

走不多遠，秦三突然說道：

「少爺，您現在幫燕王討回了十城，這下他該高興了，也會更敬佩少爺了！」

「那當然，這世上恐怕再也找不到第二個像少爺的人了，能夠空口說白話，還能得到這麼多黃金。」游滑接口道。

蘇秦回頭看了看二人，沒有吱聲。

行不多遠，蘇秦突然讓車伕把車停住了。

「少爺，怎麼不走了？」游滑問道。

「少爺，這寒冬臘月的，您還親自回燕都覆命嗎？」秦三也問道。

「是啊，少爺，上次過易水，俺們差點沒凍死。」游滑連忙提醒道。

一聽這話，蘇秦立即對游滑上下打量了一眼。見他現在衣冠整齊，面有得色，不禁在心底感慨萬千。

而游滑被蘇秦這樣看了一下，頓然渾身不自在起來，想起剛才的話，不禁慚愧地低下了頭，不再說話了。

沉默了片刻，蘇秦轉過頭來，問秦三道：

「你覺得我們現在該不該回燕都呢？」

「當然應該！只是這天寒地滑，少爺何必親自跑一趟呢？」

蘇秦一聽，心中不禁一動，是啊，我何必自己親自跑一趟呢？寫封書信向燕易王稟報一下討回十城的情況，不是也一樣嗎？當初從燕都出來時，燕易王對自己那樣不信任，現在回去怎麼見面啊？反正自己現在已經為燕易王討回了失去的十城，這回去不回去又有什麼差別呢？如果現在回去，不管怎麼向燕易王稟報討回十城的經過，都會使燕易王感到非常尷尬的。如果這樣，那以後君臣怎麼相處呢？相反，現在不回去，淡化這討回十城的功勞，反而會使燕易王覺得慚愧，心中加倍感念自己的好處。俗話說：「小別勝新婚。」夫妻之間的關係如此，君臣、賓主之間的關係何嘗不是如此呢？

想到此，蘇秦當機立斷地說道：

「不回燕都了，我們先往前面走一程，找個大些的驛館，我給燕王寫封書信，就請二位趙國官差辛苦一趟，飛馬直送燕都。然後，我們再繼續南下，到楚國。」

「少爺的這個主意好！」秦三、游滑幾乎異口同聲地贊道。

一夜無話。

第二天一大早，蘇秦將昨夜寫好的帛書封好，叮嚀交代了一番兩位官差後，也就登車出發了。

可是，走了一程之後，蘇秦突然發覺，儘管自己的車上現在還插著趙王特使的旗號，但車前車後連一個官差也沒了，跟隨自己前後的，只是兩駕馬車、兩個僕從、兩個車伕而已。這樣，哪裡有一點官方的色彩？簡直與當年東奔西顛，四處遊說求售時的情景差不多了，人家哪裡會想到自己就是燕、趙之相和趙國一人之下、萬人之上的武安君呢？

想到此，蘇秦頓感有些失落。

正在這時，突然聽到游滑在後面輕聲跟秦三說道：

「少爺就這樣到楚國去見楚王，恐怕不行。」

蘇秦一聽，心想，這個奴才，現在比我還講究，他大概已經習慣了隨我一道前呼後擁、浩浩蕩蕩、人前人後風光的排場了。

蘇秦正在這樣想著的時候，又聽秦三反問道：

「為什麼不行？」

「你看，少爺的隨從連一個官差也沒有，就俺們兩個僕人，還有兩個駕車的車伕，就這兩駕馬車，人家楚王能相信你就是趙國的武安君？」

「武安君就是武安君，難道還假得了？」秦三不同意游滑勢利的說法。

「嗨，」游滑先不以為然地「嗨」了一聲，然後接著說道：「你沒聽人說過這樣的俗話：『人靠衣裳馬靠鞍』嗎？還有一句呢，叫做：『狗咬穿破衣』。這世道狗都勢利，更何況是人呢？」

秦三一聽，不吱聲了。

而蘇秦一聽，則想了很多。是啊，就這兩駕馬車出使楚國，確實太顯寒酸了。不僅往南迢迢萬里的路上有些冷冷清清，而且到了楚都，沒有氣派、氣勢，這楚王是否能看重自己，甚或說相信不相信自己就是趙國之相與武安君，那都會有問題。游滑的話雖然有些勢利、世俗，但也不無道理啊！

想到此，蘇秦便有了再回趙都邯鄲，重新搬回儀衛車駕的想法。

可是，當他看到兩駕馬車飛速前行，遠比原來大隊人馬迂緩行動要快得多時，頓時又轉念想到，還是秦三說得對，自己這個趙國之相與武安君，無論如何都是假不了的。既然如此，何必再講什麼排場呢？如果此時再折回趙都邯鄲搬取車駕儀衛，所費時間就不是一天兩天了。若是因此耽誤了遊說楚王的最佳時機，誤了「合縱」大計，那就得不償失了。這樣想著，他又心安了。

十二月二十，車馬行至齊國濟水之北，正準備渡濟水往南，前往齊國濟水之南的曆下休整。時近正午，突然迎面來了一隊浩浩蕩蕩的車隊儀仗。

「少爺，您看！」秦三、游滑幾乎同時驚呼道。

正在沉思中的蘇秦，不禁抬眼一望，看到是打著魏國的旗號，知道是魏王派往齊國的使節車駕，那陣勢，不僅威風，也很風光。

望著浩浩蕩蕩的魏國使節車隊呼嘯而過，蘇秦先是一陣欣慰，後則一番沉思。

令他欣慰的是，這幾年，魏國跟齊國套得很近乎，這符合自己要組織「合縱」的目標。因為只有「合縱」盟國之間相親，才能保證「合縱」集團能夠擰成一股繩，合成一股強大的抵抗強秦的力量，從而形成東西勢均力敵的均衡之勢，自己掌控「合縱」之盟，才能榮華富貴永固。

讓他沉思的是，車駕儀衛與遊說楚王的成功，到底有沒有必然的聯繫。如果有聯繫，那麼自己就應該折返趙都邯鄲，搬取車駕儀衛，然後再加快速度，把耽擱的時間補回來。如果沒有必然的聯繫，那也不不必費事了。

沉思了片刻，望著魏國使節車隊消失在遠方的原野之上，蘇秦突然醒悟：這車駕儀衛不是小問題，不可忽視！因為它不僅僅是一種排場，更是一種地位的象徵。除此，作為國使的車駕儀衛，它還另有一種外交上的特殊意義，即象徵著出使國的實力與威儀，也表達了一種對到訪國的尊重含義。是啊，如果自己以這兩駕馬車，帶著兩名私僕，就輕率地到楚國去遊說楚王，不僅讓楚王覺得趙王不夠尊重楚國，也會讓楚國看輕了趙國。

正當蘇秦這樣想著的時候，車伕突然停下車子，回頭問道：

「武安君，馬上就到濟水了。渡過濟水，就是曆下城。如果過了濟水，就只能往南行，不能再回邯鄲了。您看怎麼走？」

「不是說過了嗎？不回邯鄲，往南直奔楚國之都。」蘇秦不解車伕為什麼突然這樣問，所以又明確地說道。

「武安君，這個小人知道。小人是想，邯鄲就在濟水之北，離這兒也不遠，反正往楚國之都還得往西走，然後再折向南。要是武安君願意的話，不如索性再往西多走幾步，就可以到趙國之都邯鄲了。」

一聽車伕這樣說，蘇秦這才想起車伕就是趙國人，經常為趙王出使各國的使節駕車，路線很熟。於是，不假思索地回答道：

「既然如此，那就先回邯鄲一趟。不會耽擱太多時間吧。」

「放心，武安君！不會耽擱多少時間的，也就是多個十多天吧，以後能夠找得回來的。」車伕胸有成竹地說道。

於是，兩駕馬車突然西折，不再南渡濟水了，繼續往西行進。到達齊、趙毗鄰的趙國西部重鎮博陵後，北渡河水，入趙國之境。然後，過武城，繼續西進，經巨鹿，最後便到達了邯鄲。

進入邯鄲城的這一天，恰好是周顯王三十七年（西元前三三二年）的正月初一。

趙肅侯見到歸來的武安君非常高興，因為他早就從儀衛長趙德官那裡了解到蘇秦現在組織「合縱」的進展情況了。現在，不僅趙國在國際上的地位提高了，而且他本人也快成了山東六國的盟主了。

而蘇秦見了趙肅侯，則既親切又感激。於是，仔仔細細、原原本本地向趙肅侯稟報了近兩年來奉命組織「合縱」之盟的進展情況以及接下來的打算。

趙肅侯聽後，對蘇秦的努力及目前「合縱」之盟的進展情況表示滿意與讚賞。君臣促膝長談，相聚甚歡。

在邯鄲停留了兩天，蘇秦便要向趙肅侯辭行道別。趙肅侯明白遊說楚國入盟，事不宜遲，也就沒有多留蘇秦，仍舊撥付原來那個陣容豪華的車駕儀衛給蘇秦，仍舊以趙德官為儀衛長，另有黃金絲帛之資。

## 2　召陵懷古

與趙肅侯依依辭別之後，蘇秦帶著浩浩蕩蕩的車駕儀衛，從邯鄲出發，先往東繞過趙國南部防禦魏國的長城，進入魏國境內，到達魏國北部與趙毗鄰的重鎮肥。

然後折向東南，到達鄴，再往南取道蕩陰、朝歌、汲，再往西南，過少水，到達魏國南部重鎮殷。

然後往南渡河水，進入韓國境內。先到廣武，二月中旬至滎陽。

滎陽是韓國東部最重要的大城，繁華不下於韓都鄭。於是，蘇秦便決定在滎陽略作休整。

這時，秦三便向蘇秦建議道：

「少爺，俺們可否繞道洛陽，回鄉探望探望……」

沒等秦三說完，蘇秦就搖頭否定了。游滑本來也想從旁攛掇幾句，因為他也是思念洛陽心切的。

蘇秦知道，秦三、游滑都是沒有什麼理想的小人物，他們就是平平常常的百姓，他們與其他人一樣，都是只知道眷戀故鄉，稍稍發達了點，就想在鄉人面前顯擺一下，出出風頭，這是可以理解的。但是，他蘇秦是做大事的人，就不能和他們一樣，兒女情長，更不應眷戀故鄉。現在正是「合縱」大計進展到最關鍵的時刻，說不定秦惠王派出的「橫人」也在馬不停蹄地向著楚國進發，要去說服楚威王，勸楚國加入他們的「連橫」集團呢！現在，是應該與時間賽跑的時候啊！雖然洛陽就近在咫尺，從滎陽往西，過了東周小朝廷鞏，就到了周顯王的地盤洛陽，快馬加鞭，也就是幾天的功夫，就可以見到自己日思夜想的爹娘與妻兒，看到魂牽夢縈的故鄉洛陽。但是，現在不是時候啊！

秦三、游滑見蘇秦搖頭否定了他們的建議，又看到他那深沉憂慮的神色，知道蘇秦考慮的是大事，不像他們這些下人想的都是小事，只有鼠目寸光。於是，他們只好深情地西望洛陽，搖搖頭，跟著蘇秦一行，繼續南行。

出滎陽，再取道管、華陽，到達韓國之都鄭。

到了鄭，蘇秦本來想順道拜見一下韓宣惠王，向他稟報一下「合縱」的進展情況。但轉思一想，覺得還是不見為好。如果見了韓宣惠王，不免又要虛與委蛇一番，要費不少時間。再說，韓宣惠王不是「合縱」大計的主持人，不向他稟報也是可以的。如果拜見了韓宣惠王，那麼也應該再到魏國之都大梁去一趟，也應該向魏襄王稟報一番的，因為大梁往東走，也是要不了幾天時間就可以到達的。

想到此，蘇秦吩咐車駕繞道鄭城之外，往南快速出韓國之境，復又進入魏國之境。

二月底，抵達魏國南部重鎮岸門。

繼續南進，三月初，抵達魏國最南部的另一大城郾。

過郾，就進入了此行的目標國——楚國境內。

從魏城郾越境入楚，向東第一站就是楚國北部重鎮召陵。

三月初九，車隊在離召陵城還有十里時，經過的道旁有一個高高的土臺。蘇秦一見，連忙讓車伕停車。然後，下車，慢慢地踱過去，再慢慢地登上那個土臺。趙德官一見，連忙跟上。

登臺極目遠眺了一番，蘇秦見趙德官也登上了土臺，遂隨口問道：

「你知道這個土臺子是幹什麼的嗎？」

「武安君，小人不知。」

「別看這是個普通的土臺子，它可是三百多年前齊、楚二國會盟之所啊！」

「噢，原來如此！那麼，武安君，齊、楚二國為什麼在這裡會盟呢？」趙德官問道。

「這個，說來就話長了。」

「小人無知，正好這一路也好跟武安君長長學識。」

蘇秦又極目遠眺了一眼周圍廣闊的原野，然後以深沉的語氣，慢慢地說道：

「三百多年前，齊桓公休歸夫人蔡姬，蔡侯衝冠一怒，一氣之下，把蔡姬別嫁了他人。齊桓公聞知，立即勃然大怒。」

「他不是把蔡姬休了嗎？還發什麼怒？」趙德官不解地問道。

「齊桓公是當時的天下之霸，豈能容忍蔡侯別嫁女兒，豈能容忍別人染指他的女人？在他的心目中，再嫁、再娶蔡姬，都是存心冒犯他的天威。」

「這可真夠霸道的！」趙德官情不自禁地評論道。

「蔡姬休歸的第二年春天，齊桓公就糾合各諸侯國之師，大舉伐蔡。」

「結果，怎麼樣？」趙德官著急地問道。

「你想，結果還能怎麼樣？蔡國是個小國，對付齊國根本別談，更何況齊桓公率領的是諸侯各國之師。齊桓公率師一出，蔡國軍隊立即望風潰逃。」

「後來呢？」趙德官又問道：

蘇秦又望了望遠方，仿佛親見到當年的情景似的，深沉地敘述道：

「齊桓公一舉擊潰蔡師後，乘機越過蔡國之境，進軍楚國。」

「楚國又沒惹他，他這不是師出無名嗎？」趙德官也覺得齊桓公太過份了。

「是啊！當時的楚成王也是這麼想的。聞聽齊桓公率諸侯之師侵犯楚境，立即親領大軍迎敵。一見面，他就質問齊桓公道：『君居北海，寡人居南海，風馬牛不相及，君為何無緣無故侵涉我楚國之地？』」

趙德官立即問道：

「齊桓公一定是被問得啞口無言了吧？」

「嗨，齊桓公根本不睬楚成王。只是齊相管仲答話道：『昔日周召康公命我先君太公道：五侯九伯，汝可征之，以夾輔周室。並賜我先君太公可以征伐的範圍：東至海，西至河，南至穆陵，北至無棣。而今，楚國上貢周王的苞茅很久都沒見，周王連祭祀祖先的大禮都無法舉行。因此，我們奉周王之命，前來責成此事。還有，當年昭王南巡楚國，一去而不復返，這件事也要問問清楚的。』」

「那楚成王一定氣壞了吧。」趙德官又問道。

蘇秦回答道：

「那當然。楚成王覺得，這真是欲加之罪，何患無辭？於是，就予以駁斥道：『楚國沒有及時向周王上貢苞茅，這種事是偶爾有之的，這是寡人之罪，而今知道了，今後豈敢不貢？至於昭王出巡至楚而未歸，您應當到漢水之濱去問河神！』」

「楚成王為什麼要齊桓公去問河神呢？」趙德官又不解了。

「其實，周昭王南巡不歸的事實真相，當時天下人皆知。並不是管仲所說的那樣，是楚國人所加害。是周昭王在渡漢水時，渡到江心，船突然解體，意外溺水而死。所以楚成王要管仲到漢水邊去問河神。」

「噢，原來是這樣！」趙德官恍然大悟道。

蘇秦繼續說道：

「其實，齊桓公和管仲並不想跟楚成王講什麼道理，他們只是想為進兵楚國尋找藉口而已。於是，繼續進兵，三天之內，就進抵楚國的涇。但是，楚國畢竟是大國，齊桓公雖然有備而來，但也一時打不敗楚軍。於是，兩軍從春相持到夏，就僵在那裡。可是，齊桓公仍不退兵。楚成王沒有辦法，只得派楚將屈完率師，出奇兵繞道插入齊國境內。結果，逼迫齊師往北退紮到召陵。」

「就是現在的這個召陵，是吧。」

「對。齊桓公退兵到召陵後，還不死心。又以其所率諸侯之師人多勢眾，耀武揚威於楚國之師面前。屈完於是就對齊桓公說：『如果您講道理，依道而行，我們可以商量；否則，楚國就以方城為城，以江水、漢水為護城河，您的諸侯之師能進得來嗎？』」

「結果，怎麼樣？」趙德官急切地問道。

「屈完的話說得好，不卑不亢。齊桓公一聽，知道沒什麼希望了。於是，只得與楚將屈完在召陵築了這個土臺子，兩國約盟後，各自退兵而去。」

講完後，蘇秦又情不自禁地遠眺了一眼召陵周圍廣闊的原野，在臺上又徘徊了一會後，才在趙德官的催促下，走下了那個土臺子。

下到最後一個土階時，蘇秦又情不自禁地歎了口氣。

「武安君為什麼這麼傷感？那是齊桓公與楚成王的事，都幾百年過去了。」趙德官自作聰明地勸慰蘇秦道。

蘇秦看看趙德官，搖搖頭，道：

「齊桓公、楚成王，還有齊相管仲、楚將屈完，雖然都已經作古了，但是齊、楚二國都還在。而且這兩個國家自來都是山東最強大的國家，也是互相不服氣的國家，總是角力較量個沒完沒了。現在，不還是如此嗎？去年的『徐州之役』，楚威王無故征伐齊宣王，不正是當初齊桓公無故興師討伐楚成王的翻版嗎？」

趙德官一聽，連忙慚愧地說道：

「還是武安君想得遠！」

「好，快走吧。今天先進城，休整一下，明天早早出發。」

說著，蘇秦大步流星地往自己的車駕走去。登上車後，又忍不住憑軾環顧了一眼召陵四周的城郭、村落與平疇沃野。

## 3　山重水復到楚都

離開召陵後，蘇秦一行先抵上蔡，再過汝水，繼續南進。

三月中旬，抵達楚國重要的城池城陽。

由城陽再往南行，繞過桐柏山，就到了黽塞關。

黽塞關，位於由西北往東南綿延的桐柏山與大別山兩大山系之間。整個黽塞關，呈東南走向，峽深道狹，兩旁險岩壁立，陰森恐怖，確是一個雄關如鐵的戰略要塞，猶如秦國函谷關一般，也是一夫當關，萬夫莫敵的所在。

蘇秦一行從此關隘通過時，都情不自禁地為大自然的鬼斧神工而感歎，也為楚國有此戰略要塞而感歎。

過黽塞關，再往西南行進。三月底，蘇秦一行到達楚國另一重要的城池隨。

由隨再折向西北，到達唐。

在唐西渡溠水，往西直行，西越漢水。

四月中旬，到達漢水西岸的重鎮鄧。

然後再往南，四月二十，抵鄀。

四月底，到藍田。

鄧、鄀、藍田與鄧北部的穰，幾乎是在從北到南的一條直線上，在地理上構成了楚國之都郢的四道戰略屏障。

穰位於楚北部長城—方城的最西端，漢水上游支流湍水的西南岸，是楚都郢的第一道戰略屏障。如果秦兵出武關，向南入侵楚國，必然會向東南進軍，首先搶佔穰。然後，由穰再往南，就可以直搗楚都郢的第二道戰略屏障鄧。

鄧的地理位置更為重要，它不僅是楚都郢的第二道戰略屏障，也是楚國重要的糧倉。它位處漢水與湍水、淯水交匯處的彎谷，三江沖積而成的大小平原肥沃異常。

鄧南部的鄀，則是穰、鄧、鄀、藍田、郢五點連線的中心點。因此，它在屏護楚都郢的戰略上處於特別重要的意義。

藍田在鄀之南，處於漢水往西大拐的一個彎道之外，是楚都郢的最後一道戰略屏障。

蘇秦一行，從鄧到藍田，沿著漢水由北向南，一路看到的，除了無盡的青山綠水，還有由漢水沖積而成的無數江中沙洲，漢水岸邊沿著江岸往山腳綿延而上的層層梯田，以及江邊、山腳下隱掩於綠樹叢中的村落。一幢幢農家房舍，土坯牆，小青瓦，陡急的屋脊，與北方房舍較平緩的屋脊大不相同。

到了傍晚，遠觀江對岸的村落農舍，家家炊煙嫋嫋，直上藍天；近看夕陽反射下的漢江，波光鱗鱗，紅霞鋪滿江面。初夏的江風，習習吹拂在面龐之上，感覺既滋潤又溫柔，讓蘇秦感到有說不出的異國情調。

由藍田再往南，就是此行的目的地——楚國都城郢。

行行重行行，越千山，涉萬水，從冬走到春，從春行到夏，歷經無數的山川艱難險阻，克服了由北到南氣候變化與水土不服的無數困難，蘇秦一行終於在周顯王三十七年（西元前三三二年）五月初八，順利抵達南方大國楚國之都郢。

郢，東瀕漢水與江水交匯所形成的雲夢澤，南臨江水，西有漳水、睢水、沱水交匯而流入江水，北倚著名的魚米之鄉——江漢平原。

蘇秦此次雖是第二次來郢，但對郢的繁華富庶，仍然感受深刻。郢的人口之稠密，遠遠超過齊都臨淄。如果說他遊說齊宣王時說齊都臨淄是「車轂擊，人摩肩，連衽成帷，舉袂成幕，揮汗成雨」是吹牛的話，那麼，拿這話來形容楚都郢，那是一點也不虛。

郢的物產之豐富，更是其它諸侯國都城所無法比擬的。雖然他多少年來一直走南闖北、周遊列國，見識不謂不廣，但到了郢之市街，還是有很多物產是見也沒有見過的，更不要說出名字了。

郢的都市格局，也與北方各國之都大不相同，有著自己獨特的風格。它的街道不像秦都咸陽、魏都大梁、齊都臨淄那樣寬廣筆直，而是有些狹窄而彎曲。但是，它的狹窄偪促，反而造就了市井一種人頭攢動、摩肩擦踵的繁華熱鬧氛圍。它的彎曲走向，則給人一種綿延不盡的感覺。特別是有些街道，隨著流過市街的小河的自然走向臨水而建，更顯得曲折有致。這種臨水而建的街道，常常隔水的兩邊建築隔一段便有一座小橋相連，在蘇秦這些北國人來看，顯得別有一番水鄉與南國的風情。

秦三以前曾隨蘇秦來過郢都，並且為了求見楚宣王，在此逗留了相當長的一段時間，因此對楚都之繁華有了一個大致的印象。所以，這次進了郢都，雖然覺得親切，也非常喜歡，但並不像游滑與蘇秦隨從的趙國儀衛差役們那樣，覺得什麼都新鮮，看個沒完沒了，這個東西也要伸頭過去看看，那個房子也要進去瞧瞧。

蘇秦見了他們這個樣子，也覺得有趣，因為他理解他們的感受，他們都是第一次來南方，而且是第一次見識南國楚都迥然有別於北國都市的風情，自然凡事都覺得非常新鮮。

# 第十一章　「合縱」說楚王

## 1　楚都冷遇

蘇秦雖然非常欣賞楚都郢的市井風情，但他心裡裝著「合縱」大計，現在根本沒有閒情逸致品味楚都之韻味。他要儘快拜見楚威王，遊說他入夥「合縱」集團。於是，便命秦三引路，車駕直接駛抵楚王王宮。

可是，到了楚王宮，當儀衛長趙德官通報了身份，並請門禁官通報楚王時，卻吃了閉門羹。門禁官不僅不為之通報，而且語氣非常生硬：

「大王不見客。」

問其何故，則乾脆不予理睬。

當趙德官硬著頭皮，將情況報告了蘇秦後，蘇秦是又氣又急。氣的是，自己是堂堂大國趙國之相，爵封武安君，現在是奉趙王之命出使楚國，楚威王怎麼這個態度呢？對自己如此不禮貌，豈不就是對趙國不尊重，對趙王不禮貌尊重嗎？因為自己代表的不是個人，而是趙國和趙王啊！

急的是，是不是楚威王已經知道了自己的來意，但又對是否要入盟山東六國的「合縱」集團沒有拿定主意，故而想觀望一陣，才有意避而不見呢？或是秦王已經搶在了自己的前頭，已經拉籠楚國入夥了秦國的「連橫」組織？如果是前者，那還有辦法，還有希望。如果是後者，那麼問題就嚴重了。不僅楚國這個重要的國家不能使其加入「合縱」集團，而且自己千辛萬苦已經說服的燕、韓、魏、齊四國，也可能因為楚國的關係，而懼秦退出「合縱」集團。若此，趙國一國何以成其「合縱」集團呢？這樣，自己的「合縱」之計，豈不就被秦王的「連橫」之策破了局嗎？接下來山東六國不又要重新陷入相互殘殺的混亂中，天下黎民百姓不又要遭殃了？更為現實的問題是，果真如此，那自己的趙相之位與武安君之爵也就難保了，重新淪為飄泊遊士的日子也就不遠了。

想到此，蘇秦一時呆在了車中，不知如何是好？

過了好久，還是趙德官的一句話，既使他從失措的呆滯中清醒過來，又提醒了他解決問題的辦法：

「武安君，今天我們不如先就館下榻，容後再細細探問因由吧。」

蘇秦一聽，心想，有理！大師兄孫臏之祖孫武早就說過：「知己知彼，百戰不殆。」而今楚威王對我這個身為趙國之相和武安君的特殊使臣避而不見，其中必有緣故。天下沒有這樣不懂外交規矩的國家，況且楚國是天下有影響的大國，楚威王也不算昏庸之君。好，先住下來，然後好好打探打探消息，探得其中因由，然後對症下藥，總有解決的辦法。憑我蘇秦的三寸不爛之舌，還怕說服不了你楚威王？只要你是人，不是神，就有人的弱點，君王的弱點，我蘇秦就有突破口說服你入夥俺的「合縱」集團。

想到此，蘇秦重新振作起來，立即吩咐儀衛長趙德官道：

「傳令起駕，就館下榻。」

投宿下館已定，蘇秦又吩咐趙德官道：

「明日一早，你繼續到楚王宮求楚王門禁官通報楚王，同時選派幾個精明能幹之人，深入郢都的市井、酒樓。」

趙德官立即問道：

「武安君，明天小人繼續去求楚王門禁官通報，這沒問題。但是，小人不明白，為什麼要派人深入郢都的市井、酒樓？那樣的地方，難道也能打探到有什麼重要價值的消息？」

蘇秦一聽，不禁莞然一笑，道：

「這你就有所不知了。恰恰是這種地方，才是各種消息的淵藪。雖然這種地方的消息未必可靠，卻能從中聽出來自底層民眾的心聲，了解到一國的治亂，窺探出一國民眾對其國君及其治國之策是否真心擁護的態度。由此，我們便可據以分析、判斷一國的政治情況與治亂現狀。」

「噢，原來是這樣，都怪小人無知。好，請武安君放心，小人這就去挑選合適的人，明天一大早，就讓他們分頭到郢都的各大街巷與酒樓。」趙德官心領神會地答應道。

一夜無話。

第二天一大早，趙德官就前往楚王宮。與此同時，他選派的得力人員也分頭前往郢都的大街小巷以及各大酒樓了。

日中時分，趙德官回來了。蘇秦忙問：

「怎麼樣？楚王肯不肯相見？」

趙德官無奈地搖搖頭。

「那麼，不見的理由有沒有說呢？」

趙德官還是無奈的搖搖頭。

沉默了一會，蘇秦說道：

「那好，明天繼續去，直到楚王答應接見為止。老話說：『精誠所至，金石為開。』金石尚且能夠感化，我就不相信，他楚王就能一直置起碼的外交禮儀於不顧。」

趙德官見蘇秦這樣說，遂振作起精神，道：

「好！小人明天再去，直到楚王答應接見武安君為止。老話說：『水滴石穿』，小人就是一滴水，也要把楚王宮的大門滴穿。」

二人正在說著，早上派到郢都大街小巷與酒樓中打探消息的人也相繼回來了。

蘇秦連忙問他們情況，結果許多人回答聽不懂楚國人說什麼。

趙德官急了，問道：

「難道連一句也沒聽懂？」

其中的一個回答道：

「小人倒是有一個消息。」

「快說來聽聽。」蘇秦與趙德官幾乎異口同聲地催促道。

那人一聽武安君如此有興趣，遂連忙回答道：

「小人在酒樓裡跟許多南來北往的客人拉過話，其中也有郢都人。小人裝作漫不經心的樣子，問過他們最近有沒有秦王的使臣來過，許多人都說沒聽說過，也沒見過。」

「噢！」蘇秦一聽，立即神情鬆弛下來。然後，默默地點點頭。

第三天，第四天，一連七天，每天一大早，去大街小巷的人繼續去大街小巷，到酒樓的人繼續往酒樓。但到日暮歸來，仍然沒有什麼有價值的消息。

而趙德官呢，也依然如故，每天早早出去，日中回來，但結果每天一樣：門禁官還是不肯通報。

為此，蘇秦只得無奈地空自歎息，如今他這個武安君，竟淪落在楚都，困守於旅舍，成了無人理睬的使臣，這像什麼話！

越想越氣，越氣心裡就越堵得慌。於是，接連幾天，蘇秦都是酒飯不思，坐立不安。到了晚上更是輾轉反側，難以成眠。以前，他也曾經憂思難眠，但那時作為一個飄泊求售的遊士，每日憂思的是盤纏，是個人的生計，是個人的生存與溫飽；而今，他貴為趙國之相，爵封武安君，奉趙王之命組織「合縱」之盟的執行人，憂思的是山東各國的安定與黎民的安危。為了這個目標，三年來，他不辭千辛萬苦，不辭風刀霜劍，不避酷暑嚴寒，涉萬水，跋千山，遍歷山東五國，絞盡了腦汁，說破了嘴皮，才好歹把五國捏合到了一起，眼看「合縱」大計就要成功了，沒想到在最後一關——楚國這裡卻卡住了。如果楚國不同意入盟「合縱」組織，那麼這個「合縱」之盟最終還是不成。如果楚王久久不能決策，那結果也是一樣，已經組織起來的五國「合縱」之盟，也會被瓦解的。因為只要秦國一發大兵攻打其中的一國，那麼就會動搖其他四國之心，「合縱」之盟不攻自破。

想到此，他覺得肩上的擔子有千斤之重，憂思更是無窮無盡。

## 2　梅雨．小巷．梔子花

然而，憂也好，思也罷，終是不濟事的。

想了幾天，蘇秦終於想通了，老話說：「謀事在人，成事在天。」不如既來之，則安之。耐心等待一段時間，楚王總會對自己這個趙國之相、爵封武安君的趙國特使有個交代，只要見了面，一切都好辦。

這樣一想，蘇秦終於放開了懷抱。

五月十二，楚國的梅雨天到了。這一天，從天不亮的後半夜開始，雨就淅淅瀝瀝地下起來。時小時大，時緊時慢，時而急雨敲窗，時而細如牛毛，但卻無孔不入。

蘇秦是北國之人，從來看慣的都是北國那種要麼風驟雨急地狂瀉一陣，要麼雲收雨散，碧空萬里的天氣，就像北國人的性格一樣，要好就好，要壞就壞。他哪裡見過這種南國之雨，不緊不慢、不死不活、沒完沒了地下法，就像這楚威王一樣，到底是見，還是不見？見，又是在何時？不見又是為了什麼，也不說清楚，就這樣拖著，沒完沒了，不明不白。

待在館舍本就乏味，由雨而想到楚威王，就更使蘇秦感到鬱悶了。到了下午，實在悶得不行了，心裡堵得慌，於是他決定冒雨出去，到郢都小巷裡走走。心想，說不定也有諸如韓都鄭城杏花巷那樣幽靜之所。如果真有這種地方，何愁多少時光不能打發呢？

打定主意後，蘇秦便去向店家借了一把油布傘，撐開就準備出門了。

店主一看，連忙制止道：

「客官，你腳下穿的是布鞋，這下雨天怎麼行呢？」

說著，他便拿出了一雙機套，放在了蘇秦的面前。

蘇秦沒見過這東西，遂連忙問道：

「老闆，這是什麼？派什麼用處？」

店主淡然一笑，連忙打著楚國式的官話解釋道：

「噢，這叫『機套』，是南國人雨天出門所穿的雨具。穿襪不必換鞋，套著就可出門了，不濕襪，也不濕鞋，可方便了！」

蘇秦一聽，頓然好奇起來，連忙蹲下身子，仔細地觀察起來。只見這個被店主稱為「機套」的東西，是由兩塊木板裁成左右腳的形狀，然後在板的上面用牛皮或豬皮釘成一個半圓形，中間形成的空間，正好可以把腳伸進去。板的下面，則有前後兩排齒狀的高跟。

店主見蘇秦是北國之人，又有興趣，遂興味盎然地跟他詳細說起南國之人之所以製作機套的原因，解釋它有什麼好處等等。

蘇秦聽了，覺得南國之人真是聰明，真能想辦法。有了機套這樣東西，下雨、下雪都不用發愁，而且可以穿上家裡穿的布鞋，套上機套就可以隨時隨地出門了，行動自由多了。

在店主的指導下，蘇秦穿上機套，謝過店家，就準備出門了。可是，還沒走兩步，就差點要摔個人仰馬翻。

店主一見，連忙叫住道：

「客官，這穿機套有點像踩高蹺，您是北國之人，不像我們南國之人從小就穿，看來您得練習一陣才能出門。來，我先來教教您吧。」

說著，店主就手扶蘇秦，耐心地教了起來。練了好一會，他又拿來了一根棍子，讓蘇秦柱著自己練習。

大約練習了兩頓飯時光，蘇秦覺得差不多了，放下棍子也能平穩地走一段了。如果再帶根棍子拄在手裡，大概就沒有問題了。

帶著新鮮感，也帶著成就感，蘇秦這就一手撐著油布傘，一手拄棍，穿著檵套，就像踩高蹺的架勢一樣，出門了。

開始是走在繁華的大街上，走得蠻穩，後來轉到一個小巷，都是青石板鋪就的路，年代久了，青石板走得非常光滑，天晴不注意也會打滑，更何況現在是下雨，簡直就像在抹了油的石板上行走一樣。蘇秦個頭又高大，穿著檵套，更覺重心不穩，於是只好一手牢牢地拄著棍子，同時眼睛緊盯著青石板路面，不敢有絲毫地走神。

正在這時，突然有一個女子從身邊飄然而過，身上還帶著一股不知什麼花的清香，蘇秦情不自禁地駐足觀看。

只見那女子，年約二十模樣，穿著絲綢的袍裝，頭上盤著高高的髮髻，足下也是穿著檵套，手上同樣也是撐著一把油布傘，但顏色是紅色的，不同於自己的傘是黃色的。蘇秦看她撐傘、穿檵套走路的樣子，扭著她那細僅盈握的楚腰，覺得有一種說不出的優雅，同時聽著她穿檵套走在青石板路上，叩得青石板「得，得」作響的節奏，更是為之陶醉不已。

就在蘇秦帶著無限欣賞的目光，專心致志地欣賞這位身邊飄過的楚國女子的當兒，又有二位同樣的女子從身旁擦肩而過。

蘇秦不禁心中竊喜，想道：莫非又走到了一條如同鄭城杏花巷的楚國小巷上來了。不然，怎麼接二連三有這樣的美女招搖過市，從自己身邊走過呢？

想著，想著，蘇秦的心就活動開了。腳也不自覺地邁開了，希望能夠追上那三個女子，看看她們所住何在？可是，真的想追時，才知道自己在這種青石板路上穿機套行走的水準，遠遠不及那三個女子的百分之一。自己還沒走幾步，那三個楚國女子早就轉過一個彎就沒影兒了。

蘇秦只好自恨自己穿機套走路的水準太差，今天只能望美女興歎了。於是，在心底暗下決心，回家一定好好練習穿機套走路的本領，然後再來追美女吧。

這樣想著，蘇秦不自覺間就轉過身來，拄著棍，撐著傘，慢慢地往回走，回到了下榻的館舍。回到館舍後，蘇秦不再感到悶得慌了，他現在有事做了。於是，他給了客棧老闆一點錢，讓他把這雙機套多借他幾天。老闆當然沒問題，滿口答應。因為這種機套非常便宜，蘇秦給的錢，不要說借，就是買也綽綽有餘了。

蘇秦得了機套，就開始在館舍裡來來回回地練習。走了好長時間，秦三、游滑與許多隨從都來看，覺得非常新鮮。今天因為下雨的緣故，剛才蘇秦出門的時候，他們都不知道，一個個都在呼呼大睡呢。

秦三、游滑與其他官差隨從人眾，見主子蘇秦在練習穿機套行走，覺得有趣，心裡也有想學的意思，但都不敢說出來。最後，還是游滑大膽提出來了。

蘇秦一聽，馬上答應。心想，閑著也是閑著，不如讓大家都找點事做做，學會了就可以讓他們上街自己去玩了，免得被他們日夜緊盯著。

於是，蘇秦給了店主一些錢，請他幫助買一些機套與油布傘，因為聽店主說過，這雨要下一個月呢，反正用得著。店主得錢，立即吩咐店裡的三個夥計出去替蘇秦買機套與油布傘。他知道，回來蘇秦少不了又有賞錢的。

第二天，早飯後，蘇秦就悄悄地一個人出去了。那幫隨從，或在聚樂消遣，或在練習穿機套行走，誰也不去管主子到底要去幹什麼。蘇秦還是一手撐傘，一手拄杖，著機套，小心翼翼地走到昨天到過的那個鋪著青石板的小巷。

可是，到了小巷，卻一個美女也沒有見到。正在鬱悶不樂，突然身後傳來「得，得，得」的機套叩石之聲，蘇秦急忙回首而望，果然來了一個女子。於是，蘇秦伸長脖子，等著美女走近，今天要看個真切，昨天都只是看了個背影與大概輪廓，正面長得怎麼樣，一個也沒看清。

近了，近了，越來越近，也是紅布傘，也是著布襪，穿機套，也是絲綢裙袍，走路的姿勢也是那麼優雅。

十步，九步，八步，蘇秦屏息以待，憋了一口長長的氣，就等著看一眼楚國美女的真面目。

三步，兩步，一步，終於到眼前了。蘇秦定眼一看，原來是一個年逾半百的老太婆，花白的頭髮，滿臉的皺紋，黧黑的皮膚，雙唇包不住牙，一口的大黃牙全然暴露在外。蘇秦不看則已，一看都要昏過去了，不禁大失所望。

滿懷期望，卻大大地失望，蘇秦終於沒了情趣。

正準備往回走，突然，迎面來了一個撐著紅色油布傘的女人。蘇秦怕又要失望，就沒怎麼上心。不意，走近一看，不禁讓蘇秦大吃一驚，驚若天人。因為是迎面走來，正面全看清楚了。

鑒於昨天的經驗，蘇秦立即清醒過來，也不細看了，一轉身，就急急尾隨上那女子。好在昨天回家練習了很久，這著機套行走的技巧大見長進，加上手上還有一根柱仗之棍，所以，雖趕不上那女子行走得快，但也拉不下多少距離，總能若即若離，保持在視線之內。

急趕慢趕，前面突然望見有一個十字街，蘇秦急了，怕那女子一轉彎不見了，就再也追不上了。於是，也顧不得路人是否有懷疑的目光，急急地向前追趕。還好，終於看見了那女子是向右轉進了另一條小巷。

於是，蘇秦也尾隨著進了那個小巷。他怕前面還會有歧道，更是追得急了。追著，追著，終於看見那女子走進了小巷盡頭的一個大院子裡了。蘇秦一見，心裡的一塊大石頭終於落了地。心想，既然進了這個院子，想必飛不掉的，總會在這個院子裡的。於是，緊趕幾步，走上前去。一看，好大一座宅院！

但是，站在這座大宅院之前，蘇秦心裡翻騰開了：這是不是一個大戶人家的私宅？如果是，那麼剛才的那個女子就該是這戶人家的千金了。人家都說：「林中有好樹，園中有好花，貴家有美女」。這女子這樣美貌，非同一般，自然應該是貴人家的姑娘了。如果這樣，那麼自己還追什麼呢？貴人家的千金，豈是像青青那樣，可以隨便用金錢能夠買得到的？

想到此，蘇秦就想抽身而退了，免得要鬧出笑話還在其次，如果這個宅第中的主人是個什麼王侯或大官兒，那麼，不僅自己此次來楚國遊說楚王入盟「合縱」組織的大事要被耽誤，說不定還會遭遇什麼不測的意外後果。

可是，剛剛往後走了幾步，又心有不甘。於是，再次折轉身來，裝出一副走親訪友的模樣，走到了這所大宅的門口。這時，他才看清了門樓上還有一個招牌呢，好像是塊黑檀木做成的牌匾，上書三個金色大字：「怡情樓」。

蘇秦一看這三個字，不禁心中一喜。心想，這「怡情樓」三個字，不能說就是像鄭城杏花巷的「醉春院」一樣的場所，但起碼可以證明不是人家的私宅。既然不是私宅，那麼自己走進去，也就無大礙了。於是，他又從敞開的門裡往裡探了一眼。但是看不清，因為這門樓離那個大宅子，中間還有一個很深的庭院隔著，必須走過這個庭院才可能看清裡面的情況。

雖然是這麼想，但是，蘇秦還是不敢貿貿然跨進門去。就這樣，在門口呆立了好一會，回去又放不下剛才的那個姑娘，不回去又不敢進去。

正在猶豫不決之時，看見不遠處好像有一個撐著黃色油布傘的人，正向這邊走過來。於是，他就遠遠地迎著，想問個明白，也好心中有數，進退自如了。

終於，那個人走過來了，而且還如他所預料的那樣，是個男的。這兩天，蘇秦已經摸清楚了規律，凡是撐紅色油布傘者，必定是女人。而撐黃色傘的，則一定是男人。

於是，蘇秦迎上兩步，先深深一揖，然後開口道：

「有勞大駕，俺想喝壺酒，請問這個怡情樓可以喝酒嗎？」

那人掩耳、伸頭，蘇秦想，這是不是一個聾子？

於是，再試問了一遍。

只聽那人嘰哩咕嚕說了一大套，蘇秦一點也聽不懂。原來他說的是楚國話，不是官話雅語。

蘇秦抓耳撓腮，沒有辦法。那個人也好像很急，不斷比劃。蘇秦情急生智，於是，索性跟他來起手語，先指指「怡情樓」裡面，接著以手作酒杯狀，然後仰頭而飲。那人終於明白了，點點頭，還伸伸大拇指搖一搖。蘇秦明白，他這是說：這裡可以喝酒，很好！

蘇秦於是向那人打躬作揖，表示感謝，那人也還禮如儀。

蘇秦這下放心了，雖然更多的情況還不了解，但由那個楚人的比劃，基本的情況總算清楚了，這就夠了。

於是，蘇秦就放心地邁進了「怡情樓」的門檻。穿過庭院中一段長長的條石小徑，不一會就登堂入室了。

在堂口，有一個年過四旬，打扮得有些妖裡妖氣的中年婦人，正垂手而立。見蘇秦到，連忙襝衽施禮。

蘇秦怕她不懂北國官話雅語，只會作楚聲，所以只簡單地對她說了兩個字：

「喝酒。」

一邊說出這兩個字，一邊還手作杯狀，仰脖而飲的樣子。

沒想到，這婦人一邊遞過一雙精緻的繡花布履，一邊有板有眼地打著官話道：

「客官裡廂請！」

蘇秦一聽，不禁心中大喜，這下不愁語言不通了。

於是，一邊答禮，一邊就立在堂口脫下襪套。接著，就準備再脫卻布履，換上婦人剛剛遞上的那雙繡花布履。正當此時，只見那婦人眼疾手快，迅速跑過來攙扶，她怕蘇秦單腿立地換鞋會跌倒。

蘇秦脫履換襪之時，不禁在心裡感歎道：這南國與北國就是不同，南國之人比北國之人要心細得多，這歡娛之區的侍侯細節也大不一樣。

一邊這樣想著，一邊又打量了一下這「怡情樓」的前堂。只見整個前堂的地上都是用巨大的條石砌成，平平整整。再仰頭一看，只見屋頂很高，屋簷很低，屋坡很陡，與北國平緩的屋坡大不一樣，大概是因為南國雨水較多，便於泄雨吧。

正在蘇秦上下打量這「怡情樓」之時，只聽那婦人用楚語叫了一聲，立即又出來一位中年婦人。蘇秦定眼一看，約略五十左右，但風韻非常之好，讓蘇秦看了也不覺有些動心。

那婦人一見蘇秦，連忙斂衽施禮。接著，又對蘇秦莞爾一笑，非常甜美，蘇秦覺得骨頭都有點酥麻了。

然後，她又細細打量了一下蘇秦，打官話對蘇秦道：

「客官是從北國來吧。」

蘇秦點點頭，心想，她恐怕就是老闆娘了，她的官話說得不錯，這下交流更沒問題了。得好好與她熱絡熱絡，然後再把剛才看到的那個姑娘弄到手，俺這一趟也就無憾了。

蘇秦這樣想著的時候，已經隨著老闆娘來到了一間優雅的小室。走進一看，發現陳設佈置也與北國不同。

只見地上鋪的全是松木地板，還散發出一種松香之味，和在韓都鄭城「醉春院」的草席鋪地的情況大不一樣。牆體都是木頭構建，質樸而典雅。靠牆的几案上還有一個香爐，正在嫋嫋不絕地散發著一股股淡淡的清香。室內面積不大，中央放了一張小食案，食案周圍放了幾個布團坐墊。緊挨著食案，擺放了一張琴，這與在韓都「醉春院」看到的差不多。

但是，有一點特別引起了蘇秦的注意，這就是小室是一種近於開放式的格局，整個採光的一面牆，都是竹囊糊的木格窗組成。由半開的窗戶望出去，就能看見外面的一個相當規模的庭院，秀柏，矮松，小橋，流水，紅花，綠葉，滿園秀色，盡收眼底，看了不禁使人心曠神怡。

蘇秦心想，在這種地方喝酒、聽琴，眼裡看著園中之美景，懷裡摟著絕色之美人，怎麼能不讓人「怡情」呢？看來，這樓叫「怡情樓」實乃名副其實！

想著懷中摟著美人的事，蘇秦突然想到剛才所追趕的那個美人。於是，就在老闆娘為他捧上第一盞迎客酒之際，他又想到了在韓都「醉春院」對付老闆娘的絕招：先出金帛以結其心。天下人心都一樣，誰不見錢眼開？尤其做這種營生的老闆娘，哪有不見錢酥了骨頭的？

想到此，蘇秦麻利地從懷中袖出一個小金錠，又拿出一純齊國白帛，一併奉上。果然，老闆娘一見蘇秦出手如此大方，不僅那一個小金錠的價值讓她樂翻了天，就是僅僅那一純齊紈，也足夠她心花怒放的，因為她識貨，知道這是齊國的珍品，天下聞名。

只見她也不推讓，滿臉鮮花似地納入袖中。接著，只聽她作楚聲，輕輕叫了一聲，立即十幾個花枝招展的姑娘應聲而至。一下子，小屋子都快站不下了。

蘇秦心裡明白，這是老闆娘讓自己挑選呢。這可正中下懷，自己之所以剛才下大本錢，目的也正在此，要挑選自己剛剛在路上追蹤的那個仙女。因為剛才在路上一眼，就看得印象非常深刻，所以只是眼角一掃，他就把剛才所追蹤的那個女子認出來了。然後，對老闆娘笑笑，指了指那姑娘。

老闆娘一見蘇秦所挑的姑娘，不禁會心一笑，連忙對蘇秦豎起大拇指，道：

「客官真是眼光老辣，一眼就把小樓的絕色美人給挑中了。」

說著，揮了一下手，其他的姑娘都退出了，只剩下蘇秦所指的那個姑娘留了下來。

接著，老闆娘對著那姑娘道：

「楚楚，還不快快與客官見禮，過來侍侯？可千萬不能怠慢了老身今日的這位尊客，今日你什麼也不必操心，管待好老身這位尊客，就是你的大功了。」

楚楚見老闆娘這樣說，知道眼前這位客人不簡單，連忙斂衽拜禮，並立即手腳麻利地過來給蘇秦又續上了一盞酒。

老闆娘看看蘇秦，又看看楚楚，咯咯而笑，然後站起身，邊往門外退，邊說道：

「這迎客酒味淡，客官權當解渴，老身這就去備好酒好菜。」

老闆娘退出，這時蘇秦開始從容打量起楚楚來。

只見她瓜子兒臉，面若粉白之桃花，白裡略泛微紅，是一種敷粉則顯太白、施朱則嫌太紅的絕佳膚色。如果比之於青青，青青膚色就略嫌太白了些；如果比之於香香，則香香就顯太紅了些。再看她眉毛，彎彎如一對新月，不濃不淡，恰到好處，清秀而盡顯靈氣。雙眸盈盈，如蘊無盡之秋水，偶一抬眼，驚而一瞥，似含無限之深情。兩頰的顴骨略略突出，更顯整個臉龐棱角分明，活脫脫的是一個標準的美人臉型。鼻子不是太挺，但大小恰當，配在她的臉上，簡直是無可移易的貼切。嘴巴略略有些大，不是那種標準的美人櫻桃小嘴。但她的嘴角兩邊略略有些上翹，不笑之時也顯得笑意寫在臉上，別有一種可人的韻味。再看她的身材，也是標準的美人尺寸，個頭高挑，但不像北國女人那種又高又大的樣子，而是高而細長。但細長又不顯得單薄，而是豐腴得當。胸圍略略有些突出，腰腹則相當細平，雙臀略略後翹，讓男人一看就覺得女人的味道特別足，興味也頓然倍增。

蘇秦看個不了，越看越心醉，但卻沒有絲毫的猥褻之意，他是把楚楚當成女神了，以一種崇敬的眼光來打量的。因為在他看來，這是一個絕世的美人，他要把她捧在手裡，供在心裡，好好欣賞，慢慢體味，不要那麼早、那麼快地就褻瀆了這個神聖的女神。

正在蘇秦癡癡呆呆地欣賞楚楚而沒完沒了之時，突然老闆娘帶著兩個姑娘進來了。蘇秦這時才從癡迷中清醒過來，一看原來是老闆娘送來了酒菜。

楚楚見狀，連忙接著，並擺放妥當。老闆娘是個老精怪，那一雙眼睛靈活得都會說話，剛才一推門的瞬間，她早已看清了蘇秦對楚楚那種深情而癡迷的眼神，知道蘇秦早已被楚楚弄得神魂顛倒了。心想，這就好，如此老身就又多了一棵搖錢樹了。

想到此，老闆娘對蘇秦意味深長地笑了笑，就帶著兩個姑娘退出去了，臨了還順手帶上了房門。

酒菜擺好，老闆娘也出去了，楚楚於是就開始給蘇秦斟酒。

當楚楚伸出一雙雪白的纖纖玉手，將酒盞高高舉過眉上，請蘇秦接盞而飲時，蘇秦卻兩眼緊盯著楚楚的一雙素手，久久忘了接盞。

最後，楚楚只得提醒道：

「客官請飲了此盞。」

聽到楚楚官話打得字正腔圓，蘇秦更是高興了。心想，這下倒可以無障礙地與美人交流談心了。於是，高興地接盞在手，一飲而盡。

楚楚見蘇秦好爽快，遂又滿斟一盞，再次敬上。這次，蘇秦沒有一飲而盡，而是接盞在手，略抿了一小口，然後就放下酒盞，再次細細地把楚楚從上到下地欣賞個沒完沒了。看著看著，突然情動於衷，終於忍不住了，便伸手抓起楚楚的那纖纖玉手。楚楚也並不退縮，只是紅著臉，低著頭，顯得無比的羞澀難當。

蘇秦見此，越發覺得可愛，於是就想就勢將楚楚攬入懷中溫存一下。沒想到，楚楚立即縮手，道：

「客官請飲酒，小奴家給客官唱個小曲吧。」

說著，楚楚就跪移至琴前，輕拂香袖，出素手，抬玉腕，撫琴弦，作楚聲，低低地唱道：

若有人兮山之阿，被薜荔兮帶女蘿。
既含睇兮又宜笑，子慕予兮善窈窕。
乘赤豹兮從文狸，辛夷車兮結桂旗。
被石蘭兮帶杜衡，折芳馨兮遺所思。
餘處幽篁兮終不見天，路險難兮獨後來。
表獨立兮山之上，雲容容兮而在下。
杳冥冥兮羌晝晦，東風飄兮神靈雨。
留靈修兮憺忘歸，歲既晏兮孰華予？
采三秀兮於山間，石磊磊兮葛蔓蔓。
怨公子兮悵忘歸，君思我兮不得閒。
山中人兮芳杜若，飲石泉兮蔭松柏。

君思我兮然疑作。

雷填填兮雨冥冥，猨啾啾兮又夜鳴。

風颯颯兮木蕭蕭，思公子兮徒離憂。

蘇秦雖然不甚明瞭曲詞的深意，但楚楚婉轉纏綿的歌聲，卻使他飄飄然如入九天之上，身心一陣暢快，連連拍案稱妙。

楚楚看到蘇秦那種如醉如癡的樣子，覺得蘇秦真正是個懂得音樂的人，是個有修養的雅士，不是那種只懂金錢與肉體的俗人。於是，在聽了蘇秦的稱讚後，也感到非常高興，遂又上前為蘇秦再續上滿滿一盞。

蘇秦是個最善於察顏觀色的人，也是最能窺探他人心理的老手。見楚楚聽了自己的讚揚而面露悅色，就知道楚楚是個不同於凡俗的姑娘，得用真情打動她，切不可再貿貿然地就動手動腳了，得跟她調夠了情，讓她情動於衷，才可再深入一步。

想到此，蘇秦放下酒盞，拿過酒壺，也滿斟一盞，雙手奉上，對楚楚道：

「姑娘也請滿飲了此盞，容在下也為姑娘獻上一曲俗調。」

說著，蘇秦就徑直走到琴前，坐定，撫琴而歌道：

蒹葭蒼蒼，白露為霜。所謂伊人，在水一方，溯洄從之，道阻且長。溯游從之，宛在水中央。

蒹葭萋萋，白露未晞。所謂伊人，在水之湄，溯洄從之，道阻且躋。溯游從之，宛在水中坻。

蒹葭采采，白露未已。所謂伊人，在水之涘，溯洄從之，道阻且右。溯游從之，宛在水中沚。

蘇秦是以官話雅言唱出的，楚楚當然聽得懂其中的意思。聽蘇秦那種深情而歌的低低男中音，再看他那種「思無邪」的深情注目於自己的樣子，她相信蘇秦是一位多情的雅士，是真的有情於自己。

於是，她不禁為之心動，遂又上前撫琴而歌一曲道：

子之湯兮，宛丘之上兮。洵有情兮，而無望兮。
坎其擊鼓，宛丘之下。無冬無夏，值其鷺羽。
坎其擊缶，宛丘之道。無冬無夏，值其鷺翿。

這次楚楚還是以楚聲而歌，蘇秦雖然還是不太明白其意，但他聽懂了一句：「洵有情兮，而無望兮」。不禁在心中大為感歎，是啊，誠然是有情，那又怎麼樣呢？難道在這種場合相逢，還有希望結了夫妻不成？

一曲終了，二人都沉浸於無言的感慨之中。

好久，好久，誰都沒說一句話。蘇秦借著酒勁，一個勁地直勾勾地深情盯著楚楚看；而楚楚畢竟是個姑娘，她雖然對眼前這位高大英俊，而又風雅溫情的男人心有好感，但只是在斟酒敬盞之際偶爾偷窺一眼。

蘇秦雖然喝了不少酒，但他心裡並不迷糊，從楚楚偶爾間的一瞥，他早已窺知了她的內心深處，她是愛自己的風雅有情。看來，要想打動她的心，要她動真情，還得用誠心，傾真情，下細功。

正當二人各自想著心思，室內非常沉寂之時，外面的雨下得越來越大了，下得天地一片迷茫，整個後園頓然雲氣氤氳，雨意迷離，顯得空朦如夢境一般。再聽雨點落在屋瓦之上，發出「嗒嗒」細脆的聲音，仿佛是富於韻律的古老音樂。細密的雨點輕敲在鱗鱗千瓣的屋瓦之上，慢慢匯成一股股細流，順著瓦槽與屋簷飛瀉而下，猶如一道小小的瀑布展現在窗前。蘇秦看了，覺得非常有詩意，遂脫口而出：

「南國好，雨亦奇。」

楚楚見蘇秦這樣欣賞下雨，非常不解，遂說道：

「客官有所不知，這叫『梅雨』，南國之人最怕這種『黃梅雨』。」

蘇秦不解，忙問：

「梅雨？黃梅雨？」

楚楚見蘇秦不明白，遂給他解釋道：

「每年五六月，正是南國梅子變黃成熟之時，又是南國的雨季。這種雨下起來是霏霏不絕，朝夕不斷，旬月綿延，從五月中旬一直下到六月，所以南國人把它叫做黃梅雨或梅雨。這雨才剛開始呢，會下個沒完沒了的，直下得天潮潮，地濕濕，家裡的一切東西都要發黴，苔蘚直長到家裡。」

聽楚楚這樣一說，蘇秦才知道，南國之人看這雨，並不像自己此時的心情，他們是要做活，過日子，不可能有如自己這樣可以坐在屋裡，以欣賞的心態聽雨敲屋瓦之聲，看雨瀉簷下而成瀑布的景致。

過了好一會，雨越下越小，細如牛毛。再過一會，細雨漸歇。

楚楚建議道：

「客官，雨停了，此時不妨到園中一走。」

於是，蘇秦就隨楚楚步出小室，進入「怡情樓」的後園。

一入園內，但見樹樹潤碧濕翠，園中小渠細流潺潺，走在林間曲曲折折的小徑上，時感雨後寒氣襲肘，更聞遠處林中時有陣陣清香，裹風撲鼻而來，直沁入人的心肺之中，讓人頓然有一種神清氣爽之感。

蘇秦不知道這是從哪裡傳來的花香，也不知道是何種花卉有如此異常之清香，感覺上就好像昨天在小巷中從一個年輕女人身上散發出來的那種清香。於是，他就好奇地問楚楚道：

「何處花香？是什麼花如此清香異常？」

楚楚見問，揚手一指，道：

「嘍，在那，一大片呢。叫梔子花，春夏開花，尤其雨後清香異常，南國女人常常以此花佩於衣襟之上，走到哪，香到哪。」

蘇秦順著楚楚手指的方向一看，果然見到不遠處有一大片白色的花朵。遂連忙走了過去，只見約有半人高的碧綠叢樹連成一片，葉子光滑碧綠，花兒潔白，或含苞未放，或花蕊全張。但是，蘇秦覺得奇怪的是，走近了一聞，倒是沒有剛才遠遠的聞著那麼香味濃郁。於是，就問楚楚道：

「何以近聞並不如遠聞清香？」

楚楚一愣，大概沒有想過這個問題。過了一會，她突然說道：

「牆裡開花牆外香。」

蘇秦沒想到楚楚會回答得如此巧妙，不禁在心底更加憐愛這個姑娘。又看她站在花叢之中，人映花，花映人，一時不知哪是花，哪是人？此時，他完全分不清在自己的心底，到底是梔子花美，還是楚楚美？到底是梔子花香，還是楚楚香？此情此景，此時此刻，與其說蘇秦是被梔子花的香氣陶醉了，還不如說是被楚楚陶醉了。

正如俗話所說：「花為情之助，酒為色媒人。」，立於花叢樹下，蘇秦與楚楚，你看我，我看你，不覺四目相對，情動於衷。尤其是蘇秦，看著楚楚那立於花叢之中的嫵媚之態，想著楚楚剛才那妙不可言的答語，愈益覺得她可愛至極，不禁情不可遏，一時熱血沸騰，遂趁著繁花茂葉的掩護，一把將楚楚摟入懷中，並就著花叢下的一個濕淋淋的石桌成就了好事。

一陣狂風暴雨之後，花兒愈發嬌豔，葉兒分外翠綠。歸於平靜後的蘇秦與楚楚，由此更是深情不捨。

從此，朝朝歡飲，夜夜狂顛。不知不覺間，惱人的梅雨過了，轉眼間時令就推移到了火熱的盛夏。此時，蘇秦與楚楚的歡愛，也臻至盛夏般的火熱境界。

## 3　楚王問計於子華

卻說楚威王在蘇秦到達楚都之後，之所以一直避而不見，那是因為此時他派到諸侯各國探聽消息的人，都還沒有把消息回饋回來。他知道蘇秦此次所來何為，但為了楚國的國家利益，在沒有完全掌握天下大勢的情況下，他是萬萬不可輕易作出決策的。於是，對於蘇秦的求見，他就採取了一種「拖」的戰術。

到了七月初，從各諸侯國回饋回來的消息都有了，但楚威王還是難以作出決定，畢竟這事兒太大。到底是與山東六國「合縱」有利呢，還是與秦國「連橫」合算？左思右想，他始終拿不定主意。

時光荏苒，一轉眼，就到七月中旬了。楚威王想，讓蘇秦在楚都等了快三個月了，這有些不妥，畢竟蘇秦是趙國之相，而且還爵封武安君，現在又是趙王的特使，不可得罪得過甚，不然今後可能會有負面效果的。

七月十三，楚威王還是沒有主意。中午時分，他突然想到老臣子華。心想，何不問問子華的意見？想到此，他立即令人去傳召子華。

不一會兒，子華就到了。

子華，名章，是楚國的三朝重臣，也是位列三公的人物，官居莫敖。莫敖，這可是個非常重要的職位。在楚國，除了楚王，就是令尹，令尹就是秦、齊等國的國相，而莫敖與司馬則並列而居其次。

子華在楚王之臣中，不僅官職高，而且聲望也高，更有過人的見識。楚威王即位之初，就曾問計於他，這莫敖之職，也是楚威王所特封。

子華見楚威王特意召見，心裡已經非常清楚，楚威王這肯定是遇到了重大問題不能決斷，需要問計於自己。於是，連忙隨宮使進宮晉見楚威王。

楚威王見子華進來，君臣見禮畢，略作寒暄，楚威王就直接上題了：

「楚自立國以來，從先君文王到寡人本朝為止，到底有沒有這樣的社稷臣子，他既不為高爵，也不為厚祿，而是始終心繫國家安危、人民疾苦？」

子華一聽，覺得楚威王的這個問題問得奇怪，有點沒頭沒腦，又有些莫名其妙，他不明白楚威王問這個問題的用意到底是什麼，於是就推託道：

「像微臣之輩，對於這樣的問題，哪有置喙的餘地？」

楚威王一聽，以為子華這是在跟自己謙虛。於是，更加謙恭而誠懇地說道：

「如果這個問題大夫都不肯明教於寡人，那麼寡人今後就真的不知道如何治國為政了。」

子華見楚威王這樣執著，於是，便直率地問楚威王道：

「不知大王所問的，到底是什麼類型的大臣？」

楚威王見子華反問自己，到底要問哪種情況，他不禁為之一愣。

子華見楚威王正在發愣不解，於是便明確地提醒道：

「比方說，有爵高清廉，安貧樂道，而憂社稷國家者；有崇尚高爵，不拒厚祿，而憂社稷國家者；有斷頸破腹，視死如歸，而憂社稷國家者；有勞其筋骨，苦其心志，而憂社稷國家者；也有不為高爵，不為厚祿，而憂社稷國家者。」

楚威王一聽，心想，真是不問不知道，原來心憂社稷國家之臣還分為這麼多種類，怪不得子華要問寡人到底問的是哪種情況了。

這下，楚威王興趣更濃了，他想知道子華所說的所有情況，於是，對子華道：

「大夫所說到的這些大臣，是否可以舉些例子，為寡人一一說來？」

子華一聽，明白了。於是，點點頭，立即接口道：

「昔日令尹子文，每當朝覲楚王，或是問政於朝廷時，總是身著黑帛之服，衣冠楚楚；而散朝回家，或一人獨處於室時，則只穿一件極其粗劣的鹿皮之裘。執掌楚國權柄幾十年，始終如一，每天都是東方未明，就立於朝堂之上；日落時晦，方才歸家就食。雖然身處高位，但卻朝不謀夕，家中無一日之積。臣所謂『爵高清廉，安貧樂道，而憂社稷國家者』，令尹子文即為楷模。」

楚威王一聽子華說到令尹子文，情不自禁地陷入沉思與回憶之中。

是啊，說到令尹子文，楚國君臣與百姓，誰人不知，誰人不曉，誰不敬佩懷念呢？西周共和時期，楚國有大夫名鬪伯比。鬪伯比的父親，名叫若敖。若敖死後，鬪伯比隨母寄養於雲鄖。鬪伯比成人後，與雲鄖子之女私通，生下一子。雲鄖子夫人深以為恥，於是就令人將此私生之子棄於雲夢澤畔。有一天，雲鄖子至雲夢澤畔耕作，突見一母虎為一小兒哺乳。雲鄖子驚懼不已，急急歸家告其夫人。夫人大奇，遂令人抱回孩子，撫養而至成人。楚人言「乳」為「穀」，叫「虎」為「於菟」。於是，雲鄖子與夫人遂將此小兒命名為鬪穀於菟，字子文。並正式將自己的女兒嫁給鬪伯比，以使孩子有爹。這個名叫鬪穀於菟的孩子，長大成人後，成了楚國的重要大臣，後事楚成王而為令尹。

雖然子文貴為令尹，處一人之下，萬人之上的高位，但卻廉潔奉公，安於貧困。執政數十年，不僅家徒四壁，而且連一套像樣的衣裳也沒有。後來，楚國遭亂，子文又毀家以緩國難。因此，自古及今，在楚國人代代口耳相聞中，令尹子文一直被視為廉潔奉公、安貧樂道、心憂國家與人民的好官。

因此，當子華提起令尹子文的往事時，楚威王立即陷入了沉思與回憶之中。而當子華曆舉令尹子文的事蹟，並稱道令尹子文就是楚臣中「爵高清廉，安貧樂道，而憂社稷國家」的楷模時，楚威王則不住地點頭。

子華見楚威王不住地點頭，續又說道：

「昔日葉公子高，本為貧賤之身，寄居於蔡國。後白公作禍，楚國大亂，惠王蒙難，百姓涂炭，國家岌岌可危。當此之時，子高毅然返楚，率兵平叛，最終不僅安定了楚國之政，而且還恢宏了先君遺德，將楚國的聲名播揚到了方城之外。從此，楚國國力日強，四境不侵，名不挫於諸侯。即使在楚國最為混亂的時候，天下諸侯之強者，也沒有哪國膽敢舉兵南向而伐楚。後來，惠王復位，封子高於葉，號為『葉公』，食田六百畛，而終有敵國之富。臣所謂『崇尚高爵，不拒厚祿，而憂社稷國家者』，葉公子高可謂典範。」

楚威王見子華又說起葉公子高，立即神情專注起來。因為葉公子高的典故，他是非常熟悉的。

葉公子高，即沈諸梁，字子高。後因功封於葉，故稱葉公，又稱葉公諸梁。葉公之為人，微小短瘠，行若將不勝其衣。但人不可貌相，就是這個其貌不揚，身體單薄的沈諸梁，後來卻成了挽楚之大廈於將傾的千古功臣。楚惠王二年（西元前四八七年），令尹子西從吳國召回已故楚平王太子建的兒子勝，任命他為巢大夫，號為白公。白公好兵而禮賢下士，欲為其父報仇。因為其父建，本是楚平王之太子，因受其太子少傅費無忌讒害，自城父逃亡到宋。後又因避宋國之亂而逃亡到鄭，卻被鄭國所殺。其子勝幸得逃脫，亡奔吳國，以此白公勝怨鄭甚深，時欲報復於鄭。楚惠王六年，白公請兵於令尹子西，意欲西伐鄭國，子西雖然答應，但最終沒有發兵。楚惠王八年，晉伐鄭，鄭告急於楚，楚惠王派子西率師救鄭，受鄭人之賄而回。白公怨恨子西助鄭，大怒，遂與勇力死士石乞等人襲殺令尹子西、司馬子期於朝堂之上。並劫得楚惠王，置之楚王別館——高府，意欲弒之。楚惠王有一個隨侍，名叫屈固，乘白公不備，背負惠王亡奔到昭王夫人之宮。於是，白公乃自立為楚王。正當白公作亂自立為王時，原楚昭王司馬沈尹戌之子子高，正在楚國方城之外的蔡國。方城之外的人都力勸子高回楚國平亂，子高開始有些猶豫。後來聽說白公殺了楚國的賢大夫、管仲之七世孫管修，子高覺得白公不得人心，終將不能成事。於是，就急回楚國平叛。子高一回楚國，深受民眾愛戴，楚人皆說：「國人望君，如望慈父母」、「國人望君，如望豐年。」一個月後，在惠王之徒的協助下，子高一舉平定了白公之亂，復立了楚惠王之位。從此，楚國又恢復了元氣。而諸侯各國在楚國如此亂局之中，也未敢有趁火打劫，舉兵向楚者，也是因為有子高的緣故。後來，楚惠王封子高於葉，並賜地六百畛，子高則坦然受之。

待到子華說完葉公子高的故事，並稱說葉公子高雖然並不拒絕高官厚祿，但也是心憂社稷國家的好典範時，楚威王不僅頻頻點頭稱是，而且還由此改變了自己的看法，認識到自己以前的想法是太偏狹了，並不是只有不追求官爵，不講究厚祿的臣子，才是心憂社稷國家的好臣子。像葉公子高這樣並不拒絕高官厚祿者，在關鍵時刻卻能夠挽救國家於危亡，不同樣也是心憂社稷國家的好臣子嗎？

子華見楚威王頻頻點頭，知道威王認可了自己的觀點，承認像子高這樣「崇尚高爵，不拒厚祿」的臣子，同樣也是「心憂社稷國家」的典範。於是，續又說到另一種類型的「心憂社稷國家」之臣：

「昔日吳、楚交戰，戰於柏舉，兩軍對壘，兵車交馳，士卒相搏。」

子華剛說到吳、楚的柏舉之役一句，楚威王立即神色凝重，好像心情頓時為之沉重起來。子華知道，楚威王這肯定是由自己說到「柏舉之役」而想起了比「白公之亂」更早一些的「昭王之變」。是啊，那是一段令所有楚國人都刻骨銘心、不堪回首的往事，更不要說楚威王了。

楚平王二年（西元前五二七年），平王派費無忌到秦國，為太子建娶婦。無忌見秦女美而豔，遂攛掇平王自娶之。沒想到，平王竟然聽從了無忌的這個餿主意，果然奪其子之婦而自娶之，再為太子建另娶他婦。當時太子建有二傅，一為太傅伍奢，一為少傅無忌。無忌不得寵於太子，遂常常進讒言於平王，由此平王與太子建的關係便日益疏遠。平王六年，平王使太子建居城父，戍守邊疆。無忌又讒言於平王，說太子建怨恨平王奪了他的女人，居於城父，擅自擁兵，外與諸侯交結，意欲謀叛。平王遂傳召太子太傅伍奢，大加斥責。伍奢知道這是無忌讒疏平王與太子間的關係，遂提醒平王道：「大王為什麼要因為小人的讒言，而疏離了骨肉之親呢？」無忌則慫恿平王說：「伍奢之輩，今日不制，後悔莫及。」平王遂將伍奢囚禁了起來，又令司馬奮揚召太子建回朝，意欲誅之。太子建聞變，乃亡命逃奔至宋國。無忌又攛掇平王以釋放其父為名，而誘捕伍奢二子伍尚、伍胥，意欲斬草除根。結果，伍胥察覺實情，潛逃至吳國，平王乃殺伍奢、伍尚父子二人。平王十年，吳王派公子光伐楚，敗楚於陳、蔡，取太子建母而去。平王日夜不安，乃遷都至郢。平王十三年，平王卒，太子珍即位，是為昭王。昭王元年，楚人恨怨無忌讒害太子建，殺伍奢父子與郤宛，以此使郤宛的宗姓伯氏之子伯嚭及伍胥皆亡奔於吳，吳兵遂屢屢侵楚。楚令尹子常察民情，順民意，誅殺無忌以謝楚人，楚國民眾這才平息了憤怒。昭王五年，吳伐取楚國六、潛二城。昭王七年，昭王派子常伐吳，吳則大敗楚兵於豫章。昭王十年冬，吳王闔閭、伍奢之子伍胥、郤宛宗姓伯氏子伯嚭，與唐、蔡二國共伐楚，楚師大敗，吳兵遂入楚國之都郢。昭王出奔，伍胥掘開平王之墓，鞭其屍三百而去。後幸得秦國出兵相助，楚國才得以復國。

子華見威王陷入沉思與回憶，遂止而不言。

良久，威王從沉思中醒悟過來，道：

「大夫為什麼停下不說了？」

子華遂重拾剛才的話題，說道：

「昔日，吳、楚交戰，戰於柏舉，兩軍對壘，兵車交馳，士卒相搏。莫敖大心撫摸著為他駕車的車伕之手，回首慨然而歎道：『唉！楚國的亡國之日就要到了！國難當頭，我雖是文臣，也應該深入吳軍，拚死一搏！如果我撲倒吳軍一人，你就上前揪住他，以助我一臂之力。這樣，也許楚國江山社稷還有一線希望！』臣所謂『斷頸破腹，視死如歸，而憂社稷國家者』，莫敖大心就是榜樣。」

威王聽子華說到莫敖大心作為一個文臣，在國破城亡之時，視死如歸，殺入敵陣的往事，深為楚國有此心憂社稷之臣而自豪，更為莫敖大心的決絕精神而深為感動，眼角之間早已掛滿了淚花。

子華見威王如此動情，續又說道：

「昔日，吳與楚戰於柏舉，楚師不利，吳人三戰而入郢。當此之時，昭王出奔，大夫悉從，百姓離散。申包胥歎道：『我若披堅執銳，赴強敵之陣而死，雖不愧此生，但也僅比一卒。要是潛奔諸侯求救，討得救兵，楚國或許還有一線希望。』於是，他便背著糧食，潛行出境，過崇山，逾深溪，履敝足穿，裳破膝暴，晝夜兼程，七個月才到達秦王之廷。可是，求告秦王又不得其門而入。無奈之下，他便一直守候在秦王宮門之外。雙腳站累了，他就像野鶴一般，單腳輪流獨立。就這樣，立於秦王之宮，七天七夜，晝吟夜哭，水米不進，心結氣鬱，昏厥而死。至此，秦王才深受感動，冠帶不及繫，就急忙出宮相視，左奉其首，右濡其口，才將不省人事的申包胥救了過來。醒來後，秦王親問道：『你是何人？』申包胥伏地回奏道：『臣非他人，乃是楚國罪臣申包胥。吳與楚戰於柏舉，吳人三戰而入郢，寡君出奔，大夫悉從，百姓離散。臣見楚國亡國之日將至，不得已，才亡奔於秦，以求告大王。』秦王一聽，沉吟再三，但仍不肯發兵相救。於是，申包胥就伏地不起。秦王回首喝令再三後，只得喟然慨歎道：『寡人以前聽過一句話，叫作：萬乘之君得罪於士，社稷其危。大概說的就是今天的事吧。』於是，傳令出革車千乘，兵卒萬人，遣秦公子子蒲、子虎為將，下武關之塞而東，與吳人戰於濁水而大敗之。臣所謂『勞其筋骨，苦其心志，而憂社稷國家者』，申包胥即為其人。」

威王不等子華說完申包胥哭於秦庭的往事，早已淚流滿面。因為這段往事，楚國何人不知，何人又不為之感動呢？

子華續又說道：

「昔日，吳與楚戰於柏舉，楚師不利，吳人三戰而入郢。昭王出奔，大夫悉從，百姓離散。當此之時，蒙穀正與吳人苦鬥於宮唐之上。戰到一半，蒙穀突然棄而不鬥，急奔郢都，心想：『楚國若有遺孤，楚國社稷或許還有一線希望。』遂入楚王大宮，背負《離次之典》，浮江而下，逃於雲夢之中。後來，昭王復國入郢，想要重整江山社稷，別有一番作為時，卻因為國家典冊皆毀於戰火，百官執政無法可依、無典可據。於是，楚國上下再次一片混亂。就在此時，蒙穀背著《離次之典》回到了郢都，適時獻於昭王。由此，百官得法，百姓安寧，國家大治。這就是蒙穀之功！與保國、存國之功相同。為此，昭王封蒙穀以執圭之爵，賜田六百畛。可是，蒙穀卻憤怒地說：『我並非追求爵祿的人臣，而是國家社稷之臣。如果楚國江山社稷在，楚國血食不絕，我蒙穀何患無爵無祿？』於是，自隱於磿山之中，至今無爵無位。臣所謂『不為高爵，不為厚祿，而憂社稷國家者』，蒙穀即為其人。」

威王聽完子華述畢蒙穀獻典而振興楚國的往事，更為蒙穀那種不為爵、不為祿而心憂社稷國家的赤誠之情所深深感動，他再次為之淚流滿面。

沉默良久，威王喟然長歎道：

「唉，大夫所說的這五位社稷之臣，可惜都是古人。今日人臣中，哪裡還有呢？」

子華一聽威王如此一歎，頓然知悉今日威王特意召見自己之意，原來他是為現在沒有諸如令尹子文、葉公子高、莫敖大心以及申包胥、蒙穀這樣心憂社稷國家的股肱之臣為國為君分憂而憂心。

於是，子華又續而說道：

「昔日，先君靈公喜好細腰，於是楚國之士都紛起節食，一時成為風尚。而節食時間一長，人自然就會變得體弱。到了最後，以致很多人都不能站立，起坐之間更要仰仗扶持。食，是人之大欲，然而為了細腰，只能忍而不食；死，是人之所惡，然而為了細腰，在所不避。臣聞之：『上有所好，下有所效。』又聞之：『其君好射，其臣愛弓。』今老臣唯恐大王無所好！臣以為，如果大王真有好賢之心，臣剛才所提到的五臣，其實都是可以立求即得的。」

楚威王一聽，便明白了子華的意思，他這是在婉轉地批評自己沒有好賢禮賢之心，並非楚國沒有諸如令尹子文，莫敖大心之類的賢臣。認為做君王的，如果確有所愛好，哪怕是不好的愛好，臣下都會群起而效之。如果自己確有好賢禮士之心，葉公子高、申包胥、蒙穀之類心憂社稷之臣，都會效死於前的。

於是，楚威王堅定地點點頭，說道：

「寡人聞命！」

## 4 知無不言：楚王群臣會

第二天，楚威王便大集群臣，廣開言路，問計於群臣。他決定就強秦崛起於西北，趙、齊、魏、韓、燕五國結盟「合縱」於東北的既成現實，讓群臣暢所欲言，充分發表自己的意見，以尋求楚國將何以自處的良策，以資自己參考，最終決定楚國是加入山東「合縱」聯盟，還是與秦國結成「連橫」集團。因為趙王的特使蘇秦已經在楚都郢等了三個月，不能老是避而不見，到底加入不加入「合縱」集團，總得要表個態，要有一個決斷。不然，楚國將無法自處於列強之中，無法立國以圖強。

群臣大集楚王之殿後，威王首先略略將今日集會的前因後果說了一遍，然後開誠佈公地曉諭群臣道：

「今日之會，希望大家務必知無不言，言無不盡，各抒己見，以定楚之長策。」

群臣見威王今日如此大開言路，態度又是如此至誠，也就敞開心懷，拋棄了顧慮。於是，人人躍躍欲試。

楚威王話音剛落，大臣富摯搶先趨前一步道：

「臣以為，楚國應當聯合山東五國，而為『合縱』之盟。」

楚威王立即問道：

「為什麼？」

富摯接口道：

「楚居山東，聯合五國而為『縱』親，理所當然。」

楚威王不以為然地反問道：

「如果楚聯合五國而為『縱』親，那麼勢必就要結怨於強秦，強秦也必以我為敵。如此一來，秦國就有可能兵出武關，揮師東進，伐我於方城之內，那怎麼辦？」

「這種可能當然有，大王所慮也是有道理的。可是，大王您想想看，如果楚國不聯合五國而為『縱』親，那不是明示山東諸侯：楚國以五國為敵嗎？如果這樣，齊國勢必會聯合山東諸侯，借機南進，大舉伐楚，以報去年『徐州之役』大敗之仇。楚國雖強、雖大，屆時恐怕也是好漢難敵眾拳的。」

楚威王聽富摯這樣一說，覺得有理，遂點了點頭。

富摯見此，遂續而說道：

「山東五國聯合伐楚，楚國肯定不能支撐；楚國不能支撐，屆時也就只能急而求救於秦。秦是虎狼之國，素有併吞諸侯、席捲天下之志，這是天下盡人皆知的，大王也是了然於胸的。楚國有難，而告急於秦，秦王必然口許而兵不發，坐觀壁上，以待楚國與五國戰而俱疲，然後承其所敝，一路出函谷之關，一路出武關之塞。如果這樣，到時候，楚國與山東五國都會為強秦所困，並被秦師一一擊破的。」

楚威王聽到此，雖然覺得富摯言之有理，但卻沒有直接肯定他的說法，而是突然提出了另一個問題：

「如果我大楚與秦聯合，訂立『連橫』之約，那又怎麼樣呢？」

富摯聽楚威王話外之音，意有與秦「連橫」之想，遂立即指出「連橫」之弊道：

「如果大王應諾秦王之請，結成『連橫』之盟，那麼勢必秦為主，楚為從。秦、楚本來是勢均力敵、旗鼓相當的大國，秦為主，楚為從，大王能夠折節屈尊而受下人之辱嗎？如果不能，那麼秦、楚『連橫』之盟必破，秦、楚兵戈相向勢不可免。秦、楚都是天下大國、強國，二國一旦開戰，必然如二虎相爭，最終的結果無外乎是兩敗俱傷。如此一來，屆時齊國就會有機可乘，承楚之敝，合山東五國之兵，南入於楚境。那樣，楚國的江山社稷就要危如累卵了。大王肯定比臣更明白：為國之道，兩害相權取其輕，兩利相權取其大。因此，臣以為，為楚國江山社稷計，大王不如聯合山東五國而為『縱』親，這才是上策。」

富摯話音未落，大臣黃齊趨前一步，反駁道：

「臣以為不然。」

楚威王知道富摯與黃齊二人向來是政見不合，雖然在內心深處，他覺得富摯的見解與自己相合，但是今天的群臣會，本來就是要廣開言路，要兼聽各種意見。於是，當黃齊出來反對富摯的意見時，楚威王立即予以鼓勵道：

「寡人願聞其詳。」

黃齊見楚威王話有鼓勵之意，遂接口道：

「臣以為，秦國是天下強國，不可輕忽之，宜結其好，而不宜結其怨。而山東五國，則不足為慮。」

「此話怎講？」楚威王不以為然，立即反問道。

「今山東諸侯，真正可以與楚國比肩而立、並駕齊驅的，也只有一個齊國而已。至於其餘各國，則不足道也。除此，還有一點，大王也是知道的，就是燕、趙、韓三國在地緣上不能對楚國構成威脅，因為它們都不與楚國毗鄰接壤，隔得遠呢。」

楚威王點點頭。

黃齊續而說道：

「今燕、趙、韓、魏、齊雖然聯合而為『縱』親，但是，由於五國之間積怨甚深，仇隙難彌；因此，目前山東五國的『合縱』之盟，其基礎並不牢固。關於這一點，即以齊、魏二國來說，就可以一目了然。齊國一敗魏於桂陵，二敗魏於馬陵，虜太子，殺龐涓，由此魏國這個昔日天下之霸，才會一蹶而不能振。大王想想看，有此背景，魏國能夠忘恨於齊嗎？齊、魏能夠真正結為兄弟之盟嗎？」

楚威王又點點頭。

「齊國兩次無故伐燕之權，又曾趁燕國國喪期間襲奪了燕國南境十城。大王想想看，有此背景，燕國會盡棄前嫌，真心實意與齊相親嗎？想當初，魏國強盛時，曾連續多年對趙國用兵，最後還攻拔了趙都邯鄲，逼迫趙君盟於漳水之上。大王想想看，趙君縱然再健忘，再有度量，他能忘記這樣的國恥嗎？還有，魏國以前屢屢興兵伐韓，想吞併其國，而且很多次，韓國差點就亡了國。大王想想看，韓國對於魏國這樣的虎狼之鄰，它能有親近之感嗎？」

這些事實，一樁樁，一件件，楚威王都是知道得清清楚楚的。黃齊一一列舉出來，楚威王只得頻頻點頭。

「五國仇隙不能消彌，怎麼可能約『縱』而相親呢？而今五國雖然勉強走到了一起，但是，臣相信：這樣的苟合之盟必不能長久。今楚若合五國而為『縱』親，則必結怨於強秦。秦、楚山川相鄰，秦處西北形便之地。如果楚與秦反目，秦起大兵出武關之塞，入方城之內，奪穰，順漢水而下，不出十日便可兵至楚都。如果郢都不能保，那麼楚國也就不復為楚國了。」

楚威王聽到此，面有緊張之色。

黃齊見此，遂收結強調其意道：

「因此，為楚國江山社稷計，臣以為，大王不如連秦以為『橫』。楚、秦，乃天下之強。二強相合，天下莫能敵。如此，則秦、楚可共割山東五國之地。大王也知道，秦在西，楚在東，秦、楚共割五國之地，楚有地理上的便利，自然可以多割以自強。楚國強，則秦國越發不能奈何於楚。這樣，待到時機成熟之時，楚國便可與秦一決高下，併吞天下而獨霸。」

未等楚威王對黃齊的意見作出肯否之評判，楚國大將景舍早已趨前一步，向楚威王進諫道：

「臣以為富摯、黃齊之見皆不然。」

此言一出，不僅富摯、黃齊二人一震，而且楚威王也覺得意外。因為他想不到除了「合縱」、「連橫」二途，楚國還有什麼第三條道路可走。於是，興趣盎然地直視著景舍道：

「將軍可否為寡人詳細說說？」

「遵命。」

說著，景舍看了看楚王殿上的其他楚國大臣，然後從容不迫地說道：

「秦國，是天下大國；楚國，也是天下大國。秦、楚相侔，旗鼓相當，如果楚與秦結為『連橫』之盟，那麼秦、楚誰為主，誰為從？」

楚威王點點頭，覺得這個問題是繞不過去的，必須直面之。

景舍見之，遂續而說道：

「如果秦為主，楚為從，那麼，大王肯定不能答應，楚國群臣也不會答應；如果楚為主，秦為從，秦王必不能允之。大王也知道，既為『連橫』之盟，那麼就得有盟主。天無二日，盟主也不可有二。盟主不能有二，秦、楚又不能相讓，那麼『連橫』必不能成。『連橫』不能成，則秦、楚必然會反目而為仇。」

楚威王點點頭，富摯也贊同地點點頭，因為在此一點上，景舍的意見與富摯的意見有交集之處。

「與其秦、楚『連橫』不成而為仇，楚不如逍遙於秦與五國之外，自為一體。如此，則可左右逢源，遊刃有餘。待天下有變，見機而作，那麼，對於楚國來說，那是利莫大焉！」

楚威王一聽，心中一喜，沒想到景舍這個武人還有這等騎牆的圓滑外交策略。於是，不自覺間便點了點頭。

景舍見此，深受鼓舞，遂接著又說了下去：

「五國『合縱』而為親，秦國必有猜忌之心。秦有猜忌之心，勢必會先發制人，兵出於函谷關，而與五國相戰。如果秦國果真與五國兵戈相向，那麼，楚國就可以陳兵兩路，一路駐於武關之下，一路駐於召陵，以作壁上觀。待到秦國與五國力竭師疲之際，便可承其敝，而取其利。如此，則楚益強，秦益弱，山東五國也益弱。到那時，楚國的王霸之業便可水到渠成了。」

楚威王聽到此，雖然沒有點頭表示肯定，但卻以眼神予以鼓勵。

於是，景舍遂又說了下去：

「退一步說，即使大王沒有謀霸天下之心，楚國自為一體，也不算是失策。」

「這話又是怎麼講？」楚威王問道。

「當今之世，楚國保持中立，不『連横』，不『合縱』，則山東五國為一方，秦國為一方，楚國也為一方，天下可成鼎立而三之勢。如此，三者勢均力敵，鼎立共存，天下可保永久太平，這不也是天下黎民百姓之福嗎？」

楚威王聽到此，又點點頭。但是，他仍然沒有表態。

楚王群臣見富摯、黃齊、景舍三人提出三種不同見解，楚威王都點頭，但卻沒有明言到底是哪一種見解更好，知道楚威王還沒有定見。於是，大家便又爭先恐後地出來發表自己的看法。

爭論了約有兩個時辰，幾乎所有在殿上的楚王群臣都就「合縱」與「連横」對楚國的利弊充分表達了自己的意見，而且各種不同見解之間的交鋒還相當激烈。但是，交鋒的結果，歸納起來仍然不出富摯、黃齊、景舍所闡明的三派意見。

楚威王聽完群臣如此激烈的爭鋒，覺得其所形成的三派觀點，各有道理，其對天下大勢的分析都相當清晰，不禁心裡竊喜：楚國不是沒有人才，也不是沒有心憂社稷國家之臣，如果他們不是心憂社稷之臣，那麼何以為楚國想得那麼長遠，對天下大勢那樣瞭若指掌呢？看來，還是莫敖子華說得對啊，寡人如果真的有好賢之心，那麼諸如令尹子文、葉公子高、莫敖大心以及申包胥、蒙穀這樣的心憂社稷國家的賢士與良臣，都是可以立求即得的。這不，剛才群臣那樣爭先恐後地獻計獻策，不正是最好的證明嗎？

想到此，楚威王心裡安定多了，前幾個月的焦慮也為之一掃而光。但是，威王欣慰之餘，又不免犯了愁：這三派意見都各有其道理，都可算得上是慮之極深極遠的真知灼見，那麼到底聽從哪一派意見好呢？雖然第一派意見佔了上風，但第二派意見與第三派意見也是自有獨到的見解，不能不仔細考量啊！

群臣散後，楚威王卻獨自愁上眉頭，坐立不安起來。因為到底聽從哪派意見並最終採納之，還得由自己一人作決斷。決斷，決斷，這決斷談何容易！

思前想後，最終楚威王還是覺得相對來說，第一派意見比較保險，最起碼就目前情況來說是這樣。而第二派、第三派意見，雖然也有道理，但風險比較大。

有了初步的傾向，楚威王決定可以接見趙王特使——武安君蘇秦了，不妨再聽聽他怎麼說。他來楚國，要拜見寡人，不正是要遊說寡人，勸寡人入盟山東五國「合縱」集團嗎？如果他說得有理，那麼，寡人就可以作出決斷了。

主意拿定，楚威王立即派人通知趙國特使，請他明日來見。

## 5　言無不盡：利誘說楚王

周顯王三十七年（西元前三三二年）七月十五，蘇秦奉命來見楚威王。

為了這一天，蘇秦整整在楚都郢等了近三個月。在此，他度過了楚國早晚涼爽，還算舒服的初夏，熬過了悶熱難當的梅雨季節，現在又迎來了酷熱難當的盛夏。等得好不辛苦！

被楚王宮使導引著走進楚王大殿後，蘇秦先給楚威王拜揖施禮，然後略作寒暄。楚威王連忙回應，還禮如儀。

待到禮畢，與楚威王分庭抗禮坐定後，蘇秦首先向楚威王轉達了趙王的問候，然後簡要地向楚威王述說了自從奉趙王之命以來，自己這幾年組織山東諸國「合縱」聯盟的進展情況。

述及於此，蘇秦突然就此打住，不再說什麼了。

楚威王一見，不免心中疑惑起來：難道他千里迢迢，不辭山高水險，不畏嚴寒酷暑，又在楚都郢苦等了三個月，僅僅是為了向寡人轉致一聲趙王的問候，通報一下山東五國「合縱」的進展情況嗎？難道他原本就沒有要遊說寡人入盟「合縱」聯盟的打算？難道寡人和楚國所有大臣都判斷錯誤了？

想到此，楚威王不禁抬頭暗中偷窺了一下蘇秦的神色。只見蘇秦不僅神色自若，而且臉上還略帶一絲不為人察知的微笑。頓時，楚威王開始心裡打鼓了：難道蘇秦到楚國來真的不是為了遊說自己，要楚國入盟山東五國「合縱」集團？如果是這樣，那麼蘇秦來此通報寡人「合縱」進展情況意欲何為呢？難道是來替齊國向寡人示威不成？或是別有其他用意？

正當楚威王低頭沉思，在心裡揣摩蘇秦說話何以剛開了頭卻又突然煞了尾的原因時，蘇秦已經一邊作勢起身，一邊恭恭敬敬地說道：

「大王日理萬機，今日能撥冗相見，使臣有幸能一睹大王威儀，臣已是心滿意足了。而今，臣已將趙王的致意當面上達了大王，也算完成了使命。況且，臣在楚都已滯留了三個月，現在也該回去向趙王覆命了。」

楚威王一見，來不及細想，立即強裝笑容，恭敬有加地說道：

「寡人仰慕先生如同仰慕古人，日夜企踵盼望先生已經很久了。今先生不遠千里，沖寒冒暑，辱臨寡人之國，何以如此行色匆匆，不肯稍作逗留？其中的原因，不知先生能否跟寡人說說？」

蘇秦一聽，心想：可真會說話，也真會自己轉彎。我是在跟你打心理戰，在吊你的胃口，你晾了我三個月，難道我今天不玩玩你？古人說「有來無往非禮也」嘛。你是楚國之王，俺可是趙國的武安君和國相，還是五國「合縱」的縱約長，你以為俺是誰？可以隨便晾著，隨便可以喚來喚去的嗎？俺能玩趙、齊、魏、韓、燕五國之王於股掌之上，還玩不轉你楚威王？笑話！但是，又一想，覺得不能玩過頭了。自己還有正事呢，還得回到正題上，遊說楚威王入夥「合縱」聯盟。

想到這，蘇秦連忙就坡下驢，接住威王的話岔，回應道：

「楚都的繁華，天下何人不知，何人不戀。只是楚國之食貴於玉，楚國之薪貴於桂，謁者難得一見如鬼神，大王難得一見如天帝。而今，讓臣食玉炊桂，因鬼見帝，哪裡還敢多逗留於楚呢？」

楚威王一聽，馬上明白了，蘇秦這是在發牢騷，說我楚王不招待他住楚國的官方驛館，而讓他自己掏錢食宿，對他不禮遇。這個，倒也不怪他埋怨，寡人做得有些欠周到了。當初只是因為沒有拿定主意，派往各國的諜報人員的情報也沒有都回饋回來，所以寡人採取了以拖觀變的策略，只知道等決策已定再召見他，未曾考慮到應該按外交規矩，先安排他住楚國的官方驛館，好好招待他。至於他埋怨寡人的門禁官不肯通報寡人，那是錯怪了這些謁者，他們還沒有這個狗膽，是寡人知會他們不讓通報的。

想到此，楚威王忙打哈哈道：

「寡人失禮了，請先生海涵！寡人一定馬上安排先生入住官舍。」

蘇秦一聽，知道楚威王在婉約地認錯了，答應禮遇招待自己住楚國的官方驛館了。自己倒不是沒有錢，住不起酒肆客館，而是爭趙國的尊嚴與自己武安君的面子。於是，便重又與楚威王分庭抗禮坐下。因為楚威王說過「寡人失禮了」，也得給他面子啊！再說自己的正事還沒辦，怎麼能就這樣走了呢？

楚威王也不是傻瓜，也知道蘇秦是什麼心思，只是雙方各有需要，心照不宣而已。大家都得上正題，辦大事。因為自己是主，蘇秦是客，於是楚威王又主動開口道：

「先生乃天下賢士，寡人心儀已久，日夜盼先生如久旱之盼甘霖，如暗夜之盼星月。而今，有幸親見先生，若得先生耳提面命，不吝賜教，則不僅是寡人之幸，也是楚國萬民之幸。」

蘇秦一聽，心想：還真會吹拍，差不多不輸給自己了。不過，楚威王既然說請自己賜教，這倒是一個非常好的上題機會。於是，立即接口道：

「大王言之太過！微臣實在是不敢當！大王若有驅使，臣願肝腦塗地，以效犬馬之勞。」

楚威王見蘇秦不繞彎子，自己也不想繞彎子了，大家心裡都明白著呢，何必多費口舌呢？於是，非常直接地問道：

「先生為趙王合山東諸侯而為『縱』親，善莫大焉！至於寡人之國，將何以自求其安？希望先生也能不吝賜教於寡人？」

蘇秦見楚威王說得如此直接，真是讓自己省了不少周折。於是，便自然而然地接上了楚威王的話柄，遊說了起來：

「楚國，是天下強國；大王，是天下明君，天下何人不知？」

楚威王一聽，就知道這是拍馬屁的話。但是，他畢竟是人，就有人的共同弱點——喜歡聽奉承的話，而且他是楚國之王，比常人更習慣於聽吹拍的話。蘇秦這兩句吹拍的話，既吹拍了楚國，也奉承了他，因此，他聽來就格外的受用。

蘇秦這些年來，從秦國吹到燕國，又從燕國吹到趙國，再到韓國、魏國、齊國，哪一個諸侯國之王，沒被他吹得入了套？他現在可以說已經完全掌握了所有國君的心理。因此，上面兩句出口，他用不著再察看楚威王的表情，就知道楚威王會有什麼表情，會有什麼心理反應。

於是，他續又吹拍道：

「大王之國，西有黔中、巫郡，東有夏州、海陽，南有洞庭、蒼梧，北有汾陘、郇陽。地之方圓五千里，帶甲雄兵過百萬，戰車千乘，駿騎萬匹，粟支十年。若說楚是天下王霸之國，那絕對不是溢美之辭！」

楚威王一聽，蘇秦對楚國情況果然瞭若指掌，所說楚國之優勢並不都是吹拍自己的話，基本上是屬實的。於是，情不自禁地點點頭。

蘇秦見楚威王聽了自己的幾句吹拍，意有得色，遂又加了兩句：

「以楚國之強，以大王之賢，天下諸侯，何人能當？」

這下，楚威王更得意了。雖然沒點頭，但從表情上可以看出，心裡是樂開了花。

蘇秦是什麼人？他是最擅長察顏觀色，揣摩人心理的，他這些年通過反復揣摩師父鬼谷子的《摩意》、《揣情》二章，結合自己這些年來遊說各國諸侯王的成功與失敗兩個方面的實踐經驗，現在對揣摩他人心理特別是君王心理的水準，可謂是達到了爐火純青的地步了。他看看楚威王已經被自己吹到了九天之雲端了，心想，這下差不多了，得讓他跌落到九地之下了。於是，話鋒急轉直下，道：

「可是，最近臣卻聽到諸侯之中流傳著一種有關大王與楚國的負面說法。」

「什麼說法？」楚威王迫不及待地問道。

「說大王而今正準備與秦『連橫』，意欲屈尊折節，西面而事秦。如果真有此事，臣則深為大王羞之。」

楚威王一聽，立即顏色陡變，臉上的得意之色頓消。因為他畢竟是人，而且是一個自認為是萬人之上的楚國之王，自尊心當然更強。於是，立即口氣生硬地說道：

「聽何人所說？」

蘇秦知道楚威王會這麼說，遂又順著自己剛才的思路，補了一句道：

「如果大王折節推尊秦王，如果楚國西面而臣事於秦，那麼，從此以後，山東諸侯必不會南面而朝大王於章台之下。」

楚威王聽蘇秦又說出這兩句，立即從情感的漩渦中脫出，恢復了君王應有的理智。覺得蘇秦這兩句說得雖然直接，但卻一針見血，說到了問題的根本上。對啊，如果楚國與秦國「連橫」，那麼勢必要折節屈尊，尊秦國為龍頭老大。這一點，在昨天的群臣大會上就有許多人提到了，自己也曾想到過。楚若西面而事秦，即使自己屈得了尊，受得了委屈，但堂堂楚國卻受不了這個屈辱，楚國的列祖列宗也丟不起這個臉啊！而一旦楚國與秦國「連橫」，屈尊而事秦，則山東諸侯各國則必不會南面而奉楚國為主，朝拜自己於章台之下了。是屈尊事秦而朝秦王，還是讓山東諸侯各國南面事楚而朝自己？這在心理上的感受可是絕然不同的。

想到此，楚威王不禁一時陷入了沉思，良久無言。

蘇秦一見，心中竊喜：中了！俺就是要你楚威王不得不在兩難之中自己作出選擇，讓你知道「合縱」與「連橫」對楚國，對你楚威王的利害關係。你不是好面子嗎？俺就專門揀與你面子有關的難題說，讓你自己在好面子的情感情緒心理下不得不中了俺的套，作出入盟俺「合縱」集團的決策。不然，俺把「合縱」的好處說得再多，你也未必聽得進去。

想到此，蘇秦不免在心裡非常得意。但是，他是一個做大事的人，是不會喜怒而形於色的。於是，他靜靜地看著楚威王，等著楚威王的反應。

過了好久，楚威王好像是在心裡自己說服了自己，自顧自地在沉思中點點頭。

蘇秦察覺到楚威王這一細微的表情，由此洞悉了他剛才的心路歷程。於是，立即抓住機會，續又說道：

「天下諸侯之眾，而秦國真正有所畏懼的，也只有一個楚國而已。楚國強，則秦國必弱；楚國弱，則秦國必強。這就好比一山而有二虎，其勢不可兩立。」

楚威王一聽，覺得這個道理講得透徹，秦、楚二國事實上就是蘇秦所說的一山之二虎，無論如何，終究都是勢不兩立的，這是國家利益與利害關係決定的，沒有別的理由。於是，楚威王情不自禁地點點頭。

蘇秦見此，知道楚威王已經完全明白了利害關係，於是就單刀直入，直奔主題了：

「因此，而今為楚國長遠利益考慮，臣以為，大王不如允請趙王『合縱』之約，聯合山東五國以孤立秦國。」

楚威王至此完全明白了，蘇秦這次所來果然是為了遊說自己入夥「合縱」之盟，要楚國與山東五國「合縱」相親，預防楚國與秦國「連横」的。剛才他還急切地要告辭，原來那是作勢裝樣的。想到此，他不免啞然失笑。

蘇秦不知楚威王所笑為何，以為他是笑自己想撞騙他入夥「合縱」聯盟的伎倆太幼稚了。如果是這樣，那麼這遊說的目標就難以實現了。

想到此，蘇秦倒有些急了。情急之中，便情不自禁地故伎重演，使出了以前對付其他五國之君的絕招，索性將厲害關係說得明明白白道：

「如果大王自絕於山東諸侯，不與五國『合縱』相親，那麼，楚國今後勢必就要陷於孤弱無援的困境。楚國孤立無援，那麼強秦必起兩軍而伐楚。一軍出武關，一軍下黔中。如果這樣，那麼大王的鄢、郢二都就要危如累卵了。臣聽說楚國先賢老子有言：『為之其未有，治之其未亂』。凡事要預先善自籌畫，防患於未然，才能立於不敗之地。如果禍患已至，而後憂之，那就為時已晚。因此，臣希望大王早作打算，為楚國江山社稷謀一個長治久安之計。」

楚威王雖然心裡覺得蘇秦說得非常有道理，但是，知道蘇秦的底牌後，他倒不急了。於是，故意不接蘇秦的話頭，故作深沉，一言不發。

蘇秦知道，楚威王這是在跟自己打心理戰呢!心想，下面得再來一個絕招——誘之以利。因為這一招在他所說的所有諸侯王中，證明都是百發百中，沒有人不為所中的，相信楚威王自然也不會例外。於是，接著說道：

「如果大王能夠真心聽取臣之愚計，臣可以保證，一旦六國『合縱』成，山東五國必奉四時之貢，以聽大王之明詔；必委其社稷宗廟，練士厲兵，以為大王所用。」

楚威王一聽蘇秦說可以讓山東諸侯各國都聽從於自己，奉自己為主，於是虛榮心頓然膨脹起來，臉上的欣然之色不免洩露了他心中的祕密。

蘇秦立即察知了楚威王的這一細微的心理變化，知道誘之以利的招術果然奏效了。於是，一鼓作氣，進一步誘之以利道：

「大王要是真的能聽從臣之愚計，那麼，屆時韓、魏、齊、燕、趙、衛諸國的妙音美人，一定會充溢大王的後宮；趙、代二地的良馬、駱駝，一定會擠滿楚國的外廄。」

楚威王這時再也掩飾不住欣喜之情，不禁得意地拈鬚而笑。

蘇秦一見這陣勢，知道這下更中了楚威王的下懷了。因為他知道，楚威王與其他君王一樣，也是好色之徒，他的後宮雖有成百上千的南國細腰美姬，但韓、魏、齊、燕、趙、衛等北國能歌善舞的美人的風騷雅韻，他還沒有領略過。至於趙、代的良馬、駱駝，那更是他想得到的，因為要想在戰場上爭鋒較量取得優勢，駿馬良駒和輸送糧草的駱駝，都是非常重要的，是戰爭取勝的一個不可忽視的重要因素。楚威王既然想當老大，做天下之主，必然垂涎於趙、代的良馬、駱駝。

蘇秦見已經說動了楚威王之心，於是，趁熱打鐵道：

「因此，楚合山東諸侯而為『縱』，則楚為王；楚與強秦為『連橫』，則秦為帝。而今，大王欲棄王霸之大業，而取折節屈人之醜名，臣私心所慮，深為大王所不取。」

楚威王一聽，覺得有理，遂肯定地點點頭。

蘇秦見楚威王的態度至此終於明朗了，心裡雖然為之輕鬆了許多，但並不敢有一絲放鬆。續又明確向楚威王申述「連橫」之弊道：

「秦是虎狼之國，早有席捲天下之志，併吞八荒之心，這是天下人人盡知的。秦是天下的公敵，諸侯的仇寇，這也是大王所知道的。可是，那些力主與強秦『連橫』的『橫人』，則出於一己之私心，為謀一己之私利，全然不顧天下安危，不恤天下百姓疾苦，掉三寸不爛之舌，周遊於天下諸侯之間，極力攛掇諸侯各國割地以事秦，以求一朝一夕之苟安。這豈不是養仇而奉寇、縱虎而為患嗎？」

蘇秦說到這裡，突然頓住，用眼掃了一下楚王殿上的楚國群臣。又看了看楚威王，然後續又說了下去：

「為人之臣，不思報效其主，為其主開疆拓土，而只想著割其主之地，以外交虎狼之強秦，助強秦以侵天下，這是何居心？大王也知道，『橫人』既是為了自謀其利，那麼大王就別指望著他們在突然有秦患時能夠挺身而出，為諸侯各國排憂解難。」

說完，蘇秦再次掃視了一眼楚王殿上的楚臣，沒有一個人出聲，大殿上靜得連大家彼此呼吸之聲都能聽得見。

蘇秦又看看楚威王，見他神情非常專注，正襟坐得筆直。遂又提高聲調道：

「外挾強秦之威，而內劫其主，以求割地而效秦，大逆不忠，無過於此。」

蘇秦這是敲山震虎，是以內奸不忠的大帽子，先把楚王朝中可能有的主張「連橫」之臣壓下去，因為他懂得每個為臣者都怕被君王懷疑是對自己、對國家不忠的內奸。見楚威王點頭，又見楚國群臣三緘其口，鴉雀無聲，知道這一震懾「連橫」派的策略是非常有效的。於是，再接再厲地總結道：

「『縱』成，則山東諸侯割地以事楚；『橫』成，則楚割地以事秦。是『合縱』，還是『連橫』，這其間的利與弊，孰大孰小，大王想必是非常清楚的。而今之計，對於楚國來說，要麼與山東五國

『合縱』為親，要麼與強秦『連橫』結盟。二者必居其一，除此，別無第三條道路可走。而今，臣奉弊邑趙王之命，效愚計，奉明約，明利害，敬請大王決斷！」

楚威王見蘇秦把話已經說到這個份上，只得表態了。同時，此時他也覺得可以作出決斷並表態了。因為剛才蘇秦所說，基本上吻合了自己心中的想法。再者，昨天的群臣大會上主張「合縱」者也是主流，看來與山東五國相親「合縱」，應該算是比較明智之策。

想到此，楚威王終於明確地回復蘇秦道：

「寡人之國，地狹民貧，又西與強秦為鄰。秦夙有舉巴、蜀，並漢中之心。秦為虎狼之國，不可親近，寡人自然心知肚明。然而，寡人雖有聯合韓、魏以制衡強秦之心，可是，由於韓、魏二國都迫于秦患，楚國也不敢與之深謀。原因非常簡單，因為一旦楚國和韓、魏相與為謀，或有所動作，『橫人』偵知而密告于秦，那麼勢必會有『謀未發而國已危』的後果。這一點，想必武安君也會想到的吧。」

楚威王說到這裡，蘇秦終於知道了楚威王真實的心理，了解到楚威王對加入山東諸國「合縱」聯盟患得患失的原因，對他三個月不見自己的背景也予以了理解。是啊，他是一國之君，他有他的難處，他要為楚國謀取最大的國家利益，不得不慎重其事啊！

蘇秦正在設身處地為楚威王作想時，楚威王又說道：

「寡人私下也曾反復想過，自以為，以楚國目前的實力來對抗強秦，未必能有勝算。在與群臣的謀劃中，也再三作過權衡，覺得以一楚而當強秦，還沒有太大的把握。為此，寡人常常臥不安席，食不甘味，心搖搖如懸旌，而終無所托，策無所定。今主君欲定天下，安諸侯，存危國，寡人心意已決，若蒙趙王不棄，寡人敬奉弊邑社稷以相從。」

蘇秦一聽，一顆懸著的心終於放下了。至此，他的「合縱」之計終於完全成功了！他多少年為之奮鬥的計畫實現了，他的人生目標也實現了。此時此刻，他的心情是何等的激動，那是任何人都無法體會得到的。

還未等蘇秦從驚喜、激動、興奮之中清醒過來，楚威王又比照趙王的規格，拜他為楚國之相，並飾車百乘，賜黃金千斤，楚玉百雙，錦繡千純，令其北報趙王。

# 第十二章 「合縱」成功日，北報趙君王

## 1 寶馬雕車香滿路

周顯王三十七年七月十六，身兼燕、趙、楚三國之相的武安君蘇秦，打著楚、趙二國的旗子，率領二百乘車駕儀衛，浩浩蕩蕩地向北進發了。

坐在高馬軒車之上，看著前不見頭，後不見尾的車駕儀衛，蘇秦再次想到了自己當初遊說諸侯各國未遇之時的狼狽落魂之相，想到了前此所遭遇到的無數世態炎涼，心裡不免再次生發出無限的感慨！

然而，感慨了一番自己的人生際遇之後，蘇秦突然又感到了巨大的壓力向他傾頂而來。雖然而今前呼後擁，裘馬揚揚，是無限的風光，但從今天開始，山東六國的安危就繫於自己一身了，因為自己是山東六國「合縱」聯盟的組織者與實施者——縱約長。有其名，就得擔其責。同時，他心裡也非常清楚，楚威王這次之所以拜自己為楚國之相，又比照趙王的規格，另給自己配備了與趙王所給的同樣的車駕儀衛，這並不是為了讓自己在世人面前顯擺，出風頭、露風光，而是別有用意的啊！這裡既有籠絡自己這個「縱約長」，為楚國在聯盟中爭取最大利益的意味，又有與「合縱」組織的發起人趙王互別苗頭、爭奪盟主地位的意向，更有借此浩大的車駕儀衛為楚國製造聲勢，昭告天下，

特別是向秦國示威的意思。

雖然秦王看不到蘇秦這威儀凜凜的車駕儀衛隊伍，感受不到楚王在向自己示威的壓力；但蘇秦車駕所過之處的聲勢及其影響卻真是很大，不僅令所過之處的民眾為之側目，疑為王者，而且從楚往北，行過的諸侯各國之王無不聞風而動，早早發使迎送奉贈。

九月初八，抵達韓都鄭，韓宣惠王早早就發使出東門迎接蘇秦。除了車馬金帛之資外，韓宣惠王也依燕、趙、楚三王之例，納韓之相印於蘇秦。蘇秦也乘機向韓宣惠王稟報了組織「合縱」的具體過程及其細節。

九月十六，蘇秦往東北折向魏都大梁，因為魏襄王之使早已經迎到了韓國都城鄭。

蘇秦見到魏襄王，見才分別一年多，四十歲不到的魏襄王就憔悴得如同一個小老頭，早已經沒有了去年五月接見自己時那個雄姿英發，血氣方剛，慷慨激昂的樣子了，蘇秦不禁為之一驚。而魏襄王見了蘇秦，則像魚兒見了水，女兒見了親娘一般，不僅連忙賜坐，而且噓寒問暖，問短問長。

蘇秦見魏襄王對自己如此親切，在深切感動之餘，就更加關切起魏襄王的身體狀況了，便想問一問魏襄王何以如此憔悴？但囁嚅了半天，又不好啟齒，他怕魏襄王是因為好色縱欲才如此未老先衰。若果如此，那自己關切之問一旦出口，魏襄王回答不回答，大家都要非常尷尬。

就在蘇秦還在猶豫之際，魏襄王已經開口了：

「自武安君別寡人而去，東遊齊，南遊楚，山東『合縱』之盟未成之際，去年末，秦王任魏人公孫衍為大良造，起兵又伐寡人之國。魏師敗績，河西震動，寡人自度不敵，只得獻河西之地陰晉，以求息事寧人。」

說到這，魏襄王聲音都有些哽咽了。

蘇秦一聽，不僅終於明白了魏襄王如此憔悴的原因，而且為此且愧且慚。是啊，自己雖然已經於去年就說服魏襄王入盟了自己主持的「合縱」聯盟，但是魏國入盟後，並沒有阻止強秦之侵犯，相反，卻使秦國加緊了東伐魏國的步伐。這是不是都因為魏國入盟了自己的「合縱」聯盟，刺激了秦國，秦國為了打破即將成局的「合縱」而故意拿毗鄰的魏國出氣呢？如果是，這就是自己「合縱」未成反而害了魏國。想到此，蘇秦心裡不免有些緊張，他怕魏襄王為此要責備於自己。

不意，魏襄王不僅沒有絲毫責備之意，反而說：

「而今，聽說武安君已經說服了齊王、楚王，山東六國『合縱』之盟已成，從此以後，寡人無憂，魏國無憂，山東黎民百姓都可安居樂業了。」

蘇秦見魏襄王如此信任自己，將魏國之安危都託付給了自己，心裡真是感動莫名。不禁在心裡暗暗發誓，無論今後還會出現多少困難，都要竭力維護已經成局的「合縱」聯盟，不能再讓強秦東逼魏國如此之甚了，不能再讓山東六國再起內訌，相互殘殺，自相削弱了。

想到此，蘇秦趁便向魏襄王稟報了自去年五月離開大梁往東遊說齊宣王、往南遊說楚威王的詳細經過，並毫不隱諱地述說了去年齊國入盟後背約侵燕之事，以及自己受燕王責備而入齊討回燕國被奪佔的十城，與齊王重申前盟的曲折經過。魏襄王聽了，對蘇秦的苦心更為理解，對他的信任更加堅定了。遂亦援引燕、趙、楚、韓之前例，拜蘇秦為魏國之相，並資以金帛車騎，讓他速速北上回報趙王。

可是，正當蘇秦一行剛剛才出了大梁城，準備北往邯鄲，歸報趙王時，就見一隊人馬，帶著滾滾煙塵，正迎面朝著大梁城急馳而來。蘇秦不知發生了什麼事，正在疑惑之際，這隊人馬已到近前。

蘇秦抬眼一看，見是打的齊國的旗子，心想，這大概是齊王派人出使魏國的吧，上次自己離開齊國往楚時，看到了魏國使節出使齊國的浩蕩車隊，這次回來卻又看到齊國使節出使魏國的車隊，看來這齊、魏的關係還真熱乎呢。

蘇秦正在這樣想著的時候，突然，齊國使節的車隊在自己車隊前停了下來。接著，從中間一駕馬車上，下來一位峨冠博帶的官人，手上好像捧著什麼值錢的東西似的，小心翼翼地徑直走到蘇秦的車駕前停下，並輕聲叫了一聲：

「武安君！」

蘇秦早已經在車中看清楚了這一切，此時他終於明白，這位齊王使臣原來不是來出使魏國的，而是沖著自己來的。

待到聽齊王使者這樣輕聲喊了自己一聲，他便立即翻身下得車來。

齊王使臣見蘇秦下了車，連忙恭謹有加地趨前一步道：

「今奉齊王之命，致送齊國相印，請武安君收納。」

說著，就將用齊紈包裹得非常嚴整的齊國相印舉過頭頂。

蘇秦見此，趕緊倒身接印。

接著，齊王使臣又從懷中袖出一個用黃綾封裝得方方正正的東西，又恭謹地舉過頭頂道：

「這是齊王致武安君之書，敬請過目。」

蘇秦再拜，接書在手，連忙小心翼翼地解開黃綾封裝，現出齊王書信來。

只見齊宣王書信寫得很簡單，但意思說得很明白：

「武安君合諸侯，安天下，順天意，從人願，寡人敬以敝國以相從。為遂山東之國『合縱』相親之大計，寡人敬奉齊國相印以獻，而今而後，齊之安危將托之於武安君矣。」

捧讀已罷，蘇秦心裡就想，肯定齊宣王是從祕密管道獲得了自己遊說楚威王成功的消息，也知道了楚威王拜自己為楚國之相的事，他這才急急半路就奉齊國相印於自己，他大概是怕落在別國之後吧。不過，現在他已經是最後一個了。唉，不管後不後，反正他知道現在是大勢所趨就好，自己現在已經是六國共相就行了。這樣，自己就好真正將山東六國的「合縱」之盟運作起來了。

想到此，蘇秦打心眼裡感謝楚威王，是他帶了個好頭，做了個好榜樣！不然，連韓宣惠王、魏襄王也是捨不得拜授自己為相的。雖然燕文公與趙肅侯早就拜授自己為相，但說韓、說魏、說齊成功後，他們都沒有仿燕國與趙國之例，主動拜授自己為相。這次，大家這麼爭先恐後，看來還是因為楚威王的力量，是被動而為。唉，這個世道真是太現實了！

蘇秦在心裡默默地感歎了一番後，立即上車，裂帛為書，向齊宣王表達了謝意與忠心。然後，交給齊宣王的使者，並讓使者轉告齊宣王，自己會專門到臨淄向齊宣王覆命的。

## 2 威加海內兮歸故鄉

打發了齊宣王的使者，收好了齊宣王的書信與齊國相印，蘇秦命令車駕儀衛繼續向北進發，目標趙都邯鄲。

可是，走不多久，秦三、游滑不斷地回首西顧，蘇秦知道他們是什麼意思，但是他裝著不知道，不管他們怎麼暗示。

車行至濟水南岸的黃池，正準備北渡濟水之時，秦三、游滑終於憋不住了，直接向蘇秦攛掇開了：

「少爺，俺們離開洛陽這麼多年，洛陽就在眼前，咋就不能再往西多走幾步，回家看看老爺、太太呢？」

蘇秦想了想，覺得也對，這次也應該回家一趟了，反正「合縱」大計已經成功，歸報趙王早一天晚一天，也沒有那麼緊急，不如順道回洛陽一趟，探視一下父母，也是人之常情。算一算，此次離開家鄉洛陽已八年有餘了。

於是，蘇秦斷然地吩咐儀衛長趙德官道：

「車馬西折，往洛陽。」

沿濟水南岸往西，三百里路程，大隊人馬竟逶迤走了十天。

九月二十六，行進至東周小朝廷地界。東周王早就獲得消息：蘇秦已是六國之相，而今正要衣錦還鄉。東周小朝廷就涵包在韓國之中，往後還不都在蘇秦的掌握之下。而今蘇秦到了他的地界，他哪裡敢有絲毫怠慢？於是，早早就派朝臣迎勞蘇秦於都城郛之郊外二十里。

九月二十八，蘇秦一行浩浩蕩蕩，即將行進到洛陽。天下共王周顯王聞報，驚懼不安，他怕蘇秦要跟自己計較以前冷淡於他的舊賬。於是，想出一個將功折罪的辦法，大發臣民，清宮除道，張樂設飲，命卿相大臣具朝服，嚴儀仗，奉勞郊迎蘇秦於洛陽城郊三十里。

蘇秦現在已是六國之相，他哪裡還計較周顯王的老賬，再說那也不是周顯王的不對，而是他的那些狗眼看人低的佞臣不好。見周顯王如此盛儀迎接自己，蘇秦連忙下車拜禮答謝。畢竟周顯王還是名義上的天下共王，是周之天子，自己雖然是掛六國相印的實力派人物，但對周天子的奉迎與禮遇可不能失了禮數。

結束周天子的歡迎儀式，再往前行，蘇秦又見無數洛陽民眾擁立道旁，企踵延頸而望。

蘇秦一見，又連忙下車，這些都是洛陽的鄉里鄉親，自己今日雖然發跡變泰，爵封武安君，兼領燕、趙、楚、韓、魏、齊六國之相，但不可在鄉親們面前擺譜兒、拿官架、打官腔。

於是，他笑容可掬，一路往前行，一路一一向鄉親們鞠躬作揖。

走著走著，蘇秦突然發現自己的兄弟蘇代、蘇厲、蘇辟、蘇鵠，還有嫂嫂與幾個弟媳，也在路旁歡迎的人群之中。他不禁感慨萬千，心中是既欣慰，又感歎。

而當他再定睛細看時，竟然發現自己的妻子香香也在人群之中。此刻，她正低著頭，畢恭畢敬，竟然側目而不敢仰視自己。

蘇秦見此，心中不免生發無限地感慨。此時此刻，此情此景，不免令他百感交集，對香香是又憐，又疼，又愧。

憐的是，她畢竟是一個女人，沒見過世面，雖然自己是她的丈夫，只因為今日做了大官兒，她就嚇成這個樣子，不敢正眼看自己，就像敬畏帝王一個樣，夫妻之間，這又何必呢？為此，他感到有說不出的惆悵。

疼的是，這些年來自己一直在外奔波飄泊，她一個年輕女子獨守空房，可以想見她的淒苦寂寞的內心感受。而上次自己東遊山東六國之王大困而歸，一事無成，不名一文，像個叫花子一樣回到洛陽時，她內心的絕望，特別是被別人嘲笑，被嫂嫂白眼閒話，她的心裡有多苦，也是可想而知的。還有，這些年，自己從不回家，虎兒的撫育重任都落在她一人肩上，她的辛苦，想一想也是可以想見。因而，今天面對她可憐兮兮、蜷縮于人群中的樣子，看著她那早已被生活的勞頓、思念的淒切而減卻了的花容，他的心裡是心疼不已。

愧的是，自己不應該在爵封武安君、職領燕、趙之相後，於出使韓國與楚國時飽暖思淫欲，勾引了青青與楚楚，做出了對香香不忠不貞的事情。如果香香知道這些，她還會像今天這樣對自己不敢仰視、敬畏如神嗎？

想到這些，在眾目睽睽之下，蘇秦竟情不自禁地從人叢中一把拽出香香，將其緊緊地抱在懷裡，全然不顧自己的身份，還有什麼風俗、禮教、人言。因為只有這一抱，才能表達此時此刻他內心對香香且憐且愛且愧的複雜之情。

良久，蘇秦突然清醒過來，放開了妻子香香，卻又看見自己那個既勢利，又刻薄尖酸、嘴巴從不饒人的大嫂。此時，她也在人群中畢恭畢敬地側立低首，手裡還托著食盤，正匍匐於地，以侍候自己取食。

蘇秦一見大嫂，更是感慨萬千，情不自禁地脫口而出道：

「嫂嫂為什麼這樣前倨而後恭？」

這話一出口，蘇秦就覺得太過分了，這不僅會讓嫂嫂以及哥哥在眾人面前非常尷尬，臉面上會下不來；同時說出這種話，自己也失了身份。

沒想到嫂嫂非常坦然，一點沒有尷尬，蛇行匍匐而至蘇秦腳下，以面掩地而謝道：

「見叔叔官高、金多。」

蘇秦聽嫂嫂這樣說，想想前次嫂嫂對自己的態度，遂對世道人心更是洞若觀火了。不禁喟然長歎，再次情不自禁地脫口發抒內心的感慨道：

「同樣是一人之身，當他富貴騰達時，他的親友都對他敬畏如神；而當他貧賤潦倒時，父母兄弟也都棄他如弊履，視他如無物，更何況他人呢！唉，看來人生世上，這權位富貴，還是萬萬輕忽不得的！假設當初我不是一貧如洗、不名一文，而是擁有洛陽負郭近城沃潤之田數頃的富翁，那麼我蘇秦哪裡會有今天呢？又怎麼可能佩六國相印？」

想到嫂嫂說到「位高金多」，想到世人尊崇「位」、「金」的心理，又想到今日之位，今日之金的由來，蘇秦立即意識到，現在應該是自己當眾散金以賜宗族朋友的時候了，一來可以向世人表明自己有恩必報的為人作風，二來也可以揮金一舒多年受制於少金而困窘的心中積鬱之情。

於是，乃盡出車中之金帛，散之於宗族朋友。

其中，當初貸予百錢以資蘇秦出遊的堂叔，這次得到了蘇秦百金之償。另外，所有曾經有恩有德於蘇秦的鄉鄰親朋，都得到了蘇秦多少不等的賞賜。眾人得賞，一片歡呼。

秦三因為多少年來一直跟隨蘇秦鞍前馬後，無論是順境還是逆境，無論是貧困絕望之時，還是富貴傲人之時，都是一如既往，忠心耿耿，無怨無悔地默默追隨。對此，蘇秦尤其感動，所以這次也賞賜秦三以百金。

正當大家感恩戴德，千恩萬謝地就要離去時，游滑再也忍不住了，當著眾人之面，徑直對蘇秦抱怨道：

「少爺，大家都有賞，為什麼就獨獨忘了小人呢？」

蘇秦這時也忍不住了，直言道：

「其實，我並非忘了你。當初，我們在寒冬臘月最嚴寒的日子到達燕國，行至易水時，我們貧困潦倒，差不多到了絕境。當時我對你抱有厚望，希望你能與我同甘共苦，共渡難關。可是你呢，卻在此時再三要離我於易水之上。這事，不知你還記得不？為此，今日之賞我要以你為後。但是，不用你提醒，今天你也會有所得的。」

遂賞游滑二十金，游滑且慚且愧地受金而去。

## 3 揮手從茲去，蕭蕭班馬鳴

眾人散去，蘇秦帶著車駕儀衛，隨著哥嫂、妻子回到闊別八載的蘇家大院。

此時，蘇大爹、蘇大娘已經早早迎出，站在門前，正手搭涼棚，企踵而望。待蘇秦及其車駕儀衛走近，看到從高馬軒車上走下威風凜凜、儀態萬方的兒子時，蘇大爹、蘇大娘再三揉著已經昏花的老眼，簡直不敢相信眼前這位官爺就是自己的兒子。直到蘇秦拉著他們的手，叫著：

「爹，娘，秦兒歸來了！」

蘇大爹這才如夢方醒，激動得不知如何表達。良久，才喃喃自語道：

「蘇氏中興，老夫與有榮焉！」

是啊，這怎麼不讓蘇大爹高興呢？他多少年來忍受著鄉鄰們的嘲笑，日夜在心中祝禱著蘇家列祖列宗保佑，讓自己的兒子能夠達成自己的願景，能夠實現蘇氏家族中興的理想。而今，自己的兒子成功了，而且不是一般的出將入相，而是爵封武安君，官拜六國之相。蘇家歷史上何曾出過這樣的人物，這世上又有哪朝哪代曾經出過這樣的人物呢？想著想著，他激動得都有些顫抖了，差點要站立不穩了。還是大哥看得真切，體會他爹此時此刻的心情，忙將他扶到後堂休息去了。

蘇大娘則拉著蘇秦的手不放，瞇著昏花的老眼，一個勁地把兒子左看右看，還要踮起腳尖，摸摸兒子的臉，她怕這是在夢裡。

蘇秦明白娘的心思，連忙低下高大的身軀，讓娘盡情地在自己的臉上摸個夠，打十歲後，多少年娘都沒有再這樣看過自己，更沒有摸過自己的臉了。蘇秦一邊讓娘摸著自己的臉，一邊仔細端詳著娘，發現娘老多了，頭髮全白了，皺紋佈滿了額頭，也輻輳到眼角與臉龐。

蘇秦看著蒼老的娘，不禁淚流滿面。心裡不斷感歎：娘老得這樣快，都是因為自己長年漂蕩在外，她是日夜懸望惦記著他這個兒子，才會心勞神傷，老成這樣的啊！想想自己到現在，也沒有好好在家侍候侍候娘，為爹娘盡盡孝道。現在，雖然拜官封爵，貴極人臣，但看來還是不能實現這個最簡單的願望，因為他現在肩負著維繫天下安寧的大任，為了盡忠於六國之王，為了天下黎民百姓能過個安安定定的日子，更為了自己的前程與蘇氏的榮光，他必須馬上離開家，再次告別爹和娘。這一別，不知又要到何年何月才能再見爹娘，還有妻兒，哥嫂兄弟們。

想到妻兒，蘇秦這才記取虎兒。連忙問蘇大娘道：

「虎兒呢？」

蘇大娘忙拉過早就站在自己身後的虎兒，推到蘇秦面前道：

「虎兒在這呢。」

蘇秦看到已經長成小夥子的虎兒，簡直不敢相信自己的眼睛了。第一次他東遊六國時，他還在繈褓之中。第二次出遊前，他才五歲，還正拖著鼻涕，整天不是哭，就是鬧的。而今站在自己面前的虎兒，個頭已經逼近自己，儼然就是一個初具規模的男子漢。但是仔細看，還是能發現，他還是顯得相當稚嫩，表情也略顯靦腆，看到自己都好像有點怕生的樣子。是啊，他今年也才十三歲，又長期與自己不見面，沒有交流，沒有溝通，自己也從來沒有盡到一個做爹的責任，既沒教過他，也沒陪過他，他怎麼能不與自己生份呢？

看看日近正午，又看看龐大的車駕儀衛都還等著自己，蘇秦只得忍情地進屋告別了爹娘，告別了妻子香香，道別了哥嫂與兄弟，摸摸虎兒的頭，忍著淚，上了車，頭也沒回，就走了。

他這不是無情，他是沒有勇氣還回望一眼白髮蒼蒼的爹娘，沒有勇氣再看一眼妻子香香那雙深情與淒怨的眼，沒有勇氣再看一眼虎兒那陌生地看著自己的目光，還有哥嫂奉迎著的笑臉。他怕自己回首一顧，便再也沒有勇氣離開了。那麼，這六國之相還做不做？這「合縱」大計還實施不實施？這天下黎民之安危還要不要關切？

「唉，難啊！為人難，為士難，為官何其難！」

他只得坐在車裡，在心裡如此感歎。

離開洛陽，告別爹娘、妻兒與家人，蘇秦命令車駕儀衛加快速度，朝行夜宿，急急往北趕，他要早點歸告趙王「合縱」成功的消息，不要讓趙王懸望掛心。

於是，出洛陽，往東，復經東周小朝廷鞏。再往東北，道經韓之成皋、廣武。

然後渡河而北，抵達魏境南部重鎮殷。

略作停頓，再北渡少水，取道寧、汲、朝歌，再北渡淇水，經蕩陰、安陽。然後，往西北，至伯陽，再北渡漳水，繞過趙長城西北端，至趙之重鎮武安，然後折向東南。

九月二十九，終於抵達趙都邯鄲。

見了趙肅侯，蘇秦詳細稟報了自去年底奉命使楚的曲折經過，以及遊說楚威王成功後一路行來的反應，包括韓、魏、齊三王拜印封相於自己，周天子發使除道郊迎等情況。

趙王聽完蘇秦的詳細稟報，知道「合縱」大計至此完全成功了，不禁喜上眉梢，不住地點頭拈鬚。

接著，趙王立即以「合縱」發起人的名義正式委蘇秦為「縱約長」，讓他以六國之相與縱約長的雙重身份，穿梭於山東六國之間，專力於維護六國的團結，調和六國之間可能出現的矛盾，合諸侯之力而西抗於強秦。又令蘇秦起草「合縱」盟約，周知六國之王遵守。然後再派使節西入於秦，投「縱約書」於秦惠王。

# 第十三章 調和六國

## 1 西北有浮雲，豺虎方構患

卻說周顯王三十七年十二月，秦惠王接到趙王發使呈遞的六國「合縱」的「縱約書」，立即愁上眉頭，陷入了沉思。

因為秦惠王明白，這是山東六國正式、明白無誤地向自己提出的嚴正警告。今後秦國若再東向而侵六國，則六國必聯合而攻秦。如此，則六國居攻勢，而秦則會長期處於守勢，要想實現先蠶食魏、韓，次圖趙、燕，最後再舉兵攻伐齊、楚，實現秦國席捲天下、包舉宇內、併吞八荒的長遠計畫，那就會遙遙無期了。如果不想辦法拆解六國的這個「合縱」聯盟，不僅秦國的長遠計畫無法實現，恐怕今後秦國的生存問題都要有危機了。

想到此，秦惠王不勝其憂，不勝其煩。這時，他才開始後悔當初不應該放了蘇秦，即使不立即採納他的「連橫」主張，也應該給他個一官半職，留住他，為秦所用。如果這樣，現在也不至於有蘇秦「合縱」六國，對付秦國的危局出現了。唉，都怪自己器量太小，當時明知他的「連橫」之策是對的，卻因為怨恨商鞅而仇視所有遊說之士，以至失去理性地摒退了蘇秦，使他負氣離秦，東游於山東六國，改變策略，由主張「連橫」到轉而主張「合縱」，專門以秦為敵，以自己為敵。

歎息，後悔，後怕。

秦惠王於是開始焦慮、煩躁，坐立不安，不斷地抓耳撓腮，在大殿上走來走去。

良久，秦惠王終於冷靜下來。醒悟到，蘇秦放都放走了，他的「合縱」之計現在也成局了，現在再後悔當初不聽計於他的「連橫」之策，又有何用呢？自己這樣焦慮心煩，坐立不安又於事何補呢？眼前的當務之急，是要找到一個應對之策。治國安邦與做其他事情一樣，總會出現這樣那樣的問題，關鍵是出了問題應該儘快找到一個解決問題的辦法。是啊，是這個理！

想到此，秦惠王立即傳召秦國大臣，大集於朝堂之上。而今，他要群臣給他出出主意，想想辦法，他要集思廣益，針對山東六國「合縱」的新形勢，制定一個應對的長遠之策。

眾大臣聞召，立即明白，秦王這肯定是遇到了什麼緊急情況，食君之祿，擔君之憂，這是他們應盡的職份。

於是，大家應聲而至，頃刻間就麇集於秦王大殿之上。

秦惠王見大臣們到齊，遂開門見山地向大家說明道：

「今有洛陽遊士蘇秦，北說燕、趙，西說韓、魏，東說齊，南說楚，聯合山東六國諸侯而成『合縱』之盟，投『縱約書』於寡人，欲欺寡人之國。為今之計，我大秦將以何策應對才好？」

眾臣一聽，立即明白了秦王如此急召大家的原因，同時也知道了問題的嚴重性。大家都明白，這是山東六國向秦國發出的挑戰，也是向秦國提出的嚴正警告。秦國雖然強大，但以一秦而敵山東六國，那是力有不支的。如果有一天，秦與六國中的一國發生衝突，那麼六國勢必就會一湧而上，叩函谷關而進。如此，秦則危矣。

於是，大家或低頭沉思，或三三兩兩就在殿上交頭接耳議論了起來。

良久，就在大家都無計可施，無策可獻，誰也說不出什麼道理之際，魏國客卿、大良造公孫衍趨前一步，向秦惠王進言道：

「大王，山東六國『合縱』為盟，不足為慮。」

秦惠王與秦國眾臣一聽，公孫衍竟然有這麼大口氣，於是都來了精神，大殿上頓然鴉雀無聲，大家都屏息側耳傾聽。

公孫衍見此，先高高舉起一手，伸直五指，再慢慢地屈曲而成拳，然後指著拇指與食指交合的空隙，不緊不慢地說道：

「大王，您看，五根手指屈曲起來，確實可以成為一個有力的拳頭。但是，眾指之間終究是有漏隙的。而今山東六國『合縱』為盟，也像這屈指而成拳的情形一樣。秦國如果能夠尋覓出其中的漏隙，巧為利用，那麼這六國『合縱』之盟就必然會分崩離析的。」

秦惠王一聽，覺得這個比方打得好，形象，貼切，六國「合縱」的關係不正像屈指成拳嗎？如果能夠覓得六國之隙，利用六國之間的矛盾，就能像從拇指與食指間的空隙伸入一指，立可使其所握之拳得而解之一樣。把六國「合縱」聯盟拆散，然後再各個擊破，天下便可運於秦之股掌之上了。

想到此，秦惠王不禁連連點頭稱好，群臣亦頷首稱是。

公孫衍見此，接著再予以發揮道：

「六國『合縱』為盟，其中的漏隙究竟何在呢？臣以為，在魏。」

秦惠王與眾臣一聽，公孫衍說六國「合縱」可以鑽的空子是魏國，更來了精神，因為大家都知道公孫衍是魏國陰晉人，他比誰都清楚魏國人的心理，還有魏國的國情及其弱點。

而秦惠王則更是精神百倍，不禁為自己起用這個魏國客卿為秦國大良造的大手筆而自豪，心想自己真是知人善用的明主，外材秦用的賢君。這不，前幾年，齊、楚徐州之戰時，自己派公孫衍至魏，計賺魏襄王，拆散了齊、魏聯盟，讓魏襄王不出師相助盟邦齊國，而是坐山觀虎鬥，結果齊國大敗。現在，公孫衍又給自己找到了六國「合縱」的薄弱點就在魏國，這真是應了一句老話：「以毒攻毒」，寡人就是要用魏人來收拾魏國。

正在秦惠王暗自得意時，公孫衍又分析道：

「魏與秦毗鄰而居，地理上如此，不可移易。秦師出太華山之陰，北可擊魏國河西；秦師出函谷關之塞，渡河而北，則可伐魏於河東。秦伐魏國河西，山東五國縱使派兵來救，恐怕也因路遙遙而無期，遠水救不了近火。真的等得五國救兵到，河西之地早已入我大秦囊中。秦師出函谷關，與魏戰於河東，縱使山東五國之兵來救，秦師渡河而南，引兵入據函谷關，憑險堅守，不與六國之師交戰，難道山東諸侯還能奈何得了我大秦？如此，一而再，再而三，魏國屢敗於秦，而五國終救之不得，那樣魏國必然會反躬自省，權衡『合縱』的利害得失。明得失，知利害，魏國必退出六國『合縱』之盟；然後，主動投懷送抱，而與我大秦結成『連橫』之盟。」

公孫衍說到這裡，頓了頓，見秦惠王正延頸專注而聽，續又說道：

「如果魏與秦『連橫』，那麼我大秦就可隨時渡河而東，東擊韓、齊，北伐燕、趙，南攻大楚。如此，蘇秦『合縱』之盟必散，我大秦『連橫』必成，天下便可定矣。」

秦惠王聽到這裡，終於按捺不住，不禁擊案叫道：

「好！」

群臣見秦惠王如此，亦是一片附和頌贊之聲。

## 2 天下梟雄，入吾彀中

正當秦惠王大集群臣，公孫衍獻計之時，蘇秦也沒有閑著，他正日夜不息地在山東六國之間穿梭。

因為他深知，「縱約書」投獻秦國後，秦惠王必然會想辦法拆解自己的「合縱」聯盟。同時，他心裡也非常清楚，山東六國現在雖然被自己捏合在一起而為「合縱」聯盟，但因為六國之間存在著太多的矛盾，各國都打著自己的小算盤，特別是齊、楚兩個大國，動搖的可能性非常大，齊國已經有過一次動搖了。魏國因為西鄰秦國，受到秦國的直接威脅。如果魏國在入盟「合縱」集團後，還是不能有效地阻止秦國的入侵，魏國最有可能為了生存，而首先退出「合縱」聯盟。若此，則必然產生連鎖反應，最終會導致「合縱」聯盟分崩離析的局面。

為了鞏固自己千辛萬苦組織起來的「合縱」聯盟，為了消彌六國之間可能產生的矛盾或不合諧的雜音，蘇秦只得在六國之間周旋、調和，防患於未然。

還好，功夫不負苦心人，「合縱」成局後的第一年，即周顯王三十八年（西元前三三一年），天下出現了前所未有的太平景象。當此之時，天下之大，萬民之眾，王侯之威，謀臣之權，皆一決於蘇秦之策。而諸侯各國之間，則是相親相愛，賢於兄弟。各國諸侯不費斗糧，未煩一兵，未戰一士，未絕一弦，未折一矢，就臻至社會經濟繁榮、人民安居樂業的化境。

然而，好景不長。第二年（即周顯王三十九年）三月，秦惠王開始實施大良造公孫衍前年所定下的先伐魏國，逼其退出「合縱」聯盟之計，派公子卬率師東進，攻伐魏國河西上郡雕陰，虜魏國大將龍賈，斬魏師之首八萬，使魏國防守上郡、河西郡的精銳主力全軍覆滅。魏國上下為之震動，諸侯各國為之震動。

蘇秦作為「縱約長」，更是為之臥不安席，食不甘味，日夜憂心不已。如果再這樣下去，魏國必然在遭遇慘重打擊下，為求生存而屈從於秦國的淫威，退出「合縱」聯盟，轉而與秦國「連橫」。如此，自己的「合縱」之計一定會破局，天下就會再次陷入無休無止的相互混戰之中，去年剛剛出現的天下太平的景象馬上就會破滅，天下黎民百姓又要遭殃。更重要的是，自己的榮華富貴也將跟著化為泡影。

越想越急，越急越煩。最後，他突然想到一個人，就是他的師弟張儀。他相信，也只有他能夠說服秦王，並最終為秦王所器重。

於是，他決定想辦法找到張儀，並資助他入秦，厚結其心，使他在執掌秦國權柄後，與自己互相策應，使自己的「合縱」之局不被破解，那樣，才能保證自己的地位永固，富貴長在。同時，也能讓天下能夠多安定些時日。

想到此，蘇秦立即傳召曾隨自己出遊楚國的趙國儀衛長趙德官，讓他扮做行商之販到魏國，想辦法接近張儀，並暗中攛掇張儀到趙國邯鄲來求自己。

趙德官為人穩重，也不失機靈伶俐。受命後，很快他就找到了魏國河東張城的張儀老家。真是湊巧，此時，張儀正貧困潦倒地蟄伏於家。前些年，他雖然南遊楚國，追從楚國之相混吃混喝了幾年，但後因楚相亡失荊山之玉而被誣遭打，幾乎送了性命。現在早已心灰意冷，不再從事遊說諸侯的營生了，在家種著幾畛薄地，過著日出而作，日落而息的農夫生活。可是，自小讀書，種地並不在行，所以日子過得遠比一般的農夫要艱難得多。

趙德官了解到這些後，很快想辦法接近了張儀。並在與張儀的閒聊中，故意裝作漫不經心的樣子，順口說到了蘇秦，並極口讚歎蘇秦一個讀書人，竟然憑一張嘴巴就發跡變泰起來，而今做了六國之相。言談中，故意表露出無限的豔羨之情。

張儀果然動了心，說道：

「蘇秦是我師兄，早年與我一起共拜齊人鬼谷先生為師，交情頗深。」

趙德官立即接口道：

「先生既然與蘇秦有同門之誼，又交情頗深，如今蘇秦已當道，先生何不往游邯鄲，以求通先生之願，或可得個一官半職，那豈不遠勝於做農夫，面朝黃土背朝天，一世勞作於田壟之中？」

張儀沉默了一會，然後點點頭。

果然，兩個月後，在六月大暑這一天，張儀趕到了邯鄲，並直奔相府，求見蘇秦。

蘇秦早已得知情況，遂暗囑門下之人，不要為他通報，但也不能讓他離去。如此數日，方才接見了張儀。

接見之時，蘇秦故意擺足了官架子，拿足官腔，高坐堂上，讓張儀坐於堂下。又當著張儀之面，賜僕、妾酒肉之食，而只給張儀一些粗糲之食。

食畢，蘇秦又當眾故意責備張儀道：

「以你的才能，而今卻困辱至此，混成這副樣子，真是令人吃驚！說句實話，我不是不能向趙王進一言，而使你富貴，而是覺得像你這種人實在是不成器，不堪重用。今天，我即使看在同門之誼的份上收了你，於你而言，可以勉強混口飯吃，而於我的事業而言，則是毫無助益的。」

張儀也是人，而且還是個讀書人，是曾經與蘇秦同窗共學的師兄弟。他本想，自己與蘇秦有同窗之誼，早年還與蘇秦關係非常好，現在自己貧困潦倒，厚著臉皮來求告於他，他竟然在故舊面前擺起了架子，不僅不肯相助幫忙，還如此當眾侮辱自己。自己好歹也是一個士，怎麼能受得了這等屈辱呢？

於是，張儀憤而出其相府，頭也不回地就出了趙國之都邯鄲。

出得城來，張儀怒氣還未消，遂立志再度出山，遊說諸侯王。但仔細一想，卻又不知道自己現在到底應該去遊說哪一國的諸侯。於是，一屁股坐倒在路邊的土堆上。仰望天空，他感到無限的惆悵、茫然。

好久好久，正當他還在對著天空發呆時，突然有一隻老鷹從他背後飛來，掠過他頭頂，展翅向西飛去，越飛越高，越飛越遠，直飛到他望不到的雲霄天邊。

張儀這時突然醒悟，而今天下諸侯皆不可事，山東六國蘇秦當道，自己就沒有餘地了。唯獨西邊的秦國，那是一個足以苦趙，也可以苦天下所有諸侯國的大國，自己何不西投秦王，將來有出息了，也好一雪今日之恥。

卻說蘇秦氣走了張儀，一邊吩咐秦三立即緊緊尾隨，一邊急急召來謀士魏孟，道：

「張儀是當今天下賢士，就是我，也自歎不如。而今，我雖僥倖捷足先登，得到了山東六國之主的信任，有了今日的榮華富貴；但是，這並不是長久之計。真正的長久之計，應該是在秦國。就我個人的觀點來看，並以我對張儀的了解，覺得當今天下遊士之中，真正能夠說服秦王，並可最終操控秦國權柄的，恐怕獨有張儀一人。可是，張儀現在貧困潦倒，無由進身。我怕他貪圖小利而失去大志，因此設計召他來邯鄲，並故意當眾羞辱他，目的是要激發他的上進之心。剛才的情形，您也看到了。我想，這一下他的自尊心應該受到了足夠的刺激。現在，您不妨先收拾行裝，扮作遊士。待我先去說服趙王，發出車馬金帛。然後，您尾張儀之後，伺其困窘之時，以金帛暗中接濟，以助他到達秦都。」

說完，蘇秦便急急拜見趙王去了。

不大一會兒，趙王就應允了蘇秦之請，發出了車馬金幣。此時，魏孟早已經收拾停當，打扮成了遊士模樣。

蘇秦一見，立即對魏孟道：

「謹記我剛才之言，快快出發吧。」

魏孟奉命，忙叫馭手駕車出城。不久，便在城外看到了尾隨張儀的秦三。

魏孟跟秦三說明了情由，秦三便入城回府了，改由魏孟尾隨張儀西進。

卻說張儀見鷹而悟，立即從路旁土堆上站起，拍拍屁股上的灰土，正要舉步往前時，突然一輛馬車行到跟前，見了他立即停下。一個讀書人模樣的人從車裡探出頭來，向立在路旁的張儀說道：

「客人也是遊學之士吧？」

張儀一聽，這人這樣問話，肯定自己就是個遊學之士了。雖然他心裡想，俺早就不再遊學了，現在俺正想去遊說秦王呢，但口裡卻順其話答道：

「正是。」

那車裡的讀書人又問：

「那麼，客人要往哪呢？」

張儀順口答道：

「往秦都咸陽。」

那車裡的讀書人便說：

「哦？在下也是要往咸陽的，想見識一下西秦大國之都。客人要是不嫌棄的話，不妨與在下同車西驅，不知意下如何？」

張儀一聽，不相信天下竟有這麼好的事。但轉而一想，管他呢，既然他願意同載我到咸陽，這倒省了自己不少腳力，也快了不少，何樂不為？於是，也不客氣，就上了車。

上得車來，張儀立即致謝道：

「素昧平生，承蒙先生慨然相助，還不知先生尊姓大名呢！」

「敝姓魏，名孟，是趙國邯鄲人士。先生呢？」

「在下姓張，名儀，魏國張城人。」

互通了名姓後，二人就這樣同車同伴了。

從此以後，張儀一路西行不僅有魏孟同車相載，朝夕相伴，而且食宿之費，也皆由魏孟為他支度。

開始幾天，張儀覺得非常過意不去，也覺得這樣不妥。可是，當他摸摸衣袋，也就只能厚厚臉皮，一而再，再而三地接受了魏孟的接濟。是啊，自己不名一文，不接受魏孟的接濟又能怎麼辦呢？姑且不說這一路車馬住宿的巨大開支，就是粗蔬淡飯，自己也是沒法解決的。不要說想往咸陽說秦王，恐怕沒到咸陽就早餓死了。

行行重行行，曉行夜宿，歷經五個多月的舟車勞頓，周顯王四十年（西元前三二九年）一月初，張儀終於在魏孟的資助下，抵達了秦都咸陽。

由於秦惠王求才心切，又由於魏孟暗中用金錢賄通秦王的謁者，張儀一到咸陽，很快就很順利地見到了秦惠王。結果，一遊說，就說得秦惠王大為讚賞。沒過幾天，秦惠王就傳出旨意，任張儀為客卿。

魏孟見張儀已經成功，蘇秦交付的任務已經完成，遂與張儀道別。

張儀見魏孟要離自己而去，非常傷感，遂對魏孟情真意切地說：

「弟張儀托賴先生之助，才有今日顯貴。而今正想報答先生恩德，先生卻要離我而去，不知何故？」

魏孟見時機已到，遂對張儀道出了真相：

「對先生有知遇之恩的，其實並不是小人，而是武安君蘇秦。武安君日夜憂患強秦伐趙，敗其『合縱』之約，認為當今天下之士，除了先生，沒有人能夠說服得了秦王，並能操縱秦國權柄。因此，他就設計召先生至邯鄲，並故意當眾羞辱先生，以激起先生奮發向上之志。當先生憤而離開武安君之府時，武安君考慮到先生當時貧窘的實際情形，怕先生無法到達秦都咸陽；又怕先生即使到了秦都，因無足夠的資用打點，最終無由進身，於是他就一邊派人尾隨先生出城，一邊急忙前去遊說趙王，讓趙王發出了車馬金帛。最後又安排小人扮成遊士模樣，以車駕金帛尾隨於先生之後，一路暗中接濟先生，並囑咐小人不讓先生知道。而今，先生已為秦王重用，小人的任務已經完成；因此，小人也該回到邯鄲，好向武安君作個交代了。」

張儀一聽，這才如夢方醒，不由感慨地說：

「唉，想我張儀，自恃聰明，自以為高明，卻墜入蘇君圈套之中而不覺。如果不是今天先生說破真相，我恐怕是至死都不能醒悟過來的。由此可見，我比起蘇君，實在是有天壤之別！我的智謀本不及蘇君，加上又是剛在秦國用事，哪有能力去打趙國的主意呢？先生可以替我致謝蘇君，並稟告蘇君，請他放心：『只要有蘇君在趙一日，我張儀決不會向秦王進一言，更不會主動伐趙，以破蘇君合縱之局。』退一萬步說，即使我有這個心，這個天下有蘇君在，哪裡會有我張儀可以施展拳腳的餘地呢？」

魏孟得到張儀的允諾後，立即拜別張儀，急急趕回了邯鄲。

蘇秦得報，一顆懸著的心終於放下了。因為他知道，如今有張儀的保證，有張儀在秦呼應，自己在趙一日，六國「合縱」之盟能維持多久不敢說，但是至少趙國可保無憂，自己的趙相與武安君之爵亦可保無憂。

## 3　山雨欲來風滿樓

然而，不等蘇秦心情放鬆幾天，憂心的事便來了。

周顯王四十年（西元前三二九年）三月，蘇秦獲得消息，魏襄王已經發使正式向秦國獻納魏國河西之地。

蘇秦馬上就意識到，魏襄王這樣做，可能是因為去年魏國被秦國攻佔了河西重地雕陰，接著又被秦師圍困了河南的曲沃和焦兩個戰略重鎮。然而，就在河西之地失陷，河南之地告急，魏國的生死存亡面臨著嚴峻考驗的時刻，山東五國並沒能及時救助魏國之難，所以魏襄王不再寄希望於與魏國「合縱」的山東五國，因而作出了一個自以為可以自救魏國的妙計——索性將已經被秦國佔領的河西之地獻給秦國，做個順水人情，以緩秦師東進步伐，以解河南之圍困。

但是，蘇秦覺得魏襄王的這一「妙計」一點也不妙，秦國絕不會因此而停止進攻魏國，因為這是由秦國的本質決定的。秦要併吞天下，必然先從蠶食魏國開始，壯大實力後，再逐步擴展到東部其他諸侯國。所以，魏國與秦國結好也是亡，與秦國作對也是亡。而唯一能夠救魏國的，其實只有「合縱」一途。雖然魏國在「合縱」初期，會因為緊鄰秦國的地緣關係，處於被秦國進攻的最前線，會丟失一些土地。但是，秦國對魏國的用兵時間不敢維持太久，久則山東五國之兵就會掩至。因此，從長遠的眼光看，魏國只有堅守「合縱」之盟，才能救自己於危境之中。可惜，魏襄王目光短淺，看不到這一點。

想到此，蘇秦決定到魏國斡旋，向魏襄王說明這層利害關係。

可是，還沒等蘇秦起身往魏斡旋，已經傳來了消息：秦國已經於四月底兵分兩路，又向魏國發起了新一輪進攻。一路從去年已經攻佔的魏國河西之地出發，渡河而東，很快就攻佔了魏國河東兩個重鎮——汾陰、皮氏。另一路沿河往南推進，加緊進攻去年就已被圍困的魏國河南重鎮——曲沃、焦。結果，焦之守兵堅持不住，開城降秦。

蘇秦一聽，急得跳腳。心想，這下完了，魏襄王這次肯定又憋不住氣了，也許就要倒戈而與秦國交好了。如此，山東六國「合縱」聯盟就被秦國挖了一個牆角，山東六國「合縱」聯盟的基礎勢必不穩。

果然，又不出蘇秦所料，魏襄王在汾陰與皮氏失守後，立即發使向秦惠王求和。秦惠王見敲山震虎的計畫已經達到，於是就答應了魏襄王的求和之請。

周顯王四十年六月，秦惠王與魏襄王約盟於韓、魏交界的魏國南部重鎮——應。

六月中旬，當消息傳到邯鄲時，蘇秦一聽，頓然癱倒於坐席之上，半天也回不過神來。因為這一次對他的打擊太大了，魏襄王與秦惠王約盟，不僅山東六國「合縱」聯盟損失了一支重要的抗秦力量，而且還因為秦、魏之盟結成後，東西對抗的力量對比發生了重大變化，原來是齊、楚、魏、韓、趙、燕六國對秦一國，而今是秦、魏二國對山東五國。再說，山東五國本來就存在著矛盾，有許多利害衝突，「合縱」基礎並不穩固，而今又有魏國的叛離，這就勢必會影響到其他五國的心理，動搖其堅守「合縱」聯盟的決心。如果出現連鎖反應，那麼後果就不堪設想了。真是應了「禍不單行」的那句老話，就在蘇秦為「合縱」聯盟遭遇到的外患而憂心歎息時，內憂又來了。

周顯王四十年八月，楚威王憂慮魏與秦聯合，勢必會造成秦從西北，魏從正北包圍楚國之勢，威脅到楚國的安全。於是，就想趁魏國這幾年接二連三喪師失地，國力虛弱之機，以討伐魏國叛離「合縱」之盟為由，突然出兵北擊魏國。

可是，楚威王的主意打錯了。他萬萬想不到，曾經遊說楚國期間，被楚相屈打的魏人張儀剛剛到達秦國，就說服了秦惠王出兵幫助魏國，並以新得於魏國皮氏的降卒萬人和戰車百乘，支持魏師對楚作戰。結果，在秦國的支持下，強大的楚國之師在楚、魏交界的穎水之南的陘山，被魏國軍隊打得大敗。

蘇秦獲悉情報後，立即明白了楚威王擊魏的動機，他是想借討伐魏國叛離「合縱」聯盟為由，在主持正義、張揚「合縱」聯盟大旗的幌子下，使楚國搶得「合縱」聯盟的實際領導權，同時可以乘機割得魏國之地，擴充自己的實力。可是，事實上楚威王想錯了，也做錯了。而今，不僅山東「合縱」聯盟的主力楚國，因為陘山之役而受到重大損失，自傷了元氣，而且楚、魏之戰，也徹底將魏國推到了秦國一邊，自己今後想到魏國進行斡旋，說服魏襄王看清長遠的利害關係，重回山東六國「合縱」聯盟，也非常困難了。想到此，蘇秦只好空自歎息。

周顯王四十一年（西元前三二八年），又是一個多事之秋：

五月，魏國傳來消息，秦惠王三月遣公子桑渡河而東，伐取魏國河東的北部重鎮蒲陽，迫使魏國只得將河西上郡納之於秦。

八月，楚國傳來消息，楚威王駕崩，其子槐即位，號為懷王。

十月，宋國執政了四十一的宋國之君剔成歸天，宋君偃即位。

不過，年底從秦國傳來的消息，倒是使蘇秦稍微鬆了一口氣，張儀已經成為秦國之相，正式執掌秦國的權柄。

蘇秦心裡明白，這下，天下可以獲致一段時間的平靜了。因張儀與他有個祕密約定，允諾有他在趙，將不會遊說秦王「連橫」，破他的「合縱」聯盟之局。不過，這是他與張儀之間的祕密，只有他們二人心裡有數。

## 4　穿梭斡旋

果然，如蘇秦所願，也如蘇秦所料。自張儀於周顯王四十一年（西元前三二八年）執掌秦國相印之後，天下便開始太平起來。

周顯王四十二年（西元前三二七年），在張儀的主政下，義渠正式向秦稱臣。

義渠，原為西戎的一支，分佈於秦國西部的岐山、梁山、涇水、漆水之北地區。春秋時代，勢力日益坐大，並自稱為王，亦有城郭。因與秦國地近，一直與秦處於時戰時和的狀態，大為秦國之患。周顯王三十八年（西元前三三一年），義渠國內發生內亂，秦庶長操率兵平定之。義渠因為此次內亂，大傷了元氣，勢力有所削弱。與此同時，自秦惠王五年（西元前三三三年）開始，隨著秦國伐魏的頻頻得手，魏國河西郡、上郡之地先後歸入秦國版圖，秦國勢力日益強大。義渠遂在張儀為秦相、魏納河西上郡十五縣於秦後，迫於秦國如日中天的強大武力，終於向秦俯首稱臣。張儀促成義渠向秦稱臣，秦國的後顧之憂，至此也就得以解除了。

也就在這一年，在張儀的推動下，秦惠王同意了將前些年奪佔的魏國河南的兩個重鎮——曲沃、焦歸還給魏國，以結魏國之心。這樣，原本是秦國東部死敵的魏國，此時便成了秦國東部阻擋山東諸國的一道戰略屏障。

周顯王四十三年（西元前三二六年），在張儀的籌備與主持下，秦國舉行了歷史上的首次「臘祭」（稱之為「初臘」）。在臘祭儀式上，秦惠王不僅與民同樂，獵禽獸，祭先祖，拜鬼神，慶豐收，凝聚了秦國的民心，而且還成功地在龍門，與世處河源上游的戎狄諸部族首領舉行了集會。

龍門，相傳為夏禹治水時「導河積石」、鑿山穿岩而成，兩岸峭壁對峙，形如門闕，故而得名。它居於河之上游，原是河宗氏等部族游居之所，也是河之上游的神聖之地。

張儀之所以籌辦此次「初臘」儀式，並促成秦惠王與戎狄部族首領的「龍門會」，其目的是為了加強與秦國周邊遊牧的戎狄諸部族的友好關係，同時也是為了鞏固秦國對新得於魏國的河西郡與上郡的統治，為秦國穩定大後方，再為逐次東進的計畫作準備。

正當張儀為秦國的未來大計而積極籌策運作之時，蘇秦也沒閑著，他正利用張儀為秦國內修政教、穩定後方的機會，在山東「合縱」五國間進行了密集的外交穿梭與斡旋工作，希望進一步鞏固「合縱」聯盟的基礎。

因為而今的「合縱」聯盟，由於魏國已被秦國先打後拉而分化了出去，聯盟基礎已被動搖，再加上剩下的齊、楚、趙、韓、燕五國「合縱」聯盟的主力——楚國，新近力量有所削弱，先是被秦國支持的魏國戰敗於陘山，後又遭遇楚威王病逝的巨大變故，所以現在「合縱」聯盟的形勢更加嚴峻了。

蘇秦心裡明白，雖然現在有張儀在秦國為相，他也正在找事做，以此拖住秦惠王向東擴張進攻的步伐，但這種情況不可能維持很長時間，因為張儀並不能改變秦國東擴的根本國策，而只能阻緩其東伐六國的進程。因此，自己應該抓住這一機會，迅速穩定並鞏固現有的山東五國「合縱」聯盟，以應對不久的將來秦國更加嚴酷的東進攻伐形勢。

於是，蘇秦在周顯王四十二年、四十三年兩年間，一直馬不停蹄地在五國間奔走斡旋，不厭其煩地向五國之王申述「合縱」與五國長遠利益的關係。

周顯王四十二年（西元前三二七年）二月，蘇秦告別趙王，離開邯鄲，前往燕國。五月底，抵達燕都薊。

見了燕易王，蘇秦先詳細地稟報了前此幾年各國發生的重大情況及其人事變動，然後深刻分析了秦國近幾年來之所以不斷進攻魏國，是意在分化山東六國、拆解「合縱」之盟的真正意圖，最後明確指出了山東諸國繼續毫不動搖地堅持「合縱」國策，對維持東西平衡、天下安定，以及對「合縱」諸國自身的長治久安的重要性。

燕易王因為前次蘇秦不用一兵一卒、不費一弓一矢，就為燕國討回了被齊國攻佔的南境十城，早已對蘇秦感佩不已；再加上自從蘇秦「合縱」成功後，燕國這麼多年來確實沒有受到來自齊、趙諸大國的攻伐，燕國的安全確實有了切切實實地保障，燕國國內人心穩定，生產發展，百姓生活大有好轉。事實證明，「合縱」對燕國是獲益甚大的。因此，而今燕易王對蘇秦就格外敬重，可以說，是真正到了言聽計從的地步。

剛才聽蘇秦一番話說得那麼誠懇、透徹，燕易王更是為之感動，深刻領會到蘇秦獨力維持「合縱」聯盟的苦心，所以他不僅聽得仔細、認真，而且再次明確保證燕國決不背棄「合縱」之盟。蘇秦見燕易王如此深明大義，又如此敬重自己，自然更是感動。

於是，君臣歡會，其樂融融，難捨難分。

但是，蘇秦因為掛念著還要到齊、楚、韓諸國繼續做說服工作，所以在燕國待了幾天後，只得依依不捨地告別燕易王，前往齊國。

周顯王四十二年七月，蘇秦抵達齊國之都臨淄。

見了齊宣王，蘇秦覺得他這幾年已經老多了。大概因為這個緣故，人也不像以前做事那麼衝動了。自從上次偷襲了燕國南境十城，被自己用秦、燕翁婿關係嚇唬了一頓而歸還了燕國十城後，倒是乖了不少，一直未曾背棄「合縱」盟約。

想到此，蘇秦決定繼續承用前此的老辦法，拿秦國的野心與強力來壓這個垂垂老矣的齊宣王。

於是，他先歷述了這幾年秦國頻頻向魏國進攻，並貪得無厭地蠶食了魏國的大片土地的事實，接著一針見血地指出了秦國東伐魏國，是意在進一步東擴、併吞山東各國的的戰略意圖，最後坦誠地向齊宣王重申了堅定不移地恪守「合縱」聯盟之約，對於齊國、對於山東諸國乃至天下的長治久安的重要性。

蘇秦說得確鑿有力，齊宣王聽得認真仔細，並深為蘇秦之說所折服，遂與蘇秦再申前盟。

再次穩定了齊國後，蘇秦又馬不停蹄地直奔南方大國楚。

周顯王四十二年十一月底，蘇秦到達楚都郢。

楚國因為在陘山新敗於秦、魏，接著楚威王又病逝，楚懷王新立不久，所以，蘇秦到楚國後，自然很容易就說服了楚懷王，並與之重申了堅守「合縱」聯盟之約。

穩定齊、楚兩大國之後，蘇秦心裡踏實多了。但是，他還是不敢掉以輕心，還有韓國，也是必須繼續做穩定其心的工作的。因為韓國近處魏國，秦國對魏國的咄咄進攻，對韓國有巨大的心理壓力，因此韓國作為山東六國「合縱」聯盟中的一環，也是極容易被秦國瓦解分化的。於是，蘇秦又急急北上往韓。

周顯王四十三年（西元前三二六年）二月底，蘇秦抵達韓國之都鄭。

韓宣惠王見了蘇秦，就像見到大救星，他正急欲求計於蘇秦。

因為這幾年秦國頻頻進攻魏國，魏國喪師失地。如果這樣繼續下去，魏國勢必就有亡國之虞。若魏國沒了，則韓國西面的戰略屏障就沒了。如此，韓國就要處於直面強秦的最前線了。以魏國之強，尚不足以抵禦強秦，更何況弱韓？

蘇秦當然明白韓宣惠王的這些顧慮，所以他就耐心地跟韓宣惠王分析秦國之所以伐魏的深層原因，指出秦伐魏的真實用意，是要達到敲山震虎的效果，從魏國開始分化、瓦解山東六國「合縱」之盟，從而最終東進各個擊破，併吞天下。由此，進一步強調了在此關鍵時刻，山東五國更要堅定地維護「合縱」之盟的重要性。

蘇秦的一番分析與解剖，不僅解開了韓宣惠王的心結，也更堅定了他堅守「合縱」之盟的決心。

蘇秦見燕、齊、楚、韓四國之君，經過自己一年多的斡旋遊說，不僅已然明白了秦國伐魏以分化「合縱」之盟的用意，重新認識到目前形勢下，山東五國堅定不移地堅守「合縱」之盟的意義，而且再次與自己明確地重申了堅守「合縱」之盟的誓言，不禁在心裡暗自感慨：總算功夫不負苦心人，一年多的東奔西顛沒有白費。雖然魏國被秦國分化，自己的「合縱」之盟被秦挖了一個牆角，但而今的五國「合縱」之盟的基礎卻比以前更加穩固了，東西平衡，天下安定的局面又得以維持了兩年。雖然只有短短兩年，但就是這兩年的安定，天下又少了多少戰爭，黎民百姓又少了多少涂炭流離之苦啊！

想到此，蘇秦心裡感到快慰不少，決定立即北報趙王。

周顯王四十三年三月初五，蘇秦告別韓宣惠王，北上邯鄲。

## 5 排憂解難

離開韓都鄭，蘇秦取道華陽往北。

周顯王四十三年三月十一，抵達滎陽。

到滎陽時，蘇秦本想渡河而北，過境魏國，直奔趙都邯鄲。但站在河岸，看著寬闊的河面，風平浪靜，水波不興，蘇秦不禁思緒萬千，感慨良深：河水靜，天下平，這是多麼令人嚮往的境界啊！然而，如今天下太平，家家安居，人人樂業，自己卻無緣享受這一切。

望著緩緩東逝的河水，蘇秦情不自禁地掉頭西望，他想到了就住在洛陽城裡、近在咫尺的年邁爹娘，想到了與自己多年來一直聚少離多、寂寞憂怨的妻子香香，想到與自己陌生生份的兒子虎兒，不禁在心中大為感歎：雖然自己貴為六國之相，但卻無法像正常人一樣，不僅不能天天守候著爹娘、妻兒和家人，盡享天倫之樂，就是而今經過自己的努力，天下已現太平景象之時，走過家門口，也不能回家探望一下，情何以堪？

但是，轉念一想，自己既然選擇了做士，既然要貪圖高官厚爵與榮華富貴，也就只能勉力維持山東「合縱」之盟，以山東各國的安定為念，儘量使山東各國黎庶免於戰亂之苦。如果再心念自己的小家，兒女情長，如何做得了這「縱約長」，並身兼六國之相呢？

低首徘徊於河岸良久，蘇秦最終還是沒有克制住自己的情感，決定掉頭西折，暫回洛陽一趟。

他想，也就幾天功夫，北上歸報趙王，路上趕緊點，這點時間也是趕得回來的。

然而，沒等他到洛陽，走到成皋時，東周之君已經發使迎過洛水，把蘇秦接到了東周小朝廷鞏。原來，東周與西周鬧矛盾，東周君遇到了麻煩，他要蘇秦幫他排憂解難。

周有東周與西周的矛盾，那是源於周考王。周考王時（西元前四四〇——四二六年），考王封其弟揭於王城，是為河南桓公。桓公之孫惠公又自封其少子班於鞏，因在王城之東，故號為東周。而河南惠公本在王城，故號西周。也就是說，西周與東周兩個小朝廷，本是父子關係，它們都是天下共王——周王的子孫，本來不應該有什麼問題的。但是，到周顯王二年（西元前三六七年），趙國與韓國把周一分為二，即王城之西周與鞏之東周。周顯王雖是天下共王，但實際上已經被架空，仍然住在成周洛陽。這樣，都城在河南的西周與都城在鞏的東周，因為實際上成為了周王朝領地上的兩個實體，於是便不免產生了矛盾。

蘇秦此次回洛陽探親路上，被東周君發使迎進東周城鞏，就是因為東周與西周產生了矛盾。

東周與西周同在洛水流域，但是西周在洛水上游，東周在洛水下游。東周要種水稻，西周卻截了洛水，不使洛水下流至東周，有意使東周的水稻種不成。東周君見西周君不下水，眼看今年的水稻就要種不成了，這不是要斷東周之炊嗎？於是，東周君就急了。

而今聽說蘇秦要經過鞏回洛陽省親，他便抓住了機會，把蘇秦畢恭畢敬地迎進東周小朝廷，要蘇秦給他想辦法。因為他知道蘇秦是山東六國之相，西周小朝廷雖然不屬於他統領，但天下共王周顯王見了蘇秦還要郊迎三十里，那麼西周君又何曾不敬畏於蘇秦之權威呢？

蘇秦在聽完東周君的訴苦後，想了想，覺得東周與西周本是父子關係之邦，而今卻鬧成了這個樣子，真是令人感歎。父子關係之邦尚且如此，更何況秦、齊、趙、魏、韓、燕、楚諸國之間，本不存在這樣的關係，自然互相殘殺也就可以理解了。

沉思良久，蘇秦覺得東周與西周的矛盾，應該採取和平的方式解決，不能讓東周之君借助於自己之力，而動用山東六國的武力解決問題，這不合適。但是，既然東周君求到自己，那麼自己就應該幫他個忙。

於是，他就決定親自到西周走一趟，居中調解斡旋，希望西周能下水，讓東周能夠及時種上水稻。

想到此，他就對東周君說道：

「西周與東周，本是父子之邦，何必鬧到這步田地呢？既然事情已經如此，那麼這樣吧，臣請求親自往西周一趟，說說西周君，勸他給東周下水，怎麼樣？」

東周君見蘇秦這麼爽快，願意到西周一趟，真是喜出望外，立即答道：

「這樣，當然最好。如此，那就有勞主君大駕了！」

於是，東周君立即向蘇秦奉上百金。

蘇秦得金，也就欠了東周君的人情，只得立即啟程，徑直往西周之都河南去了。

路過洛陽時，蘇秦望了望洛陽城，不禁感歎地搖搖頭，本來自己西折繞道，是為了回洛陽探視爹娘與妻兒家人的，結果今天過洛陽而不得其門而入，竟然被東周君抓了差，當起了東周君的說客，調解起了周王室內部的矛盾。

周顯王四十三年三月初八，蘇秦抵達西周小朝廷河南。

西周君早就聞知蘇秦被東周君奉迎入鞏的消息，蘇秦還未到西周地界，西周君已經發使來迎了。

見了西周之君，寒暄畢，蘇秦就直奔主題，也不轉彎，徑直說道：

「臣聽說東周要種水稻，而西周不肯下水，有沒有此事？」

西周君見蘇秦問得直接，就知道這是蘇秦為東周君遊說來了。心想，你問得直接，寡人也明人不做暗事，也明白地告訴你吧。於是，西周君說道：

「有。」

蘇秦一聽，心想，西周君也是個爽快人，那就跟他直說吧。於是，他先是一笑，然後接著說：

「果有此事，那麼您的計謀就失當了，不是什麼上策！」

西周君一聽，心想，蘇秦怎麼這樣對寡人說話呢？於是，也沒好氣地說道：

「這話怎麼說？」

蘇秦一聽，就知道西周君有些生氣的意思了，他這是在抱怨自己不該直接批評他的計謀錯了。於是，又是一笑，說道：

「而今西周雍塞洛水而不下，讓東周種不上水稻，看上去好像是害了東周；其實恰恰相反，那是富了東周。」

西周君一聽，覺得好生奇怪，這話怎麼說呢？寡人雍塞洛水而不下，東周種不成水稻，何以能富東周呢？

蘇秦見西周君好生納悶的樣子，故意頓而不言，他要調足了西周君的胃口。

西周君哪裡是蘇秦的對手，山東六國之王都被蘇秦玩弄於股掌之上，更何況他這個區區彈丸之地的小朝廷西周之君。

沉默了一會，西周君終於沉不住氣了，遂再次反問蘇秦道：

「寡人不下水於東周，東周怎麼會富呢？」

蘇秦又是一笑，說道：

「今西周不下水，東周不能種水稻，難道還不能改為種麥嗎？不瞞您說，臣到東周時，東周之君早已頒令其民改為種麥了。」

西周君一聽，這才如夢方醒。是啊，寡人不下水，東周種不成水稻，但可以種麥子啊！看來寡人沒有農業常識，確是計謀失當了。

想到此，西周君只得轉嗔為笑，忙對蘇秦笑臉相向，道：

「如今之計，主君以為怎麼辦才好？」

蘇秦見西周君上鉤了，遂神祕地一笑，然後不緊不慢地說：

「您要想害東周，其實很容易。」

「怎麼害？」西周君立即接口追問道。

「您要真的想害東周，不如現在就給東周下水，讓東周剛種的麥子浸水，那東周所種的麥子還能指望豐收？」

西周君一聽，心想，這雖然是一個非常惡毒的主意，但確實可以害慘東周君這個怨家對頭。於是，不禁笑而點頭。

蘇秦見此，續又說道：

「還有，西周如果現在就下水，那麼東周君肯定又命東周之民再改種水稻；而當東周真的改種了水稻後，西周不妨再斷其水。如此一來，東周之民必仰西周而生，東周之君必聽命於您！」

西周君一聽，真是出乎意料，心想，蘇秦怎麼能夠想出這樣的主意呢？如此，西周憑水就可以卡住東周的脖子，令其不得不就範而聽命於自己。

於是，西周君再也按捺不住心中的激動與興奮，拍案大叫道：

「妙！妙！妙！」

遂立即頒令下水與東周，並敬奉百金以酬報蘇秦。

於是，東周得水而種稻，蘇秦則兼得東周與西周雙份之酬金。

辦妥了東周之君的下水事宜，蘇秦就起身告辭，想回洛陽看望爹娘與妻兒，這才是此次西折彎路的主要目的。

可是，還不等蘇秦起身，西周君又開口了：

「今寡人有一大患，不得除之而後快，望主君能為寡人謀一計。」

蘇秦一聽，又有生意了。西周君還有事要問計於自己，也好，說不定又可以弄他一筆金子呢。

於是，蘇秦作畢恭畢敬狀，說道：

「什麼事？請君明言，只要臣能辦到，臣自當肝腦塗地，以效犬馬之勞。」

西周君乃訴苦道：

「寡人有一個不肖之臣，名叫宮他，亡奔東周，將我西周之情盡數洩露給東周，大為寡人之患。」

蘇秦一聽，心想，這能有多大的事，一個小小的西周之臣，逃亡到小小的東周朝廷，能興什麼風，作什麼浪，何至於大為西周之患，你西周之君能有什麼大不了的祕密？

想到此，蘇秦不禁一笑，輕鬆地說道：

「臣能殺了他。」

西周君聽蘇秦說得那麼輕鬆，以為他是在說笑，忙試探性地問道：

「主君真能殺了他？」

蘇秦肯定地說：

「能。」

西周君見蘇秦說得非常認真，也非常確定，乃進一步試探道：

「宮他在東周，主君怎麼能得而殺之？」

蘇秦遂和盤托出其計道：

「這很簡單！您給我三十金，我派人拿著這三十金，並帶著書信，祕密去東周找宮他。書信上這樣寫：『告宮他：事情若可為，望勉力成之；不可為，望急歸。事久恐泄，勿自令身死。』與此同時，您祕密派人將此事洩露給東周之君，說：『今晚當有奸人潛入東周。』臣相信，屆時東周君一定會嚴加防範，並能一舉擒獲那個祕密潛入東周的『奸人』。如此一來，東周君豈能不懷疑宮他而立即殺了他？」

西周君一聽，心想，這不是借刀殺人的反間計嗎？雖然險惡了點，不過，確是一個妙計。於是，不禁脫口而出道：

「妙極了！」

遂遣手下能臣馮且執行去了。

西周君大喜，又奉贈了蘇秦百金。

蘇秦解決了東周與西周的紛爭，又得了一大筆金子，遂立即起駕回洛陽，探視爹娘與妻兒去了。

# 第十四章　「縱」破局亂

## 1　風雲起咸陽

周顯王四十三年（西元前三二六年）三月十三，蘇秦再次告別爹娘、妻兒，從洛陽出發，往北直奔趙國之都邯鄲。

周顯王四十三年四月十五，蘇秦回到趙都邯鄲。見了趙肅侯，蘇秦詳細地稟報了一年多來，先後到燕、齊、楚、韓四國做說服斡旋工作的經過與結果。

趙王聽了非常滿意，覺得這兩年由於蘇秦的穿梭外交取得成功，穩定了山東五國「合縱」聯盟的局勢，天下又趨於太平。這裡面自然有蘇秦的功勞，但也有自己的一份。因為沒有自己作為「合縱」之盟主，沒有趙國作為「合縱」的發起國與軸心國，那麼蘇秦的「合縱」之策就無由實施。雖然這些年來自己沒少為「合縱」費心，趙國也為此而付出了不少，但自己通過支援蘇秦組織「合縱」，這些年來確實使趙國在國際上的地位得到了很大的提升，正如老話所說：「一份耕耘，一份收穫」。

想到此，趙肅侯還是感到頗有成就感，心裡也很感安慰。由此，趙肅侯與蘇秦的君臣關係也日益親密。

正當蘇秦留駐邯鄲，協助趙肅侯處理趙國朝政，同時積極協調山東五國「合縱」事宜，忙得不亦樂乎之時，六月初，有消息傳來：四月戊午（初四），秦惠王正式稱王儀式已在秦都咸陽舉行，而且儀式還參照周顯王二十七年（西元前三四二年）魏惠王「逢澤之會」和周顯王三十五年（西元前三三四年）齊宣王「徐州相王」的先例，不僅會集了許多諸侯小國之君，以及秦國周邊的戎狄之君入朝稱賀，而且也邀請了魏、韓二國之君入秦朝見，要求魏、韓二國之君比照「徐州相王」推尊齊宣王為王的先例，也推尊秦惠王為王，但秦也承認魏、韓二王的王號。又比照魏惠王「逢澤之會」稱王時「乘夏車，稱夏王」的排場，要魏、韓二王當場為秦惠王駕禦作為稱王標誌的車駕。

蘇秦一聽到張儀「咸陽相王」的消息，心裡立即一陣緊張，接著又是一陣焦慮。

蘇秦之所以感到緊張，那是因為張儀此舉不是那麼簡單，其意義之深遠非同小可。這是張儀繼前年成功地促成義渠向秦稱臣、秦魏結好，去年又成功地舉辦了臘祭，使秦王與戎狄部族首領「會於龍門」之後，精心策劃的又一重大舉措，它的實質意義是借此組織以秦為軸心的東西「連橫」之盟。雖然韓國目前還是山東五國「合縱」聯盟的一員，沒有像魏國那樣完全從「合縱」聯盟中分化出去，而且幾個月前，韓宣惠王還曾信誓旦旦地跟自己重申了堅守「合縱」聯盟之約。但是，韓國因為地理上被魏國三面包圍，歷來受制於魏國，所以此次韓宣惠王入秦，參加秦惠王的稱王儀式，肯定是如前次韓昭侯參加齊宣王「徐州相王」儀式一樣，也是被魏王裹脅而去的。但是，張儀讓韓王入秦參加「咸陽相王」，明顯地是有進一步拆解自己的「合縱」聯盟的寓意。看來，張儀遲早要以「連橫」之計來破自己組織的山東五國「合縱」聯盟之局。因為秦國的既定國策就是要實行「連橫」，實施對山東諸國「遠交近攻」、「各個擊破」的策略，張儀現在是秦國之相，在其位，就得謀其政，不可能永遠不破自己的「合縱」之局，大家都是各為其主，也是正常的，完全可以理解。雖然當初張儀得到自己資助而入秦，曾有許諾，有自己在趙一日，就不會伐趙。但不伐趙，並不是意味不伐「合縱」聯盟中的其他各國。如果秦伐趙國之外的山東其他各國，勢必就會危及整個「合縱」聯盟。

蘇秦之所以感到焦慮，那是因為張儀「咸陽相王」的結果，即使最終不能實現以秦為軸心的「連橫」局面的出現，但「咸陽相王」必然產生與「逢澤之會」、「徐州相王」類似的後果，那樣同樣會危及自己「合縱」之盟的穩定，同樣會危及今天來之不易的天下太平的局面。因為「逢澤之會」與「徐州相王」事件後，天下都出現了大的動盪。

尤其是想到「逢澤之會」的結果，蘇秦更是坐立不安，他的思緒一下便回到了二十多年以前：

秦孝公時代，由於孝公任用商鞅實行變法，原來弱小的秦國逐漸變得強大起來，並開始與當時的天下獨霸魏國開始了一系列的較量。

周顯王十五年（西元前三五四年），為了與魏國爭奪河西之地，秦孝公趁著魏國傾力攻打趙國之都邯鄲，卻又久戰不下之機，傾起大兵，偷襲了魏國河西之地，與魏師戰於元里，斬魏師之首七千，奪得魏國河西之地少梁。

周顯王十六年（西元前三五三年），齊威王派軍師孫臏與大將田忌出兵救趙，採用「圍魏救趙」之術，在桂陵大挫了魏師，生擒了魏將龐涓。與此同時，楚國也出兵救趙，楚國大將景舍趁齊師敗魏師於桂陵之機，乘機攻取了魏國睢水、濊水之間的大片土地。但是，魏國最終扭轉了戰局，還是攻破了趙都邯鄲。

周顯王十七年（西元前三五二年），魏惠王開始大舉反攻，他調動了韓國的軍隊，在襄陵打敗了齊、宋、衛三國聯軍。齊威王不得已，請求楚國大將景舍出面，向魏國求和。而就在魏國軍隊與齊、宋、衛聯軍打得不可開交之時，秦孝公起用商鞅為大良造，率師渡河而東，偷襲魏國後方，並一度攻入魏都安邑。

周顯王十八年（西元前三五一年），秦孝公又遣商鞅領兵，圍攻魏國固陽，降之。秦師由此得以越過洛水，收復了以前被魏國攻佔的部分河西之地。也就在這一年，魏惠王鑒於前此四面樹敵，與各國同時開戰，而讓秦國鑽了空子的教訓，在攻下了趙都邯鄲之後，又主動將邯鄲還給了趙國，並與趙成侯結盟于漳水之上。與齊國的關係，也通過楚國大將景舍的斡旋而恢復。

周顯王十九年（西元前三五〇年），魏惠王穩定了與東部齊、趙兩國的關係後，開始收拾秦國了。雖然這幾年四面出擊，使魏國的國力受到了不小削弱，但此時的魏國仍然是天下之霸。因此當魏師回頭向西反攻，圍秦師於上郡之定陽時，秦師終於不能抵敵，秦孝公只得向魏惠王求和。於是，兩國之君相會於彤，結盟修好。

周顯王二十一年（西元前三四八年），趙國新君肅侯又遠赴魏國西部的陰晉，與魏惠王相會修好。至此，魏國的國勢又有所上升。

周顯王二十五年（西元前三四四年），魏惠王為了繼續維持自己天下獨霸的地位，防止因商鞅變法而日益富強起來的秦國勢力坐大，又以朝周天子為名，召集了十二個諸侯小國會盟，企圖謀算秦國。秦孝公驚恐萬狀，寢不安席，食不甘味。於是，傳令秦國全境，所有城堞女牆都設戰具，嚴加守備。又廣招死士，選任驍將，以應付魏國隨時可能發動的進攻。但是，商鞅覺得秦孝公此舉不足以挫敗魏國，乃向孝公獻計道：

「魏是天下之霸，勢強功大，令行於天下。而今，魏王挾十二諸侯而朝天子，想必依附者必多。因此，目前以一秦而敵大魏，恐怕有所不如。臣以為，為今之計，大王不如讓臣往見魏王，說而敗其謀，才是上策。」

秦孝公一聽，覺得有理，便派商鞅到魏國遊說，放棄了原來拚死抵抗魏國的計畫。

商鞅至魏，遊說魏惠王道：

「大王之功，舉世無雙；大王之令，行於天下。然而，大王現今所驅使的十二諸侯，不是宋、衛，就是鄒、魯、陳、蔡，皆為小國。這些小國雖易於驅使，但是，大王僅僅靠這些小國諸侯，還不足以經略王霸天下的大業。因此，臣以為，大王若想建不世之功，名傳於萬代，不如先北取弱燕，再乘勝東伐於齊。如此，必有敲山震虎之效，趙國雖強，也會不戰而降。」

魏惠王一聽，覺得有理，遂點點頭。

於是商鞅續加發揮道：

「如果大王要先伐秦，再擊楚，那麼對於爭取韓國，也能收『不戰而屈人之國』的奇效。燕、韓二國一旦為大王所收，趙國一旦不戰而降，那麼天下諸侯的實力對比，就會明顯地向魏國傾斜了。屆時，大王再起大兵，東伐齊、南伐楚、西伐秦，順天下之意，則王霸之業必成。為今之計，臣以為，大王不如先舉行正式的稱王儀式，以此號令天下大小諸侯，然後再圖齊、楚，不就大功告成了嗎？」

魏惠王一聽，非常感興趣，根本不知是計，遂聽從了商鞅的話。

周顯王二十七年，魏惠王乃廣宮室，制丹衣，建九旒之旌，從七星之旗，大會諸侯於逢澤，乘夏車，稱夏王，儼然擺出了一副周太子的擺場。結果，激怒了齊、楚。

周顯王二十八年，齊宣王命孫臏為軍師、田忌為主將，出奇兵，用奇計，一舉覆魏師於馬陵，十萬魏兵無一生還，魏將龐涓戰敗自殺，魏太子申被虜。

周顯王二十九年，齊、趙、秦聯合伐魏。秦國派商鞅率師東進，大敗魏師，並虜獲魏公子卬。

從魏惠王「逢澤之會」導致齊、趙、魏、秦四國大戰，天下動盪，百姓涂炭的慘痛歷史回憶中清醒過來，蘇秦不禁又想到了自己組織山東六國「合縱」聯盟期間發生的「徐州相王」事件。那是他親身經歷，所以感受更深。

由於魏惠王「逢澤之會」，導致了齊、趙、秦伐魏的結果，遂使魏國國力受到了極大的削弱。由此，魏國的天下獨霸地位不再。相反，處於東有齊、趙，西有強秦的夾攻之下，魏國的生存出現了前所未有的危機。在此情況下，魏相惠施建議魏惠王，不如「折節變服而朝齊」，以此激怒楚國，讓楚國怒而伐齊，從而實現報復齊國的目的。魏惠王無奈之下，只得聽從於惠施之計，先後於周顯王三十三、三十四年連續兩年帶同韓昭侯入齊，折節變服，著布冠，分別朝見齊宣王於阿、甄。周顯王三十五年，魏襄王即位，又帶同韓昭侯等小國諸侯王入齊，朝見齊宣王於徐州，再次推尊齊宣王為王。同時，齊宣王也承認了魏襄王的王號，這就是被諸侯國稱之為「徐州相王」的事件。

果然如惠施所料，齊、魏兩大國「徐州相王」事件，終於激怒了楚威王，也激怒了齊、魏近鄰的趙國之君趙肅侯。周顯王三十六年，趙肅侯發兵攻打魏國東部毗鄰趙國南部的河北重鎮黃城。為了保護趙都邯鄲，阻禦齊、魏兩國的進攻，趙肅侯還專門在趙國毗鄰魏國與齊國的南部邊境的漳水與滏水之間修築了長城。而楚威王則親率大軍深入到介於宋、魯兩國之間的齊國南部重鎮徐州，以發洩對齊宣王「徐州相王」的不滿。由於秦惠王派出了魏人公孫衍離間齊、魏同盟關係，讓魏國按兵不動，結果楚威王所率之楚師，將齊國大將申縛所率的齊國大軍打得落花流水。齊宣王失敗後，非常憤怒，遂欲興兵攻打魏國，問其按兵不動之罪。眼看一場大戰又要爆發，幸得齊國重臣淳于髡及時諫止，不然，齊、魏兩國百姓不知又要遭遇多大的災難。

蘇秦思前想後，越想越覺得這次張儀的「咸陽相王」的後果不堪設想，可能會造成比魏惠王「逢澤之會」、齊宣王「徐州相王」更嚴重的後果。因為魏、韓二國之君入咸陽推尊秦惠王為王，勢必會引起齊宣王與楚懷王的不滿。如果他們也各自拉攏一些諸侯小國，成立一個小集團，自立為王，那麼就會爆發各個不同集團之間的混戰。這樣，即使師弟張儀不親自組織「連橫」來破自己的「合縱」之盟，自己千辛萬苦組織起來的「合縱」聯盟，也要斷送在「咸陽相王」之舉所引發的諸侯國裂變分化的連鎖行動中。

想到此，蘇秦閉上了眼睛，他不敢再往下想。

## 2 禍起蕭牆

然而，出乎蘇秦意料，最終破他「合縱」之局的，不是他的師弟張儀，而是公孫衍。

公孫衍，何許人也？說來話長。

公孫衍，魏國陰晉人，與蘇秦、張儀為一路人物，也是依靠嘴巴吃飯的遊士。他早年曾在魏國為官，官至犀首（將軍之類），故人稱「犀首」。後來，到秦國遊說秦惠王成功並得寵。

周顯王三十六年，正當蘇秦組織山東六國「合縱」到關鍵時刻，秦惠王起用公孫衍為大良造。

大良造是秦國非常高的爵位，歷史上只有為秦國變法圖強的衛國客卿商鞅被秦孝公封過這個爵位。公孫衍為大良造後，秦國便對魏國發動了一系列進攻。

周顯王三十六年，也就是在公孫衍被封大良造這一年，秦國軍隊對魏國河西之地的北部戰略重鎮雕陰發動了進攻，大敗魏師。

第二年（周顯王三十七年），魏國無奈，只好將河西之地的南部重鎮陰晉獻給秦國以求和，秦惠王改其名為甯秦。

第三年（周顯王三十八年），秦國軍隊再次攻打魏國河西北部重鎮雕陰，虜魏國大將龍賈，斬魏師之首八萬。

第四年（周顯王三十九年），秦師沿河南向東進攻，圍困了魏國河南重鎮焦、曲沃。魏無奈，乃納河西之地少梁於秦。

第五年（周顯王四十年），秦國之師又渡河而東，攻佔了魏國河東之地的北部重鎮汾陰、皮氏，又圍魏國河南重鎮焦，降之。魏王無奈，只得向秦求和，二國之君會於應。

至此，蘇秦剛剛組織起來的山東六國「合縱」之盟，在秦國對魏國展開的接連不斷的進攻下，受到了極大的挑戰，最終魏國被秦國從六國「合縱」之盟中分化出去，使蘇秦的「合縱」聯盟之廈痛失了一個重要的基石。而這一切，包括魏國所有這一切的失敗，都拜賜於公孫衍這個魏國陰晉人在爵封秦國大良造之後。

正是在此生死危急關頭，蘇秦才智激張儀入秦，以阻止公孫衍伐魏，並破其即將成局的「連橫」組織。

周顯王四十年，就在魏國喪師失地，魏王向秦惠王屈膝求和之際，張儀得到蘇秦的資助到達了咸陽，很快贏得了秦惠王的賞識與重任。

第二年（周顯王四十一年），張儀就成為秦國之相。由此，公孫衍之寵被他的同鄉張儀奪走，二人矛盾日益加劇。

在此情況下，原來主張「連橫」，並事實上在實施其策的公孫衍，就不得不離開了秦國，重又回到他的故國魏國。

公孫衍回到魏國後，憑著一張嘴，又獲得了魏襄王的信任，官任魏國之將。為了報復秦國，為了拆臺張儀正在組織實施的「連橫」之策，公孫衍一到魏國，就開始籌畫實施以魏國為依託與軸心的新「合縱」組織。

但是，他心裡非常清楚，而今的魏國已經不是早先的魏國，經過與齊國的「桂陵之役」、「馬陵之役」，魏國的元氣早已傷了一大半，加上前幾年在自己主政秦國時，對魏國的一系列進攻，魏國失去了河西大片土地，如今已是兵寡地削，早已淪為二流和三流國家了。因此，要想組織以魏國為軸心的新的「合縱」聯盟，以對抗張儀正在籌建的以秦國為龍頭的「連橫」集團，就要拆解蘇秦所建立的舊的「合縱」之盟。而要拆解蘇秦的「合縱」之盟，解決趙國是關鍵，因為趙國是蘇秦據以組織山東六國「合縱」的軸心與依託。

但是，如何才能解決趙國問題呢？公孫衍思考再三，也沒有找到好辦法。雖然自己很會說，但是有蘇秦在趙國為相，哪有他遊說趙王的機會？再說，就是有機會遊說趙王，自己也不是蘇秦的對手。

正當公孫衍苦思冥想，為找不到解決趙國的辦法而發愁時，正在趙都邯鄲的蘇秦更是憂心忡忡，他正在為張儀「咸陽相王」之舉可能持續發酵的後果而擔憂。

然而就在這時，即周顯王四十四年七月，趙肅侯突然病故。

面對這突如其來的變故，蘇秦幾乎到了精神崩潰的地步。因為他非常明白趙肅侯突然過世的後果，一是對他所組織的「合縱」之盟的穩固會有重大影響，二是對他自己今後的前程也有妨礙。自己之所以能夠組織起山東六國「合縱」聯盟，天下之所以能夠獲得這麼多年難得的太平，自己之所以能有現在的地位，這都全靠趙肅侯一人。當初如果沒有趙肅侯的傾力支持，他何以能夠說服山東其他五國入盟「合縱」。而今，趙肅侯沒有了，新主趙武靈王是否也能對「合縱」的意義認識那麼深刻，是否與自己能夠思想契合，能否君臣默契地配合，都是未知數。加上，現在又有「咸陽相王」可能引致的天下形勢變動，這山東五國的「合縱」之盟是否還能維持下去？

思前想後，蘇秦不禁悲從衷來，憂上心頭。他悲趙肅侯之突然歸天，悲趙國痛失了一位好君王；他憂「合縱」之盟的前途，憂天下黎民百姓之疾苦，更憂自己的前程與命運。

真如老話所說，這個世界的事情，從來都是有人歡喜有人愁的。當趙肅侯突然病逝的消息，八月底傳到魏國之都大梁時，可把本來一籌莫展的公孫衍樂壞了。

公孫衍打聽確實了這個消息，頓然來了精神。眉頭一皺，計上心來：何不趁著趙國國喪之際，向趙國發動突然襲擊？趙國一敗，這「合縱」的軸心沒了，蘇秦的舊「合縱」聯盟不就自然解散了，自己不就可以重新建立一個以魏國為軸心的新「合縱」聯盟，自己來當「縱約長」，兼掛「合縱」諸國相印嗎？如此，一來可以報秦國之仇，二來可以報張儀與自己爭寵，奪了自己飯碗之仇，三來自己也可以像蘇秦現在這樣，身兼六國之相，縱橫天下，那多威風，那多風光？

想到此，公孫衍立即行動。他沒有先找魏襄王，而是先到齊國。因為找魏襄王，請他直接發兵攻打趙國，魏襄王肯定不允，因為以目前的魏國，那不是趙國的對手。

而到了齊國，公孫衍也沒有直接找齊王遊說，而是先找到齊國的名將田盼。

公孫衍之所以要找田盼，那是因為田盼曾是在齊、魏「馬陵之戰」中戰敗魏國的主將之一，與田忌齊名。田忌在「馬陵之戰」後因為功高，而與齊相鄒忌有矛盾，於是出走楚國，楚國封之於江南。因此，現在的齊國，田盼就是唯一的名將了。要打仗，自然要找田盼。田盼覺得能打，齊宣王肯定就打。不然，要齊宣王發兵，恐怕就難了。

田盼當然也知道公孫衍是何許人也，公孫衍做過秦國的大良造，這天下何人不知，何人不曉？他做秦國大良造時，打得魏國喪師失地，逼得魏王向秦王屈膝投降。而今他又做了魏王之將，自然是要為魏王著想，興魏邦，振魏威。就他能文能武的能耐，他想幹什麼，什麼事做不成？

所以田盼見公孫衍來見，自然不敢怠慢。

公孫衍知道，跟田盼不必轉彎抹角，他是武將，不是文臣。再說，反正大家彼此的底細都很清楚。

於是，公孫衍就直截了當地向田盼遊說道：

「當今的天下諸侯，要說強者，不過秦、齊、楚、趙四國而已。秦國雖是天下之霸，但是它卻無法對齊國構成威脅，這是地緣形勢所決定的。楚國也算是天下之強，但是，目前它也不足以構患於齊，這也與地緣形勢有關。」

田盼一聽，這話沒錯，秦國再強，一時還不能威脅到齊國，因為秦、齊之間，西面隔著魏、韓二國，北邊還有樓煩、趙、中山、燕作為屏障，秦國想打齊國，也沒法交戰，他夠不著。楚國雖然東部與齊國南境接壤，但其間還夾著魯、宋二國，楚國的戰略中心在郢，楚國要與齊國開打，運動兵力也要費時很久，齊國以逸待勞，則必敗楚師。所以，楚國要勝齊國，一時也還比較難。

想到此，田盼點點頭，認可公孫衍的分析。

公孫衍見此，繼續說道：

「而趙國的情況呢，那就完全不一樣了。趙國在西，齊國在東，朝夕相處，大家都搬不了家。趙國強，則齊國必弱；齊國強，則趙國必弱。這就好比二虎之處一山，終究是不能相處而安的。齊是天下強國，齊王是天下明主，齊王早有創萬世基業、立不世之功的雄心，這是天下人所共知的。但是，臣以為，齊國要想實現這個目標，趙國始終是個巨大的障礙。而今，趙肅侯新故，嗣主新立，正好給了齊國一個千載難逢的良機。主君為什麼不乘機遊說齊王，聯魏而攻趙，一舉下邯鄲呢？如此，則必能徹底削弱趙國，壯大齊國，齊國的王霸之業也可指日而待。」

田盼一聽，知道公孫衍這是要齊國與魏國聯合，趁趙國國喪期間進攻趙國。雖然覺得這確是一個弱趙而強齊的好機會，但總覺得有點趁人之危的意味，有違常理。上次齊國已經幹過這樣的事了，就是趁燕文公過世，燕易王新立未穩之機，發動突然襲擊，奪佔了燕國南境十城。結果，齊王被蘇秦說了一頓，又把十城還給了燕國，不然就要與秦國交惡了，因為燕易王是秦惠王的女婿。那一次燕國國喪期間偷襲燕國，對於齊王來說，真是「黃鼠狼沒打到，空惹了一身騷」，在國際上造成了很壞的影響。因此，這次要齊王再故伎重演，齊王未必肯了。

公孫衍見田盼沉默不語，知道他在想什麼，於是故作輕鬆地說道：

「主君不必多慮，只要齊國能出五萬人馬，不過五個月，我保證能夠一舉而破趙。」

田盼一聽，馬上反駁道：

「我聽說有這樣一句話：『輕用其兵者，其國易危；好用其計者，其身易窮。』而今公孫君輕言破趙之易，恐怕會有麻煩的。」

沒想到，公孫衍聽了，神祕地一笑，然後不緊不慢地道：

「主君怎麼這樣死腦筋呢？無緣無故舉兵伐趙，齊、魏二主本來就不會願意的。而今您又跟他們明說這伐趙的難處，您這不是要嚇著他們了嗎？如果這樣，豈不是趙國未伐，而二士之謀已困？那我們還商量個什麼？」

說到這裡，公孫衍停了下來，望了望田盼，見他似乎有了興趣的樣子，遂又說了下去：

「相反，如果我們跟齊、魏二主說伐趙如何如何容易，那麼二主必然允請而發兵。而一旦齊、魏二國之師出了國門，齊王、魏君必然會考慮此戰是否可以全勝？只要二國之主有此考慮，屆時還怕他們不主動臨陣多撥些人馬？」

田盼一聽，情不自禁地拍案叫道：

「好計！」

於是，公孫衍躲在幕後，由田盼出面遊說齊王與魏王之後，便借得了齊、魏二國十萬之師。

周顯王四十四年九底月，齊、魏聯軍兵分兩路，開始了祕密的伐趙行動。一路由田盼統帥，從東面向西進發；一路由公孫衍自己率領，由西面往東挺進，分兵合擊趙國。

果然如公孫衍所料，齊、魏兩路大軍尚未離境，齊、魏二王恐其戰而不勝，悉起二國精銳之兵從之。結果，不到一個月，趙國軍隊在毫無戒備的情況下，被打得大敗。公孫衍大敗趙國名將趙護，而田盼則俘獲了趙將韓舉，並攻取了趙國北部治水北岸的新城與平邑兩座重鎮。

## 3　東北望燕薊，可憐無數山

趙武靈王即位不到兩個月，就遭遇齊、魏兩國的攻伐，而且敗得那麼慘，他心裡有多窩火是可以想見的。

左思右想，他越想越生氣，越想越憤恨。忍無可忍，他終於找來了蘇秦，沒好氣地直言相責道：

「往日先生以『縱親合，天下安』而說先王，先王任先生為趙國之相，封先生以武安君之爵，飾高馬軒車百乘，資黃金千溢，白璧百雙、錦繡千純，尊先生之位，壯先生之行，以約於諸侯。而今六國『合縱』為盟，而齊、魏伐我，犀首敗我趙護，田盼虜我韓舉，又奪我新城、平邑。而今寡人之國不僅兵敗地削，生靈涂炭，而且先王與寡人也因先生之故，而大為天下恥笑，不知先生現在還有什麼話好說？」

蘇秦一聽，真是且愧且慚！而今自己能說什麼呢？是啊，趙武靈王說的這些都是事實啊，自己能作何解釋呢？

沉默良久，想了很多，蘇秦最後堅定地對趙武靈王道：

「臣請求出使燕國，誓破齊國，一雪國恥，以報答大王與先王！」

周顯王四十四年十月底，蘇秦黯然離開趙都邯鄲。

時當北國初冬嚴寒時節，而他此行的目標，則是比趙國更遠的極北之地燕都薊。因此，出了邯鄲城，越往北走，蘇秦也就越來越覺得寒冷。北國凜冽的寒風，不僅吹得他渾身冰冷，也吹得他的心冰冷冰冷。

倦縮在車內，看著滿眼的冰天雪地，聽著車前馬項下單調、孤零的鈴聲，蘇秦內心此時感到空前的寂寞與悲涼。想想以前每次從邯鄲出發，都是車轔轔，馬蕭蕭，前呼後擁，車輪滾滾，旌旗飄飄，那排場，那聲勢，是何等的令人感奮！而今，同樣是從邯鄲出發，同樣也是以趙王使節的名份出使，眼下只有秦三一個私僕，一輛馬車，孤孤單單地走在北國冰冷冰冷的路上。

撫今追昔，蘇秦不禁拊膺長歎：

「此一時也，彼一時也。世事難料，人生無常！」

行行重行行，沖嚴寒，履冰霜，頂風冒雪，逢山繞道，遇水假舟，周顯王四十五年一月底，蘇秦終於到達了燕都薊。

此時的北國，雖然還沒有一絲一毫的春的消息，但蘇秦進了燕都薊城，卻有一種枯木逢春之感，心中充滿了無限的希望，因為這裡曾是自己發跡的起點。當初自己正是在四處碰壁、走投無路的情況下，在此時來運轉，被燕文公接納，從此實現了人生的轉折。而今，「合縱」之盟已經被公孫衍打破，自己重又淪為往昔遊士的尷尬處境。齊、魏、趙三國之相的身份自然不再，楚、韓二國恐怕現在也不會認他為相的老賬了。眼下，唯一的希望就是希望燕王能夠接納自己，自己還能有個燕國之相的名份。如此，那麼自己還有翻本的本錢，還有臥薪嚐膽、東山再起的機會。

然而，當蘇秦帶著滿心的希望，求見燕易王時，不僅求見無門，而且燕易王竟然不予以館宿招待。好在他現在還有積蓄，沒到當初那樣落魄潦倒之境，不然就要露宿街頭，成了凍餒北國之孤鬼了。

蘇秦越想越覺得蹊蹺，自己這些年來組織「合縱」，應該說對燕國是助益多多的，自己也沒有做過對不起燕國與燕易王的事，而且還在燕易王即位之初，為燕國討回了被齊國奪佔的十城，這是多大的功勞啊！燕易王此次不接見自己，不管待自己，這不正常，一定是有人在背後說了自己什麼壞話。

於是，蘇秦決定先調查一下情況，然後再作決定。好在他掛了這麼多年的燕國相印，朝中還是有人的。很快他便獲悉了情況，原來是幾個月前趙國被齊、魏攻伐，「合縱」之盟不復存在之後，燕易王的近侍向燕易王進了讒言：

「武安君是天下無信之人，左右賣國，反覆無常。大王以萬乘之尊，謙謙而下之，尊之於朝廷，此將內致禍亂，外示天下之人：大王與小人為伍。」

燕易王想想，也覺得有理。蘇秦既然「合縱」山東六國為親，掛六國相印，為「縱約長」，又以趙國為「合縱」的軸心國，怎麼趙肅侯剛剛死，齊、魏就起兵攻伐趙國呢？而且還差點使趙國亡了國，這是怎麼說呢？由此及彼，燕易王又聯想到自己剛剛即位時，就被齊國奪佔了南境十城，而蘇秦在此之前，卻跟自己說已經說服了齊宣王加入了山東六國「合縱」之盟。後來，在自己的責備下，他又非常輕易地為燕國討回了十城。這到底是怎麼回事呢？

這樣，燕易王越想，就越覺得其中有鬼，心裡就開始懷疑，蘇秦是否真的是個左右賣國，反覆無常的無信之人。因此，當蘇秦此次從邯鄲到達燕都薊，急急求見時，他終於決定不見。

蘇秦了解了事實真相後，覺得事情比較嚴重，無論如何，一定要見到燕易王，得當面跟燕易王講明一切事實真相，為自己洗汙辯冤。不然，自己從此就無法在燕國立足了。而不在燕國立足，他現在已經無路可走了。齊國的仇還沒報得，他如何對得起死去的趙肅侯，對得起趙武靈王，對得起無辜死難的趙國將士與無數黎民百姓？

好在有人幫忙，跟燕易王作了疏通，周顯王四十五年二月初五，燕易王終於接見了蘇秦。

蘇秦見了燕易王，開門見山道：

「臣本東周鄙人，一介書生，沒有分寸之功，而先王親拜之於廟，禮之於廷。」

燕易王一聽，撇了撇嘴。在心裡嘀咕道，那是先王老糊塗了，被你的花言巧語欺騙了。

蘇秦見燕易王的表情，就知道他這是心有成見了，得好好說服他，要他知道自己對燕國的功勞是不可磨滅的。於是，就撇開先王燕文公時的老話不說，說起了燕易王當朝的近事：

「先王崩，大王立，齊師伐我，奪燕十城。臣奉大王之命，一車二僕往說齊王，大王不發一卒，不費一矢，不折一弓，齊王就歸還了我燕國十城。」

說到這裡，蘇秦抬頭看了看燕易王，見他一語不發，但是面有慚愧之色，遂又進一步自述其功勞道：

「臣奉先王之命，西說趙、韓、魏，東說齊，南說楚，東西奔波，南北顛沛，不避風霜之苦，不畏山高水險，歷時三年，『合縱』成盟。由此，山東諸侯相親，勝於兄弟。大王為政九年，不費斗糧，未煩一兵，未戰一士，未絕一弦，未折一矢，而燕無纖毫之禍，百業皆興，民樂其業，何故？」

聽到這裡，燕易王情不自禁地點了點頭。因為這是事實，他也不能昧良心而泯了蘇秦之功。

蘇秦見燕易王在事實面前不得不點頭承認，知道已經說動了燕易王的心。於是，徑直上題道：

「今臣失意，自趙歸燕，以情理論之，大王理應撫慰臣心，親之任之。然而，今臣遠道而歸，大王不僅不任臣以官，不舍臣以館，而且不肯聽臣一言，不知何故？莫非大王聽信了小人讒言，懷疑臣為不信之人，對燕國、對大王有所不忠？」

燕易王一聽這話，立即明白：蘇秦已經知道自己不復其官職，不予以館宿招待，不予以接見的原因了。心想，知道原因就好。

於是，便看了看蘇秦，想聽他怎麼解釋。

蘇秦見燕易王看了看自己，心裡早就明白了什麼意思。於是，繼續說道：

「臣不能為大王所信任，這是大王之福，也是燕國之福。」

燕易王一聽這話，覺得奇怪了，他不被寡人信任，怎麼就成了寡人之福、燕國之福呢？這話從何講起？於是，就瞪大了眼睛看著蘇秦。

蘇秦這是運用欲擒故縱的遊說技巧，目的是要調動起燕易王的注意力。一見燕易王的表情，蘇秦知道奏效了，於是馬上接著說道：

「臣聽說前賢說過這樣一句話：『忠信者，所以自為也；進取者，所以為人也。』意思是說，嘴上講『忠』、講『信』的人，實際上是為了自己個人的名利；而一心為國為君謀劃進取的人，才是為國、為君、為人，是真正的『忠信之人。』就拿臣的情況來說，假設臣當初對齊王講『忠』、講『信』，齊王肯歸還我被奪的十城嗎？假設臣當初遊說齊、楚，對齊王、楚君講『忠』、講『信』，齊、楚二國肯與趙國『合縱』為盟嗎？齊、楚不與趙『合縱』為盟，山東六國又怎麼能『合縱』相親、勝於兄弟呢？六國諸侯不相親，天下又怎麼能夠得以安寧呢？燕國又怎能安樂無事這麼多年呢？」

燕易王一聽，心想，這話說得在理，也不能完全拘泥地說「忠」、「信」二字，「忠」、「信」還有一個對什麼人的問題，還有一個效果問題。就蘇秦而言，他周遊諸侯各國，如果拘泥於「忠」、「信」二字，不說一句假話，那麼山東六國的「合縱」之盟何以結成？天下太平何由致之？自己即位以來，燕國的太平盛世何由致之？

想到此，燕易王情不自禁地點點頭。

蘇秦見燕易王點點頭，知道自己的解釋已經改變了他的想法。於是，又追加闡述道：

「臣棄老母於成周，拋妻兒於洛陽，不避寒暑，履冰踐霜，涉水跋山，北走燕，東游齊，西至趙、魏、韓，南達遙遙萬里之大楚，殫精竭慮，唇勞舌敝以說諸侯，難道全是『自為』之舉嗎？」

蘇秦說到此，頓了頓，望了望燕易王，然後自己答道：

「不！絕對不是這樣！合諸侯，安天下，拯黎民於水火，免百姓於涂炭，這是為士者之大志。臣既折節讀書，慨然為士，那麼臣就要為天下而進取！」

蘇秦的這番話，說得理直氣壯，燕易王不得不承認也有道理。但是，燕易王沒有吭聲，沒有表態。

蘇秦知道他的心理狀態，於是繼續說道：

「假設現在這世上有孝如曾參、廉如伯夷、信如尾生的三個人，臣推薦他們來輔佐大王，大王您覺得怎麼樣？」

曾參是孔子的學生，那是天下有名的大孝子，不僅躬行實踐孝道，「吾日三省吾身」，而且還提出「慎終」、「追遠」的主張，要求慎重地辦理父母的喪事，虔誠地追念祖先，堪稱世人行孝盡孝的楷模。伯夷，那也是世人敬仰的古之賢人，是世人中廉而有節氣的榜樣。他本是商朝末年孤竹國君的長子，孤竹君本以次子叔齊為繼君。孤竹君死後，叔齊要讓位於伯夷，伯夷不受。於是，兄弟二人棄國而投周文王。後周武王伐紂，伯夷與叔齊諫周武王不可以臣伐君。後武王滅商，伯夷乃與叔齊逃至首陽山，采薇而食，終不肯食周粟而死。尾生，魯人，名高，傳說他曾與一個女子相約於橋下，女子不來，水至而不去，最終抱梁柱而死。

燕易王一聽蘇秦要推薦孝如曾參、廉如伯夷、信如尾生的三個賢人來臣事於自己，於是毫不猶豫地回答道：

「寡人如果真能得到這樣三個人為臣，那麼寡人之願足矣！」

燕易王話音未落，沒想到蘇秦兜頭就給他潑了一盆冷水，道：

「果真有這樣的三個人，他們也不會來輔佐大王，甘願為大王之臣的！」

燕易王一聽，有些生氣了，心想，你瞧不起寡人？

於是，就質問蘇秦道：

「為什麼？」

蘇秦見問，乃不慌不忙地答道：

「大王，您想想看，如果有一個人孝如曾參，那麼根據孝道，他必須以盡孝父母為第一要義，時刻不離其親，更不可能一夕宿於外。如此這般，大王又怎麼可能指望他步行千里，忍拋雙親，來輔佐一個弱燕之危主呢？」

燕易王一聽，覺得這話倒不假。於是，點點頭。

蘇秦見此，續又說道：

「大王，您不妨再想想看，如果一個人廉如伯夷，既不肯做孤竹國之嗣主，又不肯為周武王之臣，受周王的封賞，甚至不食周粟，而寧願餓死於首陽山中；那麼，大王您還能指望他步行千里，而進取於齊嗎？」

燕易王又點點頭，覺得這話也不假。如果大家都那麼清高，不屑於功名富貴，那麼還會有誰來為國家效力呢？如果蘇秦不看重燕國所封的相位，他肯遠涉千里，殫精竭慮而到齊國，為寡人討回十城？

蘇秦見燕易王再次點頭，於是更有信心了，續加說道：

「大王，您還可以想想看，如果有一個人信如尾生，與女子期於梁下，女子不來，水至不去，抱柱而死；那麼，大王您還能指望他步行千里，揚燕、秦之威於齊廷之上，終而取得大功嗎？」

燕易王見蘇秦拿自己為燕討回十城之功，來為自己「不信」辯護，就有點不高興了，於是故意以勢壓人地說：

「先生之言，雖然於理不悖，但是寡人終究還是不喜歡欺詐之言的！」

蘇秦見燕易王這樣拘泥於所謂的「信」，而不知權變，且講話蠻不講理。雖然心裡覺得很委屈，但又不便於對燕易王發作，因為現在還得有求於他。

略一沉思，蘇秦有招了。遂對燕易王道：

「臣的故里周，自古以來便有一種賤視為媒者的風俗，認為為媒者，都是些兩面說好話而根本無信義的人。到了男家，說：『女美。』到了女家，說：『男富。』等到男婚女嫁之時，雙方這才知道，女不美，男也不富。然而，周的習俗，男女是不能自己擅謀婚嫁的。因此，如果沒有媒妁之言，那麼處女就會老而不得嫁，富男也會老而不得娶。如果有人捨棄媒妁之言，自己炫富炫色，那只能是落得個『困而不售』的結局。因此，在周，男婚女嫁能夠『順而無敗，售而不困』的，只有為媒者可以做到。其實，如今的世事，大抵也是如此的。大王其實也知道，今日之世，為人處事如果不講權變，結果必然不會太好；治國從政，如果不講變通，不能因勢利導，結果自然也是不妙的。因此，臣以為，這世上真正能使人坐受成事之利的，只有欺者能之。」

燕易王一聽，不禁啞然失笑，心想，真會講歪理！竟然說使人受成事之利者，唯有欺而無信。不過，又一想，蘇秦這個比方還真不錯，世上的許多事還真是這個理兒。於是，情不自禁間竟脫口而出道：

「妙！」

蘇秦一聽燕易王說「妙」，知道他終於明白了「信」的真諦。於是，回歸正題，繼續說道：

「如果一個人真的行孝、行廉、行信，那麼，他的目的多半是為了自己的名聲，而不是為了他人，是自護其名，安於現狀，無所作為的表現，不是銳意進取之道。」

燕易王聽至這裡，終於明白了蘇秦的意思，想了想，覺得這也說得有道理。於是，點點頭，表示認可蘇秦的觀點。

蘇秦見燕易王認可了自己的觀點，遂又進一步闡發其理道：

「三王交替興起，五霸迭相橫行，天下人人盡知，這決不是『自守無為』的結果。在如今這個世道，大王還真的相信『自守無為』可以行得通嗎？」

不等燕易王回答，蘇秦又說道：

「大王是謹守『自守無為』信念之君，蘇秦是崇尚『進取有為』信條之臣。臣有老母在周，不思孝敬，反而涉萬水，跋千山，不遠千里而事大王，這不正是臣不能恪守『自守無為』之道，而謀『進取有為』的表現嗎？而這一點，卻正好與大王的理念相左，犯了大王的忌諱。因此，臣見疑於大王，得罪於大王，不為大王所信用，不為大王所歡喜，沒有別的原因，就是因為對大王太過『忠信』了！」

蘇秦的話雖然說得有些繞，但燕易王並不糊塗，一聽就明白其意：蘇秦這是在說他自己不是沒有忠信，而是因為太忠信於燕國才進取有為，說齊王，合諸侯，安天下，以致功高而受人讒言，誣為無忠信之人。認為他自己獲罪的原因，不是無忠信，而是太講忠信了。

燕易王不同意蘇秦的這個話，於是立即予以反駁道：

「這話怎麼講？難道講『忠信』還有罪嗎？」

蘇秦接口就道：

「一點不假，講『忠信』，有時確實是有罪的！如果大王不信，臣這裡倒有一個現成的故事。」

「什麼故事？不妨講來聽聽。」

蘇秦見燕易王有興趣，問得急促，遂立即說道：

「臣在周時，有一個鄰家，因為要謀生計，遂遠至異國他鄉為吏，常常三年五載也不回來一次。時間一長，他的妻子有點耐不住寂寞，遂與鄰人私通。後來，她的丈夫寄書回來，說某年某月就能到家了。接到書信後，鄰人的妻子反而不高興了，因為她正與她的情夫交情方歡，其樂融融呢！而那個與她私通的男子，則就不是什麼不高興的事了，而是感到了深深的憂慮，因為他怕事情敗露後，他會有家破人亡、妻離子散的悲慘結局。鄰人之妻見此，遂寬慰情夫道：『您不必那麼憂慮！妾早已準備好了藥酒，正等著那個死鬼回來送死呢。』過了兩天，鄰人真的回來了。於是，鄰人之妻就拿了一盞酒，讓鄰人之妾送給丈夫喝。鄰人之妾知道這是藥酒，如果讓丈夫喝下去，那麼丈夫就要死在自己手上。於是，鄰人之妾就想將真相說出來，不讓丈夫喝下這盞有毒的酒。可是，轉而一想，如果自己跟丈夫說明這酒有毒，那麼丈夫肯定要嚴懲其妻，並追究其中的原因；但是，如果不說出真相，那麼丈夫就會喝下藥酒而中毒身亡。左右為難之際，鄰人之妾靈機一動，立即佯裝摔倒，並把那盞藥酒撒了一地。她的丈夫不明就裡，不知她的苦心，於是便命人將她鞭笞了五十餘下，直打得她皮開肉綻。雖然鄰人之妾一摔而覆酒，身受鞭笞之苦，但是卻因此而救了丈夫及主母的性命，同時也保全了主母的名聲。儘管鄰人之妾的這一行為是個『忠信』之舉，可是卻免不了要被丈夫毒打。由這個故事看來，我們能說『忠信』無罪嗎？而今，臣的情況不幸與我的這位鄰人之妾相類！」

燕易王一聽，終於徹底明白了蘇秦的委屈，於是，深致歉意地道：

「寡人糊塗，先生還是官復原職吧。」

由此，蘇秦又官復原職，繼續為燕相。

而燕易王經過此次君臣交心，從此對蘇秦更加信任，遇之益厚，朝政一任蘇秦理之。

蘇秦再任燕相後，內總朝政，外交諸侯。累日盈月，雖賓客輻輳，求訴百端，內外諮稟，盈階滿室，但事無巨細，皆決斷如流，無有擁滯。不出三月，燕國大治。因為燕國太小，處理燕國之朝政，對於蘇秦來說，那是殺雞用了宰牛刀。

# 第十五章　在燕國的日子裡

## 1　今宵多珍重

卻說燕太后，乃燕文公夫人、燕易王之母。雖長年深居後宮，卻早已聞說了丞相蘇秦大名，聽說過他周遊六國之主，合諸侯，安天下，自任縱約長，身兼六國之相的種種傳奇故事。

而今，又聽人說到蘇秦回到燕國專任燕相後的種種風流：說他處理外交大事，舉重若輕，往往在數客昵賓、言談賞笑間，就將其處理得乾淨俐落；至於處理內政事務，則是目覽詞訟，手答箋書，耳行聽受，口並酬應，百事參涉，纖毫不亂。由此，燕國多年的積案累訟，頃刻間化解盡淨，民心大順，百業興，萬事舉。

燕太后本是一個安靜的女人，燕文公死了十多年，兒子燕易王執政十多年，燕國一直天下太平，所以她這麼多年以來，從來都是不問朝政的。

可是，自從去年山東六國「合縱」破局，蘇秦回到燕國為相後，她卻不知為什麼，漸漸關心起燕國的朝政來了。而當大家紛紛傳說的蘇秦處理朝政的風流軼事，傳到她的耳朵之後，她不禁起了好奇之心，心中陡生了一個念頭，她倒想看看這個書生何以有如此的能耐。

於是，周顯王四十五年四月十八，一個北國初夏宜人的日子，燕太后傳召國相蘇秦後宮來見。

蘇秦聞說燕太后召見，是既驚，又喜，又怕。

驚的是，太后怎麼會想到召見自己，她可是燕文公他老人家的夫人啊！她老人家深處內宮，還知道有俺這個蘇秦，真是難得啊！

喜的是，燕文公雖然故去，但太后猶在。當初燕文公對自己的知遇之恩，自己一直未曾報答，自己內心的感激之情，也未及在燕文公他老人家生前表達一二。因此，多少年來一直在內心深處深抱愧歉之情。如今能夠親見太后天顏，太后是文公的遺孀，大可以在太后面前一紓這積鬱於內心深處的感激之情，以減輕內心的巨大壓力。

怕的是，是不是最近一年來，燕易王將朝政一委於自己，自己治朝理政有什麼不妥；或是她聽到燕國其他大臣有什麼抱怨之聲，怪燕易王太寵信自己，自己獨斷專行，這才由太后出來干預朝政？帶著複雜的心情，蘇秦在宮人的導引下，來到了後宮便殿之中。燕太后早已等候在此多時了。

蘇秦一見燕太后，連忙倒身跪下拜禮。

太后也略略欠身，斂衽而還半禮。然後，賜蘇秦坐席，與蘇秦略敘寒溫。

寒暄之中，太后偷眼一看蘇秦，只見他身長八尺，鬢髮如點漆，鼻直口方，臉龐棱角分明。微微上翹的雙眉之間，有一顆不大不小的黑痣，恰似二龍戲珠，給人一種硬朗之中不失溫柔之感。再看他的二目，雖然不甚大，但卻炯炯有神，顧盼之間，不經意間就流露出一種智慧的光芒。再看他剛才行走之態與現在跪坐之姿，都顯得穩重大方，舉手投足之間，雖然仍有士之溫文爾雅之風，但不失偉丈夫氣宇軒昂的風度。

燕太后看著看著，不禁在心裡暗想，看來這蘇秦不僅智謀過人，堪稱士中之龍，而且看他這身段與長相，還是一個美男兒呢！於是，就在心底暗暗有了一個好感。

蘇秦是何等機靈之人，就在燕太后偷眼看他之時，他也將燕太后的天顏給瞻仰了個夠。只見她生得面紅如二月桃花，肌嫩似帶雨梨花；雙眉如一彎新月，又恰似初舒楊柳；目若星朗，眼底秋波盈盈；朱唇輕啟，恰若半吐櫻桃；言談輕柔，舉止閒雅。窈窕丰姿，恍如仙女下凡；蘭室靜坐，疑是仙姬臨世。

蘇秦看著，不禁在心中暗暗驚訝，沒想到太后年近半百，尚有如此的風姿，自己今天得見如此天顏，也不虛枉了一生。遂心生暗戀之情，大有相見恨晚之感。

寒暄已畢，太后乃開言道：

「老身久聞大名，然未得一睹豐顏。今日一見，始知蘇卿果是人中之鳳，士中之龍。」

蘇秦一聽太后如此誇獎，忙接口答道：

「太后過譽了！臣不過是個東周鄙人，一介書生而已。只是因為久聞先王的賢明，敬慕先王的高義，於是釋鉏耨而干謁先王。雖然潦倒至燕，沒有分寸之功，可是，承蒙先王不棄，器重有加，親拜之於廟，而禮之於廷。不僅任臣以燕相，還委臣以使命，資助車馬金帛，以遊說山東六國，組織『合縱』之盟，由此才成就了臣的微功。然而，不幸的是，就在臣組織『合縱』之盟未成之際，先王卻中道崩殂，離臣而去。為此，臣痛不欲生，深恨不能報先王大恩之萬一，悵恨不已，至今難以釋懷。而今，易王又一委燕國朝政於臣，這是臣何等之幸！臣雖萬死，縱然有萬身，恐怕今生也難以報答燕國兩代之君的大恩深情了。」

燕太后見蘇秦如此感戴燕文公與燕易王的知遇之恩，知道蘇秦原來是這樣一個有情有義之人。

於是，心中又對蘇秦多了一份好感，因為女人最容易為「情」、「義」二字所打動。

看到蘇秦那種誠惶誠恐的樣子，又見他說到合山東六國為「縱」親之事，燕太后遂來了精神，她早就想詳細了解一下，蘇秦怎麼憑一張嘴，就把山東六國之王都說服了；原來常常互相殘殺的六國，怎麼就被他捏合到了一起，天下也因此而安定了那麼多年？

想到此，燕太后就對蘇秦說道：

「蘇卿合山東六國而為『縱』親，息干戈，安天下，其功大矣！不知蘇卿能否細細說來，老身願聞其詳。」

蘇秦聽到燕太后想聽自己當初是如何捏合山東六國而為「合縱」之盟的往事，不禁非常感慨，但也非常興奮，畢竟那是自己一生中最為輝煌的一段。

於是，蘇秦就遵燕太后之請，將其遊說六國之王的經過，原原本本地盡情述之。

蘇秦講得聲情並茂、繪聲繪色，燕太后聽得如癡如迷，心中對蘇秦是又敬又愛，百味雜陳。

不知不覺間，已由日中而至日夕。太后見此，立即傳令道：

「舉燭掌燈，賜酒賞宴。」

不大一會，一桌豐盛的酒宴便擺在了蘇秦的眼前。

蘇秦一見，不禁大為感動，面對太后，正不知如何感謝才好時，又聽太后傳令道：

「傳紅葉，撫琴助興。」

太后話音未落，早已上來了一個嬝嬝婷婷、飄逸如仙女的女子。斂衽坐定後，那女子便伸出尖尖如蔥白一般的十根細指，輕撫琴弦，微啟朱唇，弦聲配合著歌聲，輕輕地彈唱開了。頃刻間，輕歌縵曲便回蕩在太后的後宮之中：

呦呦鹿鳴，食野之蘋。我有嘉賓，鼓瑟吹笙。吹笙鼓簧，承筐是將。人之好我，示我周行。

呦呦鹿鳴，食野之蒿。我有嘉賓，德音孔昭。視民不恌，君子是則是效。我有旨酒，嘉賓式燕以敖。

呦呦鹿鳴，食野之芩。我有嘉賓，鼓瑟鼓琴。鼓瑟鼓琴，和樂且湛。我有旨酒，以燕樂嘉賓之心。

蘇秦一聽，知道太后是視自己為嘉賓，心情更是說不出的激動。伴著美妙的音樂，感受著從未體驗過的恩寵，蘇秦在太后的頻頻勸杯下，喝了一杯又一杯，直喝得神魂顛倒，興致如雲。

就在此時，只見太后對撫琴之女揮了一下手，少女便下去了。接著，太后斂衽走過琴邊，坐定後，也撫琴唱了一曲：

關關雎鳩，在河之洲。窈窕淑女，君子好逑。

參差荇菜，左右流之。窈窕淑女，寤寐求之。

求之不得，寤寐思服。優哉遊哉，輾轉反側。

參差荇菜，左右采之。窈窕淑女，琴瑟友之。

參差荇菜，左右芼之。窈窕淑女，鐘鼓樂之。

蘇秦一聽，不禁大吃二驚。一驚是，沒想到太后還有如此的歌喉，又有如此嫻熟的琴藝，真是世間難覓的色藝俱佳的絕妙美人。二驚是，這首小調是民間男求女的情歌，現在卻被太后對自己深情唱出，這其間的意味，也就不言自明瞭。

想到此，蘇秦不禁想入非非。於是，便於燭光燈影之下，借著酒勁，大著膽子，直勾勾地仔細端詳起太后。

只見燈下酒後的太后別有一番風韻：面似芙蓉，雙頰桃紅，兩汪秋波盈盈，風姿飄逸，媚態迎人，完全不是白天那個端嚴莊重的燕太后，而是一個活脫脫的溫柔女子。

看著，看著，蘇秦愈發覺得自己與太后的心理距離近了，漸漸覺得眼前的太后莊重沒了，威嚴沒了，做作也沒了，完全就是一個溫柔可人的女人。

而此時的太后，也借著酒力，大起膽來，不時地抬起頭來，側目而視蘇秦。

蘇秦見此，更是現出了男人的本性，不覺兩眼放光地對太后直視而去，直看得太后羞澀地低下頭去。

然而，就是燕太后這一低頭的瞬間，蘇秦更感覺到了她的嫵媚，也看透了她的心理。此時他心裡完全明白了，太后也是女人，她也是有感情的啊！想到此，蘇秦的心裡不免一陣騷動。

燕太后低了一回頭，忍不住又抬起頭來，側目而窺蘇秦，卻正好與蘇秦深情的目光相遇。於是，一股從未有過的少女般的衝動油然而生。四目相對之中，二人早已情動於衷。

為了抑制情感不讓決堤而出，二人遂又低下頭來，各自埋頭獨自飲酒。豈知越是喝酒，就越壯人膽，越助情長。

沉默了好久好久，二人不覺間，早已各自虛前了半席。

又過了好久，突然太后身子一歪，就倒在了坐席之上。

蘇秦一見，以為是太后醉酒所致，情急中遂趕忙趨前相攙。然而，就在蘇秦伸手相攙的一瞬間，太后早已就勢倒在了蘇秦的懷抱之中。

蘇秦此時心裡算是徹底明白了，他看了看殿中，侍女早就不見蹤影。遂趁著酒興，將太后抱入寢宮，闔戶掩賬，寬衣解帶。

一陣激動過後，蘇秦再看玉綃賬中的太后，但見她嬌喘噓噓，面沁微微細汗，酥胸半露，俏眼橫斜，粉臂平拖。玉骨冰肌，揮雲揭雪；花容月貌，傾國傾城。覺得即便是驪姬、息媯之容貌，妲己、夏姬之妖冶，亦不過如此。

看著燕太后的嬌態，蘇秦不禁感慨萬千，這樣一個如花似玉的美人，卻空自獨守了十多年的孤怨深閨，她雖貴為太后，但她也是女人啊！人說三十如狼，四十如虎，燕太后三十多歲時，燕文公就離開了她，這對經過風情的女人來說，該是一種多麼痛苦的情感折磨啊！

想到此，蘇秦不禁情動於衷，頓然動了憐香惜玉之情。於是，他再次把燕太后緊緊地摟在懷中，百般溫存，從今而後，他要使這個孤怨的美人不再孤怨，他要給她身心的快樂。

想著，看著，撫弄著太后，蘇秦禁不住又情不可遏，遂又是一番激動。

良久，環在蘇秦懷中的太后，突然淚光瑩瑩。

蘇秦一驚，以為太后後悔了今宵之事。於是，心中大為惶恐。惶恐中，蘇秦首先想到的，不是燕易王可能知曉後的嚴重後果，而是想到了燕文公。如今自己躺的地方，可是燕文公當初與太后鴛鴦雙棲之所，燕文公可是自己的知遇恩人，怎麼可以大逆不道而與他的夫人同床共枕，這不是玷污了他老人家的聲名，壞了太后的名節嗎？如此，何以對得起燕文公他老人家的在天之靈，對得起自己這顆士之良心？

想到此，蘇秦且愧且悔。遂立即放開太后，意欲抽身離去。豈知太后卻環住了蘇秦的脖項，無限深情地看著蘇秦，溫柔地說道：

「蒙君不棄賤妾之情，下妾不知何以報君？」

蘇秦一聽太后說這話，於是一顆懸著的心終於放回了肚中，愧悔之情也頓消了許多。因為太后的這話，意思表達得非常明白。

也正因為有了太后的這句話，從此蘇秦終於解開了愧對燕文公的心結，減輕了與太后不倫之情的罪惡感。

於是，在燕太后的不斷周密安排下，蘇秦隔三差五就能與燕太后相會於後宮。從此，放開心猿意馬之懷，盡情播動雲情雨意，男歡女愛，其樂融融。

## 2 誰知君王心

俗話說：「世上沒有不透風的牆。」

燕太后的後宮雖然深院高牆，但天長日久，太后與蘇秦的事還是透出了風聲，最後連燕易王也知曉了。

一天，朝罷回到後宮，燕易王久久呆立不語，就像一個木頭人似的，面無表情，眼神呆滯。

良久，又在宮內走來走去，顯得極為煩躁不安的樣子。

燕后一看燕易王今天神情如此反常，覺得他肯定有什麼心思，遇到了什麼難題。因為平時朝罷回到後宮，他都是非常高興的，總是跟自己先親熱一番，然後夫婦把盞閒話，看著一雙小兒女快樂地嬉游於眼前，甚是其樂融融。

燕易王對自己好，這倒不是因為自己是秦惠王的女兒，燕王敬畏秦王而裝出來的感情，而是因為她自遠嫁燕國以來，與燕易王的感情確實處得比較自然、融洽，是一種發乎情的男歡女愛。夫婦二人總是能夠找到共同的話題，並說到一起，所以雖是王者之姻，卻能如平常夫婦一樣，感情維持不懈，大有如膠似漆，夫妻情深之感。

而自從蘇秦自趙歸燕，燕易王將朝政一委於蘇秦後，燕國大治，國泰民安，燕易王更是輕鬆了不少，閒暇的時間也多了，心情也比從前好多了。夫婦感情因為交流日多，益發有如新婚般的甜蜜。

看著不言不說，時而發呆，時而狂躁不安的燕易王，燕后遂輕輕地走上前去，先深施一禮，然後輕聲細語地道：

「大王，今日的朝政處理得怎麼樣？」

燕易王一擺手，一甩袖，繼續在宮內狂躁不安地走動起來。

燕后見此，就在原地立定，靜靜地看著燕易王不停地走來走去。

良久，燕易王突然停下來，看著燕后，歎了一口氣。然後，又開始不停地走來走去。

走了一會，大概也走累了，燕易王終於坐了下來。

燕后見此，忙躡手躡腳地走過去，跪坐在燕易王之旁。

過了好久，只見燕易王突然以拳擊案，憤恨地道：

「寡人一定要殺了這個負心漢！」

燕后忙接住話頭，問：

「大王要殺誰？」

燕易王沒好氣地說：

「除了那個東周無信之人蘇秦，還能有誰？」

燕后故作驚訝地問：

「大王為什麼無緣無故要殺蘇相呢？」

其實，燕后是知道原因的，太后與蘇秦有情的事情，她在後宮早就聞知。只是因為太后是燕易王之母，是自己的婆婆，她不便於說任何話，只好裝聾作啞，全當不知道有這回事。

還有一層，她自己也是女人，她能理解太后的苦情。先王文公過世，太后才三十八歲。易王執政十年，賴蘇秦「合縱」成功，天下太平，燕國太平，民眾安居樂業，男歡女愛，唯獨她這個燕國太后，卻獨守空閨，年復一年，過著死水無瀾的生活，她是人，她是正值壯年的女人，她能毫無深閨之怨，能耐得住閨房寂寞嗎？她嘆羨蘇秦以一介書生，而胸懷合諸侯、安天下大志的男兒豪情，她佩服蘇秦一舌敵萬師，不費燕國一兵一卒、一弓一矢而向強齊索回十城，合齊、楚、趙、魏、韓、燕六國而為「合縱」之盟，掛六國相印，號令諸侯，獨力維持了天下那麼多年的太平安定，這是何等的能耐啊！雖然自己並不贊成太后與蘇秦的這種君臣不倫的感情，但從女人的角度，她予以深切理解。覺得如果此事能夠不露出風聲，讓太后晚年也能過得安樂，也未嘗不是好事。所以，她選擇了沉默。可是，不幸的是，這事今天卻被燕易王知道了，這如何是好？

燕后想到此，心裡也非常焦急，感情上非常矛盾。好久，她看著怒氣不消的燕易王，突然心生一計。於是，不聲不響地站起，轉身進了內室，換了一套禮服而立於後庭。

燕易王一見燕后不聲不響地轉身離去，又突然見她稀奇古怪地穿上了只有行大典時才穿的禮服立於後庭，忙招呼她過來，怪而問之道：

「寡人困辱如此，王后為什麼還要穿著行大典的禮服，故意立於寡人之前呢？」

燕后深施一禮，從容不迫地說道：

「臣妾這是為了慶賀大王啊！」

「慶賀什麼？」燕易王更加不解了。

「臣妾是慶賀大王得了一位死士！大王得死士，何憂燕國不治，何憂燕國不安？從此，燕國可以國泰民安，難道這還不值得臣妾向大王致賀嗎？」

燕易王更不明白了。

燕后見燕易王一臉的茫然，於是莞爾一笑，輕啟朱唇，細聲細語地跟燕易王說起了自己先祖秦繆公的故事來：

「想當初，在秦國的歧山一帶，生活著一幫遊移不定的山野之人。一次，這些山野之人餓極窮困，就將臣妾先祖繆公專用馬車的右驂給盜走了。先祖很愛這右驂之馬，沒了牠，馬車左驂之馬就配合不好，馬車駕禦起來就有問題。於是，先祖繆公就親自出去尋覓。找了很長時間，突然在岐山之陽發現一幫山野之人正在大啖馬肉。先祖此時已經明白，這些人所吃的正是自己的右驂之馬。」

「那麼，你先祖繆公怎麼樣？」燕易王急切地問道。

燕后見燕易王相問，知道他的神情已經緩下來了。於是，更加溫柔地說道：

「先祖見了，不僅不生氣，反而笑著對那幫野人道：『食駿馬之肉，不飲酒，寡人恐怕會傷了諸位之身。』於是，解下鞍上之酒，遍賜野人。野人並不推讓，於是便就著先祖所賜的酒，將全部的馬肉吃了個精光，然後，抹了抹嘴，一哄而散。」

「後來呢？」燕易王又急切地問道。

「後來，秦國與晉國發生了戰爭，兩國之兵戰於韓原，打得難解難分。最後，秦國之師有所不敵，先祖的車駕也被晉國之師團團圍住了，晉國大將梁靡還扣住了先祖的左驂，眼看馬上就要生擒先祖於車中了。就在這千鈞一髮之時，當年啖食先祖駿馬於岐山之陽的那幫野人突然出現，約有三百多人，一擁而上，畢力合心，為先祖疾鬥於車下，最終不僅助秦師大敗了晉師，而且還將晉惠公也生擒而歸。」

燕易王聽完秦繆公的這個故事，將信將疑，於是便對燕后問了一句：

「果有此事？」

燕后明白，燕易王這是不相信還有這等事情，以為自己是在編造典故來誑他。遂忙回應道：

「臣妾豈敢欺大王？」

於是，燕易王點點頭。

燕后見此，知道燕易王已經明白了她所說故事的意思。但轉而一想，可能因為這個典故只有秦國人知道，在諸侯各國中流傳還不廣泛，所以燕易王才有點不相信地問自己「果有此事？」看來，得找一個眾所周知的典故來說說他，不然他恐怕思想上還轉不過彎子來。

於是，眉頭一皺，燕后想到了一個更好，更有說服力的典故——楚莊王「絕纓盡歡」的故事。因為楚莊王是春秋「五霸」之一，他的知名度比自己的先祖秦繆公大多了，想必楚莊王的這個故事燕易王是肯定聽說過的。

於是，燕后又細聲細語地道：

「秦國是個偏僻荒遠的小國，因此先祖的事，大王可能並不是太熟悉。這裡，臣妾倒是想起了另一件有名的往事，說的是三百多年前的『五霸』之一楚莊王的事。據說，當年有一次，楚莊王賜群臣酒宴，君臣相得，喝得盡興，從日中喝到日暮，結果喝得楚莊王大為高興，喝得群臣酣暢淋漓。然而，就在此時，楚王大殿之上突然刮進一陣陰風，殿上華燭為之全滅。於是，大殿之上一片漆黑。」

「怎麼樣？」燕易王突然插進來問到。

「這時，楚王群臣中有一位輕薄者，大概是酒多膽壯的緣故，遂趁著黑燈瞎火的混亂之機，順手牽了一下楚王美人的衣裙。」

「那楚王美人會怎麼樣？」燕易王好像對這個問題很感興趣，所以又突然岔斷了燕后的話，問了這樣一句。

「楚王美人大怒，立即扢斷牽衣者的冠纓，並訴之於楚王道：『今燭滅，有輕薄者，牽妾衣裙，妾已扢斷了他的冠纓，請求大王命人舉火來照，就知究竟是何人所為了。』楚王左右剛想舉火，楚王立即制止道：『別忙！這是寡人之過，與牽衣者不相干。如今寡人賜人酒醉，又要彰顯自己婦人之節，這不是寡人賜宴的本意！』於是傳令道：『今日諸位與寡人飲酒，如果有人不扢斷自己的冠纓，那麼就是表示他今天沒有喝好，沒有盡歡。』於是，群臣皆奉楚王之命，自己扢斷了自己的冠纓。楚王美人見此，只得怏怏而罷，不能也不敢再追究誰是牽她衣裙的人了。接著，楚王又命人掌燭舉火，再與群臣暢飲，直到盡興而罷。」

「那麼，這事就這麼算了？楚王真是好雅量。」燕易王不禁又插了一句道。

燕后點點頭，繼續說道：

「後來，吳國興兵伐楚，楚師屢戰不利，楚王很是著急。就在此時，楚師之中，突然有一人飛身而出，衝向楚軍之陣，一連戰了五個會合，最終不僅使楚師轉敗為勝，而且還斬得了吳帥之首，獻到了楚王的面前。楚王覺得奇怪，就問道：『寡人從未對將軍有什麼特別的恩寵，將軍為什麼這樣不顧性命，替寡人陷陣卻敵呢？』那人見問，連忙翻身倒地，跪謝其罪道：『臣非他人，就是當初那個在大殿之上酒醉而牽大王美人衣裙的罪人，當時就該肝腦塗地的！幸得大王曠古仁德，饒臣不死，臣這才僥倖活到了今日。久負大王不殺之恩，未有報效，今有幸為大王效力於疆埸，陷陣破敵，臣才稍稍心有所安，負罪之感方略有減輕。』」

燕后講完這個故事，看到燕易王的表情比先前自然多了，眉宇間的憤怒與煩憂之色也為之消失了，遂進一步點明其意道：

「今蘇秦負愧於大王，大王若待他恩寵不減從前，或者恩遇益厚，那麼蘇秦必然會像岐山的野人，感念先祖繆公賜酒啖馬之恩而效死於車下那樣，替大王出生入死；必然會像楚王的牽衣之臣，感念楚王不計小過之仁而效死敵陣那樣，為燕國肝腦塗地，以盡其忠。如此，燕國何憂，大王何憂？」

燕易王聽了燕后這番話，不禁凝視燕后良久，他沒想到王后竟有如此的見識，真不愧為秦惠王的掌上明珠！心想，慚愧！慚愧！如果不是王后一語點醒，自己說不定就要殺了蘇秦了。如果這樣，那就既壞了母后的名聲，也斷送了燕國的前途啊！

## 3　何日君再來

自從被燕后點撥之後，燕易王對蘇秦恩遇益厚，不僅朝政益發放手委之於蘇秦，而且在所有政事政見上，都對蘇秦言聽計從，態度之恭敬猶若事侍父輩。

而蘇秦對燕易王如此恭謹有加，心裡既感激莫名，又慚愧難當，同時又有一種惶恐不安之感。令他感激莫名的是，燕文公他老人家首先支持了自己，使自己這個東周不名一文的落魄遊士從此有了身份，並以此為起點，得以南游趙國，獲得趙肅侯的賞識與重任，最終完成了山東六國「合縱」相親的大計，從而一度實現了自己合諸侯、安天下的理想。同時，自己也由此得任縱約長，並身兼六國之相，爵拜武安君，實現了自己作為一個士的人生最高理想。雖然燕文公他老人家最終沒有看到自己最終「合縱」成功的結果，沒有親見「合縱」成功後，四海清平，天下安定，諸侯相親，賢於兄弟的景象，但這一切，歸根結柢，其實都是源於燕文公他老人家的首起支持。正是這首起支持，才是自己最終得以成功的根和源啊！前年，就在公孫衍合齊、魏之兵而伐破趙國，「合縱」之盟已破，自己在趙國的地位不保的艱難時刻，又是燕國接納了自己，六國之中獨有燕易王繼續任自己為相，且一委朝政於自己，對自己言聽計從，恩遇有加。燕文公、燕易王父子對自己這比山高、比海深的恩情，又豈是任何言語所能表達的呢？

令他慚愧難當的是，燕文公、燕易王父子對自己如此恩重如山，自己卻因把持不住自己，千不該萬不該地接受了燕太后的那份感情。雖然自己與燕太后的這段感情，正如俗話所說：「世上只有藤纏樹，林中沒有樹纏藤」，是太后纏上了自己，不是源於自己的主動勾引，但終究是因為自己沒有正心自省，沒有作出努力予以有效地抑制。不然，就不會有這段不應該發生的感情。燕太后，那是燕文公他老人家的夫人，是燕易王的母后啊！如果燕文公他老人家九泉之下有知，他會作何感想呢？如果燕易王知道自己與他的母后有這段不正常的感情，那他又會有怎樣的羞辱之感呢？自己現在與太后這段不清不白而又割捨不掉的感情，這種違背君臣之倫而又欲罷不能的苟合行為，難道符合燕文公他老人家當初支持自己的初衷嗎？對得起敬事自己如父輩的燕易王嗎？

令他惶恐不安的是，世上沒有不透風的牆，再祕密的事情也不會一輩子都不洩露的。一旦自己與太后的這段感情暴露，不但要使燕文公他老人家九泉之下也要蒙辱，令燕易王在諸侯面前無法做人，讓燕國遺羞於後世，而且自己的名位乃至生命都是難保的啊！

想到此，蘇秦不禁不寒而慄，越想越覺得不對頭，覺得燕易王這段時間對自己的態度有些過份敬慎，對自己的恩寵有些離譜，這是不是因為燕易王已經知道了內情了呢？如果是這樣，那麼燕易王這樣對自己格外的恩寵，就有些異常了，會不會大禍馬上就要來臨了呢？

想來想去，蘇秦覺得，無論是從感恩的角度想，還是從負疚贖罪的角度想，或者從自私的自保角度想，自己都應該在這個時候，果斷地從與燕太后的這段感情中抽身出來，離開燕國。如果這樣，或許一切都沒問題了。

經過一段時間的激烈的內心矛盾與情感折磨，周顯王四十六年（西元前三二三年）三月初一，蘇秦終於打定了主意，決意離開燕國之都薊，忍情揮別燕太后。

三月初二，一大早蘇秦就急急入朝，祕密拜見燕易王，說道：

「燕國之南有趙、齊，都是天下強國，更是我們弱小之燕的心腹大患。而今，趙國為齊、魏所破，趙國短時間內不會恢復元氣，成為燕國之患。但是，齊國對燕國的威脅，臣以為，無論是當今還是今後，都是始終存在的，也是難以解除的。」

燕易王聽到蘇秦說了這番沒頭沒腦的話，不知何意。於是，就問：

「蘇相到底想說什麼？」

蘇秦見問，遂又說道：

「大王待臣，可謂恩重如山。可是，臣到現在還沒有好好報答燕國、報答大王。臣考慮再三，覺得臣如果一直居燕為相，雖然可以替大王幫點小忙，但卻不能使燕國在天下諸侯中的地位有所提高，也不能有效地保證燕國的長治久安。如果大王讓臣前往齊國，借重齊國的力量，那麼必能使燕國名重於諸侯。不過，為了燕國的長久之計，不如這樣：臣就假裝得罪了大王，祕密亡奔到齊國，暗中為燕國行『用間』之計，從而設計謀弱強齊的力量。如果強齊的力量能被削弱，那麼燕國的力量也就自然變強了。這樣，燕國才能真正解除來自強齊的心腹大患，才有可能謀得長治久安。」

燕易王一聽，馬上明白，蘇秦是想到齊國臥底做間諜，以「用間」之計來謀弱齊國，從而削弱燕國強鄰，保證燕國久安。但是，燕易王覺得，這一招太危險，如果被齊國識破，燕國恐怕會招來更大的災難。

於是，他想否定蘇秦的這一想法。但是，轉而一想，蘇秦與母后的事情，如果再這樣下去，遲早要遺羞於天下的。倒不如同意蘇秦的想法，讓他一走了之，母后的事情自然而然就沒了。再者，既然蘇秦說是以得罪自己的方式離開燕國，那麼，他在齊國所為，齊王即使發覺，也與燕國無關。如果蘇秦真的能夠有辦法謀弱齊國，那麼確實能夠使燕國得以長治久安。因為燕國最大的威脅，主要來自南邊的趙國與齊國，而今趙國已經被齊、魏聯軍伐破，趙武靈王新立，短期內趙國不可能復興，對燕國也難以構成威脅。現在唯一成為燕國大患的，就是齊國。上次齊王竟敢冒天下之大不韙，悍然於燕國國喪期間，奪佔燕之南境十城，難免以後他就不幹此等之事。不如讓蘇秦到齊國行「用間」之計，即使不能謀弱齊國，至少也能保證齊國不對燕國用兵。蘇秦此策，對燕國應該是利多弊少。

想到此，燕易王平靜地對蘇秦道：

「先生慮遠謀深，那先生就自己看著辦吧。」

蘇秦一聽燕易王同意，於是就與燕易王密約了一番，商定了如此如此。然後立即辭別燕易王出來，決定馬上回家收拾，明天就上路往齊國之都臨淄。

但是，走到一半，蘇秦突然想到，從此就要與燕太后永遠地分別了，因此無論是從冠冕堂皇的官場規矩來說，還是從自己與太后的這段感情來說，都是應該與太后道個別的。

想到此，他立即命駕回車，鱉進後宮，前去拜見太后。

這一次，他倒是可以坦然、自然，因為他是來與太后道別的，別人知道，那也是無可厚非的。

到了太后的後宮，宮人傳報進去：

「蘇相來向太后拜別。」

此時，正是北國仲春時節，太后正在後花園賞花呢。太后一聽蘇相來見，非常意外，但也非常高興，因為她正對花凝神，想著蘇秦呢。不想，想情郎，情郎到，真是天從人願。於是，忙不迭地對宮女道：

「快傳蘇相後園來見。」

蘇秦奉命隨宮女來至後花園中，只見好大一座王家花園，有喬松，有秀柏，更有各種各樣的奇花異木，還有一些大石奇岩，又有一座小木橋橫於一條小水渠之上，顯得玲瓏可愛。渠中細流潺潺，一直流向花木深處的一方池沼之中。

好一會，蘇秦才在宮女的導引下，曲曲彎彎，走入了花園深處。約有五十步之遙，蘇秦就看到了太后。此時，她正站在一株桃樹之下，身穿一襲紅裙，臉映粉色桃花，真是有一種人映花、花映人，花人融合，交相輝映，彼此增輝的感覺。

蘇秦一見，頓然不能自已，他也不知道是因為春氣動，人心動，還是見了太后楚楚動人的風韻而起了憐香惜玉之情，反正是心頭癢癢，有說不出的一種情感騷動。

太后此時也遠遠就看見了蘇秦，立即一種抑制不住、掩飾不了的喜悅之情，就被其滿面的微笑洩露無餘。

蘇秦看到太后的微笑，覺得比盛開的桃花還要燦爛十倍，心頭的騷動愈加強烈。好在他是個比較理智的人，今天他是要與太后道別，目的就是要忍情與太后斬斷情絲。所以，他在內心不斷提醒自己，今天無論如何要冷靜，冷靜，再冷靜，不然如何割捨得了與太后的這段感情？

於是，走近太后後，蘇秦努力保持君臣相待的恭謹之態。但是太后並不知道此時蘇秦的心理，她也沒有發覺蘇秦今天的表情有什麼變化。

於是，她對宮女附耳密語了一番，就打發了她們。然後，對蘇秦道：

「一年難得者，乃春天；人生難得者，乃知己。今日春光明媚，百花盛開，難得蘇卿今日一遊王宮後園，老身今日不妨替蘇卿作個前導，怎麼樣？」

不等蘇秦答話，太后就牽著蘇秦的手，在花叢樹下穿行起來，猶如穿花之蝶，款款而飛。太后一邊牽引蘇秦繞叢花，步小徑，一邊指引解說各種名花異草之名。蘇秦以前哪裡見過王家花園，哪裡知道世上還有這麼多的花木可以賞心悅目。走著走著，看著看著，便不知不覺忘記了今日所來為何，竟然忘情地與太后一樣沉醉於百花園中，忘情於和太后牽手遊園的喜悅之中。

畢竟這般如同少男少女偷情的事情，對於蘇秦與太后來說，都是從未有過的體驗，因而二人也就特別的激動。走至一個花木繁茂之所，突然有一小亭隱然其中，太后輕車熟路，遂牽蘇秦步過一座小橋，走入亭中。

因為是王家花園，不要說是閒雜人等，就是宮女們也不得隨意入園。因而，此時四周寂無人跡，只有午後和煦的春日，透過密密匝匝的新綠之葉，懶洋洋地灑在小亭的一張春凳上。

蘇秦緊張地四周張了張，望了望。

太后則坦然自若，道：

「這是王宮後園。」

蘇秦一聽，明白是什麼意思，太后這是讓他放心，不會有人來的。

在太后的暗示下，蘇秦的膽子遂大了起來。於是，就自然地偕太后坐於春凳之上。然而，剛剛坐下，太后便倒身於蘇秦懷中。蘇秦本已早動了春情，如今太后已經主動投懷送抱，他是男人，怎麼禁得住不春心大動。於是，便抱緊了太后。摩挲、撫弄了一會，終於情不可遏，就在春凳上行成了好事。

良久，二人方才醒悟，此乃後園春亭。遂急急整衣，步出小亭。仍舊由太后牽著蘇秦之手，穿行於花叢樹下。

二人一路行看無限春光，一路互相偷眼相窺。只見激情過後的太后，面似芙蓉，腮泛桃紅；眉如初舒之柳，妝成如畫春山；俏眼秋波，脈脈含情；鼻尖之上，略有細細香汗沁出，和著園中陣陣花香，更讓蘇秦如癡如狂。

走不多久，突然眼前豁然開朗，原來到了一片池沼之前。池沼不大，約有十畝之水面，雖沒有碧波萬頃的氣勢，卻也清澈見底，波光鱗鱗，大約也是可以略略泛舟的。

正當蘇秦看著園中這片難得而可愛的池沼，心想泛舟之趣時，太后突然揚手一指，蘇秦朝著太后手指方向望去，只見早有一葉扁舟靜候於岸邊了。

蘇秦此時方才醒悟，這一切肯定都是太后剛才與宮女耳語密語所設定的吧。

正在蘇秦醒悟之時，太后已經拉著蘇秦繞花穿樹，來到了小舟之前。

只見小舟之上，已有一個著紅裙如太后一般的女子，坐於船尾，執槳而待。蘇秦略略瞥了一眼，就認出這紅衣少女，就是第一次初見太后時為自己撫琴而歌，長得酷似太后，又深得太后寵愛的紅葉。

上得船來，蘇秦則看到，船中設有二座，其中一座前又有一琴陳設於前。至此，蘇秦心中更是明白了一切，他不禁為太后的慧心與做事的細緻而感動。

待蘇秦與太后上了船後，那個坐於船尾的紅衣少女將桂蘭之槳輕輕一點，小舟就悠悠地蕩向了池沼的中心。此時，坐在舟中的蘇秦，望著池沼周遭的繁花綠樹，看著眼前風韻動人的太后，心中不禁無限傷感。

然而，太后哪裡知道蘇秦此時複雜的心理，她望一眼蘇秦，又看一遭池沼周圍之景，纖手輕舒，玉腕徐展，輕撫琴弦，復啟朱唇，低低唱道：

二子乘舟，泛泛其景。愿言思子，中心養養。

二子乘舟，泛泛其逝。愿言思子，不瑕有害？

蘇秦聽太后唱出這等情詞，不免心中更是傷感。往後這樣的日子再也不會有了，從此以後，是不是還能見到太后都不可知，又哪裡再奢望有「二子乘舟」度春光這樣的浪漫呢？看著太后那撫琴漫歌的陶醉之態，蘇秦幾次想在這湖心之舟上將辭別的話說出，可是，幾次話到嘴邊，他又打消了念頭，把即將衝口而出的話咽了回去，因為他不忍心此時此刻掃了太后的雅興。

泛舟之後，太后攜蘇秦捨舟登岸，又在花園中徜徉了一陣。眼看就要夕陽西下了，蘇秦想趁此急急地跟太后辭行，但辭別的話幾次都沒有說出，不是看著太后心太軟而說不出，就是剛想開口，卻被太后別的話所岔開。

正在非常苦惱之時，早已經隨太后到了後宮。

這下，蘇秦更加犯難了。說不定太后又要邀自己對飲而度良宵，如果這樣，這辭別之話何得出口。

還未等蘇秦想完，太后早已經讓宮女導引蘇秦入宮。此時，後宮便殿上已經燈燭輝煌，水陸具陳。

「蘇相請入席安坐吧。」

太后有命，蘇秦只得奉命坐下，與太后對席飲了起來。

酒過數巡，蘇秦終於借著酒力，將與太后辭別的真實原因一一向太后傾訴出來。太后一聽，頓然如五雷轟頂，一下子就癱倒在坐席之上。

蘇秦一見，只得上前相扶太后。太后靠在蘇秦的懷裡，呆呆地看著蘇秦，半天沒有言語一聲。這下可把蘇秦嚇壞了，心想，別弄出什麼不測來，那就更對不起燕文公、燕易王，也對不起太后了。於是，他想找一個宮女扶太后入寢宮休息。可是舉眼一看，殿上早就一個人也沒有了，宮女們早就知趣地全退光了。

蘇秦無奈，只得自己將太后抱入寢宮，放於玉綃賬中，然後就準備抽身走開，因為該說的話已經跟太后都說出來了，就讓太后冷靜一夜吧，相信她總能想得通的。再說，這也是沒有辦法的事，相信太后也能理解自己的苦情，不會誤解是自己薄情，誰叫他們一個是太后，一個是國相，一個君，一個臣的關係呢？如果是一般的糟糠男女，就不必相愛得如此痛苦，總是躲著藏著，心裡還時時承受著罪惡感了。

想到此，蘇秦又深情地看了看躺在賬內的太后，不免長歎一聲，搖搖頭，轉身就要離去。可是，未等蘇秦舉步離開，太后已經睜開雙眼，並拉住了蘇秦的衣襟。

蘇秦低頭一看，只見太后早已淚流滿面，眼光中既充滿了無限的深情，又夾雜著深深的無奈與乞求的神情。蘇秦一見，就知道太后此時的心理。於是，横下心來，今天就再伴太后一宵吧，這於太后，於自己都是應該的。以後就再也沒有這樣的日子了，就給太后，也給自己留一個永久的紀念吧。

這一夜，太后與蘇秦都沒有合過眼，二人有著說不盡的話。太后說一陣，飲泣一陣，蘇秦則不斷地安慰太后。也許是彼此都知道今後沒有什麼機會了，說不定這就是最後的歡樂良宵了，帶著留念、珍惜的心理，這一夜二人的恩愛也來得格外的纏綿，兩個年近半百的男女，竟然一宵春風三度，仿佛要耗盡各自全部的精力，才能表達對彼此的深情與不捨。

然而，美夢再好，也有夢破之時；良宵再樂，也有天亮之時；情深似海，終有忍別的時刻。

# 第十六章　用「間」於齊

## 1　智說淳于髡

告別了燕易王，忍情揮淚斬斷了與燕太后的情絲，蘇秦於周顯王四十六年（西元前三二三年）三月初，悄悄地離開了燕國之都薊。

行行重行行，歷經兩個月，五月初，蘇秦帶著秦三，一主一僕，一車一馬，長途跋涉，終於到達了齊都臨淄。

然而，剛到臨淄，安頓未穩，就有一個驚人的消息傳來：齊宣王已經駕崩了。

蘇秦一聽，頓時有點傻眼了。在燕國辭別燕易王時，他本是信心滿滿的，確信自己入齊後，一定能受寵於齊宣王而得勢的，因為自己跟齊宣王打了很多年交道，而且因為「合縱」成功，而兼掛了齊國之相，齊宣王對自己是相當敬畏的。而今，人算不如天算，自己剛到齊都，正欲準備要面見齊宣王時，他老人家就這樣走了，怎麼就堅持不住而多活些日子呢？

困守在客棧中，看著臨淄大街小巷滿目白幡，情不自禁間，蘇秦便油然想起了自己第二次出山，滿懷希望地前往秦都咸陽，想遊說秦孝公實現自己的理想，不料卻適逢秦孝公病重不能相見，不久病逝，秦惠王即位，遊說終不能如願的往事。於是，心裡不禁一陣發慌：是否此次又要重蹈前次說秦王的舊轍？如果是這樣，那麼自己連退路都沒有了。

不過，慌了一陣之後，他突然又有了信心。因為現在畢竟不同於以前，資用是不用發愁的。他相信，在這個世上，只要有錢，事情總是好辦的。至少，他現在能夠等得起，沒有生計之憂。這樣一想，他終於靜下心來，決定在齊都臨淄住下，慢慢地思考對策，靜觀齊國政局的變動。

果然，等了近兩個月，齊國政局便明朗了。七月初一，齊國新君湣王正式即位執政。

蘇秦聽到消息後，不禁歡欣鼓舞。於是決定，立即前往拜見齊國新君齊湣王。

可是，剛剛出得客棧之門，想催秦三快快套馬驅車時，他這才想到了一個現實問題：這就是自己的身份。因為要為燕國行「用間」之計，現在就不能再用燕王特使的身份了，更不可用燕國之相的身份。而除此，自己目前又沒有其他別的身份可用。如果像從前一樣，僅以一個遊士的身份，要想見齊王，而且是見齊國新君，恐怕沒有那麼容易了，說不定要吃閉門羹。

想到此，蘇秦一時愣在了客棧門口，好半天，腦子裡都是一片空白。

「少爺，到底要去哪？」

秦三看著蘇秦沒頭沒腦地站在客棧門前好半天，也沒交代要去哪，有些著急了。

「啊？」看了看秦三，又看了看已經套好的車馬，蘇秦這才清醒過來。於是，連忙一擺手，說道：「哪也不去了。」

說著，轉身便進了客棧。

這一回，終於輪到秦三發愣了。

「少爺，您看！」七月初五，日中時分，蘇秦正在客棧之中發愣，秦三突然大呼小叫道。

順著秦三手指的方向，蘇秦看到三駕馬車正呼嘯著從客棧門前疾馳而過。於是，連忙問店主道：

「請問老闆，這是什麼人？怎麼在國喪期間，還敢在大街上如此招搖過市？」

店主見蘇秦那樣吃驚的樣子，淡淡一笑道：

「客官不必替他擔心！這人不是別人，就是齊國三朝元老、天下名嘴淳于髡。」

「淳于髡？」蘇秦不禁大吃一驚。

店主肯定地點點頭，慢慢地走開了。

望著淳于髡遠去的馬車，蘇秦頓時興奮起來：我怎麼沒想到淳于髡呢？他可是齊國的重臣啊！於是，原來聽說過的有關淳于髡的傳說，如「一日薦七士」、「璧馬說齊王」等等故事，立即浮上了心頭。

想到「璧馬說齊王」的事，蘇秦突然靈機一動，立即有了主意：既然淳于髡喜愛財物，反正自己有的是金錢，駿馬雖然沒有，但黃金、白璧這些年倒是收了不少，何不送點給淳于髡，讓他先替自己說說齊國新君，為自己美言一番，那樣效果一定好多了。

想到此，蘇秦決定立即行動。第二天，他便帶著財物找到了淳于髡的府上。

淳于髡聽說東周名嘴蘇秦來找他，非常有興趣。心想，今天太陽怎麼打西邊出來了？怎麼天下第一嘴今天找到了俺這個齊國第一嘴了？這傢伙本事可不小啊，俺可比不了！他自己號稱「天下第一士」，雖然有點浮誇，但他憑著那張油嘴，搖脣鼓舌，周遊列國，不僅說動了山東六國之君聽從了他的「合縱」之計，而且身兼六國之相，爵封武安君，這不能不說是他的本事啊！雖然俺早就聞知他能說會道，但還沒有跟他接談過，還沒有領教過他到底有多會說。

於是，令人大開府門，延進蘇秦。

蘇秦進府，一看，哇，好闊氣的一座豪邸！心想，怪不得人家都說淳于髡好收人錢財，看來不假。俗話說得好：「人無橫財不發，馬無夜草不肥。」如果淳于髡不收受人家的錢財，他作為一個齊國之臣，何以有如此闊綽的場面呢？

登堂入室後，蘇秦見淳于髡早已坐於明堂之上，正在正襟危坐而待自己呢。蘇秦忙拜揖致意，淳于髡也忙還禮表敬。

賓主施禮畢，便是一番寒暄。

淳于髡以主人身份，首先開口道：

「武安君合諸侯，安天下，四海之內，普天之下，人人得以安居樂業，天下多少生靈得以倖免於難，這是多大的功勞啊！老朽雖與武安君未謀一面，然武安君之名早已如雷貫耳，武安君的事功則更令老朽仰慕不已。當今天下之士，誰人不視武安君為人中之龍、士中之鳳？誰人不仰望武安君如望日月？未曾料到，武安君今日能夠蒞臨寒舍，這是老朽多大的福份啊！如果我淳於氏八代之祖九泉之下有知，恐怕也要與老朽一樣感動，覺得這是無尚的光榮。」

蘇秦一聽淳于髡這番咬文嚼字的客套，不禁為之絕倒。心想，怪不得人說淳于髡是齊國第一嘴，他這嘴巴之甜，不要說是好大喜功，而又喜歡聽順耳之言的齊威王、齊宣王著了他的道，屢說而不爽，就是自己這個擅長吹拍的說客，也要受不了了。既然淳于髡吹抬了自己，老話說：「有來無往非禮也」，況且今天是來求托他的，何不也順勢來吹拍吹拍他呢？這樣，既可以討他老人家歡心，又可以讓他老人家見識見識，俺東周蘇秦的嘴上功夫。

想到此，蘇秦便還之以禮道：

「先生過譽之言，真是羞煞了東周鄙人蘇秦。先生曆輔三代齊君，一敗強魏於桂陵，二勝魏師於馬陵。由此，天下諸侯莫不望風而靡，爭先恐後臣服於齊。徐州相王，諸侯折節來朝，可謂天下歸心。今強趙又為齊師所破，齊國勢大勢盛，可謂如日中天。齊國能有今日之強，這可都要歸功於先生啊！」

淳于髡聽蘇秦把齊國的強大都歸功於自己，果然笑顏逐開。是啊，這世上有誰不喜歡聽吹拍的話，況且淳于髡又是老人，自然最能聽進這種吹拍順耳之言。

淳于髡見蘇秦如此推崇自己，高興之餘，就不自覺間拉近了與蘇秦的心理距離，遂問道：

「武安君不遠千里，自燕而來，不知燕王有何見教？」

蘇秦見淳于髡這樣直接地問自己的來意，大出意外，於是忙抓住機會，說道：

「蘇秦因為得罪了燕王，在燕已無立足之地，所以今天特來投效齊王。不曾想，屋漏偏遭連夜雨，蘇秦剛到臨淄，就聽宣王已經駕崩。而今的齊國新君湣王，蘇秦未謀一面，未接一言，若想晉見，恐怕也是不得其門而入的。先生是齊國三朝元老，德高望重，故蘇秦特意登門造訪，以求先生明教。」

淳于髡聽到這裡，明白了蘇秦突然來訪的因由，原來蘇秦已經不是燕國之相，也沒有武安君之爵了，他這是來求托自己給他介紹齊國新君湣王，想到齊國來謀個一官半職。

於是，淳于髡為之沉吟良久，沒有再接蘇秦的話茬。心想，既然你蘇秦現在不是燕國之相，也無武安君之爵，只是一個沒有身份的遊士，那麼你來求俺，俺值得不值得為你出力呢？

蘇秦見淳于髡沉吟不語，就猜想到他的心理，他這是因為俺如今沒有身份啊！唉，這個世界上的人，真是太勢利了！

蘇秦沒有猶豫，也沒法猶豫了，只好拋出自己最後的利器——說之以利。心想，你淳于髡不是喜歡錢財嗎？那好，俺沒身份，但俺還有錢。給錢，你還不著了俺的道？

於是，續又說道：

「蘇秦以前到齊國時，曾聽人說過這樣一個故事。從前有個人，偶然得到一匹千里馬，就牽到集市上，想賣個好價錢，指望著從此過上一個衣食無憂的好日子。可是，馬牽到集市上，竟然三天無人問津，因為沒有一個人知道牠是匹千里馬。這人便急了。想了幾天，他突然想到一個人，這就是善於相馬的神眼伯樂。見了伯樂，那人也不轉彎，開門見山地說道：『小人有一匹千里馬，想賣了變錢過活。可是，牽馬立於馬市多日，竟無人識貨。不僅無人想買，甚至整個馬市上連一個願意跟我談談這匹馬的人也沒有。先生慧眼識駿馬，可謂聲名滿天下。所以，小人希望先生到馬市上走一趟，看一看小人的馬，繞馬轉一圈，臨走前再回頭看一眼。如果先生肯賞臉，在下願意獻上馬價一成之費。』伯樂一聽，來了興趣。於是，就隨那人往馬市去看他的馬。結果，發現確是一匹千里馬。於是，情不自禁地就繞著那匹馬看了一圈，臨走前又回頭看了一眼。結果，那馬一朝價增十倍。而今，我蘇秦就像這匹千里馬，可惜未遇慧眼之人，故不得見於齊王。先生為齊王之臣第一人，不知先生有沒有充任蘇秦之伯樂的雅意？如果有此雅意，蘇秦願意敬獻白璧一雙，黃金萬鎰，以作『馬食』。」

淳于髡見蘇秦以千里馬自喻，希望自己作他的伯樂，向齊湣王推薦引導，話說得非常自然而巧妙。心想，這個蘇秦真的非常會說話，怪不得他能說服山東六國之主，他的遊說能力實在是無人可以比擬的。看來，蘇秦確實是個人物。既然他確是千里馬，那麼自己倒不妨作一回伯樂，到齊湣王那裡走一遭，想必新主湣王還會賣給自己一個老面子。如果成功，自己不是在朝中又多了一個有力的盟友，還可以借此收得白璧一雙，黃金萬鎰，這種一舉兩得，一箭雙雕的生意何樂不為？

想到此，淳于髡毫不猶豫地回答蘇秦道：

「好，老朽遵命。」

第二天，淳于髡就入見齊湣王而說之。

因為淳于髡在齊國的特殊地位，更因為淳于髡的善於言辭，加上蘇秦曾「合縱」成功，身兼包括齊國在內的山東六國之相，爵封武安君，大名與事功早已為齊湣王所熟悉，結果淳于髡不費吹灰之力，就說得齊湣王對蘇秦大有好感，同意召見蘇秦。

待齊湣王與蘇秦接談之後，不僅大為欣賞蘇秦的見識，佩服他的雄辯與口才，而且覺得彼此非常投緣，大有相見恨晚之感，遂任之為齊國客卿。

## 2　「慎終追遠」說湣王

卻說蘇秦到齊國為客卿時，正是齊宣王崩殂不久，齊湣王其時正在為齊宣王營建陵墓、陵園。

蘇秦想，這倒是一個好機會，何不趁此遊說齊湣王厚葬以明孝，大肆鋪張，也好讓齊國多勞民傷財一番，這不正是一個謀弱齊國的好辦法嗎？

想到此，蘇秦就專門入朝遊說齊湣王道：

「臣聽說大王為先王舉喪發葬，非常節儉。臣以為，這並非明智之策。」

齊湣王一聽，好生奇怪，遂立即反問道：

「寡人節儉辦喪事還有錯嗎？自古以來，都是君主喜歡厚殮侈葬先君，而大臣們多是抵死極諫，嚷著要君王儉約舉喪。怎麼先生今天要與古人唱反調？不妨說來讓寡人聽聽。」

蘇秦見齊湣王有傾聽自己遊說的意願，心想，這就好，就怕你不讓俺說，俺就沒轍了。讓俺說，俺就一定能說服你，讓你著了俺的道兒。於是，接口就道：

「大凡為人之子，為父母舉喪，都是為了『慎終追遠』，以明孝道。今大王為先王舉喪，應當也是這個目的吧。」

齊湣王一聽，覺得這話說得沒錯，舉凡為人之子，而為父母發喪舉葬，確實是為了給父母在離開這個世界時有一個好的安排，以表達對父母的追思追念之情。蘇秦所說的「慎終追遠」，齊湣王知道那是天下著名的大孝子、魯人孔丘的弟子曾參所提出的主張。所謂「慎終」，就是要為父母先人好好辦喪事，不能馬虎；「追遠」，就是追思追念先人之恩。曾參的主張，天下人人以為然，當然齊湣王也不會認為有錯的。於是，齊湣王就點點頭，表示認同蘇秦的說法。

蘇秦見齊湣王這麼快就著了道兒，不禁心中竊喜。遂一鼓而下道：

「記得魯人仲尼說過：『夫孝，德之本也，教之所由生也。身體髮膚，受之父母，不敢毀傷，孝之始也；立身行道，揚名於後世，以顯父母，孝之終也。夫孝，始於事親，中於事君，終於立身。』」

「什麼意思？這魯國人孔丘說話怎麼這麼難懂呢？」齊湣王立即接口問道。

「孔丘的這話，簡而言之，就是強調『孝』在立德方面的首要地位，以及『孝』對臣民所具有的教化作用。同時，也清楚地指出了為人之子，有兩種不同的盡孝境界：一是最基本的，就是要感戴父母的生身之恩，愛護自己的生命，包括身體髮膚，也不敢有絲毫損毀。二是最高境界，認為人要奮發有為，建功立德，揚名於後世，以顯彰父母之名。」

經蘇秦這麼一解釋，齊湣王就立即明白了，覺得這話好像小時候也聽太傅、少傅說過，今天經蘇秦一說起，倒是回憶起來了，覺得非常熟悉，也感到親切。於是，便不斷地點頭會意。

蘇秦一見，猜想齊湣王可能比較吃孔丘這一套，於是就又引孔丘之言道：

「仲尼還說過這樣的話：『夫孝，天之經也，地之義也，民之行也。天地之經，而民是則之。則天之明，因地之利，以順天下。是以其教不肅而自成，其政不嚴而治。先王見教之可以化民也，是故先之以博愛，而民莫遺其親，陳之德義，而民興行。先之以敬讓，而民不爭；導之以禮樂，而民和睦；示之以好惡，而民知禁。』大王肯定知道，仲尼的的這番話，其實是專門針對君王而說的，闡明的是『孝』之天經地義的正當性，以及『孝』對教化人民、端正民風、治政理亂等的特殊作用。」

蘇秦特意要引孔丘這番話而說齊湣王，那是對症下藥，所以齊湣王一聽也就明白，於是再次點頭表示認同。

蘇秦見孔丘的話這樣有效果，心想，看來齊湣王比較認同孔丘，何不再引一番孔丘的名言，讓他印象更深。遂又引了一段孔丘的名言道：

「如果臣記得不錯的話，仲尼好像還說過這樣的話：『昔者，明王之孝治天下也，不敢遺小國之臣，而況於公、侯、伯、子、男乎？故得萬國之歡心，以事其先王。治國者，不敢侮於鰥寡，而況乎士民乎？故得百姓之歡心，以事其先君。治家者，不敢失於臣妾，而況乎妻子乎？故得人之歡心，以事其親。夫然，故生則親安之，死則鬼享之。是以天下和平，災害不生，禍亂不作。故明王之以孝治天下也如此。』這段話，想必大王比臣記得更清楚。因為它是強調為君之道的，認為無論是治天下，還是治（諸侯）國或是治家，都必須先修身行『孝』以結人心。而行『孝』的方法，就是『生則親安之，死則鬼享之』。並強調明主賢君要使『天下和平，災害不生，禍亂不作』，就要以『孝』治天下。」

由於蘇秦所引的這番話是專門講君王的，對齊湣王非常有針對性，因此齊湣王一聽就明白其意之所指。遂會意地頷首認同。

蘇秦見此，遂引申發揮道：

「齊國是天下大國，大王是古今明主。大王志存高遠，欲立萬世不移之霸業，天下誰人不知，何人不曉？然而，今日大王為先王舉喪，卻如此薄而儉之，這如何能夠向天下人展示大王的『明孝』之道？不能『明孝』，那麼大王如何治平齊國呢？不能『明孝』，大王又如何化育齊國萬民呢？不能『明孝』，大王又如何示教於天下百姓呢？不能治平齊國，不能化育齊民，不能示教於天下萬民，那麼齊國的王霸之業如何才能達成呢？如此，大王欲揚先王先祖之名於後世，則何由致之？」

蘇秦的這幾句話問得非常有力，也說得順理成章，沒有絲毫的牽強，齊湣王不禁為之折服。遂斷然地對蘇秦說：

「好！寡人明白了。」

果然，齊湣王確是明白了蘇秦的意思。第二天，他就頒令擴大齊宣王的陵寢與陵園的營建規模，廣征民役，大興土木，高其墓，大其陵，以明盡孝於宣王之意。

## 3 君子報仇，十年不晚

看著齊湣王著了自己的道兒，大興土木，勞民傷財地為齊宣王營建高墓大陵，蘇秦是心裡樂開了花。

周顯王四十六年八月初二，齊都臨淄正是秋高氣爽之時，這一天蘇秦心情特別好，正欲攜童帶僕出城，到城外淄水邊秋遊賞景。還未出府，突然有自稱是魏相田需之使者求見。

蘇秦一聽是魏相田需之使，急忙傳進，並延之於明堂之上。

來使見禮畢，先獻上白璧二雙，黃金千鎰，然後說明了來意與魏相之托。

原來，公孫衍為魏將，魏襄王任田需為相。公孫衍不服田需為相，欲取而代之。田需乃與周霄交善結盟，欲進言魏襄王而逐公孫衍。

公孫衍深以為患，於是便先發制人，向魏襄王進言道：

「臣盡力竭智，要為大王開疆拓土，建立不世之功，使大王得萬世之尊名。可是，田需卻為一己之私心，從中作梗，要敗大王的大事。如今大王不僅不察知其險惡用心，反而為其所惑，聽從他的讒言。以此之故，臣之大計至今難以成功。今臣與田需，義不兩立。田需走，那麼臣就繼續侍從於大王；田需留，那麼臣只好退避三舍，亡走於諸侯他國。」

魏襄王聽公孫衍這麼一說，感到非常為難，想了半天，終於想到了一個調和二虎的辦法，道：

「田需是寡人的股肱之臣，佐寡人治國為政多年，沒有功勞，也有苦勞。而今，如果僅僅是因為將軍的不便，寡人就殺了他，或是驅逐他，那麼今後寡人將怎麼對天下人交代呢？如果今天寡人不考慮將軍的意見，而是繼續對田需親之、任之、寵信之，那又對魏國群臣不好交代！不如這樣吧，而今寡人為將軍之計，傳令群臣：今後若有人讒言將軍於寡人之前，寡人定當嚴懲不貸，就是殺了他，驅逐了他，寡人也在所不惜。這樣，將軍以為怎麼樣？」

公孫衍見魏襄王既不想得罪於自己，也不想得罪於田需，並為此想了這樣一個和稀泥的辦法，雖然心裡不滿意，但是也沒有別的辦法，於是只好點頭同意這樣辦。

但是，沒等轉身告別魏襄王，公孫衍就意識到，這個辦法還是不行。如果田需繼續為相，雖然說不了自己的壞話，但自己還捏在他的手心，仍然無所作為，得找一個人來撬掉田需。

略作沉思，公孫衍突然想到一個人，這就是齊國有名的公子孟嘗君田文。心想，如果向魏王推薦田文來作魏國之相，問題不就解決了嗎？這個理由還冠冕堂皇。如果能夠成功，田文必因無故得到魏相之位而感念於自己。如此，自己就可以假田文之手而排擠掉田需與周霄，自己則到韓國為相，從而實現自己一人而控制韓、魏二國之政的目的，豈非上上之策？

想到此，公孫衍立即對魏襄王道：

「大王比臣清楚，魏國之所以由當初的天下之霸淪落到今天這個地步，都是拜齊國所賜。而今，對魏國來說，最大的威脅不是來自秦，也不是來自趙，而是仍然來自於齊。靖郭君田嬰，是齊威王之少子，三代齊王都對他言聽計從。而今，為魏國長遠利益考慮，大王何不厚結齊王之心，召請靖郭君之子田文來魏為相呢？如果這樣，那麼田文必定心向大王。魏國借重齊國，又有田文從中以作策應，大王今後還有何憂呢？」

魏襄王一聽，覺得有理，以田嬰在齊國的威望，無論是已經死去了的齊威王與齊宣王，還是現在剛剛執政不久的齊湣王，都是尊而崇之的。若以其子田文為魏相，魏國必能操縱齊國之國政，如此對魏國將利莫大焉。

於是，魏襄王就接受了公孫衍的建議，立即遣使往齊，準備召田文至魏為相。

田需一聽到這個消息，頓時感到緊張萬分，急與周霄商議對策。周霄建議田需暗中遣使至齊，說服蘇秦至魏遊說襄王，破了公孫衍之局，方可保住自己的魏相之位。

田需一聽，覺得有理，現在也只有蘇秦能夠遊說得了魏襄王。還有一層，蘇秦的「合縱」之局，人人皆知是公孫衍所破，想必蘇秦對公孫衍也是恨之入骨的。於是，田需立即遣使晝夜不息地往齊國進發，並要趕在魏王的使臣請到田文之前請來蘇秦。

果然不出周霄所料，蘇秦一聽田需之使說明了前因後果，立即興趣盎然，精神百倍，因為他早就想報公孫衍破自己「合縱」之局的深仇大恨。正是因為公孫衍合齊、魏而攻趙，不僅打破了他千辛萬苦組織起來的山東六國「合縱」之盟，使好不容易安定下來的天下又起紛爭，天下黎民又遭涂炭，還使他蘇秦從此失了功名利祿，現在只得為燕王來齊國臥底做間諜，天天過著雙面人的非正常生活。

於是，蘇秦立即動身前往魏國之都大梁。

就在蘇秦已經起身前往大梁的時候，魏襄王來請田文的使臣，還在往臨淄的路上優哉遊哉呢。

因為他是魏王之使，是官差，要講派頭，論排場，所以不緊不慢，晝行官道，夜宿驛站，他哪裡會想到，還有魏相田需的私人之使，在跟自己比賽趕時間呢？

周顯王四十六年九月初五，蘇秦早起晚宿，快馬加鞭，一個月就趕到了魏都大梁，以齊湣王之使和齊國之卿的名份，急急求見魏襄王。

魏襄王一聽齊湣王之使蘇秦來見，豈敢怠慢。以前蘇秦「合縱」一時也曾兼掛過魏國之相，今日則專事齊王一主，他是代表齊王來見自己的。於是，立即升堂，正襟危坐而見蘇秦。

蘇秦進殿，與魏襄王見禮寒暄畢，就開門見山地問魏襄王道：

「臣聽說大王要延請齊國公子田文為相，果有此事？」

魏襄王一聽，心裡格登一下，齊王怎麼知道有這回事？現在都已經派蘇秦來問這件事了，看來齊王是不樂意寡人延攬田文來魏國為相了，看來寡人錯聽了公孫衍的話，這件事做得有點冒失了。

當魏襄王還在心裡猜想、自省，還沒來得及明確答覆蘇秦，到底有沒有這麼回事時，蘇秦又接著問道：

「大王，恕臣冒昧，臣想問大王這樣一句話：如果田文為魏國之相，那麼他謀事為政，是為魏國的利益考慮得多呢，還是會為齊國考慮得多？」

魏襄王一聽，心想，田文是齊國的公子，自然是會多為齊國考慮了，這還用問？不過，既然蘇秦問了這個問題，只得回答他。於是，順口答道：

「肯定會為齊國考慮得多。」

蘇秦於是再問：

「那麼，臣再問一句話：如果魏國與韓國的利益發生衝突，就公孫衍的為人來說，他是會優先考慮魏國，還是會優先考慮韓國？」

魏襄王一聽蘇秦問出這話，不免勾起了他的心病：公孫衍雖是魏國河西陰晉人，早年也曾在魏國為官，職任犀首。但秦惠王任他為大良造期間，他卻策劃了一次又一次的對魏戰爭，使魏國的河西上郡十五縣盡失，河西郡及河南的部分戰略要塞也一一丟失，從此魏國國力更加削弱。後來張儀入秦，公孫衍失寵於秦惠王，他不得已又回到了自己的故國魏國，自己看重他的才能，故不計前嫌，任之為魏將。可是，他又與魏相田需相爭，搞得自己不得安寧。而且他一直把父母及家室放在韓國，大有身在魏，心在韓的意思。如今，連蘇秦也知道公孫衍的為人了，看來問題比較嚴重了。

想到此，魏襄王也十分坦誠，且毫不忌諱地回答道：

「恐怕會多為韓國考慮。」

蘇秦見魏襄王說出這個話，知道他並不是糊塗人，於是繼續對魏襄王分析道：

「而今，大王如果要任田文為魏國之相，田文無故謀得高位，必然心中感念公孫衍之恩；今後公孫衍對他若有所求，他也必然會言聽計從。如果這樣，那麼公孫衍將右有韓而左有魏，田文則右有齊而左有魏。二人合計同謀，必然會利用大王之國，來謀取自己的最大私利。屆時，大王想讓這二人謀事中道，不損害魏國利益，恐怕是勢所不能了。大王如果現在不考慮到這一點，將來魏國必然會有危險的。」

魏襄王一聽，覺得蘇秦的分析確實中肯，於是，非常誠懇地點頭道：

「先生言之有理。」

蘇秦見魏襄王已然明白了其中的利害關係，於是自然地轉入主題，道：

「而今，為大王考慮，臣以為，如果田文真的來了，大王不如繼續踐行諾言，任田文為魏國之相。不過，大王應該繼續將田需留在左右，以稽考公孫衍、田文之所為。如果這樣，公孫衍、田文二人謀事為政就必然會有所顧忌。因為田需非其同類，二人舉事只要一有不利於魏的苗頭，田需就可及時報告於大王，將其挫之於未發之時。如此，公孫衍、田文即使真的要留在魏國，他們也不敢有什麼外心，只得忠心而為魏國了。總之，公孫衍、田文二人之所為，利於魏與不利於魏，只要大王留田需於左右稽而察之，大王就可放心了。對於此事，不知大王到底怎麼想？臣這裡只是盡忠而盡言罷了，說的對與不對，也只僅供大王參考而已。」

魏襄王一聽，覺得蘇秦的這個計策倒不失為一個萬全之策。田文來了，寡人可以不失前言，繼續兌現諾言，任之為魏相，公孫衍也繼續讓他為魏將，但是田需則留在寡人身邊，以為考稽公孫衍與田文行事之有利與不利於魏。如果公孫衍與田文對寡人之國沒有異心，則寡人就多了兩個人才為己所用；如果二人有不良居心，有田需在旁為寡人稽考，諒他們也翻不了天，寡人自可早為之計而除之。

想到此，魏襄王道：

「好！」

於是，仍留田需在朝，只是讓他將魏相之位讓給田文而已。

蘇秦說服了魏襄王，立即辭別回齊都臨淄。

一路上，蘇秦心裡那個痛快啊，就甭提了。心想，公孫衍啊公孫衍，今朝俺總算報了一箭之仇。

你當初破了俺的局，俺今日也破你一回局，讓你在魏國老家也待不下去。

果然不出蘇秦所料，果然如了蘇秦的意。公孫衍聽說蘇秦來遊說過魏襄王，魏襄王雖然答應踐行前約，任田文為魏相，但仍要留田需在身旁。公孫衍是個梟雄，他是多麼聰明的人，一眼便看穿了魏襄王的用意，他這是要用田需來監視自己與田文。如此，自己與田文還能有什麼作為呢？

於是，公孫衍立即向魏襄王告辭，要到韓國為相。魏襄王一聽，心裡頓然更加明白了：原來公孫衍果然有異心。於是，也不挽留，讓他去了韓國。

後十日，齊公子田文來到大梁，見公孫衍自己倒先走了，想想這魏國之相也不能做了。於是，還沒與魏襄王見面，就掉轉車駕，策馬北歸於齊了。

這樣，田需又自然而然地坐回到原先的魏相之位。

## 4　調虎離山

周顯王四十六年十月中旬，蘇秦回到了齊都臨淄。

還未入府，魏相田需之使又追到蘇府。

蘇秦一見，大吃一驚，以為出了什麼意外。待到田需之使說明原委，蘇秦這才如釋重負。原來，自己遊說魏襄王之後，公孫衍就離開了魏國，到韓國為相了。田文至魏，見公孫衍已離去，遂也掉轉馬頭回齊了。

蘇秦覺得，這可是一個新情況。於是，馬不卸轅，立即入朝拜見齊湣王。將魏相田需相邀自己至魏的經過、原由，以及公孫衍計謀不成而離開魏國，到了韓國為相；還有田文到了魏國後，見公孫衍離去，又立即回到齊國等詳細情況，一一向齊湣王作了稟報。

齊湣王一聽，心裡就起了疑心：為什麼公孫衍要慫恿魏襄王密請靖郭君田嬰之子田文到魏國為相，這裡有沒有什麼陰謀？

為什麼齊湣王要這樣想呢？因為靖郭君田嬰與齊湣王之父宣王辟疆，同是齊威王之子。田嬰為少子，威王尤為寵愛，因而威王在世時，田嬰即權傾朝野。威王崩，湣王之父辟疆即位，是為齊宣王。宣王崩，湣王即位。而今，靖郭君在湣王面前，已是叔父之尊，田文則是湣王的堂兄弟。從道理上說，叔父與堂兄弟，應該與湣王同心同德，共謀齊國長治久安之策才是，怎麼要到魏國去為相呢？

蘇秦知道自己報告了這個情況，會引起齊湣王這樣想，這也正是他的目的所在。見齊湣王良久不言不語，於是乘機進言道：

「大王，靖郭君位高望隆，世人皆知；田文，是齊國的名公子，天下人也眾所周知。齊國這麼大，大王您為什麼不裂土而分封他們父子，而要吝嗇一塊地呢？這樣一來，總比他們跑到其他諸侯國要好吧。」

齊湣王一聽蘇秦這話，立即明白其意，蘇秦這是教自己支開田嬰父子，封塊地方讓他們父子困守於彼，免得他們父子在朝勢力坐大，威脅到自己的地位，或是跑到其他諸侯國效力，威脅到齊國的安全。

想到此，齊湣王試探地問蘇秦道：

「先生以為應該分封在何處為好呢？」

蘇秦見齊湣王這樣問，知道他已經同意了自己的建議。於是，想了想，回答道：

「封他們於薛，就可以了。」

齊湣王一聽，覺得這個主意好，因為薛遠離齊都臨淄，地處齊國西南邊境地區，夾在魯、宋、楚三國之間，是個偏僻之處。這下，田嬰父子就玩不轉了。於是，脫口而出道：

「好！」

蘇秦聽齊湣王說「好」，差點也要說「好」了。不過，他的「好」與齊湣王不同。他建議齊湣王將田嬰封於薛，有兩個目的：一是可以將田嬰父子支開，自己可以放手在朝中弄權，好暗中整垮齊國，不受他人牽制；二是薛處魯、宋、楚三國交界處，山高皇帝遠，如果田嬰父子不滿齊湣王而造起反來，那也容易成事。如果能夠成事，正好能夠達到自己「謀弱齊國」的「用間」目標。他這樣一個一箭雙雕的妙計，齊湣王哪裡知道？

然而，齊湣王封田嬰於薛的決定才公佈不久，田嬰還未動身前往封地時，就從楚國傳來消息，說楚懷王聞齊湣王封田嬰於薛而大怒，要起兵攻伐齊國。

齊湣王知道自己不是楚國的對手，他爹宣王那麼牛，還被楚懷王他爹楚威王打敗於徐州，他自己恐怕也不是楚威王兒子的對手。於是，齊湣王就想收回分封田嬰於薛的成命。

蘇秦一聽，可著急了。如果齊湣王因為懼楚而收回了成命，那麼自己這個「一箭雙雕」的妙計不就未施而先破了？不行，無論如何不能使自己的這個妙計破局。

於是，蘇秦一面穩住齊湣王，讓他先緩一緩再說，一面暗中派公孫閈快馬加鞭往楚國遊說楚懷王。

這個公孫閈可不簡單，他以前是齊國名相鄒忌的門客，鄒忌能夠在齊威王時代那樣紅極一時，也是與公孫閈的出謀劃策有關。當蘇秦找到他，說明了原由後，公孫閈對蘇秦直言道：

「田嬰封薛，成與不成，其實，不在齊而在楚。承蒙大人不棄，小人現在就可前往遊說楚王，讓他想分封田嬰於薛的念頭比齊王還要強。」

蘇秦道：

「如此最好，希望托賴先生之力而成之。」

公孫閈奉蘇秦之托，晝夜兼程，快馬加鞭，很快到達楚都郢。見到楚懷王，公孫閈也不轉彎抹角，徑直開門見山地遊說楚懷王道：

「魯、宋二國臣事於楚，而齊國則不臣服於楚，為什麼？」

楚懷王見公孫閈一上來，就莫名其妙地提出了這樣一個問題，還沒來得及反應。不等楚懷王反應，公孫閈早已自己先回答了：

「因為齊國大，而魯、宋小。」

楚懷王一聽，心想，不錯，這還用說。

公孫閈接著又說道：

「大王為什麼獨獨覺得魯、宋二國小，就對楚國有利，而不覺得齊國大，而對楚國不利呢？」

楚懷王一聽，搞糊塗了，這個公孫閈說話，怎麼這樣沒頭沒腦呢？寡人怎麼會只以魯、宋之小而為利，而不以齊大而不利呢？寡人怕的就是齊國太大，對楚構成威脅。

沒等楚懷王反應過來，公孫閈又來了：

「而今，齊王要裂土分封田嬰，這是齊王自弱其國之舉，大王為什麼要反對齊王分封田嬰，還揚言要攻伐齊國呢？」

楚懷王聽到這裡，這才明白是怎麼回事。心想，公孫閈說的不錯，是這個理，齊王封田嬰於薛，只會自弱其國，不會構成對楚的威脅。齊王與田嬰分權分地，這正是再好不過的事。如果將來田嬰能夠勢力坐大，與齊王中央政權分庭抗禮，齊國由一分為二，那才更好呢？

想到此，楚懷王乃對公孫閈道：

「好！寡人明白了。」

公孫閈回來覆命後，齊湣王終於下了決心。

一年後，在蘇秦的促成下，齊湣王將靖郭君封為薛公，把他支出了齊都臨淄。從此，齊湣王稱心，蘇秦更是高興，因為這下他可以自由支配齊湣王了。

## 5 「與民同樂」說湣王

周顯王四十六年十月，說服了齊湣王下決心要攆走靖郭君田嬰之後，蘇秦心中正暗自得意，高興著呢！

十月初七，子夜時分，齊都臨淄突然全城騷動，人聲喧嘩，睡意朦朧中的蘇秦以為出了什麼非常之事，嚇得一骨碌從席上爬起來，慌不及履，忙不著袍，就跑出院中。出門一看，只見齊王宮殿方向火光沖天，原來是齊王宮失火了。此時正是初冬時分，北風勁吹，氣候乾燥，如何救得了火，齊王王宮已是一片火海。

蘇秦一見是齊王宮失火，一顆緊張的心，遂又放回了肚中。於是，忙回床睡覺。但是，躺在熱烘烘的被窩裡，他卻怎麼也睡不著了。

於是，在被窩裡不斷地折騰，顛三倒四，最後卻越想越興奮，突然若有所悟，不禁心中大喜，自言自語道：

「好，真是天助我也！」

齊王宮失火，蘇秦何以如此高興，要說「好」呢？

原來，蘇秦早就想慫恿齊湣王廣建宮殿、大營苑囿，以讓齊國國力為之多消耗一些。可是，因為眼下還是齊國國喪期間，齊宣王崩殂不久，齊湣王剛剛聽從了他的建議，正在為宣王大規模營葬。如果此時再說齊湣王大興土木，營建宮室、苑囿，就顯得非常不妥了，因為時候不對。大舉興建宮室、苑囿，不同於為齊宣王大規模營葬，不是「明孝」之舉。再說，如果頻繁遊說齊湣王大興土木，必然會引起齊國其他大臣的反對，也會因此引起齊湣王的疑心，聯想到自己的建議是否別有用心。沒想到，如今齊王宮失火，真是天從人願，天要謀弱齊國。此時，再遊說齊湣王營建宮室、苑囿，就顯得名正言順了，恐怕任何人都不會有異議的。即使自己不遊說齊湣王，別的齊國大臣也會遊說的；即使大家都不說，齊湣王自己也會營建宮室、苑囿的，不然齊湣王住哪，在哪上朝理政，在哪接見諸侯之使，在哪發號施令？

想到此，蘇秦終於平靜下來，朦朧中漸漸睡去，還作了一個高宮廣苑的美夢，夢到了自己與齊湣王在新落成的大殿抵掌相談，在馬鹿成群的廣苑大囿中漫步的情景。

第二天，蘇秦一覺醒來，匆匆吃完早餐，就策馬入朝面見齊湣王去了。

入宮一看，原來繁華的齊王宮殿，而今成了一片焦土，那很有年頭、巍峨軒昂的木造正偏二殿，早已被焚為灰燼了。

費了好半天時間，蘇秦才在一個狹小偪促的便殿，找到了齊湣王。只見齊湣王低垂著頭，顯得大為沮喪。蘇秦一見齊湣王這副樣子，心裡也予以理解，想想看，他才即位不到一年，就遇到這麼倒楣的事情，能不沮喪嗎？再說，齊湣王和他爹一樣，也是一個好大喜功的人，而今要他蝸居於這樣一個狹小的便殿上理朝問政，接見諸侯之使，他能習慣嗎？

於是，蘇秦就先安慰了齊湣王一番，待齊湣王神情稍為振作時，這才慢慢地對齊湣王道：

「自古以來，帝王所居，都是時有興廢的；天道人事，雖也時有變易，但其理永存。而今，天道聰明，已有徵應，王宮舊殿既為天火所毀，大王何不別建宮苑，以順天意人心呢？」

齊湣王沒有吱聲，蘇秦遂又說道：

「始自三皇，迄於近世，諸侯宮苑，有一世而數建的，也有數代而不變的。但都是因時因勢而異，不可一律而論。今之齊國，北至河水，西至武城，東臨渤海，南達淮水，地方數千里，粟積如丘山。臨淄之民，家家殷而富，戶戶敦而實。然而，齊國的宮殿，卻是數代而不易；齊王的苑囿，也是累世而不營。齊是萬乘之國，大王是萬乘之主，萬邦來朝，百國來使。如果齊國之王長此以往一直居於舊時的宮苑，在此朝諸侯，見使臣，難道不怕失了齊國的威儀，不怕滅了齊王的威風嗎？」

齊湣王一聽，覺得這話有理，以齊國之強大，齊都之富實，齊民之眾多，自己大可擴建一下王宮與苑囿，因為齊國有這個國力。想想齊國已有三代君主都沒有大規模修建過宮室苑囿，比比楚都、秦都，臨淄雖不遜色，但若論起宮室之美，苑囿之大，那是連魏、韓都不及的。再說，現在王宮失火，僅存少許便殿，不建王宮、苑囿，也勢在不能了。

想到此，齊湣王似乎心有所動，但是他還是沒有吭聲，只是專注地看著蘇秦。

蘇秦向來是擅長察顏觀色，揣摩人心的。因此，對於齊湣王此時的心理，已經把握得差不多了。於是，續又說道：

「大王可能也聽說過，秦王的宮室，渭北有連雲之殿，渭南有離宮章台。理朝政、見大臣，則於咸陽之宮；會諸侯、受朝請，則在章台別館。而楚王郢都之宮，則是丹樓繡幌，上巢飛燕；別館章華之台，更是青閣文窗，鴉歸燕語。齊與秦、楚，本是相侔比肩的大國，無論是國力財富，還是人力資源，都不相上下，為什麼只有齊國的宮室如此這般陋窄寒酸呢？」

齊湣王一聽，覺得這話說得一點都不假。秦王宮之巍峨氣派，世人皆知；楚王宮室之美，天下聞名。秦王有離宮章台，楚王有別館章華之台，都是會諸侯、受朝請的聳雲之闕。齊國雖是與秦、楚並駕齊驅的大國，卻並沒有一處像樣的高宮人殿，更沒有會諸侯、受朝請的離宮別館。如此，何以能顯示出齊國王霸之國的威儀？

想到此，齊湣王終於點點頭。

蘇秦見此，知道齊湣王已經被說動了心。於是，接著再說道：

「昔日周文王有苑囿，方圓七十里，以民力築臺、開沼，民眾不以為苦，反而歡欣雀躍。《詩》云：『經始靈臺，經之營之。庶民攻之，不日成之。經始勿亟，庶民子來。王在靈囿，麀鹿攸伏，麀鹿濯濯，白鳥鶴鶴。王在靈沼，於牣魚躍。』說的就是此事。再說當世之君梁惠王的苑囿，其廣雖不及文王之苑，但也有方圓四十餘里，不僅有鴻雁集於木端，有麋鹿逐於林間，有魚游於池沼，而且還有很多奇葩異草。當今天下之人，誰人不知，何人不曉？對於梁王之苑，各國之君哪個不稱而羨之，天下賢者哪個不顧而樂之？可是，反躬自省，看看我們齊國的王家囿苑，又怎麼樣呢？雖說規模不算太小，但實際上是名存實亡，早就荒蕪不成其苑了。由此，大王不歡，齊民不樂，賢者不道，不是自然之理嗎？」

齊湣王一聽，心想，蘇秦這話倒也有些道理。大凡有為的帝王，一定會有一個廣苑大囿，與民同樂，才有王者風範，才顯昇平氣象。於是，又點點頭。

蘇秦見說到這裡，知道已經差不多了，遂總結道：

「大王是天下英主，天縱聰明。自即位以來，勵精圖治，勤政愛民，外翦群雄，內治升平，百官擁戴，萬民稱頌。大王又重視弘道設教，移風易俗，化育萬民。由此，今之齊國，較之以前，更顯強盛。而今，齊國人民富足，國家繁榮，為了展示我大齊的大國風範，為了彰顯大王天下雄主的堂堂威儀，撫近懷遠，以開闢齊國萬世不移之霸業，臣以為，大王現在是到了謀龜問筮、瞻星定鼎、勘察福地而別建王宮苑囿的時候了。一來可以光宅區夏，順天應人；二來可以垂無窮之業，永世長隆。」

蘇秦的這番話，不僅將齊湣王捧得飄飄然，而且將大建王宮苑囿的道理，說得冠冕堂皇，不由得齊湣王不聽。

於是，齊湣王心意已決，回答道：

「好！蘇卿之言極是。」

遂立即頒令，別擇善地，廣建宮室苑囿。

# 第十七章　行到水窮處，坐看雲起時

## 1　陳軫妙喻說昭陽

就在蘇秦慫恿齊湣王又是大興土木，又是玩弄權術，明封田嬰，暗削其權，內鬥得不亦樂乎之時，周顯王四十六年十一月，蘇秦突然獲得一個消息：十月初，楚、魏二國發生了「襄陵之戰」，魏國大敗。接著，楚師又欲乘機伐齊，正好被來齊國出使的秦王使節陳軫說止。

蘇秦立即找人詳細了解了情況，終於知道了前因後果。

原來，就在蘇秦與齊湣王定計要排擠靖郭君出都之時，楚懷王聽說魏將公孫衍因為與魏相田需內鬥失敗而離開了魏國，覺得機會來了，遂陡起復仇之心，要為先王楚威王一雪「陘山之役」失利之恥。因為正是此役失利之後，先王威王才溘然長逝的。

於是，楚懷王遣大將昭陽統領大兵，向魏國發動了突然襲擊。

昭陽可是個了不起的人物，他在楚國，是官拜上柱國、爵封上執珪的名將貴卿。果然，名不虛傳，昭陽不負楚懷王的期許，一舉攻入魏國南部重鎮襄陵，覆軍殺將，奪得魏國南境八城。

昭陽得意之餘，遂萌發了一個念頭，想乘機揮師東進，越過宋國，進軍齊國。

然而，楚師尚未借道越過宋境，齊湣王早就得到了情報，急得如同熱鍋上的螞蟻，不知如何是好。因為齊湣王心裡非常清楚，齊國雖是大國，但實力既比不了西方之秦，也比不了南方之楚。上次楚懷王之父楚威王就曾打到齊國徐州，在齊國家裡把齊國打得大敗。他爹齊宣王也算得是一個很牛的人了，還不免敗在楚威王手上，而且是在自己家裡被楚國打敗。而今，自己根本比不了先王宣王，如何對付得了楚國的上柱國昭陽率領的得勝之師。

正如俗話所說的那樣，「天無絕人之路」。就在齊湣王一籌莫展之時，陳軫正為秦惠王出使齊國來了。

齊湣王早就聽說了陳軫之名，他可是個了不得的人物，曾為秦國之臣，本身也是秦國人。後來因為張儀入秦為相，被張儀所排擠，負氣而至楚國。不過，他雖去了楚國，做了楚懷王之臣，但秦惠王仍然信任他，不管張儀如何讒言，終是對陳軫尊敬有加。所以，陳軫常有雙重身份，在秦、楚之間穿梭。此次來齊，他不是為楚懷王，而是奉秦惠王之命。

齊湣王想到，陳軫既然是楚臣，又與秦惠王有著特殊關係的背景，遂在情急之下，將楚將昭陽要越宋國之境，來伐齊國的情況向他說了出來：

「寡人剛剛接獲消息，楚將昭陽伐魏於襄陵，覆軍殺將，攻城掠地，奪得魏國南境八城。而今，他正驅得勝之師，越宋境而欲伐寡人之國，寡人為此寢不安席，食不甘味，不知計從何出？」

陳軫見齊湣王急成這等樣子，又說得如此可憐，對自己也似乎非常信任，肯把自己的無奈說給自己這個身為楚國之臣聽，內心就動了惻隱之心，同時也有一種被信任的溫暖感。於是，就對齊湣王莞爾一笑，非常輕鬆地說道：

「大王不必如此憂慮，臣願意替大王前往遊說昭陽，讓他止戈罷兵。」

齊湣王一聽陳軫說願意往說昭陽，使其罷兵，不禁感激莫名。遂奉之以黃金萬鎰，白璧二雙，駿馬四匹，讓他速速往說昭陽。

陳軫告別齊湣王，晝夜兼程，很快就到了齊、楚前線。這時，楚師還未完全越過宋境。在前線，陳軫見到了昭陽。昭陽見是陳軫，哪敢怠慢，遂立即延入軍中大賬。寒暄畢，陳軫再拜，賀昭陽覆軍殺將，得魏八城之功。昭陽見賀，大喜。

還未等昭陽樂個夠，陳軫突然坐起身子，一本正經地問昭陽道：

「依據楚國的法律，覆軍殺將，攻城掠地，其功可拜何官，其勞可封何爵？」

這個，昭陽非常清楚，他自己身為楚國之將，對於楚國的封賞之法，豈有不清楚之理。於是脫口而出，答道：

「官拜上柱國，爵封上執珪。」

陳軫點點頭，接著又問道：

「那麼，楚國還有比這更高的官爵嗎？」

昭陽見陳軫問這個問題，心裡不禁好笑，這還要問，在楚國除了令尹，還有誰能比自己這個上柱國與上執珪更顯貴呢？

於是，不假思索而又漫不經心地答道：

「除了令尹，別無其他官爵可比了。」

陳軫見昭陽漫不經心的樣子，遂立即反問道：

「將軍現在已經是官拜上柱國，爵封上執珪了，令尹雖然顯貴，難道楚王還能再為將軍設置一個令尹之位嗎？」

昭陽一聽這話，立即明白了陳軫的意思，是啊，令尹雖貴顯於自己現在的上柱國與上執珪之位，但楚王不可能再添設一個令尹的位置啊，一國豈有二相之理？既然如此，自己何必再伐齊立功呢？

想到此，昭陽情不自禁地點點頭。

陳軫見昭陽明白了自己話中之話了，本想就此嘎然而止。但轉而一想，既然受齊王之託，受人之賜，就應該終人之事，索性將話說得透切些，免得有什麼反覆。

於是，陳軫又續加申述道：

「陳軫曾經聽人說過這樣一個有關楚國人的故事，不知將軍今天有沒有興趣，聽陳軫一敘？」

昭陽聽陳軫說要給自己說一個楚國人的故事，頓然來了精神，忙接口道：

「先生請賜教於昭陽。」

陳軫見昭陽有興趣，遂不慌不忙地開言道：

「從前有個楚國人，祭祖之後，就將其酒賞賜給下人們喝。其中的一個下人見酒太少，就跟同伴提議並約定說：『這酒如果大家分著喝，都會覺得不能盡歡。如果留給一個人，那就足可讓他一醉似神仙。我想，不如這樣，大家請畫地為蛇，蛇先成者，這酒就歸他了。』大家覺得這個主意好，紛紛表示贊同。於是，大家開始用樹枝在地上畫蛇。不久，一個人蛇先畫成，於是，就將那酒拿到了手上。正要喝時，他突然又停住了，說：『我還可以給蛇畫上腳呢。』於是，他就一手拿著酒，一手為蛇添畫其腳。然而，就在他的蛇腳還未畫成時，另一人的蛇已經畫成了。於是，那人就奪下為蛇添腳者的酒，說：『蛇本來就沒腳，你怎麼可以給他添上腳呢？』說著，就將那酒一飲而盡。

而那個為蛇添腳的人，最終失去了到口的酒，後悔頓足不已。」

陳軫說完這個故事，抬眼看了看昭陽，見他正凝神傾聽，並若有所思地頻頻點頭。遂進一步點明主旨道：

「將軍奉楚王之命而伐魏，破軍殺將得八城，已是功高至極。現在，將軍又要移兵伐齊，齊王為之畏懼不已。陳軫以為，將軍以此取名，已經夠了！再說了，即使將軍伐齊能夠成功，難道將軍還能官上加官不成？古人有言：『戰無不勝，而不知止者，身將先死，而爵則後歸。』今將軍破敵立功，而不知進退，不知見好就收，這是不是有點類似於那個畫蛇添足的楚國人呢？」

昭陽聽到此，徹底明白了。心想，陳軫的話不錯，算得上是逆耳忠言。伐魏是奉楚王之命，而伐齊則是自作主張。勝與不勝，都是陳軫所說的「畫蛇添足」之舉。勝則雖功高，但必遭他人之忌，必致楚王之疑；不勝，則自取其咎，前功盡棄。還是陳軫這種謀臣慮深謀遠啊，自己終究不過是個有勇無謀的武夫罷了。

想到此，昭陽對陳軫深深地點了點頭，道：

「昭陽愚昧，幸得先生耳提面命，提醒得及時，不然昭陽就要鑄成大錯了！」

於是，昭陽立即命令班師回楚。

## 2 公孫衍「五國相王」

蘇秦聽說這場齊、楚之戰，最終因為陳軫替齊湣王遊說了昭陽而沒有打起來，不禁為之可惜了很久。心想，要是陳軫不來齊國正好碰上這件事，要是陳軫碰上而不替齊湣王去遊說，要是昭陽不聽陳軫的遊說，那麼這場戰爭不就打起來了嗎？如果真的打起來，能對齊國的實力有多大的消耗啊，遠比自己辛辛苦苦，費盡心機勸說齊湣王大興土木之舉，對齊國國力的消耗來得大、來得快。這麼好的一個最能謀弱齊國的天賜良機，卻被那個自作聰明的陳軫給斷送了，這個該死的陳軫！他鬥不過張儀，卻跑到齊國來逞能、顯本事來了。

就在蘇秦還在心底詛咒陳軫的時候，周顯王四十六年十二月底，蘇秦又獲得了一個重大消息：公孫衍已經合魏、韓、趙、燕、中山五國而相互稱王了。

那麼，公孫衍何以要搞什麼勞什子「五國相王」呢？原來是有原因的。

卻說公孫衍九月離開魏國，至韓國為相後，忽然獲悉一個重大消息：他的死對頭張儀，在八月底，以秦國之相的身份，招齊、楚二國之相會於魏之齧桑。

公孫衍一聽，馬上意識到，張儀這是在拉攏齊、楚二大國，意欲行「連橫」之策。如果讓張儀成功，那麼自己「合縱」之計就難以成局了。於是，他馬上行動，要搶在張儀之前，組織一個「合縱」之盟。

思慮良久，他想到了一個「五國相王」的計謀。經過三個月的馬不停蹄的奔波，終於在十二月底之前，將魏、趙、韓、燕、中山五國之君聚合到一起，搞了一個「五國相王」，大家結盟，互相承認各自為王。

蘇秦了解到這個前因後果，頓然來了精神。因為他深信，公孫衍搞的這個什麼勞什子的「五國相王」，一定會激怒齊湣王。因為以前魏、韓二國之君，都是布衣布冠，折節而朝齊王的，現在他們撇開齊王，自己稱起王來，這還了得。再說，凡是搞什麼「相王」，從來都是沒有好結果的，必定要引起天下紛爭的。想當初，魏惠王搞什麼「逢澤之會」，會諸侯而稱王，結果搞得群起而攻之，由此天下獨霸的大魏不斷喪師失地，最終淪落到主動向齊折節稱臣的地步。齊宣王搞什麼「徐州相王」，結果激怒楚威王，親率大軍打到了齊國的徐州，使齊國受到了重大損傷。張儀搞什麼「咸陽相王」，結果也引起了山東諸國的恐慌，最後導致了公孫衍合齊、魏而破趙的慘禍。說不定，這次的「五國相王」也會弄出些什麼事情來。

果然不出蘇秦所料，事情真的來了。

周顯王四十七年（西元前三二二年）一月，齊湣王聽說「五國相王」，大怒。但是，他又不便與魏、韓、趙、燕、中山五國同時為敵，只得先拿中山國出氣，派使節到趙、魏兩個大國，曉諭魏襄王與趙武靈王道：

「寡人羞於與中山國之君為伍，希望與大國聯合討伐，以廢中山君的王號。」

魏襄王與趙武靈王當然不願意與齊共伐中山國，他們知道這是齊湣王藉口不願與中山國為伍，並稱為王，實際上也是告誡魏、趙二主，不要有與他齊王平起平坐的非份之想，知道齊湣王先拿中山國開刀，其意是殺雞儆猴。

卻說中山國之君聽說齊湣王不願與自己並稱為王，要聯合魏、趙討伐中山，嚇得如同篩糠。連忙找來中山國的能臣張登，告之道：

「寡人已然稱王，而齊王卻對趙、魏二王說，羞於與寡人為伍，並稱為王，而且還要聯合趙、魏二國起兵討伐寡人之國。寡人反復考慮，覺得齊王的用意是要滅寡人之國，而不是在索回寡人的王號。而今，國家危在旦夕，除了您，沒有人能夠挽救這個危局了！」

張登見中山君要自己想辦法救中山國，話也說得誠懇，於是，就直言道：

「大王不必那麼憂慮，您不妨給臣多備些高車重幣，臣請求往齊國，去見齊國的靖郭君田嬰。」

此時，靖郭君田嬰還在齊都臨淄，因為齊湣王聽說楚王反對齊封田嬰於薛，而暫時擱淺了封他到薛的計畫。

張登晝夜兼程，很快到了臨淄，並找到了靖郭君田嬰的府上，獻上重禮後，就開門見山地遊說起田嬰道：

「臣聽說齊王要廢中山之王的王號，還準備聯合趙、魏攻伐中山國，臣以為，這是大錯特錯了。」

田嬰也知道，齊湣王這樣做是錯的，但畢竟齊湣王是齊國之君，也是自己的侄兒，儘管他們之間正在彼此猜忌，矛盾越來越大，但在張登這個外人面前，他也不便附和張登的說法。

於是，對張登辟頭而來的批評，既不駁斥，也不表態附和，只是一聲不吭，但眼神卻專注地看著張登。

張登從田嬰的眼神中了解到他的心理，這是鼓勵他繼續說下去。遂接著分析道：

「中山國乃彈丸小國，怎麼抵擋得了齊、趙、魏三大國的攻伐呢？不要說齊王要求中山君取消王號，就是提出再過份的要求，中山君恐怕也會懼而從之。不過，齊王也應該考慮到這樣一個後果，那就是齊國逼迫太甚，中山國勢必就要依附於趙、魏。如果齊王真的要伐中山，那齊國就無異於在為趙、魏驅羊，讓本是中立的中山之國投到了趙、魏二國的懷抱，這恐怕不是齊國之福吧。臣以為，為齊國利益考慮，齊王不如讓中山君自廢王號，然後再臣事於齊，豈不是對齊國更有利、對中山國也有利嗎？最起碼兩國百姓因此而免了兵戈相向的災難。」

田嬰一聽，覺得張登的這個分析不無道理，想了想，便默默地點了點頭，表示認可張登的分析。但是，緊接著又問了一句：

「先生說得雖然在理，但是具體說來，到底該怎麼辦才好呢？」

張登見田嬰問到具體的策略，知道已經說動了他。於是，立即將自己的想法向田嬰和盤托出：

「為今之計，臣以為，如果靖郭君肯召見中山之君，與他相會，並且答應給他王號，那麼中山君肯定大喜，立即就會斷絕與趙、魏二國之交。如此一來，勢必就會激怒趙、魏二國，二國之王必然會傾起大兵而攻伐中山。二國攻伐急，中山君必然懼怕，自然會聽從齊王之命，自廢其王。如果真能如此，一方面，齊國因為靖郭君您的緣故，免了大動干戈的風險，就輕易達成了齊王要廢中山國王號的心願；另一方面，齊國也因為靖郭君您的緣故，而巧妙地爭取了中山國這個盟友，這豈不遠比為趙、魏驅羊好得多？」

靖郭君田嬰一聽，覺得這個主意不錯，如果照此行事，則齊國不必大動干戈，就可以使中山君廢王號且臣事於齊。如此，自己不就為齊國又立了大功，今後在齊國的地位還有誰能撼動？

想到此，靖郭君田嬰果斷地回覆張登道：

「好！」

張登走後，田嬰的門客張丑聽說了此事，認為田嬰此舉會觸犯齊湣王的大忌，而且對齊國也不利。於是，便勸諫靖郭君田嬰道：

「靖郭君，您不可聽信張登之言。臣聽說有這樣一句俗諺：『同欲者相憎，同憂者相親。』而今，五國相與結盟，大家稱王，而獨獨把齊國排除在外。五國稱王之願都已滿足，而只有齊國為此而憂慮。現在，您聽信張登之言，要召見中山國之君，與之相會，還要答應給他王號，這不明顯觸犯了魏、趙、韓、燕四國的利益嗎？還有一層，您如今要獨召中山國之君而見之，這不是明顯要讓齊國自絕於魏、趙、韓、燕四國，而又令魏、趙、韓、燕四國為之寒心嗎？因此，臣以為，您若一定要先許諾中山君以王號，並且與之親近，那麼勢必就有讓齊國得了中山小國，而失了魏、趙、韓、燕四大國之交。是利大，還是害多，您要有個權衡。再說了，張登的為人，也不值得您輕信。據臣所知，張登在中山國，向來是善以陰計進獻於中山君聞名的，天下何人不知，誰人不曉？您若是輕信其言，而欲收中山國之利，到頭來恐怕是竹籃打水一場空的。」

田嬰因貪張登之財賄，又立功爭權心切，加之張丑的諫言說得不夠委婉，撫了他的逆鱗，最終他還是背著齊湣王，以靖郭君的名義召見了中山國之君，約遇於齊、趙之境，並私相許之以王號。

張登見田嬰已入套，遂立即趕往趙、魏，分別遊說二國之主道：

「齊國馬上就要興師而來，攻伐趙、魏於漳水之東。臣是怎麼知道的呢？因為齊王羞於與中山國並列為王，其念已甚，這是天下人所共知的。然而，現在卻聽說齊國要召中山國之君祕密相會，並且許之以王號，這不是齊國要用中山國之兵，聯合中山攻伐趙、魏的信號嗎？因此，臣以為，為趙、魏利益考慮，不如趙、魏二國先予中山君以王號，以此阻止中山國與齊國結盟！」

趙、魏怕齊合中山而伐己，遂聽從張登之計，再度重申承認中山君的王號，又與之相親。中山國有了趙、魏二大國為依靠，遂與齊國斷絕了關係，齊國也因之閉關不通中山之使。

俗話說得好，「世上沒有不透風的牆」。張登與田嬰都自以為行事祕密，可以瞞得過世上所有人，卻不知早有人洞悉此情，將此消息報告了齊湣王。這個人不是別人，就是齊湣王的客卿蘇秦。

蘇秦之所以要密報張登與田嬰的所作所為，目的就在於挑撥齊湣王與靖郭君的關係，促成齊湣王早日把靖郭君田嬰父子趕出齊都臨淄，這樣他才能方便地為燕王行使「用間」弱齊之計。

果然不出蘇秦所料，齊湣王一聽說田嬰竟然倚老賣老，自說自話，背著自己與中山君相會，且許之以王號，不僅根本不把他這個齊王當回事，還存心要跟他這個齊王作對，於是勃然大怒。盛怒之下，立即決定解除靖郭君的齊相之位，封之為薛公，明升暗降，讓他滾出齊都。

打發了靖郭君田嬰，齊湣王還不解氣。於是，越發賭氣似地要討伐中山國。

可是，由於中山國在趙國包圍之中，只與趙、燕接壤，而不與齊為鄰，所以要討伐中山國還無從下手。於是，齊湣王決定不惜割齊國鄰近趙國的平邑以賄燕、趙，出兵借道共伐中山。

哪知，齊湣王這個動作太大，早已被中山國所偵知。中山國之相藍諸君（即司馬憙）聞之，急得如熱油澆心，坐立不安，不知如何是好。

就在藍諸君一籌莫展之時，張登也已聞知齊國的變故，急急來見藍諸君。藍諸君遂與張登說明了齊湣王欲割地聯合趙、燕，共伐中山的消息，張登聽了輕鬆一笑，道：

「您怕齊國什麼呢？」

藍諸君不假思索地說：

「齊國是萬乘之國，而中山只是千乘之國，怎麼比？而今，齊王恃強淩弱，聲稱恥於同中山並列為王，為此不惜割地以厚賄燕、趙，以謀共同出兵攻伐中山。燕、趙二王好名而貪地，恐怕很容易就為齊王所拉攏，而不會幫助中山的。如此一來，中山國就會大者危國，次者廢王。我是一國之相，您說我能不憂慮嗎？」

張登見藍諸君如此說，遂回答道：

「您先別急！我可以讓燕、趙二國堅定信念，輔佐中山君為王。這事一定能成的，您相信不？」

藍諸君見張登說可以說服燕、趙二國堅定不移地支援中山國稱王，可以將齊伐中山的事搞定，自然求之不得，於是迫不及待地回答道：

「如此，那就是我們中山國最大的心願了。」

藍諸君轉而一想，沒那麼簡單吧。遂又問了一句：

「那麼，您怎麼遊說燕、趙二王呢？」

張登一笑，道：

「我不遊說燕、趙二王，我去齊都臨淄遊說齊王，不就一切都結了？」

藍諸君一聽，更糊塗了。遂又問道：

「您直接去遊說齊王？能行嗎？」

「當然行。」張登信心滿滿地回答道。

藍諸君又問：

「那麼，您怎麼遊說齊王呢？」

張登神祕地一笑，道：

「這個，您就不必問了，我自有說辭。」

藍諸君見張登這樣說，也就不再追問他到底怎麼說了，反正他相信張登確實是有這個能耐的。於是，對張登道：

「如此甚好，那麼您就別耽擱了，快快上路去說齊王吧！」

中山之都顧，與齊都臨淄距離不遠，張登很快就趕到了齊都臨淄，並很快見到了齊湣王。見禮畢，張登直接上題道：

「臣聽說大王要割平邑以賄燕、趙，合兵以伐中山，真有這樣的事嗎？」

齊湣王一聽，心想，消息好靈通啊，不知是什麼人走漏了風聲。但轉而一想，既然自己遣使遊說燕、趙，哪有不漏風聲的？既然你知道了有這回事，那又怎麼樣？於是，索性肯定地回答道：

「有。」

張登見齊湣王並不迴避，遂一針見血地說道：

「如果這樣，那麼大王您就錯了。」

齊湣王一聽，這個小小的中山國之使，竟然直言不諱地批評自己的決策錯了，不禁又生氣又好奇。於是，對張登道：

「寡人倒想聽聽，你說寡人到底錯在哪裡？」

張登一聽，心想，這就好，只要你讓俺把話說完就成。於是，立即接口說道：

「大王，如果臣沒猜錯的話，您之所以不惜割地以賄燕、趙，出兵以伐中山，不就是要廢中山國的王號嗎？」

齊湣王見張登一語中的，一句話就說到了問題的實質上。於是，也坦然承認道：

「是啊。」

張登遂又說道：

「不知大王想過沒有，您這樣做，是不是太過破費了，而且還有很大風險呢？」

齊湣王一聽，不以為然，心想，這樣做，破費是破費了點，但危險，對齊國來說談不上。

張登看了看齊湣王，由他的表情就知道他的心理，於是繼續說道：

「割地以賄燕、趙，這不是資助強敵嗎？出兵以伐中山，這不是首發其難嗎？」

齊湣王一聽，又擺出一副不以為然的樣子。心想，燕、趙跟齊國比，那還算不了強敵，再割幾個地方，他們也強不過齊國。至於出兵伐中山，是首先發難，那又怎麼樣？誰能追究得了寡人的責任？這個世界就是強權、實力說話，其他什麼正義、公理，都是說說的，沒人會相信那一套的。

張登見齊湣王還是那副不以為然的傲慢模樣，心想，得把話說得重點。於是，提高調門道：

「大王如果真的這樣做，不僅伐不了中山國，而且連中山君的王號也廢不了。相反，如果大王能用臣之道，聽臣之計，則既不必割地，也不必用兵，就能使中山君自廢王號。」

齊湣王一聽張登這樣說，立即來了興趣，不禁脫口而出，問道：

「你有什麼妙計？不妨說來聽聽。」

張登一聽，知道齊湣王已然上鉤了。於是，故意頓了頓，調了調齊湣王的胃口。然後，從容不迫地說道：

「臣以為，大王不必大動干戈，只要派遣一個得力的使者，曉諭中山君道：『寡人之所以要閉關不通中山之使，只是因為中山君只與燕、趙結盟，而不讓寡人之國也參與其間。如果中山君肯舉玉趾，勞大駕，親見寡人，那麼寡人也會佐君而稱王。』中山君原本只是懼怕燕、趙二國不肯相助，才有親近依附燕、趙之意。而今，有大齊願意相佐，中山君一定會回避燕、趙，而與大王相見的。而一旦中山君來朝見大王，燕、趙二王就會怒絕與中山國的外交。屆時，大王也繼燕、趙之後，斷絕與中山國的來往。這樣，中山國就自然陷入孤立無援的境地了。到那時，中山君還能貪圖其王號，而不自廢其王，以求保國安民嗎？」

齊湣王一聽，覺得這倒是個好主意，既然能夠不動干戈就能解決問題，自然是上策了。於是，就依張登之言，發使至中山，召中山國之君來見。

然而，就當齊湣王的使者剛剛傳話而去，張登就遣人至燕、趙，將齊王之使的話盡數傳佈於燕、趙二王道：

「而今，齊王遣重使至中山，告我中山之主道：『寡人之所以要閉關不通中山之使，只是因為中山君只與燕、趙結盟，而不讓寡人之國也參與其間。如果中山君肯舉玉趾，勞大駕，親見寡人，那麼寡人也會佐君而稱王。』」

結果，燕、趙二王都認為，齊湣王原來說要割平邑以賄自己，並不是真的要廢中山國的王號，而是想借此離間燕、趙與中山國的關係，然後自己與中山國親近結盟。這樣一想，燕、趙二王都起了疑心，以為齊湣王要聯合中山國夾擊自己。因為中山國處於燕、趙之間，其地理位置在那裡假不了，齊聯合中山，既可以北向而夾攻燕國，又可以西向夾擊趙國。

於是，燕、趙二國拒絕了齊湣王割平邑而共伐中山的建議。相反，與中山國的關係更好了。結果，中山國不僅王號沒被齊湣王廢掉，反而使燕、趙、中山結成了更加親密的聯盟關係。

周顯王四十七年三月，當蘇秦稱病三月復出時，突然聽說中山國的張登，用計破解了齊湣王共伐中山的計畫，不禁大叫失策，深恨自己小瞧了中山國，沒想到中山國還有張登這樣的奇才。他原來知道齊湣王要伐中山的計畫後，之所以要稱病不朝，就是不想管這個事，由齊湣王去玩。因為他料定，不管玩得好不好，自己都是唯一的贏家。如果齊國打贏了，必然使公孫衍苦心組織的「五國相王」的「合縱」之局被打破，可以替自己報得當初公孫衍合齊、魏伐趙，破了自己山東六國「合縱」成局的深仇大恨；打不贏，則可以消耗齊國的一些國力，正可以達到自己「弱齊」的目標。

而今，人算不如天算，怎麼不叫精明一世的他跳腳而大悔呢！

## 3　干戈化玉帛：楚魏和親

周顯王四十七年四月，就在蘇秦還在自悔自怨的時候，突然傳來一個消息：秦惠王免除了張儀的秦相之位，而今張儀已經到魏國為相了。

蘇秦一聽這個消息，立即明白其中的緣故，秦惠王與張儀這是在實質性地實施「連橫」之策了。

周顯王四十七年五月，又傳來一個消息：韓宣惠王與趙武靈王相會於區鼠。

蘇秦一聽這個消息，也明白了其中的因由，這是韓國之相公孫衍反制張儀的一個策略。因為秦惠王免張儀秦相之職，那是掩人耳目之舉，實際上天下人都知道，張儀實際是身兼秦、魏二國之相的。他來魏國為相，目的就是要坐在魏國，就近拉攏近鄰趙國加入以秦為首的「連橫」組織。而公孫衍的智力也不輸給張儀，所以張儀一來魏國，他就馬上行動，拉住趙國，不讓張儀「連橫」趙國成功。

接連獲悉的這兩個消息，讓蘇秦有一種預感：張儀與公孫衍之爭，已經由原來在秦國時的勾心鬥角的權力之爭，演變成了兩種主導今後天下大勢的策略之爭。到底是張儀的「連橫」之策將會勝出，還是公孫衍的「合縱」之計將會成功，就得耐心、靜心地拭目而待了。

周顯王四十七年六月，就在蘇秦要耐心、靜心地拭目以待張儀與公孫衍鬥法時，楚國使臣昭魚來訪，他是奉楚懷王之命出使齊、魏的。

蘇秦心想，這下，天下會更熱鬧了。楚懷王看來也有自己的打算，他此次派昭魚出使齊、魏兩大國，也是有要搞自己一個小集團的意思。

昭魚是楚懷王之相，此次北上，先到魏國，目的是與魏國講和。周顯王四十年，魏敗楚於陘山；周顯王四十六年，楚敗魏於襄陵。如此一來一往，楚、魏算是打了一個平手。楚懷王覺得，在楚國新勝的時候，主動與魏講和，沒有面子上的過不去問題。而在此時，楚懷王之所以要與魏國修好，還有一個重要原因，那就是現在秦相張儀身兼魏國之相，秦、魏結盟，必然要對付楚國。上次的陘山之役，楚國之所以大敗，就是因為秦國支持了魏國。

魏襄王見楚懷王派令尹昭魚來魏國修好，遂也有見好就收的意思。於是，在聽說了楚懷王的王后新亡的消息後，立即決定致送楚懷王一個美人。

昭魚辦完了魏國的外交，又到齊都臨淄，目的也是修好。因為上次楚威王伐齊宣王於徐州，齊國大敗，齊、楚之間的芥蒂，到現在為止也沒有解開。為此，昭魚此次專程至齊，以楚國之相的身份，來拜見齊湣王，一來是為了與齊國消弭往日舊隙，二來也是應對秦國可能對齊國的拉攏。如果齊、楚舊隙不予以消弭，如果秦、齊結盟，那麼對楚國將構成巨大的威脅。

昭魚是很有外交才能的，很快與齊國的外交也辦妥了。

臨走前，他特意拜訪了蘇秦，因為蘇秦以前任『縱約長』時，楚威王曾拜授過他為楚國之相的職位，好歹也算是同僚了。同時，他也知道蘇秦足智多謀，與他相見一面，必然收穫不少的。

與蘇秦見面後，昭魚除了跟蘇秦略述了此行的任務外，還順嘴說出了楚懷王王后新亡的事。

蘇秦見昭魚說到楚懷王王后新亡的事，便順嘴跟昭魚提了一句：

「那麼昭公為什麼不向楚王進言，請求別立新后呢？」

昭魚一聽，立即現出無可奈何的神情，道：

「其實，諫說楚王別立新后，昭魚也曾這樣想過。只是昭魚總有一種顧慮……」

「什麼顧慮？」未等昭魚說完，蘇秦就急切地問道。

「如果昭魚向楚王正式推薦了新的王后，楚王聽從，那就好；要是不聽，而又另有所選，那麼日後新王后豈不要對昭魚恨之入骨嗎？如果這樣，昭魚今後將何以取信於楚王？再做楚國之相呢？」

蘇秦一聽，呵呵一笑，原來是這麼回事。昭魚是怕自己推薦請立的人選，萬一不被楚懷王接受，新立的王后怨恨於他，他就楚相之位不保了。

蘇秦一想，覺得這也可以理解。因為楚國之相，那是人人想做的位置，昭魚好不容易在楚王之朝熬了那麼多年頭，如今終於做上了楚懷王之相，他能不珍惜這個權傾朝野的位置嗎？楚懷王新喪了王后，雖然他這個楚國之相也應該關心，但是，卻不能在此問題上有所失策，以致得罪於未來的新王后。如果他推薦的人選被楚懷王認同，那麼將來新王后必然交善於他昭魚，他這個楚相也就做得穩。如果推薦的人選不被楚懷王認同，楚懷王又別立了新王后，那麼新王后必定恨怨他昭魚多事，將來必與他昭魚交惡，那麼今後他昭魚要做穩楚相就難了。試想，天下哪個君王不聽從王后的枕邊之風？

想到此，蘇秦突然靈機一動，對昭魚說道：

「今蘇秦倒有一計，不知昭公以為可行不可行？」

昭魚一聽蘇秦有一計，連忙問道：

「蘇公既有良策，為什麼還不明教於昭魚呢？」

蘇秦見昭魚急切求教的態度，故意頓而不言。沉默了一會，這才不緊不慢地說道：

「昭公為什麼不去買五雙玉珥呢？」

「買玉珥幹什麼？」昭魚不解地問道。

「您去買五雙玉珥，其中一雙是上品，然後找個合適的機會進獻給楚王。第二天，您再去調查一下，看楚王到底將那雙上品的玉珥給了哪位美人？弄清楚後，您就向楚王進諫，立那位得到上品玉珥的美人為新王后。昭公，您想，這樣一來，您能不一薦一個准嗎？」

昭魚一聽，不禁拍案叫絕道：

「妙！妙！真是妙計！」

說著，昭魚便向蘇秦奉上了百金，然後立即告辭而去。

歸楚之後，昭魚立即密令幹練之人，前往珠玉之市，購置了四雙普通玉珥與一雙珍稀之珥。然後，擇日獻給了楚懷王，懷王笑而納之。

過了三日，昭魚請托宮人，詢問得到上品玉珥的美人。獲知那個美人的確切姓名後，昭魚立即具文奏請楚懷王冊立那位美人為新王后。結果，楚懷王欣然聽從昭魚所請。

後來，新立的王后得知昭魚薦己之恩，遂深感昭魚之情。而昭魚心裡明白，這一切都托賴於蘇秦之計。

就在昭魚冊立新后成功不久，楚懷王之寵妃鄭袖突然找到令尹昭魚，厚奉珠玉，以求計於昭魚，原來是為了與楚王新近寵倖的美人爭寵之事。

這個新近被楚懷王寵倖的美人，不是別人，就是昭魚不久前出使魏國修和後，魏王為了回應楚國的善意，而特意致送給楚懷王之禮，一位傾城傾國的魏國美人。

魏美人乃北國佳麗，一顰一笑，一言一語，都與南國美人風韻大異，裝扮、言動舉止也別有一番風致。楚懷王一見傾心，大為歡悅，寵倖個沒完沒了。這下，原來非常受寵倖的楚妃鄭袖，心中感到非常不是滋味，失落、寂寞、惆悵、怨恨，百感交集。可是，她只不過是楚懷王宮中成百上千美人中的一員罷了，在楚懷王眼中又能算得了什麼呢？楚懷王能管你是什麼感受不成？他是大王，自己快樂就好了。至於寵倖誰，那得看他的心情了。

鄭袖雖終日凝神苦思對策，可是，畢竟是個女流之輩，終究無計挽回楚懷王之情。百思之下，她突然想到了令尹昭魚。因為論地位，昭魚是楚國之相，位居一人之下，萬人之上。論說話的份量，昭魚最重，前不久新王后的冊立，楚王就是依的昭魚之請。於是，鄭袖密託可信之人，求到昭魚府上。

昭魚見是鄭袖之託，也不敢掉以輕心，因為他知道鄭袖在魏美人未到之前的特殊地位。心想，楚王對魏美人的新鮮勁兒一過去，說不定將來又要寵倖鄭袖了。於是，昭魚決定不得罪鄭袖。既然她求計於自己，何不順水推舟，幫她一下，說不定將來有用得到她的地方。

問明了前因後果，昭魚遂密授了一個錦囊妙計於鄭袖所遣之人，教鄭袖如此如此，依計做去，必能邀回楚懷王之寵。

卻說鄭袖得昭魚密授之計，立即心領神會。從此，她對魏美人殷情有加，百般奉承巴結。其對魏美人的喜愛，甚至讓楚懷王覺得也望塵莫及。不僅衣服玩好，擇其所喜而奉之，而且宮室臥具，亦擇其善者而供之。楚懷王見之大悅，於是，專門為此召集宮中所有美人，曉諭大家道：

「作為一個婦人，他能討得丈夫歡心的，也只有一個『色』字。而婦人好妒，乃是其本性，不足為怪。而今，鄭袖知道寡人喜歡魏美人，她不但不妒忌，反而愛之又甚於寡人，這正是孝子盡孝、忠臣盡忠的表現！是值得大家視為典範與楷模的！」

鄭袖見楚懷王已為自己的表面文章所迷惑，並且把自己樹為婦人不妒和事君事親的榜樣，覺得時機已經到了。於是，乘機對魏美人說：

「大王非常喜愛您的美色，覺得您什麼都好，怎麼看怎麼順眼！不過，有一點，卻是鄭袖不能不提醒您的，就是大王不喜歡您的鼻子。鄭袖倒是有一個愚見，今後您見了大王，不妨將您的鼻子遮掩一下。如此一來，相信大王會永遠寵倖於您，對您的感情也能長久不衰的。」

魏美人是個新到宮中的新人，她哪裡知道宮中的諸多勾心鬥角之事，又哪裡了解人心的險惡，以為鄭袖是善意的提醒，於是每每見到楚懷王就必掩其鼻。

時間一長，楚懷王就有些不解，遂問鄭袖道：

「最近一段時間，魏美人只要一見寡人，就連忙手掩其鼻，不知什麼原因？」

鄭袖馬上回答說：

「臣妾知道。」

然而，當楚懷王要她說出來時，她卻故意欲言又止，裝著不便言說的樣子。

於是，楚懷王益發想知道因由，窮追不捨地逼鄭袖說出其中的緣故：

「你儘管說，即使再難聽的話，今天你也一定要說出來。」

鄭袖見楚懷王這樣說，於是便假作扭扭捏捏的樣子，終於說出了原因：

「魏美人是嫌惡大王身上的氣味有些不好聞。」

楚懷王一聽，頓然火冒三丈，道：

「這個賤婦！」

於是，盛怒之下，立即令人處魏美人以劓刑，還不許別人說情勸阻。

這之後，被割了鼻子的魏美人自然失寵了，而鄭袖則又得寵了。

# 第十八章 最後的輝煌

## 1 為燕說齊王

周慎靚王元年二月，在張儀的促成下，齊、秦結為姻親之好，齊湣王迎娶了秦惠王之女。

四月，燕易王卒，燕王噲即位。

五月，齊湣王決定趁燕王噲即位未穩之機，向燕國發動突然襲擊。

齊湣王之所以有這樣一個念頭，一是因為上次自己要割平邑以邀燕、趙共伐中山，燕易王不肯，結果他想迫使中山國之君放棄王號的計畫沒有實現，所以有個心結未解。二是燕易王是秦惠王的女婿，原來要考慮秦國強大的武力，現在燕易王已經作古，秦、燕之間的這層翁婿關係也不復存在了。相反，自己現在倒是跟秦惠王攀上了翁婿關係。

蘇秦聽說齊湣王要趁燕易王新亡，燕王噲立足未穩之機，對燕國發動突然襲擊，立即意識到問題的嚴重性。心想，這齊湣王怎麼和他爹宣王是一路貨色，總是喜歡在燕國國喪期間偷襲呢？當初，齊宣王趁燕文公新卒，燕易王初立，突襲燕之南境，奪得燕國之城十座。結果自己被燕易王好一頓奚落，好在最後自己憑嘴上功夫，使齊宣王吐出了這吃進去的燕國十城，這樣，才重新獲得了燕易王的信任。而今，自己處身於齊，是與燕易王有約在先的，是來齊國臥底，行「用間」之計來謀弱齊國的。如果在齊國期間，沒有阻止齊湣王伐燕，那談什麼到齊國行「用間」之計呢？現在，不能謀弱齊國，最起碼也要保證燕國不受齊國的攻伐啊！

想到此，蘇秦決定立即入朝，一定要說止齊湣王伐燕的計畫，即使是暴露目標，也要阻止這場對燕國有致命傷害的戰爭。否則，就對不起剛剛死去的燕易王，也對不起燕易王之母燕太后對自己的那段感情啊！

好在靖郭君田嬰的齊相之職已經被免除，而且還被齊湣王打發到遙遠的薛地了，現在朝中已經沒有什麼有力的人可以左右齊湣王了。所以，齊湣王可以自作主張，要趁燕國國喪期間伐燕。但是，蘇秦自信自己可以左右齊湣王。

於是，見了齊湣王，他就直接上題了：

「臣聽說，大王想趁燕國國喪無備之時，舉兵伐燕，莫非真有此事？」

齊湣王見是蘇秦來問，心想，這就不必隱瞞了，因為現在朝中他最信任的人也就是蘇秦了。於是，坦然地回答道：

「有。蘇卿以為不可嗎？」

蘇秦見齊湣王這樣問，遂立即接過話茬道：

「臣以為不可。」

齊湣王見蘇秦說得這樣直接而肯定，遂反問道：

「為什麼？」

蘇秦遂分析道：

「昔日先王襲取燕國南境十城，之所以成功，那是掩其不備，得之偶然罷了！那時，燕、趙、魏、韓、齊五國『合縱』之盟初成，燕文公新卒，燕易王初立，根本想不到齊國會出其不意，對燕國發動襲擊。而今，形勢已經完全不同了。齊、燕二國現在既然沒有『合縱』為親的盟約在，哪大王又怎麼可以指望燕國對齊國解除警惕呢？再說了，齊國已有掩燕國不備而襲城的先例在，如今的燕國新主豈能不加意戒備？」

蘇秦見齊湣王不吱聲，於是，續而說道：

「俗話說：『事可一，不可再。』臣曾經聽過這樣一個故事，從前有一個宋國人，本來是個非常勤懇樸實的農夫，春耕夏耘，秋收冬藏，雖然辛苦點，卻也一家溫飽，衣食無憂。然而，突然有一天，他在田裡耕作時，發現一隻兔子被什麼追趕得甚急，一頭撞死在他田中的一棵大樹上，折頸而死。這個農夫一見，非常高興，立即上前撿起這個死兔回家了。飽餐了一頓後，這個農夫忽然突發奇想，說：『我何必這樣辛苦地耕作呢？不如就舒舒服服地坐在這棵田間大樹下，每天守著大樹撿一隻死兔回家，不是比什麼都強嗎？』於是，他便從此放下犁耒，而專守在那棵大樹之下，一心想著再撿只死兔回家。然而，守了一年，卻再也沒有撿到第二隻死兔。最後，因為田不耕而無獲，身凍餒而死，終為宋國人所恥笑。而今，大王欲蹈襲先王舊事，掩燕喪無備而伐之，這是不是有點類似於那個『守株待兔』的宋國農夫呢？臣所說的『不可』，這是其一。」

齊湣王聽了蘇秦的上述一番分析，雖然覺得有道理，但覺得蘇秦把自己比作那個「守株待兔」的宋國農夫，心裡有點不高興，於是就不吭氣。

蘇秦見自己道理講得這麼清楚、淺顯，齊湣王竟然不為所動，只好又進一步分析，道出了第二個認為「不可」的理由：

「乘人之危，黎民百姓尚且不肯為之，何況齊是萬乘之國，大王是萬乘之主呢？臣聽說有古訓道：『師出必有名。』又聽說有這樣的話：『得道多助，失道寡助。』今大王舉兵向燕，師出無名，不得其道，何能理直而氣壯，鼓勇而勝敵呢？臣所說的『不可』這是其二。」

齊湣王一聽這話，覺得倒是說得有理，但是他還是忍住沒有表態。

蘇秦見說到這個地步，齊湣王還沒反應，就有些急了。情急之下，遂設譬作比道：

「記得是去年夏天的一個早上，其時天氣大熱，臣早起而至後園。園中有大樹，鬱鬱蔥蔥，感覺甚是清涼。正當臣低首徘徊園中，悠然自得之時，忽聽有『吱，吱』之聲從頭頂而下。臣於是急忙循聲望去，只見有一隻金蟬正昂居高枝茂葉之間，餐風飲露之餘，不禁得意地放歌高鳴。臣覺得有趣，遂盯著那蟬看了一會。不久，就當臣準備離去之時，忽見有一隻螳螂攀枝援葉，已悄無聲息地靠近了那蟬，正委身曲附要向那蟬撲去。臣一看，大急，恨不得爬上樹去，救下那蟬。然而，還未等臣多想，卻又驚奇地發現，就在此時，螳螂的身後早有一隻黃雀靜候其旁了，牠正脖子伸得老長，要去啄那螳螂呢。可是，還未等黃雀張嘴去啄螳螂，耳邊就聽一聲響。臣急忙循聲去看，原來不遠的樹下早有一個少年手持彈弓應聲而射出了一粒彈丸。」

齊湣王聽到這裡，終於點了點頭，似乎若有所悟。

蘇秦見此，趁熱打鐵，點明主旨道：

「想當初，吳國恃強淩弱，攻伐齊國，結果被仇敵越國鑽了空子，最後強大的吳國反而被原本弱小的越國所滅，由此意外地成就了越王句踐的王霸之業；而今，齊國無故舉兵伐燕，大王難道就不怕強秦襲齊於西、大楚擊齊於南嗎？如果這樣，那麼齊國豈不重蹈了當年強吳的覆轍，而使秦、楚坐收了漁人之利了嗎？這一點，希望大王好好考慮考慮。」

齊湣王一聽，覺得這話不假，既然自己可以趁燕之危，那麼秦、楚同樣可以趁齊、燕生死相搏之時，出兵偷襲齊國。早先吳國伐齊，而弱小的越國乘機伐吳，一舉而稱霸的歷史教訓不能不記取啊！

想到此，齊湣王不禁脫口而出：

「好！寡人明白了。」

遂打消了伐燕的計畫。

## 2 君淚盈，妾淚盈，羅帶同心結未成

俗話說：「無事光陰速，有事度日難。」

蘇秦說服了齊湣王取消了伐燕的計畫後，不僅燕國避免了一場災難，齊國也太平，天下也太平，周慎靚王元年（西元前三二〇年）轉眼間就過去了。

周慎靚王二年二月初，齊都臨淄早已呈現出一元復始，萬象更新的早春景象。

十五望日，蘇秦帶著秦三，來到臨淄城外的淄水邊遊春。

望著緩緩向北流去的一江春水，蘇秦不禁遙望北方，在心中默默念叨著去年已經死去的燕易王，感念著易王對他的信任與恩遇。此時，他多想回到燕國，祭拜祭拜易王啊！然而，現在不行。因為他與易王生前有個祕密約定，為了燕國的長治久安，他必須裝出對燕國絕情的樣子，以繼續留

在齊國行「用間」之計。

看著淄水邊的青青垂柳，與岸邊無際的嫩綠新草，蘇秦不禁遙想到燕都，彷佛看到了薊城外治水之畔的北國春光。他在內心深處衷心祝福著新主燕王噲，希望噲王繼承易王遺志，勵精圖治，使燕之國祚能夠猶若這垂柳、綠草，生生不息，綿綿不絕。

感念燕易王與祝福燕王噲之余，蘇秦又情不自禁間想到了燕太后。他想到了與燕太后初會的歡樂良宵，想到了與燕太后忍情訣別的傷感時分；想到了離別四年來，太后青燈孤影、深閨獨處的淒清；想到了春光明媚時節，太后園中對花凝神、無限傷感的楚楚憐人之態；想到了秋風起、落葉飄時，太后望落葉而歎韶華易逝的悲苦之情。

憶往事，歷歷在目，記憶猶新；歎今朝，天各一方，遙不可及。撫今追昔，蘇秦不勝唏噓、感慨。人們都說，春天是最易引動男女情懷的時節。的確，自從淄水邊遊春回來後，蘇秦不知為何，總是想到燕太后，而且一想到燕太后，就會有一種情不可遏的衝動，不是陷入沉思，就是顯得躁動不安。

就在蘇秦沉溺於與燕太后的往日之情的漩渦，而不能自拔之時，周慎靚王二年三月暮春時節，蘇秦突然收到了燕使祕密捎來的燕太后的書信。

五年了，已經離別太后五年了。雖然日夜懸想著太后，但為了報達燕文公對他的知遇之恩，為了報達燕易王寬厚待他的特殊之情，也為了燕國、燕王以及燕太后自己的名聲，蘇秦以極大的隱忍之力，斬斷了與燕太后的情思。五年來，他沒有給太后捎過一句問候，以表示關切；更沒有起念給太后寫一封書信，以抒發內心的相思之情。沒想到，五年後，太后卻專門遣祕使給他捎來了書信。

這怎能不讓他激動呢？

帶著急切之情，也帶著對燕太后刻骨的相思之念，蘇秦迫不及待地闔戶垂幌，展讀太后之書：

下妾不幸，垂髫而孤。及長，幸得燕侯寵愛，進之為后。然天不佑人，燕侯中道而崩。自爾，下妾獨守於深宮，凝思於蘭殿，玉鑒塵生，鳳奩香殄，懶梳蟬鬢，無心縷衣，視春華如不見，聆鐘鼓若無聞。自春至夏，由秋到冬，日復一日，年復一年，十載無復歡笑，雖生猶死。

自君歸燕，下妾幸得一拜清光，自爾死水而起微瀾。蒙君不棄，遂得薦夢於蘭殿，承歡於秋賬。自爾，長門為君開，柳葉為君畫，春燕同宿於畫簷，鴛鴦雙飛於蘭浦。

然一旦夢破，勞燕分飛。君走於齊，妾蟄於燕。陰老春回，坐移歲月。倏爾而逝，五載已去。羽伏鱗潛，音問兩絕。首春乍寒乍熱，切宜保愛。逆旅臨淄大都，所見所聞甚多。然幽遠之人，搖心左右，企望回轅，度日如歲。感時傷懷，因成小詩，以寄所思。茲外千萬珍重。

其詩曰：

溪梅墜玉，檻杏吐紅。
舊燕初歸，暖鶯已轉。
對物如舊，感事傷懷。
殘花巷陌，猶見雙燕；
濃情密意，翠羽空傳；
風前月下，灑淚何言。
鬱鬱之意，不能自已。

蘇秦未及讀完燕太后的書信，早已淚流滿面，沒想到太后對他還是如此癡情，真是難得女人心啊！

於是，往事今情一起湧上心頭，益發情不可遏，遂遙望北方，裂帛為書，如泣如訴道：

臣蘇秦拜上太后：臣，乃東周之鄙人也。習『縱橫』術而幹諸侯，負書擔橐，羸縢履蹻，遍遊天下，盡說天下之君，歷十餘載，黑貂之裘弊，黃金百斤盡，資用乏絕，大困而至燕。無有分寸之功，而先王親拜之於廟，而禮之於廷也。授臣以燕相，命之為燕使，資以金帛，飾以車駕。遊說三載，始得合山東六國而為縱親。俟『縱』破約散，臣困而至燕，易王亦委臣以重任，恩遇之厚，無以復加。

臣追念先王之深恩，久思報之於易王而不得，又深荷太后之深情。太后，何人也？臣，何人也？太后之深情，臣何德以受之？由是感激，夙夜不安，遂許易王以驅馳，忍情辭太后，潛出燕之都，用間於齊，欲為燕之久安而籌謀。受命五載，臣日夜憂思，恐託付不效，有傷易王之明，以負先王之恩。故雖無時不念太后之情，終不敢函候而致書。

自燕至齊，倏忽五載。雖日日輕車驕馬，夜夜禊飲笙歌，然舊賞人非，即佳時美景，亦樂少愁多。每至新晴麗天，遙望北國，憑空意遠，撫今追昔，不覺黯然自傷。及至清風明月之夜，則移玉柱而傷懷，攬秋賬而寄恨。由是，人懷憔悴，寬卻衣羅。

豈意太后，忽貽好音。發華緘而思飛，諷麗句而目斷。所恨易水波隔，宮闈院深。連夢不及於燕薊，薦夢尚遙於燕然。然丈夫之志，女子之情，心契魂魄交，視遠如近矣。

時至暮春，殘花深院，最易傷情。伏惟太后無以賤臣為念，對時善育，強自珍攝。猶望天從人願，神假微機，他日尚可一拜天顏，以慰鄙懷也。

含淚深情抒發了對燕太后的刻骨相思之情後，蘇秦仍沉浸於往事的回憶之中，久久不能自已。

良久，他突然醒悟，燕太后的信使還等在堂上呢。遂立即收帛納於匣中，交與燕太后信使，又予金帛相資，打發他速速往北而報太后。

## 3 治水長，燕山青，誰知孤臣心

送走了致燕太后的書信，蘇秦雖然因抒發了積壓內心深處的情愫，而一時心情暢快了不少，但不久，他就發現，從此燕太后的影子，總是在念中夢中揮之不去，往事舊情總是時時浮現於眼前、縈繞於心間，心情也從此再也無法平靜下來，更無法定下心、靜下氣，以謀長遠之計。為此，蘇秦陷入了情感與理智的矛盾與折磨之中。

正當蘇秦處於情感與理智的矛盾、折磨之中，而倍感痛苦之時，周慎靚王二年五月初，燕太后的祕密信使又悄然而至。

蘇秦一見，以為燕太后這回肯定又是致書，向自己傾訴相思之情的，一時思想更加矛盾，心情更加複雜起來。可是，待他拆書讀畢，發現燕太后此書並無一字兒女情長之言，只是告知他燕國最近發生的情況，提醒他注意防備。

於是，蘇秦又陷入深深的憂慮之中，他為燕王噲的幼稚而憂，為燕國的前途而慮。

原來，自燕易王過世，燕王噲即位後，田伐、參去疾二人逐漸得寵。這兩位在燕易王之時，都是不見寵於燕易王的，因此，他們對於燕易王獨寵蘇秦，早就心懷不滿，意有所妒。而今，燕易王已經歸天，燕王噲才二十多歲，蘇秦又遠在齊國，因此，田、參二人遂百般挑撥離間，讒言蘇秦。不僅如此，田、參二人還無知地慫恿燕王噲，要蘇秦為內應，準備攻伐齊國，以報燕文公時齊國伐燕之難、燕易王初立時齊宣王襲取燕國南境十城之仇。他們以為，有蘇秦在齊都臨淄臥底策應，燕國伐齊是易於反掌之事。

當蘇秦從燕太后的書信中，了解到這些背景之後，不禁急得跳腳，連聲哀歎。心想，燕王噲怎麼這麼幼稚、這麼糊塗呢？如果燕王噲不信任自己，那麼自己為燕國行「用間」之計，就沒有人與之密切配合了。如此，不僅使自己在齊國的「用間」之計容易被齊王識破，自己有生命之憂；而且自己與燕易王約定的謀弱齊國、確保燕國長治久安的長久目標，就不可能實現。如果燕王噲不信任他，而是聽信於田、參二人之言，燕國不知天高地厚，冒冒然攻伐齊國，那麼無異於是以卵擊石，最終只能是自取滅亡。

想到此，蘇秦只能在心裡無奈地感歎著：要是燕文公他老人家在，或是燕易王還在當家，自己現在就用不著這麼煩憂了，大可一心一意在齊行「用間」之計，左右齊湣王，最終實現謀弱齊國的目標。而今，有了田伐、參去疾這兩個小人在朝，燕王噲又是如此糊塗，這燕國的前途如何是好？

從堂上走到堂下，從院內走到園中，蘇秦越想越煩，越想越覺得這樣下去，後果將是不堪設想。抓耳撓腮間，他又瞥見燕太后的書信還在案上，立即來了靈感：何不給燕王噲寫封書信？

以前他是從不給燕易王寫信的，因為這容易洩露天機。再說，他與燕易王的那種心靈契合，也不必再用言語或文字來表現。但是，而今與燕王噲之間不存在這種默契的心心相印的感情，自己不可能親自回到燕國向燕王噲解釋什麼，所以現在只能出此下策，向燕王噲獻書陳情了。

想到此，蘇秦立即裂帛為書，向燕王噲陳情道：

臣蘇秦謹拜上大王：臣聞大王不信於臣，且欲伐齊。

剛寫了這一句，蘇秦覺得不行，不能這樣寫。這樣，不就等於告訴燕王噲，已經有人告訴了自己有關燕國朝中的情況嗎？這樣，更加使燕王噲不信於自己，認為自己人在齊國，名義上為燕國行「用間」之計，實則在燕國朝中安插內線，監視燕國朝中的一舉一動。如果引起燕王噲這種錯覺，那麼問題就嚴重了。即使燕王噲不會想到這些，他也可能會聯想到是燕太后為自己通的風，報的信，這樣也不好。說不定，他沒有燕易王那種明主的容人與遇人的雅量，反而更會反感太后多事，反感自己與太后的這種違反君臣倫常的私情關係，那樣問題更複雜了。

想到此，蘇秦不禁為如何寫這封信而發愁，因為這開頭一句就極其難寫。

還好，他畢竟是靠嘴巴吃飯的，無論怎麼難說的話，他往往總能找到最適當的表達方法。尋思有頃，文思就來了。遂再裂新帛，重書道：

臣蘇秦謹拜上大王：自臣與先王有約，潛而出薊，離燕至齊，倏忽五載。受命以來，感先王之深恩，日夜思欲報之於燕。不幸先王中道而崩，壯志未酬，臣益悲且愧也。所幸大王既立，燕政平治，民樂其業，臣聞而為燕喜，遂食甘其味，寢安其席矣。

然臣離燕日久，無由時時進忠於大王之側，故亦常懷其憂。猶憶臣離燕往齊之日，亦懷其憂，乃獻御書於先王，然後乃行。書曰：「臣貴於齊，燕大夫將不信臣；臣賤於齊，燕大夫將輕臣；臣用於齊，燕將多望於臣；齊有不善於燕者，燕將歸罪於臣；天下不攻齊，將謂臣善為齊謀；天下攻齊，將與天下共責臣。臣之所處，乃如累卵也。」先王謂臣曰：「吾必不聽眾口與讒言，吾信君也。君可自為之，上可以重用於齊，次可以取信於齊王，下可以存而活之，終必有所為也。偕妻孥以取信於齊，可也；言於齊王曰『逃燕而之齊』，可也；甚者言『與齊謀燕』，亦可也。期於成事而已。」由是，臣釋然而至齊。

臣受命而任齊，夙夜思謀弱齊之計。宣王卒，臣說湣王厚葬以明孝；期年，又說湣王高宮室、大苑囿以明得意，此乃臣破敝強齊而為燕也！逐靖郭君至薛，而專寵於湣王，此亦臣自謀而為燕也！齊、趙之交，或合或離，或美或惡，此亦臣之所為燕也！大王新立，湣王欲襲燕，臣百計謀之而說止，此亦臣之所為燕也！臣居齊及五載，齊兵數出，未嘗謀燕。此則臣可以告慰於先王，報之於大王者也。

信而不疑，此先王所以委臣以大事也；忠而不渝，此臣所以忘身於外也。親賢臣，遠小人，此所以恢宏志士之氣，成王霸大業之至道也；親小人，遠賢臣，此所以塞忠諫之路，取亡國喪邦之淵源也。

弱齊強燕，保國興邦，此臣所以報先王，而忠大王之職份也。「期於成事」，乃臣與先王之堅約者也；忠信無疑，乃臣深望於大王者也。大業未成，齊燕路遙，臣不得歸燕而拜大王，遙望燕薊，不勝感傷。裂帛為書，不知所云。

寫完給燕王噲的書信，蘇秦立即密遣信使，納書於懷，潛出臨淄，急往燕國之都薊城而去。

## 4 再挫公孫衍

就當蘇秦在齊、燕之間內外招架，左支右突，日夜憂心之時，周慎靚王三年三月，公孫衍已經遊說了楚、趙、魏、韓、燕五國之王，說服他們重新「合縱」而西抗強秦。

四月初，公孫衍悄然而至臨淄，遊說齊湣王加入他的「合縱」之盟，共同伐秦。

公孫衍乃梟雄，他的遊說水準不在蘇秦、張儀之下，他當初能做到秦惠王的大良造，打得魏國連連喪師失地；離秦至魏，又遊說得魏襄王的信用，任之為魏將；甫任魏將，便說服了齊國名將田盼，騙得齊、魏二國之師，伐破趙國，破了蘇秦的山東六國「合縱」之盟；後來因與魏相田需內鬥，離魏至韓而為相；接著，他又策劃了一個「五國相王」事件，將趙、魏、韓、燕、中山五國拉攏到一起，組成了一個新「合縱」聯盟。而今，他竟然又說得楚、趙、魏、韓、燕五國之王，要對秦國發動先發制人的進攻。為了保證西伐秦國有絕對優勢，他又來遊說齊湣王，要齊國也出兵參與，共擊秦之函谷關。雖然齊湣王剛與秦惠王結為姻親之好，但經不住公孫衍軟硬兼施、名誘利惑的遊說，結果也答應了參與攻秦。

四月初五，午後蘇秦正在府中坐地飲酒，聽樂士吹竽。忽然門客公孫閈急急來報，公孫衍已經來遊說了齊湣王，齊湣王也已經答應了公孫衍，齊國準備派兵參與楚、趙、魏、韓、燕等國共同伐秦、叩打函谷關的行動。

蘇秦一聽，不禁驚翻了酒盞，忙罷樂而起。忙不及履，冠不及正，就欲起身而入朝。幸得公孫閈提醒，蘇秦才想起，應該衣冠整齊，才能入朝面王。

蘇秦為什麼一聽公孫衍說服了齊湣王，答應與其他五國共同伐秦而感到如此緊張呢？這並不是因為蘇秦對秦國有感情，當初自己組織山東六國「合縱」，對付的就是秦國。而今，他之所以反對齊國參與山東五國共同伐秦的行動，自有自己的小九九和不可告人的目的。

一來從感情上說，他不願意公孫衍合六國伐秦的計畫成功。因為正是公孫衍當初破了自己千辛萬苦組織起來的山東六國「合縱」之盟，使自己「合諸侯，安天下」的理想破滅，打破了東西平衡、天下安定的難得局面，使諸侯各國重新回復到了從前互相攻伐的混亂局面之中，天下黎庶又遭涂炭。不僅如此，也因為自己的「合縱」之盟被公孫衍所破，從此自己六國之相也沒得做了。如果不是幸得燕易王收留，恐怕自己的生存也成了問題。因此，於公，於私，他在感情上都不能容忍公孫衍組織山東六國「合縱」伐秦成功。

二來從自己目前的任務來說，也不允許公孫衍的伐秦計畫成功。自己來齊國的目的是行「用間」之計，要謀弱齊國以強燕，保證燕國的長治久安。如果齊國參與了公孫衍的合山東六國共同伐秦的計畫，成功的機會很大。如果成功了，秦國就弱了，齊、楚就變成了天下最強的二國。而齊國強，則必然要稱霸。燕為齊鄰，齊又有屢次伐燕的歷史，這必然使燕之處境危如累卵。而齊國不參加公孫衍組織的山東各國共同擊秦的計畫，伐秦取勝的機會就很小。這樣，齊國就會因為秦國的繼續強大，而不得稱霸於天下，對燕國就不能構成更大的威脅。

蘇秦懷著自己的目的，入朝而見齊湣王，但齊湣王並不知道蘇秦心裡的小九九。齊湣王見蘇秦突然來見，覺得有些突然，因為此時並不是上朝理政之時。於是，就先開口問道：

「蘇卿為什麼現在來見寡人？」

蘇秦見問，也不想轉彎抹角了，遂答道：

「臣聽說，大王要聽魏人犀首之計，合五國而共叩函谷關，不知是真是假？」

齊湣王見蘇秦問得如此直接，便也非常直接地回答說：

「一點不假。」

蘇秦見齊湣王並不想對自己有所隱瞞，倒有真誠相待之意。遂直接上題道：

「臣以為，大王的這個決策並不恰當。」

齊湣王一聽蘇秦說得如此直接，批評得如此直言不諱，不僅不生氣，反而更有興趣。因為他相信蘇秦的智慧與見識，遂誠懇地說：

「不妨細細說來，寡人願聞其詳。」

蘇秦見齊湣王有興趣聽自己解釋原因，遂接口便道：

「臣聽說先賢有這樣的話：『用兵而喜為天下之先，則其國必憂；約盟而喜招天下之怨，則其國必孤。』臣以為，知權變，善藉力，然後而動，則必能後發制人；審其時，度其勢，然後而起，則必能遠仇避怨。自古及今，凡是聖主賢君，其處事為政，多能知變藉力，乘時而起。歷史的事實證明，只有知權善藉，才能最終成就大事；只有審時度勢，才能建萬世不移之功。相反，不知權藉，昧於時勢，那是很少能成事的！」

齊湣王一聽，立即明白蘇秦這話的意思，他是說齊國不要先挑起戰端，對秦國宣戰，更不要因為與山東五國結盟而構怨於秦。齊國大可先坐觀五國與秦國之戰，然後審時度勢，借力使力，根據變化的形勢再出手，從而達到後發制人的目的。於是，齊湣王會心地點點頭。

蘇秦見齊湣王點頭，知道他明白了自己所說的意思。於是，進一步闡發道：

「干將、莫邪，雖是天下名劍，如果不借之於人力，那是連割布刺地也不能；少府、時力，雖是堅箭利矢，如果不借弦機之助，那是連燕雀也是射不到的。因此，劍是否利劍，矢是否好矢，其實不在劍矢本身，而在是否有『權藉』。」

頓了頓，蘇秦又舉例道：

「為什麼這麼說呢？想當初，趙國奔襲衛國，車不停，人不休，長驅直入，逼於衛都之門，並築城於剛平。當其時，衛都有十門，八門為趙師所塞，二門為趙師所隳，衛國可謂是到了亡國的邊緣。衛君無奈，蓬頭垢面，跣足而逃，急急求告於魏王。魏王聞之，不禁義憤填膺，遂親自披甲礪劍，挑趙索戰。為此，趙都邯鄲為之震動，河、關之間為之大亂。衛國得此『權藉』，也乘機收拾餘甲敗兵，向北對趙國發起了反攻，最終不僅攻破了趙師駐紮的剛平之城，還隳了趙國的中牟之郭。衛國並不強於趙國，為什麼最後卻能戰勝強大的趙國呢？沒有別的原因，主要是衛國善於借魏國之力，審時度勢，適時而起。如果我們打個比方，那麼衛國就好比是矢，而魏國則好比是弦機。衛國是因為知魏、趙之戰之『變』，並巧妙地藉力於魏，才最終有了河東之地。」

這段歷史，齊湣王知道，聽蘇秦說到此，便點頭表示贊同。

「趙國大敗，趙王遂告急於楚。楚人救趙而伐魏，兵出於梁門，軍舍於林中，馬飲於大河，與魏師戰於州城之西。趙國得此『權藉』，遂收拾殘兵剩勇，揮師西進，奔襲魏國河北，最終燒棘蒲，墮黃城，打得魏國喪師失地，一敗塗地。」

這段歷史，齊湣王也清楚，於是，他又點點頭。

蘇秦見此，遂總結說：

「剛平之殘，中牟之隳，黃城之墮，棘蒲之燒，都不是趙、魏二國所願意看到的局面。然而，趙、魏當時卻全力而為，這是為什麼呢？沒有別的原因，那是二國不知『權藉』，昧於時勢的緣故。衛、趙二國初時處於劣勢，後來卻能轉敗為勝，這又是為什麼呢？沒有別的原因，那是因為衛君、趙王明察時勢，善為『權藉』的結果。而今，諸侯各國之君治國為政，則不然。」

「那麼，依蘇卿之見，當今天下之君治國為政，究竟都有哪些弊端呢？」

蘇秦見齊湣王相問，遂自然而然地接口道：

「兵弱而好敵強，國疲而好眾怨，事敗而不自省；兵弱而憎下人，地狹而好敵大，事敗而好多詐，這就是當今諸侯之君治國為政最大的六個弊端。有此六者，還想謀求王霸之業，豈不是如同癡人說夢？」

齊湣王聽到此，點了點頭，說道：

「寡人明白了。」

因為蘇秦上面所舉的這些歷史典故，就是周安王十九年和二十一年的事情，都不過是六十多年前的事罷了。

蘇秦見齊湣王又是點頭，又明確告訴自己上面所說的，他都知道。於是，就引申發揮道：

「臣聽說前賢有言：『善為國者，順民之意，而料兵之所能，然後縱橫於天下。』當今之世，天下紛爭不已，諸侯之間結盟戰伐，都是正常之事。不過，臣以為，這其間應該堅持一個基本的原則，那就是：『結盟不為人主怨，戰伐不為人挫強。』」

「這話怎麼講？」齊湣王又插話問道。

「這話的意思，說得直接點，就是與他國結盟聯合不妨，但不要做盟主，充當冤大頭；與他國戰伐也免不了，但千萬別替別人打先鋒，為他人去挫強敵之銳氣。」

「這話說得有理！」齊湣王不禁脫口而出。

「只有這樣，才能兵不費，威不輕，地可廣，欲可成，永遠立於常勝不敗之地。」

至此，齊湣王終於徹底明白了，蘇秦這是在教他不必強出頭，不必與山東五國結盟，而構怨於強秦，也不必出兵為他人先挫其強敵，大可坐觀他人之鬥，待其兩弊之時而收其兩利。心想，蘇秦真不愧是「天下第一士」也！

正當齊湣王在心底感佩蘇秦的謀略時，蘇秦續又說道：

「對於強大者來說，其禍常起於橫行霸道，一切都想淩駕於他人之上；對於弱小者來說，其禍則常起於貪圖小利，一切都局限於眼前而不顧長遠。如此這般，其結果必然是大國危，小國滅。臣以為，像齊國這樣的天下大國，為了長遠之計，不如韜光養晦，暫時按兵不動，靜觀天下之變，然後再審時度勢，乘機而起。如此，則必能後發制人，一舉而成王霸之業。」

聽到此，齊湣王立即反問道：

「為什麼不能先發制人，而一定要後發制人呢？」

「大王有所不知，當今天下之爭，諸侯各國的目的其實非常明確，就是為了多割他國之地。但是，自古以來，戰伐之事都是要重視『師出有名』的。如果『師出無名』，那就是違反了天道人心，被人視為『不義之戰』。而『不義之戰』，那就必然『失道寡助』，最終是要失敗的。相反，如果對於天下紛爭，齊國採取靜觀其變的策略，等到大家打得精疲力竭、兩敗俱傷的時候，齊國再以討伐『不義』為號召，審時度勢，乘勢而起，來個後發制人，那麼必然能夠爭取到更多的盟國，合眾強而敵諸弱，戰無不勝。如此，最終必能不塞天下之心，不違諸侯之意，就可名號不攘而至，王霸之業不求而自成。」

「有道理！」齊湣王情不自禁地點頭贊道。

蘇秦見此，於是又說了下去：

「至於小國，臣以為，最現實可靠的策略，不如清靜無為，慎約諸侯。為什麼這麼說呢？因為『清靜無為』，他國四鄰不會感到不安，自然也就不會惹禍上身，國內也就能安定；『慎約諸侯』，就是不與他國結盟，參與天下紛爭。能夠置身事外，與他國沒有利害衝突，自然不為天下諸侯所出賣。外不為他人所賣，內不為民眾所怨，自然也就無禍而平安了。這樣，即使是弱小如魯、衛等國，即使是無為而治之君，也是完全有可能使國家達到『粟積朽腐，而用之不竭；幣帛朽蠹，而服之不盡』的境界。如果小國之君能夠明白臣的這層意思，那麼必然是福不禱而自至，富不求而自來。」

雖然齊湣王不是小國之君，但對蘇秦的這番話仍然非常贊同。於是，深深地點了點頭。

蘇秦見了，心裡非常高興，頓了頓，遂又接著道：

「先賢有言：『行仁者王，立義者霸，用兵窮武者亡。』臣以為，這是千古不易的良言。為什麼這麼說呢？我們不妨回顧一下歷史。想當初，吳國可算得上是天下之霸了，吳王夫差更是自況為天下雄主。然而，吳王夫差不思『行仁』、『立義』，卻自恃強大，以『用兵窮武』而為天下先，襲楚伐越，身率諸侯之君，不可一世。但是，最後又怎麼樣呢？不還是身死國亡，而為天下人所恥笑嗎？吳國吳王有如此的結局，原因何在呢？臣以為，沒有別的原因，就是因為吳王恃強而謀霸，『強大而喜為天下先』惹的禍！」

齊湣王聽了，又深深地點了點頭。

蘇秦於是又說了下去：

「想當初，萊、莒、陳、蔡，都是彈丸小國，可是這四國之君卻都不是好謀，就是好詐，不知『清靜無為，慎約諸侯』的道理，結果莒自恃有晉而滅，蔡結盟於越而亡。為什麼會有這種結果呢？這都是因為內尚謀詐、外信諸侯之禍，是『約盟而喜招天下之怨』所結的惡果。由此可見，一個國家的強與弱、大與小，不是興亡的主要因素，而是在於為政治國者是否善於『行仁』、『立義』，盡力避免『用兵窮武』之禍。這一點，由臣上面所說的歷史事實中都有彰顯。」

因為蘇秦所說的這些典故，都是一二百年前的事，齊湣王多所熟悉，故而蘇秦重提舊事，齊湣王也就特別能聽得進去。於是，再次頻頻點頭表示認同。

蘇秦深受鼓舞，遂又說道：

「記得齊國有這樣一句俗諺：『麒驥之衰也，駑馬先之；孟賁之倦也，女子勝之。』大王也知道，駑馬的筋力不會勝過麒驥，女子的骨勁不會超過孟賁。可是，有時候，駑馬卻跑到了麒驥的前面，弱女子也會摔倒大力士孟賁。這又是為什麼呢？沒有別的原因，那是因為『後起之藉』的緣故。」

齊湣王一聽蘇秦所引述的這句俗語，不僅覺得非常耳熟，而且聽來親切。心想，確是這個理兒！即使是日行千里的駿馬，也有精力疲衰之時。如果駑馬此時起而與之並驅，則必超越千里馬；勇力過人，即如古之孟賁其人者，也有精疲力竭之時。如果弱女子此時起而與之相搏，即使是孟賁，亦可勝之。至於蘇秦由這個引語引申而出的「後起之藉」論，齊湣王更是打心眼裡佩服其精闢、深刻，遂不禁三頷其首。

蘇秦見齊湣王頻頻點頭，知道他已贊同自己的「後起之藉」論，認同他所提出的後發制人的觀點。於是，又進一步予以發揮道：

「今天下諸侯相攻，必然有勝有負，不會一戰而同歸於盡，有亡者，亦有存者。臣以為，在此天下紛爭不已之時，如果有大國明君沉著冷靜，先按兵不動，等到各國互相混戰，兩敗俱傷之時，乘機而起，藉力於人，以『誅不正』相號召，隱其用兵之情，托以天下大義，後發制人，那麼他的王霸之業必能指日可成。處當今之世，只要明察諸侯之事，善用地形之利，即使是不立誓結盟，不交互質子，其同盟關係也能堅不可摧；只要『行仁』、『立義』，順天應人，即使不動一兵一卒，也能眾國相事，而無反覆，割地效實，而不相憎。大王也知道，而今是周天子式微，諸侯列強尾大不掉的時代，因此各個諸侯國為了自身的利益，『合縱』、『連橫』而行戰伐之事，不可避免。但是，我們齊國要想在此列強爭雄的時代立於不敗之地，臣以為，應該堅持這樣兩個原則：一是『約於同形』，二是『審時後起』。」

「那麼，為什麼要堅持這兩個原則呢？」齊湣王立即接口問道。

「『約於同形』，才能利長利遠；『審時後起』，才能積蓄力量，後發制人，使天下諸侯為我所驅使。」

齊湣王一聽，心想，蘇秦這兩個原則概括得真好，國家之間只有形勢上共遭憂患，用兵利害關係一致時，才能不約盟、不質子，而其盟自堅。與形勢和利益關係一致的諸侯國結盟，審時度勢而後發制人，才能使諸侯歸附，為我所用。

於是，齊湣王不禁脫口而出：

「蘇卿之論，可謂精闢之至！」

蘇秦見齊湣王這樣說，遂深受鼓舞，續又說道：

「自古及今，凡是賢主明君，大多明白這樣一個道理：要想成王霸之業，切不可以戰攻為先。為什麼呢？因為戰伐之事一起，必然會傷國勞民，必然會耗折都、縣之財。而傷國、勞民、耗財，則必激起民怨，國內就難以安定。如此，還想稱霸天下、臣服諸侯，恐怕是難於上天吧。還有一層，大王也是可以想到的，這就是戰伐之害。一旦戰伐起，為了應付戰爭之需，士民都要捐出私財以供軍市，老少婦幼都要節制飲食以待死士，大夫折其轅而為戰時之炊，農夫殺其牛而為士卒觴，如此等等，豈非勞民傷國之極？戰伐之前，通都、小縣乃至有市之邑，都要停下工商農耕之事，而為戰伐之事準備。如此作為，豈非掏虛國家之舉？戰伐之後，縱然取勝有功，但是將帥半折，戰死之卒屍積如山，死者家屬哭泣之聲震天，難道做國主的就不傷心嗎？還有，一戰下來，對於國家來說，國庫之財常常為之耗盡。如此，做國君的難道就不為國家今後的發展而憂慮嗎？而對於家中有子參戰的民眾來說，如果兒子戰死了，他們必須破家而葬；如果兒子受傷了，他們就要空財而供藥。由此可見，戰攻之事，縱然取勝有功，不論是就國家財力所費而言，還是就將士的死傷來看，都是得不償失的。」

聽到蘇秦說到戰爭之費，齊湣王立即想起以前齊將孫武曾有言道：「凡興師十萬，出征千里，百姓之費，公家之俸，日費千金。內外騷動，怠於道路，不得操事者七十萬家。」於是，會心地頻頻點頭。

蘇秦抬眼看了看齊湣王，見其點頭贊同，遂再申其言道：

「其實，做國君的，如果他不是視而不見，充耳不聞，那麼他一定會算這樣的一筆戰爭之賬：千乘之國之間，如果發生一場戰爭，那麼國之所費，常常是老百姓十年田耕也不能抵償的。至於軍需上的損耗，如矛戟之折，鐶弦之絕，弓弩之失，戰車之損，駿馬之傷，箭矢之損，那就更是不計其數了。這些折損的甲兵之具，或者是官家所出，或者是士大夫所藏，或者是廝徒雜役所有，其價值如果要折算起來，恐怕也不是老百姓十年田耕所能抵償的。一國有此兩筆巨大的費用開支，卻還想著要稱霸天下、臣服諸侯，大王您想想看，這有可能嗎？」

頓了頓，蘇秦又說道：

「上面臣說的，還是指短期之戰。如果是曠日持久的長期戰爭，那麼對國力的消耗，也就可想而知了。比方說，為了應付長期戰爭，保證軍需之用，蔽甲之繕理，戈矛之鍛造，戰馬之飼養，不僅要動員全國的人力，還要耗盡全國的財力。如果是穿穴攻城之戰，不僅穿穴之士要為之精疲力竭，國家為此耗費的財力就更為驚人了。為什麼呢？因為破人之國、毀人之城，那是戰爭中最殘酷的階段，敵方必定是要抵死相拚的。正因為如此，即使是將不解甲，士不卸鞍，一年之內能夠拔城破敵的，那也是很難得的了。此外，還有一層，也是不可迴避的，這就是圍攻敵國之城時間一久，將帥必然倦於管教士卒，而士卒必然由此變得驕橫急躁。試想，以這樣的將帥與士卒，以這樣的士氣，要想連拔敵國三城，最終克敵制勝，恐怕不那麼容易吧。因此，古人有言：『戰攻者，非賢主明君之所先也。』」

齊湣王聽到此，又點點頭。

蘇秦又接著道：

「為什麼這樣說呢？我們不妨再回顧一下歷史。昔日智伯瑤攻范、中行，殺其君，滅其國，吞併二國後還覺得不滿足，於是又西圍趙國晉陽，這在歷史上也可算得上是『用兵之盛』了。但是，後來怎麼樣呢？智伯瑤不還是落得個身死國亡，而為天下笑的結局嗎？這又是為什麼呢？臣以為，沒有別的原因，都是因為智伯瑤窮兵先戰，伐滅范、中行二國之禍。還有昔日的中山國之君，也是如此。想當初，他傾起國中之兵，迎戰燕、趙之師，南戰於房子而敗趙氏，北戰於中山而克燕軍，屠城殺將，不可一世。中山國只是一個千乘之國，卻能一舉而勝燕、趙兩個萬乘之國，而且是兩戰兩勝，這在古今軍事史上算得上是『用兵之上節』了吧。可是，結果又怎麼樣呢？中山君最終不還是落得個國破家亡，折節屈尊，反做了齊王之臣嗎？這又是為什麼呢？臣以為，這也沒有別的原因，都是緣於中山君事先沒有對戰攻之禍有足夠的認識。因此，由歷史的經驗來看，戰攻實乃破國亡國的根源所在；輕啟戰端，必然會惡果自食。」

頓了頓，蘇秦見齊湣王專注地傾聽著，於是，再申述其言道：

「當今之世，諸侯各國中所謂的善於用兵者，其實不過是些窮兵黷武、賭命比勝之徒。他們以為，守護城池，能夠抵死相拚，使敵人不能攻拔，使一國得以保全，就是天下最好的了。其實，這並非國家之利、人民之福。為什麼這麼說呢？臣聽說前賢說過這樣的話：『戰大勝者，其士多死，而兵益弱；守而不可拔者，其百姓疲，而城郭壞。士死於外，民殘於內，而城郭壞於境，則非王之樂也。』也就是說，死戰死守，最後只能是魚死網破，大家同歸於盡，對於戰爭的雙方都沒有任何好處。這個道理雖然簡單，但是今世之人，卻很少有人明白。相反，當今天下諸侯，無論大國小國，許多做國君的都是喜歡舞刀弄劍、彎弓而射，自以為尚武可以強國，征戰可以興邦。其實，這是大錯特錯！因為這樣既不是國家之幸，也不是萬民之福。如果大家始終不能認識到『窮兵黷武、賭命比勝』的弊端，那麼諸侯各國只能永遠是互相為仇，天下將永遠不得安寧。」

齊湣王見蘇秦雄辯滔滔如此，不禁為之折服。於是，蘇秦一邊說，他就一邊點頭。

蘇秦見此，深受鼓舞，遂又繼續道：

「勞頓士卒，困乏國家，而廣與諸侯各國結怨為仇，這是賢主所不取的；自恃強大，不恤民生疾苦，用兵不知節制，終使師弱民貧，這是明君所不為的。臣以為，如果真是賢主明君，他治國為政，肯定能夠體恤民情，輕徭薄賦，節用而愛人；如果真是賢主明君，即使他五兵不動，天下諸侯也會望風而從；如果真是賢主明君，即使他甲兵不出、戈矛不施，也能不戰而屈人之國，不伐而降人邊城，士民不知而霸業自成。」

蘇秦再抬眼看看齊湣王，見其不斷頷首拈鬚，遂作最後的總結道：

「臣記得古之聖賢有言：『攻戰之道，非兵者。敵有百萬之軍，我謀之於堂，彼自敗也；敵有闔閭、吳起之將，我謀之於堂，彼亦必為我所擒也。』因此，自古以來，真正善於攻戰的，往往是千丈之城，拔之於樽俎之間；萬丈之塞，破之於衽席之上。如此，則鐘、鼓、竽、瑟之音不絕，而地可廣、欲可成；和樂、倡優、侏儒之笑不乏，而諸侯萬國來朝。因此，真正的明主賢君都會明白這樣一個道理：『名配天地不為尊，利擅海內不為厚。』善於為王者，他能勞天下而自逸，亂天下而自安。逸治在我，勞亂在天下，這才是王者之道。若敵有銳兵來，則以將拒之；天下禍患至，則巧為轉移之；諸侯算計於我，則以奇謀以破之。如此，國家何來之憂？」

齊湣王聽到此，徹底明白了蘇秦的意思，並打心眼裡佩服蘇秦所說的「勞天下而自逸，亂天下而自安」之謀，遂斷然地說：

「好！寡人明白了。」

於是，齊湣王立即決定，取消參加公孫衍所組織的六國共同伐秦的計畫，按兵不動，坐觀五國與強秦相搏，待其兩敗俱傷時，趁之而後起，一舉收拾天下殘局。

## 5　遺計擒真兇

周慎靚王三年八月中旬，正是秋高馬肥之時，也是用兵作戰的最佳時機。

按照公孫衍事先與山東六國之王的約定，楚國之兵已陳於秦、楚交界的東南重要關隘——武關之下，魏、趙、韓、燕四國之兵，也陸續按約如期到達秦、魏交界的險隘——函谷關前，可是左等右等，就是不見重要的盟國齊國軍隊的出現。

不久，公孫衍就獲悉齊湣王已經變卦，不參加五國伐秦的行動了。公孫衍以為，可能是因為秦、齊剛剛結姻親之好之故。其實，他哪裡知道，根本不是這麼回事。真正的原因是蘇秦以「後起之藉」與「勞天下而自逸，亂天下而自安」之說，遊說了齊湣王，齊湣王才改變了主意。齊湣王是大國之王，他才不會把與秦惠王結為翁婿關係當回事呢！眾所周知，諸侯之間聯姻，都是一種外交上的權宜之計，根本沒有什麼真正的親情可言。國家利益至上，這是任何做君王的都知道，齊湣王當然更是明白此理的。

公孫衍見齊湣王已經變卦，沒了齊國這支最為重要的力量，心裡就有些打鼓了。但是，此時魏、趙、韓、燕四國大兵已到，他也是騎虎難下了。於是，只好按原計畫向秦國發動了進攻。

因為魏國與秦國交界，如果伐秦成功，魏國將可以趁此收復河西失地，得益將是最大。因此，魏國就擔任了此次伐秦的先鋒，與秦師的作戰也是最勇敢、積極的。很快，四國之師就攻到了秦國的函谷關，秦都咸陽為之震動。可是，四國之兵到了函谷關下，由於秦師的拚死抵抗，終而久久不能攻入關內。於是，四國之師只好與秦師相持於函谷關前，戰爭毫無進展。

到了十一月底，由於攻秦三月而無功，加上天氣轉冷，集結於函谷關之下的四國之師，軍心開始動搖。尤其是趙、韓、燕三國軍隊，更有撤退之意。因為這三國都有一種共同的想法，就是認為此次伐秦，對自己國家並無多少好處，如果成功，他們並不能割地於秦。正因為四國各打自己的主意，不能同心同德，一心一意，再加上擔任「縱約長」的楚國，其軍隊在武關之下根本是按兵不動。這樣，秦國就趁機利用了五國之間的矛盾，於十一月底開始，抽調主力之師，出函谷關而向四國之師發起了反攻。結果，趙、韓、燕之師都退卻，不肯死戰，只有魏師拚死相爭。結果，魏師深受重創。

魏襄王見此，知道情況不妙了，這樣下去魏國要被滅亡的。於是，在戰爭還在進行之時，就急急派惠施至楚，請求「縱約長」楚懷王同意與秦媾和。

楚懷王本來就不怎麼想與秦對抗，只是因為被公孫衍攛掇，又讓自己當上了「縱約長」，所以只好參與伐秦。但是，他心裡覺得不踏實，怕得罪秦國，最後楚國吃虧。因為楚國與秦交界，秦師出武關而下，就對楚國有很大威脅。所以，楚懷王雖然出兵，雖然親任五國伐秦的「縱約長」，卻陳兵於武關之前而不動，坐觀魏、趙、韓、燕四國之師在函谷關下與秦師搏殺。現在，看見四國已經不敵秦師，魏國危急了，擔心接下來秦師就要出武關對付自己了，於是，就同意媾和，準備由大將軍昭陽派人護送惠施至秦講和。

就在這時，楚臣杜赫聞知，忙向楚國上柱國、上執珪、大將軍昭陽進諫道：

「率領諸侯各國伐秦的是楚國，如今惠施以魏王之使的名份而來，將軍您護送他到秦講和，這不是明明白白地告訴秦國：率諸侯伐秦的是楚國，而息兵與秦媾和的是魏國嗎？杜赫以為，為楚國的利益考慮，將軍不如不聽惠施之求，自己暗中遣使至秦請和。這樣，秦國一定會感恩戴德於楚，豈不是上策？」

昭陽一聽，覺得有理，是啊，如果自己派人護送惠施至秦講和，結果就造成了秦惠王一個錯覺，以為伐秦是楚之意，和秦是魏之意，這不是讓魏國做了好人，而楚國做了惡人了嗎？

於是，昭陽就託辭對惠施說：

「此次率領諸侯各國之師攻秦，並出力最多的，是魏國。而今，您以楚國的名義入秦講和，這不是讓楚得其利，而魏受其怨嗎？昭陽以為，不如您先回去，楚國派人以魏王的名義去跟秦國講和，這樣可能對魏國更有利。」

惠施見昭陽這樣說，覺得也有道理。於是，惠施就急急趕回了魏國。這時，已經是十二月中旬，因為天寒之故，戰爭已經自然結束了。

惠施回到大梁，稟報了入楚要求媾和的情況，襄王大為不悅。認為楚國不講信義，自己為「縱約長」，卻陳兵於武關不動。如果楚國之師在武關向秦師發動進攻，就能極大地牽制秦師，魏國就可以率趙、韓、燕三國之師，打敗函谷關下的秦師，並攻入關中。如今只有魏國軍隊拚死對抗秦師，受損最大，楚王既不援魏而與秦作戰，又不讓自己與秦媾和，這不是要魏國滅亡嗎？於是，就想報復楚國，準備與秦、齊「連橫」，對付楚國。

楚懷王沒想到魏襄王會來這一招，急得如同熱鍋上的螞蟻一樣團團轉。

這時，原來出主意的杜赫也有些慌了，遂又想出了另一個主意，急忙向楚懷王獻計道：

「五國共約伐秦，魏為楚衝鋒陷陣在前，損兵折將，國家危在旦夕，而今告困於楚，而楚不聽；想要媾和於秦，而楚又不准。為此，魏王心有怨恨，這也是其情可鑒。聽說魏王現在準備折節而朝齊、秦，如果這樣，那麼楚國就危險了。因為楚東有越國之累，北結魏國之怨，而與齊、秦二國之交又未定，看來楚國已到孤立無援的境地。因此，臣以為，大王不如速允魏王之請，與秦國媾和吧。」

楚懷王覺得事到如今，也只有這樣了，因為確實是自己理虧。於是，立即派人火速趕到魏都大梁，安慰魏襄王，同意與秦媾和。

這樣，從八月到十二月中旬，楚、魏、趙、韓、燕五國共同伐秦，忙乎了近五個月，結果無功而散，魏國還因此而大受損失。最終以五國集團向秦講和而收場，公孫衍搞得灰頭土臉，五國搞得勞民傷財，師疲馬倦，國力大衰，百姓怨聲載道。

而這一切，卻讓坐觀一旁的蘇秦與齊湣王，看得心裡樂開了花。但是，蘇秦與齊湣王之樂，那是不相同的。蘇秦樂的是，破了公孫衍的「合縱」伐秦之局，報了以前他破了自己六國「合縱」而安天下的和平之局的深仇大根，同時能借此讓齊湣王更信任自己。齊湣王樂的是，幸虧聽了蘇秦的建議，齊國沒有一兵一卒之折，一分一毫之費，而楚、魏、韓、趙、燕五國，卻都因伐秦或大敗，或大困。如今這結局，不正是如蘇秦當初所說的那樣：「勞天下而自逸，亂天下而自安」嗎？

由此，齊湣王更是打心眼裡佩服蘇秦的先見之明。於是，對於蘇秦比以前更是寵信有加。常常是入則同朝，出則同車，就差一點沒同榻共妻了。

俗話說，妒嫉之心，人皆有之。蘇秦如此被齊湣王所寵信，自然引起了一些齊國大臣的不滿。其中，有田楚者，乃齊王宗室之親，前此與靖郭君田嬰交好，也是齊威王時的紅人與寵臣。到齊宣王當政時，宣王與靖郭君不善，田嬰雖不那麼受寵，但仍是齊國之相，所以田楚還是朝中要人。可是，自從齊湣王即位以後，特別是湣王封靖郭君田嬰為薛公，靖郭君田嬰、田文父子均被排擠出都後，蘇秦就逐漸一人專寵了，而田楚就更沒有在朝中立足之地了。

看著蘇秦這個被諸侯各國視為「天下無信人」，卻以一個客卿身份，得到齊湣王如此重用、寵信，在朝中呼風喚雨，田楚不禁由妒而恨。苦思很久，終究也尋思不出一個好辦法趕走蘇秦，從而取而代之。

十二月二十一日，田楚獨自處室，坐地愁悶獨酌。突然，他的一個門客趙鋏來見。

田楚見趙鋏來見，遂邀他同飲，以借酒澆愁。杯來盞去之間，田楚情不自禁地向趙鋏說出了自己心中的苦悶。

趙鋏一聽，微微一笑，道：

「這等小事，大人何用這樣愁眉不展，鬱鬱不歡？」

田楚一聽趙鋏說這是小事，遂忙問道：

「難道您有什麼妙計良策嗎？」

趙鋏見問，遂附耳而向田楚道：

「何不招死士以刺之？這樣，豈不一了百了了嗎？」

田楚一聽，頓時茅塞頓開。心想，這倒是一個乾淨俐落的辦法。

於是，立即決定由趙鋏負責此事。

趙鋏本來就是一個從小浪蕩江湖的混混，狐朋狗友，打鐵的，屠狗的，賣拳的，偷雞摸狗的，三教九流，什麼人都有。他之所以要攀上田楚，而為其門客，就是要寄食於田府，白吃白喝。受命於田楚後，趙鋏立即找到三個死士，交代了如何如何，就準備行動了。

十二月二十五，蘇秦在朝中與齊湣王相與盤桓了一日。日暮時分，方策馬往歸府第。趙鋏指派的刺客，已經祕密跟蹤蘇秦好幾天了，苦於找不到下手的機會。今天見蘇秦日暮方回，正是下手的好機會。於是，三個死士一湧而上，飛身上了蘇秦急駛的馬車，未及蘇秦反應過來，早已被其刺了八刀，蘇秦遂倒在了血泊之中。好在這八刀雖然刺得很深，卻沒有觸及心臟，因此蘇秦沒有當場死亡。

車伕先是一驚一楞，接著立即快馬加鞭，將蘇秦載回了府中。

蘇秦回府，一面派人急報齊王，一面派人請來各路醫者，止血上藥。

卻說齊湣王晚上聞知蘇秦被人刺殺，立即連夜傳令全城搜討刺客。一夜之間，懸賞通緝之令，就懸滿大街小巷，以及城門、關卡要道。

可是三天過去了，沒有任何刺客的蹤跡。到了十二月二十九，蘇秦熬過三天，看看快不行了，連忙派人通知齊湣王。齊湣王一聽，立即起駕而至蘇秦府上，親探蘇秦。

齊湣王看著奄奄一息，命懸一絲的蘇秦，不禁悲從衷來，兩滴熱淚就滾落到了腮邊。

蘇秦見此，忙握住齊湣王的手道：

「臣有今日的榮寵地位，都是托賴大王的信任與深恩。大王於臣，可謂恩比天高，情比海深！可惜臣命薄福淺，遭此不測，將不久於人世，無法報大王厚恩之萬一。臣死後，懇請大王車裂臣屍，並遍告於國中之人說：『蘇秦為燕作亂於齊』。如此，那個刺臣之賊一定能夠不求自出，刺臣的真相也能大白於天下。」

說完，蘇秦就合上了眼睛，再也沒有能夠回看一眼齊湣王了。

齊湣王悲傷了一回，回宮後，立即遵蘇秦之言，將蘇秦之屍車裂於市，並示眾說：「蘇秦為燕作亂於齊，有如蘇秦者必如此。」

卻說田楚聽說蘇秦被齊湣王車裂於市，並懸屍示眾，這才知道，原來蘇秦是個臥底於齊的燕國奸細。心想，如此，則自己派人刺殺蘇秦，就不是有罪的問題，而是有功於齊了，說不定齊湣王馬上就可以重任於自己了。

於是，田楚立即入朝晉見齊湣王，自報其功，細述了自己如何策劃刺殺蘇秦的經過。

齊湣王一聽，果如蘇秦所言，不禁從心底更是佩服蘇秦的智慧了。遂立即拘殺田楚及趙鋏等刺客主從人犯。

# 第十九章　尾聲

周慎靚王四年一月二十五，燕王噲正處理完朝政要回後宮休息，突然有一人慌慌張張地闖入燕王大殿，門禁官擋都擋不住。

「你是何人，怎敢擅闖王宮？」燕王噲看著被門禁官追著而來的那人厲聲呵斥道。

「大王，臣是先王派往齊國的密使啊！」那人上氣不接下氣地回答著，同時還急忙從懷中掏出了燕易王的令信牌。

燕王噲一見，這才如夢方醒。於是，連忙揮退門禁官，對那密使問道：

「你為什麼跑得這麼急？是不是有什麼重要情報？」

「大王說得對，正是。」

「什麼情報？」

「蘇秦蘇相死了。」

「怎麼死的？」燕王噲不禁吃驚得瞪大了眼睛。

「是被齊王之臣派人刺殺的。」

「為什麼？」

「都是因為蘇相太得寵於齊王了，齊王之臣田楚由妒而恨，遂收買死士刺殺了蘇相。」

「那麼，齊王怎麼發落田楚呢？」

「開始齊王並不知道是田楚指使人幹的。是蘇相臨死前給齊王設了一計，才使刺客身份浮出了水面，並由此知道了事情的真相。」

「蘇相為齊王設了什麼計呢？」燕王噲又急切地問道。

「蘇相被刺身亡前，齊王親自到蘇府探視，蘇相就跟齊王說：『臣死後，請求大王車裂臣的屍體，並遍告國中之人說：蘇秦為燕作亂於齊。那個刺客就會不求而自出了。』」

「結果怎麼樣？」

「果然如蘇相所料，齊王依計而行後，田楚立即主動向齊王稟告了事情的經過，以向齊王邀功。結果，齊王將他連同其所指派的三個死士一網打盡，為蘇相報了仇。」

聽完了密使的稟報，燕王噲一句話也沒有說，只是長長地歎了一口氣。頓了頓，壓低聲音說：「此事到此為止，你知，我知，不必再跟其他人提起。你還是繼續回齊都，有消息及時稟告寡人。」

說著，叫過宮人，拿了一些金帛給密使以為賞賜和路資。

密使謝賞而退，又急急南下了。

正如俗話所說：「世上沒有不透風的牆。」蘇秦那麼天下有名，他的死訊即使要瞞，也只能瞞得了一天，瞞不了一世的。其實，不要說瞞一世，就是連一年半載也是瞞不到的。終於，到周慎靚王四年三月初，關於蘇秦的死訊，早已在燕國傳得人人皆知了。更有甚者，竟然街頭巷尾還有人這樣議論：

「太好了！齊王終於為蘇相報仇了！」

燕王噲聽到燕國百姓這樣的議論，真是急得跳腳，心想，這要傳到齊國，那齊王還不知道蘇秦的身份啊？那樣，齊國豈不要對燕國恨之入骨，從此要成生死對頭啊？

正在燕國百姓議論紛紛，而燕王噲為此心裡著急不已之時，深宮後院中的燕太后終於也聽到了風聲。

周慎靚王四年三月初九，北國初春和煦的陽光不緊不慢地暖暖地照著，燕太后今天興致特別好，帶了一大幫宮女侍婢在滿眼蔥綠、繁花如錦、飛蝶款款的花園中徜徉。一會兒看看開得正盛的杏花，一會兒看看正欲開放的桃花蓓蕾，一會兒又摸摸沿路小徑上嫩綠的新葉，一會兒又俯下身來看看一些破土而出的不知名的小草。侍女們看見太后今天這般愛花憐草，也就故意放慢了腳步，跟太后保持一定距離，免得驚動她，掃了她的雅興。

轉了一會，突然轉到了園中的那潭約有一畝水面的池沼邊上。望著池沼邊綠油油的新草，看著池沼邊隨著微風婆娑起舞的垂柳的枝條輕拂水面，惹得水光瀲灩的一池春水，不時蕩起一波波漣漪，燕太后突然在一株垂柳前止住了腳步，手執垂下的柳條，時而遠觀池沼中心那個蔥綠青翠，宛如從水中浮出的小小沙洲，時而俯視池中自己孤獨的倒影，一時陷入了遙遠而深沉的夢境。也許，她是在回憶當年在此與蘇秦「二子泛舟」的往事吧。

然而，就在燕太后倚柳對景凝神之時，突然聽到身後的兩個宮女在竊竊私語，好像是在說蘇秦蘇相的事。

燕太后一聽，立即從夢境中清醒過來，忙叫過那兩個宮女：

「你們倆剛才鬼鬼祟祟，神神祕祕地在說什麼呢？」

「太后，我們沒說什麼呀？」

燕太后不禁把臉一沉道：

「你們以為我人老了，耳朵也聾了？」

「太后，奴婢們不敢！」

「既然不敢，那還不跟老身說說，你們剛剛背著老身到底在說些什麼呀？」

「這個，這個……」兩個宮女你看看我，我看看你，嘴巴好像被什麼粘住了似的，半天也說不出什麼。

燕太后一看他們那種為難的樣子，就知道這其中必有蹊蹺。不然，她們在自己面前能有什麼難言之隱呢？想到此，她就越發地想知道個究竟了。於是，她便擺出太后的尊嚴，厲聲命令道：

「今天你們到底說不說？不說，我看你們明天也就別指望著再見到老身了。」

兩個宮女立即慌了神，太后這話什麼意思？是要攆她們出宮，還是要殺她們？不管是哪一種，都是讓她們不敢想像的。

頓了頓，兩個侍女幾乎是同時脫口而出道：

「我說，不過太后您得挺住？」

「什麼事，老身會受不了？難道是天塌了不成？」

「蘇相沒了。」高個子侍女道。

「聽說是被齊王之臣找刺客暗殺的。」矮個子侍女補充道。

「真的？」燕太后一聽頓時既驚駭又失望地脫口問道，那神情再也掩飾不住她內心深處的祕密了。

「是去年臘月二十九過世的，死後屍體還被齊王給車裂示眾……」

未等高個子侍女說完，燕太后早已經閉上了眼睛，隨即身子一歪，差一點就一頭栽倒在地上。矮個子侍女眼疾手快，一手扶住了燕太后，另一隻手則摔了高個子侍女一下，道：

「你說這個幹嘛？看……」

被扶回後宮寢殿的燕太后，雖然被宮內郎中忙了半天救醒過來，可是甦醒過來後，卻目光呆滯，不言不語。就是孫兒燕王噲來探視，她也沒有一句話，只是呆呆的低著頭，像個羞澀的少女一般擺弄著自己的衣襟。

宮女、侍婢們不敢道出真情，郎中也診斷不出什麼病因，燕王噲也只能束手無策，每天探視一次後，都悵然若失地離去。

就這樣，過了五天，情況一仍如舊。

到了三月十五，快到黃昏舉燭掌燈時分，一直僵躺在床上的燕太后突然開口說話了：

「紅葉，快過來！」

宮女們聽見太后突然說話，並指名道姓地叫她最寵愛的侍女紅葉近前，不禁喜出望外。

紅葉聞聲立即趨前，跪倒在燕太后的床前，帶著哭腔道：

「太后有什麼吩咐？奴婢在此。」

燕太后看看紅葉，半天才溫柔地說道：

「人家都說你長得像老身，也有老身的風韻，相信你也最能體會老身的心意。老身今天覺得好累，你快把玉綃賬給放下來，讓老身今夜好好睡一個安穩覺吧。」

紅葉一聽這話，覺得莫名其妙，不理解。不過，她還是遵照太后的意思去做了。

「你們都退下吧。」

聽到燕太后這一聲吩咐，紅葉偕眾宮女只得喏喏退出太后的寢宮。

午夜時分，當一輪圓月斜照進燕太后的寢宮，灑進燕太后睡著的玉綃賬內時，燕太后突然驚叫了一聲：

「蘇卿！」

這一聲雖然不甚高，但在這清風明月之夜，在這空曠的燕王后宮，卻是顯得格外的清晰，嚇得此時正在燕太后寢宮外侍候的紅葉與眾宮女一骨碌從瞌睡中驚醒。

可是，等到紅葉與眾宮女舉燭進去，撩開玉綃賬細看時，燕太后已經安祥地去了，臉上似乎還蕩漾著笑意。紅葉一見，這才理解了在這之前太后要她放下玉綃賬的用意，太后這是在月圓之夜，在此玉綃賬中見到了她的蘇秦蘇相了吧。

# 參考文獻

## 一、原著類

1 司馬遷：《史記》
2 劉向：《戰國策》
3 司馬光：《資治通鑑》
4 劉安：《淮南子》
5 劉向：《說苑》
6 韓嬰：《韓詩外傳》
7 《晏子春秋》
8 呂不韋：《呂氏春秋》
9 董仲書：《春秋繁露》
10 《老子》
11 《論語》
12 《孟子》
13 《孔子家語》

14 《詩經》
15 《楚辭》
16 《鬼谷子》
17 趙蕤：《長短經》
18 《太公陰符》

## 二、注疏考證類

1 〔日〕瀧川資言：《史記會注考證》，北京文學古籍刊行社，一九五五年。
2 〔日〕川龜太郎：《史記會注考證》，東京史記會注考證校補刊行會，一九五六年。
3 何建章：《戰國策注釋》，中華書局，一九九〇年。
4 〔日〕關脩齡：《戰國策高注補正》，東京書肆，日本寬政十年（一七九八年）。
5 巴黎大學北平漢學研究所：《戰國策通檢》，巴黎大學北平漢學研究所，一九四八年。
6 劉殿爵、陳方正：《戰國策逐字索引》，臺灣商務印書館，一九九二年。
7 吳師道：《戰國策校注》，中華書局，一九九〇年。
8 陳夢家：《六國紀年》，人民出版社，一九五六年。
9 董說：《七國考》，中華書局，一九五六年。
10 董說、繆文遠：《七國考訂補》，上海古籍出版社，一九八七年。
11 魏源：《老子本義》，上海書店，一九八七年。
12 陳鼓應：《老子今註今譯及評介》，臺灣商務印書館，一九七八年。

13 馬敘倫：《老子校詁》，中華書局，一九七四年。

14 朱熹：《楚辭集注》，江蘇廣陵古籍刻印社，一九九〇年。

15 陳子展：《楚辭直解》。江蘇古籍出版社，一九八八年。

16 戴震：《孟子字義疏證》，中華書局，一九八二年。

17 焦循：《孟子正義》，河北人民出版社，一九八八年。

18 朱熹：《孟子集注》，上海古籍出版社，一九八七年。

19 杜預、孔穎達、黃侃：《春秋左傳正義》，上海古籍出版社，一九九〇年。

20 賴炎元：《韓詩外傳今註今譯》，臺灣商務印書館，一九七二年。

21 陳奇猷：《呂氏春秋校釋》，學林出版社，一九八四年。

22 許維遹：《呂氏春秋集釋》，北京中國書店，一九八五年。

23 盧元俊：《說苑今註今譯》，臺灣商務印書館，一九七九年。

24 楊樹達：《淮南子證聞》，中國科學院，一九五三年。

25 阮元：《十三經注疏》（附校勘記），臺灣新文豐出版公司，一九七八年。

26 國家文物局古文獻研究室：《馬王堆漢墓帛書》，文物出版社，一九八〇年。

## 三、學術著作、工具書類

1 楊寬：《戰國史》，上海人民出版社，二〇〇三年。

2 譚其驤主編：《中國歷史地圖集》（第一冊，原始社會、夏、商、西周、春秋、戰國時期），地圖出版社，一九八二年。

# 後記

曾記得讀中學時，就喜歡讀《史記》中的《項羽本紀》、《蘇秦列傳》、《張儀列傳》等生動的史傳篇章，對項羽、蘇秦、張儀等人物感佩得不得了。

不過，那時只是喜歡而已，心裡老是惦記著這幾個人物的命運，懷想著他們的事功與傳奇的人生經歷而已，並沒有想著日後要寫他們。因為那時要考大學，那是人生的大事。如果不能跨入高等學府的門檻，一切人生的理想都要免談。雖然那時年紀不大，但這些道理卻明白得很。

那時不僅想著上大學，還想著當教授呢？這事，連我剛剛過五歲生日的兒子吳括宇也知道。前天晚上，他跟我通過MSN網路視頻對話時，就調侃我說：「爸爸，我知道你從小就有一個夢想。」我聽了嚇一跳，忙問：「爸爸從小的夢想，你也知道？」他說：「當然知道嘍，就是當教授。你的夢想早就實現了，可是我的夢想還沒實現，還早得很。」我問他：「你的夢想是什麼？」他說：「當將軍。」大概我在前此的一些學術著作的後記中提過我小時的夢想，我的太太蒙益看到了，就跟兒子說了，所以兒子就調侃我了。其實，我兒子還不知道我還有另一個夢想，就是當作家。不然，他又要調侃我了：「怎麼還沒當上？都四十歲了。」

其實，我小時候的最早夢想並不是要當教授與作家，而是如我兒子一樣，是想當將軍的，這一點，可能與所有的男孩子一樣。後來，之所以立志要當作家與教授，那是因為看了家裡的一本舊書，書名好像叫《批判個人主義》，是「文革」期間的作品，都是一篇篇的自我批判的文章，全是北京大學等高校知名學者批判自己個人主義、「成名成家」思想的「個人檢討」，是反面教材。沒想到，其中有兩篇卻歪打正著，對我影響很大，甚至可以說影響了我的人生軌跡，確定了我的人生座標。

一篇是批判自己想當作家的。這個作者說，他自己在讀大學時代就有成名成家思想，幻想著當作家，還寫了一首詩說：「詩歌一發表，展翅飛上天。金錢花不完，美女任我選。」作者將此心裡祕密說出，意在深挖自己思想「不對頭」的根源，以便「靈魂深處鬧革命」。這個想法，放在今天的我看來，倒覺得不是什麼「對頭不對頭」，而是覺得太幼稚可笑了，因為作家在任何時代都不是什麼能夠顯達的人物，反而是窮愁潦倒的一群。可是，二十世紀七〇年代後期，我還是一個才十多歲的孩子，所以當時讀了這首詩歌，豔羨得不得了。於是，就在小小的心靈裡幻想著今後也要當個作家。而且後來也一直有這樣的自信，因為從小學到中學，我的作文都是班上第一名，每一篇都是被老師用紅毛筆圈了很多圈，被張貼於牆壁上當範文的。而且作文還上了安徽省安慶地區的作文選，一直被小同伴們奉為楷模的。後來上大學後，第一天就開始寫小說，寫了什麼，我現在也不知道了，投了多少稿，投到何處，我也不知道了。大學一學期後，作家夢就打消了。開始第二個夢想的努力，那就是考研究生，當大學助教，最後是教授。

另一篇對我影響至深的文章，是一個作者批判自己想當教授的思想，說自己讀完大學，就考上了研究生，然後當了大學助教，最終的目標是教授。他還說到胡適等大學者上課時的手采，上課鈴聲響後才進教室，下課鈴響就出門，睬都不睬學生。他是批判，我當時就接受認可，並以此作為楷模。後來，我當了大學教師，即使是做一個小小的助教（當時讀此書時，還有一個幼稚可笑的想法，以為大學的等級是先做講師，再作助教，再做教授）的時候，我照樣是如那位批判者所說的那樣，如胡適等大學者一般無二，上課鈴響進教室，下課鈴響出教室，從不與學生多囉嗦，更不知教過的學生姓張還是姓李。這個習慣，直到如今，依然如故，不管在中國做教授，還是在日本做教授，我仍然「一以貫之」，從未改變，而且相信以後也不太可能會改變。但是，課堂裡，我絕對不馬虎，一定講最新的知識與學術前沿的東西給學生，更多時是講自己的研究心得，我從不使用別人的教材。這一點，我對得起學生，所以學生對我還是比較尊重的，有一次復旦大學的學生還評我做「最受歡迎的老師」。可見，我的「作派」儘管不為大多數教師所認可，但學生聽完課還是知道好歹的。

由於自己立志較早，又因為自己從大學一年級下學期就開始努力不懈，結果，我順利地從大學生變成了碩士研究生。畢業後，又順利地留校在復旦做了一個小助教。由於努力，學術研究頗有成就，結果，我二十九歲通過「打擂臺」的方式破格晉升為副教授；三十六歲又破格晉升為教授。當年復旦大學全校獲得破格晉升為教授的只有四人，一個是醫學院（即原上海醫科大學）一人，理工科幾十個院系一人，文科幾十個院系研究所二人。層層過關斬將獲得通過後，還得張榜公佈於全校，如果有異議，那還不行。可見，要在四十歲以下做一個復旦大學教授是多麼不易，但又有多麼光榮。

我這個人不是「知足常樂」的那種，而是非常要求上進的人。小時候的第一個夢想，在我兒子出生後就實現了。於是，另外一個夢想便順理成章的躍上了心頭。雖然做教授有很多壓力，有做不完的研究課題，還有寫不完的學術論文與學術著作，出版社的約稿與各種會議也推辭不了，忙得一天從無五小時睡眠時間，但當作家的夢想還是揮之不去，就像錢鍾書先生小說《圍城》中所說的一句妙語一樣：「要想打消已起的念頭，比打胎還要難。」

於是，當上教授後不久，我一邊將手頭未完的研究加快進程早日完工，一邊開始籌畫寫小說當作家的事了。第一本想寫的就是中學時代就記掛在心的蘇秦與張儀這二位千古說客名嘴，我想他們二人絕對不是杜甫所說的「百無一用是書生」的那種，而是能夠以智慧與嘴巴玩轉一個時代的風雲人物，他們的能耐絕對不是當時的諸侯王所可比的，而且他們所處的時代絕對是非常充滿魅力的時代，也是對比今日世界而令人回味無窮的時代。因為人物本身有魅力，時代有魅力，所以我決定第一本就寫他們二人。於是，一邊做我的專業研究，一邊業餘時間做蘇秦、張儀二人的歷史長編，將《史記》各列傳中、各國世家中以及《秦本紀》中有關蘇秦、張儀二人的史料整理出來，另外研究《戰國策》各家之注，考訂《戰國策》中各故事的時代順序。這樣，就大致做成了二人的歷史長編，並編寫了二人行事，寫作所需的史料就算初具規模了。至於故事的框架，則在十幾年前就構擬好了。

經過近五年斷斷續續的史料工作的準備，以及十多年的故事與情節構思的醞釀，於是就下定了決心，無論如何，也要了卻少年時代的心願，從歷史小說《說客蘇秦》、《策士張儀》開始，學習寫作小說，並最終實現當一個作家的夢想。

以上便是我之所以要寫這本小說的歷史淵源，也就是遠因。

至於近因，則有如下兩個：

一是二〇〇五年四月初，我剛到日本就仕日本京都外國語大學教授，臺灣遠流出版社的編輯傅郁萍小姐就轉托復旦大學中文系找到了我，告知我十多年前所著的那本《假如我是楚霸王：評點項羽》馬上就要出版了，要我寫一個簡介與《後記》。這時，突然讓我有一種時光倒流的感覺，想到了十多年前剛剛研究生畢業留校後做的第一件事，就是要寫小說，而且要寫項羽。那種衝動，就像剛上大學後的第一天就開始寫小說的情形一樣。當時，說寫也就寫完了，然後投寄臺灣最有名望的遠流出版社。我知道那是給胡適出過全集的，也給李敖出過書系的出版社。當時雖然是一個不名一文，也是名不見經傳的小助教，但是頗有些「野望」（日本語，可以譯成「雄心」，也可以譯成「野心」），也想與胡適一樣，來一個書系，寫一套書，而且當時擬了個書系的名字，叫作「假如當時是我」，準備寫諸如楚漢稱霸未成的項羽、玩女人昏了頭的唐明皇李隆基、「直搗黃龍府，與諸君痛飲」而未成的岳飛岳武穆、有重振大明雄風之心且也聰明睿智的明崇禎皇帝朱由檢、「百日維新」而未成的清光緒皇帝載湉等等有歷史遺憾的歷史人物。這種假設歷史的荒唐想法，那個時候幼稚而天真的我還真想得出，而且還真敢下筆。結果，就擬了個提綱寄往臺灣遠流出版社。沒想到，主編游奇惠小姐（我是十多年後才知道她是小姐，以前我一直稱她先生）竟然同意了我的荒唐計畫。於是，我兩個月就將第一本《假如我是楚霸王：評點項羽》寫完了。然後，沒留底稿（我寫作不打草稿，一部書都是從頭到尾一氣下來的）就將稿件寄到臺灣了。然後，臺灣遠流出版社收下，告訴我將此稿買下，至於何時出版，由出版社根據情況決定。至於其他幾本的計畫，則暫時擱下。然後，我就開始做學問了。後來，也漸漸忘了這件事了。到二〇〇五年四月，遠流出版社通知我此書終於要出版了，我看了出版社用電子郵件郵發的電子版，不禁感慨萬千，遂寫了一個非常感慨的《後記》。六月份，書就寄到日本了。我看了裝幀精美的書，又看了遠流出版社的網站上的廣告，將我的這本小書與日本「國民作家」司馬遼太郎的《項羽對劉邦》、臺灣作家陳文德的《劉邦大傳》做成了一個「套書」，作為暢銷書在推廣。沒有幾天，北京中華書局的一個編輯，千方百計打聽到我的電子郵件，要看我的這本書，準備引進大陸（當然後來沒有成功，因為這套書中的另一作者司馬遼太郎是日本右翼，有政治問題）。於是，我就更有信心了。雖然這本小書並不是嚴格意義上的歷史小說，而是一個既非「歷史」，亦非「小說」的東西。每寫到重大抉擇關頭就偏離歷史事實進行假設虛構，而虛構完了又予以歷史評論，引經據典地討論。所以，它到底是個什麼「東西」，我自己也不知道。不過，知道它有那麼好的反響，我還是非常受鼓舞的。加上書出版後，遠流主編游奇惠小姐給我來信說，稱我是「一個充滿期待的作家」。於是，我終於放棄了原來到日本一年的既定研究任務，臨時決定先利用這一年在日本的機會，切斷與國內一切人的聯繫，將籌畫十餘年的歷史小說《說客蘇秦》、《策士張儀》寫出來。至於學術研究任務，回家再做不晚，因為身處日本這樣「與世隔絕」的機會不是輕易得到的。這樣想著，我終於又拿出了早年「初生牛犢不怕虎」的幼稚勁兒，於六月正式開筆。

第二個近因是，身處日本，看日本政客勾心鬥角，看日本大選，看美英在伊拉克的武力統治，看美、中、俄、英、法五大聯合國常任理事國的外交博弈，看日本、印度、德國、巴西四國為爭取聯合國常任理事國的外交與政治動作，不禁讓我情不自禁地夢回中國戰國時代，覺得今日的世界與我們中國戰國時代的情形何其相似乃爾！如果以蘇秦、張儀為中心，將此段歷史寫出來，對於今日世界的認識，相信是可以有由此及彼的聯想意義的，也有促人思考、反省的意義的。

由於有上述諸多原因的促成，加上所需歷史資料又都已經備在了筆記型電腦中，且帶到了日本。還有，我所在的日本京都外國語大學有一個專門的亞洲圖書館，中文資料不少，為我的寫作提供了必要的條件。另有值得一提的是，京都外大竹內誠教授是研究中國古典小說的專家，與我算是同行。我們還有很多年的友情，一九九九年我來京都外大做客員教授時，我們就建立了相當深厚的情誼。所以，這次我再來京都外大做教授，友情益篤。他有豐富的藏書，整個研究室滿滿當當，從地上堆到了屋頂，人快讓位於書了。他所藏的中國古典典籍與資料，相當齊全。所以，諸如《戰國策》

的各種版本及其注本，還有譚其驤先生主編的《中國歷史地圖集》等所需史料、工具書等，都一應俱全。當我說要這些方面的書時，他悉數借給我。這樣近一年時間，他的許多藏書便都在我的研究室與臥室了，真是為我不分晝夜的寫作提供了極大的便利。

因為我是第二次來京都外大做教授，所以各方面都事先為我提供了極大的便利。每週「授業」時間安排在星期一到星期三，上午的課從上午九點一刻開始，下午的課從三點開始。星期二半天與星期四、五、六及星期日，一週四天半毫無干擾地歸我寫作。這樣，我常常晚上工作到三點，早上七點起床，中午睡半小時或一小時，每天都能保證工作十五小時以上。至於吃飯時間，那是簡而又簡。而與國內朋友的聯繫也完全切斷，寒暑假與過年時，都在全身心地寫作。這樣，終於在排除了一切干擾，以「一年等於二十年」的效率，在九個月的時間內，完成了兩本籌畫已久的歷史小說《遠水孤雲：說客蘇秦》、《冷月飄風：策士張儀》，共計六十萬字。至此，我的一大宿願終於得以了卻矣。

雖然心願是了卻了，而且用了文言詞「矣」，但是，還有幾個問題卻是不能不予以說明的。因為這是我真正意義上的第一本歷史小說，寫得並不能如自己所願。當然，更不能如他人所願了。這本名曰《遠水孤雲：說客蘇秦》的歷史小說，雖然前後寫了三稿，但到今日的定稿，我仍然不能滿意。其中，最大的問題是語言問題。

第一稿時，我開始時是用白話寫人物對話，寫到中間，寫蘇秦遊說六國之王，卻又用了文言。因為如果將蘇秦的遊說辭改成白話，那就失卻了遊說時那種氣勢，文言與白話在營構遊說的那種氣勢方面，簡直不可同日而語。這樣，第一稿就一邊寫一邊矛盾。因為這樣會造成事實上的文體矛盾，小說中的人物怎麼一會兒說現代漢語，一會兒又說古代漢語了呢？這樣，肯定不行。

寫完第一稿後，我自己對語言問題非常矛盾。於是，就請同在京都外大做教授的北京師範大學教授王向遠博士讀了一部分。他是研究比較文學的學者，對日本歷史小說與時代小說有非常高的造詣。他讀了一部分後，覺得史料運用的功夫比較好，故事情節與篇章結構、銜接、過渡等技巧也好，就是語言問題，不能有白話與文言的分裂。他認為歷史小說也是小說，應該讓大眾看得懂，用文言寫人物對話，對大眾閱讀有障礙。

我當然認同他的觀點，於是考慮修改，將所有人物對話都變成白話。但是，想了很久，又非常矛盾。因為我上網讀別人的歷史小說，見大家都是用白話寫歷史人物對話，感覺沒有「歷史味」，覺得讓古人說現代漢語甚至現代流行語，有點滑稽。如果這樣，那麼歷史小說的創作比一般的小說寫作還要差一等了。因為歷史小說多少有一定的歷史故事在那裡，在想像力方面不能與普通的小說相比。而語言又不能勝過普通小說，又不能凸顯出歷史小說作者在運用古文方面的功底，不能創造出一種有別於普通小說的那種具有歷史韻味的優雅、典雅的語言風格，那麼歷史小說創作就很難有什麼建樹了。

正是帶著這個偏見，我又在矛盾的心態中回到了原來的理念上，即歷史小說創作，在語言上應該具備《三國演義》那種「文不甚深，語不甚俗」的風格，才是有品位的。於是，我決定統一語言風格，讓所有人物對話都用文言。

可是，這樣語言風格是統一了，但另一個擔心又來了，就是這樣讀者有沒有閱讀的障礙？如果有障礙，讀不懂，那麼自己的理念就得讓位於現實。儘管我在用文言寫人物對話時，儘量化解了文言中許多不易為今天普通讀者了解的句式，選詞用字儘量用今人能明白的文言詞，如《戰國策》中有「不如」與「莫如」兩詞，意思一樣，「不如」我們今天也在說，所以我就選擇「不如」，而不用「莫如」。這樣，既不會有礙於文言表達，又給今天的讀者閱讀掃清了障礙。有時，在人物對話過後，我又利用人物心理獨白的方式，將人物對話的文言化解成白話，這樣，讀者沒有完全讀懂人物的對話，但在看了對話之後的人物心裡活動，也就明白了上述對話的意思。儘管想了很多辦法，但是，我還是怕讀者讀不懂，有障礙。

想了很久，我決定請那些只有高中程度中文水準的人來讀。如果這些不是中文系出身的人能夠讀懂小說中人物的文言對話，而且覺得用文言寫對話更好，那麼我就最終全部用文言寫人物對話。

打定主意後，我就一邊寫第二本《冷月飄風：策士張儀》，一邊請了幾位朋友幫我讀第一本。這些朋友都是一些在日本的留學生，或是來日本進修的日本語教師。我請他（她）們感受一下，到底那一種人物對話更有韻味。徵求他（她）們對人物對話語言的認同度，主要是用文言寫的人物對話，在閱讀中有沒有障礙？他們都不是中文系畢業的，也就是說，他們的中文程度也就是原來的高中程度。如果他們讀這些文言的人物對話沒有障礙，相信將來的讀者，只要有高中文化程度，也就沒有理解小說中人物對話的語言障礙問題了。另外，我還有意識地請了一位在臺灣中央大學留學過的日本四年級學生讀了一部分，她覺得可以讀懂，比朱自清的《荷塘月色》和魯迅的《祝福》（這個學期我正好給她們上過這兩篇）要好懂些。而中國朋友閱讀的結果，認為文言對話好過白話，有韻味，且沒有大的語言障礙。

這樣，在第二本全部寫完後，我就將第一稿全部的人物對話改成了文言，不過，又在「易懂性」

上下了一番功夫，力求做到既是文言，又不艱澀難懂。同時，又專門做了一個「常用文言詞釋義」的東西附於小說前面，數量不多，諸如「吾」、「汝」、「爾」、「乎」、「哉」之類的文言代詞和虛詞。因為虛詞不能更換，實詞可以尋找易懂的同義詞來代替。如此這般，我相信，一個合格的中學生，也就沒有什麼閱讀的障礙了。如果他還有障礙，那麼他實際上是不適宜看歷史小說了。因為歷史小說的閱讀比現代通俗小說的讀者要少，既要對歷史感興趣，又要有一定的文化水準。小說創作本就應該分層次的，雅俗分流。我也不希望我的小說被所有人看懂，那樣倒就不符合我寫作的初衷了。我是學者，我有自己的堅持，有自己的理念。就像《圍城》並不是所有人都能讀懂一樣，就像《尤里西斯》並非所有人都能讀懂一樣，就像魯迅《阿Q正傳》出版之初有人為之作箋一樣。如果真的寫得好，也就不必擔心讀者讀不懂了。如果他不懂，他可以查字典。因為我在日本電車上就看見有人帶著國語辭典看小說，如果到了這個地步，那小說的魅力，也就不必再說什麼了。

第二點，應該說明的是，為了突出小說的「歷史味」，我在「虛實」的安排方面堅持了自己的理念。我覺得《三國演義》那種「七實三虛」的分寸掌握得比較好，所以盡量規摹之。不過，實際上，我這本小說中「實」的部分更多，「虛」的部分只有數得過來的幾處。一是遊說韓王後，有一段時間空白點，就安排了蘇秦在韓都鄭有一次風流的經歷，還有在遊說楚王時，因為要等三個月才能見到，所以也安排了一次蘇秦在楚都的風流韻事。這兩個「虛」的部分，並不違背人物性格，因為《史記》的《蘇秦列傳》中明記蘇秦與燕太后私通之事，這就可以與之銜接一致起來。而在蘇秦的三次風流故事中，我都插入了《詩經》與《楚辭》中的內容，讓其時的人物唱當時的詩、辭，這也是符合「歷史的真實」的，在增加可讀性的同時，也增加了小說的「歷史感」。其他小的「虛」寫部分，分別是少數無主事蹟適當「移花接木」到蘇秦身上，以突出人物的智慧形象。還有史傳中沒有出現人名的，為了敘事的方便，給他們取了名字。另外，生活細節的描寫，則多屬「虛」寫部分。還有，就是除了《史記》與《戰國策》中所記的蘇秦說六國之王與說秦王的遊說辭有所據外，更多的人物對話是我根據情節發展的需要自行構擬的，典型的如「賢燕後勸夫」、「說湣王厚葬明孝」、「說湣王高宮大苑」、「回書燕太后」、「致書燕王噲」等節的說辭與書信，都是「無複傍依」的「虛構」部分，但全以文言表達，可見我的文言寫作的功力與想像力。除此，全部內容都依《史記》所載與《戰國策》所錄，依《史記》中《六國年表》的時代順序進行寫作。之所以沒有根據《辭海》的歷史系年，那是因為若依《辭海》的歷史年表，魏惠王、齊宣王等人的執政時間都對不上《史記》所記的史實，也對應不上《戰國策》中的歷史史實。因為戰國史本就有爭議，既然大家都沒有定論，我不如相信古人。即使有錯，因為我這是小說，也能說得過去。也就是說，不合歷史，你就當小說讀。與歷史相一致，你就當歷史讀。這就是「歷史小說」的真義所在吧。

第三點，也應該說明。我在小說中所用的地名，全是歷史地名，即戰國時代的地名。小說中人物出行的路線，也是根據譚其驤先生主編的《中國歷史地圖集》第一冊中所標地名，並根據比例尺來確定人物從一地往另一地行進的日程，從而增加小說的「歷史感」。不同於現在許多歷史小說，連歷史地名都沒弄清，戰國時代相距幾百里甚至上千里，就讓人物幾天就到達了。要知道那時沒有高速公路，也沒有汽車，只有馬車，只有步行，必須根據歷史條件寫歷史，否則就不是歷史小說了，那是神話小說了，或說是荒唐小說了。這大概也是我個人的堅持，因為我是學者，因為我喜歡地理，我懂得歷史，我寫歷史小說必須嚴格尊重歷史。

第四點，也要說明一下。蘇秦的生卒年，學術界有很大分歧。《史記》中明記是死於西元前三一八年。但是有些學者根據後來出土的馬王堆楚簡的帛書，斷定蘇秦死於西元前二八四年。蘇秦說六國的時間，在《史記．六國年表》中有記錄，如果活到西元前二八四年，那麼就要超過八十多歲了。而八十多歲的人還能在諸侯各國間活躍？有點懸。另外，活到西元前二八四年，那比張儀死於西元前三〇九年還晚了很多，難道司馬遷距戰國時代甚近，還能連蘇秦與張儀誰先死也不知道嗎？所以，我在考慮寫蘇秦寫到何時結束的問題時，曾經感到非常矛盾。一邊寫一邊矛盾，不知什麼時候應該讓蘇秦死。最後，我決定相信司馬遷，不相信今天的學者。我相信今天的學者總不會超過司馬遷，很多話是沒有根據的，我不看好他們。我倒是相信為了寫《史記》遍走大江南北的司馬遷，相信古人說古事，總比相信今人說古事，來得可靠。這一點，希望所謂的歷史學家們不要見怪。如果覺得我說的不對，因為我寫的是小說，蘇秦哪年死，我有決定權，因為他只是我小說中的主人公，我這個「萬能的上帝」既然能知道小說中人物的一切，也就有權根據故事情節決定主人公的生死。不知讀者以為然否？

第五點，也不妨說明一下。蘇秦歷來被人說成是一個「天下無信人」，是一個反覆無常的小人，也就是說是個反面人物。在我的小說中，我沒有簡單化地處理這個問題，我覺得他對燕王是忠心的，不能算是「無信」的小人。如果一個人對所有的人都「無信」，那就是真小人了。我在小說中主要突出了蘇秦智慧、多情兩個方面的形象，基本上是以正面形象處理蘇秦的，這也與歷史上對蘇秦的看法不同。如果大家不認同，也可以當小說來看待，不必費辭糾纏於此吧。

最後，說一下我寫第一本小說，要從歷史小說寫起的原由。這一點，其實是與我個人所處的地位有關。我想，如果寫現實題材的小說，我們做學者的，大多生活不夠豐富多彩，生活經歷有所局限，肯定寫不好。而寫歷史小說，則正可以揚長避短。因為寫歷史小說，首先得懂歷史，對歷史應該有一定的研究。尤其是寫上古史如戰國時代，最起碼要能讀懂歷史文獻。而這一點，一般作者不可企及。我是學古代漢語出身，又是有著研究中國古典小說與古代修辭學的學術背景與專業背景，選擇寫歷史小說，應該是比較適合我自己的。另外，我自己對中國歷史的興趣一直非常濃厚，而且也自以為歷史學得比較好，記得中學時代，連歷史教科書的注解都能背得出。還有，我的古文基礎非常好，上大學時背過北京大學王力先生主編的四大冊《古代漢語》教材與北大中文系編的《古漢語詞典》。至於《說文段注》、《爾雅義疏》之類的名著，我是有所研究的，曾著有《中國語言哲學史》，在臺灣商務印書館出版。這些個人獨特的條件，都為我寫歷史小說提供了好的基礎。

因為是學者，因為寫的是歷史小說，所以，我在書後還附了參考文獻，這大概是學者的職業病，讀者可能不習慣。希望能夠原諒我這個習慣！

如果讀者諸君認為我這本小說寫得實在太差，敬請原諒。畢竟我也是普通的人，我不是天才，更不是聖人。學者可能有學問，但未必寫小說超過普通人，這也是事實。希望大家給我一點鼓勵，好讓我繼續努力，從而實現我少年時代所作的作家夢，別讓我兒子調侃我有把柄。

吳禮權

二〇〇六年三月五日凌晨三點

於日本京都市右京區山ノ內池尻町6番地京都四条グランドハイツ1120室寓所

# 又記

《遠水孤雲：說客蘇秦》和《冷月飄風：策士張儀》，是我二〇〇五年到二〇〇六年在日本做客座教授期間完成的兩部長篇歷史小說，原名分別是《書生之雄：蘇秦》、《書生之梟：張儀》。

這兩部歷史小說雖然於五年前就已完成，但始終不能讓我滿意。所以，初稿在日本殺青後，歷經五年，六易其稿，至今仍讓我有很多糾結，不能釋然。這其中，尤其是語言問題。因為這兩部小說的主人公都是說客，他們的不世事功就是靠其嘴巴遊說諸侯而建立的。那麼，如何生動地再現這兩個在中國歷史上家喻戶曉的說客形象，凸顯其口若懸河、雄辯滔滔的縱橫家本色，就必須通過他們遊說諸侯的說辭來表現。漢人司馬遷《史記》中的《蘇秦列傳》與《張儀列傳》已經生動地展現了其風貌，但是如何通過小說的形式更加生動地塑造出其縱橫家栩栩如生的形象，就不能不在人物對話的語言上有所突破。如果照搬《史記》與《戰國策》中所記載的二人說辭，一來太過簡單，不足以再現兩個說客的語言智慧，使其形象鮮活地樹立起來；二來太過艱澀，對於今天的讀者閱讀會有障礙。因此，如何通過語言這一有力的手段來確立起兩個說客的形象，就顯得非常艱難了。小說寫完後，我廣泛徵求包括學界朋友，普通朋友，老朋友，小朋友的意見，請他們閱讀，提出意見，並在吸收各方意見，特別是人物對話語言方面的意見作了四次修改，但仍然不滿意。

二〇〇九年二月我應邀來臺灣東吳大學做客座教授，又有一次沉澱心情的機會，同時又有一次發千古之幽思的環境，終於下定決心，對小說稿作最後一次大的修改。東吳大學是百年名校，她在臺灣臺北有兩個校區，一是城中校區，就在「總統府」旁邊，是最繁華的地段，是東吳商學院與法學院所在。二是外雙溪校區，隔一條小小的外雙溪與臺北故宮遙相對應，周圍都是青山，真是臺北難得的清幽之地。客座教授的住所就在外雙溪旁的半山之上，每天清晨起來，推開窗戶或打開房門，就能看到小溪對面的臺北故宮與歷史文獻博物院金黃色的琉璃瓦在陽光下閃耀著光芒，故宮背倚著的陽明山則煙樹朦朧，雲蒸霞蔚。我的辦公室就在住所下方隔著一條斜坡的路旁，辦公室再下方就是史學大家錢穆先生的故居，故居下方則是日夜潺潺的外雙溪。而我授業的教學大樓，則就傍溪而建，可以一邊聽溪流潺潺、風聲入耳，一邊跟學生坐而論道、談古說今。坐擁如此的環境，與近在咫尺的錢穆故居與隔溪遙對的陽明山上的林語堂故居為鄰，那是何等的福分啊！除了自然環境影響心境外，大學方面的課程安排更是讓我心境大好。東吳大學中文系給我安排的都是碩士班課程，且在晚上授業，所授課程分別是《中國筆記小說史》、《漢語詞彙學》、《修辭學》，都是我的本行，備課的壓力很小，倒是上課討論的學生（多是在職）常給我很多啟發與靈感遐思。有如此的自然環境與人文環境，加上充裕如此的大塊時間，讓我情不自禁又湧起了創作的衝動。本來，是想將手頭未寫完的一部學術著作殺青。但是，天天看著遠近滿目的好山好水，夜夜聽著鳥囀蟲鳴的天籟之聲，實在是靜不下心來寫枯燥的學術著作。於是，權衡再三，決定將在日本殺青，而且已經修改了四遍的兩部歷史小說《蘇秦》、《張儀》拿出來重新大改一次。就這樣，在一週七天的時間保證下，有東吳外雙溪校區獨特的山居環境，終於將二稿作了一次傷筋動骨的徹底修改。特別是在人物對話的語言問題上，我終於找到了感覺，因為臺灣的文化環境與師生日常語言的遣詞造句特點讓我感知到漢語發展傳承的脈絡，古今漢語的分際究竟在哪裡，歷史小說處理人物對話語言如何才能古今兼顧。這是我此次臺灣客座期間最大的收穫。

過幾天，我就要完成在東吳的客座教授任期回到上海了。回望山居的屋舍草木，遠眺陽明山的煙樹雲影，突然想起徐志摩的《再別康橋》：

輕輕的我走了，
正如我輕輕的來；
我輕輕的招手，
作別西天的雲彩。
……
悄悄的我走了，
正如我悄悄的來；
我揮一揮衣袖，
不帶走一片雲彩。

雖然不帶走（其實是帶不走）任何一片雲彩，但我將永憶這段山居的歲月，永憶這山居歲月裡夢迴千古的日日夜夜。

吳禮權

二〇〇九年六月二十日　於臺北東吳大學半山寓所

# 再記

這兩部歷史小說從醞釀構思，再到做史料長編，前後達十餘年之久，二〇〇六年最終在日本寫成後，又過了五年，幾易其稿，至今才出版，原因主要有兩個。一是小說何時出版對我沒有什麼緊迫感，更無什麼直接的壓力。因為我是學者，以教學、做學問為本業，我的學術著作數量已經在同輩學者中遙遙領先了，我出版小說對我在學術界行走、在大學混飯，沒有任何加分效果。所以，將之付梓出版的緊迫感不強。二是我個人完美主義的癖好。我是研究古典小說的，後來又主攻修辭學，對文字的講求比較高。所以，這兩部歷史小說雖然五年前就已殺青成稿，但修改卻是一遍又一遍，五年間已經六易其稿了。

本來，二〇〇九年在臺灣東吳大學做客座教授時已經大改一次後決定不再修改了，可是，回到上海不久，卻又在徵求許多朋友包括臺灣朋友的意見後，又起念要改。結果，一改就是兩年。今年四月至五月，因參加在臺灣舉辦的一個古典文學國際學術會議及相關學術活動，再次到東吳大學，遇到了看過我兩部小說稿的學界朋友，問起何時才能面世。這才讓我覺得，這兩部小說的出版真的不能再拖了，因為事實上滿意的修改永遠都是沒有的。看過我修改稿的臺灣朋友，還將部分稿子推薦給相關影視公司，他們覺得不錯，有將之改編為電視劇或動漫劇的打算。但這涉及到版權問題，我必須先找一家出版社將書稿出版了，然後再將改編權授予臺灣相關公司。這樣一想，我覺得還是先出版小說稿。

在臺灣開國際學術會議期間，我於四月三十日到臺灣商務印書館拜訪做過我好幾部學術著作責任編輯的李俊男主編。不到一年時間，我們能在臺北再次相見，相談甚歡。除了談到去年已經出版的《清末民初筆記小說史》和即將出版的《表達力》，李先生特別叮囑我別忘了已經約好要交稿的另兩部書。然後又說到了選題問題，談得更投機了。每次李先生跟我聊天，都給我許多靈感，上提兩部書和我正在寫的另兩部書，都是李先生給我的靈感，並當場拍板約定，最後成稿的。談到最後，一高興，我突然問了李先生一個異想天開的問題：臺灣商務印書館有沒有出版歷史小說的意願。話一出口，我就覺得這個問題問得荒唐，因為我與臺灣商務印書館打了近二十年交道，在此出版了八部學術著作，明明知道臺灣商務印書館是以出版高規格的學術著作聞名的，不出版文學創作類作品。可是，沒想到，李先生卻笑說：「也未嘗不能出版，只是要建立一個歷史小說系列，不能孤零零地出版一本。」於是，我們就此再次展開話題，討論到準備寫的歷史小說系列，並大體確定了幾個方向。由於談得太忘情，結果將此行專門要返交的《表達力》出版契約又帶回去了。事後，只得再通過東吳大學郵政局寄到臺灣商務印書館。

從臺灣回來不久，我就收到雲南人民出版社寄來的出版契約。因為在此之前，原雲南師範大學校長、也是我多年亦師亦友的同行駱小所教授已經為我這兩部歷史小說的出版跟雲南人民出版社聯繫了。駱教授看過《說客蘇秦》和《策士張儀》二書的初稿與幾個修改稿，一直主張我趕緊出版。駱教授是國內研究文學語言最權威最有成就的學者，他的鼓勵讓我充滿信心。這樣，我就準備與雲南人民出版社簽訂出版意向書。但是，考慮到剛跟臺灣商務印書館主編李俊男先生有約，臺灣商務印館破例給我出版歷史小說系列，這是多大的榮寵啊！思來慮去，最後終於想到了一個兩全其美的辦法。我給雲南人民出版社的責任編輯閔豔平小姐與臺灣商務印書館主編李俊男先生各寫了一個電子郵件，坦然地說明了目前面臨的尷尬情況，希望將《說客蘇秦》與《策士張儀》二稿的簡體版權交與雲南人民出版社，將繁體版權授予臺灣商務印書館。沒想到，卻得到了二位及所在出版機構的欣然同意，真是讓我喜出望外！

雲南人民出版社是大陸知名的大社，出了很多有影響的滇版圖書。幾年前，我所著的學術著作《修辭心理學》也是由雲南人民出版社出版。出版後，得到學界認可，並有加印。所以，至今我還非常感念。這裡，再次感謝雲南人民出版社及其領導對我個人學術研究與文學創作的雙重支持！

臺灣商務印書館，則與我淵源更深。一九九三年我的第一部學術專著《中國筆記小說史》，就是在此出版的。那時，我還是一個二十多歲的小講師，卻不知天高地厚地選擇了一個學術界從未開墾過的處女地——中國筆記小說史，進行了初始的學術研究，並在「無復傍依」的情況下寫成了第一部《中國筆記小說史》。稿成，我自知在大陸當時的情勢下是很難有出版機會的。因為我知道，以自己當時的學術輩份與資歷，在「事事有人情、處處講關係」的大陸社會環境中是不可能有出版社願意出版我的學術著作的。即使我的著作在學術水準上真的很高，甚至比已經成名的學界名宿的著作還要有水準，也不可能有出版的機會。幸運的是，那時我正供職於復旦大學古籍整理研究所，研究所的資料室有很多臺灣的學術著作。在那個兩岸學術交流還未曾展開的歲月，能看到海峽彼岸的圖書實在是非常難得。當時，我不僅以驚奇的心情如饑似渴地閱讀來自海峽彼岸學者的著作，還突發奇想，根據圖書的版權頁所顯示的出版社地址給臺灣相關出版機構寫信。不少出版社還真的給我這個無名小輩回信。正因為有如此熱情的鼓勵，當《中國筆記小說史》稿成後，我就義無反顧地選擇了臺灣最權威的出版機構——臺灣商務印書館。之所以要選擇最權威的出版社，那是基於我當時一種樸素的想法：最權威的出版社做事會比較規範些，會就事論事，不會因人而異。事實證明，確實如此。臺灣商務印書館收到我的書稿後，審查委員會找了當地最有權威的幾個專家進行了匿名審稿，提出了審稿意見。在戰戰兢兢、度日如年地等待了幾個月後，我終於等到了「判決」結果：審查通過，同意出版。並附了長長的審稿修改意見。後來，這本小書出版後，還被大陸商務印書館引進，出版了簡體字版廣泛流播，在學術界頗有些口碑，被公認是此一研究領域的開山之作。現在想來，也許正因為是「開山之作」的緣故，我才那麼有幸在那麼年輕的時候就能在臺灣商務印書館這樣知名的學術出版機構出版著作。後來，臺灣商務印書館又先後為我出版了《中國言情小說史》、《中國修辭哲學史》、《中國語言哲學史》、《中國現代修辭學通論》、《古典小說篇章結構修辭史》、《清末民初筆記小說史》、《表達力》等八部學術著作。應該說，在復旦大學，我能二十九歲被破格晉升為副教授、三十六歲被破格晉升為教授，成為復旦大學百年史上最年輕的文科教授之一，端賴臺灣商務印書館在我學術成長道路上的大力支持。古人曰：「滴水之恩，當湧泉相報。」對於臺灣商務印書館，我至今無以為報，但是我始終對臺灣商務印書館抱持一份深深的感激之情。而今，我的兩部歷史小說作品《遠水孤雲：說客蘇秦》、《冷月飄風：策士張儀》又將由臺灣商務印書館推出繁體字版，值此之際，再次深深感謝臺灣商務印書館多年來對我的熱情鼓勵與支持，感謝李俊男主編給我歷史小說創作提供的許多有價值的建言以及由此而帶來的許多靈感，同時感謝為我在臺灣商務印書館出版的著作付出過辛勤勞動的所有同仁！

吳禮權

二〇一一年八月十八日　於上海

# 遠水孤雲：說客蘇秦

作　　者　吳禮權
發 行 人　施嘉明
總 編 輯　方鵬程
叢書主編　李俊男
責任編輯　賴秉薇
美術設計　吳郁婷
校　　對　吳素慧

出版發行：臺灣商務印書館股份有限公司
台北市重慶南路一段三十七號
電話：(02)2371-3712
讀者服務專線：0800056196
郵撥：0000165-1
網路書店：www.cptw.com.tw
E-mail：ecptw@cptw.com.tw
網站：www.cptw.com.tw
局版北市業字第 993 號

初版一刷　2012 年 06 月
定　　價　新台幣 360 元
ISBN　978-957-05-2708-7

國家圖書館出版品預行編目資料

遠水孤雲：說客蘇秦／吳禮權　著；-- 初版. --
臺北市 ： 臺灣商務, 2012. 06
面 ； 公分. --

ISBN 978-957-05-2708-7（平裝）

857.7　　101006510